KB166238

을 유 세 계 문 학 전 집 · 3 7

죽은 혼

죽은 혼

MERTVYE DUSHI

니콜라이 고골 지음 · 이경완 옮김

❖ 을유문화사

옮긴이 이경완

서울대학교 노어노문학과에서 「고골 문학의 아라베스크 시학 연구: 『아라베스끼』 문집을 중심으로」라는 논문으로 박사 학위를 받았다. 그 밖의 대표 논문으로 「성서 해석학의 관점에서 고골의 종교성 고찰」, 「고골, 우크라이나인 그리고/혹은 러시아인?: 성서적 기독교의 관점에서 고골의 민족적 정체성의 양가성에 대한 고찰」, 「로트만과 고골의 대화: 기호와 현실의 관계에 대한 신화적 인식을 중심으로」, 「체홉의 '소삼부작'에 나타나는 상자성의 중첩 구조」, 「근대 자유주의와 푸시킨의 오리엔탈리즘의 모호성」 등이 있다. 현재 고려대 러시아 CIS연구소 HK연구교수로 재직 중이며, 서울대에서 강의하고 있다.

을유세계문학전집 37

죽은 혼

발행일·2010년 10월 30일 초판 1쇄 | 2020년 12월 25일 초판 5쇄
지은이·니콜라이 고골 | 옮긴이·이경완
펴낸이·정무영 | 펴낸곳·(주)을유문화사
창립일·1945년 12월 1일 | 주소·서울시 마포구 서교동 469-48
전화·02-733-8153 | FAX·02-732-9154 | 홈페이지·www.eulyoo.co.kr
ISBN 978-89-324-0367-0 04890 978-89-324-0330-4(세트)

• 값은 뒤표지에 표시되어 있습니다.
• 옮긴이와의 협의하에 인지를 붙이지 않습니다.

차례

제 1 권

제1장

지방 도시 N에 있는 한 여인숙의 문으로 보통 독신 남자들이 타고 다니는, 상당히 아름답지만 그다지 크지는 않은 용수철 달린 반개(半開) 사륜마차*가 들어왔다. 그런 마차를 타고 다니는 사람들은 보통 독신남들로서, 주로 퇴역한 육군 중령이나 2등 대위,* 아니면 1백여 명의 농노*를 거느린 지주들인데, 한마디로 중류급 신사라 불리는 사람들이다. 반개 사륜마차에는 용모가 빼어나지는 않지만 추하지도 않고, 너무 뚱뚱하지도 너무 마르지도 않은 한 신사가 앉아 있었다. 그는 늙었다고 하기도 그렇고 아주 젊다고 하기도 뭣했다. 또한 그의 방문으로 도시에 소란이 일거나 어떤 특별한 사건이 일어난 것도 아니었다. 다만 여인숙 맞은편 주막의 문가에 서 있던 러시아 농민 두 명이 뭐라고 촌평을 했는데, 그것도 마차에 앉은 사람에 대해서가 아니라 마차에 대한 것이었다.

"이봐!" 그중 한 명이 다른 쪽에게 말했다. "저 수레 좀 봐! 어때, 만일 모스크바까지 가야 한다면, 저 바퀴로 갈 수 있을 것 같아 못 갈 것 같아?"

"갈 거야……." 다른 쪽이 대답했다.

"그럼 카잔까지는? 보아하니 못 갈 것 같은데?"

"카잔까지는 못 갈 거야." 다른 쪽도 맞장구를 쳤다.

이것으로 대화는 끝이 났다.

또한 그 반개 사륜마차가 아직 여인숙에 들어가기 전, 무늬가 있는 아주 좁고 짧은 카니파스* 흰색 바지와 유행을 따른 티가 역력한 연미복을 입은 한 청년과 마주쳤다. 그 연미복 밑으로 셔츠 앞가슴에 툴라 기술자들이 만든 권총 모양의 청동 장식 핀을 꽂은 가슴받이가 보였다. 청년은 돌아서서 마차를 바라보다가, 모자가 바람에 날릴 뻔하자 손으로 모자를 꼭 쥐고 가던 길을 어슬렁어슬렁 돌아갔다.

마차가 마당에 들어서자 여인숙 하인, 즉 러시아 여인숙에서 보통 부르는 식으로 하면 급사가 신사를 맞이하였다. 그는 행동이 아주 활달하고 바람처럼 날쌔서 그의 얼굴이 어떻게 생겼는지 살펴볼 새도 없었다. 그는 손에 냅킨을 들고 아주 잽싸게 뛰어나왔는데, 큰 키에 등판이 거의 목뒤까지 오는 긴 목면 프록코트*를 입고 있었다. 그는 머리를 뒤로 쓸어 넘기며, 신사에게 신이 내려 준 방을 보여 주기 위해 목조 회랑을 따라 위로 안내했다. 방은 흔히 볼 수 있는 모습이었다. 여인숙 역시 흔히 볼 수 있는 형태로, 말하자면 현의 도시에 있는 여인숙들과 똑같았다. 그곳에서 여행객들은 하룻밤에 2루블이면, 말린 서양 자두 같은 검은 바퀴벌레가 사방 구석에서 튀어나오고 옆방으로 통하는 문은 항상 장롱으로 막혀 있는 편안한 방을 얻을 수 있다. 그리고 그 옆방에는 꼭 말이 없고 온순하지만 아주 호기심이 강해서 새로 온 여행객에 대해 시시콜콜 알아내려고 하는 사람이 자리를 잡고 있기 마련이다.

밖에서 본 여인숙의 정면 모습은 그 내부와 거의 일치했다. 아주 긴 2층 건물로 아래층은 아직 덧칠이 다 안 돼 검붉은 벽돌 상태였는데 날씨 변화가 심해 거무스레해지고 더러워져 있었다. 위층에는 영원히 변치 않는 노란 페인트가 칠해져 있었다. 그 아래층에는 멍에, 빗줄, 가락지 빵을 파는 상점들이 있었다. 이 상점들의 한쪽, 아니 더 좋게 말하면 창문 오른편에는 꿀에 향료를 넣은 뜨거운 음료를 파는 노점상이 붉은 구리로 된 사모바르*와 함께 사모바르처럼 붉은 얼굴을 하고 앉아 있었다. 한쪽 사모바르에 칠흑처럼 검은 수염만 없으면 멀리서 보면 창문에 사모바르 두 개가 놓여 있다고 생각될 정도였다.

새로 온 신사 양반이 자기 방을 둘러보는 동안 그의 짐들이 도착했다. 오래 사용해서 약간 닳은 흰색 가죽으로 된 여행용 가방이었는데, 이것으로 그가 처음 여행길에 나선 것이 아님을 알 수 있었다. 그 가방을 들고 온 사람은 양피 외투를 걸친 키 작은 마부 셀리판과 주인 어깨에서 물려받은 것으로 보이는 품이 넓고 낡은 프록코트를 입은 서른 살쯤 된 하인 페트루시카였다. 그는 다소 엄격해 보였고, 입술과 코가 아주 두툼했다.

여행 가방 다음에 카렐리아* 자작나무로 된 모자이크 세공이 박힌 그다지 크지 않은 손궤, 장화 걸이, 그리고 푸른 종이에 싸인 구운 닭이 옮겨졌다. 짐들을 전부 나르고 나서, 마부 셀리판은 말들을 살펴보러 마구간으로 향했고, 하인 페트루시카는 아주 작고 컴컴한 현관방에 자기 거처를 마련하기 시작했다. 거기에 그는 자신의 독특한 냄새가 밴 외투를 놓았는데, 그 냄새는 뒤이어 옮긴 갖가지 하인용 화장 용구가 들어 있는 자루에도 배어 있었다. 그는 좁은 세발 침대를 벽에 붙이고, 블린*처럼 철썩 달라붙는 매끄러운 매트리스 비슷한 것으로 덮었다. 그 매트리스는 그가 여인숙 주인에게 부탁해서 간신히 구한 것이었는데, 블린마냥 기름때가 덕지덕지 끼어 있었다.

하인들이 주변을 정리하느라 한창 바쁜 사이에 신사는 공동 응접실로 나갔다. 이 공동 응접실이란 게 어떤 것인지 여행객이라면 누구나 잘 알 것이다. 벽들은 하나같이 기름 페인트가 칠해지고, 위쪽은 굴뚝 연기로 검게 그을리고, 벽 아래쪽은 다양한 여행객, 특히 그 지방 상인들이 더 자주 등으로 비비대서 번들번들 윤이 나 있기 마련이다. 장날이면 상인들이 예닐곱 명씩 짝을 지어 익히 누구나 잘 아는 차를 두어 잔 마시기 위해 들르기 때문이다.* 천장 역시 하나같이 연기에 그을려 있었다.

그을린 샹들리에는 똑같이 유리 조각들이 잔뜩 매달려 있고, 급사들이 똑같은 찻잔들을 바닷가 새들처럼 잔뜩 포개 놓은 쟁반을 요령 있게 흔들면서 닳아 빠진 방수포를 따라 잽싸게 가로질러 달릴 때마다 금속성 소리를 짤랑거린다. 벽에는 유화 물감으로 그린 같은 그림들이 걸려 있다. 한마디로 모든 게 어디서나 똑같다. 차이라고는 개중 한 그림에 독자가 결코 본 적 없는 큰 가슴의 요정이 그려져 있다는 것뿐이었다. 그러나 그와 같은 자연의 유희는 다양한 역사화들에서 가끔 볼 수 있으니, 그것이 언제 어디서 누구에 의해 우리 러시아에 들어오게 됐는지는 알려지지 않았다. 우리의 고명하신 예술 애호가 나리들이 간혹 이탈리아인 여행 안내인의 조언에 귀가 솔깃해져 사 오기는 하지만 말이다.

신사는 모자를 벗고 무지개 빛깔의 모직 목수건을 목에서 풀었다. 그것은 보통 기혼자들에게 아내들이 손수 준비해서 어떻게 매는지 사교계 예법을 가르쳐 주는 유의 것이었다. 하지만 독신남들에게는 누가 이런 스카프를 만들어 주는지 나는 모르고, 아무도 모를 것이며, 나는 결코 그런 목수건을 매 본 적이 없다. 목수건을 풀고 신사는 식사를 가져오도록 명령했다. 그런 여관에서 으레 나오는 다양한 음식들을 보면, 손님들을 위해 일부러 몇 주 동안 아껴 놓은 작은 파이를 곁들인 양배추 수프, 완두가 들어간 뇌 요리, 양배추가 들어간 소시지, 젊고 통통한 암탉으로 만든 통닭, 소금에 절인 오이와 언제나 내놓을 준비가 되어 있는 켜가 난 달콤한 작은 파이 등이었다. 이 모든 음식들을 뜨겁게 데우거나 차갑게 식혀 내오는 동안, 그는 하인, 아니 급사에게 이전엔 누가 이 여인숙을 운영했는지, 또 지금은 누가 운영하는지, 이윤은 많이 나는지, 주인이 평판 안 좋은 사기꾼은 아닌지 등을 시시콜콜 캐묻기 시작했다. 이에 급사는 보통 "네, 나리, 대단한 사기꾼입지요"라고 대답하곤 했다.

계몽된 유럽에서와 마찬가지로 계몽된 러시아에서도 이젠 여인숙에서 요기를 하면서 반드시 급사와 대화를 나누거나 가끔은 심지어 재미 삼아 그들을 조롱하는 사람들이 정말 많아졌다. 그러나 이 손님이 던진 질문이 다 의미 없는 것은 아니었고, 그는 굉장히 정확하게 캐물었다. 도시의 현지사가 누구고, 관청 소장은 누구며, 지방 검사는 또 누군지, 한마디로 어느 고위 관리도 그냥 넘어가지 않았다. 그는 모든 주목할 만한 지주들에 대해 호의는 없지만 매우 자세하게 캐물었다. 누구는 농노가 얼마나 있으며, 도시에서 얼마나 멀리 떨어진 곳에 사는지, 심지어 성격은 어떤지, 도시에는 보통 몇 번 나오는지 등을 물었다. 또 그는 변두리의 상황에 대해서도 주의 깊게 캐물었다. 이 지역에 어떤 질병, 돌림병, 아니면 어떤 치명적인 열병, 천연두나 그와 비슷한 병이 돌지 않았는지 등을 물었다. 이 모든 질문들은 너무 세세하고 구체적이어서 그에게 단순한 호기심 이상의 뭔가가 있음을 알 수 있었다. 신사는 거동이 왠지 확고하며 자신만만했고, 특히 엄청 큰 소리로 코를 풀곤 하였다. 어떻게 하는지 알 수는 없으나, 코 푸는 소리가 꼭 나팔 소리 같았다. 그러나 이런 순수한 장점 덕분에 그는 터번을 두른 여인숙 하인에게 많은 존경심을 산 것 같았다. 코 푸는 소리를 들을 때마다 그가 머리를 흔들며 다가와 더욱 공손히 자세를 바로잡고 머리를 조아리며 "뭐 필요한 건 없으신지요?"라고 물은 것을 보면 말이다.

점심 식사를 마치자 신사는 커피를 한 잔 다 마시고, 러시아 여인숙에서 흔히 볼 수 있는 폭신폭신한 털 대신 무슨 벽돌과 조약돌 비슷한 것을 집어넣은 베개를 등에 기대고 소파에 앉았다. 이윽고 그는 하품을 하기 시작했고, 자기를 방으로 안내해 달라고 요구하고는, 자기 방에 드러누워 두어 시간 푹 잤다. 휴식을 마친 후 그는 하인의 요청에 따라 종이 쪼가리에 그의 관직, 이름, 성을 경찰서에 통보하라고 적어 주었다. 급사는 계단을 내려가는 동안 철자를 하나하나 더듬으며 간신히 종이를 읽었다. 그 내용인즉슨 '6등관* 파벨 이바노비치 치치코프,* 지주, 개인적인 용무로 여행 중'이라는 것이었다.

급사가 다시 한 번 철자를 짚어 가며 간신히 메모를 해독하고 있을 때, 파벨 이바노비치 치치코프는 도시를 둘러보러 나갔다. 도시는 그의 마음에 든 듯했다. 이곳이 다른 현의 도시들에 비해 결코 뒤떨어지지 않음을 알아차렸기 때문이다. 석조 건물들의 노란 페인트가 금세 눈에 선명히 들어왔고, 목조 가옥들의 회색 물감은 질박한 느낌에 거무스름한 빛깔이었다. 집들은 1층, 2층, 1층 반이었고, 그 현의 건축가들의 견해에 따르면 모두 매우 아름다운 반 층*이 달려 있었다. 어떤 곳의 집들은 평원처럼 넓은 거리와 끝없이 이어지는 나무 울타리 한가운데 버림받은 듯 보였고, 다른 곳의 집들은 서로 무리를 이루고 있었다. 여기서는 북적대며 오가는 사람들과 거리 풍경이 더욱 활기차 보였다. 8자형 빵과 장화 그림의 간판과, 어디에선가 푸른 바지에 어떤 바르샤바 출신 재봉사의 서명이 새겨진 간판들은 거의 비에 씻겨 있었다. 또 테가 없는 남자용 모자나 챙이 달린 모자, 그리고 '외국인 바실리 표도로프'*라는 이름이 있는 간판도 있었고, 한 포스터에는 극장에서 연극 마지막 장에 무대에 오르는 손님 역할을 맡는 배우들이 입는 연미복 차림의 두 남자가 당구를 치는 모습이 그려져 있었다. 이 놀이꾼들의 손은 큐대를 날리려는 중이어서 약간 뒤로 튀어나오고, 다리는 이제 막 공중에서 앙트라샤*를 끝낸 듯 구부정하게 구부려져 있었다. 이 그림 밑에는 '바로 이렇게 하는 겁니다!'라는 문구가 적혀 있었다. 거리 여기저기에는 호두나무, 비누, 비누와 아주 흡사한 모양의 양념 넣은 당밀 과자가 놓인 탁자들이 있었고, 다른 한편에는 먹음직한 생선에 보기 좋게 포크를 꽂아 놓은 간판이 그려진 싸구려 가게들이 있었다. 무엇보다 더 자주 눈에 띄는 건 검게 변색된 쌍두독수리 문장이었는데, 이제 보다 간결하게 '술집'이라는 이름으로 바뀌어 있었다.* 포장도로의 상황은 어디나 썩 좋지 않았다. 그는 도시 공원도 들여다보았다. 제대로 싹을 틔우지 못한 가느다란 나무들을 녹색 유화 물감으로 곱게 칠한 삼각형 모양의 받침대들이 밑에서 어설프게 떠받치고 있었다. 이 나무들은 덤불보다 크지 않았지만, 지방 신문에서 이 지역을 자랑할 때면 곧잘 '위대한 시민 통치자의 배려 덕에 무더운 날 더위를 시원하게 식혀 줄 그늘을 드리우는 활엽수들이 우거진 공원이 생겨 도시 미관이 좋아졌다'라고 묘사되곤 하였다. 그리고 여기에 덧붙여 '시민들이 시장님에 대한 넘치는 감사로 가슴 뭉클해지고 감사의 표시로 눈물까지 흘리는 것을 보면 참으로 감동적이다'라고도 적혀 있었다. 신사는 성당이나 관청, 또는 현지사에게 가려면 어디로 가는 게 더 가까운지 경비병에게 꼬치꼬치 캐물었고, 다시 도시 한가운데를 가로질러 흐르는 강을 보러 갔다. 가는 길에 그는 집에 가서 찬찬히 읽어 볼 생각으로 기둥에 붙은 포스터를 떼었고, 밉상은 아닌 귀부인이 나무 오솔길을 지나가고 그 뒤를 군복 입은 소년이 손에 보따리를 들고 쫓아가는 모습을 주의 깊게 지켜본 다음, 마치 그 장소를 잘 기억해 두려는 사람처럼 다시 한 번 모두 훑어본 후, 계단에 서 있던 여인숙 급사의 가벼운 부축을 받으며 곧장 자기 방으로 들어갔다.

차를 실컷 마신 후 그는 책상 앞에 자리를 잡고 앉아 초를 갖다 달라고 지시한 다음 호주머니에서 포스터를 꺼내어 초에 가까이 갖다 대고 오른쪽 눈을 약간 가늘게 치뜨면서 읽기 시작했다. 그러나 포스터에는 주목할 만한 게 전혀 없었다. 코체부 씨*의 연극이 상연되고, 롤라 역은 포플료빈 씨가 맡고 코라 역은 자블로바 양이 맡는다는 내용으로, 다른 인물들은 눈에 띄지도 않았다. 그럼에도, 그는 그것들을 다 읽고 극장 아래층의 일반석 가격까지 읽어 내려간 뒤 그 포스터가 현에서 관리하는 인쇄소에서 발행된 것임을 알게 되었고, 혹시 반대편에는 뭐가 없는지 보기 위해 종이를 뒤집었다. 그러나 아무것도 없는 것을 알고는 눈을 비비고 그것을 반듯이 접어 자기 손에 들어오는 것은 뭐든지 접어 넣는 손궤에 넣어 두었다. 그렇게 해서 그날은 차가운 송아지 요리 1인분과 시큼한 크바스* 한 병, 드넓은 러시아 제국의 다른 지방에서 흔히 말하듯 '천둥 치듯 코를 골며' 자는 깊은 잠으로 마감했다.

그다음 날은 온종일 방문으로 채워졌다. 손님은 이 도시의 모든 관리들을 방문하기 위해 길을 나섰다. 현지사를 만나 공손히 인사했는데, 현지사는 치치코프처럼 뚱뚱하지도 홀쭉하지도 않고, 목에 성 안나 훈장*을 걸고 있었다. 사람들은 그가 별*을 달도록 천거되었다고 소곤거렸다. 그렇지만 그는 지극히 선량한 영혼의 소유자여서 때로는 자신이 직접 명주 베일에 수를 놓기도 했다. 그다음 치치코프는 부지사를 만나러 갔고, 그다음에는 지방 검사, 관청 소장, 경시총감, 전매 독점 취급인, 국유 공장 감독관 등을 방문했다. 이 세상 모든 권력자들을 일일이 기억하지 못하는 게 안타깝다……. 그러나 이 손님은 방문에 특별한 수완을 보였다고 말하는 것으로 충분하다. 그는 심지어 의료국 감독관과 도시 건축가에게도 경의를 표하기 위해 방문했다. 그런 다음, 마차에 한참 동안 앉아 누구를 더 방문해야 할지 생각해 보았다. 하지만 도시에는 더 이상 방문할 관리가 없었다. 이 권력자들과 각각 만나 대화할 때 그는 아주 능란하게 처신해 그들의 환심을 살 수 있었다. 예를 들어, 현지사에게는 넌지시 그가 다스리는 현에 들어설 때 꼭 낙원에 들어오는 것 같았고, 도로는 온통 비로드처럼 보였으며, 지혜로운 고관들을 아주 적절히 임명하고 배치한 행정 관청은 큰 칭찬을 받을 만하다고 말했다. 또 경시총감에게는 야간 경비원들에 대해 아주 듣기 좋은 말을 했고, 아직 5등 문관밖에 되지 않는 부지사와 소장과 대화할 땐 실수인 양 두 번이나 "각하"*라고 불렀는데, 그 단어가 그들 마음에 쏙 들었다. 그 결과 현지사는 바로 그날 저녁 자기 집에서 열리는 가정 연회에 그를 초대했고, 다른 관리들 역시 자기네 편에서 먼저 누구는 오찬에, 누구는 보스턴 게임*에, 누구는 차 마시는 모임에 그를 초대했다.

　이 손님은 자신에 대해서는 이야기하기를 꺼리는 것 같았다. 설혹 말을 한다 해도 아주 일반적인 내용으로 눈에 띄게 겸손하게 말했고, 그런 경우 그의 대화는 상당히 문어적인 어투를 취했다. 그에 따르면, 자신은 이 세상에 아무 쓸모도 없는 벌레 같은 놈이어서 많은 관심을 받을 만한 가치가 없으며, 한창때에 갖은 시련과 고초를 겪었고, 근무 중에 정의를 위해 핍박까지 받았으며, 적들도 많았고, 그중에는 자기 목숨을 노리는 사람들까지 있었으나 지금은 정착할 생각으로 거주할 땅을 물색하러 다니는 중이며, 이 도시에 온 이상 이곳을 지배하는 관리들에게 그에 합당한 경의를 표하는 것을 자신의 신성한 의무로 생각한다는 것이었다. 이게 그 신사에 대해 이 도시 사람들이 알게 된 전부였고, 그는 초대받은 현지사 연회에 곧 모습을 드러냈다. 그는 이 연회를 위한 몸치장에 두 시간 이상을 들였으니, 여기에서 이 손님이 보기 드물게 몸 치장에 각별히 신경 쓰는 사람이란 걸 알 수 있었다. 그는 점심 후 길지 않은 낮잠을 잔 뒤 하인에게 씻을 준비를 시키고, 혀로 양 볼을 볼록하게 받치고 아주 오래도록 공들여 비누칠을 하고 문질러 씻어 냈다. 그다음 급사의 어깨에 걸쳐 있던 수건을 집어 자신의 통통한 얼굴을, 여인숙 하인의 얼굴에 먼저 두 번쯤 콧김을 뿜어 내고는 구석구석 귀 뒷부분에서부터 닦기 시작했다. 이윽고 그는 거울 앞에 서서 망토를 걸치고 코에서 삐져나온 코털 두 개를 뽑 더니, 즉시 반점 무늬가 있는 월귤나무색 연미복으로 갈아입었다. 그런 식으로 옷을 차려입은 후 그는 여인숙을 나서서, 끝없이 넓은 길을 따라 거리 여기저기 창문에서 새어 나오는 희미한 불빛을 받으며 마차를 몰았다. 그러나 현지사 저택은 무도회를 방불케 할 정도로 휘황찬란하게 빛나고 있었다. 불이 켜진 등불들이 달려 있는 쌍두 반개 사륜마차, 길 입구 양쪽에 서 있는 헌병 두 명, 마차에 쌍으로 매인 말들 중 맨 앞 말에 앉은 마부들의 멀리서 들려오는 고함 소리, 한마디로 필요한 것은 다 있었다.

홀에 들어선 순간 치치코프는 눈을 찡그리지 않을 수 없었다. 수없이 많은 양초와 램프, 귀부인들의 드레스에서 뿜어져 나오는 강한 빛들이 그를 압도해서 거의 공포를 느끼게 했다. 모든 것이 빛으로 넘쳐흘렀다. 빛나는 검은 연미복을 입은 신사들이 따로따로 혹은 한데 모여서 여기저기 분주히 움직이는 모습이, 마치 늘은 하녀가 어느 무더운 7월 여름날 창문을 열고 그 앞에서 원추형의 막대 설탕을 조그만 조각들로 깨부수고 파리들이 하얗게 빛나는 막대 설탕 위를 날아다니는 것 같았다. 그때 아이들은 주위에 몰려들어 망치를 들어 올리는 그녀의 광폭한 손놀림을 흥미롭게 바라보고, 공기 중에 가볍게 날아다니던 파리 부대는 뚱뚱한 안주인들처럼 용감하게 날아들고 하녀의 눈이 약간 먼 것과 그녀가 눈부신 햇살에 눈을 잘 못 뜨는 것을 이용해 산산이 흩어지거나 무더기로 쌓인 설탕 조각들을 뒤덮는다. 사실 먹을 것이 풍부한 여름철엔 그것 아니어도 맛난 먹거리들이 가는 곳마다 넘쳐흘러서, 파리들도 설탕을 먹으려고 달려든다기보다는 그저 자기를 드러내 설탕 더미를 앞뒤로 넘나들며 뒷다리나 앞다리를 비비대기 위해, 혹은 다리로 제 날개 밑을 긁기 위해, 혹은 앞다리 두 개를 쭉 뻗어 머리 위에서 서로 비비고 몸을 돌려 다시 날아가고 다시 새로운 파리 부대들을 이끌고 돌아오기 위해 그러는 것뿐이다.

치치코프는 주위를 미처 다 둘러볼 새도 없이 현지사에게 팔을 붙잡혔다. 현지사는 그를 자기 부인에게 소개했다. 이 새 손님은 여기서도 전혀 품위를 잃지 않았다. 그는 중년의 나이에 신분이 그다지 높지도 낮지도 않은 사람이 할 수 있는, 아주 귀에 듣기 좋은 찬사를 늘어놓았다. 짝을 맞춰 춤추는 사람들로 다른 사람들이 벽으로 내몰렸을 때, 그는 뒷짐을 지고 2분가량 매우 주의 깊게 그들을 살폈다. 많은 귀부인들이 유행에 맞춰 멋지게 차려입은 반면, 다른 이들은 신이 현의 도시에 내려 주신 괴상망측한 옷차림을 하고 있었다. 여기 남자들은 어디나 그렇듯이 두 부류였다. 한쪽은 귀부인들 주위를 맴도는 마른 사람들로, 그 일부는 페테르부르크 신사들과 비교해도 손색이 없을 정도였다. 그들은 페테르부르크 신사들만큼 정성을 다해 취향에 맞게 구레나룻을 빗거나 그저 매끄럽게 잘 깎은 수염에 아주 보기 좋은 달걀형 얼굴이었고, 그들만큼 부인들 곁에 상냥하게 달라붙어 그들만큼 프랑스어로 유창하게 이야기하면서 페테르부르크에서 하는 것과 똑같이 부인들을 웃겼다. 다른 부류의 남자들은 뚱뚱하거나 아니면 치치코프와 같은 부류, 즉 지나치게 뚱뚱하지도 그다지 마르지도 않은 사람들이었다. 이들은 반대로 부인들을 곁눈질하면서 뒷걸음을 치고 현지사 댁 하인이 어디 휘스트 게임*용 녹색 탁자를 펼치지는 않았는지 사방을 둘러보며 찾아볼 뿐이었다. 그들 대부분은 얼굴이 통통하고 동그랬으며, 어떤 이는 작은 턱수염까지 있고, 어떤 이는 마마 자국도 있었다. 그들에겐 소러시아풍 앞머리건, 말아 올린 머리건, 프랑스인들이 말하듯이 '아무렇게나 되는 대로' 식이건 간에 머리카락이란 게 전혀 없었다. 그들은 머리카락을 바싹 깎거나 얇은 것처럼 곱게 밀었고, 그들의 얼굴 윤곽은 더 둥글고 거칠었다. 이들은 모두 이 도시에서 존경받는 관료들이었다. 슬프다! 이 세상에서는 뚱뚱한 남자들이 마른 사람들보다 일을 훨씬 능란하게 처리한다. 마른 이들은 특정한 일을 위임받아 일하거나, 그저 공직자 명단에 오르고, 여기저기 움직일 뿐이다. 그 존재들은 너무 가볍고 둥둥 떠다니고 전혀 미덥지 않다. 뚱뚱한 이들은 절대로 하찮은 자리를 차지하지 않고 전부 알짜만 얻는다. 그리고 어디든 자리를 잡으면 확고부동하게 자리를 잡아서, 그들 밑의 자리가 금이 가고 구부러지면 졌지 그들은 절대 추락하지 않는다. 그들은 외적인 화려함을 좋아하지 않아 그들의 연미복은 마른 사람들에 비해 맵시가 좋지 않다. 대신 그들의 귀중품 보관함엔 신의 축복이 가득하다. 마른 사람은 3년 지나면 저당 잡히지 않은 농노가 남아나지 않는 데 반해, 뚱뚱한 사람들은 평안하게 산다. 한번 보라. 도시 끝 어딘가에 그의 아내 명의로 저택이 하나 생기고, 이윽고 다른 쪽에 다른 집이, 이윽고 도시 근교에 작은 마을이, 이윽고 온갖 부속물이 딸린 큰 마을도 생긴다. 종국에 신과 국가를 위해 봉사한 뚱뚱한 사람들은 모든 이의 존경을 한 몸에 받고, 관직을 떠나 자리를 옮겨서 지주, 영예로운 러시아의 귀족, 손님을 환대할 줄 아는 주인이 되고, 살기도 잘산다. 그런데 그 뒤를 이어 삐삐 마른 상속인이 나와서 러시아식 관습대로 외국 여행을 즐기는 데 아버지 유산을 다 탕진해 버린다. 치치코프가 좌중을 바라볼 때 거의 그런 유의 상념이 그를 사로잡았음을 숨길 필요조차 없는 것은, 바로 이런 상념 끝에 그는 마침내 뚱뚱한 사람들 편에 합류하였고, 거기서 안면을 익힌 얼굴들을 거의 모두 만났기 때문이다. 아주 검고 짙은 눈썹에 마치 "이보게, 우리 다른 방으로 가세. 자네에게 할 말이 있어"라고 말하는 듯 왼쪽 눈을 가볍게 깜박거리는 지방 검사는, 하지만 진지하고 과묵한 사람이었다. 우체국장은 키는 작지만 독설가에 철학자였으며, 관청 소장은 따지는 것을 정말 좋아하지만 친절했다. 이들 모두 그를 아주 오랜 지기처럼 반갑게 맞아들였고, 이에 대해 치치코프는 약간 옆으로 수그려서 하지만 상당히 유쾌하게 절을 하여 답례했다. 여기서 그는 정말 붙임성 있고 예의 바른 지주 마닐로프와 얼핏 보기에 약간 못생긴 소바케비치와 인사했는데, 소바케비치는 처음부터 그의 발을 밟고는 "죄송합니다"라고 말했다. 바로 휘스트용 카드를 그에게 들이밀었을 때도, 똑같이 정중한 태도로 인사하며 받았다. 그들은 녹색 탁자에 둘러앉아 저녁 식사 전까지 일어나지 않았다. 모든 대화는 아주 중요한 용무에 몰두할 때면 늘 그렇듯이 완전히 끊겼다. 우체국장은 아주 말이 많은 사람이었지만, 그조차 손에 카드를 받아들자마자 깊은 생각에 잠긴 표정을 지으며 윗입술을 아랫입술로 누르고 게임 내내 ㄱ 자세를 유지했다. 카드 패를 낼 때마다 그는 카드가 퀸이면 "사제 마누라 나가신다!", 킹이면 "탐보프의 농부 나가신다!"라는 말을 곁들이며 손으로 탁자를 세게 내리쳤다. 그러면 관청 소장은 "그럼, 그놈 귓불은 내가 잡는다! 그럼, 그년 귓불은 내가 잡는다!"라고 이어받았다. 가끔 카드를 탁자에 칠 때 "자! 좋건 싫건 다이아몬드다!"라는 표현들이 튀어나오거나, "체르비, 체르보토치나! 피켄치야!"*라는 고함이 튀어나오거나, '피켄드라스! 피추루시추흐 피추라!' 라고 하거나 그냥 '피추크'라고만 불렀다.* 이 용어들은 그들끼리 카드 게임을 할 때 패를 내며 성호를 긋듯이 붙이는 표현들이었다. 게임이 끝날 즈음 늘 그렇듯이 그들은 매우 크게 다투었다. 우리의 손님 역시 다퉜으나, 그는 역시 대단히 능수능란해서 모든 이들이 그가 싸우기는 하지만, 그 와중에도 유쾌하게 싸우는 것을 볼 수 있었다. 그는 결코 "당신 차례였습니다"라고 말하지 않고 대신 "송구하게도 당신이 나가셨습니다"라거나, "제가 당신의 2점 패를 이기는 영광을 누리게 되었습니다"라는 식으로 말하는 것이었다.

그는 더 나아가 상대방의 비위를 어떻게든 맞추기 위해, 매번 그들 모두에게 에나멜을 입힌 자신의 은제 담배 케이스를 건넸고, 그들은 그 바닥에 방향용으로 제비꽃 두 개가 놓여 있는 것을 보았다. 특히 이미 앞에서 언급한 바 있는 지주 마닐로프와 소바케비치가 이 여행자의 관심을 끌었다. 그는 즉시 소장과 우체국장을 한쪽으로 살짝 불러내어 그 두 사람에 대해 물어보았다. 그가 던진 몇몇 질문들로 보아 이 손님에게는 단순한 호기심 이상의 뭔가 속셈이 있는 것 같았다. 왜냐하면 무엇보다 먼저 그들이 각각 소유한 농노가 몇 명이나 되며, 그들 영지는 지금 어떤 상태에 있는지 캐묻고, 그다음에야 그들의 이름과 성을 물어보았기 때문이다. 잠깐 사이에 그는 그들의 마음을 완전히 사로잡았다. 지주 마닐로프는 아직 중년에 접어들지 않은 나이에 사탕처럼 달콤한 눈을 하고 있었으며 웃을 때마다 눈이 가늘어졌다. 그는 이 새로운 신사에 매료되었다. 그는 아주 오랫동안 치치코프의 한 손을 붙잡고 자기 마을을 방문하는 영광을 주십사 간청했는데, 그 마을은 그의 말에 따르면 도시 초소에서 50베르스타*만 가면 되었다. 이에 대해 치치코프는 아주 정중하게 머리를 조아려 답례한 후 진심으로 그의 손을 꼭 붙잡고, 기꺼이 이를 수행할 준비가 되어 있을 뿐 아니라, 이를 가장 신성한 의무로 여긴다고 대답했다. 소바케비치도, 루시* 땅에 고대의 기사들이 없어지기 시작한 요즘, 그만한 크기의 발은 어디서도 찾아보기 어려울 정도로 거인이나 신을 만한 큰 구두를 신은 발을 비비면서, 좀 더 간략하게 "저희 집에도 한 번 오시죠"라고 말했다.

그다음 날 치치코프는 정찬과 저녁 모임을 위해 경시총감에게 갔는데, 점심 먹고 오후 세시부터 시작한 휘스트 카드 게임이 새벽 두시까지 이어졌다. 거기에서 그사이에 그는 우연히 지주 노즈드료프와 인사를 했다. 그는 민첩하고 키가 작은 서른 살가량 된 사람으로 서너 마디를 나누고는 바로 그를 '너'라고 부르기 시작했다. 노즈드료프는 경시총감과 지방 검사와도 '너'라고 부르며 친구처럼 대했다. 하지만 일단 자리를 잡고 큰 판을 벌이자, 경시총감과 지방 검사는 아주 주의 깊게 그가 으뜸 패로 집은 카드들을 살피고, 그가 카드를 낼 때마다 주의 깊게 쳐다보았다.

그다음 날 치치코프는 관청 소장 집에서 저녁을 보냈는데, 그는 약간 기름때가 낀 실내복 차림으로 손님들을 맞이했고, 그중에는 두 명의 귀부인도 있었다. 그다음엔 부지사 집에서 저녁을, 독점 전매인 집에서 대정찬을, 지방 검사 집에서 조촐한 정찬을 했으나, 그 정찬은 거의 진수성찬이라고 해도 될 정도였다. 그리고 아침 예배 이후의 간단한 식사는 시장에게 대접받았는데, 그 역시 정찬이라고 할 만했다. 한마디로 치치코프는 단 한 시간도 여인숙에 머무르지 않았고, 숙소에는 잠만 자러 돌아왔다. 이 손님은 모든 면에서 어떤 식으로든 언제나 눈에 띄었고 경험 많은 사교계 인사임을 보여 주었다. 화제가 무엇이든 그는 언제나 그것을 끌어갈 줄 알았다. 주제가 말 공장에 대한 것이면 그는 말 공장에 대해서도 이야기했고, 좋은 개에 관한 것이면 여기서도 아주 요긴한 정보를 알려 주었다. 현의 세무 감독국*이 내린 심리에 관하여 논할 때는 재판관의 책략에도 문외한이 아님을 보여 주었고, 당구 게임에 대해 논의할 때도 밀리지 않았다. 그것에 대한 이야기를 하면 선행에 대해서도 아주 훌륭하게 눈에 눈물을 글썽거리면서까지 논했다. 독한 포도주 제조 공정에 대해서 말하면 그는 독한 포도주의 이점도 알고 있었다. 세무 감독관들과 관료들에 대해 이야기할 때는 마치 자신이 관리이자 감독관인 양 판결을 내렸다. 그가 모든 것을 아주 논리 정연하게 포장할 수 있고, 자신을 잘 제어할 수 있다는 것이 진정 놀라웠다. 그는 크지도 작지도 않고, 아주 꼭 알맞은 소리로 이야기했다. 한마디로 어느 모로 보나 매우 예절 바른 사람이었다. 관리들 모두 이 새 얼굴의 방문에 만족해했다. 현지사는 그를 사상이 온건한 사람이라고 하였고, 지방 검사는 그가 수완가라고 하였으며, 헌병 대장은 그를 학자라 하고, 소장은 그가 능숙할 뿐더러 존경할 만한 사람이라 하고, 경시총감은 그를 존경할 만하고 친절한 사람이라 하고, 경시총감 부인은 그를 더할 나위 없이 친절하고 더할 나위 없이 붙임성 좋은 사람이라고 평했다. 심지어 누구에게든지 좋게 말하는 법이 거의 없는 소바케비치조차 도시에서 만족스러운 기분으로 늦게 집에 돌아와서 옷을 다 벗고 침대 속의 깡마른 부인 곁에 몸을 뉘고는 그녀에게 이렇게 말하는 것이었다. "여보, 나 현지사 댁에서 저녁 보내고, 경시총감 댁에서 점심 먹고, 파벨 이바노비치 치치코프라는 6등관하고 인사했어. 지극히 유쾌한 사람이더군!" 이 말에 그의 아내는 "으음!"이라고 대답하고 발로 그를 밀어냈다.

그렇게 이 새로운 신사 입장에서 아주 달가운 견해가 도시에 형성되었고, 그것은 이 손님의 한 가지 이상한 특징과 사업, 혹은 앞으로 독자가 곧 알게 될, 지방에서 흔히 말하는 사건*이 거의 도시 전체를 완전히 혼돈에 빠뜨리기 전까지 지속되었다.

제2장

이 손님은 이미 일주일 이상 매일 도시의 여기저기에서 열리는 저녁 연회와 오찬을 찾아다니며, 흔히 말하듯이 매우 유쾌한 시간을 보냈다. 그러다가 마침내 자신의 방문을 도시 밖으로 옮겨서 예전에 방문하기로 약속한 지주들인 마닐로프*와 소바케비치*를 찾아가기로 결정했다. 아마도 이번 행보는 여태와 다른, 보다 본질적인 이유에서, 보다 진지하고 심중에 가까운 동기를 부여해 주는 것 같았으니⋯⋯. 그러나 사실 이 모든 것은 독자들이 서서히 때가 되면 알게 될 것이다. 일의 대미를 장식할 결말에 다가가면 갈수록 더 넓고 더 광활하게 뻗어 나갈 이 긴 이야기를 끝까지 읽어 낼 인내심만 있다면 말이다.

마부 셀리판에게는 아침 일찍부터 우리가 익히 아는 반개 사륜마차에 말을 매라는 명령이, 그리고 페트루시카에게는 집에 남아 방과 짐을 잘 지키라는 지시가 내려졌다. 독자를 위해 우리 주인공의 이 두 농노를 소개하는 것도 필요 없진 않을 것이다. 물론 그들은 그렇게 눈에 띄지 않고, 부차적이거나 3차적이라고 할 부류에 지나지 않으며, 이 서사시의 주요 사건이나 동력이 그들에게 의지하지 않고 어딘가에서 그들을 건드리면서 살짝 스치고 지나갈 뿐이라 해도, 작가가 매사에 지나칠 정도로 정황을 살피기를 좋아해서, 러시아인임에도 불구하고 최소한 이 점에서는 독일인처럼 정확하게 하고 싶은 것이다. 그렇다고 이것이 많은 시간과 지면을 차지하지는 않을 것이니, 이미 독자가 알고 있는 것, 즉 페트루시카는 주인에게서 물려받은 약간 넓은 갈색 프록코트를 입고, 다른 하인들이 통상 그러하듯, 그도 크고 두툼한 코와 입술을 갖고 있다는 것 외에 달리 덧붙일 말이 없기 때문이다. 천성적으로 그는 수다스러운 쪽보다는 말수가 적은 쪽이었다. 그는 심지어 계몽, 즉 독서에 대한 고상한 열망도 갖고 있었으나 그 내용에 진땀을 빼지는 않았다. 그에게는 사랑에 빠진 주인공의 여행이든, 독본이든, 아니면 기도서든 결국 매한가지여서, 그는 모두 똑같은 관심을 가지고 읽을 것이다. 만일 그에게 화학 책을 내민다면 그는 그것도 마다하지 않을 것이다. 그의 마음에 드는 것은 자신이 읽는 책의 내용이 아니라 독서, 더 정확히 말하면 독서 자체의 과정이었기 때문이다. 철자들이 모여 끊임없이 어떤 단어가 나오고 때론 악마만이 뜻을 알 수 있는 것들도 있었다. 그의 이러한 독서는 주로 문간방에 있는 침대나 요 방석에 누운 자세로 행해져서 그것들은 전병처럼 짓눌리거나 얇아졌다. 독서에 대한 욕망 외에 그에게는 서로 다른 성격을 띠는 두 가지 습관이 있었으니, 옷을 벗지 않고, 즉 프록코트를 입은 채 자는 것과 언제나 어떤 특이한 자기만의 냄새, 약간 방 냄새 같은 자기만의 고유한 냄새를 풍기는 것이었다. 사실 그에겐 어디서든, 그때까지 사람이 살지 않던 방이라 해도 자기 침대를 펼치고 자기 외투와 세간 도구를 끌어오는 것만으로 충분했다. 그러면 이미 한 10년은 살았던 방처럼 되었던 것이다. 치치코프는 매우 섬세하고 어떤 경우엔 까탈스럽기까지 해서, 아침에 일어나 신선한 코에 공기를 들이마시려다 눈살을 찌푸리고 고개를 저으며 말하곤 했다. "이봐, 귀신이 곡할 노릇이야. 땀이 나는 거야 뭐야? 목욕탕에라도 갔다 오지 그래." 이 말에 페트루시카는 아무 대답도 않고 즉시 솔을 들고 걸려 있는 주인 연미복에 다가가든가 뭐든 정리를 하든가, 하여튼 무슨 일이든 하려고 애썼다. 그가 침묵을 지킬 때 무슨 생각을 했는지, 어쩌면 "당신도 참 딱혀요. 같은 말을 40번이나 하고 또 하고 지겹지도 않아요?"라고 혼잣말을 했는지도 모른다. 주인들이 농노 출신인 하인에게 명령을 내릴 때 그가 무슨 생각을 하는지는 신만이 아실 것이다. 어쨌건 이런 것들이 먼저 페트루시카에 대해 말할 만한 것이다.

마부 셀리판은 그와 완전히 다른 사람이었다……. 그러나 작가는 하층 계급에 속한 사람들 일로 독자들의 귀한 시간을 빼앗는 것에 정말 부끄러움을 느낀다. 독자들이 하층 계급 사람들과 교제하는 걸 얼마나 꺼리는지 경험으로 알기 때문이다. 러시아인도 그렇다. 그는 한 직급이라도 자기보다 높은 사람과 교제하고픈 강한 욕망 때문에, 온갖 친한 친구들과의 관계보다 백작이나 공작과 모자를 벗고 인사를 나누는 관계를 더 좋아한다. 작가는 6등관에 불과한 우리 주인공이 염려스럽다. 7등 문관들은 그와 인사를 나눌지 모르지만, 이미 장군 직급에 오른 이들은 인간이 자기 발밑을 기어 다니는 벌레 같은 것들에 던질 만한 경멸 어린 시선들 가운데 하나를 던질지 모르고, 아니 더 나쁘게는 작가에게는 치명적이게도 무심하게 그를 지나칠지 모른다. 그러나 이것저것 아무리 통탄스럽다 해도 주인공에게 되돌아가야 한다.

그래서 전날 밤부터 이것저것 필요한 지시를 내리고, 다음 날 이른 아침에 일어나, 사실 이것은 일요일에만 하던 일인데 그에게는 그날이 일요일이나 다름없어서, 다리에서 머리까지 촉촉한 스

편지로 몸을 씻고 닦아 냈다. 또 매끄러움과 윤기가 진짜 비단과 다름없을 정도로 뺨을 면도하고서, 반점 무늬가 있는 월귤나무색 연미복을 입은 다음 큰 곰 모피가 달린 외투를 걸치고, 그는 이쪽 저쪽 번갈아 여인숙 집사의 부축을 받으며 계단을 내려와 마차에 들어가 앉았다. 반개 사륜마차가 굉음을 내며 여인숙 문을 나와 거리로 나섰다. 지나가던 사제가 모자를 벗었고,* 꼬질꼬질 더러운 셔츠를 입은 아이들 몇 명이 손을 내밀며, "나리, 고아에게 한 푼 줍쇼!" 하고 외쳤다. 마부는 그중 한 아이가 발판에 타려고 달려드는 것을 보고 그에게 채찍을 휘둘러 쫓아냈고, 반개 사륜마차는 돌길을 통통 튀며 내달리기 시작했다. 멀리 경계선의 횡목*이 흐릿하게 시야에 들어왔을 때 기쁨이 없지 않았다. 이는 여타의 고통이 그렇듯 덜컹거리는 자갈길 역시 끝이 있음을 알려 주었기 때문이다. 다시 몇 번 더 머리를 마차 동체에 세게 부딪힌 후에 치치코프는 부드러운 땅에 들어섰다. 마차 뒤로 도시가 사라지자마자 우리의 관례대로 길 양편에 작은 언덕들, 전나무 숲, 어린 소나무들의 낮고 촉촉한 덤불, 늙은 소나무들의 검게 탄 줄기들, 야생 히스* 등 잡다한 야생 식물들이 펼쳐지기 시작했다.

무늬가 수놓아진 수건이 매달린 것처럼, 조각된 나무 장식들이 늘어진 회색 지붕들로 덮인 마을들은 끈으로 묶여 길게 늘어진 모양새에, 건물들은 꼭 오랫동안 쌓아 둔 장작더미 같았다. 몇 명의 농민들이 여느 때처럼 양가죽을 겉에 댄 외투를 입고 문 앞 벤치에 앉아 하품을 하고 있었다. 통통한 얼굴에 가슴을 붕대로 칭칭 동여맨 할머니들이 위층 창문에서 내려다보고, 아래층 창에서는 송아지가 보고 있거나 돼지가 앞 못 보는 얼굴을 삐죽이 내밀고 있었다. 한마디로 익히 잘 아는 풍경이었다. 15베르스타를 지나고 나서, 그는 마닐로프의 말대로라면 이쯤에서 마을이 나와야 함을 기억했다. 그러나 16베르스타를 달렸는데도 전혀 마을이 보이지 않았다. 마침 맞은편에서 오는 두 농민이 없었다면 그는 표지판을 찾지 못했을 것이다. 자마닐롭카라는 마을이 아직 멀었느냐는 질문에 농부들은 모자를 벗었고, 그중 좀 더 똑똑하고 쐐기 모양의 수염을 한 농부가 대답했다.

"마닐롭카일 것 같은데요, 자마닐롭카가 아니고?"*

"뭐 그래, 마닐롭카."

"마닐롭카요! 여기서 1베르스타만 더 가서 오른쪽으로 꺾으십쇼."

"오른쪽으로?" 마부가 되물었다.

"오른쪽으로요." 농민이 말했다. "그게 마닐롭카로 가는 길입죠. 자마닐롭카라는 건 없습니다요. 그 마을을 그렇게 불러요, 마닐롭카라고요. 자마닐롭카라는 곳은 여기에 없어요. 저기 바로 산위에 2층 석조 저택이 보이시죠. 그게 주인 나리가 사는 저택입니다요. 바로 그게 마닐롭카고요. 자마닐롭카라는 건 지금도 없고 예전에도 없었어요."

그들은 마닐롭카를 찾아 나섰다. 2베르스타를 더 가자, 샛길로 빠지는 모퉁이가 나타났다. 하지만 2베르스타, 3베르스타, 4베르스타를 더 갔는데도 2층 석조 가옥은 보이지 않았다. 그제야 치치코프는 친구가 자신을 15베르스타 떨어진 자기 마을로 초대할 경우, 거기까지 30베르스타는 가야 한다는 걸 상기했다. 마닐롭카 마을은 형세가 매력적이었다. 주인 저택은 바람이 센 높은 언덕에, 즉 고지에 홀로 서 있어서 불어오는 온갖 바람에 그대로 노출되어 있었다. 그 집이 있는 산비탈에는 잔디가 짧게 깎여 있었다. 그 위엔 라일락 덤불과 노란 아카시아가 피어 있는 두세 개의 영국식 꽃밭이 흩어져 있었고, 대여섯 그루의 자작나무들이 자잘한 이파리에 성긴 가지 끝을 들어 올리며 크지 않은 숲을 이루고 있었다. 그중 두 그루 밑에 매끄러운 초록색 반원 지붕, 하늘색 나무 기둥들, 그리고 '고독한 사색의 사원'이라는 글씨가 적혀 있는 정자가 보였다. 그 아래쪽에는 녹색 수풀로 덮인 연못이 있었다. 하지만 러시아 지주들의 영국식 정원*에는 별로 신통할 게 없었다. 이 구릉 기슭에, 그리고 부분적으로 비탈 자체를 따라 멀리 옆으로 거무스름한 회색 통나무집들이 늘어서 있었다. 우리 주인공은 어떤 이유에선지 몰라도 그 순간 숫자를 세기 시작해 2백 채 이상을 세었다. 그 집들 사이 어디에도 묘목이나 채소는 보이지 않았다. 사방으로 온통 통나무만 보였다. 그 풍경에 두 노파가 활기를 불어넣었다. 그들은 그림에서처럼 옷자락을 접어 사방으로 띠에 끼우고, 무릎까지 잠기는 연못을 걸어 다니며 찢긴 그물을 두 개의 나무 막대기*로 끌고 있었고, 그 안에 그물에 얽힌 게 두 마리와 잉어 과의 담수어가 빛나고 있었다. 노파들은 자기들끼리 싸우는 것 같았고, 무엇인가에 대해 서로 욕을 퍼붓고 있었다. 좀 멀리 한쪽에는 소나무 숲이 흐릿하게 푸르스름한 색으로 거무스레해지고 있었다. 마침 날씨마저 그에 딱 맞아, 그리 청명하지도 흐리지도 않게 어떤 밝은 회색을 띠고 있었다. 그건 유순하지만 때때로 일요일에 고주망태가 되는 수비대 병사들의 낡은 군복에서만 볼 수 있는 색이었다. 이 그림을 완성하는 데는 변덕스러운 날씨의 전령인 수탉도 빠지지 않았으니, 이 수탉은 암컷 꽁무니를 쫓다가 다른 수탉들의 부리에 머리가 뇌까지 쪼여 구멍이 나서, 아주 우렁차게 목청껏 울고 심지어 낡은 거적처럼 뜯긴 날개를 가볍게 푸드덕거렸다. 치치코프는 마당으로 들어서면서, 현관 계단에 서 있는 주인을 발견하였다. 그는 녹색 샬론* 모직 프록코트를 입고 서서 다가오는 마차를 더 잘 살펴보기 위해 눈 위 이마에 우산 모양으로 손을 대고 있었다. 반개 사륜마차가 현관 계단에 다가서자 그의 눈은 더 유쾌해지고 입가에는 미소가 번졌다.

"파벨 이바노비치!" 그는 치치코프가 반개 사륜마차에서 내리자 마침내 환호성을 질렀다. "이제야 저흴 기억해 주셨군요!"

두 친구는 매우 진하게 키스를 주고받았고, 마닐로프는 자기 손님을 방으로 안내했다. 그들이 현관, 문간방, 식당을 통과하는 시간이 다소 짧기는 했지만 치치코프는 이 시간을 어떻게든 이용해 집 주인에 대해 뭔가 말하려고 시도한다. 그러나 작가는 그 시도가 매우 성공하기 어렵다는 걸 고백하지 않을 수 없다. 선이 굵은 인물들은 묘사하기가 훨씬 쉽다. 거기서는 손에서 곧장 캔버스에 물감을 붓기만 하면 불타는 검은 눈동자, 숱이 많고 길게 늘어진 눈썹, 주름살이 새겨진 이마, 어깨 뒤로 넘긴 검은색 혹은 불처럼 붉은색 망토, 즉 한 편의 초상화가 나온다. 그러나 세상에는 첫눈에는 서로 엇비슷해 보여도 잘 살피면 평소엔 잘 보이지 않던 많은 미세한 특징들이 드러나는 신사들이 많다. 이 신사들을 초상화로 그리기란 여간 힘든 게 아니다. 상당한 주의를 기울여야 그 모든 섬세하고 거의 눈에 띄지 않는 특징들을 드러낼 수 있다. 그러려면 그간 경험을 통해 예리해진 시선을 더 날카롭게 다듬어야 한다.

오직 신만이 마닐로프의 성격이 어떤지 말할 수 있을 것이다. 이름으로만 알려지는 유의 사람들이 있으니, 이들은 평범하게 살아가고, 이도 저도 아니고, 속담 표현대로 하면 도시에 사는 보그단도 되고 시골의 셀리판도 된다. 마닐로프도 그들 부류에 넣어야 할 것이다. 처음 볼 때 그는 눈에 선명히 들어왔는데, 그의 얼굴 윤곽에 유쾌함이 없지는 않으나 이 유쾌함에 설탕을 지나치게 많이 탄 것 같았다. 그의 거동이나 어투에는 뭔가 호의와 친분을 얻기 위해 아첨하는 기색이 있었다. 그의 미소는 매력적이었으며 금발에 푸른 눈이었다. 그와 처음 대화할 때는 "참 유쾌하고 선량한 사람이야!"라고 말하지 않을 수 없을 것이다. 그러나 그다음 순간 할 말이 없어지고, 세 번째에는 "뭐가 뭔지 악마나 알 거야!"라며 멀리 거리를 두게 된다. 떨어지지 않으면 죽고 싶을 만큼 따분해질 것이다. 그에게서는 어떤 생생한 말도, 심지어 사람의 가장 예민한 부분을 건드리면 거의 누구에게서나 들을 오만불손한 말도 기대할 수가 없다. 누구에게나 열정의 대상이 있는 법이다. 누구는 보르조이 개에게 열정이 쏠리고, 다른 사람은 음악을 열렬히 사랑해서 거기서 놀라울 정도로 깊은 감동을 느낀다. 세 번째 사람은 밥 먹는 데 선수다. 네 번째 사람은 자기에게 정해진 역할보다 적어도 1베르쇼크* 높은 역할을 수행하고, 다섯 번째 사람은 더 절제된 욕망으로, 자기 친구들과 아는 사람들, 심지어 모르는 사람들에게까지 잘 보이기 위해 어떻게 시종무관*과 잘 지낼지 등을 몽상한다. 여섯 번째는 다이아몬드 에이스나 2점 패의 귀퉁이를 접고* 싶은 초자연적인 욕망을 느끼는 손을 선물로 받았을지 모른다. 반면 일곱 번째 사람은 손을 들어 어디서든 질서를 바로 잡고 역참지기나 마부들에게 더 가까이 다가간다. 한마디로 저마다 자기 것을 갖고 있는 법인데, 마닐로프는 아무것도 없었다. 집에서 그는 말을 아주 적게 하고 대부분 명상하고 생각하며 시간을 보냈으나, 그가 무슨 생각을 하는지는 오직 신만이 아실 것이다. 그가 농사일에 종사한다고도 결코 말할 수 없었다. 그는 들판에 나가 본 적도 없는데, 농사일이 저 혼자 굴러가고 있었기 때문이다. 관리인이 와서 "나리, 이렇게 하면 좋겠습니다"라고 하면, 자신이 가장 겸손하고 가장 섬세하며 가장 교육을 잘 받은 장교로 통했던 군대에 복무할 때 습관이 된 파이프를 피우며 그는 "그래,

나쁘지 않군"이라고 대답했고, "그래, 정말 나쁘지 않아"라고 되뇌었다. 그에게 농민이 찾아와 손으로 뒤통수를 긁적이며 "나리, 일 때문에 집을 좀 비워도 될까요, 연공*을 벌어 와야 해서요"라고 말하면, 그는 파이프를 피우며 "갔다 와"라고 말하곤 했고, 농부가 술 마시러 가는 줄은 생각도 못했다. 가끔 현관 계단에서 마당과 연못을 바라보면서, 그는 갑자기 집에서 지하 통로를 내거나 연못 위에 돌다리를 만들어 양쪽 끝에 상점을 열고 거기에 상인들이 앉아 농민들에게 필요한 다양한 작은 물건들을 팔면 얼마나 좋을지 말하곤 했다. 이때 그의 눈은 지극히 달콤해지고 얼굴에는 아주 만족스러운 표정이 떠올랐으나, 이 모든 프로젝트들은 항상 말로만 끝날 뿐이었다. 그의 서재에는 언제나 어떤 작은 책이 펼쳐져 있었고, 그가 이미 2년 내내 읽고 있는 14페이지에 서표가 끼워져 있었다. 그의 집에는 항상 뭔가가 부족했다. 응접실에는 아마도 상당히 값이 나갈 것으로 보이는, 화려한 비단천으로 꽉 끼게 두른 아름다운 가구가 있었다. 하지만 두 개의 안락의자를 덮을 비단이 모자라서 그 의자들은 거적으로 덮여 있었다. 그러나 주인은 몇 년간 계속 매번 손님에게 "이 의자들에는 앉지 마세요. 아직 준비가 안 되어서요"라는 말로 주의를 줄 뿐이었다. 그는 결혼하고 얼마 안 돼서 "여보, 우리 방에 임시방편으로라도 놓을 적당한 가구들이 있는지 내일 알아봐야 할 것 같아"라고 말했음에도 불구하고 다른 방에는 전혀 가구가 없었다. 저녁 무렵 탁자에 우아함을 대표하는 고대의 세 여신*과 사치스러운 자개 갓이 있는 검은 청동으로 된 현란한 촛대가 놓이고, 그 촛대와 나란히 기우뚱하니 휘어지고 온통 촛농이 들러붙은 어떤 놋쇠 촛대가 세워져 있었으나, 주인도 마나님도 하인들도 이걸 알아차리지 못했다. 그의 아내……. 그러나 그들은 서로에 대해 완전히 만족하고 있었다. 결혼한 지 8년이 넘었음에도, 언제나 한쪽이 다른 쪽에게 사과 조각이나 사탕이나 호두 같은 것들을 갖다 주면서 아주 감동적인 부드러운 목소리로 "자기, 입 벌려 봐. 내가 한 조각 넣어 줄게"라고 말했다. 물론 말할 것도 없이, 이 경우 다른 한쪽은 입을 아주 우아하게 벌리곤 했다. 생일 때는 칫솔 넣는 유리구슬 상자 같은 깜짝 선물을 준비했다. 그리고 정말 자주 같이 소파에 앉아 있다가, 불현듯 아무 이유 없이 남편은 파이프를 내려놓고, 아내는 만일 그때 손에 일감이 들려 있으면 그 일감마저 내려놓고, 그들은 서로 아주 길고 지루한 키스를 나누곤 했으니, 그사이 작은 연초 담배 하나는 거뜬히 피울 수 있을 것 같았다. 한마디로 그들은 소위 행복한 사람들이었다. 물론 그 집에는 오랫동안 질질 끄는 키스나 깜짝 파티 이외에 다른 많은 일들이 있다는 것도 알게 되고, 그래서 많은 다양한 질문들을 할 수 있을 것이다. 예를 들어, 부엌에서는 왜 그리도 어리석고 분별없이 음식을 준비하는가? 식료품 저장실은 왜 그렇게 휑하니 비어 있는가? 왜 창고지기 하려는 도둑질을 해 대는지, 거기다 왜 하인들은 하나같이 지저분하고 술을 퍼마시는가? 왜 집 안에서 일하는 것들 모두 시도 때도 없이 늘어지게 잠만 자고, 남는 시간엔 내내 방탕하게 지내는지를 말이다. 그러나 이 모든 것은 저열한 문제들이었고, 마닐로바 부인은 교육을 잘 받은 사람이었다. 익히 알듯이, 젊은 숙녀들을 위한 훌륭한 교육은 기숙학교에서 받게 된다. 그리고 기숙학교에는 익히 아는 대로, 인간 덕목의 기초를 닦아 주는 세 주요 과목이 있으니, 가정생활의 행복에 필수불가결한 프랑스어, 남편에게 즐거운 시간을 선사하기 위한 피아노 연주, 마지막으로 특별히 가사에 관련된 것으로 지갑이나 다른 깜짝 선물들의 뜨개질이 그것이다. 그러나 오늘날 특히 방법상 다양한 변화와 개선안들이 있어서, 이 모든 것은 바로 기숙학교 운영자 자신들의 감각과 능력에 더 많이 의존하고 있다. 일부 기숙 학교에서는 피아노, 프랑스어, 가사 순으로 체계가 잡혀 있다. 그리고 가끔 가사, 즉 깜짝 선물 뜨개질하기, 프랑스어, 피아노의 순으로 되어 있는 데도 있다. 다양한 방법들이 있는 것이다. 마닐로바 부인에 대해 더 얘기한다 해도 경우에 어긋나지는 않겠지만…… 고백하건대, 나는 부인네에 대해 이야기하기가 너무 두렵고, 게다가 아직 몇 분이나 응접실 문 앞에 서서 서로 먼저 들어가라고 권하는 우리 주인공들에게 돌아갈 때이기도 하다.

"제발 부탁이니, 제게 너무 신경 쓰지 말고 먼저 들어가세요." 치치코프가 말했다.

"아닙니다, 파벨 이바노비치, 당신은 손님이시잖아요." 마닐로프가 손으로 문을 가리키며 말했다.

"그건 괘념치 마시고, 제발, 괘념치 마시고, 어서 먼저 들어가십시오." 치치코프가 말했다.

"아니요, 죄송하지만, 당신처럼 매력적이고 교양 있는 손님이 제 뒤에 들어오시게 할 순 없어요."

"제가 무슨 교양인이라구요?…… 제발, 먼저 들어가시지요."

"아, 정말 당신이 먼저 들어가세요."

"아니, 왜 그래야 하나요?"

"그렇게 해야니까요!" 유쾌한 미소를 지으며 마닐로프가 말했다.

결국 두 친구는 옆으로 몸을 돌려 함께 문으로 들어갔고 서로 약간 몸이 끼었다.

"당신께 제 아내를 소개하게 해 주세요." 마닐로프가 말하였다. "제 사랑하는 아내예요! 여긴 파벨 이바노비치셔!"

그제야 치치코프는 현관문에서 마닐로프와 인사할 때 전혀 있는 줄 몰랐던 부인을 알아보았다. 그녀는 밉지 않은 생김새에 자기에게 잘 맞는 옷차림을 하고 있었다. 창백한 색의 비단으로 만든 실내복은 그녀에게 잘 어울렸다. 그녀는 가느다란 작은 손목으로 쥐고 있던 무언가를 서둘러 탁자에 던지고 가장자리가 수놓아진 엷은 반투명 마포 손수건을 집어들었다. 그녀는 앉아 있던 소파에서 일어났다. 치치코프는 만족스러움을 느끼며 그녀의 손을 향해 다가갔다. 마닐로바 부인은 'r' 음과 'l' 음을 모호하게 뒤섞으면서, 치치코프의 방문에 그들은 매우 기뻐하며 남편은 하루도 치치코프를 생각하지 않고 보낸 적이 없다고 말했다.

"맞아요." 마닐로프가 말을 덧붙였다. "이 사람도 제게 '당신 친구는 왜 안 오시는 거예요?' 라고 계속 물었어요. 그래서 제가 '기다려, 여보, 곧 오실 테니까' 라고 했지요. 그런데 황송하게도 드디어 저희를 정말 찾아 주셨어요. 정말 더없이 큰 기쁨을 안겨 주셨어요…… 더없이 행복한 5월의 하루…… 영혼의 명명일…….*

치치코프는 벌써 영혼의 명명일 운운하는 말에 약간 당혹스러워하며, 자기에겐 내세울 만한 이름도, 심지어 그럴싸한 관직도 없다고 겸손히 대답했다.

"당신은 모두 갖추셨어요." 마닐로프는 예전의 그 유쾌한 미소를 지으며 말을 가로막았다. "모두 갖추셨다마다요, 아니 그 이상인걸요."

"저희 도시에 대한 인상은 어떠신가요?" 마닐로바 부인이 물었다. "유쾌한 시간을 보내셨나요?"

"매우 좋은 도시이고, 아름다운 도시예요." 치치코프가 대답했다. "정말 유쾌한 시간을 보냈어요. 사교계 분들이 아주 붙임성 좋으시더군요."

"저희 현지사를 어떻게 보셨나요?" 마닐로바 부인이 물었다.

"지극히 존경스럽고 지극히 친절하시지 않던가요?" 마닐로프가 불쑥 끼어들었다.

"정말 말씀하신 대롭니다. 지극히 존경스러운 분이시더군요. 업무를 얼마나 훌륭하게 처리하시고, 일을 얼마나 잘 파악하시는지! 그런 분이 더욱 많아지기를 진심으로 바랍니다." 치치코프가 말했다.

"그분은 정말 놀랍게도 한 사람 한 사람을 맞아 주시고 거동에서도 예법을 얼마나 섬세하게 지키시는지." 마닐로프는 미소를 지으며 말을 덧붙이고, 마치 손가락으로 귀를 가볍게 간지럽힐 때의 고양이처럼 거의 눈이 보이지 않을 정도로 만족스러운 표정을 지었다.

"정말 사려 깊고 유쾌한 분이시더군요." 치치코프가 계속했다. "또 얼마나 솜씨가 대단하신지! 전 정말이지 생각도 못했는데 말입니다. 여러 가지 다양한 문양의 수를 얼마나 잘 놓으시던지! 제게 직접 만든 손지갑을 보여 주셨는데, 수놓는 솜씨가 그렇게 뛰어난 분은 부인들 중에도 찾기 어려울 겁니다."

"그리고 부지사도 정말 상냥한 분이시지 않던가요?" 마닐로프가 다시 눈을 반쯤 감고 말했다.

"정말정말 존경할 만한 분이시더군요." 치치코프가 대답했다.

"저, 괜찮으시다면, 경시총감은 어떻게 보셨는지요? 정말이지 아주 유쾌한 분이시지 않던가요?"

"극도로 유쾌하시더군요. 그리고 너무나 똑똑하고 책을 얼마나 많이 읽으셨는지! 그분 댁에서 지방 검사와 관청 소장과 함께 수탉이 울 때까지 휘스트를 했는데, 정말정말 존경할 만한 분이셨어요."

"저, 그리고 경시총감의 사모님은 어떻게 생각하세요?" 마닐로바 부인이 물었다. "지극히 친절한 분이시지 않던가요?"

"네, 그분은 제가 여태껏 만나 본 여성들 가운데 가장 존경할 만한 분 중 한 분이셨어요." 치치코프가 대답했다.

이후 그들은 관청 소장, 우체국장도 그냥 지나치지 않았고, 그런 식으로 도시의 거의 모든 관료들을 언급했다. 결국 그들 모두 지극히 존경할 만한 인물들임이 드러났다.

"당신은 항상 시골에서 지내시나요?" 마침내 치치코프가 자기 편에서 질문을 던졌다.

"거의 시골에서 보내지요." 마닐로프가 대답했다. "그래도 가끔 그저 교양 있는 사교계 사람들을 만나기 위해 도시로 나가기도 해요. 잘 아시겠지만, 촌구석에만 내내 박혀 있으면 야만인처럼 되기 십상이니까요."

"맞아요, 지당한 말씀이세요." 치치코프가 말했다.

"물론," 마닐로프는 계속해서 말을 이어 나갔다. "만일 이웃에 좋은 분이 계시다면, 예를 들어 어떤 면에서 상냥함이나 훌륭한 예법에 대해 함께 이야기할 수 있고, 영혼을 고양시키기 위해 이런저런 학문을 함께 연구할 수 있는 분이 있다면, 그땐 문제가 달라지죠."

여기서 그는 뭔가를 덧붙이고 싶었으나, 자기가 약간 쓸데없는 말을 늘어놓고 있음을 알아채고는 손을 허공에 한 번 내젓더니 말을 계속 이었다. "그때는, 물론, 전원생활이나 고독도 많은 매력을 지니게 되겠지요. 하지만 결정적으로 그런 사람이 없어요…… 그래서 그저 가끔 『조국의 아들』*지를 읽고 있지요."

치치코프는 이 말에 완전히 동의하고, 은둔 생활을 하고, 자연 경관을 향유하고 가끔 어떤 책이든 벗 삼아 읽는 것보다 더 유쾌한 일은 없을 거라고 덧붙였다.

"그러나 아시다시피," 중간에 마닐로프가 덧붙였다. "그것을 함께 나눌 수 있는 친구가 없다면요……."

"오, 지당한 말씀, 정말 지당하신 말씀이에요!" 치치코프가 말을 끊었다. "그런 벗이 없다면 온 세상 보물을 다 가진다 한들 무슨 소용이 있겠어요! 어떤 현자는 '돈은 없을지언정, 교제할 좋은 친구는 있어야 한다'라고 했다지요."

"그리고 이거 아세요, 파벨 이바노비치?" 마닐로프가 달콤할 뿐 아니라 세상의 영악한 의사가 환자를 기쁘게 해 주기 위해 터무니없이 달짝지근하게 만든 약처럼 느끼하기까지 한 표정을 지으며 말했다. "그렇게 되면, 뭐랄까, 어떤 정신적인 쾌락을 느낄 수 있을 거예요…… 예를 들어, 바로 지금 행운을 가져다준 이 운명적인 기회를, 즉 당신과 이야기를 나누며 당신의 유쾌한 이야기를 즐기는 이 시간을 가장 전형적인 행복이라고 할 수 있지 않을까요……."

"무슨 그런 말씀을! 유쾌한 이야기라니요? 저는 그저 볼품없는 초라한 사람일 뿐이에요." 치치코프가 대답했다.

"오! 파벨 이바노비치, 감히 솔직하게 제 마음을 표현하는 것을 허락해 주신다면, 사실 저는 당신이 갖고 계신 재능의 일부만이라도 가질 수 있다면, 제 전 재산의 절반이라도 기꺼이 내놓겠어요……."

"그 반대지요, 그런 말씀을 드리고 싶은 건 오히려 바로 저……."

이때 만일 하인이 들어와서 식사가 준비되었다고 알리지 않았다면, 두 사람이 서로에게 털어놓는 열렬한 감정의 표현이 어디까지 나갔을지 알 수 없다.

"어서 가시지요." 마닐로프가 말했다. "수도의 세공된 마루가 깔린 대저택에서 드시는 것 같은 식사가 아니어도 부디 용서하세요. 저희는 그저 러시아식으로 야채수프를, 하지만 성심성의껏 준비한 것을 먹지요. 자, 어서 가시지요."

그러고서 그들은 또다시 얼마 동안 누가 먼저 식당에 들어갈 것인지를 놓고 실랑이를 벌였고, 마침내 치치코프가 몸을 옆으로 돌려서 먼저 식당에 들어갔다.

식당에는 이미 마닐로프의 아들인 두 소년이 서 있었는데, 식탁에 앉힐 수는 있지만 아직은 높은 걸상에 앉혀야 하는 나이였다. 그들 곁에 서 있던 가정 교사는 정중하게 미소를 지으며 허리를 굽혀 인사했다. 안주인은 자신의 수프 그릇이 놓인 곳에 앉았고, 손님은 주인과 안주인 사이의 자리에 앉았으며, 하인은 아이들의 목에 냅킨을 매 주었다.

"아주 귀여운 자제 분들이시네요." 치치코프가 아이들을 보며 말했다. "그런데 몇 살이지요?"

"큰 놈은 여덟 살이고, 작은 녀석은 어제로 여섯 살이 되었어요." 마닐로프 부인이 말하였다.

"테미스토클류스!"* 마닐로프가 하인이 꼭 둘러매 놓은 냅킨에서 턱을 빼내려고 애쓰는 큰아들에게 몸을 돌리며 말했다. 치치코프는 마닐로프가 무슨 이유에서인지 몰라도 단어 끝에 '유스'를 붙인 그 그리스풍 이름을 듣고 약간 눈썹을 움찔거렸지만 곧 일상적인 표정으로 되돌아가려고 노력했다.

"테미스토클류스야, 말해 보렴, 프랑스에서 가장 좋은 도시가 어디지?"

이때 가정 교사는 모든 주의를 테미스토클류스에게 집중하고 마치 그의 눈 속으로 뛰어들고 싶어 하는 것 같았다. 하지만 마침내 테미스토클류스가 "파리요"라고 대답하자 완전히 안심하고 고개를 끄덕거렸다.

"그러면 우리나라에서 가장 좋은 도시는 어디지?" 마닐로프가 계속 물었다.

가정 교사는 다시 바짝 긴장했다.

"페테르부르크요." 테미스토클류스가 대답했다.

"그리고 또 어떤 게 있지?"

"모스크바요." 테미스토클류스가 대답했다.

"애야, 정말 똑똑하구나!" 치치코프는 아이에게 말했다. "그런데 말이에요……." 그는 감탄을 금치 못하는 표정으로 마닐로프 부부에게 몸을 돌리며 말을 이었다. "그 나이에 그런 지식을 갖고 있다니! 이 아이에겐 정말 놀라운 재능이 있다고 전 확신해요."

"오, 당신은 아직 그 애를 잘 모르시는 거예요!" 마닐로프가 대답했다. "그에겐 지극히 날카로운 두뇌가 있어요. 그런데 작은아들인 알키드는 그렇게 빠르지 않아요. 반면 이 큰 놈은 곤충이나 딱정벌레 같은 것만 봐도 갑자기 눈을 번득이고 그걸 쫓아다니고 바로 관심을 가져요. 저는 그 애를 외교 분야에 내보낼 겁니다. 테미스토클류스야." 그는 다시 큰아들에게 몸을 돌리며 말을 이었다. "외교관이 되고 싶니?"

"되고 싶어요." 테미스토클류스는 빵을 우물우물 씹고 머리를 좌우로 흔들면서 대답했다.

이때 뒤에 서 있던 하인이 외교관의 코를 닦아 주었는데, 일을 아주 잘 처리했기에 망정이지 안 그랬더라면 수프에 상당량의 불필요한 물방울이 떨어졌을 것이다. 식사 도중 평안한 삶의 즐거움에 대한 이야기가 오가기 시작했으나, 안주인의 도시 극장과 배우들에 대한 평으로 끊기곤 했다. 가정 교사는 대화하는 사람들을 매우 주의 깊게 바라보았고, 그들이 웃으려는 낌새가 보이면 바로 자기도 입을 벌려 열심히 웃곤 했다. 보아하니 그는 은혜를 깊게 느끼는 사람으로, 훌륭한 교제에 대하여 이것으로 주인에게 보상을 하고 싶어 하는 것 같았다. 그러나 한번은 얼굴에 엄격한 표정을 짓고, 맞은편에 앉은 아이들에게 눈을 부릅뜨고 테이블을 세게 내리치기도 했다. 이것은 아주 적절한 행동이었다. 테미스토클류스가 알키드의 귀를 깨물어서 알키드가 눈을 가늘게 뜨고 입을 막벌려 엄청 서럽게 울 판이었기 때문이다. 하지만 알키드는 그러면 음식을 못 먹을 수도 있다는 것을 깨닫고, 입을 이전 상태로 되돌리고 눈물을 글썽이며 양의 뼈에 붙은 살을 핥아 먹기 시작했다. 그래서 그의 양 볼이 기름으로 번들거렸다. 안주인은 자주 치치코프를 돌아보며 "전혀 아무것도 안 드시네요. 너무 적게 드셨어요"라고 말했다. 이에 대해 치치코프는 매번 "대단히 감사합니다, 배불리 먹었어요. 그 어떤 음식보다 유쾌한 대화가 더 좋은걸요"라고 대답했다.

그들은 식사를 마치고 자리에서 일어났다. 마닐로프는 대단히 만족스러웠으며, 손을 손님의 등에 대고 좀 전에 올 때와 마찬가지로 그를 응접실로 안내할 채비를 했다. 그런데 그때 갑자기 손님이 아주 의미심장한 표정을 지으며 한 가지 아주 중요한 일에 대해 그와 상의하고 싶다고 말했다.

"그렇다면 제 서재로 가 주시기를 부탁드려야겠군요." 마닐로프는 이렇게 말하고 푸르스름한 숲이 창밖으로 보이는 그다지 크지 않은 방으로 그를 안내했다. "이게 바로 저만의 공간이지요." 마닐로프가 말했다.

"아담하고 유쾌한 방이네요." 치치코프가 눈으로 방을 둘러보며 말했다.

방에는 정말 유쾌함이 없지 않았다. 벽은 회색빛이 감도는 하늘색 페인트로 칠해져 있고, 의자 네 개와 안락의자 하나, 이미 언급할 기회가 있었던 서표가 끼워진 작은 책이 놓여 있는 탁자, 글씨가 잔뜩 쓰여 있는 종이 몇 장, 그리고 무엇보다도 담배가 있었다. 담배는 여러 양태를 하고 있었으니, 담배 봉지에도 담뱃갑에도 있었고, 마지막으로 탁자 위에 그냥 수북이 쌓여 있는 것도 있었다. 양 창문턱에는 파이프에서 쏟아 낸 담뱃재 더미가 상당히 신경을 쓴 듯 깔끔하게 열을 지어 있었다. 마닐로프가 담배를 피우기 위해 이 방에서 상당한 시간을 보냈음을 알 수 있었다.

"여기 안락의자에 앉으시기를 부탁드리는 바예요." 마닐로프가 말했다. "여기가 좀 더 편하실 거예요."

"괜찮으시다면 그냥 의자에 앉겠어요."

"그럴 수는 없음을 부디 양해해 주세요." 마닐로프가 미소를 지으며 말했다. "이 안락의자는 제가 손님용으로 특별히 지정해 둔 것이어서, 좋든 싫든 앉으셔야 해요."

치치코프는 앉았다.

"파이프를 대접해도 될까요?"

"아니요, 저는 피우지 않아요." 치치코프가 상냥하게 마치 유감스럽다는 표정을 지으며 대답하였다.

"왜요?" 마닐로프 역시 상냥하게 유감스러운 표정을 지으며 말했다.

"습관이 되지 않아서요. 파이프는 사람을 마르게 한다고 하니 그게 두렵기도 하고요."

"그건 편견이라고 말씀드리는 것을 양해해 주세요. 저는 심지어 파이프 피우는 것이 코담배를 빨아들이는 것보다 훨씬 몸에 좋다고 생각해요. 저희 연대에 지극히 아름답고 지극히 교양이 넘치는 중위가 있었는데, 그는 식탁에서뿐 아니라 이렇게 말하는 걸 양해해 주신다면, 다른 어떤 곳에서든지 파이프를 입에서 떼지 않았지요. 그는 마흔 살이 훨씬 넘었지만, 신의 은혜로 지금까지 더할 나위 없이 건강해요."

치치코프는 그런 일이 정말 일어나며, 자연에는 그 어떤 놀라운 지혜로도 설명할 수 없는 많은 일들이 존재한다고 언급했다.

"그러나 무엇보다 한 가지 청이 있는데 말이에요." 그는 뭔가 어떤 이상한, 혹은 거의 이상한 어조의 목소리로 말하였고, 이어 무슨 이유 때문인지 뒤를 힐끗 돌아보았다. 마닐로프 역시 영문을 모른 채 뒤를 돌아보았다.

"등록 농노 명부*를 제출한 지 얼마나 되셨나요?"

"이미 꽤 오래전이죠, 사실 기억도 잘 나지 않아요."

"그 이후로 얼마나 많은 농노들이 죽었나요?"

"저로선 알 도리가 없네요. 제 생각엔 관리인에게 물어보는 게 낫겠어요. 어이, 이봐! 관리인 좀 불러와, 오늘 여기 있을 거야."

관리인이 나타났다. 그는 마흔 살 정도였고, 면도를 하고 프록 코트를 입은 것으로 보아 제법 평안한 삶을 사는 것 같았다. 왜냐 하면 그의 동그란 얼굴에 포동포동 살이 붙고, 누런 피부와 작은 눈으로 미루어 보아 깃털 침대와 오리 베개가 어떤 건지 아주 잘 알고 있는 것 같았기 때문이다. 그는 모든 지주의 관리인들이 통상 밟는 단계를 착실하게 밟아 온 게 분명했다. 그는 전에는 그저 집에서 글을 읽을 줄 아는 소년이었으나, 이윽고 마나님의 총애를 받던 아가시카라는 하녀장과 결혼하고, 스스로 창고지기가 되고, 그다음엔 지주의 토지 관리인이 된 것이다. 관리인이 된 후에는 그도 물론 다른 관리인들이 하듯이 행세했을 게 뻔한데, 즉 시골 마을에서 그중 좀 더 부유한 사람들과 어울려 친구가 되고, 더 가난한 사람들에겐 인두세를 매기고, 아침 아홉시에 일어나 사모바르의 물이 끓기를 기다리다가 차를 마실 것이다.

"이봐, 여보게! 납세 인구 조사 이후 지금까지 우리 농노가 몇이나 죽었나?"

"얼마나 죽었냐고요? 그때 이후 많이 죽었습니다." 관리인이 말하면서, 손으로 입을 약간 가리고 딸꾹질을 했다.

"그래, 고백하는데 나도 그러리라고 생각했어." 마닐로프가 말을 이어받았다. "그대로야, 아주 많은 사람들이 죽었군!" 그러고서 그는 치치코프에게 몸을 돌리고 다시 말을 이었다. "정확히, 아주 많이 죽었습니다."

"그럼 숫자로 하면요?" 치치코프가 물었다.

"그래, 숫자로 하면 얼마 정도지?" 마닐로프는 말을 이어받았다.

"그걸 어떻게 숫자로 말씀드리겠습니까? 얼마나 죽었는지 아무도 몰라요, 아무도 안 세었거든요."

"맞아요, 바로 그거예요." 마닐로프가 치치코프를 돌아보며 말했다. "저도 사망률이 높을 거라고 짐작했어요, 얼마나 죽었는지는 알려지지 않았고요."

"그럼, 그 수를 모두 세어 주시겠어요?" 치치코프가 말했다. "그리고 모두 하나하나 이름을 적어 상세한 명부를 작성해 주세요."

"그래, 이름을 전부 다 적어." 마닐로프가 말했다.

관리인은 "알았습니다!"라고 말하고 밖으로 나갔다.

"그런데 무슨 이유로 이것이 필요하시죠?" 관리인이 나가자마자 마닐로프가 물었다.

이 질문이 손님을 좀 난처하게 만든 것 같았다. 그의 얼굴에 긴장한 기색이 보이고, 급기야 얼굴이 붉어지기까지 했다. 뭔가 말로 표현하기 어려운 것을 표현해야 하는 데서 오는 긴장감이 느껴졌다. 그리고 실제로 마닐로프는 마침내 너무나 이상하고 비상식적이어서 여태 어떤 이도 들어 본 일이 없는 그런 말을 듣게 되었다.

"어떤 이유로 그러냐고 물어보신 것이지요? 그 이유란 이래요. 저는 농노를 사려는 것입니다만······." 치치코프는 여기까지 말하고 딸꾹질이 나오기 시작해서 말을 맺지 못했다.

"그런데 혹시 여쭤 봐도 될지요." 마닐로프가 말했다. "어떤 방식으로 농노를 사고자 하시는 건가요? 땅과 같이 말인가요 아니면 그저 땅 없이 이전시키려는 건가요?"

"아닙니다. 사실 저는 온전한 농민들을 말하는 것이 아니에요." 치치코프가 말했다. "저는 죽은 농노를 사려는 거예요······."

"뭐라고요? 죄송합니다만······ 제가 좀 가는귀가 먹어서요, 지극히 이상한 단어가 들린 것 같은데······."

"저는 현재 죽었지만 인구 조사상 살아 있는 것으로 간주되는 농노들을 살 생각이에요." 치치코프가 말하였다.

마닐로프는 그 말을 듣자 긴 파이프 담뱃대를 마루에 떨구고, 몇 분 동안 입을 떡 벌린 채 있었다. 우정을 나누는 삶의 유쾌함을 즐기던 두 친구는 미동도 않고, 마치 저 옛날 거울의 양면에 서로 마주보게 걸려 있던 초상화들처럼 서로 눈만 뚫어져라 바라보았다. 마침내 마닐로프는 긴 파이프 담뱃대를 집어 올리면서 치치코프의 입술에 어떤 냉소가 서려 있진 않은지, 그가 농담을 하고 있지는 않은지 확인하려고 애쓰면서 밑에서 그의 얼굴을 물끄러미 바라보았으나, 그런 기색은 전혀 보이지 않았다. 아니 그 얼굴은 오히려 평소보다 더 진지해 보였다. 그러다 문득 이 손님이 갑자기 정신이 나가 버린 것은 아닐까 하는 불안한 생각이 들어서 공포에 질려 그를 뚫어지게 쳐다보았다. 그러나 치치코프의 눈은 완벽히 선명했으며, 거기에는 미친 사람들 눈에 어른거리는 거칠고 불안하게 타오르는 눈빛도 없었고, 모든 게 예의 바르고 정연했다. 무엇을 어떻게 해야 할지 아무리 생각해 보아도, 마닐로프는 입에 머금은 담배 연기를 아주 가늘게 나선 모양으로 뿜어낼 뿐 아무 생각도 할 수가 없었다.

"그러니까, 실제로는 살아 있지 않지만 법률상의 형식으로는 살아 있는 농노들을 제게 건네주시거나 양도하실 수 있는지 알고 싶습니다. 더 좋다고 생각하시는 방식이 있으면 그것도 좋고요." 그러나 마닐로프는 너무나 당혹스럽고 혼란스러워서 그저 그를 쳐다보기만 했다.

"당신이 난처해 하시는 것 같아 보입니다만······." 치치코프가 지적했다.

"저요? 아녜요. 그게 아녜요." 마닐로프가 말했다. "그러나 감을 잡을 수가 없네요······ 죄송합니다······ 물론 저는 말하자면 당신의 모든 행동에서 보이는 그런 빛나는 교육은 받을 수 없었고, 또 고상한 표현 기교도 없습니다만······ 아마도, 여기······ 방금 조심스럽게 말씀하신 이 표현에······ 무슨 다른 뜻이 숨겨져 있는 것은 아닌지······ 발음상의 아름다운 조화를 위해 그렇게 표현하신 것이지요?"

"아니요." 치치코프가 말을 받았다. "아니에요. 저는 있는 그대로 그 대상을, 즉 이미 죽은 농노들을 염두에 둔 겁니다."

마닐로프는 완전히 혼란에 빠졌다. 그는 뭔가를 하거나, 질문을 해야 한다고 느꼈지만, 어떤 질문을 해야 할지는 악마만이 알 수 있었다.* 그는 결국 다시 연기를 내뿜는 것으로 끝맺고 말았는데, 이번엔 입이 아니라 콧구멍을 통해서였다.

"그래서 말씀인데, 아무 장애가 없다면, 신과 함께* 평안히 법원에서 거래 확정 수속*을 밟을 수 있을 거예요." 치치코프가 말했다.

"뭐라고요? 죽은 농노들에 대한 거래 확정을 말인가요?"

"아, 아니에요!" 치치코프가 말했다. "저희는 등록한 납세자 명단에 있는 것처럼 그들이 살아 있다고 적을 거예요. 제겐 어떤 경우에도 시민법에서 이탈하지 않는 습관이 있어요. 이것 때문에 직장에서 고통을 당했지만, 죄송합니다만, 그래도 제게 의무는 신성한 것이고, 법은, 저는 법 앞에서는 입을 다물 거예요."

이 마지막 말들은 마닐로프도 마음에 들었으나, 일의 진상만은 도무지 파악이 안 돼, 그는 대답 대신 담뱃대를 힘껏 빨아 결국 바순처럼 빽빽거리는 쉰 소리를 내기 시작했다. 마닐로프는 그에게서 그런 기상천외한 일에 대한 의견을 끌어내고 싶어 하는 눈치였으나, 파이프만 빽빽거릴 뿐 더 이상 아무것도 없었다.

"아마도 당신은 뭔가 의심하고 계신 거지요?"

"오! 아닙니다, 그럴 리가요. 저는 당신에 대해서 무슨, 즉 비판적인 판단을 내리기 위해 그것에 대해 말하려는 게 아닙니다. 하지만 말씀해 주세요. 이게 무슨 사업이라든가, 아니면 흔히 말하는 거래 협상이라고 하는 건 아닌지요? 즉, 이 협상이 시민법이나 러시아의 먼 미래 전망에 부합하지 않는 건 아닌지요?"

여기에서 마닐로프는 약간 고갯짓을 하면서 아주 의미심장한 눈초리로 치치코프의 얼굴을 바라보았고, 그의 모든 얼굴 윤곽과 꽉 다문 입술에는 아마도 인간의 얼굴에서는 결코 본 적이 없고, 오직 어떤 지나치게 똑똑한 장관에게서, 그것도 아주 골치 아픈 일을 하는 때나 보게 될 그런 심오한 표정이 어려 있었다.

그러나 치치코프는 다만 그와 같은 사업이나 협상은 결코 시민법과 러시아의 아주 먼 미래상에 부합하지 않는 게 아니라고 말하고, 한참 있다가 이윽고 국가는 법에 따라 조세를 받는 것이기 때문에 국고에도 이로울 것이라고 덧붙였다.

"그렇게 생각하세요?"

"저는 이것이 좋을 거라고 생각해요."

"만일 좋다면 다른 문제지요, 저는 이것에 반대하지 않아요." 이렇게 말하고 마닐로프는 완전히 평안해졌다.

"이제 가격을 결정하는 일만 남았군요."

"가격이라니요?" 마닐로프가 다시 말하고는 멈췄다. "정말 당신은 제가 어떤 면에서 보면 이미 존재를 끝낸 농노들에 대해 돈을 받을 거라고 생각하셨나요? 당신에게 이런, 말하자면 환상적인 바람이 생겼다면, 저는 그것들을 무상으로 넘기고 등기 수속도 제가 부담할 생각이에요."

마닐로프가 그 말을 한 이후 만족감이 손님을 사로잡았다는 걸 말하지 않고 넘어간다면, 지금 전개되는 사건들을 전하는 이야기꾼은 호된 비난을 면치 못할 것이다. 치치코프가 아무리 침착하고 신중하다 해도, 그 역시 하마터면 기쁨이 발작적으로 분출될 때 흔히 그렇듯이 산양처럼 폴짝폴짝 뛸 뻔했다. 그가 소파에서 너무 세게 몸을 돌려 베개를 팽팽하게 조인 실크 천이 터졌으나, 마닐로프 자신은 약간 당혹스러워하며 그를 바라보았다. 그 호의에 격앙된 치치코프가 감사 치례를 너무 많이 해서, 이편에서는 어리둥절해지고 얼굴이 새빨개지고 안 그렇다는 뜻으로 고개를 내젓고, 결국 이건 전혀 아무것도 아니고 그는 정말 마음에서 우러나오는 갈망, 자석처럼 영혼을 끌어당기는 힘을 어떤 식으로든 증명하고 싶었을 뿐이고, 죽은 농노는 일종의 시시한 쓰레기에 지나지 않는다는 입장을 표명했다.

"그것은 절대 쓰레기가 아니에요." 치치코프가 마닐로프의 손을 쥐고서 말했다. 그는 깊은 한숨을 내쉬었다. 그는 감정을 분출하고 싶은 심정인 것 같았다. 그는 마침내 감정과 풍부한 표현을 담아 다음과 같이 말했다. "만일 피붙이도 일가도 없는 사람에게 그 쓰레기 같은 것이 얼마나 큰 도움이 되는지 당신이 아신다면! 정말 실제로 제가 어떤 고초를 겪었는지 아신다면요! 광포한 파도 속에 떠 있는 한 척의 배처럼…… 어떤 박해, 어떤 억압을 당했는지, 어떤 고통을 맛보았는지, 그런데 그게 무엇 때문이었나요? 정의를 지키고, 양심이 깨끗하고, 힘없는 과부와 불운한 고아들 편에 서기 위해서였습니다!" 여기서 그는 심지어 손수건으로 닭똥 같은 눈물을 닦기까지 했다.

마닐로프는 완전히 감동받았다. 두 친구는 오랫동안 손을 마주 잡고 오랫동안 말없이 서로의 눈을 바라보았다. 그 눈에 갑자기 눈물이 핑 돌았다. 마닐로프가 절대 우리 주인공의 손을 놓으려 하지 않고 그토록 뜨겁게 손을 쥐고 있어서, 이쪽에서 손을 어떻게 빼야 할지 모를 지경이었다. 결국, 그는 손을 조용히 빼내고 등기 수속을 되도록 빨리 밟는 것이 나쁘지 않을 듯하며, 그가 직접 도시에 들르면 좋겠다고 말했다. 이윽고 그는 모자를 집어 들고 작별 인사를 하기 시작했다.

"아니, 벌써 가시려는 건가요?" 마닐로프가 갑자기 정신을 차리고 거의 경악하며 말했다.

이때 서재에 마닐로프 부인이 들어왔다.

"리자." 마닐로프가 약간 애처로운 표정을 지으며 말했다. "파벨 이바노비치가 우리를 버리신대요!"

"파벨 이바노비치에게 우리가 지겨워졌기 때문이에요." 마닐로프 부인이 대답했다.

"부인! 여기에," 치치코프가 말했다. "여기, 바로." 그러면서 그는 손을 가슴에 대었다. "여기에 여러분과 보낸 유쾌한 시간이 오래도록 남아 있을 거예요! 그리고 제게 여러분과 한집에서는 아니라도 적어도 가장 가까운 이웃으로 지내는 것보다 더 큰 축복은 없을 겁니다."

"이거 아세요, 파벨 이바노비치?" 그 생각이 무척 마음에 든 마닐로프가 말했다. "정말 그렇게 함께, 한 지붕 아래서건, 어떤 느릅나무 그늘 아래서건 무엇에 대해서든 철학을 논하고 심오한 생각을 한다면 얼마나 좋을까요!"

"오! 그건 천국에서처럼 행복한 삶이겠지요!" 치치코프는 한숨을 쉬면서 말했다. "안녕히 계십시오, 부인!" 그는 마닐로프 부인의 손에 다가가면서 말을 계속했다. "안녕히 계세요, 가장 존경하는 친구여! 제 청을 잊지 말아 주세요."

"오, 믿으셔도 좋아요!" 마닐로프가 대답했다. "당신과 이틀 이상 떨어져 있지 않을 거예요."

모두 식당으로 나갔다.

"잘 있어, 귀여운 애들아!" 치치코프는 이미 손도, 코도 없는 어떤 나무 거위를 갖고 노는 알키드와 테미스토클류스를 보면서 말했다. "잘 있어, 꼬마들. 너희에게 줄 선물을 갖고 오지 않은 걸 용서해 주렴. 사실은 너희가 세상에 있는지도 몰랐어. 하지만 다음에 올 땐 꼭 선물을 가져올게. 네겐 장검을 갖다 줄게, 장검을 갖고 싶니?"

"갖고 싶어요." 테미스토클류스가 대답했다.

"그리고 네겐 북을 줄게. 정말 북이 좋지 않을까?" 그는 알키드에게 몸을 굽히고 말을 계속했다.

"뿍 좋아요." 알키드가 속삭이며 대답하고 머리를 수그렸다.

"좋아. 네겐 북을 갖다 줄게. 아주 멋진 북으로. 소리가 이렇게 나는 걸로 말이야, 두르르르……루…… 트라-타-타, 타-타-타…… 잘 있어라, 꼬마야! 안녕!" 이때 치치코프는 아이의 머리에 키스를 하고, 마닐로프와 그의 아내에게 보통 부모에게 그들

아이들의 천진난만한 소원을 알릴 때 짓는 그런 소박한 웃음을 지으며 돌아섰다.

"제발, 더 머무르시죠, 파벨 이바노비치!" 이미 모두 현관 계단으로 나왔을 때, 마닐로프가 말했다. "보세요, 먹구름이 잔뜩 끼었는걸요."

"이건 별것 아닌 먹구름이에요." 치치코프가 대답하였다.

"소바케비치 집으로 가는 길을 아세요?"

"당신께 그것에 대해 여쭙고 싶은데요."

"그러세요, 지금 당신 마부에게 일러 줄게요." 마닐로프는 매우 친절하게 마부에게 설명해 주었고, 심지어 그를 한 번 '당신'이라고 불렀다.

마부는 길모퉁이를 두 개 지나 세 번째 모퉁이에서 꺾어야 한다는 말을 듣고서 "분부대로 하겠습니다, 나리"라고 말했고, 치치코프는 발끝으로 디딤발을 하고 오랫동안 인사를 하고 손수건을 흔드는 주인 내외의 배웅을 받으며 떠났다.

마닐로프는 멀어지는 반개 사륜마차를 눈으로 배웅하면서 오랫동안 현관 계단에 서 있었다. 마차가 보이지 않는데도 그는 파이프 담배를 피우며 계속 서 있었다. 마침내 그는 방으로 들어가 의자에 앉아 자기 손님에게 작은 만족을 준 것에 진심으로 기뻐하며 상념에 잠겼다. 이윽고 그의 생각은 자기도 모르게 다른 대상으로 넘어갔고, 마침내 신만이 아시는 곳으로 빠져 버렸다. 그는 친구와 우정을 나누는 삶의 행복에 대하여, 친구와 강가에서 산다면 얼마나 좋을지에 대하여 생각했고, 이윽고 이 강을 가로지르는 다리가, 이윽고 아주아주 높아서 모스크바까지 보이고 탁 트인 공기를 맞으며 차를 마시고 어떤 유쾌한 대상에 대해서든지 논할 수 있는 망루*가 있는 가장 넓은 집이 지어지기 시작했다

이윽고, 그는 치치코프와 함께 멋진 마차를 타고 어떤 사교 모임에 가서 유쾌한 교제술로 모든 이를 매혹시키고, 황제 폐하가 그들의 깊은 우정을 알고 그들에게 장군직을 수여하는 것에 대해 생각하다가, 마침내 신만이 아시고 이미 그 자신도 이해 못할 곳으로 더 멀리 나아갔다. 그러다 갑자기 치치코프의 이상한 부탁이 그의 공상을 가로막았다. 그건 아무리 생각해도 이상하게 그의 머리에서 소화가 안 되었으니, 아무리 이리저리 뒤집어 보아도 설명이 안 되었다. 그는 저녁을 먹기 직전까지 내내 앉아서 계속 파이프를 피워 댔다.

제3장

치치코프는 벌써부터 이정표가 있는 큰길*을 달리는 마차 안에 아주 흡족한 기분으로 앉아 있었다. 이미 그의 취향과 기호가 뭔지 확실히 알았으니, 몸도 마음도 온통 그 생각에 빠져 든 건 전혀 놀랄 일이 아니다. 얼굴 표정을 보건대, 그의 추측이나 계산, 생각들이 매우 유쾌한 것임을 알 수 있었다. 그는 매 순간 만족스러워하는 미소를 흘리고 있었기 때문이다. 그런 상념들에 빠져 든 나머지 마부가 마닐로프의 하인들에게서 받은 극진한 대접에 만족해하며 마차 오른편의 얼룩무늬 곁말*에게 아주 실질적인 훈계를 늘어놓는 것에 전혀 주의를 돌리지 않았다. 이 얼룩무늬 말은 아주 교활해서 마차를 끄는 시늉만 하고, 그때마다 실제로는 가운데 적갈색 말과, 어떤 의원*에게서 얻었기 때문에 '의원'이라는 별명을 얻은 연한 밤색의 곁말만 안간힘을 쓰며 마차를 끌었기 때문에, 그 말들의 눈에서도 그것에 만족해하는 빛이 역력했다. "그래 잔머리 굴려 봐, 굴려 보란 말이야! 그래 봤자 내가 한 수 위란 걸 알게 될걸!" 셀리판은 일어나서 채찍으로 게으름뱅이를 후려갈기며 말했다. "자기 본분을 알아야지, 이 어릿광대 독일 놈아! 적갈색 말은 존경할 만해, 제 의무를 다하니까. 그러니 내 기꺼이 귀리도 한 말 줄 거야. 그리고 의원도 좋은 말이고…… 어, 어! 왜 귀를 흔들고 야단이야? 에이 멍청아, 말을 할 땐 귀담아들어야지! 너같이 무식하고 멍청한 놈한텐 가르칠 것도 없어. 어딜 기어들려고 그래!" 그러면서 그는 "야, 야만인, 저주받을 보나파르트* 같으니!"라고 욕을 하고 다시 그를 채찍으로 내리쳤다. 이윽고 모든 말들을 향해 "이봐, 제군들!"이라고 소리를 지르고, 이제 벌이 아니라 그들에게 만족하고 있다는 걸 보여 주기 위해 세 대씩 후려갈겼다. 그런 만족을 나눠 주고서, 그는 또다시 얼룩무늬 말에게 말을 돌렸다. "네놈 짓거리를 숨길 수 있다고 생각하나 본데, 천만에, 존경받으려면 똑바로 살아. 금방 우리가 갔던 지주 댁 사람들을 봐, 정말 좋잖아. 내 기꺼이 말하는데, 사람이 좋으면 늘 좋은 사람이랑 친구가 되고 가까워지기 마련이야. 차를 마시든 요기를 하든 사람만 좋으면 뭐든 기꺼이 하려 한다고. 좋은 사람에겐 누구나 존경을 표하거든. 우리 주인님도 누구나 존경하잖아, 너도 그분이 국가를 위해 봉사한 것 알지, 6등관이셨다고……."

이런 식으로 추론해 가다가 셀리판은 마침내 완전히 얼토당토않은 추상적인 논리에 빠져 들고 말았다. 만일 치치코프가 귀를 기울였다면, 그는 자신에 관한 아주 소소한 것들을 많이 알 수 있었을 것이다. 하지만 그는 자기 관심사에 너무 골몰해서 벼락이 한 번 심하게 내려치고 나서야 정신을 차리고 주위를 둘러보기 시작했다. 하늘이 온통 먹구름으로 뒤덮이고, 먼지가 폴폴 날리던 우편마차 길에 빗방울이 튀고 있었다. 마침내 천둥이 더 크게 더 가까이에서 다시 한 번 치더니, 갑자기 비가 양동이로 퍼붓듯이 쏟아졌다. 먼저 사선 방향으로 마차 몸체의 한편을 후려치다가 이윽고 그 반대쪽을, 이윽고 공격의 양태를 바꿔 완전히 반듯이 서서 마차 꼭대기를 북 두들기듯 냅다 두들겼고, 급기야 물보라가 그의 얼굴에도 튀었다. 그래서 그는 길가 풍경을 감상할 수 있게 내놓은 두 개의 둥근 작은 창문이 달린 가죽 덮개를 두르고, 셀리판에게 좀 더 빨리 달리도록 지시했다. 셀리판 역시 연설 도중에 말이 끊기긴 했지만 꾸물거릴 때가 아니란 걸 깨닫고, 마부석 밑에서 회색 천으로 된 어떤 쓰레기 같은 걸 꺼내 소매에 걸치고 손에 고삐를 움켜쥐고서, 훈계의 가르침이 약해진 것을 느끼고 기뻐하며 겨우겨우 걸음을 옮기던 세 마리 말에게 고함을 쳤다. 그러나 셀리판은 자기가 모퉁이를 두 개 돌았는지 세 개 돌았는지 아무리 해도 기억이 나지 않았다. 오던 길을 더듬더듬 되돌아보고 나서야 그는 이미 많은 모퉁이가 있었고 그걸 전부 그냥 지나쳤다는 걸 깨달았다. 그는 러시아인이면 누구나 결정적인 순간에 곰곰이 잘 따져 보지도 않고 뭘 할지 결정해 버리듯이, 냉큼 첫 교차로에서 오른쪽으로 꺾어 들고 "에이, 이봐, 잘했어!"라고 외친 후, 이 길이 어디로 난 건지 별로 생각도 않고 냅다 달리기 시작했다.

비는 그런데도 한참 더 쏟아질 것 같았다. 길에 누워 있던 먼지가 엉켜 붙어 진창이 되었고, 말들은 매 순간 마차를 끌기가 더 힘들어졌다. 치치코프는 소바케비치 마을이 너무 오랫동안 보이지 않는 것에 몹시 불안해지기 시작했다. 계산대로라면 이미 오래전에 도착했어야 했다. 그는 양쪽을 살펴보았으나 사위가 칠흑처럼 캄캄해서 아무것도 볼 수 없었다.

"셀리판!" 그는 결국 마차 밖으로 몸을 내밀고 말했다.

"왜요, 나리?" 셀리판이 대답했다.

"둘러봐, 마을이 안 보이나?"

"나리, 아무것도 안 보이는데요!" 그러더니 셀리판은 채찍을 휘두르며 끝없이 길게 늘어지는 뭔가 노래 아닌 노래를 부르기 시작했다. 거기에 모든 게, 러시아 땅의 이 끝에서 저 끝까지 말을 다룰 때 쓰는 모든 격려와 독촉의 말들이, 혀끝에 처음 나온 그대로, 더 이상 고민하지 않고 튀어나온 온갖 종류의 형용사들이 있었다. 그러더니 그는 그 말들을 마침내 비서들이라고 부르기까지 했다.

그러는 사이 치치코프는 사륜마차가 사방으로 흔들리고 그 때문에 자기가 너무 심하게 엉덩방아를 찧는 걸 깨닫게 되었다. 이것으로 그들이 길에서 벗어나 아마도 써레질한 들판을 따라 힘겹게 나아가고 있음을 느낄 수 있었다. 셀리판 자신도 그걸 깨달은 것 같았으나, 한마디도 하지 않았다.

"야, 사기꾼아, 어떤 길로 가는 거야?" 치치코프가 말했다.

"나리, 뭘 어쩌겠습니까. 때가 이런데, 채찍도 안 보일 정도로 칠흑같이 어두운걸요!" 이렇게 말하고 나서 그가 너무 급하게 마차를 꺾는 통에 치치코프는 두 손으로 몸을 가누어야 했다. 그때 그는 셀리판이 술에 취했다는 걸 깨달았다.

"잡아, 잡아, 마차를 뒤엎고 있잖아!" 그는 마부에게 소리쳤다.

"천만에요, 나리. 제가 어떻게 마차를 뒤엎겠어요." 셀리판이 말했다. "뒤엎는 게 좋지 않다는 것, 저도 잘 알고 있어요. 절대 뒤집지 않을 거예요." 그러고 나서 그는 가볍게 마차를 돌리기 시작했고, 돌리고 또 돌리더니 결국 마차를 완전히 옆으로 뒤집어 버렸다. 치치코프는 팔과 다리를 대자로 벌린 채 진창에 내동댕이쳐졌다. 하지만 셀리판은 말을 멈춰 세웠다. 말들도 너무 지쳐서 알아서 설 판이었다. 예기치 못한 이 사태에 그는 완전히 어안이 벙벙해졌다. 그는 마부석에서 기어 내려와, 자기 주인이 진창에서 버둥거리며 빠져나오려고 안간힘을 쓰는 동안 두 팔을 옆구리에 대고 한참을 생각하더니 "이를 어째, 마차가 내동댕이쳐졌네!"라고 말하는 것이었다.

"이 자식, 고주망태처럼 취했잖아!" 치치코프가 말했다.

"아니에요, 나리. 어떻게 취할 수가 있겠어요? 술 취하는 건 좋지 않은 일이라고 알고 있어요. 친구랑 얘기 좀 했을 뿐인데요. 좋은 사람과 얘기하는 데 나쁠 거 없잖아요, 같이 요기도 했고요. 요기가 나쁜 건가요, 좋은 사람하고 요기도 할 수 있죠."

"지난번 코가 삐뚤어지게 취했을 때 네 녀석이 뭐라고 했어? 어? 벌써 잊었어?" 치치코프가 말했다.

"천만에요, 주인 나리. 어떻게 잊을 수 있겠어요, 저는 제 일을 잘 알고 있습니다요. 취하는 건 좋지 않다는 건 알고 있어요. 좋은 사람하고 얘기 좀 한 거예요, 왜냐하면……."

"채찍 좀 맞아야 좋은 사람하고 어떻게 말해야 하는지 알겠구먼!"

"나리 뜻이 그렇다면 할 수 없죠." 뭐든 동의하는 셀리판이 대답했다. "채찍질을 하시겠다면 하셔야죠, 전 절대 반대하지 않아요. 주인 나리 뜻이 정 그렇다면 채찍질하지 못할 이유가 뭐 있겠어요? 농노가 제멋대로여서 질서를 잡아야 할 땐 당연히 채찍질해야죠. 맞아도 싸다면 채찍질하세요. 채찍질 못할 이유가 뭐 있겠어요?"

그런 추론에 주인 나리는 뭐라 대답해야 좋을지 할 말을 잃었다. 그러나 바로 이때 운명의 여신이 그를 가엾게 여기기로 작정한 것 같았다. 멀리서 개 짖는 소리가 들린 것이다. 기쁨에 넘친 치치코프가 빨리 말을 몰라고 명령했다. 러시아 마부는 시력 대신 뛰어난 감각을 갖고 있어서, 가끔 눈을 거의 감고 말을 몰아도 항상 어딘가에 도달하게 마련이다. 셀리판은 한 치 앞도 볼 수 없이 캄캄한데도 말을 곧장 마을로 몰았고, 마차는 울타리에 부딪혀 더 나갈 수 없게 되어서야 멈춰 섰다. 치치코프는 사위를 짙게 뒤덮은 소나기 사이로 지붕 비슷한 것만 알아볼 수 있었다. 그는 셀리판에게 가서 입구를 찾게 했는데, 러시아의 시골집들에 문지기 대신 용감한 개들이 있었기에 망정이지 안 그랬다면 그 일은 틀림없이 오래 걸렸을 것이다. 개들이 그의 도착을 알리려는 듯 어찌나 크게 짖어 대던지 그는 손가락으로 귀를 막아야 했다. 작은 창문에 불빛이 어른거리고 담장까지 희미한 불빛이 흘러나와 여행자들에게 문이 있는 곳을 알려 주었다. 셀리판이 문을 두드리자, 쪽문을 열고 앞섶이 길고 헐렁한 농민용 외투로 몸을 감싼 어떤 형상이 몸을 내밀었고, 주인 나리와 하인은 노파의 쉰 목소리를 듣게 되었다.

"거 누구요? 왜 이런 시간에 돌아다니는 거요?"

"지나가던 과객입니다. 어멈, 하룻밤 머물게 해 주세요." 치치코프가 말했다.

"맙소사, 참 잘도 쏘다니는구먼." 노파가 말했다. "이런 때 오다니! 여긴 여인숙이 아니야, 지주 마님이 사는 데지."

"어쩌겠어요, 어멈. 길을 잃었는걸요. 이런 날씨에 들판에서 잘 수도 없고요."

"네, 캄캄한 밤이고 날씨도 너무 안 좋은 때라서요." 셀리판이 덧붙였다.

"넌 가만있어, 멍청아." 치치코프가 말했다.

"근데 당신은 누구요?" 노파가 말했다.

"귀족이오, 어멈."

'귀족'이라는 말에 노파는 잠깐 생각을 해 보는 것 같았다.

"잠깐 기다리세요, 주인마님께 여쭤 볼 테니." 그녀는 이렇게 말하고, 2분쯤 지나 손에 호롱불을 들고 돌아왔다.

문이 열렸다. 작은 등불이 다른 창문에도 어른거렸다. 마차가 마당에 들어섰고, 어두워서 분간하기 힘든 그다지 크지 않은 집 앞에 섰다. 집의 절반만 창문에서 새어 나오는 불빛에 모습이 드러났고, 그 빛이 정면으로 비친 덕에 집 앞 웅덩이도 보였다. 빗줄기가 나무 지붕을 요란하게 두들겨 대고, 밑에 받쳐 놓은 통으로 졸졸 소리를 내며 떨어졌다. 그사이 개들도 있는 힘껏 목청을 돋워 시끄럽게 짖어 댔다. 한 마리는 고개를 뒤로 젖혀 마치 이것에 대해 무슨 보수를 받는 양 길게 혼신의 힘을 다해 늘여 빼고, 다른 한 마리는 사원의 종지기처럼 톡톡 끊어서 짖어 댔다. 그 둘 사이에서 어린 강아지인 듯한 소프라노 개가 지치지도 않고 우편마차 종소리* 같은 소리를 내고, 마지막으로 개의 억센 기질을 타고난 늙은 개가 콘트라베이스처럼 쉰 목소리를 내며 베이스로 이 모든 하모니를 완결 지었다. 이건 마치 연주회가 절정에 이르러, 테너 가수들이 높은 음정을 내려는 강한 열망에 까치발을 딛고 몸을 쭉 들어 올리고, 모든 이들이 고개를 뒤로 젖혀 위로 상승하려고 할 때, 혼자 면도도 안 한 턱을 넥타이에 쑤셔 넣어 거의 땅까지 내려가 거기서 자기 음을 내어 창문이 뒤흔들리고 덜컹거리게 하는 식이었다. 그토록 다양한 음색을 가진 음악가들에게서 어우러진 개들의 하모니로 보아 이 마을은 상당히 큰 것으로 추정할 수 있었으나, 비에 흠뻑 젖어 추위에 떨고 있는 우리 주인공에겐 침대 외에 다른 생각이 없었다. 마차가 완전히 멈추기도 전에, 그는 현관 계단으로 뛰어내리다가 발이 걸려 하마터면 넘어질 뻔했다. 현관 계단에 조금 전에 나왔던 노파보다 조금 젊어 보이는, 그러나 그 노파와 상당히 닮은 한 여인이 나와 그를 방으로 안내했다.

치치코프는 재빨리 방 안을 훑어보았다. 방에는 오래되어 낡은 줄무늬 벽지가 발라져 있고, 벽에는 어떤 새 그림들이 걸려 있었다. 또 창문들 사이에는 오그라든 잎사귀 모양의 검은 액자에 끼워진 작은 옛날식 거울들이 걸려 있고, 각 거울 뒤로는 편지나 오래된 카드 뭉치나 긴 양말이 꽂혀 있었으며, 문자판에 꽃그림이 그려진 벽시계도 있었으나, 치치코프는 너무 피곤해서 더 이상 아무것도 눈에 들어오지 않았다. 마치 눈에 꿀을 바른 것처럼 눈꺼풀이 서로 들러붙는 것 같았다. 잠시 후, 그 집 여주인이 들어왔다. 머리에 급하게 쓴 것이 역력한 취침용 모자를 쓰고 목에는 플란넬 수건을 두른 중년 부인은, 흉작과 손실에 대해 눈물을 흘리고 고개를 약간 옆으로 갸우뚱거리면서도 여전히 조금씩 푼돈을 모아 거친 삼베 주머니들에 넣고 그것들을 여기저기 장롱 서랍 속에 쟁여 넣는, 재산이 많지 않은 여지주인 것 같았다. 한 주머니에는 전부 1루블짜리 은화만 넣고, 다른 주머니에는 반 루블짜리 은화를, 세 번째 주머니에는 25코페이카짜리 은화를 넣어서, 얼핏 보기에는 장롱 속에 침구나 얇은 부인용 잠옷, 털실 뭉치, 그리고 명절 때 온갖 기름과자*와 함께 명절용 전병을 굽다가 옷이 타서 구멍이 나거나 다 해지면 대신 입을 옷으로 변조할 생각인 뜯어진 구식 부인용 망토 외에는 아무것도 없는 것 같았다. 하지만 절약이 몸에 밴 이런 부인네 옷은 불에 타서 구멍이 나지도 않고 해지지도 않아서, 구식 부인용 외투는 오래도록 뜯긴 채 있다가 이윽고 정교식 유언에 따라* 다른 온갖 잡동사니와 함께 6촌 자매인 조카에게 넘겨질 운명이다.

치치코프는 때아닌 방문으로 폐를 끼치게 된 것에 대해 사과했다.

"천만에요, 괜찮아요." 여주인이 말했다. "이런 날씨에 하느님께서 당신을 인도하신걸요! 이렇게 비바람이 몰아치니, 길에서 와서 뭐라도 좀 요기를 해야 할 텐데, 음식을 준비하기엔 너무 늦었네요."

여주인의 말이 이상하게 쉿쉿거리는 소리에 의해 중단되고, 그소리에 손님은 깜짝 놀랐다. 방 안이 온통 뱀으로 가득 차 있는 것 같았기 때문이다. 그러나 그는 잠깐 위를 바라보았고, 이제 막 종을 칠 기세인 벽시계를 보고 이내 안심했다. 쉿쉿거리는 소리에 이어 곧 쉰 소리가 나더니 마침내 온 힘을 다해 마치 누가 막대기로 금 간 항아리를 치는 듯한 소리로 두 시를 알리고, 그다음 시계추는 좌우로 다시 평온하게 똑딱거리기 시작했다.

치치코프는 여주인에게 감사를 표하고, 침대 말고는 아무것도 신경 쓰실 필요 없다고 말하고, 다만 자기가 지금 어느 마을에 온 건지, 여기서 소바케비치 지주네까지 얼마나 먼지 알고 싶어 했다. 이에 대해 그녀는 그런 이름은 한 번도 들어 본 적이 없으며, 그런 지주는 없다고 말해 주었다.

"그럼 적어도 마닐로프는 알고 계시겠죠?" 치치코프가 말했다.

"마닐로프가 누군데요?"

"지주 말입니다. 부인."

"아니요, 들어 본 적도 없고, 그런 지주는 없어요."

"그럼 이 근처에는 어떤 지주들이 있습니까?"

"보브로프, 스비닌, 카나파테프, 하르파킨, 트레파킨, 플레샤코프."*

"부자들인가요, 아닌가요?"

"아니, 이봐요, 여기엔 아주 큰 부자는 없어요. 그저 누군 20명, 누군 30명 정도의 농노를 갖고 있을 뿐이에요. 수백 명의 농노를 갖고 있는 지주는 없어요."

치치코프는 자신이 상당히 외딴 곳에 들어와 있음을 깨달았다.

"그럼 도시에서 먼가요?" 치치코프가 물었다.

"한 60베르스타는 될걸요. 드실 게 전혀 없어서 정말 죄송해요. 뭐 차라도 드시겠어요?"

"부인, 감사합니다. 하지만 침대 외엔 아무것도 필요 없습니다."

"그렇네요, 그렇게 험한 여행이었으니 푹 쉬셔야죠. 그럼, 여기 이 소파에 누우세요…… 어이, 페티니야, 깃털 이불하고 베개랑 시트 가져와. 정말 신이 이런 때를 보내시다니, 천둥이 어찌 세게 치는지 전 밤새 성상 앞에 촛불을 켜 놓았어요. 아니, 세상에, 당신 옆구리고 등이고 멧돼지마냥 온통 진흙투성이예요! 어디서 이렇게 뒤집어쓰셨어요?"

"진흙투성이로 그친 것만으로도 신에게 감사합니다. 갈비뼈가 부러지지 않은 것에 감사해야지요."

"오 주여, 이런 시련을! 등을 뭘로 좀 문질러 드릴까요?"

"됐습니다, 됐어요. 신경 쓰지 마시고, 그냥 하녀에게 옷을 말려서 깨끗이 손질해 달라고만 해 주십시오."

"페티니야! 들리니?" 여주인은 아까 초를 들고 현관 계단에 나온 여인을 향해 말했다. 그녀는 이미 깃털 침대를 끌고 와 양옆을 잡고 손으로 두드려서 온 방을 깃털 천지로 만들었다. "이 손님의 외투를 속옷과 함께 갖고 가서, 먼저 돌아가신 주인에게 해 드렸던 대로 불 앞에서 잘 말리고, 그다음에 잘 문지르고 두드려서 손질해 놔."

"알겠어요, 주인마님!" 페티니야는 깃털 이불 위에 시트를 펼치고 베개를 매만지며 말했다.

"자, 이제 침대가 준비됐네요." 여주인이 말하였다. "그럼, 물러가겠어요, 안녕히 주무세요. 정말 더는 필요한 게 없으세요? 혹시 잘 때 누가 발바닥을 긁어서 주물러 줘야 하는 건 아닌지? 제 돌아가신 남편은 영 잠을 못 드셨거든요."

그러나 손님은 발바닥 긁어 주는 것도 사양했다. 여주인이 나가자마자, 그는 얼른 옷을 벗었고, 페티니야에게 상의는 물론 하의까지 벗은 마구를 다 건넸다. 페티니야도 편히 쉬시라는 인사를 한 후 젖은 마구를 챙겨 들고 나갔다. 혼자 남자, 그는 흡족해하며 거의 천장에까지 닿을 듯한 침대를 한 번 흘깃 보았다. 아마도 페티니야는 깃털 이불 부풀리는 데 선수인 것 같았다. 의자를 갖다 놓고 올라가 침대로 기어들자, 침대가 그의 무게에 눌려 거의 마루까지 꺼지고, 그에 의해 밀려 나온 깃털이 사방에 흩날렸다. 촛불을 끄고 그는 사라사 이불로 몸을 덮고, 그 아래에 몸을 반달처럼 웅크린 채 곧 잠들었다. 이튿날 그가 일어났을 땐 이미 해가 중천에 떠 있었다. 해가 창문을 뚫고 바로 그의 눈을 비추고, 어제 벽과 천장에 붙어 곤히 잠을 잔 파리들이 대거 그에게 날아들었다. 그중 한 마리는 그의 입술에, 다른 놈은 귀에 앉았고, 세 번째 놈은 바로 눈 위에 안착할 기회를 엿보는 것 같았다. 콧구멍 근처에 겁 없이 날아든 놈은 잠결에 그가 코로 숨을 들이쉴 때 빨려들어 가 그가 세게 재채기를 하게 했고, 그 바람에 결국 잠을 깨게 된 것이다. 방 안을 둘러보고, 그는 그림에 있는 것들이 다 새는 아니라는 걸 알게 됐다. 새 그림들 사이에 쿠투조프*의 초상화와 파벨 페트로비치* 시대에 유행했던 빨간 소맷단으로 장식을 단 제복을 입은 어떤 노신사의 유화가 걸려 있었다. 벽시계가 다시 쉿 쉿 소리를 내며 열시를 알렸다. 문 사이로 여자 얼굴이 보이더니 바로 사라졌다. 잠을 좀 더 깊이 자기 위해 치치코프가 완전히 벗었기 때문이다. 빠끔히 들여다보던 얼굴은 그에게 약간 낯이 익은 듯했다. 그는 이자가 누군지 기억을 더듬어 마침내 여주인임을 알게 되었다. 그는 셔츠를 입었다. 그의 옷은 이미 마르고 깨끗이 손질되어 그의 곁에 놓여 있었다. 옷을 다 입고 그는 거울에 다가갔다. 그때 다시 너무 세게 재채기를 해서 마침 창문으로 다가오던 칠면조가—참고로 창문은 땅에서 아주 가까웠다—갑자기 곧장 그에게 자신의 알 수 없는 언어로 뭐라고 얘기를 했는데, 아마도

"건강하세요!"라고 말한 것 같았고, 이에 대해 치치코프는 "바보 멍청이"라고 대꾸해 주었다. 그는 창가에 다가가 그 앞에 펼쳐진 광경을 살피기 시작했다. 창문은 거의 닭장을 바라보고 있었고, 적어도 그 앞에 있는 좁은 마당은 새들과 온갖 가축들 천지였다. 칠면조와 암탉이 셀 수 없이 많았다. 그들 사이로 수탉이 볏을 흔들고 마치 뭔가를 귀 기울여 들으려는 듯 머리를 옆으로 돌리며 규칙적인 걸음으로 빈둥빈둥 돌아다녔다. 암퇘지도 그 자리에 새끼를 거느리고 있는 게 보였다. 그때 돼지는 쓰레기 더미를 헤치다가 엉겁결에 병아리를 삼켜 버리고도 그걸 모른 채 계속 수박껍질을 우적우적 먹어 댔다. 이 좁은 마당 혹은 닭장은 판자 울타리로 둘러쳐져 있었고, 그 너머로 양배추, 양파, 감자, 순무, 그리고 다른 채소들을 심은 너른 텃밭이 펼쳐져 있었다. 그 텃밭에는 까치와 참새를 막기 위해 그물을 덮어씌운 사과나무와 다른 과수들이 흩어져 있었고, 이 때문에 참새들은 비스듬히 기운 먹구름처럼 이곳에서 저곳으로 날아다녔다. 바로 이런 이유로 긴 장대 위에 양팔을 벌린 허수아비 몇 개가 높이 세워져 있었고, 그중 하나엔 다름 아닌 여주인의 두건이 씌워져 있었다. 과수원 텃밭 뒤로 농노들의 오두막들이 이어졌는데, 농가들은 뿔뿔이 흩어져서 길이 똑바르지는 않았지만, 치치코프의 관찰에 따르면 주민들이 만족스럽게 지내고 있음을 알려 주었다. 그는 집들이 제대로 관리되어서, 지붕의 낡아 빠진 얇은 널빤지가 전부 새것으로 바뀌고, 문은 어디 하나 기울어지지 않고, 그를 향해 난 농노들의 지붕 덮인 헛간에는 거의 새거나 다름없는 여분의 짐마차가 한 대, 어떤 곳에는 두 대 있는 걸 보았다. "그녀 마을은 작지 않네"라고 말하고나서, 그는 즉시 여주인과 얘기를 해서 좀 더 잘 알아보고 보다 친근하게 대해야겠다고 마음먹었다. 그는 여주인이 고개를 내밀었던 그 문틈으로 그녀가 차 테이블에 앉아 있는 걸 보고 활기차고 다정한 표정으로 다가갔다.

"안녕하세요. 어떻게 평안히 주무셨어요?" 여주인이 자리에서 몸을 일으키며 말했다. 전날보다는 더 나은 옷차림이었는데, 검은 옷을 입고 취침용 두건은 벗었지만 목에는 여전히 뭔가를 두르고 있었다.

"푹 잤습니다, 푹 잤어요." 치치코프가 소파에 앉으며 말했다. "부인은 어떠셨어요?"

"전 잘 못 잤어요."

"아니, 어쩌다?"

"불면증이 있어서요. 허리도 아픈 데다가, 다리는 복사뼈 쪽이 계속 쑤시거든요."

"괜찮아질 겁니다, 없어질 거예요, 부인. 그런 건 신경 쓸 필요 없어요."

"제발 없어졌으면 좋겠어요. 돼지기름도 발라 보고 테레빈유에도 담가 봤어요. 차에 뭐를 넣어 드시겠어요? 거기 유리병에 체리 브랜디가 좀 있어요."

"그거 괜찮겠네요. 체리 브랜디를 좀 마셔 보죠."

독자 여러분도 이미 알아차렸을 거라고 생각하는데, 치치코프는 아주 다정한 표정을 지으면서도 마닐로프하고 말할 때보다 훨씬 더 자유롭게 전혀 격식을 차리지 않고 있었다. 여기서 지적할 것이 있으니, 우리 루시에는 비록 여러 다른 면에서는 외국인을 능가하지 못하지만, 교제하는 능력만큼은 단연코 그들을 앞선다는 것이다. 우리가 쓰는 대화법의 모든 뉘앙스와 섬세한 차이를 하나하나 설명하기란 불가능하다. 프랑스인이나 독일인은 러시아식 대화술의 미묘한 특징과 차이를 평생 걸려도 다 분별하고 다

이해하지 못할 것이다. 왜냐하면 그들은 상대방이 백만장자든 담배 가게 장수든, 물론 내심으로는 첫 번째 사람 앞에서 더 알랑거리겠지만, 거의 똑같은 목소리와 똑같은 언어로 이야기할 것이기 때문이다. 하지만 우리는 전혀 다르다. 우리에겐 농노 2백 명을 가진 지주를 대할 때 3백 명을 거느린 사람 대할 때와 전혀 다른 식으로 이야기하고, 3백 명을 가진 사람 대할 때는 5백 명을 거느린 사람 대할 때와 다른 식으로 이야기하며, 5백 명이 있는 사람 대할 때 8백 명 있는 사람 대할 때와 또 다른 식으로 이야기하는 현자들이 있으니, 한마디로 1백만 명까지 올라가도 저마다 다른 뉘앙스의 표현이 있는 것이다. 예를 들어, 여기 말고 아주 먼 환상의 나라에 관청 사무실이 있고, 그 사무실에 소장이 있다 치자. 그가 자기 부하들 사이에 앉아 있을 때 그를 뵙겠다고 청해 보라. 두려움에 질려 말 한 마디 안 나올 것이다! 이미 그의 얼굴에 자긍심과 고상함이 나타나 있지 않은가? 붓을 잡고 그려 본다면, 그는 바로 프로메테우스, 단연코 프로메테우스*다! 그는 독수리처럼 주위를 살피고, 부드럽고 침착하게 행동한다. 하지만 바로 그 독수리가 방에서 나가 자기 상관 앞에 다가가자마자 보잘것없는 자고새가 되어 옆구리에 서류를 끼고 허둥댈 때는 어떤 위엄도 찾아볼 수 없다. 사교계와 저녁 파티에서 모든 이의 관직이 대단치 않으면 프로메테우스는 여전히 프로메테우스로 남아 있을 테지만, 그보다 조금이라도 높은 직급의 사람이 있으면 프로메테우스는 저 유명한 오비디우스*마저 상상도 못할 변신을 해서 파리, 아니 파리보다도 작아져 모래알로 전락해 버린다! "아니, 이건 이반 페트로비치가 아니야." 그를 보고서 사람들은 말할 것이다." 이반 페트로비치는 키가 더 큰데, 이 사람은 작은 데다가 마르기까지 했잖아. 그 사람은 목소리도 크고, 저음으로 이야기하고, 결코 웃거나 하지 않아. 근데 이놈은 뭐야, 새처럼 찍찍거리는 데다 내내 히죽거리기만 하잖아." 더 가까이 다가가 잘 뜯어보아라, 정말 이반 페트로비치다! '에잇, 뭐 이래'라고 스스로 생각할 것이다……

그러나 이제 다시 우리의 등장인물에게 돌아가기로 하자. 치치코프는 이미 우리가 보았다시피 완전히 격식을 버리기로 결정하고, 양손에 찻잔을 들고 거기에 체리 브랜디를 따라 부으며 이런 화법으로 말하기 시작했다.

"저기, 부인, 당신 마을은 참 아담하군요. 농노가 얼마나 돼요?"

"마을에 한 80명쯤 돼요." 여주인이 말했다. "재난 때문에 흉흉했죠. 맙소사, 작년에도 끔찍한 흉작이었어요. 하느님이 보우하시길."

"하지만 농부들은 튼튼해 보이고, 농가도 튼튼하게 잘 지어져 있던데. 저 당신 성을 여쭤 봐도 될까요? 어젯밤에는 너무 경황이 없어서…… 너무 야밤에 와 놔서……."

"코로보치카*예요. 10등관 아내지요."

"정말 고마워요. 그럼 이름과 부칭은?"

"나스타시야 페트로브나."

"나스타시야 페트로브나? 좋은 이름이네요, 나스타시야 페트로브나. 내겐 어머니의 자매되는 이모가 한 분 있는데, 그분 이름도 나스타시야 페트로브나예요."

"그럼 당신 이름은요?" 여지주가 물었다. "당신께서는 보아하니 의원이신 것 같은데요?"

"아니에요, 부인." 치치코프가 웃음을 지으며 대답했다. "난 의원이 아니에요, 개인 사업차 돌아다니는 중이에요."

"그럼 중개 상인이신 게군요! 내 꿀을 그런 헐값에 장사꾼들에

게 내놓는 게 아니었는데, 얼마나 마음 아프던지, 당신이 내 꿀을
사 주실 수도 있었을 텐데."

"아, 저는 아마 꿀은 사지 않을 거요."

"그럼, 뭐를 사는데요? 대마도 사나요? 지금은 제게 대마가 별
로 없지만요. 다 해 봤자 반 포대 남아 있죠."

"아니요, 부인. 난 다른 종류의 물건을 사요. 여기 농노들이 죽
었나요?"

"예, 그럼요, 열여덟 명이나 죽었어요!" 여주인은 한숨을 내쉬
며 말했다. "아주 좋은 농노들이 죽었어요, 전부 대단한 일꾼들이
었는데 말이에요. 물론 그 뒤로 아이들이 많이 태어났어요. 그치
만 전부 꼬맹이들뿐이어서. 의원이 오시더니, 농노 하나하나에 대
해 세금을 내고 밀린 걸 납부하라고 하시더군요. 사람은 죽었는데
산 사람처럼 세금을 내야니…… 지난주엔 내 대장장이가 죽었는
데, 아주 솜씨 좋은 대장장이에 철물 일도 잘했어요."

"정말 당신네에 불이 났었어요, 부인?"

"그 재난에서 신이 우리를 보호해 주셨어요. 사실 화재가 더 심
할 수도 있었는데, 혼자 타 죽었어요. 어떻게 된 건지 그 사람 속
에서 불이 났어요. 너무 많이 마신 거죠, 푸른 불꽃이 그의 몸에서
나와 죄다 타고, 또 타더니 석탄처럼 시커메졌어요. 아, 훌륭한 대
장장이였는데! 지금은 타고 나갈 게 없어요, 말에 격자를 박아 줄
사람이 없으니까요."

"모든 일엔 신의 뜻이 있는 거예요, 부인!" 치치코프가 한숨을
쉬고 말했다. "신의 지혜를 거스르는 말을 해선 안 돼요…… 그들
을 제게 넘기시겠어요, 나스타시야 페트로브나?"

"누구를요?"

"죽은 농노 전부를요."

"근데 그들을 어떻게 넘기지요?"

"그야 아주 간단해요. 아니면, 괜찮으면 제게 팔아요. 제가 돈을 쳐 드릴게요."

"어떻게요? 난 도통 무슨 말인지 모르겠네. 정말 그들을 땅에서 파 내기라도 하시려는 건가요?"

치치코프는 여주인이 전혀 말귀를 못 알아들어 상황을 잘 설명해 주어야 한다는 걸 깨달았다. 그래서 몇 마디로 간단하게 이양 혹은 구입은 단지 문서상으로만 의미가 있고, 죽은 농노들은 살아 있는 것처럼 작성될 것이라고 설명해 주었다.

"그들을 어디에 쓰려는 거요?" 그에게 눈을 부릅뜨고서 물었다.

"그건 내 일이에요."

"그래도 그들은 이미 죽었는데요."

"누가 그들이 살았다고 그래요? 어쨌든 당신에겐 농노들을 갖고 있는 게 손해예요, 그들을 위해 돈을 지불해야 하니까. 그래서 지금 내가 당신을 걱정과 경제적 부담에서 벗어나게 해 주려는 거예요. 이해하겠어요? 부인의 짐을 덜어 드릴뿐더러, 그 위에 15루블을 얹어 주겠어요. 자, 이제 알아듣겠어요?"

"정말 모르겠는데요." 여주인이 머뭇거리며 말했다. "죽은 사람을 팔아 본 적이 없어 놔서요."

"당연하죠! 당신이 그들을 누군가에게 팔 수 있다면 그야말로 기적 같은 일이지요. 아니면 그들한테서 정말 무슨 이득이라도 얻을 거라고 생각하는 거요?"

"아니요, 그런 건 생각 안 해요. 그들에게서 무슨 이득을 보겠어요, 아무 이득도 없어요. 다만 좀 난처한 게, 그들이 이미 죽었다는 거죠."

'제길, 할망구, 머리에 돌덩어리만 들었나!' 치치코프는 혼자 생각했다.

"내 말 잘 들어요, 부인. 잘 따져 봐요, 산 사람처럼 그들을 위해 세금을 내다간 정말 파산할 수도 있어요……."

"후, 말도 꺼내지 말아요!" 여지주가 말을 낚아챘다. "바로 3주 전에 150루블도 넘는 돈을 납부했으니까. 그러고도 의원에게 뇌물을 줘야 했어요."

"자 봐요, 부인. 이제 앞으론 더 이상 의원에게 뇌물 바칠 일이 없을 거라고 상상해 봐요. 이제 내가 그들을 위해 돈을 내니까. 당신이 아니라 내가, 내가 모든 납세 의무를 짊어지겠다고요. 내 돈으로 거래 확정 절차도 밟겠어요, 알아듣겠어요?"

여지주는 생각에 잠겼다. 그녀에겐 남는 장사임에 틀림없는 것 같았지만, 들어 본 적도 없고 너무 기이한 일인 게 문제였다. 그래서 그녀는 이 남자가 자기를 어떻게든 속여 먹으려는 것은 아닌가 무척 겁나기 시작했다. 어디서 왔는지도 모르고 게다가 아닌 밤에 난데없이 나타난 것이다.

"자, 그럼, 부인, 거래에 찬성하는 거죠?" 치치코프가 말했다.

"근데요, 정말, 난 죽은 사람은 한 번도 팔아 본 적이 없어요. 산 사람은 양도한 적이 있지만요, 3년 전에 사제장에게 두 계집아이를 각자 1백 루블에 판 적이 있어요. 일 잘하는 애들을 보내 줬다고 아주 고마워하더라고요. 그 애들은 스스로 냅킨도 짤 수 있거든요."

"글쎄, 이건 산 사람들에 대한 일이 아니라고요. 오 주여, 제기랄…… 난 죽은 사람들을 원하는 거예요."

"정말, 무엇보다 무슨 손해를 보게 되는 건 아닌지 두려워요. 당신이 나를 속일 수도 있고…… 그들이…… 그들이 값이 더 나갈 수도 있고요."

"이봐요, 부인…… 참 내, 답답하네요! 그들이 무슨 값이 나간다고 그래요? 함 봐요, 유골일 뿐이에요. 아시겠어요? 이건 유골일 뿐이에요. 당신은 아무 쓸모도 가치도 없는 것, 예를 들어 걸레같은 걸 살 거예요. 걸레엔 값이 있어요, 적어도 종이 공장에서는 사니까. 근데 이건 아무짝에도 쓸모 없어요. 한 번 물어나 봅시다, 어디 쓸 거요?"

"물론 정말 맞는 말이에요. 아무짝에도 쓸모없긴 해요. 근데 자꾸 마음에 걸리는 게 하나 있어요, 그들이 모두 죽었다는 게 말이에요."

'이거 완전 바보 천치구만!' 치치코프는 속으로 혼잣말을 하고, 인내심을 잃기 시작했다. '어떻게 일 좀 잘해 보려 했더니! 에이, 망할 놈의 여편네, 진땀 나게 하네!' 그는 호주머니에서 손수건을 꺼내 정말 이마에 맺힌 땀을 닦기 시작했다. 그러나 치치코프는 공연히 화를 낸 것이니, 다른 존경할 만한 인물이나 국가 관리도 일을 시작하면 완전히 코로보치카가 되기 때문이다. 머릿속에 뭔가가 각인되면, 무엇으로도 빼낼 수가 없고, 아무리 대낮처럼 분명하게 설명을 해 주어도, 고무공이 벽에서 튕겨 나오듯 전부 튕겨 나오는 것이다. 이마의 땀을 훔치면서 치치코프는 다른 식으로 그녀를 다시 설득할 수는 없는지 시도해 보기로 작정했다.

"이봐요, 부인, 내 말을 이해하고 싶어 하지 않는 건지, 아니면 그냥 논쟁하려고 그러는지 모르겠군요…… 난 당신에게 돈을 주는 거예요. 15루블을 현금으로. 아시겠어요? 자, 여기 돈이 있어요. 당신은 이걸 거리에서 줍지는 못할 거예요. 자, 솔직히 얘기해 보세요. 꿀을 얼마에 팔았죠?"

"1파운드당 12루블에."

"죄가 좀 더 영혼에 붙었겠어요. 부인, 설마 12루블에 팔지는 않았겠죠."

"오 주님, 아니에요. 그 가격에 팔았어요."

"뭐, 그렇담 볼까요? 대신에 그건 꿀이었죠. 당신은 아마 일 년 내내 온갖 수고와 정성과 노력을 쏟아부어 그것을 모았을 거예요. 오가면서 벌들도 괴롭히고, 겨울 내내 광에서 그들을 먹였을 거예요. 그런데 죽은 농노들은 이 세상에 없어요. 부인 편에서 애쓸 게 하나도 없어요. 그들이 이 세상을 버리고, 당신 재산에 손해를 입힌 것은 신의 뜻이었어요. 저기선 그 많은 수고와 고생을 한 대가로 12루블을 벌었지만, 여기선 아무 일도 안 하고 거저, 그것도 12루블이 아니라 15루블을, 그것도 은이 아니라 전부 푸른 지폐로 벌 수 있다 이거예요." 치치코프는 강하게 설득하고 나서 이제는 여주인이 마침내 굴복하리라는 걸 거의 의심치 않았다.

"맞아요." 여지주가 대답하였다. "전 너무 세상 물정 모르는 미망인이라서요! 좀 더 기다려 보는 게 낫겠어요. 혹 사려는 사람들이 생기면, 가격을 흥정해 볼 수 있을 테니."

"아니, 부인, 부끄러운 줄 알아요, 부끄러운 줄! 부끄러운 줄! 지금 무슨 말을 하는 건지 생각 좀 해 봐요! 누가 그딴 걸 사려고 하겠어요? 그걸 사서 뭐에 써 먹게?"

"혹 집안일에 만일의 경우 어떻게든 쓸모가 있을지도 모르지요……." 여주인은 반박하다가 말을 끝마치지도 못하고 입을 벌리고서 거의 공포에 질려 그가 이에 대해서는 뭐라고 할지 궁금해하며 그를 쳐다보았다.

"죽은 사람들을 집안일에 쓴다고! 귀신 씻나락 까먹는 소리 하고 있네! 어디, 밤에 당신 텃밭에 참새 놀래키는 데 쓰려고?"

"십자가의 힘으로 보호하소서! 어떻게 그런 끔찍한 말을!" 여주인이 성호를 그으며 말했다.

"또 죽은 놈들을 대체 어디에 쓰고 싶은 거요? 내 말은 정말 뼈와 무덤은 그대로 여기 부인과 함께 있고, 서류로만 이양한다는 거예요. 자, 어떻게 하겠어요? 뭐라고 대답을 좀 해 봐요."

여주인은 다시 생각에 잠겼다.

"대체 뭘 그리 생각하세요, 나스타시야 페트로브나?"

"정말, 저는 어떻게 하는 게 더 나을지 모르겠어요. 당신에게 대마를 팔면 더 좋겠는데."

"대마가 뭐 어떻다고? 이봐요, 난 완전히 다른 걸 부탁하고 있는데, 대마를 들이대네요! 대마는 대마고요, 다음에 오면 대마도 살게요. 그러면 되겠어요, 나스타시야 페트로브나?"

"아이고, 하느님. 물건이 너무 이상야릇하고 들어 본 적이 없어 놔서요!"

여기에서 치치코프는 완전히 인내심의 한계를 넘어, 화를 내며 마루에 있는 의자를 쾅 치고 그녀에게 악마에게나 꺼지라고 말했다.

그녀는 악마를 특히 두려워했다.

"오, 제발, 그 말만은 하지 마세요, 하느님 제발!" 그녀가 하얗게 질려 소리쳤다. "3일 전 밤새도록 저주받은 사람 꿈을 꿨어요. 밤에 기도를 마치고 카드 점을 칠까 했는데, 하느님이 그 벌로 보내셨나 봐요…… 그렇게 역겨운 건 처음 봤어요. 뿔이 황소 뿔보다 더 길었어요."

"그런 꿈을 열 번은 꾸지 않은 게 놀랍네요. 기독교적인 인간애에서 원한 건데, 가난한 미망인이 죽어 가고 가난을 견디는 걸 보고서…… 그냥 당신과 당신 마을 모두 떨어져 죽어 버렸음 좋겠어요!"

"아니, 왜 그렇게 욕을 하고 그래요!" 늙은 여주인이 공포에 질려 그를 바라보며 말했다.

"당신하곤 말이 안 통해요. 이건 욕을 안 하려고 해도, 건초 더미 위의 개*나 다름없어요. 자기는 건초를 안 먹으면서 남에게 주지도 않는 식이니 말이에요. 난 당신에게서 다른 농산물들도 살까 했는데, 관청 납품도 좀 하니까⋯⋯." 여기에서 그는, 비록 약간만 그것도 별생각 없이 내뱉은 거라고는 해도, 어쨌든 거짓말을 했다. 그러나 이 말이 뜻밖에 적중했다. 적어도 관청 납품이라는 말이 나스타시야 페트로브나에게 강한 인상을 주어, 이제 그녀는 거의 애원하는 목소리로 말했다.

"아니, 뭐 그렇게 열을 내고 그러세요? 그렇게 화를 잘 내는 줄 알았으면, 아무 반대도 안 했을 텐데요."

"뭣 때문에 화를 내냐고요! 썩은 계란만 한 가치도 없는 그딴 일 때문에 난 이렇게 화가 납니다!"

"네, 잘 알았어요. 그것들을 15루블에 넘겨 드릴게요! 대신에 관청에 공급하는 건 잘 해 주시는 거죠? 만일 호밀가루나 메밀가루 아니면 껍질 벗긴 곡물이나 두들겨 맞아 죽은 가축을 구할 일이 생기면, 제발 저를 잊지 말아 주세요."

"무슨 말을, 부인, 안 잊어요." 그는 말하면서 손으로 얼굴에 세 줄기로 흘러내리는 땀을 닦아 냈다. 그는 도시에 거래 확정과 기타 필요한 걸 뭐든지 믿고 맡길 만한 대리인이나 친구는 없는지 그녀에게 물었다.

"왜요, 있어요. 키릴 신부의 아들이 관청에서 근무하고 있어요." 코로보치카가 말했다.

치치코프는 그 아들에게 보여 줄 위임장을 써 달라고 부탁하고, 그녀의 수고를 덜어 주기 위해 자기가 글까지 작성해 주었다.

그사이 코로보치카는 혼자 생각했다. '이 사람이 내 곡물 가루와 가축을 관청에 납품해 주면 얼마나 좋을까! 이 사람한테 잘 보여야겠다. 어제저녁에 만든 반죽이 아직 남아 있으니까 페티니야에게 블린을 구우라고 해야지. 소금 간 안 한 달걀 파이도 만들고, 우리 집은 그걸 아주 잘 빚어내고 시간도 많이 안 드니까.' 여주인은 파이 굽는 것을 실행에 옮기기 위해 밖에 나갔고, 아마도 다른 빵과 요리도 더 곁들이는 것 같았다. 한편, 치치코프는 자기 손궤에서 필요한 종이를 꺼내기 위해 어젯밤을 보냈던 객실로 갔다. 객실에는 벌써 모든 게 깨끗이 정리되어, 화려한 깃털 이불도 치워지고, 소파 앞에는 테이블보를 덮은 탁자가 놓여 있었다. 손궤를 그 위에 올려놓고 그는 잠시 휴식을 취했다. 물속에 들어갔다 나온 것처럼 온몸이 흠뻑 땀에 젖어 있었기 때문이다. 입고 있는 셔츠에서 양말에 이르기까지 그가 걸치고 있는 건 전부 젖어 있었다. 그는 잠시 쉬고서 "제기랄, 망할 놈의 할망구 같으니!"라고 말하고는 손궤를 열었다.

작가는 호기심 많은 독자들이 손궤의 구조와 내부 배치까지 알고 싶어 할 거라고 확신한다. 그 호기심을 만족시켜 주지 못할 이유가 무언가! 자 그 상자의 내부 배치를 보시라. 한가운데 비누를 넣는 칸이 있고, 그 뒤에는 대여섯 개의 면도날을 넣을 수 있는 좁은 칸막이가 있고, 그다음 모래병*과 잉크를 담는 직사각형의 구석진 공간이 있고, 그다음에 깃털, 봉납, 그리고 길게 생긴 거면 뭐든 넣을 수 있도록 끌로 파낸 홈이 있었다. 그다음으로는 짧게 말해서 부고장, 극장 포스터, 기억을 위해 메모해 둔 다른 것들로 가득 찬 온갖 뚜껑 있는 칸과 뚜껑 없는 칸들이 나뉘어 있었다. 온갖 칸들이 나 있는 위쪽 서랍을 통째로 빼면, 그 아래엔 종이 더미로 채워진 공간이 있고, 그다음엔 돈 보관용 작은 비밀 서랍이 눈에 안 띄게 손궤 옆에 이어져 있었다. 주인이 항상 그것을 급히 빼내고 또 바로 잽싸게 밀어 넣어서, 그 안에 돈이 얼마나 있는지 도저히 알 도리가 없다. 치치코프는 즉시 일에 착수해서 펜을 깎고 뭔가를 쓰기 시작했다. 바로 그때, 여주인이 들어왔다.

"아주 좋은 상자를 갖고 있네요." 그녀는 그의 옆에 앉으며 말했다. "모스크바에서 사신 것 맞지요?"

"모스크바에서 샀지요." 치치코프는 계속 쓰면서 대답했다.

"그럴 줄 알았어요, 거기 물건은 다 좋으니까요. 3년쯤 전, 제 언니가 거기에서 따뜻한 아동용 장화를 보내 줬는데, 얼마나 튼튼하게 만들었는지 지금도 신고 다녀요. 어머나, 문장이 박힌 종이들*이 참 많네요!" 그녀는 그의 손궤를 엿보면서 말을 이었다. 정말 거기엔 문장이 새겨진 종이가 상당히 많이 있었다. "저 한 장만 선물로 주면 안 될까요! 제겐 그런 게 없어서요. 법원에 청원서 제출할 때 쓸 종이가 없거든요."

치치코프는 그녀에게 이것은 청원용이 아니라 거래 확정용 종이라고 설명했다. 그러나 그녀를 진정시키기 위해 한 장을 1루블에 팔았다. 그는 편지를 다 쓰고서 그녀가 서명하게 하고, 그녀에게 간단한 농노 명단을 부탁했다. 여지주는 아무런 명단도 작성해 두지 않았으나 거의 모두를 기억하고 있었기 때문에, 그는 그녀에게 즉시 구술하게 하였다. 몇몇 농노들의 성과 특히 별명들을 들으면서 그는 약간 놀라서, 그것들을 들을 때마다 먼저 잠시 멈추었다가 받아 적곤 했다. 특히 표트르 사벨리예프 니우바자이-코리토*라는 이름에 그는 특히 충격을 받아서 "휴우, 길기도 하다!"라고 말하지 않을 수 없었다. 다른 이의 이름은 '코로비 키르피치'*라고 새겨졌으며, 또 다른 이의 이름은 그냥 콜레소 이반이었다.* 명단 작성을 마치고 코로 숨을 가볍게 들이쉬자 버터를 바른 뭔가 뜨거운 것에서 식욕을 돋우는 냄새가 났다.

"뭐 좀 드세요." 여주인이 말했다.

치치코프는 몸을 돌려 테이블에 버섯, 파이, 누룩을 안 넣은 빵,* 작은 8자형 빵, 두꺼운 팬케이크, 블린, 그리고 온갖 속을 넣은 튀김과자, 즉 양파 튀김, 양귀비 튀김, 응고시킨 우유 튀김, 빙어 튀김과 뭐가 뭔지 알 수 없는 음식들이 차려져 있는 것을 보았다.

"소금 간 안 한 달걀 파이도 있어요!" 여주인이 말했다.

치치코프는 소금 간 안 한 달걀 파이로 다가가 절반 정도 먹고 맛있다고 칭찬했다. 사실 파이는 그 자체로도 맛있었고, 더욱이 노파와 한바탕 소란을 피운 터라 더 맛있게 느껴졌다.

"저 블린은요?" 여주인이 말했다.

그 대답으로 치치코프는 블린 세 장을 한꺼번에 말아 녹인 버터에 담갔다가 입에 넣고, 입술과 손을 냅킨으로 닦았다. 이 동작을 세 번 정도 반복하고서 그는 여주인에게 마차에 말을 매라는 지시를 내려 달라고 부탁했다. 나스타시야 페트로브나는 즉시 페티니야를 보내면서 동시에 뜨거운 블린을 더 내오라고 지시했다.

"부인, 블린이 진짜 맛있네요." 치치코프는 새로 내온 뜨거운 블린을 집으며 말했다.

"그렇죠, 우린 블린을 참 잘 구워요." 여주인이 말했다. "참 큰일이에요, 이번 가을걷이가 나빠서 밀가루가 별로 좋지 않아요. 그런데, 이봐요, 왜 그렇게 서두르는 거예요?" 그녀는 치치코프가 손에 모자를 집어 드는 것을 보고 물었다. "아직 마차에 말도 안맸을 거예요."

"곧 맬 겁니다, 맬 거예요. 내 식솔들은 말을 빨리 매거든요."

"그러면, 제발 납품 건을 잊지 말아 주세요."

"안 잊을게요, 안 잊어요." 치치코프가 헛간으로 나서면서 말했다.

"저 돼지기름은 안 사세요?" 여주인이 그를 따라가면서 말했다.

"왜 안 사겠어요? 사요, 단 다음에요."

"크리스마스 주간*쯤 되면, 돼지기름도 좀 있을 거예요."

"살게요, 살게요, 다 살게요, 돼지기름도 살게요."

"혹시 저 깃털 펜도 필요하지 않으세요? 빌립의 금식 기간*에는 깃털 펜도 있을 텐데요."

"좋아요, 좋아." 치치코프가 말했다.

"자 보세요, 아직 마차 준비가 안 됐잖아요······." 그들이 현관 계단에 나설 때 여주인이 말했다.

"될 거예요, 바로 준비될 겁니다. 그건 그렇고, 저 큰길로 가려면 어떻게 가야 되는지만 알려 주세요."

"이걸 어떡한다?" 여주인이 말했다. "말로 설명하기가 어려워요. 모퉁이가 많거든요. 그럼 길 안내할 계집아이를 하나 딸려 보낼게요. 댁 마부석에 자리가 있지요, 거기 애를 앉히면 돼요."

"여부가 있겠어요?"

"그럼, 계집아이를 딸려 보낼게요, 그 애가 길을 잘 알거든요. 단 명심하세요! 그 애를 데려가진 마세요. 요전에 상인들이 한 아이를 데려갔거든요."

치치코프는 애를 데리고 가지 않겠다고 그녀를 안심시켰다. 코로보치카는 안심하고서 마당을 둘러보기 시작했다. 먼저 광에서 꿀이 든 나무통*을 판에 얹어 들고 나오는 창고지기 하녀장과 입구에 나타난 농민을 뚫어져라 쳐다보더니, 점차 그녀의 일상적인 가사 일로 되돌아갔다.

그러나 왜 그렇게 오랫동안 코로보치카에게 지면을 할애하는가? 코로보치카든 마닐로프든, 농사일에 관여하는 삶이건 관여하지 않는 삶이건 다 지나치자! 이 세상 그 무엇도 그다지 신비롭지 않기 때문에 즐거운 일도 그 앞에서 너무 꾸물거리면 한순간 슬픈 일로 변해 버리고, 종잡을 수 없는 생각들이 머릿속으로 비집고 들어오기 마련이다. 심지어 이런 생각도 해 볼 수 있으니, 정말 코로보치카는 인간에게 주어진 무한한 완성의 사다리에서 그렇게 낮은 곳에 서 있는가? 향기로운 주석 계단, 반짝이는 청동 장식, 붉은 나무와 양탄자들이 있는 귀족 저택의 벽에 에워싸여 쉽게 접근할 수 없는 그녀의 언니와 그녀를 분리시키는 심연이 정말 그렇게 대단한 건가? 그 언니는 자신에게 재치가 번득이는 말을 해 주고, 판에 박힌 진부한 사상들, 유행의 법칙에 따라 통틀어 1주일만 도시를 사로잡을 사상들을 말해 줄, 자기 집에서 그리고 농사일에 대한 무지로 무질서해지고 퇴락해 버린 자기 영지에서 이루어지는 일이 아니라, 프랑스에서 어떤 정치적 격변이 일어나려고 하는지, 현재 유행하는 가톨릭교회가 어떤 방향으로 가고 있는지에 대한 사상들을 말해 줄 날카로운 사교계 인사의 방문만 기다리면서, 읽다 만 책을 보며 하품을 하고 있는데 말이다.

그러나 지나치자, 지나치자! 말해 뭐 하겠는가? 그러나 그렇게 생각 없고 유쾌하고 무사태평한 순간에 갑자기 다른 신비로운 선율이 흐르는 것은 왜인가? 아직 얼굴에서 웃음이 채 가시기도 전에 그 사람들 속에서 완전히 다른 사람이 되고 얼굴도 다른 빛으로 빛나게 되다니……

"아, 저기 마차가 오는군, 마차가 와요!" 치치코프는 마침내 다가오는 자기 마차를 보고 소리쳤다. "야, 이 멍청아, 왜 그렇게 오래 꾸물거렸어? 아직도 어제 술이 안 깬 거지."

셀리판은 이 말에 아무 대꾸도 하지 않았다.

"안녕히 계세요, 부인! 그런데 그 아이는 어디 있나요?"

"애, 펠라게야! 나리께 길을 안내해 드려." 여지주가 현관 계단 근처에 서 있는 열한 살 남짓 되어 보이는 계집아이에게 말했다. 그 아이는 집에서 짠 거친 삼베옷을 입고 맨발이었는데, 그 발에는 새 진흙이 달라붙어 있어서 멀리서 보면 꼭 장화를 신은 것 같았다.

셀리판은 계집아이가 마부석으로 오르는 것을 도와주고, 그 아이는 온통 진흙투성이인 발로 주인의 발디딤 계단을 짚어 그것을 진창으로 더럽힌 후, 위로 기어 올라가 마부 곁에 자리를 잡았다. 그 아이 뒤를 이어 치치코프도 발을 발디딤 계단에 디뎠는데, 그는 꽤 무거운 편이어서 마차가 오른편으로 기우뚱했다. 그는 마침내 자리를 잡고 "아, 이제 됐어! 안녕히 계세요, 부인" 하고 말했다.

말들이 움직이기 시작했다.

셀리판은 가는 내내 정신을 바짝 차리고 자기 일에 주의를 집중했으니, 이는 그가 무분별한 잘못을 하거나 술에 취한 뒤에는 늘 있는 일이었다. 말들은 놀랍게 깨끗이 씻겨 있었다. 그들 중 한 마리의 멍에는 예전엔 거의 언제나 삼 찌꺼기가 가죽 아래로 삐져나와 남루한 형색이었는데, 이제 깔끔하게 꿰매져 있었다. 그는 가는 내내 말없이 채찍만 휘두르고, 말들에게 채찍질을 할 때도 아무 훈계도 하지 않았다. 얼룩 반점이 있는 말은 틀림없이 훈계 비슷한 말을 듣고 싶어 했을 텐데 말이다. 왜냐하면 마부가 수다스러울 때는 고삐를 느슨하게 쥐고 채찍은 그저 형식상으로만 말의 등 위를 왔다 갔다 했기 때문이다. 이번엔 우울한 입에서 "그래, 그래, 이 까마귀 같은 놈! 하품해 봐! 하품해 봐!"라는 그저 단조롭고 기분 나쁜 듯한 짤막한 외침만 들리고, 더 이상 말이 없었다. 적갈색 말과 의원님도 전혀 '친애하는'이라든지, '존경할 만한'이란 말을 못 듣게 되어 불만이었다. 얼룩 반점의 말은 자신의 통통하고 널찍한 부위에 지극히 불쾌한 타격을 느꼈다. '아니 저 사람이 어떻게 된 거야!' 그는 귀를 약간 씰룩거리며 혼자 생각했다. '어디를 때려야 되는지 어쩌면 저렇게 잘 아는 거야! 그냥 등을 때리는 게 아니라, 더 아픈 곳만 골라서 때리잖아, 귀를 채찍으로 걸거나 배 아래를 휘갈기는구먼.'

"오른쪽 아냐?" 아주 건조한 목소리로 셀리판이 곁에 앉은 계집아이에게 비에 씻겨 생기 넘치는 초록빛 들판 사이에 난 시꺼먼 진흙탕 길을 채찍으로 가리키며 몸을 아이 쪽으로 돌렸다.

"아니, 아니에요. 제가 알려 드릴게요." 계집아이가 대답했다.

"어디로 가야 하는 거야?" 더 가까이 다가갔을 때 셀리판이 말했다.

"바로 저기요." 계집아이가 손가락으로 가리키며 대답했다.

"이런 젠장!" 셀리판이 말했다. "그래, 그게 오른쪽이잖아. 어디가 오른쪽인지 왼쪽인지도 모르나 봐!"

날씨는 아주 좋았지만, 땅이 너무 질척거려서 마차 바퀴에 마치 두꺼운 펠트 천으로 두른 듯 온통 진흙이 들러붙어 버렸다. 그 때문에 마차는 상당히 무거워졌고, 게다가 땅도 점토질에 여간 질퍽거리는 게 아니었다. 이런저런 이유로 그들은 정오 전에는 샛길에서 빠져나올 수가 없었다. 계집아이가 없었으면 이것도 어려웠을 것이다. 길이 마치 잡은 게를 자루에서 쏟아 낼 때처럼 사방팔방으로 갈라져서, 셀리판이 방향을 못 잡고 마차를 몰면서 사방을 헤맨다 해도 그건 그의 잘못이 아니었을 것이다. 곧 계집아이는 저 멀리 거무스름한 건물을 손으로 가리키며 말했다.

"저기 큰길이 있어요."

"저 건물은?" 셀리판이 물었다.

"주막이에요."

"됐다, 이제 우리끼리 마저 갈 수 있어." 셀리판이 말했다. "집으로 가거라."

그는 멈춰 세우고 그녀가 내리도록 도와주었고, 이빨 사이로 "어휴, 발 거참 시커멓네!"라고 내뱉었다.

치치코프는 아이에게 2코페이카 동전을 하나 주었고, 그녀는 마부석에 앉았다는 것에 만족해하며 집으로 돌아갔다.

제4장

　주막에 가까이 다가가자 치치코프는 마차를 세우게 했는데, 거기에는 두 가지 이유가 있었다. 한편으로는 말도 좀 쉬게 하고, 다른 한편으로는 자신도 요기를 하여 기운을 얻고자 했던 것이다. 고백하건대, 작가에게는 이런 부류에 속하는 사람들의 왕성한 식욕과 소화력이 정말 부럽다. 사실 페테르부르크나 모스크바에 살면서 내일은 무엇을 먹을까, 또 모레 정찬에는 무엇을 먹을까 궁리하며 시간을 보내고, 정찬을 들기 전에 반드시 알약 한 알을 집어삼키고 게걸스럽게 굴이나 바다거미, 또는 그 외의 다른 기괴한 음식들을 먹고, 하지만 그다음엔 카를스바트나 캅카스*로 떠나는 상류층 신사들은 작가에게 아무 의미가 없다. 아니 이런 사교계의 상류층 신사들은 작가에게 전혀 질투심을 일으키지 않았다.

　반면 여행 도중 첫 번째 역에서는 햄 한 접시를 주문하고, 두 번째 역에서는 새끼 돼지, 세 번째 역에서는 철갑상어 한 조각이나 양파와 함께 구운 소시지를 주문하고, 그다음엔 아무것도 안 먹은 양 아무 때나 식탁에 앉아 모캐*와 우유를 넣은 러시아 철갑상어 수프를 후루룩후루룩 마시고 건더기는 이빨 사이로 굴려 넘기고, 그다음 입가심으로 위로 속이 드러나 있는 만두나, 양파와 메기의 기름진 꼬리로 속을 채운 큰 파이를 먹는 중류층 신사들이 있으니, 바로 이 신사들이 부러워할 만한 하늘의 축복을 누리는 자들이다.

중류층 신사들이 갖는 그런 위장을 갖기 위해서라면 당장이라도 자기 농노 절반과 저당 잡힌 것 안 잡힌 것 가릴 것 없이 외국식과 러시아식 개량 설비 전부와 함께 자기 영지 절반을 내놓을 상류층 인사들이 한둘이 아닐 것이다. 그러나 아무리 많은 돈을, 하물며 개량 설비 있는 것 없는 것 가릴 것 없이 영지까지 내놓아도 중류층 신사들과 같은 위장을 갖는 건 불가능하니 정말 슬픈 일이다.

거무스레한 목조 주막이 좀먹은 나무 기둥에 걸린, 손님 접대를 좋아하는 좁은 처마 밑으로 치치코프를 맞아들였다. 그 기둥은 구식 교회 촛대와 흡사했다. 주막은 약간 큰 규모의 러시아 농가와 유사했다. 창문 주위와 지붕 아래로 신선한 나무로 조각된 코니스*가 주막의 검은 벽을 강렬하고 활기차며 다채롭게 장식하였고, 창 덧문에는 꽃병들이 그려져 있었다.

그가 좁은 나무 계단을 따라 올라가 넓은 현관에 들어서자 문이 삐그덕 소리를 내며 열리고, 얼룩덜룩한 사라사 옷을 입은 뚱뚱한 주모와 마주쳤다. 그녀가 "이리 오세요!"라고 말했다. 방 안에는 큰길가에 지어진 크지 않은 목조 주막이면 어디서나 볼 수 있는 가지각색의 오랜 친구들이 모두 모여 있었으니, 말하자면 서리 비슷한 것으로 뒤덮인 사모바르, 부드럽게 벗겨진 소나무 벽, 한쪽 구석의 찻주전자와 찻잔이 놓여 있는 삼각 찬장, 성상 앞에 파란색과 빨간색 리본에 달려 있는 금도금된 사기 달걀들, 얼마 전에 새끼를 낳은 고양이, 두 눈이 아니라 눈 네 개를, 얼굴이 아니라 어떤 전병 같은 둥글납작한 빵을 보여 주는 거울, 마지막으로 성상 옆에 다발로 묶어 놓은 향긋한 풀과 패랭이꽃들이었다. 그 풀꽃들은 너무 바싹 말라서 누군가 그 향을 맡으려 하면 재채기만 나왔다.

"새끼 돼지 있나?" 이렇게 물어보며 치치코프는 서 있는 늙은 주모에게 몸을 돌렸다.

"있지요."

"고추냉이하고 스메타나도 나오나?"

"고추냉이하고 스메타나도 나와요."

"그걸 내오게!"

주모는 나갔다가 접시, 마른 나무 껍질만큼 높이 솟은 풀을 잔뜩 먹인 냅킨, 뼈로 만든 손잡이가 누렇게 변한 칼, 주머니칼처럼 얇고 날이 두 개인 포크와 아무리 해도 식탁에 바로 세울 수 없는 소금 그릇을 들고 왔다.

우리 주인공은 습관대로 바로 그녀와 대화에 들어가서 그녀가 직접 주막을 운영하는지 아니면 주인이 따로 있는지, 주막의 수입은 얼마나 되는지, 아들들이 그들과 같이 사는지, 큰아들은 미혼인지 기혼인지, 얻었다면 어떤 아내를 얻었는지, 지참금은 많이 가져왔는지, 장인은 만족해 했는지, 결혼 예물을 적게 받아 화나진 않았는지 캐물었다. 한마디로 아무것도 빼놓지 않았다. 굳이 말하지 않아도 알다시피, 주위에 어떤 지주들이 있는지 무척 알고 싶어 했고, 개별 지주들의 이름이 블로힌, 포치타예프, 므일노이, 체프라코프 대장, 소바케비치라는 걸 알아냈다. "아! 소바케비치를 알고 있나?" 그가 물었다. 그는 즉시 그 주모가 소바케비치뿐 아니라 마닐로프도 알며, 마닐로프가 소바케비치보다는 좀 더 교양 있다는 것을 알게 되었다. 즉, 마닐로프는 암탉을 삶으라고 시키면서, 송아지 고기도 주문하고, 만일 양의 간이 있으면 그것도 달라고 해서 전부 맛만 보는 반면, 소바케비치는 뭐든 하나만 시키고 그 대신 깨끗이 먹어 치우고 같은 가격에 덤까지 요구하는 성격이었다.

그가 그런 식으로 새끼 돼지를 먹으면서 이야기하다가 마지막 한 조각만 남았을 때, 다가오는 마차의 바퀴 소리가 들렸다. 그는 창문으로 몸을 내밀어, 주막 앞에 멋진 말 세 마리가 끄는 가벼운 반개 사륜마차가 멈춰 서 있는 걸 보았다. 마차에서 어떤 남자 둘이 내리고 있었다. 그중 한 명은 금발에 키가 크고, 다른 한 명은 약간 더 작고 가무잡잡했다. 금발은 검푸른 헝가리풍의 짧은 윗도리*를 입고 있었고, 가무잡잡한 쪽은 단순한 줄무늬의 캅카스식 짧은 실내복을 입고 있었다. 멀찍이서 낡은 멍에와 밧줄이 달린 마구가 매이고, 털이 긴 네 마리의 말이 끄는 작은 사륜 짐마차가 오고 있다. 금발은 바로 계단을 따라 위로 올라온 반면, 가무잡잡한 쪽은 더 남아 마차에서 뭔가를 뒤적거리며 하인과 대화를 나누는 동시에 그들을 따라오는 짐마차를 향해 손을 흔들었다. 그의 목소리가 왠지 치치코프의 귀에 익었다. 그가 가무잡잡한 쪽을 쳐다보는 동안, 금발이 문을 찾아 열었다. 이 사람은 키가 크고, 얼굴이 다소 수척, 아니 흔히 말하기로 삭았고, 붉은 콧수염을 하고 있었다. 검게 그을린 얼굴로 보아 그가 대포 연기는 아니어도 담배 연기가 뭔지는 알고 있다고 결론지을 수 있었다. 그는 정중히 치치코프에게 인사했고, 치치코프도 똑같이 답례했다. 그들이 대화에 몰두하고 친해지는 데는 그리 많은 시간이 걸리지 않았을 것이다. 두 사람은 대화를 시작하자마자 거의 동시에 큰길가의 먼지가 어제 비에 완전히 씻겨서, 이제 서늘하고 쾌적하게 다닐 수 있게 된 것에 만족을 표했기 때문이다. 그런데 바로 그때 그의 가무잡잡한 동료가 들어와 머리에서 모자를 벗어 탁자에 휙 던지고, 자기의 숱 많은 검은 머리를 거침없이 손으로 뒤헝클었다. 그는 중간 키에, 통통한 장밋빛 뺨에 눈처럼 하얀 이와 칠흑처럼 검은 구레나룻을 하고, 체격이 과히 나쁘지 않은 젊은이였다. 그는 우유를 탄 피처럼 신선해서, 건강이 그의 얼굴에서 뿜어져 나오는 것 같았다.

"아니, 이게 누구야!" 그는 치치코프를 보더니 갑자기 두 손을 벌리고 크게 외쳤다. "자네, 여기 어쩐 일이야?"

치치코프도 노즈드료프를 알아보았으니, 바로 지방 검사 댁에서 함께 점심을 먹고, 이쪽에서 아무 구실도 주지 않았는데도 몇 분 만에 혼자 친해져서 "너"라고 부르기 시작한 바로 그자였다.

"어딜 쏘다니는 거야?" 노즈드료프는 대답을 기다리지도 않고 말을 이었다. "아 나는 말이지, 친구, 돌아가는 길이야. 축하해 줘, 몽땅 날린 걸! 믿겠어? 평생 그렇게 홀라당 날린 건 처음이야. 그래서 이따위 평범한 말*들을 타고 온 거야! 봐, 창밖을 봐!" 여기서 그는 치치코프의 머리를 밑으로 수그리게 해서, 치치코프는 하마터면 창틀에 머리를 찧을 뻔했다. "봐, 얼마나 형편없는지! 저주받을 것들이 내 걸 끌고 가서, 겨우 저 사람의 반개 사륜마차에 옮겨 타고 온 거야." 이렇게 말하고 노즈드료프는 손가락으로 그의 동료를 가리켰다. "아, 자네들은 초면이지? 내 처남 미주예프야! 우린 아침 내내 자네 얘기를 했어. 난 '우리가 치치코프를 만날 수 없는지 한 번 보라고' 했지. 이봐, 내가 얼마나 날렸는지 네가 안다면! 믿을 수 있겠어, 준마 네 마리만 날린 게 아니고, 다 날아갔단 말이야. 이젠 시계 사슬 줄도, 시계도 없어……." 치치코프는 흘깃 보고서, 정말 그에겐 시계의 사슬 줄도 시계도 없는 걸 발견했다. 심지어 그의 구레나룻 한쪽도 다른 쪽보다 더 적고 또 성긴 것처럼 보였다. "아! 정말이지 주머니에 딱 20루블만 있으면." 노즈드료프가 말을 이었다. "더도 말고 딱 20루블만 있으면

몽땅 되찾을 건데, 되찾는 것만 아니라, 명예를 아는 사람으로서 장담해, 당장 지갑에 3만 루블은 챙길 텐데."

"하지만 자넨 그때도 그렇게 말했어." 금발이 대답했다. "그래서 내가 50루블을 줬더니, 한방에 날려 버렸잖아."

"날리지 말았어야 하는데! 제길, 그러지 말았어야 하는데! 내가 멍청한 짓만 안 했어도 안 날렸을걸. 판돈이 두 배가 되고서 망할 7점 패에 두 배만 안 걸었어도, 건 돈을 다 뜯어냈을 텐데."

"하지만 못 뜯어냈잖아." 금발이 말했다.

"두 배를 제때에 못 걸어서 그런 거야. 자넨 아까 그 소령이 카드를 잘한다고 생각해?"

"잘하건 못하건 어쨌든 그가 이겼잖아."

"그게 뭐 그리 대수야!" 노즈드료프가 말했다. "나도 그놈쯤 이길 수 있어. 천만에, 그놈 보고 두 배 걸라고 해. 그때 보겠어. 그놈이 어떤 노름꾼인지 보겠어! 대신, 이봐 치치코프, 첫 며칠 간 얼마나 마시고 떠들어 댔는지! 정말 기가 막히게 멋진 장이었어. 상인들도 그런 장은 없었다고 하더라고. 난 영지에서 가져온 걸 전부 최고 가격에 팔았어. 이봐, 얼마나 잘 놀았다고! 지금도 눈에 선해…… 제기랄! 자네가 거기 없었던 게 정말 유감이야. 생각해 봐, 도시에서 3베르스타* 떨어진 곳에 용기병 부대가 있었어. 장교들이 얼마나 많았는지. 장교들이 한 도시에 40명이나 있었다면 믿겠나. 이봐, 우리가 어떻게 퍼마시기 시작했는지…… 2등 대위 포첼루예프*는 말이지…… 아주 멋지더군! 이봐, 콧수염도 기가 막히고! 보르도*를 그냥 탁주라고 부르네. '이봐, 여기 탁주 내 와!' 그러더라고. 육군 중위 쿠브신니코프*는…… 햐, 얼마나 멋지던걸! 진짜 모든 면에서 난봉꾼이라고 할 만하더군. 우린 내내 함께 있었어. 그리고 포로마료프가 내놓은 포도주는 또 어떻고!

그놈은 사기꾼이니 그놈 가게에선 아무것도 사선 안 된다는 걸 알아 둬. 포도주에 백단 염료, 탄 코르크 마개 같은 온갖 쓰레기를 다 섞고, 게다가 그 사기꾼 녀석, 접골목 덤불로 문질러 색을 내데. 대신에 그가 특별실이라고 부르는 멀리 떨어진 작은 방에서 어떤 술병이든 내오면, 이봐, 천상에 있는 기분이야. 우리 샴페인이 그랬어. 그 앞에서 현지사 건 그냥 크바스*야. 상상해 봐, 샴페인이 클리코가 아니라 어떤 클리코-마트라두라*인데, 이건 두 배의 클리코라는 뜻이야. 그리고 프랑스 술을 한 병 내왔어, 봉봉이라고. 그 냄새는 어떻고! 장미 장식이건 뭐건 네가 좋아하는 건 다 있더라…… 얼마를 마셨는지…… 우리 뒤에 한 귀족이 가게에 사람을 보내 샴페인을 사려고 했는데 말이야, 도시에 단 한 병도 없었어, 장교들이 다 마셔 버려서. 자네 믿겠나, 만찬에서 나 혼자 샴페인을 열일곱 병 마셨다면?"

"글쎄, 자넨 열일곱 병 못 마셔." 금발이 지적했다.

"명예를 아는 사람으로서 말하는데, 난 마셨어." 노즈드료프가 대답하였다.

"뭐 원하는 대로 말하는 건 자네 자유지만, 장담하는데 자넨 열 병도 못 마셔."

"내가 마시는지 내기하고 싶은 게로군!"

"뭣 때문에 내길 해?"

"자, 도시에서 산 네 총을 걸어."

"싫어."

"자, 내놔, 함 해 보게!"

"함 해 보는 것도 싫어."

"네 총이 없어질걸, 모자처럼 말이야. 이봐, 치치코프, 네가 거기 없었던 게 정말 아쉬워. 틀림없이 넌 쿠브신니코프 중위와 안 떨어지려고 했을 거야. 넌 그와 엄청 친해졌을 거라고! 이 사람은 코페이카 한 푼에 벌벌 떠는 우리 도시의 지방 검사와 구두쇠들하곤 영 달라. 이봐, 이자는 게임이라면 갈빅이든 반치시카든* 뭐든 달려드는 사람이야. 어이, 치치코프, 네가 같이 왔어도 손해 볼 일은 없었을 건데. 맞아, 넌 그 점에서 돼지*에 둘도 없는 가축 업자야! 자, 내게 입맞춰 줘, 네가 좋아 죽겠다! 미주예프, 봐, 운명이 우리를 묶어 준 거야, 그는 내게, 또 난 그에게 어떤 의미일까? 그는 아무도 모르는 곳에서 왔고, 나는 여기 살고…… 친구, 용수철 달린 사륜마차들이 얼마나 많았는데, 정말 '앙 그로스'*더군. 나는 뽑기 판에서* 내 행운을 시험해서 두 병의 포마드 기름, 사기 찻잔, 그리고 기타를 땄어. 다음에 한 번 더 걸었는데 몽땅 날리고, 빌어먹을, 거기에 은화 6루블까지 날렸어. 근데 쿠브신니코프가 여자 꽁무니를 얼마나 잘 쫓는지 네가 안다면! 우린 거의 모든 무도회에 다녔어. 한 여자가 아주 곱게 차려입었어, 루시를 입고, 트로시도 있고,* 없는 거 없이 다 있더군. 혼자 '제기랄! 뭐가 뭔지 모르겠네'라고 생각했지. 근데 쿠브신니코프, 이 간악한 녀석이 그녀에게 바싹 달라붙어 프랑스어로 온갖 찬사를 늘어놓는데…… 믿겠나, 그 녀석 평범한 아낙네도 그냥 안 두더라고. 그는 이걸 '딸기 맛 보기'라고 부르더군. 그리고 아주 기막힌 생선과 철갑상어가 나왔어. 나도 그래서 하나 가져왔어. 돈 있을 때 살 생각을 해서 다행이야. 너 지금 어디 가?"

"누구 좀 만나려고." 치치코프가 말했다.

"흥, 그가 누구든 잊어버려! 내 집으로 가자!"

"안 돼, 용무가 있어."

"흥, 용무는 무슨 용무! 잘도 둘러대긴! 자넨, 오포젤도크 이바노비치야."*

"정말이야, 일이 있어, 그것도 아주 긴요한 일이야."

"내기할까, 거짓말이야! 그럼 말해 봐, 누구한테 가는데?"

"뭐, 소바케비치한테."

여기서 노즈드료프는 아주 신선하고 건강한 사람만 터뜨릴 수 있는 웃음으로 깔깔대기 시작했다. 그의 설탕처럼 하얀 이빨들은 마지막 이까지 다 드러나고, 뺨은 떨면서 실룩거렸다. 그 소리에 문 두 개를 지나 세 번째 방에 묵는 이웃은 잠자다 벌떡 일어나 눈을 비비며 "제길, 정신이 나갔구먼!"이라고 말하기 마련이다.

"그게 뭐가 그리 우스워?" 치치코프는 그 웃음에 약간 불만스러워하며 말했다.

그러나 노즈드료프는 계속 목청껏 웃어제끼며 말을 이었다.

"어이, 미안, 정말, 배꼽 빠지게 웃기네!"

"이상할 거 하나 없네. 난 약속했어." 치치코프가 말했다.

"그치만, 그놈 집에 가면 인생이 즐겁지 않을 거야. 얼마나 지독한 구두쇤데! 난 네 성격을 잘 알아. 거기서 게임 물주를 찾고 봉봉 같은 좋은 술을 마실 생각이면 완전히 낭패 볼 거야. 이봐, 잘 들어. 소바케비치는 악마한테 보내고, 내 집으로 가자! 근사한 철갑상어 등고기를 대접할게! 포노마레프,* 그 불한당 말이야, 공손히 절하면서 이렇게 말하더군. '당신이 온 장을 둘러봐도 그런 고기는 찾지 못할 거예요.' 하지만 정말 세상에 둘도 없는 사기꾼이야. 난 그놈 얼굴에다 대고 이렇게 말했어. '넌 우리 독점 판매인이랑 같이 세상에 둘도 없는 사기꾼이야!' 그 불한당, 턱을 쓰다듬으며 웃데. 쿠브신니코프와 난 매일 그놈 가게에서 아침을 먹었어. 참, 이봐, 자네한테 말한다는 걸 깜박했네. 자넨 이제 못 버틸 걸. 하지만 나도 1만 루블도 안 내놓을 거야, 미리 말하는 거야. 야! 포르피리!" 그는 창가로 다가가서 자기 하인에게 소리쳤다.

그 하인은 한 손엔 작은 칼, 다른 손엔 빵 조각과 철갑상어 조각을 들고 있었다. 그는 그것을 마차에서 뭔가를 꺼내면서 살짝 잘라 낸 것이다. "어이, 포르피리." 노즈드료프가 소리쳤다. "그 강아지 가져와 봐! 기막히게 멋진 강아지야!" 그는 치치코프에게 몸을 돌리며 말을 이었다. "장물이었는데, 주인이 절대 내놓지 않으려는 거야. 그래서 내가 그에게 연한 밤색 암말을 주기로 했어. 자네 기억해? 왜 그 흐보스트이료프*네에서 바꿔 온 것 말이야." 치치코프는 그러나 생전 연한 밤색 암말이고 흐보스트이료프고 본 적이 없었다.

"나리! 아무것도 드시지 않으실 건가요?" 이때 주모가 노즈드료프에게 다가오며 물었다. "아무것도 안 먹어. 이봐, 친구, 얼마나 마시고 떠들어 댔는지! 하지만 보드카 한 잔 줘. 뭐가 있지?"

"아니스* 보드카 있어요." 주모가 대답하였다.

"그럼, 아니스 보드카 가져와." 노즈드료프가 말했다.

"나도 보드카 한 잔!" 금발이 말했다.

"극장에서 한 여배우가 마치 카나리아처럼 노래를 했어. 정말 카나리아더라고! 내 옆에 앉아 있던 쿠브신니코프가 '친구, 저 딸기 따 먹자!' 라고 하데. 장에 광대놀음이 쉰 개는 열린 것 같았어. 페나르디*는 네 시간이나 공중제비를 돌더라고." 여기서 그는 주모 손에서 작은 술잔을 받아 들었고, 주모는 그에게 허리를 깊이 숙여 절했다. "어, 그거 이리 가져와!" 강아지를 데리고 들어오는 포르피리를 보고 그가 소리쳤다. 포르피리는 자기 주인과 똑같이 솜을 넣어 누비질한, 그러나 약간 기름때에 절어 더러워진 아시아식 짧은 실내복을 입고 있었다.

"이리 줘, 여기 마루에 내려놔!"

포르피리가 강아지를 마루에 내려놓자, 강아지는 사지를 쭉 뻗더니 킁킁거리며 냄새를 맡기 시작했다.

"바로 이 강아지야!" 노즈드료프는 강아지 등을 잡고 손으로 들어 올리더니 말했다. 강아지는 아주 애처롭게 끙끙거리며 신음 소리를 냈다.

"한데 너, 내가 시킨 대로 안 했지." 노즈드료프가 포르피리에게 돌아서더니 강아지 배를 주의 깊게 살피면서 말했다. "배에 빗질할 생각도 안 하고?"

"아닌데요, 빗질했는뎁쇼."

"그럼 어디서 벼룩이 나와?"

"모르겠는데요. 아마도 마차에서 기어들었나 보네요."

"거짓말, 거짓말이야. 빗질은 할 생각도 못했으면서. 내 생각엔 바보 같은 네놈이 네 걸 옮긴 거야. 자, 봐, 치치코프, 귀를 함 봐. 그리고 함 만져 봐."

"뭐 하러? 이렇게 해도 보여, 순종이네!" 치치코프가 대답했다.

"아냐, 어서 잡아 봐, 귀를 만져 보라고!"

치치코프는 그의 비위를 맞추기 위해 귀를 만지고서 덧붙였다.

"그래, 좋은 개가 되겠군."

"그리고 코를 대 봐. 얼마나 차갑나 손으로 만져 봐."

그의 기분을 상하게 하지 않으려고 치치코프는 코도 만져 보고 말했다.

"후각이 좋군."

"진짜 불도그야." 노즈드료프는 계속 말을 이었다. "고백하면, 사실 오래전부터 불도그를 찾고 있었어. 됐어, 포르피리. 데리고 가!"

포르피리는 강아지 배 밑을 받쳐 잡고 마차로 데려갔다.

"잘 들어, 치치코프, 자넨 이제 꼭 내 집에 가야 해. 전부 5베르스타밖에 안 돼. 엎어지면 코 닿을 데 있어. 뭐 거기서 원하면 소바케비치네도 갈 수 있어."

'뭐 어때.' 치치코프는 혼자 생각했다. '노즈드료프네로 가지 뭐. 그가 다른 치들보다 더 나쁠 건 뭐야, 다 똑같지. 게다가 카드에서 왕창 잃었고. 보아하니 뭐든 거뜬히 할 것 같아, 요구만 하면 뭐든 공짜로 얻어 낼 것 같아.'

"좋아, 자네가 원한다면, 가지." 그가 말했다. "단, 날 계속 붙들지 않는다는 조건으로. 내겐 시간이 소중하거든."

"흥, 그래, 그렇게 해! 그게 좋겠어! 잠깐 서 봐, 자네에게 감사의 키스를 해야겠네." 여기서 노즈드료프와 치치코프는 서로 키스를 했다. "잘됐어. 우리 셋이 같이 가는 거야!"

"아니, 나는 좀 빼 줘." 금발이 말했다. "난 집에 가야 해."

"헛소리, 헛소리야, 이봐, 안 보낼 거야."

"제발, 아내가 화낼 거야. 이제 치치코프 마차로 갈아타면 되잖아."

"안 돼, 안 돼, 안 돼! 꿈도 꾸지 마."

금발은 처음 보기에 어딘가 완고한 성격을 가진 사람이었다. 그들은 상대방이 입을 열려고만 해도, 이미 싸울 태세를 하고 그들의 사고방식에 명백히 반하는 것엔 결코 동의하지 않으며, 하늘이 두 쪽 나는 한이 있어도 어리석은 것을 똑똑하다고 말하지 않고, 특히 남의 장단에 맞춰 춤추는 데 동의하지 않는다. 하지만 언제나 끝에 가서는 그들 성격에 부드러운 면이 있다는 게 드러나고, 그들은 반박했던 바로 그것에 동의하고, 어리석은 것을 현명하다고 말하며, 그다음엔 남의 장단에 더할 나위 없이 멋지게 춤을 추기까지 한다. 한마디로 매끄럽게 시작해서 변변찮게 끝나는 것이다.

"허튼소리!" 노즈드료프는 금발의 제의에 이렇게 대꾸하고 그의 머리에 모자를 씌웠다. 결국 금발은 그들 뒤를 따라왔다.

"나리, 보드카 값을 안 주셨는데요……" 주모가 말했다.

"아, 좋아, 좋아, 주모. 이봐, 처남, 들어 봐! 돈 좀 내주겠나? 부탁이야. 지금은 호주머니에 땡전 한 푼 없어."

"얼만가?" 처남이 말했다.

"나리, 전부 20코페이카예요." 주모가 말했다.

"거짓말이야, 거짓말. 반만 줘, 그걸로 충분해."

"너무 적어요, 나리." 주모가 말했다. 말은 그렇게 하면서도 그녀는 돈을 감사히 받아 들고 문을 열어 주러 서둘러 달려 나가기까지 했다. 그녀는 전혀 손해 본 게 아니었으니, 실제 보드카 가격의 네 배를 불렀기 때문이다.

여행객들은 자리를 잡고 앉았다. 치치코프의 반개 사륜마차는 노즈드료프와 그의 처남이 앉은 반개 사륜마차와 나란히 달렸다. 그래서 그들은 자유롭게 얘기를 나눌 수 있었다. 그들 뒤로 뼈만 남은 평범한 전세 말들이 모는, 노즈드료프의 크지 않은 사륜마차가 계속 뒤처져 따라왔다. 거기에는 포르피리와 강아지가 타고 있었다.

여행객들이 자기들끼리 나눈 대화가 독자에겐 그다지 흥미롭지 않았으므로, 노즈드료프 자신에 대해 뭔가 말할 거면 지금 하는 편이 낫겠다. 왜냐하면 우리 서사시에서 그가 절대 사소한 역할을 맡지는 않을 것으로 보이기 때문이다.

노즈드료프의 얼굴은 이미 독자에게 어느 정도 익숙할 것이다. 누구나 살다 보면 그런 사람을 적잖이 만나기 때문이다. 그들은 다소 무사태평한 사람들이라고 불리며, 어린 시절이나 학교에서 좋은 친구라는 평판을 듣지만, 이 시기 내내 자주, 아주 심하게 얻어맞곤 한다.

그들 얼굴에선 언제나 뭔가 개방적이고 직설적이며 대담한 뭔가가 보인다. 그들은 금방 사람들과 친해지고, 상대방이 주위를 다 둘러보기도 전에 곧 "너"라고 부른다. 상대방과 영원한 우정을 맺을 듯이 보이나, 거의 언제나 바로 그날 저녁, 우정 어린 파티장에서 갓 친구가 된 사람이 그들과 싸우게 된다. 그들은 언제나 수다쟁이, 방탕아에, 앞뒤 생각 없이 무모하게 덤벼들고, 눈에 잘 띄는 족속이다. 노즈드료프는 서른다섯 살이지만 여전히 노는 데 사족을 못 쓴다는 점에서 열여덟, 스무 살 때와 아주 똑같았다. 결혼도 결코 그를 바꾸지 못했다. 아내가 그에게 절대로 필요 없는 두 아이를 남기고 금방 저세상으로 갔기 때문이다. 하지만 그는 아이들을 보살피는 예쁘장한 유모를 데리고 있었다. 그는 집에 하루 이상 앉아 있지 못했다. 그의 예민한 코는 군중이 모이고 무도회가 펼쳐지는 장이 서는 곳이면 몇십 베르스타 밖에서도 냄새를 맡았고, 그러면 그는 눈 깜짝할 사이에 거기에 가 있었다. 거기서 그는 녹색 테이블*에 앉아 다투고 소동을 일으켰다. 그런 유의 사람들과 비슷하게 그도 카드 게임에 미쳐 있었기 때문이다. 첫 장에서 이미 보았듯이 그는 카드 판의 온갖 다양한 속임수와 섬세한 기술들을 알고 있었고, 그의 게임 방식은 전혀 죄 없이 깨끗하다고 할 수 없었다. 그래서 그의 게임은 아주 자주 다른 게임으로 끝나곤 했다. 장화로 두들겨 맞거나 속임수에 대한 벌로 무성하고 아주 보기 좋은 그의 볼수염이 뽑히거나 했던 것이다. 그래서 그는 가끔 집에 볼수염을 한쪽만 하고, 그것도 다소 성긴 모습으로 돌아오곤 했다. 그러나 그의 건강하고 통통한 뺨은 너무 멋있게 창조되고 그 안에 그토록 왕성한 식물의 생장력까지 있어서, 볼수염이 다시 금방, 그것도 전보다 더 멋있게 나곤 했다. 그런데 그 무엇보다 더 이상하고 오직 러시아 땅에서만 있을 수 있는 일이 있으니, 그가 얼마 지나지 않아 자기를 주먹으로 때린 그 친구들과 마치 아무 일도 없었던 양 만나며, 소위 그도 아무렇지 않아 하고 그들도 아무렇지 않아 한다는 것이다.

어떤 면에서 노즈드료프는 사건을 만드는 사람이었다. 그가 참여한 모임 중에 사건 없이 지나간 모임은 단 하나도 없었다. 어떤 사건이건 벌어졌으니, 헌병들이 그의 양팔을 잡고 홀에서 끌어내든가, 친구들이 부득이 그를 떠밀어 내든가 하였다. 이런 일이 아니라고 해도, 다른 이에겐 절대로 일어나지 않는 일이 뭔가 꼭 일어난다. 작은 식당에서 술에 절어 웃기만 한다든지, 아주 방정맞게 입을 놀려서 마침내 스스로 부끄러워진다든지 말이다. 그리고 아무 이유도 없이 괜히 거짓말을 해 댄다. 갑자기 자기가 파란 털이나 장밋빛 털의 말을 갖고 있다는 둥 말도 안 되는 소리를 해 대서, 듣던 이들은 마침내 "이봐, 자네 또 허풍기가 발동했구먼"이라고 내뱉고 자리를 떠 버린다. 가끔 아무 이유 없이 자기와 가까운 사람 흉보는 걸 좋아하는 사람들이 있다. 예를 들어, 고상한 외모와 가슴에 훈장을 단 높은 신분의 어떤 사람이 당신 손을 굳게 잡고 깊은 사색에 잠기게 하는 심오한 대상들에 대해 당신과 대화하고는, 얼마 지나지 않아 바로 당신 눈앞에서 당신 흉을 보는 것이다. 그는 평범한 14등관과 똑같이 흉보지, 절대로 가슴에 훈장을 달고 깊은 사색에 잠기게 하는 심오한 대상들에 대해 논하던 사람처럼 흉보지 않으며, 당신은 갑자기 허를 찔려 어깨만 으쓱할 것이다. 그와 똑같은 이상한 욕망을 노즈드료프도 갖고 있었다. 누가 어떤 식으로 그와 가까워지건 그는 다른 누구보다 더 그를 곧 불쾌하게 만들어서, 그보다 더 멍청한 말은 생각하기 어려울 정도로 얼토당토않은 말을 지껄여 대고 결혼식이나 거래 계약을 망쳐 버렸다. 그러고도 그는 자신을 전혀 당신들의 적으로 여기지 않았다. 오히려, 만일 당신들을 만나는 일이 생기면, 그는 다시 친구처럼 행동하고 "넌 정말 비열한 놈이야, 내 집에 한 번도 안 들르고"라고까지 말하는 것이다. 노즈드료프는 다면적인 사람이었다. 즉, 다방면으로 손을 뻗쳤다. 그는 동시에 당신에게 어디든 마음 내키는 곳으로, 세상 끝까지라도 가자고 하고, 어떤 술수에든 뛰어들자고 하며, 있는 것이면 뭐든지 서로 교환하자고 제의했다. 총, 개, 말 등 모두가 교환 대상이었다. 그러나 어떤 이득을 보기 위해서가 아니라, 그저 성격상 지칠 줄 모르는 대담성과 기지에서 나오는 행동이었다. 만일 장에서 운 좋게 한 바보를 만나 그를 게임에서 몽땅 털기라도 하면, 그는 바로 상점들에서 눈에 들어오는 것이면 뭐든지 닥치는 대로 샀다. 멍에, 향초, 유모용 손수건, 수말, 건포도, 은제 세면대, 네덜란드제 아마포,* 고운 고급 밀가루, 담배, 권총, 작은 청어, 그림, 맷돌, 단지, 장화, 도자기* 식기, 돈이 닿는 대로 뭐든 사 댔다. 그러나 이것들을 집에까지 가져가는 일은 거의 없었다. 바로 그날로 다른 기가 막히게 운이 좋은 노름꾼에게 다 넘어가 버리고, 때로는 자기 담뱃대와 담배쌈지까지, 다른 경우엔 네 필의 말이 끄는 마차와 그 안에 있는 것 전부, 즉 사륜마차와 마부까지 보태기도 했다. 그러면 그는 짧은 외투나 아시아식 짧은 실내복을 입고, 누구건 그를 집에 데려다 줄 친구를 찾아 나서곤 했다. 노즈드료프는 바로 그런 사람이었다! 그를 이미 구시대의 산물이라고 하고, 요즘엔 더 이상 노즈드료프 같은 사람이 없다고 말할지도 모른다. 그러나 아, 슬프다! 그렇게 말하는 사람은 정말 잘못 생각한 것이다. 노즈드료프는 세상에서 아직 오랫동안 사라지지 않을 것이다. 그는 우리 가운데 어디에나 있고, 아마도 농민용 외투로 옷만 바꿔 입고 다닐 뿐일 것이다. 그런데 사람들의 생각이 짧고 통찰력이 없어서, 옷만 바꿔 입으면 그들에겐 생판 다른 사람으로 보이는 것이다.

그사이에 세 대의 마차가 노즈드료프네 집 현관에 다다랐다. 집에는 그들을 맞을 준비가 전혀 되어 있지 않았다. 식당 한가운데 목재 버팀 다리가 서 있었고, 농부 두 명이 그 위에 서서 어떤 끝없는 노래를 길게 뽑으며 벽을 하얗게 칠하고 있어서, 바닥은 온통 흰 페인트로 얼룩져 있었다. 노즈드료프는 즉각 농부들에게 버팀 다리를 치우도록 이르고, 지시를 내리기 위해 다른 방으로 뛰어들었다. 손님들은 그가 요리사에게 점심을 어떻게 주문하는지 들었고, 이미 배고픔을 느끼기 시작한 치치코프는 자신들이 다섯 시 이전엔 식탁에 못 앉으리라는 걸 깨달았다. 노즈드료프는 돌아와 손님들을 안내하면서 자신의 마을에 있는 것을 모두 둘러보게 했는데, 두 시간 정도 지나자 정말이지 몽땅 다 보여 줘서 더 이상 보여 줄 게 없었다.

먼저 그들은 마구간에 가서 두 마리의 암말을 보았으니, 한 마리는 회색 얼룩이 있는 말이고, 다른 말은 연한 밤색 말이었다. 그다음 볼품없어 보이는 밤색 수말을 보았는데, 노즈드료프는 그 말을 1만 루블에 샀다고 맹세까지 했다.

"자넨 저런 것에 1만 루블이나 냈을 리 없어." 처남이 지적하였다. "저건 1천 루블도 안 나가."

"맹세코 1만 루블 줬어." 노즈드료프가 말했다.

"자네가 원한다면 원하는 만큼 신을 두고 맹세할 수 있겠지." 처남이 대답했다.

"좋아, 내가 1만 루블 냈다는 것에 내기하자!" 노즈드료프가 말했다.

처남은 내기를 걸고 싶어 하지 않았다.

이후 노즈드료프는 텅 빈 축사를 보여 주었으니, 예전엔 역시 멋진 말들이 있었던 그 마구간에서 염소도 볼 수 있었으니, 이것은 옛날 미신에 따라 말이 있는 곳에는 반드시 염소를 두어야 한다고 생각했기 때문이다. 염소는 말들과 잘 지내는 듯했으며, 마치 자기 집에 있는 것처럼 말들의 배 밑을 돌아다니고 있었다.

그러고 나서 노즈드료프는 그들이 사슬에 묶인 새끼 늑대를 보도록 하였다. "바로 이게 새끼 늑대야! 난, 이걸 일부러 생고기로 기르지. 진짜 야생 동물이 됐으면 하거든!" 그가 말했다. 다음에는 연못을 보러 갔다. 노즈드료프의 말에 따르면, 그 못에는 두 사람이 젖 먹던 힘까지 다해야 끌어 올릴 수 있을 만큼 큰 물고기가 살았단다. 그러나 그의 처남은 믿지 못하겠다는 눈치였다. "이봐, 치치코프에게 아주 기막히게 좋은 개 한 쌍을 보여 주지." 노즈드료프가 말했다. "장딴지 근육이 얼마나 튼튼한지 그저 놀라울 뿐이야. 게다가 보르조이종의 날카로운 면상은 영락없는 바늘이야!" 그러고서 그들을 사방으로 울타리가 쳐진 마당 안에 딸린 아주 아름답고 아담한 집으로 안내했다. 마당에 들어서니 온갖 개들이, 온몸에 털이 긴 것도 있고 꼬리와 넓적다리에 긴 털이 난 것도 있고, 생각할 수 있는 온갖 색과 털의 개들이 보였다. 검은 주둥이에 검붉은색, 붉은 낯짝에 검은색, 흰색에 노란 반점, 노란색에 검은 반점, 붉은색에 노란 반점, 귀가 검은 것, 귀가 회색인 것……. 개들의 이름은 모두 명령형으로 '쏴', '꾸짖어', '날아다녀', '불길', '풀 베는 사람', '빨리 써', '잘 구워', '바싹 구워', '잽싼', '종달새', '보답', '보호자' 등이었다.[*] 노즈드료프가 그들 가운데 서 있으니 마치 한 가정의 아버지 같았고, 그 개들은 개 애호가들이 '프라빌로'[*]라고 부르는 꼬리를 흔들며 손님들에게 달려들고 그들과 인사를 나누기 시작했다. 그들 중 10여 마리는 노즈드료프의 어깨에 자기 앞발을 올려놓았다. '꾸짖어'는 치치코프에게 뜨거운 우정을 보이며 뒷발로 일어나 자기 혀로 그의 입술을 핥았고, 치치코프는 즉시 침을 뱉었다. 그들은 검은 넓적다리의 탄탄한 근육에 경탄을 금할 수 없는 개들을 둘러보았고, 그 개들은 좋았다.

그다음엔 이미 눈이 먼 크림 지방의 암캐를 보러 갔다. 노즈드료프 말에 의하면 죽을 날이 멀지 않았지만, 2년 전만 해도 아주 훌륭한 암캐였다고 했다. 그들은 암캐도 살펴보았다. 암캐는 정말 눈이 멀어 있었다. 그다음엔 물방앗간을 보러 갔다. 거기엔 축 위에서 빠르게 회전하는, 러시아 농부들의 탄복할 만한 재치 있는 표현으로, '여기저기 날아다니며' 윗돌을 받치는 '날아다니는 쇠고리'* 하나가 빠져 있었다.

"아, 이제 곧 대장간도 나올 거야!" 노즈드료프가 말했다.

조금 지나서 정말 대장간을 나왔고, 그들은 대장간도 둘러보았다.

"바로 이 들판에," 노즈드료프가 손가락으로 들판을 가리키며 말했다. "회색 토끼가 엄청 많아서 땅이 안 보일 정도야. 나도 손으로 한 놈의 뒷다리를 잡았지."

"이런, 자네가 회색 토끼를 손으로 잡았을 리 없어!" 처남이 지적했다.

"정말 잡았어, 일부러 잡았다고!" 노즈드료프가 대답했다. "그럼, 이제 내 땅이 끝나는 경계가 보이는 곳으로 안내하지." 그는 치치코프에게 몸을 돌리고 말을 이었다.

노즈드료프는 자기 손님들을 여기저기 작은 언덕들이 널려 있는 들판으로 안내했다. 손님들은 얼마 전에 간 신선한 밭이랑과 써레질을 해서 골라 놓은 밭 사이를 힘들게 지나가야 했다. 치치코프는 피곤해지기 시작했다. 그 땅은 저지대여서 그들은 많은 곳에서 철벅거리며 걸었다. 처음엔 몸을 사리고 조심스럽게 발을 내

디뎠으나, 이윽고 그래 봤자 아무 소용 없다는 걸 깨닫고 진창이 많은 곳이건 적은 곳이건 상관 않고 곧장 걸었다. 한참을 걸어서야, 정말로 나무 말뚝과 좁게 굽은 도랑으로 되어 있는 경계선을 볼 수 있었다.

"이게 경계선이야!" 노즈드료프가 말했다. "이쪽으로 보이는 건 다 내 거야. 저쪽 저기 푸르스름한 이 숲 전체와 숲 뒤에 있는 것도 다 내 거야."

"언제 이 숲이 자네 것이 됐지?" 처남이 물었다. "자네 정말 최근에 그걸 샀어? 저건 자네 것이 아니었는데."

"그래, 최근에 샀어." 노즈드료프가 대답했다.

"어떻게 그렇게 빨리 살 수 있었지?"

"언제더라. 그저께 샀어. 제길 엄청 비싸게 쳐서."

"자네는 그때 장에 있었잖아."

"에이, 바보 멍청이! 그래, 장에 나가 있으면 땅도 못 산단 말이야? 그래, 난 장에 있었고, 관리인이 내 대신 산 거야."

"그래, 관리인이 샀단 말이지!" 처남은 여전히 의심스러워하며 고개를 저었다.

손님들은 갈 때와 똑같은 더러운 길로 돌아왔다. 노즈드료프는 그들을 자기 서재로 안내했는데, 흔히 서재에 있을 만한 것, 예를 들어, 책이나 종이 같은 것은 흔적도 찾아볼 수 없고, 벽에는 단지 장검과 두 정의 총만 걸려 있었다. 총 하나는 3백 루블, 다른 하나는 8백 루블이라고 했다. 처남은 살펴보더니 그저 고개를 저을 뿐이었다. 이윽고 터키 단검을 보여 줬는데, 그중 하나에 그걸 만든 장인 이름이 실수로 '장인 사벨리 시비랴코프'*라고 새겨져 있었다. 그다음엔 등에 지고 다니는 소형 오르간을 손님들에게 선보였다. 노즈드료프는 그들 앞에서 즉시 한 곡을 뽑았는데, 그다지 불쾌한 곡조는 아니었으나, 한창 연주하는 도중 어디 문제가 생겼는지, 마주르카가 「말부르그는 행군했네」라는 노래로* 끝나고, 「말부르그는 행군했네」는 생뚱맞게도 오래전에 익히 들었던 왈츠로 변했다. 노즈드료프는 이미 오래전에 손잡이 돌리는 것을 그만뒀건만, 오르간 건반 하나가 힘이 넘치는지 잠잠해질 생각을 안 하고 이후에도 오랫동안 저 혼자 울렸다. 그다음엔 담배 파이프들을 선보였는데, 나무로 된 것, 점토로 된 것 또는 해포석으로 된 것, 손때가 묻도록 오래 피운 것과 오래 피우지 않은 것, 영양 가죽으로 입힌 것과 입히지 않은 것, 얼마 전에 노름으로 딴 호박 파이프가 달린 긴 목제 담뱃대, 어디선가 그에게 미칠 듯이 반한 백작 딸이 수놓은 담배쌈지가 있었다. 그의 말에 따르면, 그녀의 손은 '섬세함과 화려함의 극치'였는데, 그 단어는 그에게 완성의 최고 경지를 의미하는 것 같았다. 철갑상어 등고기를 간단히 먹고, 그들은 다섯시가 거의 다 되어서야 식탁에 앉았다. 식사가 노즈드료프의 삶에 중요한 부분을 차지하지 않으며, 음식이 큰 역할을 하지는 못하는 것 같았다. 어떤 것은 바싹 타고, 다른 것은 완전히 설익어 있었던 것이다. 아마도 요리사는 어떤 영감에 이끌려, 손에 먼저 잡히는 대로 집어넣는 것 같았다. 곁에 후추가 있으면 후추를 뿌리고, 양배추가 잡히면 양배추를 처넣고, 우유와 햄, 완두콩을 엄청나게 넣었다. 한마디로 그냥 될 대로 되라는 식이었다. 그냥 뜨겁기만 하면 어떤 맛이든 나올 거라고 믿는 것 같았다. 그 대신에 노즈드료프는 포도주에 큰 비중을 두었다. 수프를 내오기도 전에 손님들에게 큰 잔에는 포트와인을 가득 따르고, 다른 잔에는 호소테른을 따랐다. 현이나 군의 작은 도시에 평범한 소테른*은 드물었기 때문이다. 이윽고 노즈드료프는 마데이라 포도주 병을 가져오라고 했는데, 이건 야전 사령관도 마셔 보지 못한 것이었다.

마데이라는 정말 입이 타들어 가는 것 같았다. 이건 상인들이 이미 좋은 마데이라에 입맛이 들린 시골 지주들의 취향을 알고 거기에 가차 없이 럼주를 타거나, 어떤 경우에는 심지어 러시아인들의 위장을 기쁘게 해 주려고 황제의 보드카*까지 섞었기 때문이다.

그다음 노즈드료프는 다시 어떤 특별한 병, 그의 말로는 부르고뉴와 샴페인이 섞인 병*을 가져오게 했다. 그는 이것을 자기 양쪽에 놓인 두 잔에 처남과 치치코프를 위해 매우 정성스럽게 따랐는데, 치치코프는 그러다 문득 그가 자기 잔에는 별로 많이 따르지 않는 것을 보았다. 이것에 그는 경계심을 느껴, 노즈드료프가 횡설수설하거나 처남에게 술을 따를 때마다 즉시 자기 잔을 접시에 부었다. 얼마 지나지 않아 식탁에 마가목 과실주가 나왔는데, 노즈드료프의 말에 따르면 완전히 살구맛이었으나, 놀랍게도 독한 화주 냄새가 났다. 그다음에는 이름을 기억하기가 너무 어려워 심지어 주인도 이따금 다른 이름으로 부르는 어떤 발삼주를 마셨다. 식사는 이미 오래전에 끝났고, 포도주도 이미 다 맛보았지만, 손님들은 여전히 식탁에 앉아 있었다. 치치코프는 처남이 있는 자리에서 노즈드료프와 중요한 문제에 대해 이야기를 꺼내고 싶지 않았다. 어쨌거나 처남은 부차적인 인물이고, 그가 얘기하려는 내용은 두 사람만의 긴밀한 대화를 요했던 것이다. 그러나 처남은 위험한 인물은 아닌 것 같았다. 그는 이미 더할 수 없이 먹고 마셔서, 의자에 앉아 코로 방아를 찧고 있었다. 그 자신도 자신이 바람직하지 못한 상태에 있는 것을 깨닫고 마침내 집으로 가야겠다고 말했으나, 너무 느리고 맥 빠진 목소리여서, 러시아식 표현대로라면 족집게로 말에게 멍에를 부리는 것 같았다.

"안 돼, 안 돼! 안 보내겠어!" 노즈드료프가 말했다.

"아냐, 날 모욕하지 말게, 친구. 정말 가야 해." 처남이 말했다.

"안 그러면, 자넨 정말 날 모욕하는 거야."

"헛소리, 헛소리 집어치워! 우린 이제 게임 판을 벌일 거야."

"아냐, 하고 싶으면 자네나 해, 난 안 돼. 아내가 굉장히 불만스러워할 거야, 정말이야. 그녀에게 장에서 있었던 일들을 얘기해 줘야 해. 이봐, 정말 그녀를 만족스럽게 해야 해. 아니, 자넨 날 가로막지 못해!"

"아내는 지옥에나……! 같이 할 무슨 중요한 일이라도 있나 보네!"

"아냐, 친구! 그녀가 얼마나 존경할 만하고 정숙한데! 그녀가 나를 위해하는 일들은…… 자네 믿겠어? 눈에 눈물이 나네. 아냐, 자넨 날 막지 못해, 명예를 아는 남편으로서 난 가겠어. 난 진실한 양심을 걸고 선언하는 거야."

"가게 하지, 왜 그를 굳이 붙들려는 건가!" 치치코프가 조용히 노즈드료프에게 말했다.

"그럼 좋아!" 노즈드료프가 말했다. "저런 바보들은 정말 딱 질색이야!" 그리고 큰 소리로 덧붙였다. "그래, 악마한테나 가라, 가서 아내하고 노닥거리기나 해, 이 추잡한 놈!"*

"아냐, 이봐, 자네 나를 추잡한 놈이라고 부르지 말게." 처남이 대답했다. "그녀는 정말 내 생명의 은인이야. 정말 그렇게 착하고 사랑스러울 수가 없어, 내게 얼마나 상냥하게 잘 해 주는데…… 눈에 눈물이 다 나네. 내게 장터에서 뭘 봤는지 물어볼 거야. 그럼 다 말해 줘야 해. 정말 너무 사랑스러워."

"그래, 가서 헛소리나 잔뜩 지껄여! 옛다, 네 모자."

"아냐, 친구. 자넨 그녀에 대해 그렇게 말해서는 안 돼. 그건 바로 나를 모욕하는 거야. 그녀는 너무 사랑스러워."

"제길, 어서 꺼지고 마누라에게나 가 버려!"

"그래, 친구, 갈게. 더 못 있어 미안하네. 있으면 정말 좋겠지만, 그럴 수가 없어."

처남은 그 이후로도 오랫동안 변명을 되뇌면서, 자기가 이미 오래전에 마차에 올라타서 오래전에 문을 빠져나오고, 자기 앞에 오래전에 텅 빈 들판뿐인 것도 알지 못했다. 아내는 장터에 대해 자초지종을 듣지 못했을 것이다.

"저런 쓰레기 같은 놈!" 노즈드료프가 창문 앞에 서서 떠나는 마차를 바라보며 말했다. "저기 굴러가누만! 곁에 맨 말이 나쁘지 않아서, 오래전부터 내 것에 매 보고 싶었는데. 저런 멍청이 같은 놈하곤 영 잘 안 되는구먼. 추잡한 놈, 그저 추잡한 놈이야!"

그러고 나서 그는 방으로 돌아갔다. 포르피리가 초를 가져왔고, 치치코프는 주인 손에 어디에서 났는지 알 수 없는 카드 패가 들려 있는 것을 보았다.

"자, 이제," 노즈드료프가 카드 양쪽을 손가락으로 누르고 그것을 약간 구부리며 말했다. 그때 종이 한 장이 부르르 떨면서 옆으로 튕겨 나왔다. "자, 친구, 멋진 시간을 보내기 위해, 난 판돈으로 3백 루블을 걸겠네!"

그러나 치치코프는 무슨 얘긴지 전혀 못 들은 척하다가 갑자기 생각난 듯 말했다.

"참! 잊기 전에 말할 게 있는데, 자네에게 부탁이 하나 있어."

"뭔데?"

"먼저 들어주겠다고 약속하게."

"어떤 부탁인데?"

"먼저 약속부터 하게!"

"좋아."

"장담하지?"

"명예를 걸고."

"내 부탁은 바로 이거야. 자네에게 죽었지만 등록 농노 명부에서 삭제하지 않은 농노들이 꽤 많은 것 같던데?"

"그래, 있어. 근데 그게 어째서?"

"그들을 내게, 내 명의로 넘겨주게나."

"그것들을 왜 원하는데?"

"뭐 그냥 필요해."

"뭐에 쓰려고?"

"그냥 필요해…… 그건 내 문제야. 한마디로, 필요해."

"뭔가 꿍꿍이속이 있는 것 같은데. 털어놔 봐, 뭐야?"

"꿍꿍이속은 무슨? 이런 쓸모없는 걸 가지고 뭘 하게."

"근데 그들이 왜 필요한데?"

"이런, 꼬치꼬치 캐묻기는! 자네는 온갖 쓰레기를 손으로 더듬어 만져 보고 냄새까지 맡을 셈이구만!"

"그럼 왜 말하기 싫어하는 거야?"

"자네가 알아서 좋을 게 뭐 있어? 이렇게 해 두지, 그냥 공상에 빠진 거라고."

"그럼 이렇게 하지. 네가 말할 때까진 꿈쩍도 않겠어!"

"이거 보게, 너무 비겁하잖아. 약속까지 해 놓고 이제 와서 발뺌이야?"

"그래, 너 좋을 대로 해. 이유를 말하기 전엔 꼼짝도 안 할 테니."

'그에게 무슨 얘기를 한다?' 치치코프는 잠시 생각에 잠겼다가, 죽은 농노들은 자신이 사회에서 견실한 지위를 얻는 데 필요하고, 자기에겐 큰 영지도 없기 때문에 그때까진 어떤 농노라도 가져 보고 싶은 거라고 설명했다.

"거짓말, 거짓말이야!" 노즈드료프가 끝까지 듣지도 않고 말했다. "이봐, 거짓말 마!"

치치코프도 자신이 그다지 재치 있게 둘러대지 못하고 구실도 매우 변변치 않다는 걸 깨달았다.

"좋아, 그럼 자네에게 좀 더 솔직하게 말하지." 그는 자기 잘못을 인정하고 말했다. "단, 아무한테도 말하면 안 되네. 나는 결혼할 생각이었어. 그런데 약혼녀 부모란 작자들이 아주 대단한 야심가인 거야. 그래서 이런 조건을 내걸더라고. 정말 말려들고 싶지 않은데 말이야. 신랑에게 농노가 적어도 3백 명은 돼야 한다는 거야. 근데 내겐 지금 150여 명이 부족해……."

"거짓말이야! 거짓말이야!" 다시 노즈드료프가 고함치기 시작했다.

"이봐, 정말 이게 이유라고." 치치코프가 말했다. "나 절대 거짓말한 거 없어." 그리고 엄지손가락으로 자기 새끼손가락 끝을 가리켰다.

"제주이트, 제주이트*야. 네가 거짓말한다는 것에 내 머리라도 걸겠어!"

"이건 너무 심하잖아! 정말 내가 그런 사람이란 말이지! 내가 왜 거짓말을 하겠어?"

"난 너란 녀석을 너무 잘 알아. 넌 악랄한 사기꾼이야, 친구로서 하는 말이니까 들어 둬! 내가 만약 네 상관이라면 자넬 나무에 매달아 버릴 거야."

치치코프는 그 말에 기분이 완전히 상했다. 그는 거친 뉘앙스가 있거나 그의 고상함에 모욕을 가하는 표현은 그게 어떤 것이건 정말 불쾌해했다. 그는 상대방이 특별히 신분이 높은 사람인 경우만 아니면, 어떤 경우에도 너무 친근한 표현을 허용하고 싶어 하지 않아 했다. 그래서 그는 완전히 화나고 말았다.

"정말이야, 목을 매달고 말 거야." 노즈드료프가 반복했다. "이렇게 솔직히 얘기하는 건 널 모욕하려는 게 아니라, 순전히 너에 대한 우정에서야."

"모든 일엔 한도라는 게 있는 법이야." 치치코프가 자긍심을 갖고 말했다. "만일 그런 말로 젠 체하고 싶다면 군대를 가든지." 그러고 나서 말을 덧붙였다. "선물로 주기 싫으면 팔아."

"판다고! 난 널 잘 알아, 넌 비열한 사기꾼이야. 넌 그들을 비싸게 쳐 주지 않을 거지?"

"제길, 자네도 정말 잘났군 그래! 한번 봐! 그것들이 다이아몬드라도 된다는 거야 뭐야?"

"그래, 바로 그거야. 난 네가 그런 말을 할 줄 알고 있었어."

"이봐, 친구, 자네 정말 유대인 근성이 있군 그래! 자넨 그저 그것들을 내게 주기만 하면 되는 거야."

"그럼, 들어봐, 내가 내 것만 챙기는 사람이 아니라는 걸 네게 보여 주기 위해, 그것들에 대해 한 푼도 받지 않겠어. 대신 내 수말을 사게, 그럼 농노들을 거저 주지."

"이봐, 내게 수말이 무슨 소용이야?" 치치코프는 정말로 그 제안에 곤혹스러워하며 말했다.

"무엇에 쓰냐니? 난 그놈 사는 데 1만 루블이나 썼지만, 네겐 4천 루블에 줄게."

"도대체 내게 수말이 왜 필요해? 내겐 종마 사육장도 없어."

"자, 들어 봐. 못 알아듣는군. 그럼 일단 3천 루블만 받을게, 나머지 1천 루블은 나중에 지불해도 좋아."

"내겐 수말이 필요없대도, 말은 좀 내버려 두게!"

"그럼 연한 밤색 암말을 사."

"암말도 일없어."

"암말과 자네가 본 그 회색 말, 둘 다 해서 딱 2천만 받을게."

"내겐 말들이 필요 없어."

"팔면 되잖아. 바로 다음번 장터에서 세 배는 더 받을 거야."

"그럼 자네가 직접 팔면 되겠네. 세 배나 더 받을 수 있다고 믿는다면 말이야."

"난 이익을 볼 거라는 걸 알아. 다만 너도 이익을 보길 바라는 거야."

치치코프는 호의에 감사를 표하고, 면전에서 회색 말도 연한 밤색 암말도 거절했다.

"그럼 개들을 사. 네가 오싹하게 소름이 돋을 만큼 멋진 한 쌍을 팔게. 순종 보르조이, 수염 나고 솔처럼 털이 뻣뻣이 선 놈들로. 원통 같은 갈빗대에, 넌 상상도 못해. 앞발이 둥글고 꽉 붙어 있어서 발을 땅에 대지도 않아."

"내게 개가 왜 필요해? 나는 사냥꾼이 아냐."

"하지만 난 네가 개를 갖게 해 주고 싶어. 그럼, 잘 들어 봐. 개가 싫으면 소형 오르간을 사, 아주 멋진 오르간이야. 거짓말 하나 안 보태고 1천5백 루블 주고 샀어. 9백 루블에 넘겨줄게."

"내게 소형 오르간이 왜 필요한데? 나는 그거 들고 거리를 다니면서 돈을 구걸하는 독일인이 아냐."

"하지만 독일인들이 갖고 다니는 그런 조그만 소형 오르간이 아니야. 이건 진짜 오르간이야. 잘 들여다봐, 전부 마호가니로 되어 있어. 지금 다시 보여 주지!" 노즈드료프는 치치코프의 손을 잡고 그를 다른 방으로 끌고 갔다. 이편에서 안간힘을 다해 다리를 마루에 힘껏 대고 버티며 어떤 오르간인지 안다고 안심시켰으나, 그는 막무가내로 다시 한 번 말브루그가 어떻게 전장으로 나갔는지 들어야 했다. "네가 돈으로 사고 싶지 않다면, 바로 이렇게 해, 들어 봐. 네게 소형 오르간과 내게 있는 죽은 농노란 농노는 다 줄게. 그 대신 네 마차와 함께 3백 루블을 내놔."

"아니 그럼, 난 뭘 타고 가라고?"

"네겐 다른 반개 사륜마차를 줄게. 자, 헛간으로 같이 가자, 그걸 보여 줄게! 색만 다시 칠하면 아주 훌륭한 마차가 될 거야."

'휴, 완전히 홀렸군!' 치치코프는 혼자 생각하고, 무슨 일이 있어도 온갖 마차, 소형 오르간, 그리고 도저히 상상조차 안 되는 나무통 같은 갈빗대와 둥글고 딱 붙은 앞발이고 나발이고 온갖 품종의 개에서 벗어나기로 마음먹었다.

"그럼 마차, 소형 오르간, 죽은 농노 몽땅 다 가져!"

"싫어." 치치코프가 다시 말했다.

"왜 싫은데?"

"그냥 싫어. 그게 전부야."

"넌 정말 별난 놈이야! 너하곤 좋은 친구나 동료로 지낼 수 없다는 걸 알겠어, 정말! 이제 보니 이중인격자군!"

"그럼, 내가 바보라는 거야 뭐야? 자네가 직접 판단해 봐. 왜 내가 아무 필요도 없는 물건을 사야 된다는 거야?"

"됐어, 이제 그만두자. 이제 널 속속들이 알겠어. 정말, 아주 악질 사기꾼이야! 자, 들어 봐. 물주가 되고 싶어? 내 죽은 농노 전부를 카드에 걸게, 소형 오르간도."

"판돈으로 결정한다는 건 자신을 불확실한 것에 내맡긴다는 이야기라고." 치치코프는 이렇게 말하며 그사이에 노즈드료프가 손에 들고 있는 카드를 흘깃 봤다. 두 패의 카드가 진짜 가짜처럼 보였고, 카드 뒷면에 새겨진 표시가 몹시 의심스러워 보였다.

"왜 운에 맡긴다는 거야?" 노즈드료프가 말했다. "무슨 얼어 죽을 운! 만약 네 쪽에만 행운이 따른다면 크게 한 몫 벌 수 있을 거야. 자, 가네! 행운아 와라!" 치치코프의 흥을 돋워 주려고 패를 돌리기 시작하면서 그가 말했다. "행운이 왔네! 행운이 왔어! 대박인데! 빌어먹을! 9점이잖아, 거기에 다 걸었는데! 내가 질 것 같더니만. 그래서 눈을 감고 말했지. '제기랄, 악마야, 날 팔아라!'"

노즈드료프가 이렇게 말하고 있을 때 포르피리가 병을 들고 왔다. 그러나 치치코프는 게임뿐 아니라 마시는 것도 완강히 거부했다.

"왜 게임을 안 하려는 거야?" 노즈드료프가 말했다.

"내 취향이 아니니까. 고백하는데 난 게임광이 아니야."

"왜 게임광이 아냐?"

치치코프는 어깨를 으쓱하고 말을 덧붙였다.

"그냥 게임광이 아니니까."

"넌 정말 쓰레기야!"

"뭐 어쩌겠나? 신이 그렇게 만든걸."

"넌 완전 추잡한 놈이야! 전엔 자넬 어쨌건 간에 점잖은 사람이라고 생각했는데, 매너라는 걸 전혀 이해 못하는구만. 너하곤 친한 친구처럼 얘기가 안 돼…… 솔직하지도, 진실하지도 않아! 완전히 소바케비치야, 완전 비열한이야!"

"자넨 도대체 왜 날 비난하지? 게임 안 하는 게 뭐 잘못된 거야? 자네가 아무것도 아닌 것에 그렇게 벌벌 떠는 놈이라면 그냥 다른 건 다 놔두고 농노만 팔게."

"악마나 받아라! 공짜로 줄까도 생각했지만, 이젠 국물도 없는 줄 알아! 왕국 세 개를 줘 봐, 내놓나. 이 사기꾼, 역겨운 난로공! 이제부터 너하곤 상종도 안 할 거야. 포르피리, 가서 마부에게 말해. 그의 말에게 귀리를 주지 말고 건초만 먹이라고."

마지막 결말은 치치코프가 전혀 생각도 못한 거였다.

"넌 내 눈에 얼씬거리지도 말아야 했어!" 노즈드료프가 말했다.

그러나 그런 언쟁이 있었음에도 불구하고, 손님과 주인은 다시 함께 저녁 식사를 했는데, 이번에는 식탁 위에 진기한 이름을 가진 포도주가 하나도 없었다. 단지 어떤 키프러스 포도주 한 병만 나왔는데, 그건 모든 면에서 소위 식초 같았다. 저녁 식사 후 노즈드료프는 치치코프를 침상이 마련된 옆방으로 데리고 가며 말했다.

"여기 침대 있어! 너 같은 놈에겐 잘 자라는 말도 하기 싫어!"

노즈드료프가 나가고 치치코프는 아주 불쾌한 기분으로 혼자 남았다. 그는 이 집에 와서 시간을 낭비한 것에 화가 나서 스스로를 욕했다. 그러나 무엇보다도, 그와 일에 대해 이야기하고 어린 애처럼, 바보처럼 경솔하게 행동한 것에 더더욱 화가 났다. 그 일은 절대로 노즈드료프에게 밝힐 만한 성격이 아니었기 때문이다. 노즈드료프는 쓰레기 같은 작자고, 노즈드료프는 뭐든지 거짓말하고 덧붙이고 퍼뜨려서 어떤 유언비어건 나돌게 할 수 있는 것이다. 정말 안 좋아, 안 좋아. "난 정말 바보야." 그는 스스로에게 말했다. 밤에 그는 정말 잠을 설쳤다. 어떤 조그맣고 아주 대담한 곤충이 참을 수 없이 그를 아프게 물어서, 그는 온 손가락으로 물린 자리를 상처가 나도록 박박 긁으며 말했다. "악마가 너희를 노즈드료프랑 같이 족쳤으면!"

그는 아침 일찍 일어났다. 그가 맨 처음 한 일은 실내복과 장화를 걸치고 마당을 가로질러 마구간에 가서 셀리판에게 즉시 마차를 준비하라고 이르는 것이었다. 그는 마당을 가로질러 돌아오면서 노즈드료프를 만났는데, 그 역시 실내복을 입고 이빨 사이에 담뱃대를 물고 있었다.

노즈드료프는 다정하게 인사하면서 잘 잤는지 물었다.

"그냥 그랬어." 치치코프가 아주 냉담하게 대답했다.

"이봐, 난 말이야." 노즈드료프가 말했다. "밤새 얼마나 끔찍한 걸 봤는지, 말도 하기 싫어. 그리고 어제 이후 내 입속에서 기병 중대가 잠을 잔 것 같아. 생각해 봐. 나를 채찍으로 때리는 꿈을 꿨어, 진짜야! 근데 그게 누구였다고 생각해? 넌 결코 상상도 못 할 거야. 바로 부관 포첼루예프와 쿠브신니코프였어."

'그래.' 치치코프는 혼자 생각했다. '실제로 널 쥐어뜯었으면 좋았을 텐데.'

"진짜야! 엄청나게 아팠어! 잠에서 깨 보니, 젠장, 정말 긁혔더 라고. 마녀들이 벼룩을 보냈었나 봐. 넌 이제 옷을 입으러 가, 곧 너에게 갈 테니. 저 못된 관리인만 족치고 들어갈게."

치치코프는 옷을 입고 씻으러 방으로 갔다. 그러고 나서 식당에 가 보니 식탁에 이미 찻잔 세트와 럼주 병이 있었다. 방에는 어제 먹은 점심과 저녁 식사의 흔적이 아직 그대로 남아 있었고, 마루 솔이 바닥에 닿은 것 같지도 않았다. 마루에 빵 조각들이 널려 있고, 식탁보 위에는 담뱃재까지 보였다. 주인도 오래지 않아 들어왔는데, 실내복 아래에는 다 드러난 털투성이 가슴 외에 아무것도 없었다. 손에 긴 담뱃대를 들고 찻잔을 홀짝거리는 그의 모습은 이발소 간판에서처럼 머리를 곱게 빗어 말아 올리거나 빗 아래로 머리를 짧게 깎은 신사 양반의 헤어스타일을 끔찍이도 싫어하는 화가에게 아주 적격이었다.

"그래, 어떻게 생각해?" 노즈드료프가 약간 침묵을 지킨 후 말했다. "농노를 걸고 카드 한 판 치지 않겠어?"

"이미 말했잖아, 게임은 안 한다고. 사는 거라면 몰라도."

"팔고 싶진 않아. 그건 친구 사이에 예의가 아니니까. 난 알지도 못하는 것에서 돈을 뜯어내지는 않아. 하지만 카드 게임에선 문제가 다르지. 그냥 한 판만 하자!"

"이미 안 한다고 말했어."

"바꾸고 싶지 않아?"

"싫어."

"그럼, 장기를 두자. 네가 이길 거야. 그럼 전부 네 거야. 내겐 명부에서 삭제해야 할 놈들이 정말 많아. 이봐, 포르피리, 이리 서양장기판 가져와."

"헛수고야, 난 안 둘 거야."

"이건 돈 걸고 하는 게 아니래도. 요행도 없고 속임수도 없어. 전부 예술이라고. 그리고 자네에게 미리 얘기하는데, 난 전혀 둘 줄도 몰라. 정말 내게 먼저 몇 점 주어야 할 거야."

'그래, 그하고 장기 한 판 둬 보자!' 치치코프는 생각했다. '내가 장기는 꽤 괜찮게 뒀지. 그리고 여기서는 그가 섣불리 장난치기 힘들 거야.'

"좋아, 그렇게 하지, 장기는 둘게."

"농노들은 1백 루블로 하자!"

"뭣 땜에? 50루블만 해도 충분해."

"아냐, 놀음에 50루블이 뭐야? 이 금액이면 평범한 강아지 한 마리나 금 인장이 달린 시계를 끼워 넣는 게 낫지."

"그래, 좋아!" 치치코프가 말했다.

"내게 먼저 몇 점 줄 건가?" 노즈드료프가 말했다.

"이건 왜? 당연히 아무것도 없지."

"적어도 두 점은 줘야지."

"싫어, 나도 잘 못 둔다고."

"우린 널 알아, 네가 잘 못 둔단 말이지!" 노즈드료프가 장기를 두면서 말했다.

"장기말 안 잡은 지 오래됐다고!" 치치코프 역시 장기말을 옮기면서 말했다.

"우린 널 알아, 네가 잘 못 둔단 말이지!" 노즈드료프가 장기를 두면서 말했다.

"장기말 안 잡은 지 오래됐다고!" 치치코프가 장기 말을 옮기면서 말했다.

"우린 널 알아, 네가 잘 못 둔단 말이지!" 노즈드료프가 장기 말을 옮기면서 말했고, 바로 그 순간 소맷부리로 다른 장기 말도 옮겼다.

"안 잡은 지 벌써 오래됐다니까! 어, 어! 이봐, 이게 뭐야? 그거 뒤로 물러!" 치치코프가 말했다.

"뭘?"

"그 장기말 말이야." 치치코프가 말했다. 그 순간 거의 자기 코 앞에서도 다른 장기말을 보았다. 아마도 이편 여왕의 열*로 몰래 들어온 것 같았다. 그게 어디서 나왔는지는 오직 신만이 아실 것이다. "아니," 치치코프가 자리에서 일어나며 말했다. "자네하곤 결코 게임을 할 수가 없어! 갑자기 장기말을 세 개나 두는 법이 어딨어?"

"왜 세 개? 이건 실수로 한 거야. 하나는 우연히 옮겨진 거니까. 그건 무르지, 자."

"그럼 다른 것은 어디서 나왔어?"

"어떤 다른 것?"

"아, 이것 말이야. 내 여왕 쪽으로 몰래 숨어 들어온 것 말이야."

"이런 망할 놈, 기억 못하는 체하네!"

"아니, 이봐, 난 수를 다 세고 있었고, 전부 다 기억해. 자네가 방금 옮겼잖아. 그거 원래 자리는 저기야!"

"뭐, 자리가 어디라고?" 노즈드료프가 얼굴이 새빨개져서 말했다. "이봐, 너 이제 보니 상상력이 뛰어나구나!"

"아니, 이봐, 자네야말로 상상력이 뛰어나. 별로 성공적이지 않아서 문제지."

"너 나를 뭘로 보는 거야?" 노즈드료프가 말했다. "내가 정말 사기라도 친단 말이야?"

"난 자넬 뭐라고도 생각 안 해. 하지만 지금부터 자네하곤 절대로 게임 안 할 거야."

"아니, 넌 거절할 수 없어." 열을 내며 노즈드료프가 말했다. "게임은 이미 시작된 거야!"

"내겐 거부할 권리가 있어. 자네가 정직한 사람으로서 원칙대로 안 두니까 말이야."

"아냐, 거짓말이야. 넌 그렇게 말할 수 없어!"

"아니, 거짓말하는 건 자네야!"

"나는 사기 안 쳤고, 넌 거부할 수 없어. 넌 이 판을 마저 둬야만 해!"

"자넨 내게 두게 할 수 없어." 치치코프가 차갑게 판에 다가가 장기말을 다 흩트렸다.

노즈드료프가 갑자기 얼굴이 새빨개지더니 치치코프에게 아주 바싹 다가서서, 이쪽이 두어 걸음 물러나야 했다.

"네가 계속 두게 하겠어! 네가 장기말을 흩뜨려 놓은 건 아무것도 아냐. 난 수를 다 기억하니까 다시 원래대로 세우면 돼."

"아니, 이봐, 이미 끝났어. 자네와는 게임안 해."

"그럼 넌 두고 싶지 않다는 거야?"

"자네가 알잖아, 자네하곤 게임을 제대로 할 수가 없어."

"아냐, 솔직히 말해. 게임하고 싶지 않은 거지?" 노즈드료프가 더 바싹 다가서며 말했다.

"하기 싫어!" 치치코프가 말했다. 그러나 만일의 경우에 대비하여 두 팔을 얼굴에 더 가까이 올렸다. 상황이 정말로 격해지고 있었던 것이다.

이 사전 예방은 정말 시의적절한 것이었다. 노즈드료프가 손을 한 번 휘둘러서…… . 정말이지 우리 주인공의 유쾌하고 통통한 뺨 하나가 씻을 수 없는 치욕에 빠질 뻔했던 것이다. 그러나 다행히 그는 일격을 피하고 노즈드료프의 열이 바짝 오른 팔을 꽉 잡아 그를 강하게 제지했다. "포르피리, 파블루시카!" 노즈드료프가 빠져나오려고 버둥거리며 미친 듯이 소리쳤다.

이 말을 듣자 치치코프는 하인들이 이런 매혹적인 장면의 증인이 되지 않게 하기 위해, 그리고 그와 동시에 노즈드료프를 막는 것이 아무 소용 없다는 걸 깨닫고, 그의 손을 풀어 주었다. 바로 이 순간 포르피리와 그 뒤를 이어 건장한 청년 파블루시카가 들어왔으니, 이자들과 맞붙는 건 전혀 득 될 게 없었다.

"그래서 판을 끝내고 싶지 않다는 거야?" 노즈드료프가 말했다. "솔직히 대답하라고!"

"판을 끝내는 건 불가능해." 치치코프가 말하고 창문을 흘깃 바라보았다. 창문 밖으로 완전히 채비가 갖춰진 자기 마차가 보이고, 셀리판이 마차를 현관 계단에 바짝 갖다 대라는 신호를 기다리는 것 같았으나, 방에서 빠져나갈 길이 전혀 없었다. 문에 이미 두 명의 건장하고 바보 같은 농노들이 서 있었던 것이다.

"그래서 마저 끝내고 싶지 않다고?" 노즈드료프가 불처럼 타오르는 얼굴로 되풀이했다.

"만일 자네가 정직하고 품위 있게 한다면. 하지만 지금은 할 수 없어."

"그래, 못하겠다 이거지, 이 사기꾼! 질 걸 아니까 내빼는 거야!

그를 쳐라!" 그는 극도로 흥분해서 포르피리와 파블루시카를 향해 소리치고는 손에 벚나무 담뱃대를 집어 들었다. 치치코프의 얼굴이 백지장처럼 하얘졌다. 그는 뭔가 말하고 싶었으나, 입술이 소리 없이 덜덜 떨리는 것을 느꼈다.

"그를 쳐라!" 노즈드료프가 완전히 열에 들떠 땀에 젖은 채, 마치 난공불락의 요새에 돌진하는 것처럼 벚나무 담뱃대를 들고 앞으로 허우적대며 외쳤다. "그를 쳐라!" 그는 마치 대공격 시 어떤 결사적인 육군 중위가 자기 소대를 향해 "제군들, 앞으로!"라고 외칠 때와 같은 목소리로 외쳤다. 그의 무모한 용기는 아주 널리 알려져서 사태가 격앙될 때면 그의 팔을 붙잡으라는 명령이 내려진다. 그러나 육군 중위는 이미 전투에 대한 욕망을 느끼고, 머리가 빙빙 돌기 시작했으니, 자기 앞으로 수보로프*가 돌진하여 위대한 공훈을 향해 덤벼드는 것이다. "제군들, 앞으로!" 그는 튀어나가며 외친다. 자기가 잘 짜인 총공격 계획을 망치고, 수백만 개의 총구가 구름에 가려진 난공불락의 성벽 포문에서 쑥 튀어나온 것도, 이제 그의 무기력한 소대가 마치 솜털처럼 공중으로 튀어오를 것이고 이미 운명의 총알이 피융 하고 날아와 그의 우렁차게 외치는 목구멍을 처막아 버릴 거라는 것은 생각도 않고 말이다. 그러나 노즈드료프가 결사적으로 무아지경에 빠져 요새를 향해 돌격하는 육군 중위의 위용을 드러냈다면, 그가 공격한 요새는 전혀 난공불락처럼 보이지 않았다. 그와는 반대로 성채는 공포에 질려서, 그의 영혼은 발뒤꿈치에 숨어 버린 것 같았다. 치치코프가 자기 몸을 방어하는 데 쓰려고 했던 의자는 농노들이 이미 빼앗아 부숴 버렸고, 그는 실눈을 뜨고 죽었는지 살았는지 사색이 돼서 노즈드료프의 체르케스* 담뱃대 맛을 볼 각오를 하고 있었다. 정말 그에게 무슨 일이 벌어질지는 오직 신만이 아는 상황이었다.

그러나 운명이 기꺼이 우리 주인공의 갈비뼈, 어깨, 그리고 교육을 잘 받은 모든 부위를 구해 주길 원한 듯했다. 난데없이 구름에서인 듯 딸랑거리는 종소리가 나고, 현관으로 들어오는 마차 바퀴 소리가 또렷이 울리더니, 콧김이 푹푹 나게 내달린 삼두마차 말들의 깊은 콧김 소리와 힘겨운 숨소리가 방에서도 들린 것이다. 모두 무의식적으로 창문을 내다봤다. 콧수염이 나고 반 군복 스타일의 재킷을 입은 사람이 마차에서 내리고 있었다. 그는 현관에서 몇 가지 질문을 하더니 치치코프가 아직 좀 전의 공포에서 정신을 못 차리고, 인간이라면 언제든지 처하는 그런 처량한 처지에 있는 바로 그 순간, 안에 들어왔다.

"여기 노즈드료프 씨가 누군지 알려 주십시오." 그 낯선 사람은 손에 담뱃대를 든 채 서 있는 노즈드료프와 자신의 불리한 입장에서 겨우 정신을 차리기 시작한 치치코프를 보고 약간 당황스러워하며 말했다.

"먼저 제가 누구와 대화하는 영광을 갖고 있는지 알고 싶은데요?" 노즈드료프가 그에게 가까이 다가가며 말했다.

"군 경찰서장입니다."

"그럼, 뭘 도와 드릴까요?"

"전 당신이 현재 계류 중인 재판이 종결될 때까지 투옥될 거라는 것을 알려 드리기 위해 왔습니다."

"이건 무슨 헛소리야, 무슨 일로 말이오?"

"당신은 술에 취한 상태에서 지주 막시모프를 매로 때려 개인적인 모욕을 가한 사건에 연루되셨습니다."

"당신 거짓말하는 거요! 난 막시모프라는 지주 본 적도 없어!"

"이보세요! 저는 장교임을 알려 드려야 할 것 같군요. 하인에겐 그런 식으로 말씀하실 수 있지만, 제게는 안 됩니다."

    치치코프는 노즈드료프가 이 말에 뭐라고 대답하는지 들으려고
도 않고, 서둘러 모자를 집어 군 경찰서장 뒤로 간 뒤 슬그머니 현
관 계단으로 빠져나와 반개 사륜마차에 몸을 싣고, 셀리판에게 말
을 전속력으로 몰라고 명령했다.

제5장

　우리 주인공은 그러나 상당히 겁에 질려 있었다. 마차가 전속력으로 질주하여 노즈드료프의 마을이 들판, 완만한 경사지, 언덕에 가려 시야에서 벗어난 지 한참되었건만, 그는 아직도 두려움에 사로잡혀 자꾸 뒤를 돌아보았다. 마치 곧장 추격대가 달려올 것으로 예상하는 것 같았다. 그는 힘겹게 숨을 내쉰 뒤, 손을 가슴에 대보고는 가슴이 새장 속 메추라기 암컷마냥 요동치는 걸 느꼈다. "휴, 10년 감수했네! 꼬락서니하고는!" 이때 노즈드료프에게 갖가지 쉽지 않은 강한 저주들이 떨어지고, 개중엔 좋지 않은 말까지 나왔다. 어쩌겠는가? 러시아인인 것을, 게다가 화까지 잔뜩 났으니. 게다가 일이 전혀 심상치 않았다. "어쨌거나 말이야." 그는 혼잣말을 했다. "군 경찰서장이 제때 안 왔으면 이 세상과 하직할 뻔했어. 물거품처럼 아무 흔적도 없이, 후손도 못 남기고, 미래의 아이들에게 재산도 명예로운 이름도 못 남기고 사라질 뻔했잖아!" 우리 주인공은 자기 자손에 대해 각별히 신경을 썼다.

　'제기랄 놈의 나리 같으니!' 셀리판은 혼자 생각했다. '여태 그런 나린 본 적이 없어. 침이라도 뱉어 줄까 보다! 사람에겐 먹을 걸 안 줘도 말은 먹여야 될 거 아냐. 말은 귀리를 좋아하니까. 이

건 그의 식량이야. 예를 들어 우리한테 음식이 있다면, 말한텐 귀리가 있어, 그게 그의 식량인 거야.'

말들 역시 노즈드료프를 좋지 않게 생각하는 것 같았다. 적갈색 말과 의원뿐 아니라 얼룩 반점 말도 기분이 좋지 않았다. 언제나 그에겐 조금밖에, 질도 별로 안 좋은 귀리를 먹이긴 했지만, 그리고 셀리판이 먼저 "야! 이 사기꾼아!"라고 욕을 하지 않고는 그의 구유에 뭘 뿌려 본 적이 없긴 했지만, 그래도 그건 귀리였다. 그냥 건초는 아니었기 때문에, 그는 그걸 만족스럽게 먹었고, 종종 자기의 긴 면상을 옆 친구들의 구유에 들이밀어 그들에겐 어떤 양식이 있는지 맛보기도 했다. 특히 셀리판이 마구간에 없을 때. 그런데 이번엔 건초밖에 없었으니…… 좋지 않았다. 그래서 모두 불만스러워했다.

그러나 불만스러워하던 이들 모두 급작스럽고 예기치 않은 방식으로 자신들의 상념에 방해를 받았다. 마부까지 모두 정신을 차리고 보니, 그들 마차 위로 여섯 필의 말이 모는 마차가 올라타고 있었다. 그들 머리 위에서 마차에 앉은 부인들의 비명 소리와 낯선 마부의 욕설과 으름장이 들려왔다. "야 이 사기꾼아. 목이 터져라 외쳤잖아, 오른쪽으로 돌라고, 이 바보 먹통아! 술 취한 거 아냐?" 셀리판은 양심의 가책을 느꼈으나, 러시아인은 다른 사람 앞에서 자기가 잘못했다고 인정하는 걸 좋아하지 않기 때문에, 그는 짐짓 거드름을 피우며 말을 내뱉었다. "넌 뭐 그렇게 내달렸냐? 눈알을 술집에 저당 잡힌 거 아냐?" 이어서 그는 낯선 마구에서 벗어나기 위해 반개 사륜마차를 뒤로 떼어 내기 시작했지만, 아무 소용이 없었고 전부 뒤엉켜 버렸다. 얼룩 반점 말은 호기심이 발동해 그를 양쪽에서 에워싼 새로운 말 친구들의 냄새를 맡고 있었다, 그사이에 마차에 앉아 있던 부인들은 얼굴이 공포로 사색이 되어 이 모든 상황을 바라보고 있었다. 한 명은 노파였고, 다른 한 명은 아주 어린 열여섯 살 소녀로 황금빛 머리카락이 아주 능숙하고 사랑스럽게 빗겨져 자그마한 머리에 붙어 있었다. 예쁘장한 계란형 얼굴은 마치 갓 낳은 알처럼 동그랬고, 갓 낳은 신선한 알을 검사하는 창고지기 하녀의 거무튀튀한 손에 빛의 반대 방향으로 들려 반짝이는 햇살을 받을 때 그 알에서 나는 것 같은 투명한 흰빛을 하고 있었다. 그녀의 가녀린 귀도 역시 햇살이 비치면서 파고드는 따스한 빛에 붉게 물들어 있었다. 더욱이 벌어져 다물어지지 않는 그녀의 입술엔 공포가 어려 있고 눈에는 눈물마저 고여 있었다. 그녀의 이 모든 모습이 너무도 사랑스러워서, 우리 주인공은 말과 마부들 간에 벌어지는 소동에는 전혀 아랑곳없이 몇 분간 그녀만 바라보았다.

"뒤로 떼어 내란 말이야, 니즈니-노브고르드 이 멍청아!" 낯선 마부가 고함쳤다. 셀리판이 고삐를 뒤로 잡아당기자 낯선 마부 역시 똑같이 해서 말들이 잠깐 뒤로 물러섰으나 다시 마차에 매는 봇물을 넘어 충돌했다. 이런 상황에서 얼룩 반점 말은 새로운 만남이 너무 맘에 들었는지 알 수 없는 운명의 힘들이 가져다준 상황에서 전혀 빠져나오려 하지 않고, 자기 면상을 새 친구의 목에 기대어 그의 귀에 뭔가 속삭이는 것 같았다. 그런데 그의 말이 끔찍한 헛소리였던지 새 말은 연신 수염을 흔들어 댔다.

그러나 다행히 멀리 떨어지지 않은 마을의 농부들이 이 소동의 현장에 몰려들었다. 그런 구경거리는 농부들에게 마치 독일 사람에게 신문이나 클럽이 그렇듯이 정말 큰 축복이었다. 곧 마차 주변에 사람들이 우르르 몰려들고, 마을엔 늙은 아낙네들과 어린아이들만 남았다. 그들은 말들의 멍에와 수레채를 연결하는 끈을 풀고, 얼룩 반점 말의 면상을 몇 대 가볍게 갈겨서 그가 몇 보 뒤로 물러나게 했다. 한마디로 그들을 갈라서 떼어 놓았다. 그러나 여행용 말들은 자신들을 친구들과 떼어 놓은 것에 울분을 느꼈는지, 아니면 그저 우둔해서 그런 건지, 마부가 아무리 채찍으로 때려도 움직이지 않고 붙박인 듯 서 있었다. 이 사태에 관여하는 농부들 수가 믿기지 않을 만큼 불어났다. 각자 앞 다투어 충고를 늘어놓았다. "안드류시카, 네가 가서 오른쪽에 있는 곁말을 끌어, 그리고 저기 미탸이 아저씬 중간 말에 앉아. 어서 앉아, 미탸이 아저씨!" 깡마르고 키가 크고 다리가 길며 붉은 턱수염을 기른 미탸이 아저씨가 가운데 말 위에 올라타니 영락없이 마을의 종루, 아니 그보다 우물에서 물 기르는 갈고리 같았다. 마부가 말들을 계속 때려도 아무 소용 없고, 미탸이 아저씨도 전혀 도움이 되지 않았다. "멈춰, 멈춰!" 농민들이 소리를 질렀다. "미탸이 아저씨, 당신이 곁말에 앉아. 가운데 말에는 미냐이 아저씨를 앉히고!" 어깨가 떡 벌어진 미냐이 아저씨는 석탄처럼 검은 턱수염에, 시장에서 몸이 꽁꽁 언 사람들이 모두 마실 수 있을 만큼 뜨거운 꿀물을 끓일 수 있는 큰 사모바르 같은 배를 하고 있었다. 그가 흔쾌히 가운데 말에 올라타자, 말의 몸이 거의 땅에 닿을 만큼 큰, 휘어졌다. "이제 잘될 거야!" 농부들이 소리쳤다. "그놈에게 채찍을 갈겨, 채찍을 갈기라고! 저거, 저 꼬리하고 갈기가 번쩍이는 놈을 채찍질해. 저 놈 카라모라*처럼 고집 피우네." 그러나 일이 잘 안 되고 아무리 채찍질을 해도 소용없는 것을 보자, 미탸이 아저씨와 미냐이 아저씨를 함께 가운데 말에 앉히고, 곁말에 안드류시카를 앉혔다. 마침내 참을성을 잃은 마부가 미탸이 아저씨와 미냐이 아저씨도 몰아냈는데, 이건 잘한 일이었다. 왜냐하면 말들이 마치 한 역에서 그다음 역으로 숨도 안 돌리고 내동 달린 것같이 가쁘게 김을 내뿜고 있었기 때문이다. 그가 말들에게 한숨을 돌리게 하자, 그들은 알아서 떨어졌다. 이 소동이 계속되는 내내 치치코프는 젊은 여인을 매우 주의 깊게 지켜보았다. 그는 몇 차례 그녀에게 말을 걸어 보려고 했으나 잘 안 되었다.

그사이 여인들은 떠나고, 보기 좋게 가녀린 얼굴선과 가는 몸매를 한 예쁘장한 얼굴도 마치 환영처럼 사라지고, 남은 건 반개 사륜마차, 독자에게 익숙한 세 필의 말, 셀리판, 치치코프, 그리고 주위의 넓고 휑하니 텅 빈 들판뿐이었다. 어디서건, 삶의 어느 곳에서건, 바싹 마르고 까칠까칠하며 창백하고 더럽게 곰팡이가 핀 하층 계급에서건, 단조롭고 차갑고 지루하고 단정한 상류층에서건, 어디서건 인생길에서 단 한 번이라도 인간은 자신이 여태 보아 온 것과는 전혀 다른 현상과 부딪치고, 그 현상은 한평생 그가 운명에 의해 느끼게 되어 있는 것과는 완전히 다른 감정을 그에게 불러일으킬 것이다. 어디서건, 우리 삶이 어떤 슬픈 일들로 엮어지건, 그 반대 방향으로 빛나는 기쁨이 유쾌하게 스쳐 지나갈 것이다. 마치 황금빛 마구에 그림 같은 말들, 햇빛을 받아 반짝이는 유리를 단 번쩍거리는 마차가 갑자기 시골 짐마차밖에 못 본 사람들이 모여 사는 황폐한 작은 마을을 쏜살같이 지나가자, 그 신비로운 마차가 이미 오래전에 멀리 가 버려 시야에서 사라졌음에도 불구하고 농부들이 오래도록 입도 다물지 못하고 모자를 벗은 채 멍하니 바라보기만 하는 것처럼 말이다. 그처럼 이 금발 아가씨도 갑자기 완전히 예기치 않게 우리 이야기에 나타났다가 그렇게 사라졌다. 그 순간 치치코프 대신 창기병이건, 학생이건, 이제 갓 인생의 무대에 들어선 사람이건, 만약 어떤 20세 청년이 거기에 있었다면, 오! 그 내면에서 어떤 감정인들 깨어나지 않았으랴, 요동치지 않았으랴, 뭔가를 말하지 않았으랴! 두 눈으로 멍하니 먼 곳을 응시한 채 더 가야 할 길이 있는 것도, 자신을 기다리는 질책도, 자신이 늦는 것에 대한 책망도 잊어버리고, 자기 자신도 근무도 세상도 이 세상 모든 걸 잊고, 그는 오래도록 무감각하게 그 자리에 서 있었을지 모른다.

그러나 우리 주인공은 이미 중년으로서 성격이 용의주도하고 냉정해져 있었다. 그 역시 생각에 잠겨 생각해 보았으나, 그는 보다 현실적이고, 그렇게 무모하지 않으며, 그의 사고는 심지어 아주 실질적이었다. "아주 멋진 싱싱한 아가씨네!" 그는 담뱃갑을 열고 담배 냄새를 맡으며 말했다. "하지만 정말 중요한 건 그녀의 장점이 뭐냐는 거지? 좋은 건, 보아하니 이제 어떤 기숙 학교나 전문학교를 졸업하고, 흔히 말하는 여편네 기질, 즉 그들에게서 가장 불쾌한 것이 그녀에게 아직 전혀 없다는 거지. 지금이야 애나 다름없고, 모든 게 단순해서 생각나는 대로 말하고, 웃고 싶을 때 맘껏 웃지. 그녀는 뭐든 될 수 있어, 기적이 될 수도 있고, 아주 쓰레기 같은 여자가 될 수도 있어, 그런데 아마 쓰레기 같은 여자가 될 거야! 엄마들, 이모들이 그녀에게 달라붙기만 해 봐. 일 년 지나면 온갖 여편네 기질로 똘똘 뭉쳐서 친아버지조차 그녀를 못 알아볼 거야. 바로 그렇게 오만해지고, 격식에 얽매인 구태의연한 삶을 살겠지. 달달 외운 명령에 자기를 맞추며 빈둥거리게 되겠지. 누구와 어떻게 얼마만큼 이야기해야 하는지, 누구를 어떻게 바라봐야 하는지 궁리하면서 머리를 쥐어짜게 될 거야. 매 순간 필요 이상으로 말할까 봐 두려워 긴장하고, 결국 자기도 헷갈리고, 결국 평생 거짓말만 하다가 죽을 거야. 악마나 알 만한 이상한 존재가 될거야!" 여기에서 그는 잠깐 침묵했다가 다시 덧붙였다. "그녀가 누구 집 딸인지 알고 싶네. 그래, 그녀 아비는 어떤 작자일까? 존경할 만한 인품의 부유한 지주일까, 아니면 그저 일해서 번 재산이 있는 양식 있는 사람일까? 가령 이 소녀에게 20만 루블 정도의 지참금만 붙인다면, 그녀는 정말 달콤한 케이크 조각이 될 텐데. 말하자면 버젓한 남자의 복덩어리가 될 텐데 말이야." 20만 이라는 단어가 그의 뇌리에 너무나 매력적으로 그려져, 그는 속으로 마차 소동 중에 말들의 앞줄에 탄 마부나 하인에게서 여행객들이 어떤 사람들인지 왜 알아 두지 않았을까, 스스로에게 화가 나기 시작했다. 그러나 곧 눈앞에 나타난 소바케비치의 마을 때문에 그의 상념은 흩어지고 다시 원래의 관심 대상으로 돌아갔다.

마을은 그에게 꽤 커 보였다. 자작나무와 소나무 숲이 마치 두 날개처럼 한쪽은 어둡고 다른 쪽은 더 밝게, 마을의 오른쪽에서 왼쪽으로, 그리고 왼쪽에서 오른쪽으로 펼쳐져 있었다. 그 사이로 다락방, 빨간 지붕, 검은 회색, 아니 좀 더 정확하게 말하면, 자연 그대로 거친 벽들이 있는 목조 가옥이 보였다. 이런 집은 우리 러시아에서 흔히 볼 수 있는 군대 병영의 주민과 독일 이주민들을 위해 짓는 집들 같았다. 한눈에도 그 집을 지을 때 건축가가 주인의 취향과 부단히 격돌했음을 알 수 있었다. 건축가는 학자연하는 사람으로 대칭을 원한 반면 주인은 편의를 추구해서, 아마도 그 결과 한쪽 편의 창문을 전부 판자로 막고 대신 어두운 창고를 비추느라 필요한 작은 창문 하나를 뚫어 놓은 것 같았다. 건축가의 노력에도 불구하고, 창문 위의 박공 역시 집의 중앙에 전혀 만들지 않았으니, 이건 주인이 옆쪽의 기둥 하나를 없애 달라고 요구해서 결과적으로 원래 의도했던 네 개의 기둥이 아니라 세 개만 남았기 때문이었다. 마당은 단단하고 지나치게 두꺼운 나무 울타리로 둘러쳐져 있었다. 지주는 내구성에 상당히 신경을 쓰는 눈치였다. 마구간, 헛간, 그리고 부엌에 수백 년은 견딜 만큼 굵고 단단한 통나무들이 쓰였다. 통나무로 만든 농부들의 목조 오두막 역시 경탄을 자아낼 만큼 훌륭했다. 통나무들의 한쪽 면을 대패로 깎아서 만든 매끄러운 벽, 끌로 새긴 문양, 혹은 기타 장식은 없어도, 전부 튼튼히 잘 맞춰져 있었다. 우물조차 물레방아나 선박용으로나 쓸 단단한 참나무로 만들었다. 한마디로 눈에 들어오는 것 모두 견고하고, 흔들림 없고, 튼튼하면서 볼품은 없었다. 현관 계단에 마차로 다가가면서 그는 한 창문에서 거의 동시에 밖을 내다보는 두 얼굴을 발견했다. 하나는 부인용 두건을 쓴, 오이처럼 가늘고 긴 여자 얼굴이었고, 다른 하나는 '고를랸키'라고 불리는 몰다비아 호박처럼 둥글고 넓적한 남자 얼굴이었다. 러시아에서는 그 호리병박으로 발랄라이카를, 두 줄의 가벼운 발랄라이카를, 두 줄을 조용히 튕길 때 나는 소리를 들으러 주위에 몰려든 새하얀 가슴과 새하얀 목의 소녀들에게 윙크하며 휘파람을 부는 솜씨 좋은 스무 살 청년, 세련된 멋쟁이의 자랑이요 위안거리인 발랄라이카를 만든다. 밖을 내다보던 두 얼굴이 금방 사라졌다. 현관 계단으로 푸른 깃을 세운 회색 재킷을 입은 하인이 나와 치치코프를 이미 주인이 나와 있는 문가로 안내했다. 주인은 손님을 보더니 말을 툭툭 끊으면서 "드시죠!"라고 말하고는 그를 실내로 안내했다.

치치코프가 소바케비치를 곁눈질하며 바라봤을 때, 그는 중간 크기의 곰과 매우 흡사해 보였다. 그런 유사성을 완성하기 위해 그가 입은 연미복은 완전히 곰의 빛깔이었고, 팔소매와 바지도 길어서, 그는 걸음을 내디딜 때마다 이쪽저쪽 몸을 비틀고, 끊임없이 남의 발을 밟았다. 안색은 5코페이카 구리 동전에서 자주 볼 수 있는 불에 뜨겁게 달궈진 빛이었다. 익히 모두 알다시피, 세상에는 자연이 사람 얼굴을 마무리할 때 그다지 오래 고민하지 않고, 그 어떤 세밀한 도구들, 즉 끌이나 나사추, 기타 다른 어떤 것도 사용하지 않고, 그저 단번에 내리치기만 한 그런 얼굴들이 많이 있다. 도끼를 한 번 휘두르면 코가 나오고, 다시 한 번 휘두르면 입술이 나오고, 큰 송곳으로 단 한 번에 눈을 파내고, 대패질도 한 번 안 하고 세상에 내보내고는 "살아라!"라고 말한 것 같았다. 소바케비치는 바로 그렇게 튼튼하고 기묘하게 꿰맨 티가 역력했다. 그는 그런 얼굴을 위로 곧추세우기보다는 밑으로 떨구었고, 목은 전혀 돌리지 않았다. 그렇게 목을 돌리지 않는 탓에 그는 대화하는 사람을 거의 보지 않고 언제나 난로 구석이나 문을 보았다. 치치코프는 그와 함께 식당으로 들어설 때 다시 한 번 그를 곁눈질로 흘긋 보았다. 곰이야! 완전 곰이야! 이를 확증하기 위해 그런 이상한 유사성이 필요했던 것인지, 심지어 사람들은 그를 미하일 세묘노비치*라고 불렀다. 치치코프는 남의 발을 밟는 그의 습관을 알고 있어서, 아주 신중하게 발을 내딛고 그에게 먼저 길을 내주었다. 주인도 자신의 이런 죄를 느꼈는지 즉시 그에게 "제가 당신을 불편하게 하진 않았소?"라고 물었다. 그러나 치치코프는 감사의 뜻을 표하고, 아직 아무런 불편도 없었다고 말했다.

응접실에 들어서자 소바케비치는 다시 "앉으시죠!"라고 말하며 안락의자를 가리켰다. 치치코프는 앉으며 벽에 걸린 그림들을 바라보았다. 그림들에는 전부 훌륭한 영웅들, 그리스 장군들이 등신상으로 새겨져 있었으니, 빨간 바지와 군복을 입고 코에 안경을 걸친 마브로코르다토스, 콜로코트로니스, 미아울리스, 카나리스 등이 있었다.* 이 영웅들 모두 온몸에 소름이 끼칠 정도로 두꺼운 장딴지와 듣도 못한 놀라운 콧수염을 하고 있었다. 이렇게 튼튼한 그리스인들 사이에, 대체 어떤 식으로 무슨 영문인지는 몰라도, 여위고 깡마른 바그라티온이 밑에 작은 군기들과 대포들과 함께 가장 좁은 액자에 끼워져 걸려 있었다. 그다음 다시 그리스 여전사인 보벨리나*가 뒤를 이었는데, 그녀의 한쪽 다리가 오늘날 우리 응접실을 가득 메우는 멋쟁이 신사들의 몸통보다 더 굵어 보였다. 건장하고 튼튼한 주인은 자기 방 역시 튼튼하고 건강한 사람들로 장식하고 싶었던 것 같았다. 보벨리나 곁의 창문 바로 옆에 새장이 걸려 있었는데, 소바케비치와 아주 비슷하게 하얀 얼룩 반점이 있는 어두운 빛깔의 개똥지빠귀가 새장 밖을 내다보고 있었다. 손님과 주인이 2분 정도 침묵을 지키고 있을 때 응접실 문이 열리면서 안주인이 들어왔다. 그녀는 정말 키가 크고 집에서 만든 물감으로 염색한 리본이 달린 부인용 두건을 쓰고 있었다. 그녀는 고개를 마치 야자수처럼 똑바로 쳐들고 기품 있게 들어왔다.

"여긴 제 페오둘리야 이바노브나입니다!" 소바케비치가 말하였다.

치치코프가 페오둘리야 이바노브나의 손에 입을 맞추기 위해 다가가자, 그녀는 자기 손을 거의 그의 입에 쑤셔 넣다시피 하였다. 그래서 그는 그녀가 오이 소금물로 손을 씻었다는 것을 알게 되었다.

"여보, 소개할게." 소바케비치는 말을 이었다. "이분은 파벨 이바노비치 치치코프야! 영광스럽게도 현지사와 우체국장 댁에서 인사했어."

페오둘리야 이바노브나 역시 "앉으시죠!"라고 권하며 마치 여왕 역을 연기하는 여배우처럼 머리를 움직였다. 그다음 그녀는 소파에 자리를 잡고 앉아 메리노종의 면양으로 짠 얇은 숄로 몸을 감싸고 더 이상 눈도 눈썹도 꿈쩍하지 않았다.

치치코프는 다시 눈을 위로 들어 올려 두꺼운 장딴지에 끝없이 긴 콧수염이 난 카나리스, 보벨리나, 그리고 새장 안의 개똥지빠귀를 바라보았다.

거의 5분간 침묵이 흘렀다. 개똥지빠귀가 바닥에 있는 곡물을 집어 먹느라 새 부리로 나무 새장의 나무를 찍어 대는 소리만 들렸다. 치치코프는 다시 한 번 방을 둘러보았는데, 방에 있는 것 모두 아주 튼튼하고 너무나 볼품이 없어서 집 주인과 이상하게 닮아 보였다. 응접실 한쪽에는 배가 불룩 튀어나온 호두나무제 사무용 책상이 아주 빈약한 네 개의 다리로 서 있었는데, 영락없는 곰이었다. 책상, 소파, 의자들 모두 아주 무겁고 불편하게 하는 특성을 갖고 있었다. 한마디로 물체 하나하나, 의자 하나하나가 "나도 소바케비치야!" 혹은 "나도 소바케비치랑 아주 닮았어!"라고 말하는 것 같았다.

"우리는 관청 소장님 댁과 이반 그리고리예비치 댁에서 당신에 대해 이야기했습니다." 아무도 대화를 시작할 기미를 보이지 않자 치치코프가 마침내 말을 꺼냈다. "지난 목요일에 말입니다. 거기서 아주 유쾌하게 시간을 보냈지요."

"네, 전 그때 소장 집에 없었죠." 소바케비치가 대답하였다.

"아주 아름다운 분이시더군요!"

"누가요?" 소바케비치가 난로 구석을 바라보며 말했다.

"관청 소장님 말입니다."

"글쎄요, 당신에겐 그렇게 보였을지 모르지만, 그는 그저 석공회 회원*에 세상에 둘도 없는 그런 바보일 뿐이오."

치치코프는 그런 다소 거친 규정에 약간 당황했으나 이윽고 정신을 차리고 말을 이었다.

"물론, 누구나 약점이 없진 않아요. 하지만 대신 현지사는 정말 지극히 유쾌한 분이시더군요!"

"현지사가 지극히 유쾌한 사람이라고?"

"네, 그렇지 않습니까?"

"세상에서 제일가는 강도요!"

"아니, 현지사가 강도라고요?" 치치코프는 어떻게 현지사가 강도 축에 들게 됐는지 영문을 알 수 없었다. "고백하건대, 저는 전혀 그렇게 생각하지 않았습니다." 그가 말을 이었다. "하지만 제가 본 바를 말씀드리면, 그분 행동은 전혀 그렇지 않았습니다. 오히려 그에겐 부드러운 면이 많던데요." 여기에서 그는 증거로 그가 손수 짠 지갑들을 보여 주고 그의 사랑스러운 얼굴 표정을 칭찬했다.

"얼굴도 강도 얼굴이죠!" 소바케비치가 말했다. "그에게 칼을 주고 큰길로 내보내 봐요. 아마 찔러 죽일걸. 단 1코페이카를 위해 사람을 찔러 죽일 거라고! 그와 부지사는 정말 꿍짝이 잘 맞는 고그와 마고그*요!"

'아니야, 그는 그들하고 사이가 안 좋은 거야.' 치치코프는 혼자 생각했다. '그럼 그와 경시총감에 대해 대화를 해 봐야겠어. 그와는 서로 친구 사이인 것 같으니.'

"하지만, 저로 말하면," 그가 말했다. "고백하건대 누구보다도 우체국장이 맘에 들었습니다. 얼마나 곧고 솔직한 성품이시던지, 그 얼굴에 순수한 마음이 보이더군요."

"사기꾼이오!" 소바케비치가 아주 냉정하게 말했다. "배신하고 속이고도 당신하고 식사를 같이 할 거요! 난 그들을 다 알고 있소. 전부 하나같이 사기꾼이고, 온 도시가 그렇소. 사기꾼이 사기꾼 위에 앉아 다른 사기꾼으로 그를 잡으려고 하는 판이오. 모두 예수를 배신한 놈들이오. 그중에 존경할 만한 사람이 딱 한 명 있지요. 바로 지방 검사요. 근데 그도 사실을 말하면 돼지요."

비록 약간 짧긴 하지만 그런 칭찬조의 전기를 들은 후에 치치코프는 다른 관리들을 상기시켜 봤자 아무 소용 없다는 걸 깨닫고, 소바케비치가 어느 누구거 좋게 평가하지 않는다는 걸 기억했다.

"저, 여보, 점심 먹으러 가요." 그의 아내가 소바케비치에게 말했다.

"가시죠!" 소바케비치가 말했다.

그러고서 가벼운 음식이 놓여 있는 테이블로 다가가 손님과 주인은 보드카를 제대로 한 잔씩 마시고, 광활한 러시아의 모든 도시와 마을에서 누구나 그러하듯, 즉 소금 간을 한 음식과 다른 입맛을 돋우는 은혜로운 음식들로 요기를 하고, 모두 식당으로 미끄러져 들어갔다. 안주인이 그들 맨 앞에 마치 거위가 헤엄치듯 걸어갔다. 크지 않은 식탁에 네 벌의 식기가 놓여 있었다. 네 번째 자리에 곧 한 여인이 앉았는데, 도대체 누군지, 부인인지 아가씨인지 친척인지 가정부인지, 아니면 그냥 집에 얹혀사는 사람인지 짐작하기가 어려웠다. 그녀는 두건도 쓰지 않았고, 서른 살가량이었으며, 알록달록한 목수건을 하고 있었다. 세상엔 주요 대상으로서가 아니라, 어떤 부차적인 작은 반점이나 얼룩으로 존재하는 사람들이 있다. 그들은 언제나 같은 자리에 앉아 항상 같은 모습으로 고개를 쳐들고 있어서, 그들을 거의 가구로 여기고, 그 입에서 태어나서 말 한 마디 나온 적이 없다고 생각하게 된다. 그러나 하녀들의 숙소건 부엌이건 어디든 있게 되면, 그들의 수다 소리에 "옳아! 그런 거였어!"라는 말밖에 할 말이 없을 것이다.

"여보, 오늘 양배추 수프가 아주 맛있군!" 소바케비치가 양배추 수프를 한 숟가락 맛보고 접시에서 튀김 만두 큰 조각을 자기쪽에 덜면서 말했다. 그 튀김 만두는 양배추 수프에 딸려 나오는 것으로 메밀죽, 뇌수, 버섯 줄기로 속을 채운 양의 위장으로 만든 널리 알려진 음식이었다. 그는 치치코프에게 몸을 돌리고 말을 계속했다. "이런 튀김 만두를 도시에선 못 먹을 거요. 거기선 당신에게 뭐가 뭔지 모를 음식들을 내놓을 거요!"

"하지만 현지사 댁 식사도 그리 나쁘지 않던데요." 치치코프가 말했다.

"그걸 전부 뭐로 만드는지 모르오? 아마 알게 되면 먹지 않을 거요."

"어떻게 요리를 준비하는지 모릅니다. 이에 대해선 판단할 수가 없네요. 하지만 돼지고기 커틀릿과 푹 삶은 생선은 일품이었습니다."

"그렇게 보일 뿐이에요. 난 그들이 시장에서 뭘 사는지 알아요. 거기서는 프랑스인에게서 요리를 배워 온 한 악당 같은 요리사가 고양이를 사서 가죽을 홀라당 벗겨 토끼 대신 식탁에 내놓죠."

"이런! 왜 그렇게 불쾌한 소리를 하세요." 소바케비치 부인이 말했다.

"왜 그래, 여보. 그들은 그렇게 해, 내 잘못이 아니야. 그들은 모두 그렇게 해. 우리 아쿨카라면, 이렇게 말하는 걸 허락하신다면, 세숫대야에나 버릴 그럴 쓸모없는 것들을 그들은 전부 수프에 넣어! 그래 수프에! 거기에 그런 걸 말이야!"

"당신은 식사 중에 항상 그런 말씀을 하시네요!" 다시 소바케비치 부인이 반박했다.

"왜 그래, 여보, 내가 직접 그렇게 한다면 어떻겠어." 소바케비치가 말했다. "당신에게 분명히 직접 말하는데, 난 그런 역겨운 것들은 먹지 않을 거야. 내게 개구리에 설탕을 잔뜩 묻혀 줘 봐. 입에도 안 넣을 거야, 굴도 마찬가지야. 나는 굴이 뭔지 알아. 자, 이 양고기 좀 드어 보쇼." 그는 치치코프에게 몸을 돌리며 말을 이었다. "이건 메밀 죽이 든 양의 옆구리 요리요! 이건 나리 댁들 부엌에서 만드는, 시장에 나흘간 뒹굴던 암양으로 만든 프리카세*가 아니오! 이건 전부 독일 의사들과 프랑스인들이 생각해 낸 건데,

이따위 것을 고안해 낸 그들을 목매달아야 해! 식단이라고 생각해 낸 게 굶겨서 치료하는 거니! 그들에겐 유동식을 좋아하는 독일인 식성이 있는데, 그게 러시아인 위장에도 맞는다고 생각한다니까! 아니, 이건 전부 안 맞소, 이건 전부 환상이오. 이건 전부……." 여기에서 소바케비치는 화까지 버럭 내며 고개를 내저었다. "계몽, 계몽이라고들 하는데, 흥, 이런 게 계몽이면 개한테나 주라 그래! 다른 말도 하고 싶지만, 식사 중 예의에 어긋나는 말만 나올 거요. 우리 집에선 그렇게 안 하오. 내 집에선 돼지를 내오면 돼지를 통째로 식탁에 올려요. 양이면 양도 통째로, 거위면 거위도 통째로 내놓아요! 나는 사실 두 접시만 먹는 게 좋지만, 그래도 영혼이 필요로 하는 만큼 먹을 거요." 소바케비치는 이것을 실제로 입증해 보였으니, 그는 양의 옆구리 절반을 자기 접시에 가져다가 뒤집어 놓고 전부 먹은 다음, 사방을 갉아 먹고 마지막 조각까지 뼈를 쪽쪽 빨아 먹었다.

'그래.' 치치코프가 생각했다. '이자는 먹는 게 뭔지 아는 것 같군.'*

"내 집에서는 그렇지 않소." 소바케비치가 냅킨으로 손을 닦으며 말했다. "나는 플류시킨* 같은 작자하곤 아주 달라요. 그는 8백명의 농노를 거느리고 있으면서도 내 목동보다도 못 살고 못 먹는다고요!"

"플류시킨은 어떤 사람이죠?"

"사기꾼이오." 소바케비치가 대답했다. "그런 구두쇠는 상상하기도 힘드오. 감옥의 죄수도 그보단 잘살 거요. 자기 마을 사람들을 전부 굶겨 죽였으니까."

"설마 그럴 리가!" 치치코프가 관심을 보이며 말을 가로챘다. "지금 그의 집에서 많은 사람들이 죽어 가고 있다고 말씀하시는 건가요?"

"파리 죽듯이요."

"설마 파리처럼이나요! 저 그가 당신네에서 얼마나 떨어져 있는지 물어봐도 되겠습니까?"

"5베르스타요."

"5베르스타!" 치치코프는 이렇게 외치고는 심장이 약간 고동치는 것을 느꼈다. "한데 당신네 집 문밖으로 나갔을 때, 오른쪽인가요 왼쪽인가요?"

"그 개 같은 놈에게 가는 길은 알려 주기도 싫소!" 소바케비치가 말했다. "그에게 가느니 다른 천한 곳에 가는 게 더 용서받기 쉬울 거요."

"아니, 전 뭐 특별한 이유가 있어서라기보다는, 그저 모든 유의 장소를 알고 싶어요." 치치코프가 그 말에 대답했다.

양의 옆구리 요리에 이어 응유나 잼을 바른 과자들이 나왔는데, 그 하나하나가 접시보다 훨씬 컸다. 그다음엔 키가 송아지만 한 타조 요리가 나왔는데, 그 안에는 온갖 좋은 것, 즉 계란, 쌀, 동물 간, 그리고 동물 위장에 혹처럼 붙어 있는 정체를 알 수 없는 뭔가가 가득 채워져 있었다. 이것으로 점심 식사가 끝났으나, 식탁에서 일어설 때 치치코프는 몸무게가 1푸드는 더 나가는 듯한 느낌을 받았다. 응접실로 나오니 이미 작은 접시에 잼이 담겨 있었다. 배도 자두도 무슨 딸기도 아닌 과일로 만든 것 같았으나, 손님도 주인도 그것에 손을 대지 않았다. 여주인은 잼을 담을 작은 접시들을 가지러 나갔다. 그녀가 없는 틈을 타 치치코프는, 안락의자에 몸을 파묻고는 그토록 배부른 점심 식사 후에나 나올 만한 신음 소리를 내고, 성호를 긋고 끊임없이 손으로 입을 가리면서 알아듣기 힘든 소리를 내고 있는 소바케비치에게 향했다.

"당신과 일에 대해 이야기를 하고 싶은데요."

"여기 잼 더 있어요." 안주인이 작은 접시를 들고 돌아오며 말했다. "꿀에 삶은 무예요."

"그건 다음에 먹겠소!" 소바케비치가 말했다. "당신은 이제 당신 방으로 가 보우. 난 파벨 이바노비치와 옷을 벗고 잠시 쉬겠소!" 안주인은 벌써 깃털 이불과 베개를 가져오라고 사람을 보낼 태세였으나, 주인이 "괜찮아요, 우린 소파에서 쉴 테니"라고 말하자 안주인은 방을 나갔다.

소바케비치는 가볍게 고개를 수그려 무슨 일인지 들을 자세를 취했다.

치치코프는 좀 멀리서 시작해 러시아 국가 전체를 전반적으로 거론하고, 그 광활함을 입에 침이 마르도록 칭찬하면서, 고대 로마 제국조차 그렇게 넓지는 않았기 때문에 외국인들이 놀라워하는 건 당연하다고 말했다……. 소바케비치는 고개를 숙이고 들었다. 러시아 왕국의 영광이 이전과 같지 않은 최근 상황에서, 납세 인구 조사표에 등록되어 있는 농노들이 이미 죽었음에도 새로 납세 인구 조사가 실시될 때까지 산 사람과 똑같이 취급되는데, 이건 사소하고 무익한 조사 업무로 공무원들의 부담을 가중시키지 않고, 그거 아니어도 이미 매우 복잡한 국가 메커니즘의 복잡함을 덜기 위해서다……. 소바케비치는 여전히 고개를 숙인 채 듣고 있었다. 하지만 이 조처가 정당함에도 불구하고 그것은 때로 많은 지주들에게 무거운 부담이 되고 있다. 지주들이 살아 있는 농노들에 대해서와 똑같이 세금을 내야 하기 때문이다. 그래서 그는 소바케비치에 대한 개인적인 존경심에서, 아주 조금이나마 이 무거운 의무를 분담할 각오가 되어 있다고 말했다. 중요한 대상에 대하여 치치코프는 아주 조심스럽게 표현했다. 그는 농노들을 절대로 죽은 자들이라고 부르지 않고 존재하지 않는 자들이라고 부른 것이다.

소바케비치는 이전처럼 고개를 숙이고 모두 듣고 있었다. 그의 얼굴에 어떤 표정이라도 나타나면 좋으련만 꿈적도 하지 않았다. 이 몸뚱어리에는 영혼이란 게 아예 없거나, 있어도 있어야 할 그곳이 아니라 마치 불멸의 카셰이*처럼 산 너머 어딘가에 아주 두꺼운 껍질에 갇혀 있어서, 그 영혼의 밑바닥에서 무슨 일이 있건 표면에는 아무 동요도 일어나지 않는 것 같았다.

"자, 어떻게 생각하세요?" 치치코프는 약간 흥분이 없지 않은 상태로 대답을 기다리면서 말했다.

"당신에겐 죽은 농노들이 필요한 거죠?" 소바케비치는 너무도 단순히, 전혀 놀라는 기색도 없이, 마치 빵에 대한 얘기라도 하는 듯이 물었다.

"네." 치치코프는 대답하고 다시 '존재하지 않는'이라는 표현으로 완화시켰다.

"있을 거요, 없을 턱이 없지……." 소바케비치가 말했다.

"만일 있다면 당신 입장에서는 의심할 바 없이…… 그것들에 대한 부담에서 벗어나는 게 유쾌하시겠죠?"

"당신이 좋다면 난 팔 준비가 되어 있소." 소바케비치는 이미 약간 고개를 들어 올리고, 아마 사는 쪽이 어떤 식으로든 이득을 보게 될 거라고 생각하며 말했다.

'제기랄!' 치치코프는 혼자 생각했다. '이 망할 놈이 내가 말을 꺼내기도 전에 판다고 그러네.' 그러고서 소리 내어 말했다. "저 그럼, 예를 들어, 가격은 어떻게 하시겠습니까? 하지만 이게 참, 가격을 따지기 어려운 물건이 돼 놔서……."

"그럼 두당 에누리 없이 딱 1백 루블씩 치겠소!" 소바케비치가 말했다.

"1백 루블요!" 치치코프는 입을 딱 벌리고, 그의 눈을 뚫어지게 바라보며 외쳤다. 그가 제대로 알아듣지 못한 것인지, 아니면 소바케비치의 혀가 너무 무거워서 제대로 구르지 못해 단어를 잘못 말한 것은 아닌지 알 수가 없었다.

"왜 그러시오? 이게 당신에겐 너무 비싼가요?" 소바케비치가 말하더니 덧붙였다. "그러면 당신 가격은 대체 얼마요?"

"제 가격이라고요? 아무래도 우리가 뭔가 실수를 했거나 아니면 서로 잘못 이해해서, 대상이 뭔지 잊은 것 같습니다. 제 입장에선 정말 가슴에 손을 얹고 진심으로 말씀드리는 건데요, 농노당 80코페이카면 가장 잘 쳐 드리는 겁니다!"

"황당하군요, 80코페이카씩이라니!"

"왜요? 제 생각에 그 이상은 절대 안 됩니다."

"난 짚신을 파는 게 아니오."

"하지만 최소한 인정은 하셔야죠, 이건 사람도 아니란 말입니다."

"그래, 당신은 등록 농노를 단돈 80코페이카에 팔 바보를 찾을 수 있다고 생각하시오?"

"저, 죄송합니다만, 왜 그것들을 등록 농노라고 부르세요? 그 농노들은 벌써 오래전에 죽었고, 남아 있는 건 손에 잡히지도 않는 말뿐이란 말입니다. 하지만 이 부분에 대해 더 이상 왈가왈부하지 않도록 1루블 50코페이카로 쳐 드리겠습니다. 그 이상은 절대로 안 됩니다."

"그걸 값이라고 부르다니 부끄러운 줄 아시오! 당신이 거래를 하는 거라면, 제대로 된 가격을 불러야지요!"

"안 됩니다, 미하일 세묘노비치. 제 양심을 믿어 주십시오. 안 되는 것은 안 되는 겁니다." 치치코프는 그러나 반 루블씩 은화를 더 얹었다.

"아니, 왜 이리 박하게 구시오?" 소바케비치가 말했다. "정말 너무 싸요! 다른 사기꾼이라면 당신을 속이고, 농노 대신 아무짝에도 쓸모없는 쓰레기를 팔지 몰라요. 하지만 내 것은 알맹이가 실하고 모두 엄선된 호두 같단 말이오. 장인 아니면 건장한 농부들이라고. 함 봐요. 예를 들어, 여기 마차 제조공 미혜예프! 그는 짐마차 나부랭이를 만든 게 아니라 언제나 스프링이 달린 마차만 만들었어요. 모스크바 장인도 그렇게는 못 만들 거요. 어찌나 힘이 센지 한 시간 만에 혼자 두들겨 부수고 옻칠을 할 거요!" 치치코프는 하지만 미혜예프는 이미 오래전에 세상에 없다고 말하려고 입을 떼었으나, 통상 말하듯이 언어의 힘에 사로잡혀 소바케비치의 입에서는 재치 있는 말들이 폭포수처럼 쏟아져 나왔다.

"그리고 목수 프로브카* 스테판은 어떻고? 당신이 그만한 농노를 어디서 찾아낸다면, 내 목이라도 내놓겠소. 얼마나 힘센 장사였다고! 그가 경비대에서 근무했으면, 그가 얼마나 멀리 나갔을지 아무도 몰라요. 키가 2미터가 넘었으니까.*

치치코프는 다시 프로브카도 이 세상 사람이 아니라고 지적해주고 싶었다. 하지만 소바케비치는 완전히 몰입한 듯했고, 말이 폭포수처럼 흘러나와 잠자코 듣는 수밖에 없었다.

"밀류시킨, 그 벽돌공은 어떻고! 어떤 집에건 난로를 놓을 수 있었어. 막심 텔랴트니코프, 이 구두장이는 송곳으로 구멍만 내면 바로 구두가 나오는데, 그 구두가 얼마나 기막힌지 고맙다고 해야 했소. 술을 입에 대기만 하면 고주망태로 취했고. 그리고 예레메이 소로코플료힌도 있죠!* 이 농노 하나에만 모든 농노들 값을 다 내야 할 거요. 모스크바에서 장사해서 소작료를 일 년에 5백 루블이나 가지고 왔으니까. 정말 대단한 농민들이죠! 이들은 플류시킨 같은 놈이 당신에게 팔 거하곤 달라요."

"하지만, 잠깐만요." 끝이 없을 것처럼 청산유수로 쏟아지는 말에 깜짝 놀란 치치코프가 마침내 말했다. "왜 자꾸만 그들의 가치들을 열거하는 겁니까? 지금 그것엔 아무 의미도 없어요. 이들은 모두 이미 죽은 자들이니까요. 죽은 시체로 담장이라도 받치라는 속담도 있잖아요."

"그래요, 물론 죽었죠." 소바케비치는 말했고, 이제야 정신이 들어서 사실 그들은 이미 죽은 사람들이라는 걸 상기한 듯했다. "하지만 이렇게도 말할 수 있소. 오늘 살아 있는 것으로 등록되어 있는 농노들은 어떤 작자들이오? 그들은 어떤 종자들이오? 이들은 파리지 인간이 아니오."

"네, 하지만 그들은 존재하는 반면에, 죽은 농노들은 한낱 꿈일 뿐이에요."

"아니 그렇지 않아, 꿈이 아니오! 미헤예프가 어떤 사람이었는지 설명해 볼까요. 그런 사람을 당신은 어디서도 구하지 못할 거요. 그는 몸집이 엄청 커서 이 방에 들어오지도 못할 거요. 아니, 그는 꿈이 아냐! 그의 우람한 어깨엔 정말 어떤 말보다 힘이 넘쳤어요. 당신이 다른 어디서 그런 꿈을 찾을 수 있을지 알고 싶소."

그는 벽에 걸려 있는 바그라티온과 콜로코트로니스의 초상화를 향해 몸을 돌리고 마지막 말을 마쳤다. 이건 대화하던 사람들 사이에 흔히 있는 일로, 대화하던 사람 중 한 명이 갑자기 아무 이유 없이 대화하던 사람이 아니라 우연히 들어온 제삼자에게 몸을 돌리곤 하는 것이다. 심지어 상대가 전혀 낯선 사람이어서 그에게서 어떤 대답도, 의견도, 지지도 얻지 못할 걸 뻔히 알면서도, 시선은 마치 그를 중재자로 불러내듯이 그에게 고정된다. 그러면 그 낯선 사람은 처음엔 약간 당황해서 아무것도 모르는 것에 대해 답변을 해야 하는지, 아니면 곁에 있는 사람을 살피며 잠깐 서 있다가 멀리 사라져야 되는지 알 수 없게 된다.

"아니요, 전 2루블 이상은 드릴 수 없습니다." 치치코프는 항변했다.

"이건 마치 제가 터무니없는 가격을 부르고 당신에게 어떤 만족도 주지 않으려 한다고 우기는 격이오. 그럼 농노 한 명당 75루블로 합시다, 단 현찰로. 이건 순전히 친분 때문이오!"

'이 인간은 정말 날 바보로 아는 거야 뭐야?' 치치코프는 혼자 생각했다. 그러고서 큰 소리로 덧붙였다. "정말 이상하시군요. 마치 우리 사이에 무슨 연극 공연이나 코미디가 벌어지고 있는 것 같습니다. 그렇지 않고선 이건 설명이 안 돼요…… 당신은 아주 지적이시고 학식도 상당히 있으신 것 같은데요. 이 물건은 정말 아무 가치도 없는 겁니다. 그게 나가면 얼마나 나가겠습니까? 대체 누가 그런 걸 원하겠어요?"

"하지만 바로 당신이 사겠다고 하지 않소? 그건 쓸모가 있다는 거지요."

여기서 치치코프는 입술을 깨물고 할 말을 찾지 못했다. 그는 뭔가 가족과 집의 상황에 대해 말을 꺼내려 했으나 소바케비치는 간단히 대답하였다.

"당신 가족 관계가 어떻든 그건 내 알 바 아니오. 난 가족 문제 따윈 관심 없수다. 그건 당신 일이오. 당신은 농노들을 필요로 하고, 나는 당신에게 파는 거요. 사지 않으면 후회할 게요."

"2루블 드리지요." 치치코프가 말했다.

"속담에 수다쟁이 야코바가 같은 말만 주저리주저리 늘어놓는다더니, 2라는 숫자를 되풀이하는 걸 보니 2하고 도통 떨어질 생각이 없나 보군요. 당신은 진짜 가격을 제시해야 하오!"

'이런, 제기랄! 반 루블만 더 얹어서, 저 개 같은 놈이 된통 당하게 해야지.' 치치코프는 생각했다.

"좋습니다, 반 루블 더 얹죠."

"좋아요, 그럼 저도 마지막 조건을 내걸죠, 50루블! 정말 손해지만…… 그런 좋은 농노는 어디서도 더 싸게 못 사요!"

"이런 탐욕스러운 부농 같으니!" 치치코프는 혼잣말을 하고 약간 화를 내며 큰 소리로 말을 이었다. "정말…… 이게 무슨 진지한 일이나 되는 것처럼 구시네요. 하지만 전 다른 곳에서는 아주 헐값에 살 수 있어요. 게다가 하나같이 되도록 빨리 그것들에서 벗어나려고 제게 기꺼이 떠넘길 겁니다. 바보들이나 그것들을 붙잡고 그들에 대한 세금을 내려고 하지요!"

"하지만 우리의 우정을 생각해서 말씀드리는데, 그런 유의 거래가 언제나 허용되지는 않는다는 걸 아시오? 나나 다른 사람들이나 한마디만 벙긋해도, 그런 사람은 계약에서건 어떤 유리한 의무 수행에서건 어떤 신임도 받지 못할 거요."

'어라, 얻다 갖다 대는 거야, 순 사기꾼!' 치치코프는 잠시 생각하고서, 즉시 아주 차가운 태도로 얘기했다.

"당신이 원하시는 게 뭐든, 전 어떤 필요 때문이 아니라 제 사적인 취향에 따라 사려는 겁니다. 2루블 50코페이카로도 안 된다면 저는 이만 가 봐야 할 것 같습니다. 안녕히 계십시오!"

'안 넘어가네, 강경한데!' 소바케비치는 잠시 생각했다.

"그럼 좋소, 30루블씩만 주고 가져가시오!"

"아닙니다. 팔고 싶지 않으신 것 같으니, 안녕히 계십시오!"

"좋아요, 좋아!" 소바케비치는 계속 치치코프의 손을 잡고서 그의 발을 밟으며 말했다. 왜냐하면 우리의 주인공이 몸을 사리는 걸 잊어버렸기 때문이다. 그 벌로 그는 투덜거리며 한쪽 발을 잡고 껑충껑충 뛰어야 했다.

"미안하오! 심기를 불편하게 해 드린 것 같군요. 자, 여기 앉으세요! 자, 어서요!" 여기서 그는, 이미 사람 손을 많이 탄 회전 묘기를 부리는 곰이 몸을 비비 꼬기도 하고, "미샤, 농민 아줌마들이 증기탕에서 어떻게 하지?" 혹은 "미샤, 소년들이 완두콩을 어떻게 훔치지?"라는 질문에 따라 여러 묘기를 부릴 때처럼, 아주 민첩하게 치치코프를 안락의자에 앉혔다.

"정말, 전 공연히 시간을 축내고 있습니다. 이제 가 봐야겠어요."

"잠깐만 앉아 있어요. 이제 당신에게 아주 유쾌한 말을 해 주겠소." 여기서 소바케비치는 더 바짝 다가와 앉아 그의 귀에 대고 아주 은밀히 말했다. "25루블로 할까요?"

"그러니까 25루블로 하자고요? 미치겠구만, 그 4분의 1도 안 돼요. 1코페이카도 더는 안 돼요."

소바케비치는 입을 다물었다. 치치코프도 입을 다물었다. 2분 정도 침묵이 계속되었다. 매부리코의 바그라티온이 벽에서 이 거래를 아주 주의 깊게 지켜보고 있었다.

"그럼, 최종 가격은 얼마요?" 마침내 소바케비치가 말했다.

"2루블 50코페이카요."

"좋소, 당신 영혼은 값싼 무나 다름없는 것 같군. 그럼 3루블씩이라도 주쇼!"

"그렇겐 못합니다."

"이런, 당신하곤 무슨 일도 제대로 못해 먹겠어요. 손해가 막심하긴 하지만, 친구 간의 우정을 저버리지 못하는 성미인지…… 다 제대로 마무리 지으려면, 거래 이전 확정도 해야 할 거 같은데."

"물론입니다."

"글쎄, 바로 그거요. 그럼 도시로 가야겠군요."

그렇게 일이 마무리되었다. 둘이서 내일 도시에 가서 거래 이전 확정 절차를 밟기로 결정했다. 치치코프는 농노들 목록을 부탁했다. 소바케비치는 기꺼이 동의하고 사무용 책상에 다가가 자기 손으로 직접 농노 이름뿐 아니라 칭찬할 만한 가치까지 기입하기 시작했다.

치치코프는 할 일이 없어서, 소바케비치 뒤에 서서 그의 거대한 체격을 찬찬히 살펴보기 시작했다. 뱌트카*의 키가 작고 힘센 말처럼 널찍한 등과, 보도에 세운 쇠로 된 작은 기둥과 흡사한 그의 다리를 바라보며 그는 내심 탄성을 지르지 않을 수 없었다. "와, 신은 자네에게 참 많은 상을 주셨군! 모양은 어설퍼도 바느질은 촘촘하다더니 완전 그 짝이야…… 자넨 태어날 때부터 그렇게 곰 같았나? 아니면 외딴 곳에서의 생활, 곡물 파종, 농부들과의 언쟁이 자넬 곰으로 만든 건가? 그것들 때문에 소위 말하는 인간–부농이 된 건가? 하지만 아니, 내 생각에 자넨 유행대로 교육받고 페테르부르크로 보내져 외딴 오지가 아니라 거기에 살게 됐어도 마찬가지였을 거야. 차이라고 해 봤자, 지금 여기선 죽이 든 양 반 마리를 먹어 치우고 접시 하나만 한 응유 케이크로 입가심하는 데 반해, 거기선 커틀릿에 트러플*을 곁들여 먹는다는 것뿐이야. 그리고 지금은 자네 밑에 농민들이 있어서 그들과 조화롭게 지내고 당연히 그들을 거칠게 대하지 않지. 그들은 자네 거고 그렇게 하면 더 나빠질 테니까. 그때 자네 밑에 관리들이 있었다면, 그들이 자네 농노가 아니라는 걸 알고서 그들을 세게 때리거나 국고를 횡령했을 거야…… 아니야! 탐욕스러운 부농은 절대 손바닥을 펴지 않아! 부농의 손가락을 한두 개 펴 봐, 훨씬 더 나빠질 거야. 지금은 가볍게 어떤 학문의 표면을 건드릴 뿐이지만, 좀 더 유망한 자리를 차지하면 학문을 진정으로 발견한 사람들에게 자기를 알리려 들 거야. 그리고 다음엔 이렇게 말하겠지. '자, 내가 누군지 보여 주겠어!' 그러고서 모두에게 괴롭기만 한 그런 지혜로운 방안들을 구상할 거야…… 제길, 전부 탐욕스러운 부농이면 어째!"

"목록이 다 됐수다." 소바케비치가 몸을 돌리고 말했다.

"됐어요? 이리 주세요!" 그는 눈으로 목록을 훑어보고 그 정확성과 깔끔함에 탄복했다. 농노들이 종사했던 수공업, 직함, 나이, 가족 상황이 자세하게 기록되어 있을 뿐 아니라, 심지어 여백에는 행동이나 주량에 관한 특징들까지 적혀 있었다. 한마디로 보는 게 즐거웠다.

"이제 선금을 주시지요!" 소바케비치가 말했다.

"당신에게 선금이 왜 필요하죠? 시내에서 한 번에 전부 받으실 겁니다."

"아시겠지만 그렇게 하는 게 관례요." 소바케비치가 이의를 제기했다.

"얼마나 드릴 수 있을지 모르겠네요. 돈을 안 가지고 왔거든요. 아, 여기 10루블 정도 있는데, 이거라도 괜찮으시면."

"아니, 무슨 10루블! 적어도 50은 줘야죠."

치치코프는 더 돈이 없다고 거절하려고 했으나, 소바케비치가 그에게 돈이 있다고 너무나 확신해서, 그는 다른 지폐를 꺼내며 말했다.

"여기 있습니다. 15루블 더 드릴게요. 전부 25루블입니다. 단, 영수증을 주세요."

"영수증이 왜 필요한데요?"

"아시다시피 영수증을 쓰는 게 더 좋습니다. 어떤 일이건 일어날 수 있으니까요."

"좋소, 그럼 돈부터 이리 주시오!"

"돈은 왜요? 여기, 제 손에 돈이 있지 않습니까? 영수증을 써 주시면 바로 드리지요."

"하지만 돈도 보지 않고 어떻게 영수증을 먼저 쓰겠소? 먼저 돈을 봐야죠."

치치코프가 소바케비치에게 지폐를 내밀자, 그는 탁자에 바싹 붙어 왼쪽 손가락들을 돈 위에 올리고, 다른 손으로 종잇조각에 매각한 농노들에 대한 선금 25루블을 국가 발행 지폐로 전액 수령한다고 적었다. 영수증을 다 쓰고서 그는 다시 한 번 지폐를 찬찬히 살펴보았다.

"지폐가 좀 낡았군!" 그는 그중 한 장을 빛에 대고 살피면서 말했다. "약간 찢어졌어. 뭐 친구 간에 이걸 문제 삼을 수는 없지."

'정말 탐욕스러운 부농이야!' 치치코프는 생각했다. '게다가 지독한 악당이고.'

"여자는 혹시 필요 없소?"

"아니요, 감사합니다."

"비싸지 않게 쳐 줄 테니까. 친분을 생각해서 두당 1루블로 하겠소."

"아니요, 여자는 필요 없어요."

"뭐, 정말 필요 없다면 더 말할 필요도 없지요. 저마다 취향이 다른 법이니까. 속담에도 어떤 이는 사제를, 어떤 이는 사제 부인을 좋아한다고 하잖소."

"그리고 하나 더 부탁드리고 싶습니다만, 이 거래는 저희만의 비밀로 해 주세요." 치치코프가 헤어지면서 말했다.

"그야 물론 여부가 있겠소. 제삼자를 여기에 개입시킬 필요는 없지요. 가까운 친구끼리 진실되게 하는 일은 서로의 우정으로 남아야지요. 안녕히 가시오! 방문해 주셔서 감사하고, 앞으로도 잊지 말기를 부탁하오. 만일 시간이 나면 식사하고 시간을 보내러 오시오. 어쩌면 서로 도움 될 일이 다시 생길 수도 있으니 말이오."

'흥, 그렇게 되면 안 되지!' 치치코프는 마차에 앉아 생각했다. '죽은 농노에 2루블 50코페이카를 뜯어내다니, 빌어먹을 부농 같으니!'

그에겐 소바케비치의 행동이 못마땅했다. 어쨌거나 어떤 식으로건 안면이 있고, 현지사 댁에서도 경시총감 집에서도 만난 사이인데, 생판 모르는 사람처럼 쓰레기 같은 것에 돈을 받다니! 마차가 마당에서 벗어났을 때 그는 뒤를 돌아보고서 소바케비치가 아직도 현관 계단에 서서 손님이 어디로 가는지 알고 싶은 듯 계속 지켜보는 것을 보았다.

"비열한 놈, 아직까지 서 있네!" 그는 이빨 사이로 중얼거리고 셀리판에게 마차를 농가 쪽으로 꺾어 마차가 지주 댁에서 절대 보이지 않게 해서 가라고 명령했다. 그는 소바케비치에게서 들은, 사람들이 파리처럼 죽어 갔다는 플류시킨에게 가고 싶었다. 하지만 소바케비치에게 자기 의도를 알리고 싶지 않았다. 마차가 이미 마을 끝자락에 왔을 때, 그는 처음 만난 농부를 불렀다. 그는 어디선가 매우 굵은 통나무를 얻어서 그것을 어깨에 둘러메고 지칠 줄 모르는 개미처럼 자기 오두막으로 끌고 가는 중이었다.

"어이, 수염쟁이! 여기서 지주 댁을 안 거치고 플류시킨한테 가려면 어떻게 가야 하지?"

농부는 이 갑작스러운 질문에 당황하는 것 같았다.

"왜 그래, 모르나?"

"네, 나리, 모르는뎁쇼."

"제길! 새치도 난 놈이 그걸 몰라! 사람들에게 먹을 것도 제대로 안 주는 구두쇠 플류시킨을 모른단 말이야?"

"아! 헝겊대기 대고 옷 기워 입는, 옷 기워 입는!" 농부가 외쳤다.

'헝겊대기 대고 옷 기워 입는'이라는 단어에 그는 아주 핵심적이고 아주 성공적인 단어를 덧붙였으나, 그것이 정중한 대화에는 부적절하므로 우리는 그냥 지나치기로 한다. 그러나 그 단어가 정곡을 찌르는 재치 있는 말이었다는 것은, 그 농부가 이미 오래전에 시아에서 사라지고 그들이 한참을 더 간 다음에도 치치코프가 마차에 앉아 낄낄 웃었던 것에서 미루어 알 수 있다. 러시아인은 입이 험하고, 만일 누군가를 어떤 말로 험담하면 그 말은 그의 가문과 그의 후손에 이어지고, 그는 관청 근무지에도, 은퇴지에도, 페테르부르크에도, 정말 세상 끝까지 그걸 끌고 다닌다. 나중에 자기 별칭을 교묘하게 고치고 아무리 고상하게 꾸며도, 심지어 대서인들에게 급료를 지불하고 고대 공후 가문에서부터 다시 쓰게 해도 아무 소용이 없으니, 그 별칭이 스스로 까치처럼 목청껏 까르륵거리고, 그 새가 어디서 날아왔는지 분명하게 말해 주는 것이다. 한번 정곡을 찌르면서 입으로 발음된 표현은 글로 쓴 것처럼 도끼로도 못 파낸다. 그리고 독일인도, 핀란드인도, 어떤 다른 종족도 없는 러시아 벽지에서 나온 표현은 모두 정곡을 찌른다. 원래 타고난 재능인 살아 있고 민첩한 러시아의 지혜는 주머니 속을 뒤지듯 머뭇거리지도 않고, 병아리를 품은 암탉처럼 그 위에 오래 머물러 골똘히 생각하지도 않으며, 마치 평생 들고 다니는 신분증처럼 바로 몸에 들러붙는다. 그래서 그다음에는, 일단 코나 입술이 만들어지고 나면 아무것도 덧붙일 수 없듯이, 단 한 번의 획으로 머리에서 발까지 다 그려지는 것이다!

성스럽고 신을 경외하는 러시아에 둥근 지붕과 십자가가 있는 교회와 수도원이 셀 수 없을 만큼 많이 흩어져 있듯이, 무수히 많은 종족과 세대, 그리고 민족들이 한데 모여 다양한 색채의 향연을 이루며 지구의 얼굴을 따라 나아간다. 영혼의 창조적 재능, 자신만의 선명한 재능, 그리고 신의 다른 선물들로 가득 찬 능력을 보증 수표로 받은 모든 민족은 저마다 자신만의 독특한 언어로 서로 구별되고, 어떤 대상을 표현하든 그 표현에 자신만의 고유한 개성의 일부를 반영한다. 영국인의 말은 인간 심리에 대한 통찰과 삶에 대한 지혜로운 깨달음을 드러내고, 프랑스인의 그리 오래가지 않는 말은 가볍고 화려한 세련미로 빛나며 흩어지고, 독일인은 누구에게나 이해되지는 않는 지적으로 빈약한 단어를 교묘하게 고안해 낸다. 하지만 정곡을 찌르는 러시아 말만큼 그토록 널리 퍼지고 대담하고, 그토록 가슴 깊은 곳에서 찢겨 나오고, 그토록 열정적이고 생명력이 꿈틀거리는 말은 없다.

제6장

　예전에, 그러니까 아주 오래전 내가 아직 어렸을 때, 이제는 되돌릴 수 없이 사라진 어린 시절, 내겐 낯설고 새로운 곳을 처음 지나는 것이 즐거웠다.

　작은 마을이건, 가난한 벽촌 읍내건, 아니면 농촌이건, 작은 거주 지역이건 상관없이 어린아이의 호기심 어린 시선은 호기심을 채우는 것들을 거기에서 많이 찾아냈다. 온갖 건물이, 자기만의 고유한 특징들이 새겨져 눈을 끌어당기는 것이면 무엇이든지 내 발걸음을 멈추게 하고 나를 감동시켰다. 상인들의 평범한 통나무 단층집들 사이에 홀로 튀어나온, 창문들 절반을 가짜로 내는 유명한 건축 양식의 석조 관청 건물이건, 눈처럼 하얗게 칠해진 새 교회 위로 솟아오르고 온통 하얀 함석들을 입힌 완벽한 원형 지붕이건, 시장이건, 도시 한복판에서 마주치는 군(郡)의 멋쟁이건, 어느 것 하나 내 신선하고 섬세한 주의를 벗어나지 않았다. 그리고 나는 여행용 마차에서 코를 내밀고, 여태껏 한 번도 본 적이 없는 프록코트의 앞섶도 보고, 못들, 멀리서 보면 누르뎅뎅한 유황, 그리고 건포도와 비누가 담긴 나무 상자들도 보았다. 그것들은 식료품 가게 문을 통해 모스크바 캔디 병과 함께 눈에 들어왔다. 또 어느 이름 모를 현에서 이 따분한 군까지 흘러들어 와 옆을 지나가는 보병 장교도, 달리는 경 사륜마차에서 눈에 확 띄는 짧은 외투를 입은 상인도 보았다. 그러면 나는 상념에 잠겨 그들의 가련한 삶을 뒤쫓았다. 군의 어떤 관리가 곁을 지나가면, 나는 공상에 잠기곤 했다. 그는 어디에 가는 걸까? 저녁 파티에, 아니면 어떤 형제에게, 아니면 곧장 자기 집에 가서 완전히 어두워질 때까지 30분 정도 앉아 있다가 어머니와 아내와 처제와 모든 가족과 이른 저녁을 먹으려는 걸까? 그들이 수프를 먹은 후, 목걸이를 한 계집종이나 두꺼운 재킷을 입은 남자아이가 집에서 만든 거의 영구적인 촛대에 수지 양초를 꽂아 가져올 때, 그들 사이에 어떤 대화가 오갈까? 어떤 지주건 그의 마을에 다가갈 때, 나는 호기심에 차서 길고 좁은 목재 종루나 마을의 넓고 어두운 옛날 목조 교회를 바라보곤 했다. 푸른 나무 사이 멀리 지주 집의 붉은 지붕과 하얀 굴뚝들이 매혹적으로 어른거릴 때면, 나는 얼른 집을 수호하는 정원들이 양편으로 갈라져 그 집의, 슬프다! 그땐 전혀 비속하지 않았던 외관을 드러내기를 초조히 기다렸다. 그러면, 나는 그것을 보며 지주는 어떤 사람일까, 그는 뚱뚱할까, 그에게 아들들은 있을까, 아니면 여섯 명의 딸에게서 처녀들의 낭랑한 웃음과 장난, 그리고 가장 어여쁜 막내딸의 미모를 즐길 수 있을지, 그들은 모두 검은 눈동자를 갖고 있는지, 그리고 그는 유쾌한 호인인지 아니면 9월의 마지막 날들처럼 우울해서 달력*을 바라보며 어린애들에게는 지루하게도 호밀과 밀가루에 대한 이야기를 늘어놓는지 알고 싶어 했다.

이제는 어떤 낯선 마을이든 무심하게 지나가고 그것의 흔해 빠진 외양을 무심하게 바라본다. 내 차가워진 시선에 더 이상 아늑하지 않고, 내게 웃기지 않으며, 예전에는 내 얼굴이 활기차게 움직이게 하고 웃음과 끊임없는 이야기가 흘러나오게 했을 모든 것이 이제는 곁을 스쳐 지나갈 뿐이고, 내 입술은 미동도 않고 무심히 침묵만 지킨다. 오, 내 어린 시절이여! 오, 내 풋풋함이여!

농부들이 플류시킨에게 붙인 별명을 생각하면서 혼자 낄낄거리는 동안 치치코프는 자신이 어느새 수많은 오두막과 길들이 나 있는 널찍한 마을 한복판에 들어서 있음을 깨닫지 못했다. 그러나 곧 도시의 자갈길을 무색케 하는 통나무 포장도로에서 지극히 질서 정연하게 흔들리면서 그는 이 사실을 깨달았다. 이 통나무들은 피아노 건반처럼 위아래로 들쭉날쭉 올라와서 방심한 승객의 뒤통수에 혹이 생기거나, 이마에 푸른 멍이 들거나, 때로는 자기 이빨로 자기 혀끝을 아프게 깨물게 했다. 그는 이 마을의 모든 건물들에서 어떤 특별한 쇠락의 기운을 발견했다. 오두막들에 있는 통나무는 모두 검고 낡았으며, 많은 지붕들엔 마치 체처럼 구멍이 나 있고, 다른 오두막 지붕들엔 위로 말 모양의 지붕 장식과 양옆으로 갈비뼈 모양의 앙상한 긴 나무막대들만 남아 있었다. 마치 비 내릴 때 지붕들이 오두막을 덮어 주지 못하고, 맑은 날씨엔 어차피 빗방울이 안 떨어지고, 주막에도 큰길에도 한마디로 원하는 곳이면 어디든지 공간이 많은데 굳이 집에서 여자와 노닥거릴 필요가 없다고 주인들이 아주 합당하게 판단을 내리고 직접 지붕에서 지붕 널빤지를 다 뜯어 낸 것 같았다. 어떤 오두막 창문들엔 유리가 없었고, 다른 것들은 넝마나 농부의 겉옷으로 틀어막혀 있었다. 무슨 이유에선지 이따금 러시아 오두막에 만들어 놓는, 지붕 아래 난간을 단 작은 베란다는 옆으로 기울어져 있고, 그림처럼 아름답지 않고 거무스름하게 변해 있었다. 오두막들 뒤에서 사방으로 거대한 낟가리들이 열을 지어 있었는데, 아마도 오랫동안 그런 상태로 있었던 것 같았다. 색깔로 보면 그것들은 제대로 구워지지 않은 오래된 벽돌과 흡사했고, 그 꼭대기에는 온갖 잡초들이 자라고, 심지어 측면에는 관목이 싹을 틔우고 있었다. 이 곡식단은 주인 것인 듯했다.

쌓아 놓은 낟가리와 낡은 교회 뒤에서 반개 사륜마차가 모퉁이를 돌면서 점차 교회 두 개가 하나는 오른편에, 다른 하나는 왼편에 나란히 깨끗한 공기 속에 번쩍거렸다. 하나는 황폐해진 목조 교회였고, 다른 하나는 누리끼리한 벽에 온통 얼룩이 지고 금이 간 석조 교회였다. 지주의 집은 부분적으로 보이다가, 사슬처럼 늘어선 오두막들이 끝나고 대신 군데군데 허물어진 낮은 담으로 둘러싸인 텃밭이나 양배추밭이 황무지처럼 펼쳐진 곳에 이르자, 마침내 전체 모습이 드러났다. 이 터무니없이 길고 긴 이상한 성채는 어떤 늙어 빠진 상이군인처럼 보였다. 어떤 곳에서는 1층이고, 또 다른 곳에서는 2층이며, 그 늙은 성을 사방에서 충분히 보호하지 못하는 검은 지붕엔 두 개의 망루가 서로 마주보며 솟아 있었다. 둘 다 휘청거리고 한때 그것들을 덮었던 염료들도 다 벗겨져 있었다. 집의 벽들 또한 군데군데 갈라져 회반죽 아래 벌거벗은 격자들을 드러내고, 아마도 온갖 궂은 날씨와 비, 회오리바람과 변덕스러운 가을 날씨를 견뎌 온 것 같았다. 창문은 두 개만 열려 있고, 다른 것들엔 모두 덧문이 내려져 있거나 심지어 판자를 대고 못까지 박아 놓은 채였다. 이 두 개의 창문도 나름 역시 반은 맹인이나 다름없었으니, 그중 하나에 삼각형 모양의 파란 설탕 종이가 붙어서 검게 그을려 있었기 때문이다.

집 뒤로 뻗은 오래되고 널찍한 정원은 마을을 지나 이윽고 들판으로 이어졌는데, 무성하게 자라고 황폐해지긴 했으나 이 드넓은 마을에 혼자 생기를 부여하는 것 같았고, 혼자 그림처럼 황량한 모습이 완전히 그림 같았다.* 자유로이 무성하게 가지를 뻗어 한데 어우러진 나무 정수리들이 녹색 구름인 듯, 그리고 바르르 떨리는 잎사귀들로 어설프게 만든 둥근 지붕인 것처럼 지평선을 배경으로 펼쳐져 있었다. 폭풍우나 뇌우에 꺾여 정수리가 사라진 엄청나게 크고 하얀 자작나무 줄기가 이 녹색 덤불에서 솟아오르고, 마치 일직선으로 뻗은 빛나는 대리석 기둥처럼 공중에서 둥글게 굽었다. 끝이 뾰족하고 위로 기둥머리까지 올라가는 대신 비스듬히 굽은 하얀 줄기가 눈처럼 새하얀 몸통을 배경으로 모자나 검은 새의 머리처럼 검게 변했다. 그 밑으로는 잡초와 마가목, 그리고 개암나무 덤불을 질식시키고, 이윽고 울타리의 끄트머리를 따라 내달리던 홉 덩굴이, 마침내 위로 올라와 부러진 자작나무를 절반 높이까지 칭칭 휘감았다. 그것은 중간까지 도달한 후 아래로 늘어지며 다시 다른 나무들의 꼭대기에 매달리기 시작하거나 반지처럼 가느다란 사슬고리로 엮여 공중에 가볍게 흔들렸다.

군데군데 햇빛에 빛나는 녹색 숲들이 흩어지고, 그들 사이에 검은 아가리처럼 입을 벌린, 빛이 들지 않는 외진 곳이 보였다. 그 외진 곳은 완전히 그늘에 덮이고, 그 검은 심연에서 언뜻언뜻 죽 뻗어 가는 좁은 길, 무너진 난간, 다 쓰러져 가는 오두막, 메말라서 속이 텅 빈 버드나무 줄기, 버드나무 뒤에서 끔찍하게 말라 죽고 서로 뒤엉키고 서로 엇갈린 무성한 나뭇잎들과 작은 나뭇가지들을 뚫고 나온 회색의 무성한 관목 숲, 그리고 마지막으로 앞발처럼 자신의 녹색 잎사귀들을 옆으로 내민 어린 단풍나무 가지가 보였다. 그 앞발 모양의 녹색 이파리들 가운데 한 이파리 밑으로 햇빛이 어떻게 그랬는지 모르지만 몰래 스며들어 그 이파리는 갑자기 이 짙은 어둠 속에서 투명하게 불을 뿜으며 신비로운 빛을 발했다. 한쪽에, 정원의 맨 가에 다른 나무들보다 더 높이 자란 몇 그루의 사시나무들이 떨리는 정수리에 커다란 까마귀 둥지들을 들어 올리고 있었다. 그중 어떤 것에는 부러졌으나 아직 떨어지지 않은 가지들이 메마른 나뭇잎들과 함께 매달려 있었다.

한마디로 모든 것이 그 어떤 자연이나 예술도 상상하지 못할 정도로 좋았으니, 이것은 그것들이 함께 어우러질 때, 종종 인간의 무분별한, 지나치게 과도한 수고에 대해 자연이 마지막 조각칼을 대어 과중한 짐들을 가볍게 하고, 원래의 여과되지 않은 계획이 드러내는 조악해 보이는 규칙성이나 빈약한 상상력을 없애고, 차갑고 투명하고 정연한 방식으로 창조된 모든 것에 신비로운 따스한 온기가 주어질 때만 일어난다.

모퉁이를 두어 번 더 돌아 우리 주인공은 마침내 그 집 앞에 당도했고, 그 집은 이제 훨씬 더 슬퍼 보였다. 초록빛 담쟁이가 이미 담장과 문의 낡은 나무를 뒤덮고 있었다. 낡아 빠진 듯한 하인방, 창고, 술 저장소 등 온갖 건물들이 마당에 가득 차 있었고, 그 근처에는 오른편과 왼편으로 다른 마당으로 통하는 문들이 있었다. 이 모든 것들이 여기에서 한때는 농사일이 아주 엄청난 규모로 행해졌음을 말해 주었다. 그러나 이제는 모든 것이 우울해 보였다. 이 광경에 생기를 불어넣어 주는 것이 전혀 눈에 띄지 않았으니, 열려 있는 문도, 어디서든 밖으로 나오는 사람들도, 어떤 활기찬 집안일과 노동도 없었다! 오직 가운데 문만 열려 있었는데, 이것도 마치 이 죽어 버린 곳에 생기를 불어넣으려고 일부러 나타나기나 기라도 한 듯 마침 한 농부가 짐을 가득 싣고 거적으로 덮어씌운 마차를 몰면서 들어왔기 때문이다. 쇠 경첩에 엄청 큰 자물쇠가 걸려 있는 것으로 보아 여느 때는 그 문도 굳게 잠겨 있었을 것이다. 곧이어 한 건물에서 치치코프는 어떤 형체를 발견했는데, 그 형상은 지금 막 마차를 타고 도착한 농부와 실랑이를 벌이고 있었다. 치치코프는 이 형체의 성별이 뭔지, 아낙네인지 농군인지 한참 동안 분간할 수 없었다. 그의 옷은 부인용 실내복의 넓은 웃옷과 비슷하면서도 완전히 단정 짓기 어려웠고, 머리에는 시골 주인댁의 늙은 하녀들이 쓰는 원추형 모자를 쓰고 있었으나, 목소리만은 여자 목소리라고 하기에 약간 컬컬한 것 같았다. 그는 '아, 아낙네군!' 하고 혼자 생각했다가 곧장 '에이, 아니네!' 라고 덧붙이고, 한참을 더 뚫어지게 쳐다보고서 마침내 "결국 아낙네군!"이라고 말했다. 그 형체도 치치코프를 뚫어지게 쳐다보았다. 아마도 손님의 도착이 그 형체에겐 상당히 의외인 것 같았으니, 그녀는 셀리판은 물론 말들의 꼬리에서 면상까지 자세히 살폈다. 그녀가 허리에 찬 열쇠들과 농부를 상당히 모욕적인 말로 욕하는 것으로 보아, 치치코프는 이자가 아마 하녀장일 거라고 결론 내렸다.

"이봐요, 어멈." 치치코프가 마차에서 내리며 말했다. "나리는 어떤?"

"집에 없어요." 하녀장은 질문이 끝나기도 전에 말을 가로채더니, 조금 있다가 다시 덧붙였다. "무슨 일로 오셨소?"

"용무가 있어서!"

"방으로 가세요!" 하녀장은 돌아서서 그에게 등을 보이며 말했는데, 그 등이 온통 밀가루로 뒤범벅돼 있고 그 밑엔 큰 구멍이⋯⋯.

그가 발을 떼어 어둡고 넓은 현관으로 들어서니, 창고에서처럼 냉기가 흘러나왔다. 역시 어두운 현관문 안으로 들어선 그는 문 아래 넓은 틈으로 빛이 새어 들어와 약간 밝아진 방으로 들어섰다. 이 문을 열고서야 비로소 빛으로 들어가게 되었으나, 눈앞에 펼쳐진 난장판에 그는 경악을 금치 못했다. 마치 온 집 안을 바닥 청소를 하고 있어서 여기에 잠시 가구들을 다 쌓아 놓은 것 같았다. 한 탁자 위엔 심지어 망가진 의자가 놓여 있고, 그와 나란히 이미 추가 멈춘 시계가 있었는데, 그 추에는 거미가 오래전에 거미줄을 쳐 놓은 상태였다. 거기에다 벽에 비스듬히 기대어 세워 놓은 찬장 안에 옛날식 은식기 세트, 유리 물병, 중국제 도자기가 있었다. 이미 군데군데 떨어져 풀로 메운 누르스름한 구멍들만 남은 자개 모자이크 사무용 책상에는 온갖 잡동사니가 놓여 있었다. 그 위로는 달걀 모양의 손잡이가 달리고 녹색으로 변색된 대리석 문진으로 눌러 놓은, 깨알 같은 글씨로 무엇이 잔뜩 써 있는 종이 뭉치, 옆면이 붉은색인 가죽 장정의 옛날 책, 완전히 말라 쪼그라들어 크기가 호두보다 작아진 레몬, 소파들에서 떨어져 나온 팔걸이, 편지로 덮어 놓은, 어떤 액체와 파리 세 마리가 빠져 있는 작은 술잔, 봉납 조각들, 어디선가 주워 온 걸레 조각들, 잉크로 더러워지고 폐병에 걸린 것처럼 말라비틀어진 펜촉 두 개, 프랑스인들이 모스크바를 침공하기 전부터 주인이 자기 이빨에 쑤셔 넣었을 완전히 누렇게 변한 칫솔 등이 있었다.

벽마다 다닥다닥 제멋대로 몇 장의 그림들이 걸려 있었다. 어떤 전투를 묘사한 누렇게 변색된 긴 판화가, 큰 북들, 삼각형의 챙이 달린 모자를 쓰고 고함을 지르는 병사들, 물에 빠진 말들로 채워져서, 유리 없이 가는 청동 띠와 각 귀퉁이마다 박힌 청동 술잔이 마호가니 액자에 유리 없이 끼워져 있었다. 그 그림들과 나란히 검게 변색된 거대한 그림이 벽의 절반을 차지했고, 거기엔 꽃, 과일, 잘게 잘라 놓은 수박 조각, 멧돼지 머리, 그리고 머리를 아래로 늘어뜨린 오리들이 유화 물감으로 묘사되어 있었다. 천장 한가운데에는 아마포 주머니로 덧씌운 상들리에가 걸려 있었는데, 먼지 때문에 번데기가 들어 있는 누에고치와 흡사해졌다. 방구석의 밑바닥에는 좀 더 지저분해서 탁자에 둘 수 없는 것들이 잔뜩 쌓여 있었다. 그 무더기에 정확히 무엇이 있는지 분간하기가 어려웠다. 누구라도 손을 대면 손이 장갑과 비슷해질 정도로 먼지가 쌓여 있었기 때문이다. 개중에 그나마 무더기에서 튀어나온 부러진 나무 삽 조각과 낡은 구두 뒷굽이 눈에 가장 잘 띄는 것이었다. 만약 탁자에 놓인 낡아서 다 해진 취침용 모자가 생명체의 존재를 알려 주지 않았다면, 이 방에 어떤 생명체가 기거하고 있다고 결코 말할 수 없었을 것이다.

치치코프가 이 이상한 세간살이를 살펴보는 동안, 옆문이 열리더니 아까 마당에서 만났던 바로 그 하녀장이 들어왔다. 그러나 이제 그는 이자가 하녀장이라기보다는 하인에 가깝다는 걸 깨달았다. 적어도 하녀장이 수염을 깎을 리 만무한데, 이자는 그와 반대로 수염을 깎고 있었고, 턱 전체와 볼 아랫 부분이 마구간에서 말을 빗기는 철사로 된 말빗과 비슷한 걸로 보건대, 그것도 아주 드물게 깎는 것 같았다. 치치코프는 얼굴에 의아해하는 표정을 지으며 인내심을 갖고 하인장이 말을 걸기를 기다렸다. 하인장 또한 치치코프가 먼저 말 걸기를 기다렸다. 마침내 그런 이상하고 당혹스러운 상황에 놀란 치치코프가 질문을 하기로 작정했다.

"주인은 어디 계시나? 집에 계시기는 한가?"

"주인은 여기 있수다." 하인장이 말했다.

"어디 계시는데?" 치치코프가 반복했다.

"이보슈, 당신 눈먼 거 아뇨?" 하인장이 물었다. "참, 내! 내가 바로 주인이오!"

여기서 우리 주인공은 자기도 모르게 뒷걸음질을 치고 그를 뚫어지게 쳐다보았다. 그는 온갖 부류의 사람들을 적잖이 만나 왔고, 심지어 나와 독자는 결코 만날 수 없을 그런 사람들까지 만났지만, 그도 그런 사람은 본 적이 없었다. 얼굴은 뭐 별로 특별한 것 없이 여느 마른 노인들과 거의 똑같았고, 턱만 앞으로 아주 많이 튀어나와서, 매번 턱을 침으로 더럽히지 않기 위해 손수건으로 가려야 했다. 그의 작은 눈은 아직 그 안에 불길이 꺼지지 않고 높이 솟은 눈썹 아래서 번득였는데, 마치 쥐들이 캄캄한 구멍에서 뾰족한 주둥이를 내밀고 귀를 쫑긋 세우고 수염을 떨면서, 혹시 고양이나 장난꾸러기가 어딘가 숨어 있지는 않은지 살펴보고 의심스럽게 냄새를 맡는 것 같았다. 그의 옷차림은 훨씬 더 튀었으니, 아무리 갖은 수단과 노력을 기울여도 그의 실내복이 뭘로 만들어진 건지 도무지 알 수가 없었다. 소맷부리와 윗깃은 너무 더럽고 때에 찌들어서, 마치 구두에나 사용하는 연한 러시아 가죽과 비슷했고, 뒤쪽에는 두 개의 꼬리 깃이 아니라 네 개의 깃이 붙어 있고 거기에서 목면 천이 부스러기처럼 삐져나와 있었다. 그의 목에도 뭔지 분간할 수 없는 것이, 양말인지 대님인지 아니면 배싸개인지가 매어져 있었는데, 어쨌든 넥타이는 아니었다. 한마디로 치치코프가 그렇게 잘 차려입은 사람을 어디 교회 문 옆에서 봤다면, 그는 아마 그에게 동전 한 닢을 주었을 것이다. 우리 주인공의 명예를 지키기 위해, 그는 동정심이 강하고 가난한 사람에게 동전 한 닢을 주지 않고는 못 배기는 사람이란 것을 말해 두어야겠다. 그러나 지금 그 앞에 서 있는 사람은 거지가 아니었으니, 그 앞에 서 있는 사람은 지주였다. 이 지주에게는 천 명 이상의 농노가 있고, 다른 어느 집에서도 이 집에서만큼 많은 밀을 씨앗으로나 곡분으로나, 그저 볏가리 상태로나 볼 수 없을 것이며, 어느 누구의 광이나 창고나 건조실도 이렇게 많은 목면이나 천, 완제품과 반제품의 양 모피, 그리고 말린 생선과 온갖 채소들이나 말린 음식들로 가득 차 있지 않을 것이다. 누구든지 온갖 목재와 한 번도 사용하지 않은 식기들이 여분으로 쌓여 있는 그의 작업 마당을 들여다보면, 자기가 어디 모스크바의 목재 시장에 들어온 건 아닌지 착각할 것이다. 그곳은 매일같이 잽싼 장모들과 시어머니들이 뒤에 하녀들을 이끌고 살림살이를 장만하러 들르는 곳 같았다. 그곳에는 온갖 종류의 나무, 즉 깔고 연마하고 맞추고 꼬아 놓은 나무들이 하얗게 빛나는 나무통, 큰 통을 절단해서 만든 나무통, 손잡이가 달린 나무통, 음료수통, 뚜껑 있는 나무 단지로 주둥이가 있는 것과 없는 것, 꿀단지, 덩굴로 짠 바구니, 아낙네들이 아마 뿌리와 기타 쓰레기를 집어넣을 뚜껑이 있는 큰 바구니들, 얇게 구부러진 사시나무로 만든 소쿠리, 꼰 자작나무 껍질로 만든 원통형 상자, 그렇게 부유한 루시와 가난한 루시의 필요를 채워 줄 모든 것이 많이 있었다. 종종 사람들은 플류시킨에게 그렇게 산더미처럼 많은 세공품들이 무슨 소용 있을까 의아해한다. 아마도 그가 그동안 모아 놓은 것을 평생 동안, 지금 자신이 갖고 있는 영지를 위해 쓴다 해도 다 못 쓸 것이다. 그러나 그에겐 이것도 적어 보였다. 이것에 만족하지 못하고 그는 아직도 매일 자기 마을의 거리를 샅샅이 훑고 다닌다. 포석 도로 밑이나 작은 다리 밑을 살피고, 눈에 들어오는 건 뭐든지, 낡은 구두창이건 아낙네용 누더기건, 못이건, 점토로 만든 도자기 파편이건 전부 자기 집에 끌고 와, 치치코프가 그 방 구석에서 발견한 잡동사니 더미에 쌓아 놓는다. "아, 저기 어부가 다시 낚시질하러 나왔군!" 노획물을 찾아 나선 그를 볼 때 농부들은 이렇게 말하곤 했다. 정말이지 그가 지나가고 나면 거리를 청소할 필요가 전혀 없었다. 한번은 지나가던 장교가 박차를 잃어버렸는데 이 박차가 순식간에 익히 잘 아는 더미로 옮겨졌고, 우물 곁에서 아낙네가 하품을 하다가 양동이를 깜빡 잊고 두고 가면, 그는 양동이도 바로 가져갔다. 하지만 농부가 그 순간 그를 잡으면 그는 군말 없이 노획한 물건을 넘겨주었다. 그러나 일단 그것이 그 더미에 던져지기만 하면 그땐 모든 게 끝이었다.

그는 그의 물건이 언제 누구에게서 산 것이라거나 일로 얻은 것이라고 신을 걸고 맹세하는 것이었다. 그는 자기 방에서도 바닥에 보이는 건 뭐든지 집어 들었다. 작은 봉납, 종잇조각, 작은 깃털 하나도 전부 사무용 책상이나 창문에 두는 것이었다.

하지만 정말 그가 단지 검소한 주인일 뿐이었던 때가 있었다! 그때 그는 이미 결혼해서 처자가 있었고, 이웃이 찾아와서 같이 식사하고 그에게서 농사일과 지혜로운 검약에 대해 듣고 배우곤 했다. 그때는 모든 것이 활기차게 흘러가고, 미리 예측한 속도대로 완성되어 갔다. 방앗간과 펠트 공장이 잘 돌아가고, 천 공장과 목공 기계, 그리고 방적 공장도 잘되었다. 도처의 모든 것에 주인의 기민한 시선이 닿았고 근면한 거미처럼 열심히 그러나 민활하게 자기의 거미집 같은 영지를 구석구석 내달렸다. 그의 얼굴 윤곽에 너무 강한 감정이 드러나진 않았지만, 그의 눈에선 지혜가 엿보였고, 그의 말에는 노련함과 세상에 대한 지식이 담겨 있어서 손님은 즐겁게 그의 말에 귀를 기울였다. 상냥하고 수다스러운 안주인은 손님 접대로 칭송을 받고, 맞은편에서는 금발에 장미처럼 싱그러운 사랑스러운 두 딸이 걸어 나오고, 쾌활한 어린 아들은 뛰어 나와 손님들이 좋아하든 말든 개의치 않고 모두에게 키스를 퍼부었다. 집의 창문들은 모두 열려 있었고, 다락방은 프랑스인 가정 교사의 방으로 사용됐는데, 그 선생님은 면도를 잘하기로 이름이 높을 뿐 아니라 대단한 사수이기도 했다. 언제나 점심 무렵에 검은 메닭이나 오리를 가져왔고, 가끔 참새 알들만 가져와서 자기가 먹을 달걀 부침을 부탁하였다. 왜냐하면 온 집 안 식구 중 누구도 그것에 손을 대지 않았기 때문이다. 다락방에는 또한 그와 같은 나라의 여성이 두 딸들의 가정 교사로 기거하고 있었다. 주인 자신은 비록 약간 낡기 했지만 깔끔한 여미복을 입고 식탁에 나타났고, 팔꿈치는 아주 정연한 상태여서 어디에도 덧붙인 천이 없었다.

그러나 착한 안주인이 죽자, 열쇠들과 함께 신경 써야 할 사소한 일들이 다 그에게 넘어왔다. 플류시킨은 점점 더 불안에 휩싸이면서, 모든 홀아비들이 그렇듯 더 의심이 많아지고 더 노랑이가 되었다. 큰딸인 알렉산드라 스테파노브나에게는 많은 부분에서 의지할 수 없었고, 그건 그가 옳았다. 왜냐하면 알렉산드라 스테파노브나는 자기 아버지가 군인은 전부 도박꾼에 사기꾼이라는 이상한 선입견을 가지고 있어서 장교들을 전혀 좋아하지 않는 것을 알고는, 어떤 기병대인지 아무도 모르는 기병대의 2등 대위와 줄행랑을 쳐서 어느 시골 교회에서 화촉을 밝혔기 때문이다. 아버지는 그녀가 떠난 길에 대고 저주를 퍼부었을 뿐, 그녀를 추적하려고도 하지 않았다. 집은 더 휑하니 비어 버렸다. 주인의 인색함은 더욱 노골적으로 드러나기 시작했다. 그의 반짝이는 뻣뻣한 머리털이 하얘지면서 백발이 그의 탐욕의 정숙한 반려자가 되었고 그의 인색함이 보다 빨리 자라나도록 도와주었다. 프랑스 가정 교사는 아들이 근무할 때가 되자 해고되었고, 여자 가정 교사는 알렉산드라 스테파노브나의 사랑의 도피에 한 몫 거든 것이 들통 나 쫓겨났다. 아들은 아버지의 의견을 좇아 관청의 주요 직책을 알아보기 위해 현의 도시에 갔으나, 부대에 입대하기로 결정하고 아버지에게 편지로 자기 결정을 통보하면서 군복과 군 장비를 요구했다. 이에 대해 그가 평범한 사람들이 소위 말하는 쉬슈*를 받은 것은 아주 당연한 일이다. 마지막으로 그와 함께 집에 남아 있던 막내딸이 죽자, 노인은 혼자 자기 재산의 경비원, 보호자, 소유자가 되었다. 그의 외로운 삶이 그의 탐욕에 풍부한 양식을 제공하였으니, 그건 익히 알고 있듯이 늑대의 채워지지 않는 배고픔과 비슷하게도 먹으면 먹을수록 더 배가 고파지기 때문이다. 그러잖아도 별로 깊지 않았던 그의 인간적인 감정은 매 순간 메말라 갔고, 매일 이 낡아 빠진 폐허에서는 뭔가가 파괴되었다. 또 하필이면 그때 일부러 군인에 대한 그의 선입견을 증명이라도 하듯, 그의 아들이 카드 빚을 지게 되었다. 그는 아들에게 진심으로 아버지의 저주를 보낸 뒤 더 이상 그가 이 세상에 살았는지 죽었는지 알려고도 하지 않았다. 해를 거듭하면서 그의 집 창문들에 판자가 덧대지더니 급기야 단 두 개만 남았고, 그중 하나도 이미 독자가 본 것처럼 풀로 종이가 발라져 있었다. 또 해가 갈수록 농사일의 중요한 부분들이 그의 시야에서 사라지고, 그의 초라한 시선은 유독 그가 방에 모아 놓은 종이들과 작은 펜촉에만 향하게 되었다. 그는 자신의 가내 수공업 제품들을 사려고 오는 상인들에게 점점 더 완고해지고, 상인들은 흥정에 흥정을 거듭하다가, 결국 이자는 악마지 인간이 아니라고 말하고는 그에게서 돌아섰다. 그러자 건초와 곡물이 썩어 들고 쌓인 물건들과 건초 더미는 완전히 거름으로 변해서 양배추를 재배해도 좋을 정도였고, 지하실의 곡분은 돌처럼 딱딱해져 깨부수어야 했다. 옷감과 아마포와 집에서 만든 물건들에는 손대기조차 두려웠으니, 손만 댔다 하면 먼지로 변해 버리기 때문이었다. 그 자신도 지금 자기에게 뭐가 얼마나 있는지 잊어버리고, 단지 아무도 몰래 못 마시게 병에 선을 그어 놓은 과실주 유리병이 찬장 어느 곳에 있는지, 그리고 작은 펜촉이나 작은 봉납은 어디에 놓여 있는지만 기억했다. 그러나 그사이에도 가계 수입은 예전처럼 거두어져, 각 아낙네들에게 농부들이 내야 하는 소작료만큼 호두를 가져오도록 연공이 부과되고, 베 짜는 여인은 그만큼의 아마포 직물을 짜야 했다. 그리고 이 모든 것은 광으로 굴러 떨어지고, 거기에서 모두 썩거나 구멍이 났으며, 자신도 인류에게서 어떤 터진 구멍으로 변해 버렸다. 큰딸, 알렉산드라 스테파노브나가 혹시 뭐라도 얻을 수 없을까 알아보기 위해, 두 번 정도 어린 아들을 데리고 찾아왔다. 보아하니 2등 기병 대위와의 이동 생활이 그녀가 결혼 전에 생각한 것만큼 매력적이지 않은 것 같았다. 그러나 플류시킨은 그녀를 용서도 하고 심지어 어린 손자에게 테이블에 놓여 있던 어떤 단추를 갖고 놀라고 주기까지 했으나, 절대로 돈은 주지 않았다. 그다음에 알렉산드라 스테파노브나는 두 명의 어린 아들을 데리고 오면서 차에 곁들여 먹을 부활절 케이크와 새 실내복을 가지고 왔다. 왜냐하면 아버지의 실내복이 보기에 내심 부끄러울 뿐 아니라 수치스러울 정도였기 때문이다. 플류시킨은 두 손자를 귀여워하면서 한 명은 오른쪽 무릎에, 다른 한 명은 왼쪽 무릎에 앉히고 말을 타고 가듯이 가볍게 흔들어 주기도 하였고, 부활절 케이크와 실내복도 받았지만, 결정적으로 딸에게 아무것도 주지 않았다. 그 이후 알렉산드라 스테파노브나도 완전히 발을 끊어 버렸다.

　바로 그런 지주가 지금 치치코프 앞에 있는 것이다! 그런 유의 사람들은, 누구든지 웅크리기보다는 몸을 쭉 펴길 좋아하는 루시에서 드물게 발견된다는 점을 밝혀 두어야겠다. 이 현상은 바로 이웃에 러시아인의 무분별하고 오만함을 한껏 발휘하여 호화롭게 살고 소위 돈을 흥청망청 쓰는 지주가 갑자기 나타나곤 하는 사실을 고려해 볼 때, 더욱 놀라운 일이다. 인생 경험이 없는 여행객이라면 지나가다 그의 거처를 보고 입이 떡 벌어지면서 어두운 소지주들 사이에 이렇게 으리으리한 저택을 짓고 사는 공작이 누굴까 궁금해한다. 셀 수 없이 많은 굴뚝들, 창에 두른 깃발들, 망루들이 있는 그의 하얀 석조 건물들이 무수히 많은 곁채들과 손님들을 위한 거처들에 둘러싸여서 마치 궁전처럼 보인다. 그에게 없는 게 무엇인가? 극장들, 무도회들이 끊이지 않아서, 밤마다 밝게 빛나는 정원은 등불과 등화용 접시로 장식되고 음악 소리에 귀가 떠나갈 듯하다. 주민의 절반은 곱게 차려입고 유쾌하게 나무 아래를 거닐고, 일부러 밝힌 조명 아래서는 어느 것도 이상하고 위협적으로 보이지 않는다. 그때 가짜 햇살을 받아 투명하게 빛나며 자기의 선명한 초록빛을 잃고 위로 올라갈수록 더 어두워지고 더 거칠어지는 나뭇가지가 연극에서처럼 나무 덤불에서 튀어나오고, 이 때문에 밤하늘이 스무 배는 더 무서워 보인다. 거친 나무 정수리들은 멀리 꼭대기에서 이파리를 살랑거리며 아직 깨어나지 않은 어둠 속으로 더 깊이 들어가며, 밑에서 자기 뿌리들을 요란한 금빛으로 비추는 빛에 분노한다.

이미 몇 분간 플류시킨은 아무 말도 하지 않고 서 있었고, 치치코프도 자기가 지금 만난 지주의 몰골뿐 아니라 그의 방에 있는 것에 의해서도 마음이 산란해져 더욱더 대화를 시작할 수 없었다. 그는 어떤 말로 자신의 방문 이유를 설명해야 할지 한참 동안 생각이 나지 않았다. 그는 사실, 그의 선행과 보기 드문 성품들에 대해 익히 듣고 그에게 개인적으로 존경을 표하는 것을 의무로 여겼노라고 말하려 했으나, 이건 너무 지나치다는 걸 깨닫고 삼가야겠다고 느꼈다. 그는 다시 곁눈질로 방에 있는 것을 모두 흘깃 보고서 '선행'이라는 단어와 '보기 드문 성품'을 '절약'과 '질서'라는 말로 바꾸는 것이 더 성공적일 거라고 생각했다. 그래서 그런 식으로 말을 변형시켜, 그의 절약과 보기 드문 영지 경영 수완에 대해 익히 듣고서 그와 인사를 나누고 개인적인 존경을 표하는 것을 의무로 여기게 되었노라고 말했다. 물론 더 그럴듯한 다른 이유를 댈 수도 있겠지만, 그때는 도통 다른 어떤 것도 머리에 떠오르지 않았다.

이에 대해 플류시킨은 입술 사이로 뭔가 중얼거렸다. 이빨이 없어서 무슨 말인지 정확히 이해할 수는 없었으나, 이런 의미쯤 되었던 것 같다. '존경 나부랭일랑 집어치워!' 하지만 우리 러시아에서 손님 접대는 아무리 인색한 구두쇠라도 그 법을 어길 수 없을 만큼 습관이 되어 있어서, 그는 좀 더 알아들을 수 있게 몇 마디 덧붙였다. "어서 앉으시지요!"

"난 오래도록 손님을 본 적이 없어서요." 그가 말했다. "물론, 솔직히 말해 손님이 와야 뭐 득 될 것도 없수다. 서로 내왕하는 아주 불편한 습관이 생겨서, 농사일은 팽개쳐 버리지…… 게다가 그들의 말들에게도 건초를 먹여야 해요! 난 오래전에 점심 끝냈수다. 내 부엌은 아주 형편없고 지극히 불결하고, 배기관도 완전히 허물어져 음식만 데워도 불이 나요."

'뭐 이런 작자가 다 있어!' 치치코프는 생각했다. '그나마 소바케비치네 집에서 응유 바른 과자랑 양의 옆구리 부위를 잔뜩 먹고 온 게 천만다행이군!'

"건초는 전체 살림살이에서 아무것도 아니라는 아주 돼먹지 않은 얘기가 있더군요!" 플류시킨이 말을 이었다. "정말로, 그래 가지고 어떻게 건초를 모으겠소? 작은 땅뙈기에 농민은 게을러 터져 일을 안 하고 주막에 갈 궁리만 하고…… 조심하지 않으면, 말년에 세상을 떠도는 거지가 되고 말거요!"

"하지만 다들 말하기론……." 치치코프가 조심스럽게 지적했다. "농노를 천 명도 더 갖고 계신다던데요."

"아니, 누가 그런 말을 합디까? 이보쇼, 그런 말을 하는 작자의 눈에 침을 뱉어 주쇼! 그 비아냥거리는 녀석이 당신에게 장난을 치려고 한 말일 거요. 뭐 천 명이라고? 한번 가서 세 보슈, 그만큼 되나 안 되나! 지난 3년간 그놈의 염병할 열병 때문에 건강한 농노들이 수도 없이 죽어 나갔수다."

"그러세요! 그렇게나 많이 죽었나요?" 치치코프가 안됐다는 듯이 크게 외쳤다.

"그럼요, 아주 많이 죽었수다."

"저 여쭤 봐도 될까요, 몇 명이나 죽었는지?"

"80명쯤 될 거요."

"설마, 아니겠지요?"

"이보쇼, 난 거짓말은 안 하우."

"하나 더 여쭙겠는데요, 저 이 농노들은 지난 등록 농노 명부를 제출한 이후부터 센 건가요?"

"이게 또 하느님께 감사할 일이오."* 플류시킨이 말했다. "그때부터 치면 120명은 되우."

"정말요? 전부 120명요?" 치치코프는 외치고, 심지어 놀라서 벌린 입을 다물지 못했다.

"이보쇼, 난 거짓말하기엔 늙었소. 이미 70년이나 살았다우!" 플류시킨이 말했다. 그는 치치코프의 기쁨에 겨운 듯한 탄성에 기분이 상한 듯했다. 치치코프는 정말 남의 고통에 그렇게 무감각한 건 예의에 어긋나는 일이란 걸 재빨리 깨닫고는, 순간 한숨을 폭 내쉰 뒤 애도의 뜻을 표한다고 말했다.

"뭐 애도가 밥 먹여 주는 것은 아니오." 플류시킨이 말했다. "저기 가까운 곳에 대위 놈이 하나 사는데, 제길 어디서 굴러먹었는지도 모르는 놈이 내 친척이라나 뭐라나, '삼촌, 삼촌!' 이러더군. 내 손에 입을 맞추면서 애도한다느니 뭐 한다느니 늘어놓는데, 아, 댁도 귀를 막아 버려야 할 게요. 어찌나 으르렁거리며 소리를 질러 대는지. 얼굴이 벌개져서 나타났는데 보니까, 독주를 죽어라고 들이켰더군. 그놈 모르긴 몰라도 장교들이랑 놀면서 돈을 날려 버렸거나, 극장 여배우한테 홀리거나 했을 거요. 그러니까 이제 내게 와서 애도를 표한다 뭐 한다 하며 수작을 부리지!"

치치코프는 그의 애도는 대위의 것과 같은 유가 전혀 아니며, 그는 빈말을 한 거지만 자기는 실제로 증거를 보일 준비가 되어 있고, 일을 더 지체하지 않기 위해 모호한 암시는 그만두고 그렇게 불행하게 죽은 모든 농노들을 위해 자신이 인두세 전부를 부담하는 의무를 떠안을 각오가 되어 있다는 뜻을 밝혔다. 이 제안이 플류시킨을 완전히 어안이 벙벙하게 만든 것 같았다. 그는 눈을 크게 뜨고 한참 바라보더니 마침내 물었다.

"그럼 당신은 군대에 복무한 적이 없소?"

"없습니다." 치치코프가 아주 교활하게 대답했다. "문관으로는 봉직했습니다."

"문관으로 말이오?" 플류시킨이 되묻더니 뭐를 먹는 것처럼 이빨로 오물거리기 시작했다. "어떻게 그럴 수가 있소? 그렇게 하면 자신이 손해를 볼 텐데."

"당신을 만족시키는 것이라면 그런 손해도 감수할 준비가 되어 있습니다."

"와, 이런! 와, 내 은인이오!" 플류시킨이 기쁨에 겨워 자기 코에서 진한 커피 모양의 콧물 덩어리가 정말 아름답지 않게 고개를 내밀고, 실내복 앞깃이 벌어져 예의상 보여서는 안 되는 속옷을 드러낸 것조차 알아채지 못하고 환호성을 질렀다. "그렇게 이 노인을 위로하는군요! 와, 당신은 내 구세주요! 와, 당신은 내 수호성인이오!" 플류시킨은 더 이상 말할 수조차 없었다. 그러나 몇 분도 채 안 되어, 그의 목석같은 얼굴에 그토록 한순간 비췄던 기쁨이 정말 똑같이 한순간에 사라져서 그게 전혀 있지도 않았던 것 같았고, 그의 얼굴은 다시 걱정스러운 표정을 지었다. 그는 심지어 손수건으로 얼굴을 닦고서, 그것을 둘둘 말아 자신의 윗입술을 문대기 시작했다.

"저, 기분 나빠하지 마시구려. 당신이 매년 그들을 위해 세금을 내겠다는 거요? 그러면 돈을 내게 주는 건가요, 아니면 나라에 직접 내는 거요?"

"저 이렇게 하시죠. 그들이 아직 살아 있는 걸로 하고, 그걸 당신이 제게 파는 식으로 해서 그들에 대한 농노 거래 확정서를 작성하는 겁니다."

"네, 거래 확정서라고요……." 플류시킨은 말하고 나서 생각에 잠기더니 다시 입술을 씹기 시작했다. "바로 그거군요, 거래 확정서. 그럼 비용이 들겠네요. 관리 놈들이 얼마나 비양심적인지 아시오! 예전에는 반 루블짜리 동전하고 밀가루 포대만 갖다 주면 됐는데, 이젠 곡물을 수레 하나 가득 주고도 거기에 10루블짜리 붉은 지폐를 얹어 줘야 해요. 더럽게 돈만 밝히는 놈들! 난 사제 녀석들이 왜 여기에 신경을 안 쓰는지 모르겠소. 뭔가 설교를 할 만도 한데. 그놈들이 아무리 어쩌니 저쩌니 해도 하느님의 말씀을 거역하진 못할 텐데."

'흥, 내 보기엔 네가 거역하는구만!' 치치코프는 혼자 생각하고, 즉시 그에 대한 존경심에서 구매 증서 작성 비용도 자기가 댈용의가 있다고 말했다.

거래 확정서 작성 비용까지 그가 부담하겠다는 말에 플류시킨은, 이자가 완전히 바보 멍청이면서 관청에 근무한 척하는 거고, 아마 군대에 장교로 있으면서 여배우 꽁무니를 쫓아다녔을 거라고 결론지었다. 그러나 이 와중에도 그는 기쁨을 감출 수 없어서, 그에게뿐 아니라 그에게 있는지 없는지 물어보지도 않고 그의 아이들에게까지 온갖 축복을 빌어 주었다. 그러고는 창문으로 다가가 손가락으로 유리를 두드리며, "어이, 프로시카!"라고 고함치기 시작했다. 잠시 후 누군가 황급히 현관으로 뛰어 들어와 꾸물대면서 장화를 툭툭 치는 소리가 났고, 마침내 문이 열리고 열세 살쯤되는 소년 프로시카가 걸을 때마다 거의 벗겨질 만큼 큰 장화를 신고 들어왔다. 프로시카의 장화가 왜 그렇게 큰지는 바로 알 수 있었으니, 플류시킨이 하인들을 위해 그들이 집에 몇 명이 되든 항상 똑같은 크기의 장화를 현관에 비치해 두었기 때문이다. 누구나 보통 맨발로 온 마당을 춤추듯 바쁘게 다녔으나, 나리 방으로 호출되는 사람은 현관에서 장화를 신은 상태로 방에 들어왔다. 그리고 주인 방에서 나갈 때는 다시 장화를 현관에 벗어 놓고 자기 발뒤꿈치로 땅을 디디며 떠났다. 만일 가을에, 특히 아침 잔서리가 내리기 시작할 즈음 누군가 창문으로 밖을 내다본다면, 그는 모든 하인이 극장에서 가장 솜씨 좋은 무용수도 하기 쉽지 않은 그런 도약을 하는 걸 보게 될 것이다.

"이봐요, 여기 이놈 면상 좀 보세요!" 플류시킨이 치치코프에게 프로시카의 얼굴을 손가락으로 가리키며 말했다. "나무통같이 바보인 데다, 뭐를 좀 놓아두기만 하면 순식간에 훔쳐가 버리지요! 얼간아, 왜 왔어, 말해 봐, 왜 왔어?" 그러고서 그는 잠시 침묵을 지켰고 프로시카 역시 침묵으로 대답하였다. "사모바르를 준비해. 잘 들어, 여기 이 열쇠를 받아 마브라에게 줘. 그 애가 광에 들어갈 거야. 거기 선반에 알렉산드라 스테파노브나가 차에 곁들이라고 준 부활절 케이크로 만든 말린 과자가 있어! ……거기 서, 어디 가? 얼간이 같으니! 제길, 얼간이라니까! 왜, 발바닥을 악마가 간지럽히기라도 하나? 자, 먼저 잘 들어. 말린 과자 윗부분은 약간 썩었을 거야. 그러니까 그건 칼로 긁어 내고, 남은 건 버리지 말고 닭장에 갖다 줘. 그리고 넌 광에 들어가지 마. 그렇지 않으면 어떻게 되는지 알지! 자작나무 빗자루 맛을 보여 주겠어! 어디, 지금 한번 맞아 볼래? 넌 지금 식욕이 아주 좋잖아. 맞아서 식욕이 좀 더 좋아지게 하지! 자, 이제 광으로 가. 창문으로 내내 지켜볼 거야. 저놈들은 도대체 뭐 하나 믿고 맡길 수가 없어요.” 그는 프로시카가 자기 장화와 함께 떠나자, 치치코프에게 돌아서서 말을 이었다. 뒤이어 그는 치치코프도 의심스러운 눈초리로 살펴보기 시작했다. 그런 특별한 은혜의 증거가 그에겐 믿을 수 없는 것이어서, 그는 혼자 생각했다. ‘저놈이 누군지 모르겠어. 여기 있는 사기꾼들처럼 그저 큰 소리만 뻥뻥 치는 놈일지도 몰라. 차를 잔뜩 얻어 마실 양으로 엄청난 거짓말을 해 대고 휙 가 버릴 거야!’ 그는 경계심에서, 그리고 약간 그를 떠볼 양으로, 가급적 빨리 농노 거래 확정서를 작성하는 것이 나쁘지 않을 것 같다고 말했다. 인간이란 믿을 게 아니어서, 오늘 살았다가 내일 신이 데려가실지도 모르기 때문이란다. 치치코프는 당장이라도 그것을 작성할 용의가 있다고 말하며, 단 모든 농노들의 명단을 건네 달라고 요구했다.

이 말이 플류시킨을 안심시켰다. 그는 뭘 할지 궁리하는 듯하더니 바로 열쇠를 집어 들고 찬장에 다가가 문을 열어젖히고 오랫동안 컵들과 찻잔들 사이를 뒤적이다가 마침내 말했다.

“이런 젠장 못 찾겠네. 하지만 내겐 정말 좋은 리큐어 술이 있었어요. 그놈들이 다 마시지만 않았다면! 정말 기가 막힌 도둑놈들이야! 어, 이게 그거 아냐?” 치치코프는 그의 손에 들린 유리병을 보았는데, 마치 윗도리를 입은 듯 먼지가 수북했다. “내 죽은 마누라가 만든 거요.” 플류시킨은 말을 이었다. “사기꾼 하녀장이 그걸 통째로 갖다 버릴 뻔하고 심지어 마개도 끼워 놓지 않았죠, 돼먹지 못한 것! 딱정벌레하고 온갖 벌레들이 들어가 먹어 치울 뻔한 것을 내가 가져다 온갖 쓰레기를 다 꺼냈수다. 그래서 이제 깨끗하우. 내 한 잔 부어 주리다."

그러나 치치코프는 극구 만류하면서 자긴 이미 먹고 마셨다고 말했다.

"이미 먹고 마셨다고요!" 플류시킨이 말했다. "네, 정말, 교양 있는 사람은 어디서나 드러난다니까요. 그런 사람은 먹지 않아도 배가 불러요. 반면 이런 조그만 좀도둑은 아무리 먹여 줘도…… 정말 그 대위 놈은 떡하니 찾아와서 '아저씨, 뭐 먹을 것 좀 주세요'라고 한다니까요! 내가 그놈 아저씨면 그놈은 내 할비다. 아마 집에 먹을 게 하나도 없어서 그렇게 돌아다니는 게지! 그럼 당신에겐 이런 무위도식하는 놈들 명부만 있으면 되는 거죠? 전 그놈들 이름을 전부 다, 이 특별한 종이에 적어 놨소, 인두세를 위한 등록 농노 조사표를 제일 먼저 제출해서 그들을 다 지우려고 말이오."

플류시킨은 안경을 쓰고 종이를 뒤적거리기 시작했다. 온갖 뭉치들을 다 풀어 보았기 때문에, 그는 자기 손님에게 먼지를 너무 많이 대접해서 손님이 재채기를 하고 말았다. 마침내 그는 온통 빼곡하게 쓴 종이를 꺼냈다. 농노들 이름이 조그만 날벌레들처럼 종이를 빽빽이 메우고 있었다. 거기엔 각종 이름들이 있었다. 파라모노프도, 피메노프도, 판텔레이모노프도, 심지어 어떤 그리고리 다에자이-네-다에데시*도 얼굴을 내밀었고, 전부 다 해 120명 정도였다. 치치코프는 그렇게 많은 수를 보고 만족스러운 미소를 지었다. 종이를 받아 호주머니에 넣고서, 그는 플류시킨에게 거래 확정 증서를 작성하기 위해 그가 도시로 나와야 한다고 말했다.

"도시로요? 아니 왜요? 어떻게 집을 비워요? 내겐 온통 도둑 아니면 사기꾼뿐인데. 하루 만에 외투 걸 못도 안 남게 다 털 거요."

"그럼 누구 아는 사람이라도 있지 않나요?"

"아는 사람 누구? 내가 아는 사람들은 벌써 다 죽었거나 의절했다우. 왜 없겠어, 있어요!" 그가 외쳤다. "관청 소장을 직접 알지요. 옛날에는 우리 집에 왕래까지 했는걸요, 아다마다요! 동급생이었다우. 울타리를 함께 넘어다녔지요! 왜 아는 사이가 아니겠소? 아주 잘 아는 사이요! 그럼 그에게 편지를 써야 되는 거 아니오?"

"물론, 그러셔야죠."

"이런, 아는 사람이 있었구먼그래! 학창 시절엔 친구였소."

그리고 이 목석 같은 얼굴에 갑자기 어떤 따뜻한 빛이 스쳐 지나가고, 감정이 아니라 감정의 어떤 창백한 반영이 드러났다. 그건 마치 물에 빠진 사람이 예기치 않게 다시 수면에 모습을 드러내자 강가에 몰려 있던 군중이 기쁨의 함성을 내지르는 것과 같았다. 그러나 기쁨에 겨워하는 형제와 자매들이 강가에서 헛되이 밧줄을 던지며 다시 등이나 허우적대다가 맥이 빠진 팔이 나타나기를 기다리지만, 그때 모습을 드러낸 게 끝이다. 모든 게 잠잠해지고 난 이후에 아무런 응답 없이 잠잠해진 수면은 더 공포스럽고 더 공허해진다. 바로 그처럼 플류시킨의 얼굴도 순간적으로 감정이 스쳐 지나간 이후 훨씬 더 무감각해지고 더 비속해졌다.

"탁자에 빈 종이 4분의 1 조각이 있었는데," 그가 말했다. "어디 갔는지 모르겠네. 내 집에는 이렇게 하나같이 쓸모없는 놈들뿐이니!" 그리고서 그는 탁자 아래도 탁자 위도 찾아보고 사방을 더듬어 보더니 마침내 소리를 질렀다. "마브라! 마브라!"

그 부름을 듣고, 이미 독자에게 익숙한, 손에 말린 과자가 놓인 접시를 든 여인이 나타났다. 그들 사이에 다음과 같은 대화가 오갔다.

"이 도둑년아, 종이 얻다 뒀어?"

"아이, 주인 나리, 전 술잔 덮으라고 분부하신 작은 종잇조각 외엔 본 적이 없어요."

"네가 잽싸게 훔치는 거 내 눈으로 똑똑히 봤어."

"제가 뭐에 쓰겠다고 잽싸게 훔치겠어요? 제겐 아무 소용도 없는걸요. 전 글을 읽을 줄 몰라요."

"거짓말이야, 교회 일 하는 녀석에게 갖다 줬잖아. 그걸로 뭘 해야 하는지 그가 아니까, 네가 그 녀석에게 갖다 준 거야."

"아니, 교회 일꾼은 자기가 원하면 직접 종이를 얻을 수 있어요. 그는 주인님의 종잇조각을 본 적도 없어요!"

"두고 보자고. 최후의 심판 때 악마들이 널 이 죄목으로 쇠막대기로 구울 거야, 어떻게 굽는지 함 보자고!"

"제 손으로 종잇조각을 안 가져갔는데, 왜 저를 굽는다는 거죠? 어떤 여편네 기질의 약점 때문이면 몰라도 도둑질 때문에 저를 뭐라고 한 사람은 없었어요."

"악마가 널 구워 버릴 거다! 이렇게 말할 거야. '어이, 이 사기꾼, 주인을 속인 벌을 받아라!' 그러고서 네년을 뜨거운 걸로 바싹 구울 거야!"

"그럼, 전 이렇게 말하죠. '아녜요! 제발, 하느님, 정말 아니에요, 전 안 훔쳤어…….' 아니! 저기 탁자에 있잖아요. 늘 다른 사람 핑계만 대시는군요!"

플류시킨은 정확히 종이 4분의 1 조각이 탁자 위에 있는 것을 보고 잠시 멈칫하더니 입술을 깨물며 말했다.

"넌 어딜 그렇게 쏘다니는 거야? 뭐 그리 잔소리가 많은 거야! 한 마디 하면 열 마디로 대꾸하니, 원! 냉큼 편지를 봉인할 불이나 가져와. 아니, 서 봐. 수지 초 가져와, 수지가 잘 타니까. 가만, 그러면 다 타 버릴 거야. 아냐, 그럼, 안 되지, 그럼 손해잖아. 관솔 가져와!"

마브라가 나가자 플류시킨은 소파에 앉아 손에 펜을 든 채, 한동안 종이 4분의 1 조각을 사방으로 뒤집어 보며, 다시 8분의 1 조각으로 만들 수는 없을까 따져 보았다. 하지만 결국 도저히 안 된다는 것을 깨닫고는, 펜을 어떤 곰팡이가 잔뜩 낀 액체와 바닥에 수두룩한 파리가 담긴 잉크병에 담갔다가 편지를 써 내려가기 시작했다. 그는 음표처럼 보이는 문자들을 적으며, 맹렬한 기세로 내달리는 손의 질주를 가끔씩 억제하고, 종이가 아까워서 행에 행을 꼭 붙여 쓰고, 여백이 많이 남았다고 생각하며 안타까움을 감추지 못했다.

인간이 저렇게까지 저열하고 쫀쫀하고 역겨워질 만큼 추락할 수 있단 말인가! 저렇게 변할 수 있단 말인가! 이게 정말 진실에 가까운 것인가? 이 모든 것은 진실에 가깝고, 인간에겐 모든 일이 일어날 수 있다. 만약 지금 열정에 휩싸인 소년에게 그의 노년의 초상화를 보여 준다면, 아마 공포에 질려 뒷걸음칠 것이다. 그래서 부드러운 소년기에서 엄격하고 잔인한 성년으로 넘어갈 때는 자신에게 있는 것을 모두 챙겨서 길을 나서야 할 것이다. 자기에게 있는 모든 인간적인 충동을 가지고 가라, 도중에 그것을 버리지 마라, 다시는 그것을 집어 들지 못할 것이다! 눈앞에 다가오는 노년은 위협과 공포로 가득 차서, 그 어느 것도 다시 돌려주지 않는다! 무덤이 그보다 더 자비로울 것이니, 왜냐하면 무덤에는 '여기 한 사람이 묻혀 있도다!' 라고 적히는 반면, 비인간적인 노년의 차갑고 무감각한 모습에서는 아무것도 읽지 못할 것이기 때문이다.

"혹시, 친구들은 없소? 도주한 농노들이 필요하다거나 하는."

플류시킨이 편지를 접으면서 말했다.

"도망친 농노들도 있습니까?" 치치코프는 정신이 번쩍 들어 즉각 되물었다.

"있으니 문제지요. 사위가 조사를 조금 해 봤는데, 모두 흔적도 없이 사라져 버렸다고 하더라고. 하지만 그 녀석은 군인이라 박차로 발장단을 맞추는 데는 선수여도, 재판소를 돌아다니는 일엔……"

"그들이 몇 명쯤 됩니까?"

"한 70명은 될 거요."

"설마, 아니시겠죠?"

"아니, 정말 그렇다니까! 1년도 안 됐는데, 그만큼이나 내뺐어. 농노라는 놈들 지독히도 먹는 걸 좋아해. 하는 일이 없으니 걸신 들린 듯 처먹는 습성이 붙은 거야. 그러니 당최 내겐 먹을 게 남아나지 않는 거고…… 그들에 대해선 주는 대로 받겠소. 그러니 당신 친구 분께 조언 좀 해 주쇼. 열 명만 찾아도 그에겐 상당한 돈이 들어올 거요. 등록된 농노는 50루블은 좋이 나가니까."

'아니, 친구는 이 일을 낌새도 못 채게 할 거다.' 치치코프는 속으로 말하고, 이윽고 그런 친구는 못 찾을 것이고, 이 일에 드는 경비만 해도 구입비보다 더 나갈 거라고 설명했다. 왜냐하면 판사들이 붙잡으면 자기 외투의 앞섶을 잘라 내서라도 도망가야 하기 때문이다. 그러나 플류시킨이 정말 그렇게 힘들고 난처하다면, 순수한 동정심에서 자신이 드릴 의향도 있고……. 하지만, 이것은 너무나 소소한 일이어서 언급할 가치조차 없다고 했다.

"그럼 당신은 얼마 줄 거요?" 플류시킨이 물었고, 갑자기 유대인이 된 듯 그의 손이 수은처럼 바르르 떨리기 시작했다.

"농노 한 명당 25코페이카를 쳐 드리겠습니다."

"당신은 어떻게 사실 거요? 현찰이오?"

"네, 현찰로 지금 드리겠습니다."

"그렇지만, 내 가난을 헤아려서, 40코페이카씩 해 주면 안 될까?"

"지극히 존경할 만한 나리!" 치치코프가 말했다. "40코페이카 뿐 아니라, 5백 루블이라도 드릴 수 있다면야 드려야지요! 기꺼이 지불해야지요. 왜냐하면 정말 고매하고 선량한 분이 자신의 선량함 때문에 고통당하는 게 환히 보이니 말입니다."

"아, 정말 그래요! 네, 진짜 그래요!" 플류시킨이 고개를 밑으로 떨구고 아주 심하게 흔들면서 말했다. "내가 워낙 선량하다 보니."

"어르신, 전 갑자기 어르신의 성품을 간파했어요. 그러니 왜 농노 한 명당 5백 루블인들 쳐 드리지 못하겠어요. 하지만…… 제 재산이 그렇게 안 되네요. 그렇지만, 농노당 5코페이카씩 더 얹어 농노 한 명당 30코페이카씩 쳐 드리지요."

"뭐, 당신이 원한다면야. 그래도 2코페이카씩만 더 보태 주면 안 될까?"

"그럼 2코페이카씩 얹어 드릴게요. 그들이 몇이나 된다고 하셨죠? 70명이라고 말씀하신 것 같은데요."

"아니, 정확히 78명이오."

"78, 78명이라, 한 명당 30코페이카씩이면, 총 합계가……." 여기에서 우리 주인공은 더도 말고 딱 1초 생각하고는 갑자기 말했다. "그러면 24루블 96코페이카네요!" 그는 셈에 아주 밝았다. 그 자리에서 그는 플류시킨에게 명단을 작성하게 하고 그에게 돈을 지불해 주었다. 그는 두 손으로 돈을 받더니 쏟아지는 물건이라도 되는 듯이 흘리지나 않을까 두려워하면서 아주 조심스럽게 책상으로 가져갔다. 책상에 다가가서 돈을 다시 한 번 살펴보더니, 역시 지극히 조심하면서 서랍들 중 하나에 집어넣었다. 그 돈은 아마도 그 마을의 두 명의 사제인 카르프 사제와 폴리카르프 사제가 그의 사위와 딸, 그리고 아마도 그의 친척으로 편입된 대위가 이루 말할 수 없는 기쁨을 느끼는 가운데 그를 땅에 묻을 때까지, 그 안에 고스란히 매장될 운명일 것이다.

돈을 숨기고 나서 플류시킨은 소파에 앉았고, 이제 더 이상 말할 거리를 찾지 못하는 것 같았다.

"이제 떠날 생각이시우?" 그는 치치코프가 자기 호주머니에서 손수건을 꺼내려고 취한 듯한 작은 동작을 보고 말했다.

이 질문이 치치코프에게 정말 더 머물 이유가 없음을 상기시켰다.

"네, 이제 가야 될 시간이네요!" 그는 모자로 손을 뻗으며 말했다.

"하지만, 차는?"

"아닙니다. 나중에 와서 먹는 게 더 낫겠습니다."

"아니, 사모바르를 준비시켜 놨는데. 솔직히 말하면 난 차를 별로 즐기지는 않수다. 차도 비싸고, 설탕 값도 겁나게 올라 버려서 말이오. 프로시카! 이제 사모바르 필요 없어! 말린 과자는 마브라에게 갖다 줘. 잘 들어, 그걸 원래 있던 자리에 갖다 놓으라고 해. 아니면 아냐, 그거 이리 가져와. 내가 직접 갖다 놓을 테니. 그럼, 나리, 안녕히 가슈. 신이 선생을 축복하실 거요. 그리고 편지는 당신이 관청 소장에게 주고. 그래요! 그가 읽게 하세요. 그는 내 오랜 친구란 말이오. 그럼! 그하고 동급생이었지요!"

그러고서 이 이상한 존재, 이 쪼그라든 노인네는 그를 마당까지 배웅하고, 즉시 문을 닫도록 지시하고 구석구석 서 있는 경비들이 자기 구역을 잘 지키고 있는지 보기 위해 광들을 돌아다녔다. 경비들이 구석구석마다 서서 나무 삽으로 주석 판자 대신 텅 빈 나무통을 두드리고 있었다.* 그다음 그는 부엌을 들여다보았고,

사람들이 잘 먹고 있는지 알아본다는 핑계를 대고 자기가 아주 배부르게 카샤 죽과 야채수프를 먹고는, 모두에게 하나하나 마지막한 사람까지 도둑질과 우둔한 행동거지를 이유로 욕설을 퍼붓고서 자기 방으로 돌아왔다. 혼자 남자 그는 정말 그토록 한량없는 관대한 선물을 베풀어 준 손님에게 뭔가 감사 표시를 해야겠다는 생각이 들었다. '그에게 주머니 시계를 선물하는 거야.' 그는 생각하였다. '독일이나 네덜란드의 놋쇠*나 청동으로 만든 게 아니라, 정말 좋은 은시계야. 약간 망가지긴 했지만 그가 고치겠지. 아직 젊으니까 자기 약혼녀 마음에 들려면 호주머니 시계가 필요하겠지! 아니면, 아니야.' 그는 약간 생각에 잠겼다가 '내가 죽고 나서 그에게 남기는 게 나을 거야. 유언장에 써 놓으면 나를 기억해 주겠지'라고 덧붙였다.

그러나 우리 주인공은 시계가 아니어도 기분이 최고로 좋은 상태였다. 그런 뜻하지 않은 수확은 진짜 알짜배기 선물이었다. 사실, 누가 뭐래도, 죽은 농노들뿐 아니라 도주한 농노들까지 전부 2백 명이 넘는 것이다! 물론, 플류시킨 마을에 접어들면서부터 어떤 이득을 거둘 것을 예감은 했지만, 그런 수확은 정말 예상 밖이었다. 가는 내내 그는 아주 기분이 좋아서 계속 휘파람을 불고 마치 나팔을 부는 양 입에 주먹을 갖다 대고 입술로 장난을 쳤다. 급기야 어떤 노래까지 뽑기 시작했는데, 너무나 이상한 노래여서 셀리판도 듣다듣다 끝내 머리를 내저으며 "아니, 대체 어떻게 된 거야. 주인님 노래는 거참 이상도 하네!"라고 말할 정도였다. 그들이 도시에 도착했을 땐 이미 땅거미가 짙게 깔려 있었다. 그림자가 빛과 완전히 뒤섞여서, 물건들도 그렇게 뒤섞여 버린 것 같았다. 여러 색깔의 횡목이 흐릿한 빛을 띠고, 초소에 서 있는 병사의 콧수염은 이마에, 그것도 눈보다 훨씬 위에 붙어 있는 것 같았고,

코는 아예 없는 것 같았다. 천둥 같은 굉음과 빠른 질주 소리에서 마차가 포석 도로에 들어선 것을 알 수 있었다. 가로등은 아직 켜지지 않았고, 다만 여기저기 집들의 창문에서 불빛이 새어 나오기 시작했다. 골목과 한적한 길에선 모든 도시에서 이 시간대와 떼놓을 수 없는 그런 장면과 광경들이 벌어지고 있었으니, 거기에는 많은 병사들, 마부들, 노동자들, 그리고 빨간 숄과 양말을 신지 않은 맨다리에 구두를 신은 귀부인 차림을 하고 박쥐처럼 십자로를 따라 지나다니는 특별한 부류의 존재들이 많이 몰려들고 있었다. 치치코프는 그들을 알아채지 못하고, 심지어 지팡이를 들고 도시 너머를 산책한 후 집으로 돌아가는 듯한 많은 홀쭉한 관리들조차 알아보지 못했다. 다만, 가끔 어떤 여인들의 고함 소리가 귀에 들려올 뿐이었다. "거짓말 마, 주정뱅이야! 난 그에게 그렇게 무례한 행동 한 적 없어!" 혹은 "이 무식한 놈아, 싸우지 마, 경찰서에 가자, 거기서 증명해 보일 테다!"

한마디로 극장에서 돌아오는 길에 스페인 거리, 밤, 기타를 들고 고수머리를 한 신비로운 여인의 형상이 뇌리에 맴돌면서 달콤한 몽상에 빠져 든 스무 살 소년에게는 마치 갑자기 끓는 물을 끼얹는 것 같은 말들이었다. 그의 머릿속에 어떤 생각인들 없으며, 어떤 몽상인들 없으랴? 그는 천상에서 손님으로 실러*를 찾아뵈었는데, 난데없이 운명적인 말들이 뇌성처럼 그의 위에 울려 퍼지고, 그는 다시 자신이 지상에, 그것도 센나야 광장*에, 그것도 주막 가까이에 있음을 깨닫는 것이다. 다시 삶이 평상시처럼 그의 앞을 우쭐대며 거니는 것이다.

마침내 마차가 한 번 상당히 튀어 오르더니 마치 구멍으로 들어가듯 호텔 문을 통과하며 내려왔고, 치치코프는 페트루시카의 마중을 받았다. 그는 앞섶이 벌어지는 것을 좋아하지 않았기 때문에 한 손으로 코트 깃을 여미면서 다른 한 손으로 그의 주인이 마차에서 내리는 것을 도왔다. 여인숙 급사 역시 손에 촛대를 들고 어깨에 수건을 두르고 밖으로 뛰어나왔다. 페트루시카가 나리의 도착을 기뻐했는지는 모르겠고 적어도 셀리판과는 눈짓을 나누었는데, 이때만큼은 그의 평상시의 엄격한 외모도 약간 밝아지는 것 같았다.

"오랫동안 돌아다니셨네요." 급사가 치치코프를 위해 계단을 비추어 주면서 말했다.

"그래." 치치코프는 계단으로 올라서면서 말했다. "자네는 어떤가?"

"덕분에요." 급사는 인사를 하며 대답했다. "어제 어떤 육군 중위가 16호 방에 들었습니다."

"육군 중위?"

"어떤 사람인진 잘 모르겠어요. 랴잔에서 왔고, 밤색 말이었습니다요."

"좋아, 좋아, 앞으로도 잘해!" 치치코프는 말하고 자기 방으로 갔다. 문간방으로 들어서면서 그는 코를 틀어막더니 페트루시카에게 말했다. "이봐, 창문이라도 좀 열어 놨어야지!"

"열어 놨었는데요." 페트루시카가 말했으나 역시 거짓말이었다. 나리도 그가 거짓말한다는 걸 알았지만, 이미 더 이상 그것으로 입씨름하고 싶지 않았다. 여행을 오래 해서 그는 몹시 피곤했기 때문이다. 새끼 돼지로만 이루어진 가장 가벼운 저녁을 주문하고서, 그는 즉시 옷을 벗고 이불 밑에 몸을 파묻고 깊이 잠들었다. 치질도, 벼룩도, 너무 과도한 지적인 능력도 접해 보지 못한 그런 행복한 사람들만이 잘 수 있는 신비로운 잠에 빠져 들었다.

제7장

추위와 진창, 진흙탕뿐이며, 잠을 못 자 정신이 몽롱한 역참지기들, 마차에 매단 종소리, 새로 생긴 마을들, 욕지거리, 마부들, 대장장이들, 그리고 길거리 온갖 부류의 사기꾼들과 함께 하는 길고 지루한 여정 끝에, 마침내 정든 지붕과 자신을 맞이하러 나오는 등불을 보는 사람은 행복하다. 그 사람에겐 익숙한 방들과 자신을 맞으러 달려 나오는 사람들의 기쁨에 찬 외침, 아이들이 뛰놀며 떠드는 소리, 그리고 여행 중의 슬픈 기억을 말끔히 날려 버리는 열정적인 입맞춤으로 자주 끊기는 조용한 위안의 말들이 펼쳐질 것이다. 그런 보금자리가 있는 가장은 행복하다. 하지만 독신자는 고통스럽다!

따분하고 혐오스러우며 자신의 슬픈 현실로 주위 사람들을 당혹스럽게 하는 인물들을 지나쳐 인간의 숭고한 가치를 보여 주는 인물들에게 다가가는 작가는 행복하다. 그는 날마다 소용돌이치며 맴도는 형상들 속에서 오직 몇몇의 예외적인 인물들만 선별하고, 한 번도 자신의 리라의 고양된 선율을 바꾸지 않고, 정상에서 가난하고 초라한 동포들에게 내려오지 않으며, 발을 땅에 대지 않고, 땅에서 멀리 떨어져 찬미를 받는 형상들에게 애정을 기울인다. 그의 행복한 운명은 배로 주위의 부러움을 산다. 그는 그들 속에서 마치 자기 가족 안에서처럼 편안하고, 그러는 사이에도 그의 명성은 멀리 우렁차게 울려 퍼진다. 그는 황홀한 연기를 피워 사람들의 시야를 가리고, 삶의 슬픈 사연은 덮고 아름다운 사람만 보여 주는 식으로 놀랍게 그들의 비위를 맞춘다. 사람들은 박수를 치며 그를 뒤따르고 그의 의기양양한 마차를 따라 내달린다. 그는 높이 나는 다른 어떤 새들보다 독수리가 더 위로 비상하듯이, 이 세상의 다른 어떤 천재들보다 높이 비상하는 세계적인 대시인이라고 불린다. 젊은이들의 뜨거운 가슴은 그의 이름을 듣기만 해도 전율에 사로잡히고, 모든 이들의 눈에서 그에 대한 답례로 눈물이 반짝인다…… . 그 힘에 있어 그와 어깨를 나란히 할 자가 없으니, 그는 신이다!

그러나 매 순간 눈앞에 있으나, 무관심한 시선으로는 알아보지 못하는 것을 감히 밖으로 불러내는 작가의 운명은 그와 다르다. 그는 우리 삶을 뒤죽박죽으로 만드는 온갖 끔찍하고 충격적인 자질구레한 일상사들과, 이 땅에서의 때때로 고통스럽고 지루한 삶을 가득 채우는 온갖 차갑고 조각조각 분열되고 일상적인 인물들의 영혼의 밑바닥을 불러낸다. 그는 그들을 감히 조각칼로 가차 없이 힘차게 돋을새김하여 모든 이들의 눈앞에 선명하게 드러낸다. 그는 민중의 박수갈채를 받지 못하고, 자신에 의해 고양된 영혼들이 그에게 흘리는 감사의 눈물과 그 영혼들의 혼연일체가 된 흥분을 보지 못한다. 머리가 어찔해지고 영웅의 매력에 흠뻑 빠진 열여섯 살 소녀들이 그에게 달려 나오지 않을 것이다. 그는 자신이 뽑아내는 말들의 달콤한 매력에 스스로 매료되는 일도 없다. 마침내 그는 동시대의 재판, 위선적이고 몰인정한 동시대의 재판을 피하지 못한다. 그 재판은 그가 애정을 담뿍 갖고 있는 창조물들을 무의미하고 저급하다고 부르고, 그에게 인류를 수치스럽게 하는 작가들 속에 경멸스러운 구석 자리를 하나 배정하고, 그가 묘사한 주인공들의 자질들을 그에게 붙이며, 그로부터 가슴도, 영혼도, 신성한 재능의 불꽃도 떼어 낼 것이다. 동시대의 재판은 태양을 비추는 유리와 눈에 띄지 않는 곤충들의 움직임을 전달하는 유리가 똑같이 신비롭다는 걸 인정하지 않기 때문이다. 동시대의 재판은 경멸스러운 삶에서 끄집어 낸 그림에 빛을 비추고 그것을 진주와 같은 작품으로 승화시키기 위해 영혼의 밑바닥까지 내려가야 할 필요를 인정하지 않기 때문이다. 동시대의 재판은 숭고하고 감격에 벅찬 웃음은 숭고한 서정적인 운율과 나란히 놓일 만큼 가치 있고, 그것과 발라간* 어릿광대들의 찡그린 얼굴 사이에 엄청난 간극이 있음을 인정하지 않기 때문이다! 동시대의 재판은 이것을 인정하지 않고, 인정받지 못한 작가에게 온갖 질책과 비난을 퍼붓는다. 그는 정당한 자리도, 대답도, 연민도 없이 집 없는 떠돌이처럼 길 한가운데 홀로 남겨질 것이다. 그의 활동 영역은 가혹하고, 그는 자신의 고독을 고통스럽게 통감할 것이다.

그리고 나는 아직 오랫동안, 어떤 신비로운 힘에 이끌려 이상하기 짝이 없는 내 주인공들과 손에 손을 잡고 걸어가며, 큰 무리를 지어 흘러가는 삶을 관찰하고, 즉 세상에 보이는 웃음과 세상에 보이지도 알려지지도 않는 눈물을 삼키며 그것을 관찰하도록 예정되어 있다. 공포스러운 영감의 소용돌이가 그와는 다른 샘물로 성스러운 두려움과 광채에 에워싸인 머리에서 솟아오르고, 당혹스러운 전율 속에 다른 말들의 장엄한 굉음이 들리게 될 때는 아직 멀었다⋯⋯.

길을 나서자! 길을 나서자! 이마에 깊게 팬 주름살과 엄격하고 어두운 얼굴은 저리 가라! 소리 없이 쉬지 않고 빠르게 재잘대는 소리와 방울 소리를 울리며 삶 속으로 단번에 갑자기 뛰어들어, 우리의 치치코프가 무엇을 하는지 살펴보자.

치치코프는 잠에서 깨어 손과 발을 쭉 펴며 기지개를 켜고 푹 잤다고 느꼈다. 그는 잠시 등을 기대고 있다가 손가락을 튕기며 소리를 내고, 밝게 빛나는 얼굴을 하며 이제 4백 명 정도의 농노를 거느리게 되었음을 상기했다. 즉시 그는 자리를 박차고 일어났고, 자기가 진정으로 사랑하고 아마 그 무엇보다 턱이 매력적이라고 생각하는 자기 얼굴도 보지 않았다. 사실 그는 어떤 친구 앞에서건 자주 자신을 칭찬했으며, 특히 면도할 때 더 그랬다. "자, 좀 봐." 그는 보통 턱을 손으로 쓰다듬으며 말했다. "내 턱 어때, 완전히 동그랗지!" 그러나 이번에 그는 턱도, 얼굴도 들여다보지 않고, 곧장 온갖 색깔의 조각 장식이 달린 모로코 가죽 장화*를 신었다. 그것은 토르조크 시*가 나태한 러시아 기질의 발작 덕분에 왕성하게 판매하는 구두였다. 그리고 그는 스코틀랜드식 짧은 와이셔츠만 입고 평소의 단정함과 예법에 민감한 중년의 나이를 잊고, 방에서 발뒤꿈치로 장딴지를 능숙하게 쳐 대며 두 번 뛰어올랐다. 그런 다음 그는 일에 착수했으니, 매수하기 어려운 군 판사가 심리를 마치고 가벼운 요깃거리에 다가가며 손을 비빌 때 느끼는 것 같은 만족감을 느끼며, 손궤 앞에서 손을 비비고는 즉시 거기에서 종이를 꺼냈다. 그는 일을 미루지 않고 되도록 빨리 끝내고 싶었다. 그는 대서인들에게 돈을 주지 않기 위해 직접 거래 확정 증서를 고안하고 작성하고 전서하기로 결심했다. 형식적인 절차는 그에게 아주 익숙해서, 그는 거침없이 대문자로 '18××년'이라고 쓰고 뒤이어 바로 소문자로 '모모 지주'라는 말과 필요한 것을 모두 기입하였다. 두 시간 만에 모든 게 갖춰졌다. 이윽고 이 종이들에 적힌 언젠가 정말로 농부들이었고 일하고 밭 갈고 술 취하고 마차 끌고 주인을 속였거나 어쩌면 그냥 좋은 농부들이었을 이 농부들의 이름을 바라보자, 어떤 이상하고 그 자신도 이해 못할 감정이 그를 사로잡았다. 기입된 명단 하나하나가 어떤 독특한 개성을 지니는 것 같았고, 그걸 통해서 농부 자신들이 자신의 고유한 개성을 얻는 것만 같았다. 코로보치카의 소유였던 농부들 대부분은 부가 설명과 별칭이 있었다. 플류시킨의 명단은 음절이 짧은 것이 특징이었는데, 종종 이름과 부칭의 앞 글자들, 그리고 두 개의 점만 적혀 있었다. 소바케비치의 장부는 예외적으로 내용이 풍부하고 주변 상황들까지 기록되어서, 농부의 장점들 중 어느 것 하나 누락되지 않았다. 한 농부에 대해서는 '훌륭한 목수'라고 적혀 있고, 다른 농부에 대해선 '자기 일에 능숙하고, 술을 입에 대지 않음'이라고 써 있었다. 또한 아버지가 누구고, 어머니가 누구며, 두 사람의 행실은 어땠는지 등 주변 상황도 적혀 있었다. 페도토프라는 한 사람만 살펴보면, '아버지는 누군지 모르고 하녀 카피톨리나에게서 출생. 그러나 기질이 선량하고 도둑이 아님'이라고 적혀 있었다. 이 모든 세부 사항들은 어떤 특별히 신선한 느낌을 더해 줘서 마치 농부들이 어제까지도 살아 있었던 것처럼 느껴졌다. 그들 이름을 오랫동안 들여다보면서 그는 마음 깊이 감동을 받아 한숨을 내쉬며 말했다. "이보게들, 여기 빽빽이 모였구먼! 이보게들, 자네들은 평생 뭐 하며 지냈나? 어떻게 입에 풀칠하며 살았나?" 그러다 그의 눈이 무심코 한 농부의 성에 멎었다. 그것은 언젠가 여지주 코로보치카의 소유였던 표트르 사벨리예프 니우바자이-코리토*라는 사람이었다. 그는 다시 참지 못하고 말했다. "햐, 길기도 하다, 한 줄을 다 차지하네! 넌 장인이었냐 그냥 농부였냐? 어떤 죽음이 널 데려간 거냐? 주막에서냐, 아님 길 한가운데서 굼뜬 짐마차가 잠자는 널 깔고 지나간 거냐? 스테판 프로브카, 목수, 모범적으로 술을 절제함.* 아! 바로 그 사람, 스테판 프로브카, 그 영웅 전사 말이지, 기병대로 보냈으면 딱이었을걸! 허리엔 도끼, 어깨엔 장화를 두르고 현 전체를 헤집고 돌아다니면 서, 빵 조각과 말린 생선 두 마리로 배를 잔뜩 채우고, 아마도 집에 돌아올 때마다 지갑에 은화 1백 루블씩 넣어 끌고 오고, 2백 루블 지폐 한 장은 마포 바지에 꿰매 넣거나 장화에 쑤셔 넣었을 거야. 근데 넌 어디서 목숨을 잃은 거지? 크게 돈벌이를 하려고 교회 지붕 밑에 사다리를 타고 올라가 아마 십자가까지 기어올랐다가 횡목에서 발이 미끄러져 땅으로 풀썩 떨어졌겠지. 그때 옆에 서 있던 어떤 미헤이 아저씨가 손으로 머리를 긁적거리며 "이런, 바냐, 꾐에 빠져 바보짓을 했구먼!"이라고 말하고, 이번엔 자기 몸을 밧줄로 감고 자네 대신 기어 올라갔을 거야. 막심 텔랴트니코프* 구두장이. 헤, 구두장이라! '구두장이처럼 취하다'란 속담이 있지. 이봐, 알겠다, 알겠어. 원하면 네 이야기를 죄다 해 주지. 넌 독일인에게서 배웠어. 그는 네들 전부를 한 식탁에 앉혀 먹이고, 일을 정확하게 못하면 가죽으로 등을 때리고, 절대로 문밖으로 내보내서 난봉 피우게 놔두지 않았을 거야. 넌 그냥 구두장이가 아니라 솜씨가 대단한 놈이어서, 독일인이 아내나 동료와 이야기할 때 널 입에 침이 마르도록 칭찬했을 거야. 그런데 도제 기간이 끝나자 넌 '이제 제 가게를 차릴까 해요. 독일인처럼 1코페이카씩 한 푼 두 푼 모으지 않고 단번에 떼돈을 벌겠어요'라고 말했지. 그러고서 주인에게 연공을 바치고, 가게를 차려 주문을 산더미처럼 받고 일하러 떠났어. 넌 어딘가에서 세 배나 싼 썩은 가죽을 사서 장화당 두 배를 받아 냈어. 그리고 두 주쯤 지나자 네 장화들이 망가지고, 그걸 사 신은 사람들이 너를 욕해 댔지. 그러자 네 가게는 곧 텅 비어 버리고, 너는 돌아다니며 술 마시고 길거리를 굴러다니면서 '제길, 빌어먹을 놈의 세상! 러시아인에겐 살 곳이 없어, 독일 놈들이 온통 훼방을 놓으니' 라고 말하곤 했어. 어, 이건 어떤 녀석이야, 엘리자베타 보로베이? 제길, 이게 뭐야, 아낙네 아냐! 여기 어떻게 끼었지? 이 사기꾼, 소바케비치 여기서도 속였네!" 치치코프가 맞았다. 이자는 틀림없는 아낙네였다. 거기에 어떻게 끼어들었는지 알 수는 없으나, 아주 정교하게 쓰여서 멀리서 보면 남자 같았고, 심지어 이름도 'ъ' 로 끝나 엘리자베타가 아니라 엘리자베트였다. 그러나 그는 이것을 존중하지 않고, 즉시 그녀의 이름을 지워 버렸다. "그리고리 다에자이−니−다에데시! 넌 어떤 녀석이냐? 마차 수송업을 하고, 트로이카*와 거적으로 만든 포장마차를 마련해서 집과, 고향 집과 영원히 인연을 끊고 상인들과 장터로 길을 나섰을 거야. 넌 길에서 신에게 영혼을 맡긴 거냐, 아니면 친구들이 어떤 뚱뚱하고 볼이 발그레한 병사 아내를 얻기 위해 자넬 죽인 거냐? 아니면 네 가죽 장갑과, 키는 작지만 다부진 말들이 모는 트로이카가 숲의 부랑자 눈에 들어온 거냐, 아니면 농가의 천장 아래에 누워 생각만 하다가 갑자기 아무 이유도 없이 주막으로 향하다가 곧장 얼음 구멍으로 갑자기 사라진 거냐. 에휴, 러시아인이란! 제 명에 죽는 걸 그리도 싫어하니.

아, 이보게들, 너흰 뭐냐? 그는 플류시킨의 도망간 농노들이 적혀 있는 서류에 눈길을 돌리며 말을 이었다. 너희가 아직 살아 있다 한들 그게 어쨌다는 거냐! 죽었어도 마찬가지고, 이제 너희의 잽싼 발로 어디를 돌아다니는 거지? 네들은 플류시킨네에서 힘들었던 거냐, 아니면 그저 좋아서 숲에서 빈둥거리며 지나가는 행인들을 위협하는 거냐? 감옥을 전전하는 거냐, 아니면 어디 다른 주인한테 붙어서 밭을 가는 거냐? 예레메이 카랴킨, 니키타 볼로키타, 그의 아들 안톤 볼로키타,* 이 녀석들은 별명에서도 발이 아주 잽싼 놈들이란 걸 알 수 있다. 포포프는 하인이지만 남보다 더 먹물을 먹은 게 틀림없어. 아마 손에 칼도 안 들고 고상하게 도둑질하다 들켰을 테지. 하지만 군 경찰서장이 신분증이 없는 널 잡은 거야. 넌 당차게 대질 심문을 받으며 서 있지. "너는 누구 농노냐?" 군 경찰서장은 아마 이런 경우 한두 마디 심한 욕설을 섞어가면서 말할 거야. "누구누구 지주의 소유입니다요." 넌 잽싸게 대답하지. "넌 여기서 뭐 하고 있나?" 군 경찰서장이 말하지. "소작료를 바치는 대신 도시에서 일하도록 허락받았습니다요." 넌 거침없이 대답하지. "네 신분증은 어디 있나?" "주인인 피메노프 상인에게 있습죠." "피메노프를 불러와! 자네가 피메노프인가?" "제가 피메노프입니다." "저자가 자네에게 신분증을 맡겼나?" "아뇨, 신분증을 맡긴 적이 없는데요." "너 왜 거짓말해?" 군 경찰서장이 다시 욕설을 섞으며 말하지. "정말 그렇네요." 너는 재치 있게 대답하지. "그에게 맡기지 않았어요. 집에 늦게 왔거든요. 그래서 종지기 안티프 프로호로프에게 맡겼습죠." "종지기를 불러와! 저자가 자네에게 여권을 맡겼나?" "아뇨, 그에게서 신분증 받은 적 없는데요." "어라, 너 또 거짓말했어!" 군 경찰서장이 욕을 곁들이며 말하지. "대체 네 신분증은 어디 있나?" "갖고 있었는데요." 넌 당돌하게 말하지. "네, 어쩌면 길 가다가 어딘가에 떨어뜨렸는지 모르겠습니다요." 군 경찰서장은 다시 자네에게 욕설을 퍼부으며 말하지. "그럼 병사 외투는 왜 훔쳤나? 사제 집에서 동전 상자는 왜?" "절대 아닙니다. 도둑질엔 절대 관여한 적 없어요." 자네는 물러서지 않고 말하지. "그럼 어떻게 외투가 네놈 집에서 나왔어?" "저도 모르죠. 다른 누군가가 거기 갖다 놓았나 보죠." "에라이 짐승 같은 놈, 짐승이 따로 없어!" 군 경찰서장은 머리를 내두르고 옆구리에 손을 대고 말하지. "저놈 발에 족쇄를 채

위 감옥에 처넣어." "원하신다면요! 기꺼이 따르죠."

그러고 나서 넌 호주머니에서 담뱃갑을 꺼내 너에게 족쇄를 채우는 두 퇴역 군인에게 친절하게 권하고, 그들이 퇴역한 지 오래됐는지, 어떤 전쟁에 참전했는지 물어볼 거야. 그러고서 법정에 네 사건이 회부될 때까지 감옥에서 지내지. 재판관은 너를 차레보코크사이스크에서 어떤 도시에 있는 감옥으로 이송하기로 결정하고, 그 재판관은 다시 널 어떤 베시예곤스크로 이송하려고 하지.* 그러면 넌 이 감옥에서 저 감옥으로 옮겨 다니고 새 거처를 보면서 말하지. "아니, 베시예곤스크의 감옥이 더 깨끗할 거야. 거기엔 발굽뼈따기 놀이*를 할 자리도 있고 친구들도 더 많을 거야!"

아바쿰 피로프!* 이봐, 넌 뭐야? 어딜, 어떤 곳을 헤매고 다니는 거야? 운명이 널 볼가로 이끌고, 넌 배 끄는 인부들하고 어울리면서 자유로운 삶을 사랑하게 된 거냐? 여기서 치치코프는 잠깐 멈추고 가벼운 상념에 잠겼다. 그는 무슨 생각에 잠긴 걸까? 아바쿰 피로프의 운명에 대한 상념에 빠진 건가, 아니면 러시아인이면 연배, 직급, 재산에 관계없이 누구나, 자유롭고 거침없는 삶에 대해 고민할 때와 같은 식으로 상념에 빠진 걸까? 그리고 정말 피로프는 지금 어디에 있는가? 그는 곡물 선창에서 상인들과 흥정하면서 호탕하고 유쾌하게 즐기고 있지. 배를 끄는 인부들은 모두 꽃과 리본을 모자에 달고, 키가 크고 늘씬하며 목걸이와 리본으로 치장한 연인과 아내들과 헤어지며 흥겨워하지. 원무와 노래로 광장 전체가 들썩거려. 그러나 그 와중에도 하역하는 짐꾼들은 고함 소리, 욕설, 다그치는 소리 들을 들으며 9푸드 무게의 갈고리를 등에 걸고 완두콩과 밀을 속이 깊숙한 선박에 요란하게 쏟아붓고, 귀리와 껍질 벗긴 곡물 가마니를 굴려 넣지. 멀리 광장에는 포탄처럼 피라미드 모양으로 쌓아 올린 자루 더미가 보이고, 이 모든 게 속이 깊이 패인 수리 강* 선박에 실리고 봄에 배들이 열을 지어 해빙된 얼음들과 함께 거위처럼 흘러갈 때까지 곡물 창고는 엄청 커 보이지. 배 끄는 인부들아, 너희는 거기 어딘가에서 큰돈을 벌겠지! 예전에 즐겁고 광폭하게 놀았던 때처럼, 루시처럼 끝없는 노래를 부르며 동아줄을 끌면서, 화목하게 일하며 땀방울을 흘릴 거야!

"에헤, 이런! 열두시네!" 마침내 치치코프는 시계를 들여다보고 말했다. "왜 이리 꾸물거렸대? 아직 할 일이 있는데. 괜히 혼자 수다를 떨었으니. 정말 난 둘도 없는 바보야!" 이렇게 말하고 그는 스코틀랜드식 옷을 유럽식 옷으로 갈아입고, 자신의 통통한 배를 쥠쇠로 더 꽉 죄고, 오데콜롱을 몸에 뿌리고, 따뜻한 테 없는 모자를 손에 들고, 겨드랑이에 문서를 끼우고, 거래 수속 절차를 밟기 위해 관청으로 향했다. 그는 늦는 게 두려워 서두른 것이 아니었다. 늦는 것은 두렵지 않았다. 왜냐하면 관청 소장이 아는 사람인데다가, 그는 집무 시간을 자기 마음대로 늘리고 줄일 수 있었기 때문이다. 이건 마치 호메로스의 제우스가 자기가 총애하는 영웅들의 전투 시간을 줄이거나 그들에게 싸움을 결판 낼 수단을 제공하기 위해 필요한 경우 낮을 늘리고 밤이 빨리 가게 하는 것과 같았다. 그러나 그는 가급적 빨리 일을 마무리 짓고 싶은 욕망을 느꼈다. 그때까진 모든 게 불안하고 꺼림칙했다. 어쨌건 살아 있는 농노들이 아니라는 것과 그와 유사한 경우 그런 짐은 되도록 빨리 어깨에서 내려놓는 게 낫다는 생각이 들었던 것이다. 이 모든 것을 곰곰이 생각하며 갈색 양복지를 댄 곰 가죽 외투를 어깨에 걸치고 길거리에 나서자마자, 그는 교차로 모퉁이에서 역시 갈색 양복지로 덮은 곰 가죽 외투에 따뜻한 테 없는 귀 덮개 모자를 쓴 한 신사와 부닥쳤다. 신사는 탄성을 질렀다. 바로 마닐로프였던 것이다. 그들은 서로 부둥켜안고 5분 정도 그대로 길거리에 서 있었다. 양편에서 어찌나 세게 입을 맞추었던지 하루 내내 두 사람 다 앞니가 얼얼했다. 마닐로프는 너무 기뻐 얼굴에 코와 입술만 남고 눈은 완전히 사라진 것 같았다. 그는 한 15분간 치치코프의 한 손을 두 손으로 꼭 쥐어서, 치치코프 손을 끔찍할 정도로 데웠다. 그는 가장 섬세하고 유쾌한 미사여구를 늘어놓으며, 파벨 이바노비치를 포옹하기 위해 얼마나 부리나케 달려왔는지 이야기하고, 함께 춤추러 가는 아가씨에게나 어울릴 그런 찬사로 말을 맺었다. 치치코프가 어떻게 감사해야 할지 몰라 하면서도 어쨌든 입을 열려는 순간, 마닐로프가 갑자기 관 모양으로 말아 장밋빛 리본으로 묶은 문서를 외투 아래로 꺼내어 두 손가락으로 아주 날렵하게 건넸다.

"이게 뭔가요?"

"농노들이지요."

"아!" 그는 즉시 종이를 펼쳐 훑어보고는 깨끗하고 아름다운 필체에 깜짝 놀랐다. "필체가 대단히 멋지군요." 그가 말했다. "정서할 필요도 없겠어요. 여기 둘레에 선까지! 이렇게 솜씨 있게 선을 그은 사람이 누군가요?"

"아, 그건 묻지 마세요." 마닐로프가 말했다.

"당신인가요?"

"제 아내예요."

"오, 이런! 폐를 끼쳐 드려 대단히 송구스럽군요."

"파벨 이바노비치를 위한 일에 폐라니 있을 수 없지요."

치치코프는 감사를 표하기 위해 허리를 굽혀 인사했다. 그가 거래 수속을 완결 짓기 위해 관청에 가는 길인 걸 알고 마닐로프는 그와 동행하겠다는 뜻을 내비쳤다. 두 친구는 손을 맞잡고 함께 출발했다. 크지 않은 구릉이나 언덕배기나 계단이 나타나는 족족 마닐로프는 치치코프를 부축했는데, 그는 유쾌한 미소를 지으며 파벨 이바노비치의 발이 상처 입는 것을 절대 허용할 수 없다며 그를 거의 한 손으로 들어 올렸다. 치치코프는 어떻게 감사해야 좋을지 몰라 쩔쩔매며 부끄러워했다. 그는 자기 몸이 다소 무겁다고 느꼈기 때문이다. 서로 호의를 베풀며 그들은 마침내 관청이 있는 광장에 다다랐다. 큰 3층 석조 건물은 마치 거기에 근무하는 관리들의 순결한 영혼을 나타내려는 듯 백묵처럼 하였다. 광장에 있는 다른 건물들은 규모 면에서 그 석조 건물에 비교가 되지 않았다. 한 병사가 소총을 들고 서 있는 경비대 초소, 두세 개의 마차 대기소, 마지막으로 석탄과 분필로 울타리에 적합한 문구와 그림들을 새겨 놓은 어떤 긴 울타리가 있었다. 이 한적한, 아니 우리 식으로 표현하면 이 아름다운 광장에 그 이상은 아무것도 보이지 않았다. 2층과 3층 창문에서 테미스*의 사제들이 매수하기 어려운 고개들을 내밀었다가 즉시 다시 사라졌다. 그 순간 상관이 방에 들어온 것 같았다. 두 친구는 들어가면서 걷는다기보다는 거의 계단을 따라 달리다시피 했다. 치치코프는 마닐로프 쪽에서 자기를 부축하는 것을 피하기 위해 걸음을 재촉하고, 마닐로프 역시 자기편에서 치치코프가 피곤해지는 걸 허락하지 않기 위해 앞으로 내달렸기 때문이다. 그래서 어두운 복도로 들어섰을 때 두 사람은 숨을 몹시 헐떡였다. 복도에서도, 방에서도 그들은 깨끗하다는 인상을 받지 못했다. 당시엔 아직 청결에 관심을 쏟지 않아서, 더러운 것은 아무 매력적인 외양도 띠지 못한 채 그렇게 남겨져 있었다. 테미스는 평상시처럼 간단한 평상복과 가운 차림으로 손님들을 맞이하였다. 우리 주인공들이 통과한 관청 사무실을 묘사해야 할 것이나, 작가는 모든 관청에 심한 두려움을 갖고 있다. 그는 관청들을, 그것도 번쩍번쩍 광을 낸 마루에 탁자가 놓인 휘황찬란하고 웅장한 관청들을 지나가야 할 때면, 겸손하게 땅에 눈을 내리깔고 가급적 지나가려고 애썼다. 어떻게 그곳이 그렇게 잘되고 번창하는지 알 수 없기 때문이다. 우리의 주인공들은 글씨가 적힌 것 아무것도 안 적힌 것 가릴 것 없이 수많은 서류 더미, 수 그린 머리, 두꺼운 목덜미, 연미복, 현에서 유행하는 연미복 들과 심지어 눈에 확 띄는 연회색 재킷을 보았다. 그 재킷은 머리를 한쪽으로 기울여 거의 문서에 맞대고서, 제 수명을 다 채우고 자녀도 손주도 자신의 보호 아래 풍족하게 살도록 조처하던 지주가 소유하던 토지의 몰수나 영지의 차압에 관한 조서면 어떤 것이건 능숙하고 거만하게 작성하고 있었다. 그리고 간간이 쉰 목소리의 짧은 표현들이 들려왔다. "페도세이 페도세예비치, 368번 건네주십시오." "항상 관청 잉크병의 마개를 다른 곳에 두시는군요!" 가끔 의심할 나위 없이 상관 중 한 명의 보다 위엄 있는 목소리가 명령조로 울려 퍼졌다. "이봐, 다시 제대로 써! 안 그러면 장화를 벗고 6일간 먹지도 못하고 내 옆에 붙어 있게 하겠어." 깃털 펜으로 긁는 소리가 하도 커서, 마른 나뭇가지를 실은 짐마차 몇 대가 메마른 낙엽이 많이 쌓인 숲을 지날 때 나는 소리 같았다. 치치코프와 마닐로프는 보다 젊은 나이의 두 관리가 앉아 있는 첫 번째 책상에 다가가 물었다.

"여기 농노 업무 보는 데가 어딘지 알려 주시겠습니까?"

"무슨 일이신데요?" 두 관료가 몸을 돌리고 말했다.

"청원서를 제출하려고 합니다."

"뭘 사셨는데요?"

"그보다 농노 담당 부서가 어디에 있는지 알고 싶습니다, 여깁니까 아니면 다른 곳입니까?"

"먼저 무엇을 얼마에 사셨는지 말씀하세요, 그러면 어디에 있는지 말씀드릴 테니. 그렇지 않으면 절대 알려 드릴 수 없습니다."

치치코프는 이 관리들이 모든 젊은 관리들처럼 그저 호기심에서 그럴 뿐이고, 자신과 자기 업무에 보다 큰 무게와 의미를 두고 싶어 한다는 걸 즉시 깨달았다.

"이보세요, 잘 들으세요." 그는 말했다. "전 농노 관련 업무가 가격에 상관없이 모두 한곳에서 이루어진다는 것을 알고 있습니다. 그러니 우리에게 책상을 가리켜 주세요. 만일 어떻게 해야 하는지 잘 모르시면 다른 분에게 물어보겠소."

관리들은 이 말에 전혀 대꾸하지 않았고, 그중 한 명이 단지 손가락으로 방의 한구석을 가리켰는데, 거기엔 어떤 노인이 책상에 앉아 문서들에 뭔가 표시를 하고 있었다. 치치코프와 마닐로프는 책상 사이로 곧장 그에게 다가갔다. 노인은 매우 주의 깊게 일하고 있었다.

"저, 말씀 좀 묻겠습니다." 치치코프가 허리를 구부려 인사하며 말했다. "여기가 매매 증서 담당 부서인가요?"

노인은 눈을 들고는 적당히 간격을 두면서 말했다.

"여기엔 매매 증서 담당 부서가 없습니다."

"그럼 어디에 있나요?"

"그 일은 매매 증서과에서 봅니다."

"그럼 매매 증서과는 어디에 있습니까?"

"그 일은 이반 안토노비치 소관입니다."

"그럼, 이반 안토노비치는 어디에 있습니까?"

노인은 손가락으로 방의 다른 쪽 구석을 가리켰다. 치치코프와 마닐로프는 이반 안토노비치에게 다가갔다. 이반 안토노비치는 이미 한쪽 눈으로 뒤를 힐끗 쳐다보고 그들을 곁눈질하며 살폈으나, 순간 더 주의 깊게 쓰는 일에 몰두했다.

"저, 말씀 좀 묻겠는데요." 치치코프가 허리를 굽히며 말했다. "여기가 매매 업무 보는 곳입니까?"

이반 안토노비치는 대답하지 않고, 마치 전혀 못 알아듣고 문서에 완전히 몰두한 척했다. 갑자기 이 사람은 젊고 경박한 수다쟁이가 아니라 사리를 분별할 줄 아는 나이에 있는 사람처럼 보였다. 이반 안토노비치는 이미 사십 줄을 훨씬 지난 것 같았다. 머리카락은 검고 숱이 많았으며, 얼굴 한가운데가 앞으로 튀어나와 코가 된 것 같았다. 한마디로 세상 사람들이 말상*이라고 부르는 얼굴이었다.

"저 말씀 좀 여쭙겠습니다만, 여기가 매매 증서과입니까?" 치치코프가 말했다.

"맞습니다." 이반 안토노비치는 말하고 나서 말상을 돌려 다시 쓰기 시작했다.

"저 용무가 있어서 왔습니다. 이곳의 여러 지주들로부터 농노를 매입하여 이주시키려고 합니다. 명단은 가져왔고 확정만 지으면 됩니다.

"그럼 판 사람들도 오시는 건가요?"

"몇 명은 여기 왔고, 다른 사람들한테서는 위임장을 받아 왔습니다."

"그리고 청원서도 가지고 왔습니까?"

"네, 청원서도 가지고 왔습니다. 저 바라기는…… 제가 좀 서둘러야 해서요…… 그래서 말인데, 저 오늘 안에 일을 마칠 수는 없을까요?"

"오늘이요! 오늘은 안 됩니다." 이반 안토노비치가 말했다. "법률 위반 사항은 없는지 심의를 거쳐야 합니다."

"하지만 일을 서둘러 끝내고 싶은데, 저 관청 소장인 이반 그리고리예비치가 제 가까운 친굽니다……."

"이반 그리고리예비치가 어디 한둘이어야 말이지요. 다른 사람들도 있어서요." 이반 안토노비치가 냉정하게 말했다.

치치코프는 이반 안토노비치가 교활한 속임수를 쓰고 있음을 깨닫고 말했다.

"다른 이들도 모욕 느낄 일은 없을 겁니다. 저도 근무를 해 봐서 업무가 어떤 건지 알고 있거든요……."

"이반 그리고리예비치에게 가세요." 이반 안토노비치는 좀 더 상냥한 목소리로 말했다. "그가 적합한 사람에게 지시를 내리게 하세요. 그럼 우리 앞에 일이 안 떨어질 겁니다."

치치코프는 호주머니에서 지폐를 한 장 꺼내 이반 안토노비치 앞에 놓았지만, 그는 전혀 알아차리지 못하고 그걸 즉시 책으로 덮었다. 치치코프가 그에게 그걸 가리켜 주려고 하자, 이반 안토노비치는 고갯짓으로 그럴 필요 없다고 알려 주었다.

"저기 저 사람이 당신들을 그 분과로 안내할 겁니다." 이반 안토노비치가 고개를 끄덕이며 말했고, 바로 그 자리에 있던 신성한 의식 집행자들 중 한 명이 그들을 그 분과로 안내했다. 그 관리는 테미스의 희생양들을 아주 성심껏 인도해 소매 팔꿈치가 닳고 그 안감이 밖으로 삐져나온 지 오래고, 그 대가로 옛날에 14등관이 되었고, 언젠가 베르길리우스가 단테를 섬겼듯이* 이제 우리 친구들을 섬기게 된 것이다. 그곳엔 널찍한 소파들만 있고, 소파의 책상 앞에 있는 작은 삼각 거울*과 두 개의 두꺼운 책 뒤에 관청 소장이 태양처럼 혼자 앉아 있었다. 이곳에서 새 베르길리우스는 너무나 공경하는 마음이 커서 감히 거기에 발 디딜 엄두를 못 내고, 몸을 돌려 낡은 가마니처럼 해지고 어딘가에서 깃털이 달라붙은 등짝을 보이며 나갔다. 집무실에 들어섰을 때 그들은 관청 소장이 혼자가 아니고, 그 곁에 소바케비치가 소매 없는 갑옷에 완전히 감싸여 앉아 있는 것을 보았다.

손님들이 들어가자 탄성이 터지고, 공무용 소파들이 시끄러운 소리를 내며 뒤로 밀쳐졌다. 소바케비치 역시 의자에서 일어나, 긴 소매를 입은 그의 모습을 사방에서 볼 수 있었다. 소장은 치치코프를 팔 벌려 포옹했고, 집무실에 키스 소리가 울려 퍼졌다. 서로 상대방의 안부를 물어 양쪽 다 허리가 아파 줄곧 앉아 지내야 했다는 것이 드러났다. 관청 소장은 이미 소바케비치로부터 거래에 대해 들은 것 같았다. 왜냐하면 대뜸 축하를 하기 시작했기 때문이다. 이에 우리 주인공은 약간 당황했고, 특히 소바케비치와 마닐로프라는, 그가 개별적으로 은밀하게 일을 처리한 두 거래자가 지금 얼굴을 맞대고 서 있는 것을 보고 당황했다. 그러나 그는 관청 소장에게 감사의 뜻을 표하고, 바로 소바케비치에게 돌아서서 물었다.

"건강은 어떠신가요?"

"신의 보살핌 덕에 불평할 것 없이 지냅니다." 소바케비치가 말했다.

그리고 불평할 게 없다는 말은 사실이었다. 이 신비롭게 주조된 지주가 감기에 걸리는 것보다 오히려 쇳덩어리가 감기에 걸리는 게 더 쉬울 정도였다.

"그래요, 당신 건강은 다 알아주니까요." 관청 소장이 말했다. "고인이 되신 당신 부친도 그렇게 건장하셨지요."

"네, 혼자 곰과 맞서 싸우기도 하셨지요." 소바케비치가 대답했다.

"제 생각에는, 당신도 곰과 맞설 의향만 있다면 곰을 때려눕힐 겁니다."

"아니요, 전 때려눕히지 못할 겁니다." 소바케비치가 대답했다. "부친께서 저보다 더 튼튼하셨어요." 그러더니 한숨을 쉬며 말을 이었다. "아니, 이제 그런 사람은 없어요. 제 삶은 보잘것없어요, 이게 무슨 사는 거요? 그렇게……."

"아니, 당신 삶이 뭐 어때서요. 멋지지 않은가요?" 소장이 말했다.

"안 좋습니다, 안 좋아요." 소바케비치는 머리를 흔들며 말했다. "생각해 보세요, 이반 그리고리예비치, 50년을 살면서 한 번도 아파 본 적이 없어요. 목구멍이라도 아프거나, 부스럼이나 종기라도 났으면…… 아뇨, 이건 좋지 않은 징조예요! 언제건 그 대가를 치르게 될 거예요." 이때 소바케비치는 멜랑콜리에 잠겼다.

'별꼴이네. 투덜댈 게 따로 있지!' 그 순간 치치코프도 관청 소장도 이렇게 생각했다.

"드릴 편지가 있습니다." 치치코프는 호주머니에서 플류시킨의 편지를 꺼내며 말했다.

"누구에게서요?" 관청 소장은 말하고 나서 봉투를 뜯고는 환호성을 질렀다. "아! 플류시킨이군. 아직 세상에 쓸데없이 붙어 있군. 운명이란 그런 겁니다, 얼마나 똑똑하고 부유한 사람이었는데! 근데 지금은……."

"개 같은 놈." 소바케비치가 말했다. "사기꾼, 모두 쫄쫄 굶어 죽게 했어요."

"좋습니다, 좋아요." 관청 소장이 편지를 다 읽고 말하였다. "기꺼이 위탁인이 되어 드리죠. 언제 증서를 완결 짓고 싶으신가요? 지금 할까요, 아님 나중에 할까요?"

"지금 하겠습니다." 치치코프가 말했다. "내일은 도시를 떠날 생각이기 때문에, 가능하면 오늘 모두 처리해 달라고 부탁드리고 싶습니다. 농노 명단도, 청원서도 가져왔습니다."

"거 좋습니다. 단, 아무리 원하셔도, 당신을 그렇게 일찍 보낼 순 없습니다. 등기 수속은 오늘 완결시키지요. 하지만 당신은 저희와 함께 있어야 해요. 그럼 지금 지시를 내리겠습니다." 그는 말하고서 관리들로 가득 찬 사무실 문을 열었다. 벌집을 관청 부서에 비유할 수 있다면, 관리들은 벌집에 사방으로 흩어져서 열심히 일하는 꿀벌과 같았다. "이반 안토노비치 있나?"

"네, 있습니다." 안에서 목소리가 울려 나왔다.

"그를 이리 불러와!"

이미 독자들에게 낯익은 말상의 이반 안토노비치가 집무실에 모습을 드러내고 정중하게 허리를 굽혀 절했다.

"이 등기 서류를 다 받으세요, 이반 안토노비치."

"그리고 이반 그리고리예비치, 잊지 마세요." 소바케비치가 말을 받았다. "양쪽에서 최소한 두 명씩 증인이 필요합니다. 지금 지방 검사에게 사람을 보내세요. 그는 게으름뱅이여서 아마 집에 앉아 있고, 법원 관리 졸로투하*가 대신 일을 다 하고 있을 겁니다. 그놈은 세상에서 둘째가라면 서러워할 뇌물 수수자지요. 위생국 감독관도 게으름뱅이여서, 카드 치러 어디 안 나갔으면 아마 집에 있을 거요. 그리고 여기 더 가까운 곳에도 많이 있습니다. 트루하쳅스키, 베구시킨,* 모두 공연히 세상에 짐만 되는 자들이죠!"

"맞아요, 맞아요!" 관청 소장은 말하고 나서 즉시 그들 모두를 부르러 사무원을 파견했다.

"그리고 청이 하나 더 있습니다." 치치코프가 말하였다. "이미 거래를 확정한 여지주의 위탁인인 키릴 사제장의 아들도 불러 주십시오. 그도 당신 관청에서 일하고 있습니다."

"그러지요, 그도 부르겠습니다!" 관청 소장이 말했다. "모두 잘 될 겁니다. 관리들에게 아무것도 주지 마세요. 제가 부탁드리는 거예요. 제 친구들은 돈을 내면 안 되지요." 이렇게 말하고는 즉시 이반 안토노비치에게, 그의 마음에 썩 내키지 않아 보이는 어떤 지시를 내렸다. 특히 거래 규모가 모두 거의 10만 루블이 되는 것을 보았을 때, 관청 소장에게 거래 확정 수속이 좋은 영향을 미친 것 같았다. 몇 분간 그는 대단한 존경심을 가지고 치치코프의 눈을 바라보고서 마침내 말했다.

"바로 그런 거군요! 이런 식으로 말이죠, 파벨 이바노비치! 바로 그렇게 사셨군요."

"샀지요." 치치코프는 대답하였다.

"멋진 일이에요, 브라보, 멋져요!"

"네, 저 스스로 이보다 더 멋지게 일을 처리할 수는 없었으리라는 걸 압니다. 모름지기 인간이란 젊은 치기에서 나오는 끔찍한 자유주의 사상이 아니라 확고한 기반 위에 튼튼한 다리로 두 발을 딛고 서기 전에는, 자신의 목적을 알 수 없는 법이지요." 그러고서 그는 때를 놓치지 않고 자유주의와 응당 그렇듯이 모든 젊은이들을 비난했다. 그러나 그의 말에는 어딘가 확신이 없어 보였고, 그는 마치 스스로에게 "어이, 이봐, 자네 거짓말하는군, 그것도 아주 지독하게 말이야!"라고 말하는 것 같았다. 그는 심지어 소바케비치와 마닐로프의 얼굴에서 뭔가 못마땅해하는 기색을 보게 될까 봐 그들 얼굴을 쳐다보지도 못했다. 그러나 그의 두려움은 괜한 것이었다. 소바케비치의 얼굴은 미동도 하지 않았고, 반면 마닐로프는 소프라노 가수가 바이올린보다 화려하게, 새도 낼 수 없는 그런 섬세한 고음을 낼 때 음악 애호가가 놓이는 상태에 빠져 들어, 그 표현에 넋을 잃고 만족스러워하며 찬성의 뜻으로 머리를 끄덕이기만 했던 것이다.

"그런데 당신은 왜 이반 그리고리예비치에게 말하지 않는 거요?" 소바케비치가 반응했다. "당신이 어떤 것들을 구입했는지 말이오. 그리고 이반 그리고리예비치, 당신은 왜 그들이 무엇을 구입했는지 묻지 않으십니까? 얼마나 멋진 농노들인데요! 완전 금덩어리예요. 저만 해도 마차 제조공인 미헤예프까지 팔았으니까요."

"아니, 미헤예프도 파셨다고요?" 관청 소장이 말했다. "저도 마차 제조공 미헤예프라면 잘 알지요. 훌륭한 장인이지요. 제 경 사륜마차를 수리한 적이 있어요. 다만 저, 그게 어떻게…… 그가 죽었다고 제게 말하곤 하셨잖아요……."

"누가요, 미헤예프가 죽었다고요?" 소바케비치는 전혀 당황하는 기색 하나 없이 말했다. "죽은 건 그의 형이죠. 그는 아주 건장하고 이전보다 더 건강해졌어요. 며칠 전 경 사륜마차를 수리했는데, 모스크바에서도 그렇게는 수리하지 못할 거예요. 사실 그는 오직 황제 폐하를 위해서만 일해야 할 사람이죠."

"네, 미헤예프는 훌륭한 장인이지요." 관청 소장이 말했다. "어떻게 그를 보내실 수 있는지 저로서도 놀랍네요."

"어디 미헤예프뿐인가요! 목수인 프로브카 스테판, 벽돌 제조공 밀류시킨, 구두 제화공 텔랴트니코프 막심, 전부 갈 거예요. 다 팔았어요!" 그러자 관청 소장은, 그들은 집에 꼭 있어야 할 사람들이고 장인들인데 그들이 왜 가느냐고 물었고, 소바케비치는 팔을 내저으며 대답했다. "아! 아주 간단하죠, 변덕이 발동한 겁니다. '팔지, 뭐'라고 말하고서 어리석게도 진짜 팔아 버린 거예요!" 그러고서 그는 이 일에 대해 스스로 참회하는 양 고개를 떨구고는 덧붙였다. "백발이 성성해지고도 아직 철이 덜 든 거지요."

"하지만 저, 파벨 이바노비치." 소장이 말했다. "어째서 토지도 없이 농노들을 사시죠? 정말 이주시킬 겁니까?"

"이주시킬 겁니다."

"아, 이주시키는 거면 문제가 다르지요. 그럼 어디로 갑니까?"

"장소는…… 헤르손 주*로요."

"아, 그곳은 땅이 아주 좋지요!" 소장이 말하고서 그곳 풀의 생장력을 크게 칭찬하였다. "그럼 땅은 충분히 있으신가요?"

"충분히 있습니다. 구입한 농노들에게 필요한 만큼은."

"강이나 연못도요?"

"강이 있지요. 하지만 연못도 있어요." 이렇게 말하고서 치치코프는 무심코 소바케비치를 바라보았다. 소바케비치는 이전처럼 미동도 안 했으나 치치코프에겐 그의 얼굴에 '어럽쇼, 거짓말 치네! 강도, 연못도, 게다가 땅도 없으면서!' 라고 써 있는 것 같았다.

대화가 계속되는 동안, 조금씩 증인들이 도착하기 시작했다. 독자가 이미 알고 있는 눈을 깜박거리는 버릇이 있는 지방 검사, 위생국 감독관, 트루하쳅스키, 베구시킨, 그리고 소바케비치의 말로 괜스레 땅에 무거운 짐만 되는 치들 등이었다. 그들 중 상당수는 치치코프가 생판 모르는 사람들이었으니, 관청 관리들 중에 어중이떠중이 다 모였기 때문이다. 사제장 키릴의 아들뿐 아니라 사제장까지 데려왔다. 증인들은 각자 자신의 신분과 관등을 포함하여 자기 문서를 작성했다. 혹자는 거꾸로 뒤에서부터 쓰는가 하면, 어떤 이는 비스듬히 기울여서, 다른 이는 다리가 거의 위로 향하게 하여 러시아 철자 체계에서 여태껏 듣도 보도 못한 문자들을 기입해 넣었다. 익히 알고 있는 이반 안토노비치는 매우 기민하게 일을 처리해서, 거래 증서가 기록되고, 표식을 하고, 제본되고「베도모스치」에 낼 추가 기사에 대해서도 0.5퍼센트 이윤을 받고 보냈고, 치치코프는 최소의 금액만 부담하면 되었다. 관청 소장조차 그에게서는 세금의 절반만 받도록 지시를 내려, 남은 절반은 어떤 식인지 모르지만 다른 청원인에게 부담이 돌아갔다.

"자, 됐습니다." 소장은 일이 다 끝나자 말했다. "이제 매입을 축하하는 건배를 하는 일만 남았네요."

"저는 준비됐습니다." 치치코프가 말했다. "시간만 정해 주십시오. 이런 유쾌한 분들을 위해 샴페인 두세 병 따지 않는다면 죄를 짓는 거지요."

"아니요, 저희 뜻을 오해하셨군요. 샴페인은 저희가 내야지요." 소장이 말했다. "이건 저희 책임이고 의무입니다. 당신은 저희 손님이시니 저희가 대접해야죠. 여러분, 그렇지 않습니까! 이제 이렇게 합시다. 모두 바로 경시총감 집으로 갑시다. 그는 우리 사이에 마법사로 통해요. 그가 생선 가판대나 광을 지나가며 눈짓만 한 번 하면, 우린 즉시 그것을 먹을 수 있어요! 그리고 이런 경우엔 카드놀이도 빼놓을 수 없지요!"

그런 제안을 거절할 수 있는 사람은 아무도 없었다. 증인들은 이미 생선 가판대라는 말만 듣고도 식욕을 느꼈기 때문에, 즉시 테 없는 모자와 일반 모자를 집어 들었고, 그날의 관청 업무는 끝났다. 그들이 사무실을 지나갈 때 말상인 이반 안토노비치가 공손히 몸을 굽혀 인사하고 치치코프에게 낮은 소리로 속삭였다.

"농노를 10만 루블어치나 구입하시면서, 그 수고에 대한 사례는 고작 흰색 한 장*으로 끝내시네요."

"근데 그 농노들이란 게 말이죠." 치치코프 역시 속삭이며 대답했다. "아무짝에도 쓸모없는 형편없는 놈들이라서요. 그 절반 값도 안 나가요."

이반 안토노비치는 방문자의 성격이 단호해서 더 이상은 지불하지 않으리라는 걸 깨달았다.

"그런데 플류시킨에게서 두당 얼마에 구입했소?" 소바케비치가 그의 다른 귀에 속삭였다.

"그런데 보로베이는 왜 적어 넣으셨습니까?" 치치코프는 그 대답으로 되물었다.

"보로베이라니요?" 소바케비치가 말했다.

"왜, 그 아낙네, 엘리자베타 보로베이 있잖아요, 끝에 'ъ' 자도 적으셨던데요."

"아니요, 저는 보로베이라는 이름 쓴 적 없어요." 소바케비치는 말하고 나서 다른 손님들에게 다가갔다.

손님들은 떼 지어 마침내 경시총감 집에 도착하였다. 경시총감은 정말로 기적을 일으켰다. 그는 상황 설명을 듣자마자 관할 구역의 치안 담당 경찰인 광택이 반들반들 나는 긴 장화를 신은 수완 좋은 키 작은 사나이를 불러 그에게 단 두 마디 속삭이고 "알았지!"라고 덧붙인 것 같았다. 그런데 손님들이 휘스트 게임을 하는 사이 바로 그 옆방 식탁에 흰 철갑상어, 용철갑상어, 연어, 소금에 절인 캐비아, 소금에 살짝 절인 캐비아, 청어, 별 모양의 용철갑상어, 치즈, 훈제한 혀와 철갑상어의 등고기 등이 생선 가게 가판대에서 실려 왔다. 이윽고 주인 쪽에서 준비한 곁들이 음식이 주방에서 나왔는데, 9푸드 나가는 철갑상어의 연골과 볼살이 들어간 생선 머리 파이,* 버섯 파이, 당밀과자, 기름과자, 꿀에 졸인 과일 등이었다. 경시총감은 도시에서 일종의 아버지이자 자선가였다. 그는 시민들을 가족처럼 편안히 대했고, 상점들과 시장을 자기 집 광 드나들 듯 하였다. 그는 흔히 말하듯이 자기가 있어야 할 곳에 있었고, 자기 의무를 완수하였다. 그가 그 자리를 위해 만들어진 건지, 그 자리가 그를 위해 만들어진 건지 분간하기 어려울 정도였다. 그는 아주 지혜롭게 일을 처리해서 전임자들보다 두 배는 더 받아 내고, 그러면서도 도시 전체의 사랑을 받았다. 특히, 상인들은 그가 교만하지 않다는 이유로 그를 무척 사랑했다. 정말 그는 그들의 아이들을 세례 주고, 그들의 대부가 되고, 때론 그들에게서 심하게 뜯어냈지만 아주 약삭빠르고 수완 좋게 했다. 어깨를 가볍게 치기도 하고, 농담을 하며 웃기도 하고, 차를 맘껏 마시기도 하고, 자기가 체스하러 가겠다고 약속하기도 하고, 일들이 어떻게 되어 가는지 등을 시시콜콜 캐묻기도 했다. 어쩌다 아이가 가벼운 병에 걸린 걸 알게 되면 약을 권하기도 하였다. 한마디로 훌륭하다! 그는 경 사륜마차를 타고 가면서 질서를 바로잡고, 그 와중에도 이 사람 저 사람에게 말을 건넸다. "이봐, 미헤이치! 언제 고르카 게임* 마저 해야지." 그러면 그는 모자를 벗고 대답했다. "네, 알렉세이 이바노비치, 그래야 할 텐데요." "어이, 이봐, 일리야 파라모니치, 우리 집에 준마 보러 오게. 자네 말과 경주 한 번 하세. 자네 말을 경주 준비시켜. 한번 해 보자고." 준마에 폭 빠진 상인은 이 한마디에 소위 특별한 갈망을 느끼며 미소를 짓고, 수염을 쓰다듬으며 말했다. "그러시죠, 알렉세이 이바노비치!" 심지어 상점 종업원들조차 보통 이럴 때면 모자를 벗고 만족해하며 서로를 바라보았고, "알렉세이 이바노비치는 정말 좋은 분이셔!"라고 말하고 싶어 하는 듯했다. 한마디로 그는 완전한 민중성을 획득하였고, 알렉세이 이바노비치는 '비록 빼앗기는 해도 절대로 배신하지는 않는다'라는 게 상인들의 견해였다.

식사가 준비된 것을 보고 경시총감은 손님들에게 점심 식사 이후 휘스트 게임을 끝내자고 제안하고, 모두들 이미 향긋한 냄새가 흘러나와 손님들의 콧구멍을 유쾌하게 간지럽히기 시작한 방에 들어갔다. 소바케비치는 오래전부터 한쪽의 큰 접시에 담긴 용철갑상어를 알아보고서 문을 흘깃거리고 있었다. 손님들은 루시에서 인장 파는 재료로 쓰이는 시베리아산 투명한 돌에서만 볼 수 있는 짙은 올리브색의 보드카를 한 잔씩 마신 후에, 사방에서 포크를 들고 식탁에 다가가 누구는 캐비아를, 누구는 연어를, 누구는 치즈를 집는 식으로 소위 나름의 성격과 취향을 드러내기 시작했다. 소바케비치는 이 사소한 음식들은 거들떠도 안 보고 용철갑상어 앞에 자리를 잡고는, 다른 사람들이 먹고 마시고 이야기하는 동안 15분 만에 그걸 다 먹어 치웠다. 그래서 경시총감이 그것이 있다는 걸 기억하고 "자, 여러분, 이 자연의 작품은 어떤 것 같습니까?"라며 다른 이들과 함께 포크를 들고 다가갔을 때 그는 자연의 작품에서 꼬리만 남아 있는 걸 보았다. 반면 소바케비치는 자기가 그런 게 아니라는 양 시미치를 뚝 떼고, 다른 것보다 멀리 있는 작은 접시에 다가가 말린 생선을 포크로 찔러 댔다. 용철갑상어를 말끔히 처리하고서 소바케비치는 소파에 앉아 더 이상 먹지도 마시지도 않고, 실눈을 뜬 채 눈만 껌벅거렸다. 경시총감은 포도주를 아끼는 걸 좋아하지 않는 것 같았다. 건배가 끊이지 않았으니 말이다. 첫 잔은 독자들도 짐작하듯이 헤르손의 새 지주의 건강을 위하여 마시고, 그다음엔 그의 농노들의 평안과 그들의 행복한 이주를 위하여, 그다음엔 그의 미래의 아름다운 아내의 건강을 위하여 마셨다. 아내를 위한 건배에 우리 주인공의 입가에 유쾌한 미소가 흘렀다. 사방에서 그에게 다가와 도시에 2주만 더 머물러 달라고 단호하게 간청하기 시작했다.

"안 됩니다, 파벨 이바노비치! 당신이 원하든 원하지 않든, 이건 오두막을 냉랭하게 만드는 것밖에' 문지방을 넘자마자 다시 나가는 격입니다!* 안 돼요, 저희와 시간을 보내셔야 합니다! 우리가 당신을 장가보내 드리겠어요. 이반 그리고리예비치, 그를 장가보내는 거죠?"

"장가보내 드려야죠, 장가보내야죠!" 관청 소장이 말을 받았다. "아무리 발버둥 쳐도, 저희가 장가보내 드릴 겁니다! 안 돼요, 여기 발을 디딘 이상 불평하시면 안 돼요. 저흰 농담 같은 거 좋아하지 않습니다."

"무슨 말씀을? 제가 왜 발버둥을 치겠습니까?" 치치코프가 웃으며 말했다. "다만 결혼은 그런 게 아니지요. 그러려면 약혼녀가 있어야 하니까요."

"약혼녀도 생길 겁니다. 왜 없겠어요, 모두 생길 겁니다. 원하시는 건 모두요!"

"뭐 생기기만 한다면……."

"브라보, 머무르신대요!" 모두 환호성을 질렀다. "만세, 야호! 파벨 이바노비치! 만세!" 그러고서 모두 손에 든 잔을 부딪치려고 그에게 다가갔다.

치치코프는 모두와 잔을 부딪쳤다. "아니요, 아니요, 다시 한 번요!" 보다 더 도전적인 사람들은 이렇게 말하고 다시 잔을 부딪쳤다. 이윽고 세 번째 잔을 부딪치기 위해 다가갔고, 세 번째로 모두와 일일이 잔을 부딪쳤다. 잠시 모두 더할 나위 없이 유쾌해졌다. 아주 사람 좋은 관청 소장은 기분이 좋아지자 몇 번이고 치치코프를 껴안고 진심으로 "당신은 내 영혼! 내 어머니요!"라고 외쳤고, 갑자기 손가락을 튕겨 소리를 내며 그의 주위를 춤추기 시작하고, '아, 그대는 너무 멋진 카마린스키 농부예요'라는 귀에 익은 노래를 읊조렸다. 샴페인에 이어 원기를 더욱 북돋워 주고 좌중을 더욱 흥겹게 해 주는 헝가리산 포도주*를 땄다. 모두 카드 게임은 깡그리 잊고, 모든 것에 대해 논쟁하고 고함치고 이야기했다. 정치에 대해, 심지어 군대 일에 대해, 다른 때 같으면 그런 생각을 하는 자녀들을 호되게 매질했을 자유로운 생각들까지 논의했다. 가장 해결하기 어려운 문제들도 그 자리에서 많이 해결했다. 치치코프는 그렇게 행복한 기분을 느껴 본 적이 없었다. 그는 자기를 이미 진짜 헤르손 지주로 상상했으며, 그가 도입할 다양한 개선점들에 대해, 특히 삼포식 경작에 대해, 두 영혼의 행복과 축복에 대해 이야기했다. 그는 베르테르가 샤를로테에게 쓴 운문 편지를 소바케비치에게 읽어 주기 시작했으나 소바케비치는 그저 소파에 앉아 눈만 끔뻑거릴 뿐이었다. 왜냐하면 용철갑상어를 먹은 뒤 수면에 대해 엄청난 갈망을 느꼈기 때문이다. 치치코프는 스스로 이미나사가 풀리기 시작한 것을 느끼고 마차를 부탁했고, 지방 검사의경 사륜마차를 이용했다. 그러나 도중에 지방 검사의 마부는 미숙함을 드러냈으니, 마차를 한 손으로만 몰고, 다른 손은 뒤로 돌려주인을 꼭 잡았다. 그런 식으로 치치코프는 지방 검사의 경 사륜마차를 타고 여관에 도착하였고, 거기에서 다시 오랫동안 오른뺨에 홍조와 보조개가 있는 하얀 피부의 약혼녀, 헤르손의 마을들, 자본 등 갖가지 뜻 없는 말들이 그의 혀에 맴돌았다. 셀리판에겐 새로 이주한 농부들을 전원 집합시켜 한 사람씩 일일이 호명하라는 지시가 내려졌다. 셀리판은 말없이 한참 듣다가, 페트루시카에게 "나리 옷 벗겨 드려!"라고 말하고 방에서 나갔다. 페트루시카는 그의 장화를 벗기다가 하마터면 장화와 함께 주인까지 바닥으로 떨어뜨릴 뻔했다. 그러나 마침내 장화가 벗겨졌고, 주인 옷도 벗겨졌으며, 인정사정없이 삐걱거리는 침대에서 얼마간 몸을 뒤척이더니 정말 헤르손의 지주처럼 잠들었다. 페트루시카는 그사이에 바지와 반점 무늬가 있는 월귤나무 빛의 연미복을 복도로 가지고 나와, 목제 옷걸이에 서투르게 펼치고 나무 끝과 솔로 치기 시작해 복도 전체에 먼지를 일으켰다. 옷들을 벗기려는 순간, 그는 회랑에서 아래를 내려다보다가 마구간에서 돌아오는 셀리판을 보았다. 그들의 시선이 마주치는 순간 그들은 직감적으로 서로 통했다. 주인이 곯아떨어졌으니 어디든 기웃거려 보자는 것이었다. 페트루시카는 즉시 방에 연미복과 바지를 갖다 놓고 아래로 내려갔고, 둘은 함께 나서면서 여행 목적에 대해 전혀 언급하지 않고 아무 상관 없는 일들에 대해서만 까불어 댔다. 그들은 그리 멀리 가지 않았다. 길 건너편, 여관 바로 맞은편에 있는 집으로 건너가서 낮고 그을린 유리문 안으로 들어갔을 뿐이다. 그 문은 거의 광에 가까운 공간으로 통했고, 그 안의 나무 탁자에는 이미 많은 사람들이 앉아 있었다. 수염을 민 사람, 밀지 않은 사람, 가죽을 겉에 댄 외투를 입은 사람, 셔츠만 입은 사람, 그리고 보풀이 이는 값싼 모피 외투를 입은 사람 들이 있었다. 거기에서 페트루시카가 셀리판과 무엇을 했는지는 오직 신만이 아신다. 하지만 한 시간 후 그들은 서로 손을 잡고 완전히 침묵을 지키며, 서로에게 굉장한 관심을 보이고 함께 사방을 경계하면서 그곳에서 나왔다. 손에 손을 잡고 서로를 놓지 않고, 그들은 족히 15분은 계단을 기어서 마침내 그것을 극복하고 안에 들어갔다. 페트루시카는 자신의 낮은 침대 앞에 잠시 서서 어떻게 하면 좀 더 사교계 예법에 맞게 누울지 궁리하다가, 다리를 바닥에 디디고 완전히 가로로 누웠다. 셀리판도 같은 침대에, 자신이 누울 곳은 여기가 아니라 마구간의 말 밑 아니면 하인방이라는 것을 까맣게 잊고서, 머리를 페트루시카의 배에 대고 드러누웠다. 두 사람은 즉시 그때까지 들어 보지 못한 둔탁한 소리로 코를 골며 잠이 들었고, 그 소리에 옆방의 주인은 가는 콧소리로 화답하였다. 곧 그들에 이어 모든 것이 잠잠해지고, 여관은 깨어날 수 없는 깊은 잠에 빠졌다. 랴잔에서 온, 장화를 엄청 좋아하는 육군 중위가 묵는 방의 작은 창문에서만 아직 빛이 보였다. 그는 장화를 이미 네 켤레나 주문해서, 연이어 다섯 번째 장화를 신어 보는 중이었다. 그는 몇 번 장화를 벗고서 누우려고 침대에 다가갔으나 차마 그럴 수가 없었다. 장화가 정말이지 너무나 훌륭하게 꿰매어져서, 그는 다시 오래도록 한쪽 다리를 들어 올리고 경이로울 정도로 잘 꿰매진 뒤축을 민첩하게 살펴보았다.

제8장

치치코프의 농노 거래는 장안의 화제가 되었다. 도시에는 이송을 위한 농노 구입이 유리한 것인가에 대한 온갖 소문, 견해, 주장들이 나돌았다. 그중에 많은 주장들이 화제에 대한 완전한 지식에 바탕을 두고 있다는 인상을 주었다. 어떤 이들은 "물론, 이건 그래요, 이 점에선 의심의 여지가 없어요. 남부 지방의 토지는 정말 좋고 비옥하죠. 하지만 물이 없는데 치치코프 농노들은 어떻게 되나요? 숫제 거기엔 강이라곤 하나도 없는데 말이에요"라고 말했다. "물이 없는 건 아무 문제도 안 됩니다. 이건 아무것도 아니에요, 스테판 드미트리예비치. 하지만 이주는 바람직하지 않습니다. 농노가 어떤 건지는 익히 잘 알려진 사실이에요. 새로운 낯선 땅에서 농가도, 마당도, 아무것도 없이 농사짓는다는 게 어떤 건지 잘 알려져 있어요. 그냥 줄행랑을 칠 겁니다. 2 곱하기 2는 4처럼 틀림없어요. 그들은 도망칠 준비를 아주 잘해서 흔적도 못 찾게 할 겁니다." "아닙니다, 알렉세이 이바노비치, 생각해 보세요, 잘 생각해 보세요. 치치코프의 농부가 도망칠 거라는 당신 말에 전 동의할 수 없어요. 러시아인은 뭐든 다 할 수 있고 어떤 환경에도 적응합니다. 그를 캄차카*로 보낸다고 해도 따뜻한 장갑만 주면, 손을 탁탁 치고 바로 도끼를 손에 들고 새집을 짓기 시작할 거예요."

"하지만 이반 그리고리예비치, 당신은 중요한 사실을 놓쳤어요. 당신은 아직 치치코프의 농부가 어떤지 물어보지도 않았어요. 지주는 좋은 놈은 안 판다는 걸 당신은 잊으셨어요. 치치코프의 농부가 제일가는 도둑, 술주정뱅이, 게으름뱅이에 난폭한 놈들이 아니라면 제 손에 장을 지져도 좋아요." "그렇군요, 그래요, 그 점에 저도 동의합니다. 그건 사실이에요. 누구도 좋은 놈들은 안 팔기 마련이에요. 치치코프의 농부들도 술주정뱅일 거예요. 하지만 여기엔 도덕이란 것도 있습니다. 여기에 도덕이 개입되어 있다는 점에 주목할 필요가 있습니다. 그들이 지금은 천하에 몹쓸 놈들이라 해도, 새 땅에 이주하고 나면 갑자기 훌륭한 신하들이 될 수도 있는 거예요. 이미 그런 예가 적지 않아요, 세상을 둘러봐도 그렇고, 역사적으로도 마찬가지고요." "결코 그렇지 않을 겁니다, 절대로." 국영 공장의 경영인이 말했다. "그런 일은 절대로 없을 겁니다. 왜냐하면 치치코프의 농부들에게 이제 강한 두 적이 생길 테니까요. 첫 번째 적은, 거기가 이미 알다시피 주류 판매가 자유로운 소러시아 현들에 가깝다는 점이에요. 제가 장담하는데, 2주일 만에 그 녀석들은 술에 곤드레만드레 취해서 망신창이가 될 거예요. 다른 적은 유랑의 습성 자체예요. 이주하는 사이 그 습성이 농노들 몸에 밸 거예요. 그들이 항상 치치코프의 시야 안에 있게 하고, 고슴도치의 손으로 강하게 다스리고, 온갖 허튼짓에 대해 사정없이 족치고, 다른 사람에게 의지하지 말며, 필요할 때마다 직접 그놈들 얼굴, 뒤통수 할 것 없이 따끔한 맛을 보여 줘야 할 겁니다." "왜 치치코프가 직접 나서서 뒤통수를 갈겨야 합니까, 그도 관리인을 찾을 수 있을 겁니다." "그래, 관리인을 찾아보시죠, 전부 사기꾼인걸요!" "그들이 사기꾼인 건 주인들이 제대로 일을 안 해서예요." "그건 사실입니다." 많은 이들이 동의했다. "주인이 농사일을 조금이라도 알고 사람들을 분간할 줄 알면, 그는 항상 훌륭한 관리인을 곁에 둘 거예요." 그러나 감독관은 5천 루블 이하로는 좋은 관리인을 찾을 수 없다고 반박했다. 그러자 관청 소장은 3천 루블로도 찾을 수 있다고 말했다. 그러나 감독관이 말했다. "당신은 도대체 어디서 그를 찾는단 말이오? 당신 코에서 찾겠소?" 그러나 관청 소장이 말했다. "아니요, 코에서가 아니라, 바로 이 군에서요. 바로 표트르 페트로비치 사모일로프가 적임자예요. 그야말로 치치코프의 농노들에게 필요한 관리인이에요!" 많은 이들이 열정적으로 치치코프의 입장이 되어 보고는, 그런 엄청난 수의 농노들을 이주시킬 때 직면하게 될 난관에 대한 극도의 공포에 사로잡혔다. 그들은 치치코프의 농노들과 같은 불안한 민중에게서 폭동이 일어날 수도 있다며 심히 염려하였다. 이에 대해 경시총감은 어떤 폭동도 걱정할 필요 없고, 군 경찰서장은 그것을 막아 낼 권한이 있으며, 군 경찰서장이 직접 갈 필요도 없이 대신 자기 모자만 보내면 이 모자가 알아서 농노들을 그들 거주지까지 몰고 갈 거라고 언급했다. 많은 이들이 치치코프의 농노들을 동요시킬 반항 심리를 어떻게 근절시킬지 자신의 의견을 제시했다. 그 견해들은 가지각색이었으니, 거의 지나칠 정도로 군대의 잔인함과 엄격함이 느껴지는 것들이 있는가 하면, 반대로 온화함이 느껴지는 것들도 있었다. 우체국장은 치치코프에게 신성한 사명이 놓여 있고, 그는 농노들 사이에, 그의 표현을 빌리면, 일종의 아버지가 될 수 있으며, 심지어 그들에게 계몽의 유익을 제공할 수 있다고 지적하면서, 이 자리를 빌려 상호 교육을 실시하는 랭커스터식 학교 제도*를 극구 칭찬했다.

그런 식으로 도시인들은 논의하고 대화했으며, 많은 이들이 동정심에 이끌려 치치코프에게까지 개인적으로 이 조언들 중 몇 가지를 알리고, 심지어 농노들을 거주지까지 안전하게 이송하는 데 경비병을 제공하겠다고 제안했다. 치치코프는 이 조언들에 대해 감사의 뜻을 표하고, 만일의 경우 그 조언들을 활용하는 것을 잊지 않겠노라고 말했다. 그러면서도 그가 구입한 농노들은 아주 온화한 성격이며, 그들 스스로 자발적으로 이주하고 싶어 하고, 어떤 경우에도 그들 가운데 폭동은 없을 것이라고 말하며 경비병을 완강히 거절했다.

그러나 이 모든 소문과 논의들은 치치코프가 기대할 수 있는 가장 호의적인 효과를 불러일으켰다. 바로 그가 더도 아니고 덜도 아닌 백만장자라는 소문이 돈 것이다. 도시 주민들은 우리가 이미 제1장에서 보았듯이 그러잖아도 마음속 깊이 치치코프를 사랑하고 있었는데, 그런 소문이 돈 이후 이젠 그를 훨씬 더 마음 깊이 사랑하게 되었다. 그러나 진실을 말하자면, 그들은 모두 선량한 민중으로, 자기들끼리도 조화롭게 잘 지내고, 완전히 친구처럼 서로 교제하며, 그들 대화에는 어떤 특별한 순박함과 온화함이 배어 있었다. "내 친애하는 벗, 일리야 일리이치." "잘 듣게, 친구, 형제, 안티파토르 자하리예비치!" "에이, 자네 허풍이 심했어, 상냥한 엄마, 이반 그리고리예비치." 이반 안드레예비치라고 불리는 우체국장에겐 언제나 '슈프레헨 지 데이치, 이반 안드레이치?'* 라는 말이 덧붙었으니, 한마디로 모두 아주 가족적이었다.* 많은 이들이 교양이 없지 않아서, 관청 소장은 당시 아직 인기가 시들지 않은 주콥스키의 신작 「류드밀라」*를 암송하고, 많은 구절들을, 특히 '침엽수림은 잠들었고, 골짜기는 잠 잔다'라는 구절과 '추!'라는 단어를 너무도 완벽하게 낭송해서, 정말로 골짜기가 잠든 것처럼 보였고, 그는 유사성을 더 살리기 위해 이때 눈을 가늘게 뜨기까지 했다. 우체국장은 철학에 더 심취해서 정말 부지런히, 심지어 밤마다 영의 『밤의 상념』과 에카르트하우젠의 『자연의 신비에의 열쇠』*를 읽고, 그 책들 중 매우 긴 구절을 옮겨 적기도 하였으나, 그게 어떤 유의 것인지는 누구에게도 알려진 바 없다. 그러나 그는 독설가이고, 말이 현란하며, 자기가 직접 표현했듯이 말을 아름답게 장식하기를 좋아했다. 그리고 그는 '저 나리, 이런 저런 이름이지요, 아시겠어요, 이해하시겠지요, 상상할 수 있겠지요, 상대적으로 말해서, 일정한 방식으로' 등 많은 다양한 조사들과 보따리째 풀어 놓는 기타 다른 표현들로 말을 현란하게 꾸몄다. 또 그는 한쪽 눈을 깜박이거나 찡그리면서 이야기를 성공적으로 장식하고, 그의 많은 풍자적인 표현들에 아주 신랄한 표정을 덧붙였다. 다른 이들 역시 다소 계몽된 사람들이었으니, 누구는 카람진*을, 누구는 「모스크바 통보」*를 읽고, 누구는 심지어 전혀 아무것도 읽지 않았다. 누구는 긴 베개라고 불리는 유의 사람으로, 즉 무슨 일을 위해서건 그를 일으켜 세우려면 베개처럼 발길질을 해야 했다. 또 누구는 통상 말하듯 평생 세월아 네월아 옆구리를 괴고 누워만 있는 느림보여서, 그를 일으키려고 해 봤자 괜한 헛수고일 뿐, 어떤 일이 있어도 그는 일으켜 세우지 못할 것이다. 그들의 외모로 말하면, 익히 알다시피, 그들 모두 믿을 만한 사람들로, 그들 중에 폐병 환자는 단 한 사람도 없었다. 모두 그들의 아내들이 한적한 곳에서 나누는 사적인 대화에서 항아리, 뚱뚱보, 땅딸보, 검둥이, 키키, 주주 등의 이름을 붙이는 부류들이었다. 하지만 대체로 그들은 친절한 사람들로 손님 접대를 좋아해서, 그들과 빵과 소금을 같이 먹거나* 저녁나절을 휘스트 게임을 하며 같이 보낸 사람은 금방 그들과 친해졌다. 하물며 매력적인 자질과 탁월한 매너로 정말로 사람 마음에 꼭 드는 위대한 비밀을 알고 있는 치치코프는 더 말할 나위 없었다.

그들은 그를 너무나 좋아해서, 그는 어떻게 도시를 빠져나가야 할지 방도를 찾지 못했고, 그는 "자, 일주일요, 일주일만 더 우리와 보냅시다, 파벨 이바노비치!"라는 말만 연거푸 들었다. 한마디로 그는 흔한 말로 떠받들어지고 있었다. 그러나 그에 비할 바 없이 더더욱 놀라운 것은 치치코프가 부인들에게 준 인상(완전히 경이로운 일이다!)이었다. 이것을 설명하려면 부인들 자신에 대해, 그네들의 사교 모임에 대해 많은 이야기를 해야, 소위 살아 있는 물감으로 그들 영혼의 특징들을 묘사해야 할 것이다. 그러나 작가에게 이것은 매우 어려운 일이다. 그러기 위해서는, 한편으로는 고관 부인들에 대한 무한한 존경을 접어야 하고, 다른 한편으로는…… 다른 한편으로는, 그냥 너무 힘들다. N시의 부인들은…… 아니, 도저히 할 수가 없다, 쑥스럽다. N시의 부인들에게서 가장 놀라운 것은 그…… 이상하기도 해라, 펜 안에 납덩어리가 들었는지 펜이 영 들어 올려지질 않는다. 그럼 이렇게 하자, 그들 성격에 대해선 팔레트에 더 선명하고 더 많은 물감들을 갖고 있는 사람이 전하게 하고, 우리는 그저 외모와 표면적인 것들에 대해 두어 마디만 언급하는 것으로 말이다. N시의 부인들은 풍채가 당당하다고 불리는 부류이며 이 점에서 그들은 다른 모든 이들의 귀감이 될 만했다. 품행은 어떠해야 하고, 어조는 어떻게 유지하며, 에티켓이나 가장 섬세한 예법들은 어떻게 지켜야 하는지, 특히 최신 유행을 어떻게 따라야 하는지, 그들은 페테르부르크와 모스크바의 부인들조차도 능가했다. 그들은 아주 세련된 취향에 따라 옷을 입고, 최신 유행에 따라 마차를 타고 도시를 돌아다녔고, 그 마차에는 금빛 장식이 달린 제복을 입은 하인이 뒤에 서서 흔들거렸다. 명함은 비록 클럽의 2점 패나 다이아몬드의 에이스

패에 쓴 것처럼 보였으나, 그 물건은 아주 성스러운 것이었다. 바로 그것 때문에 두 부인이 서로 절친한 친구요 심지어 친척이었음에도 불구하고 대판 싸웠으니, 바로 그중 한 명이 어떻게 하다가 답례 방문*을 등한시했기 때문이다. 그 후에 남편들과 친척들이 아무리 그들을 화해시키려고 애써도, 세상에서 무엇이건 다 할 수 있다고 하지만 단 한 가지, 즉 답례 방문 때문에 다툰 두 부인을 화해시키는 것은 불가능하다는 사실이 밝혀졌다. 그렇게 두 부인은 도시 사교계의 표현에 의하면 '서로 껄끄러운' 상태로 남게 되었다. 상석을 차지하는 문제에 관해서도 많은 격한 장면들이 연출되었는데, 이 장면들은 종종 남편들에게 자기 부인의 변호에 대한 위대한 기사도 정신을 불러일으켰다. 물론 그들 모두 시민 사회의 관료들인지라 서로 결투를 하지는 않았지만, 대신 서로 어디서든지 상대에게 흠집을 내려고 혈안이 되어서 때로는 온갖 결투보다 더 힘든 상황이 벌어지곤 했다. 도덕관념에서도 N시의 부인들은 엄격했기 때문에, 어떤 결함이나 온갖 유혹들에 대해 고결한 분노에 가득 차서 온갖 약점들을 가차 없이 처벌하였다. 만일 그들 간에 소위 '삼각관계'라는 게 생겼다 해도 그것은 비밀리에 이루어지고, 실제 무슨 일이 일어났는지 전혀 내색도 하지 않았다. 그렇게 모든 품위가 유지되고, 남편 자신도 만반의 준비가 되어서 설령 '삼각관계'라는 것을 보거나 듣는 일이 생겨도 간략하고 현명하게 '대모가 대부와 앉아 있던 것도 누군가에겐 사건이다'라는 속담으로 대답하곤 했다. 또 말해 둘 것은 N시의 귀부인들이 페테르부르크의 귀부인들과 마찬가지로 말과 표현에 특별히 신중하고 예의범절을 잘 지키는 것으로 유명했다는 것이다. 그들은 결코 "전 코를 풀었어요", "전 땀이 났어요", "전 침을 뱉었어요"라고 하지 않고 "전 코를 편하게 해 줬어요", "전 손수건이라는 수단으로 상황을 벗어났어요"라는 식으로 말했다. 어떤 경우에도 "이 컵이나 저 접시에서 냄새가 나"라고 말해선 안 되었다. 심지어 이것을 암시할 만한 어떤 것도 말하면 안 되었고, 그 대신 "이 컵은 처신을 잘 못하는군요"나 그와 유사한 방식으로 말했다. 러시아어를 훨씬 고상하게 만들기 위해 단어의 거의 절반은 대화에서 완전히 삭제되고, 그래서 아주 자주 프랑스어에 의지해야 했으며, 대신에 프랑스식은 또 다른 문제여서 거기에서는 앞에서 언급한 것보다 훨씬 더 거친 단어들도 허용되었다. 이것이 우리가 N시 귀부인들의 표면적인 것에 대하여 말할 수 있는 것들이다. 그러나 더 깊이 들여다보면 물론 다른 많은 일들이 드러날 것이지만, 귀부인의 속마음을 더 깊이 들여다보는 건 정말 위험한 일이다. 그래서 표면에 대한 것으로 제한하고 계속 이야기하겠다.

여태껏 모든 귀부인들은 치치코프의 유쾌한 사교계의 예의범절에 대해 완전히 온당한 평가를 내리면서도, 그에 대해 말은 아껴왔다. 그러나 그가 백만장자라는 소문이 돌면서 다른 가치들도 탐색되었다. 하지만 귀부인들이 자기 이익을 추구하는 사람들은 전혀 아니었으며, 모든 것에 대한 죄는 '백만장자'라는 말, 즉 백만장자인 사람이 아니라 그 말 자체에 있었다. 이 단어의 소리 자체에 온갖 돈주머니가 무색할 정도로, 사기꾼에게나 이러저런 평범한 사람에게나, 한마디로 모든 이에게 작용하는 뭔가가 있기 때문이다. 백만장자는 완전히 사심 없는 비속함, 어떤 계산에도 근거를 두지 않는 순수한 비속함을 볼 수 있는 이점을 누린다. 많은 이들이 그에게서 전혀 얻을 것도 없고, 또 그것을 요구할 권리도 없다는 걸 잘 알면서도, 모두 그를 앞질러 달려가거나 그의 농담에 웃거나, 모자를 벗어 인사하거나, 그가 초대받은 것으로 알려진 만찬회장에 자신두 초대받도록 무리하게 떼를 쓴다.

귀부인들이 비속함에 대해 이런 부드러운 애착을 느꼈다고 말하기는 어려울 것이다. 그러나 많은 응접실에서, 비록 치치코프가 제일가는 미남자는 아니지만 대신 남자라면 누구나 갖춰야 하는 모습이고, 만일 좀 더 뚱뚱하거나 통통해지면 그건 좋지 않을 것이라는 이야기들이 오가기 시작했다. 홀쭉한 남성에 대해 뭔가 약간 모욕적인 말까지 나왔다. 그는 이쑤시개 같은 것일 뿐 그 이상 아무것도 아니고 절대 인간은 아니라는 것이었다. 부인네 의상에 많은 다양한 부수적인 변화들이 나타났다. 아케이드가 사람들로 혼잡스러워지고 북새통을 이뤘다. 거의 퍼레이드가 열린 것처럼 마차들이 대거 몰려든 것이다. 상인들은 자신들이 진작 장에서 끊어 왔으나 가격이 비싸서 안 팔리던 천 조각들이 갑자기 유행하고 날개 돋친 듯 팔리는 것을 보고 어안이 벙벙해졌다. 교회 예배 중에 한 귀부인이 외투 밑으로 교회의 절반은 뒤덮을 만큼 넓은 버팀 살대*를 입은 것이 눈에 띄었고, 그래서 마침 그 자리에 있던 관구의 순경이 그녀의 귀부인식 몸치장*이 망가지지 않도록 군중에게 좀 더 멀찍이, 즉 교회 현관 쪽으로 물러서라고 명령했다. 심지어 치치코프도 자신이 종종 특별한 주목을 받고 있음을 느끼지 않을 수 없었다. 한번은 집에 돌아와 자기 방 책상 위에 놓여 있는 편지 한 통을 발견했다. 누가 어디서 보낸 건지 도무지 알 수가 없었는데, 여관 사환의 대답으로는 보낸 이들이 누가 보냈는지 말하지 말라고 지시했다는 것이다. 편지는 매우 단호하게 바로 이렇게 시작되었다. '아니에요, 저는 당신에게 편지를 써야 해요!' 그다음에 영혼 간의 비밀스러운 교감이라는 말이 나오고, 이 진리는 한 행의 거의 절반을 차지하는 몇 개의 점들로 확증되었다. 그다음엔 진실성의 측면에서 정말 탁월한 몇 가지 상념들이 뒤를 이었으니, 그것들을 거의 발췌해 적지 않을 수 없다. '우리의 삶은 무엇인가요? 고통이 둥지를 튼 골짜기이지요. 세상이란 무엇인가요? 감정을 느끼지 못하는 사람들의 군집이지요.' 그러고 나서, 편지를 쓴 이는 운명을 달리한 지 25년이 되는 상냥한 어머니에 대한 시구들을 눈물로 적시고 있다고 언급했다. 그녀는 치치코프에게 사람들이 답답한 울타리에 갇혀 숨을 제대로 쉬지 못하는 도시를 영원히 떠나 광야로 나오라고 초대하였다. 편지의 말미는 이미 명확한 환멸의 빛을 띠며 다음의 시구로 마무리되어 있었다.

두 마리의 암비둘기가 그대에게
저의 차가운 유골을 보여 주겠지요.
슬프게 구구 울면서, 그녀가 눈물을
흘리며 죽어 갔다고 말해 주겠지요.

마지막 문장에는 운율이 없었으나, 이건 아무것도 아니었다. 편지는 당시의 시대정신에 따라 쓰였기 때문이다.* 서명 역시 전혀 없었으니, 이름도, 성도, 심지어 날짜도 없었다. 추신에는* 치치코프가 자신의 가슴으로 편지 쓴 여인을 알아맞혀야 하고, 내일 있을 현지사 댁 무도회에 편지를 쓴 장본인이 있을 거라고만 덧붙여져 있었다.

이 일에 그는 매우 큰 흥미를 느꼈다. 익명이라는 점이 너무 매혹적이었고 그의 호기심을 자극해 그는 두 번 세 번 읽고 또 읽고, 마지막으로 "하지만 이 편지를 쓴 여인은 누구일지, 정말 궁금하군!"이라고 말했다. 한마디로 일이 심각해지고 있는 듯했다. 그는 한 시간 이상 이 편지에 대해 곰곰이 생각하다가 마침내 양팔을 벌리고 고개를 수그리며 말했다. "편지가 아주, 아주 유려하게 쓰였네!" 그러고서 응당 그럴 거라고 짐작했듯이, 그는 편지를 말아 손가방을 열고 어떤 포스터와 7년간 그대로 그 자리에 둔 결혼 초대장 옆자리에 넣었다. 얼마 지나지 않아 그에게 정말 현지사 댁 무도회 초대장이 왔다. 이런 일은 현의 도시들에서는 정말 흔한 일이었으니, 현지사가 있는 곳에는 무도회도 있기 마련이며, 그렇지 않으면 현지사는 결코 귀족에게 충분한 사랑과 존경을 얻지 못할 것이다.

모든 부차적인 것들은 당장 멈추고, 멀리 치워 버리고, 모든 것이 무도회 준비에 집중되었다. 왜냐하면 정말로 마음 설레게 하고 기대를 갖게 하는 이유들이 있었기 때문이다. 대신에 아마도 천지 창조 이래 몸단장에 그만큼 시간을 들인 사람은 없었을 것이다. 거울에 얼굴을 비춰 보는 데만 꼬박 한 시간이 할애되었다. 그는 갖가지 다양한 표정들을 지어 보았다. 한번은 근엄하고 침착한 표정, 또 공손하면서도 약간 웃음을 머금은 표정, 또 미소는 빼고 공손하기만 한 표정 등. 치치코프는 프랑스어를 전혀 몰랐지만 때때로 프랑스어에 가까운 모호한 소리를 곁들이며 거울을 향해 몇 번 허리를 굽혀 보기도 했다. 그는 심지어 자기 자신을 위해 여러 번 유쾌한 감탄사를 내뱉고, 눈썹과 입술을 찡긋거리기도 하고, 심지어 혀로 뭔가를 하기도 했다. 한마디로 혼자 있게 되고 게다가 모든 일이 잘되어 가고 있다고 느끼며 아무도 문틈으로 들여다보지 않는다고 확신할 때 사람이 할 수 있는 모든 행동을 다 했다. 마침내 그는 가벼이 자기 턱을 두드리며, "야, 넌 참 멋지고 작은 얼굴을 가졌어!"라고 말하고는 옷을 입기 시작했다. 옷 입는 내내 그는 아주 만족스러운 기분에 휩싸였다. 양복바지의 멜빵을 입거나 넥타이를 매면서 그는 발을 뒤로 빼고 아주 날렵하게 몸을 굽혀 인사를 해 보았고, 결코 춤을 추지 않았음에도 불구하고 앙트라샤를

했다. 이 앙트라샤는 사소하고 해롭지 않은 파장을 일으켰으니, 장롱이 떨리기 시작하고 책상에서 빗이 떨어졌다.

그의 등장은 무도회에 특별한 동요를 일으켰다. 모두 하나같이 그를 향해 돌아섰으니, 손에 카드를 든 사람도, 대화의 가장 흥미로운 지점에서 "하급 관구 재판관이 이에 대답한다면……"이라고 말하던 사람도 관구 재판관이 무슨 대답을 한다는 것인지를 옆으로 내팽개치고 환영 인사를 하며 우리 주인공에게 급히 다가갔다. "파벨 페트로비치! 오 하느님, 파벨 페트로비치! 상냥한 파벨 페트로비치! 지극히 존경할 만한 파벨 페트로비치! 내 영혼, 파벨 페트로비치! 이제 오셨군요, 파벨 페트로비치! 바로 그가 우리의 파벨 페트로비치예요! 당신을 꼭 안아도 되겠지요, 파벨 페트로비치! 그를 이리 보내 주세요, 그에게 더 힘껏 키스하겠어요, 내 소중한 파벨 이바노비치!" 치치코프는 자신이 동시에 여러 사람의 품에 안긴 것을 느꼈다. 관청 소장의 포옹에서 간신히 풀려나자마자, 경시총감의 품에 안겼고, 경시총감은 그를 다시 의료 기관 감독관에게 넘겨주었으며, 의료 기관 감독관은 전매 독점인에게, 전매 독점인은 건축가에게……. 현지사는 이때 한 손에는 사탕 봉지를 쥐고, 다른 손에는 삽살개를 안고 부인들 곁에 서 있다가, 그를 보자 봉지도 삽살개도 마루에 내던졌다. 강아지는 으르렁거리는 것 외에 별도리가 없었다. 한마디로 그의 도착은 주위에 기쁨과 특별한 유쾌함을 퍼뜨렸다. 만족이나 적어도 보편적인 만족을 반영하는 빛이 표현되지 않은 얼굴이 없었다. 이건 상관이 부하 관리들의 업무를 살피러 나올 때 관리들의 얼굴에 자주 떠오르는 표정이었다. 그들은 일단 최초의 두려움이 지나간 이후 그가 많은 것에 만족해하고 있음을 알게 되고, 그도 마침내 농담을, 즉 유쾌한 미소를 지으며 몇 마디 하게 된다. 그러면 이에 대한 답례로 그 옆에 있는 관리들은 배로 더 환하게 웃고, 그러나 그가 말한 내용을 약간 못 알아듣은 사람들은 마음 깊은 곳에서 우러나는 미소를 짓고, 마지막으로 멀리 바로 출구 옆에 서 있던 어떤 순경마저, 태어나서 여태껏 단 한 번도 웃어 본 일이 없고 바로 직전까지도 군중에게 주먹을 흔든 그마저 불변의 반영의 법칙에 따라 얼굴에 어떤 미소를 표현한다. 이 미소는 누군가 독한 담배를 피운 후 재채기를 하려는 순간에 짓는 표정에 더 가깝긴 했지만 말이다.

우리 주인공은 모두에게, 또 각자에게 답례를 하면서 뭔가 특별한 민첩함을 느꼈다. 그는 평소 하던 대로 약간 비스듬히, 하지만 완전히 자유롭게 좌우 옆으로 허리를 굽혀 인사하여 모두를 매료시켰다. 이때 귀부인들이 그를 빛나는 화환처럼 에워싸면서 온갖 종류의 향기 구름을 몰고 왔다. 한 귀부인에게서는 장미 향이 풍겼고, 다른 이에게서는 봄과 제비꽃 향이 실려 왔으며, 세 번째 부인에게선 온몸에서 목서초 향이 물씬 났다. 치치코프는 코만 살짝 올려 그 향내를 맡았다. 그들의 의상엔 갖가지 취향이 나타나 있었다. 모슬린, 공단, 옥양목은 이름을 붙이기 어려울 정도로 흐릿한 당시 유행하는 색들을 하고 있었다(그 정도로 취향이 섬세해졌다). 리본 댕기와 형형색색의 꽃다발들이 여기저기 드레스를 따라 그림처럼 무질서하게 날아다녔다. 비록 이 무질서를 위해 질서 정연한 머리가 엄청나게 많은 수고를 하긴 했지만 말이다. 가벼운 머리 장식이 한쪽 귀에만 매달려서 마치 "이제, 날아가야지, 이 미인을 데리고 가지 못하는 게 안타까워!"라고 말하는 것 같았다. 허리는 꼭 조이고 눈으로 보기에 가장 탄탄하고 유쾌한 형태를 띠었다(N시의 모든 귀부인들은 약간 통통했지만 너무나 절묘하게 끈으로 졸라매고 너무나 유쾌한 매력적인 자세들을 취해서, 그들이 뚱뚱하다는 것을 결코 알아챌 수 없었다). 그들의 모든 것이 특별히 용의주도하게 구상되고 미리 고려되어 목과 어깨는 꼭 필요한 만큼만 드러나고, 절대 허용되는 선 이상 넘어가지 않았으며, 저마다 자신의 매력 포인트가 보는 이의 얼을 빼놓을 거라고 스스로 확신할 때까지 그것을 드러냈다. 그 외 나머지는 모두 아주 특별한 취향에 따라 감추어져 있었다. 혹은 리본으로 만든 어떤 가볍고 작은 넥타이나 혹은 '입맞춤'이라는 이름으로 알려진 파이보다 가벼운 숄이 공기처럼 목을 감싸고 있었고, 혹은 '겸손'이라는 이름으로 알려진 엷은 반투명 세마포로 된 잘디잔 톱니 모양의 단이 어깨 뒤에서 드레스 밑에서 밖으로 나와 있었다. 이 '겸손'이라는 단들은 인간에게 심각한 파멸을 초래할 수는 없는 부위를 앞뒤로 가려 주었으나, 그럼에도 거기에 정말 파멸이 있지 않나 의심을 갖게 했다. 긴 장갑은 소매 끝까지 다 끼지 않고, 팔꿈치 위쪽의 뇌쇄적인 부분이 드러나도록 일부러 주의를 기울였으며, 많은 부인들의 경우 그 부위가 부러울 정도로 통통했다. 어떤 이들의 경우 너무 잡아당겨서 새끼 염소 가죽 장갑이 터지기도 했다. 한마디로 모든 것에 '아니야, 이건 현이 아니야, 이건 수도야, 이건 바로 파리야!'라고 씌어 있는 것 같았다. 단지 몇 군데에서만 갑자기 지상에서는 볼 수 없는 부인용 두건이나 거의 공작 깃털 같은 것이 모든 유행을 거스르고 자기 취향대로 얼굴을 내밀었다. 그러나 이것이 없을 수 없는 것이, 그게 지방 도시의 특성이고, 지방 도시는 어디에서나 반드시 삑사리를 내는 법이다. 치치코프는 그들 앞에 서서, '그나저나 편지를 쓴 여인은 누굴까?'라는 생각을 하며 코를 앞으로 내밀려고 했다. 그러나 그의 코를 수많은 팔꿈치, 소맷단, 소매, 리본 끝, 향내 나는 부인용 가슴받이 옷과 드레스가 긴 대열을 이루며 비비고 지나갈 뿐이었다.* 사람들이 경쾌한 갤럽 춤을 추며 앞뒤로 거침없이 날아다녔다. 경시총감 부인, 대위-감독관, 푸른 깃털을 단 부인, 흰 깃털을 단 부인, 그루지야의 공작 치프하이힐리제프, 페테르부르크에서 온 관리, 모스크바에서 온 관리, 프랑스인 쿠쿠, 페르후놉스키, 베레벤돕스키* 등 모두 일어나 내달렸다.

"아아! 엄청나구나! 현 전체가 비비대러 나왔구만!" 치치코프는 뒤로 물러서서 혼잣말을 하고, 귀부인들이 자기 자리로 흩어지자마자, 얼굴과 눈의 표정으로 편지 저자가 누군지 알아낼 수는 없는지 주위를 살피기 시작했다. 하지만 얼굴과 눈의 표정만으론 도저히 알아낼 수가 없었다. 사방에서 살짝 노출되고, 분간할 수 없는 뭔가 섬세한 것이 눈에 들어왔으니, 와! 얼마나 섬세한가!⋯⋯ "아니야." 치치코프는 혼잣말을 했다. "여성이란 알 수 없는 존재여서 말이야⋯⋯." 여기에서 그는 손도 휘둘렀다. "정말 할 말이 없네! 한 번 가서 그들 얼굴에 오가는 것, 온갖 뉘앙스들과 암시들을 말하거나 전하려고 해 봐. 그래 봤자 전할 게 아무것도 없어. 그들 눈만 해도 그토록 크고 끝없는 나라와 같아서, 사람이 발을 한 번 내딛으면 완전히 흔적도 없이 사라져 버려! 그땐 갈고리든 호크든 뭐로 해도 거기서 그를 끄집어낼 수 없어. 예를 들어 그들의 매력 하나를 묘사하려고 하면, 축축하고* 비로드같이 부드럽고 설탕처럼 달콤해! 신만이 그들에게 없는 걸 아실걸! 딱딱하기도 하고, 부드럽기도 하고, 심지어 온통 괴로워하기도 하고, 혹은 다른 이들이 말하듯 아주 관능적이거나 관능적이지 않거나 하고, 하지만 관능적인 것보다 더 나가면, 그땐 네 심장을 꿰어차고 네 영혼을 바이올린의 현으로 켜듯 갖고 놀지. 아니야, 적당한 말을 찾을 수가 없어. 인류의 보다 사치스러운* 절반일 뿐, 그 이상 아무것도 아니야!"

내 잘못이다! 우리 주인공 입에서 거리에서 주워들은 단어가 튀어나온 것 같다. 어쩔 수 없잖은가? 루시 땅에서 작가가 처한 상황이 그런걸! 그러나 거리의 단어가 책에 들어간다면, 이건 작가의 책임이 아니라 독자들, 누구보다도 상류 사회 독자들의 책임이다. 그들에게선 한마디도 버젓한 러시아 단어를 들을 수 없고, 그들은 프랑스, 독일어, 영어 단어는 더는 듣고 싶지 않을 만큼 무진장 쏟아 낼 것이다. 그것도 가능한 한 원어 발음을 모두 지키면서 말할 것이니, 프랑스어로는 콧소리로 r와 l 발음을 모호하게 하고, 영어로는 가급적 새처럼 발음하면서 얼굴마저 새 표정을 지을 것이고, 심지어 그렇게 새 표정을 잘 못 짓는 사람을 조롱할 것이다. 반면 러시아어는 쓰지도 않으면서, 감상적인 애국심으로 자기 별장의 오두막은 러시아식으로 지을 것이다. 상류층 독자들이 그러하니, 자기를 상류층으로 간주하는 자들도 그들을 따를 수밖에! 그럼에도 얼마나 까탈스러운지! 그들은 반드시 모든 것이 가장 엄격하고 정제되고 고상한 언어로 쓰이기를 바라며, 한마디로 러시아어가 갑자기 충분히 정제된 상태로 구름에서 스스로 내려와 곧장 그들의 혀 위에 앉고 그들은 입을 벌려 혀를 내밀기만 하면 되기를 바라는 것이다. 물론 인류의 절반인 여성은 불가사의하다. 그러나 고백건대 우리의 존경할 만한 독자들은 종종 훨씬 더 불가사의하다.

그러나 그사이에 치치코프는 귀부인들 중 누가 편지를 썼는지 알아내려고 애쓰다가 완전히 혼란에 빠졌다. 좀 더 주의 깊게 시선을 집중시키려고 노력하면서, 그는 부인들 쪽에서도 불쌍한 인간의 가슴에 희망과 달콤한 고통을 동시에 약속하는 무언가가 표현되고 있음을 느끼고는 마침내 "아니, 전혀 감이 안 오는걸!"이라고 말했다. 그러나 이것이 그가 놓여 있는 유쾌한 기분을 감소시킨 것은 아니었다. 그는 편안하고 민첩하게 귀부인들 중 몇몇과 유쾌한 대화를 나누고, 이 부인 저 부인에게 잰걸음으로 다가가거나, 흔히 말하듯이 '쥐과의 종마'로 불리는 몸집이 작고 늙은 멋쟁이들이 높은 굽의 신발을 신고 부인들 주위를 아주 잽싸게 다니며 보통 하는 것처럼 다리를 옮겼다. 좌우로 상당히 날렵하게 몸을 돌리며 종종걸음을 하고서 그는 짧은 꼬리나 숨표 모양으로 발을 가볍게 비볐다. 귀부인들은 매우 만족해하며 그에게서 유쾌하고 사랑스러운 면들을 아주 많이 찾아냈을 뿐 아니라, 심지어 그의 얼굴에서 장엄한 표정, 심지어 부인들이 매우 좋아하는 것으로 익히 알려진 군신 마르스 같고 군인다운 뭔가를 발견하기 시작했다. 심지어 그를 두고 약간의 말다툼이 생기기까지 했으니, 그가 보통 문가에 서는 것을 알고 몇 명이 문 가까이에 있는 의자 하나를 차지하려고 사방에서 서둘러 몰려들었고, 한 부인에게 먼저 이걸 차지하는 행운이 돌아갔을 때, 거의 지극히 불쾌한 사건이 일어날 뻔했다. 그런 뻔뻔스러운 행동은 똑같이 그렇게 하고 싶어 했던 많은 이들에게 너무나 혐오스러워 보였기 때문이다.

치치코프가 부인들과의 대화에 너무 열중했기 때문에, 아니 더 정확히 말하면 부인들이 대화로 그를 그토록 사로잡고 정신을 못 차리게 했기 때문에, 즉 의미를 애써 파악해야 하는 아주 의미심장하고 미묘한 알레고리를 쏟아 내 그의 이마에 진땀이 나게 했기 때문에, 그는 예의범절이 요구하는 의무를 이행하기 위해 누구보다 먼저 안주인에게 다가가야 함을 잊고 있었다. 그는 이미 몇 분간 자기 앞에 서 있는 현지사 부인의 목소리를 듣고서야 비로소 이것을 상기했다. 현지사 부인이 상냥하게 머리를 흔들며 약간 간드러지고 교활한 목소리로 이야기했다. "아, 파벨 이바노비치, 바로 당신이군요!" 현지사 부인의 말을 정확하게 전달할 수는 없지만, 뭔가 호의가 가득 담긴 말들이 있었다. 그 말들엔 통속적인 작가들, 즉 살롱 묘사를 즐겨 하고, 상류층 어투에 대한 지식을 자랑하고 싶어 하는 작가들의 작품에서 부인들과 그들의 동반자들이 서로 자기 생각을 나눌 때의 정신이, 또한 '진정 당신의 마음이 무언가에 그토록 사로잡혀, 그 안에는 당신이 무정하게도 잊어버린 사람들을 위한 여지가, 가장 좁은 구석마저 남아 있지 않군요'라는 식의 정신이 담겨 있었다. 우리 주인공은 그 순간 현지사 부인에게 몸을 돌려, 당시 유행하던 소설에 나오는 즈본스키들, 린스키들, 리딘들, 그료민들,* 그리고 온갖 수완 좋은 군인들이 쏟아 내는 미사여구에 결코 뒤지지 않을 만한 대답을 할 태세였으나, 엉겁결에 눈을 들고 나서 갑자기 둔기로 얻어맞은 듯 말을 멈추었다.

그 앞에는 현지사 부인 혼자 있지 않았다. 그녀는 어린 열여섯 살 소녀, 섬세하고 균형 잡힌 얼굴선과, 날카로운 턱선과, 예술가가 마돈나의 모델로 삼을 만하며, 뭐든지 산도, 숲도, 초원도, 얼굴도, 입술도, 다리도 넓적한 것을 좋아하는 루시에서는 아주 보기 드물게 매력적인 계란형 얼굴의 풋풋한 금발 아가씨의 팔짱을 끼고 있었다. 그가 노즈드료프 집에서 나와 가는 도중에 만났던 바로 그 소녀였다. 그때 마부 혹은 말들이 우둔해서 그들 마차가 이상하게 부딪쳐 마구가 뒤엉키고, 미탸이 아저씨가 미냐이 아저씨와 함께 그것을 풀려고 나왔다. 치치코프는 너무 당혹스러워 조리 있는 말을 한마디도 할 수 없었고 그료민도, 즈본스키도, 리딘도 하지 않을 그런 귀신 씻나락 까먹는 말을 웅얼거렸다.

"아직 제 딸을 모르시죠?" 현지사 부인이 말하였다. "여학생이고 이제 갓 학교를 마쳤답니다."

그는 우연히 그녀를 만나는 행운을 맛본 적이 있노라고 대답하고 뭔가를 더 보탤 요량이었으나 어찌 된 일인지 말이 나오질 않았다. 현지사 부인은 두세 마디 더 하고는, 마침내 딸을 데리고 홀의 반대편 끝에 있는 다른 손님들에게 갔다. 그러나 치치코프는 여전히 한자리에 꼼짝 않고 서 있었다. 그는 마치 눈으로 모든 것을 바라볼 준비를 하고서 산책을 하러 기분 좋게 거리에 나섰다가 갑자기 뭔가 잊어버린 걸 깨닫고 멈칫해서 제자리에 서 있는 사람 같았다. 그 순간 그런 사람보다 더 어리석은 건 없을 것이니, 순식간에 걱정 없는 표정이 얼굴에서 사라지고, 그는 자기가 무엇을 잊었는지 기억해 내려고 애쓴다. 손수건이 아닐까? 하지만 손수건은 호주머니에 있는데. 돈이 아닐까? 하지만 돈도 호주머니에 있다. 전부 있는 것 같다. 그사이 어떤 알지 못할 영이 그의 귀에 대고 그가 뭔가를 잊었다고 속살거린다. 그때 그는 초점을 잃고 음울하게 자기 앞을 지나가는 군중과, 날듯이 다니는 마차와, 지나가는 군대의 뻣뻣한 원통형의 군모들과 총들과, 간판들을 바라보지만, 아무것도 눈에 잘 들어오지 않는다. 그처럼 치치코프도 갑자기 자기 주위에서 일어나는 모든 것에 낯선 존재가 되었다. 이때 귀부인들의 향기로운 입술에서 섬세함과 상냥함이 뼛속까지 스며든 많은 암시와 질문들이 그에게 쏟아졌다. "우리와 같은 지상의 가여운 거주자들에게 당신이 무슨 공상에 잠겨 있는지 감히 여쭤 볼 정도로 대담해지는 것을 허락하시는지요?" "당신의 상념이 훨훨 날아다니는 그 행복한 곳은 어디 있는지요?" "당신을 이 달콤한 사색의 골짜기에 잠기게 한 여인의 이름을 알 수 있을까요?" 등이 그것이다. 그러나 그는 이 모든 것에 완전히 무심하게 대답했고, 그의 유쾌한 표현들은 마치 물속에 가라앉은 듯 사라져 버렸다.

심지어 그는 현지사 부인이 딸을 데리고 어디로 갔는지 보고 싶어서 곧 그들에게서 다른 쪽으로 가버릴 정도로 분별이 없었다. 그러나 부인들은 그를 그렇게 빨리 놓아주고 싶어 하지 않는 것 같았다. 저마다 내심, 우리 마음에 너무나 위협적인 사용 가능한 모든 무기를 다 써 보고 그들에게 있는 최상의 것을 모두 사용하기로 결정한 것 같았다. 어떤 부인들에게는—나는 여기서 모든 부인들이 아니라 어떤 부인들에 대해서만 말하는 것이다—사소한 약점이 있음을 알아 둘 필요가 있다. 그들은 자신에게서 이마든 입이든 손이든 뭔가 특별히 자신 있는 것을 발견하면, 자기 얼굴의 가장 멋진 부분이 다른 사람 눈에도 가장 아름다워 보이고, 모든 사람들의 눈에 들어오고, 모두 갑자기 한목소리로 "보세요, 보시라니까요, 정말이지 그녀 코는 너무나 아름다운 그리스 코예요!"라거나 "얼마나 반듯하고 매력적인 이마인가!"라고 말해 줄 것으로 기대한다. 어깨가 아름다운 여인은 그녀가 곁을 지나가면 모든 젊은이들이 완전히 열광하면서 "와, 이 여인의 어깨는 기가 막히게 멋지네"라고 되뇌고, 반면 얼굴, 머리카락, 코, 이마는 보지도 않고, 설령 본다 해도 어떤 부차적인 것을 보듯이 할 거라고 지레 확신한다. 이게 바로 일부의 귀부인들이 갖는 생각이다. 각 부인들은 저마다 춤으로 가능한 한 매력을 뽐내며, 자신의 우월함의 극치를 한껏 드러내겠다고 속으로 맹세했다. 우체국장 부인은 왈츠를 추면서 매우 피곤한 듯 머리를 옆으로 떨구어서 정말로 지상에 속하지 않은 무슨 소리가 들렸다. 매우 상냥한 한 귀부인은 스스로 표현했듯이 오른발에 완두콩 모양으로 난 작은 종기라는 크지 않은 '불편함'* 때문에 비로드 구두를 신어야 해서 전혀 춤을 추지 않을 생각으로 왔으나, 우체국장 부인이 너무 으스대는 걸 눌러 버리기 위해 비로드 신발로 몇 번 회전을 하였다.

그러나 그 어떤 것두 치치쿠프에게 전혀 기대한 효과를 일으키지 못했다. 그는 심지어 귀부인들이 둥글게 회전하는 것은 쳐다보지도 않고, 계속 까치발을 하고 그의 마음을 사로잡은 금발 소녀가 갔을 법한 곳을 사람들 머리 위로 바라보고 있었다. 그는 밑으로도 몸을 수그려 사람들의 어깨와 등 사이를 기웃거리다가 드디어 그녀가 깃털이 달린 동양식 머리 터번이 위엄 있게 흔들리는 어머니와 함께 앉아 있는 것을 발견했다. 그는 그들에게 돌격하려는 것 같았다. 봄기운이 그에게 작용한 때문인지, 아니면 누군가 그를 뒤에서 떠밀었는지 모르겠지만, 그는 무엇에도 아랑곳없이 단호하게 군중을 헤치고 앞으로 나아갔다. 그 바람에 전매 전담 상인이 그에게 떠밀려 휘청거리다가 겨우 한 발로 중심을 잡았다. 그렇지 않았더라면 자기 뒤에 있는 사람들을 전부 쓰러뜨렸을 것이다. 우체국장 역시 뒷걸음질 치며 상당히 미묘한 아이러니가 뒤섞인 당혹스러운 표정을 지으며 그를 바라보았다. 그러나 치치코프는 그들을 돌아보지도 않았다. 그에겐 오직 저 멀리, 긴 장갑을 끼고 의심할 바 없이 마루판을 날아다니고픈 열망에 몸이 달아오른 금발 소녀만 보였다. 바로 그 옆에서는 네 쌍의 남녀가 마주르카를 빠르고 능숙하게 추고 있었다. 뒷굽이 마루를 쳐 대고, 아르메니아인 이등 대위는 몸과 마음과 손과 발을 다해 아무도 꿈에서도 춰 본 적 없는 그런 파*를 돌고 있었다. 치치코프는 대담하게도 마주르카를 추는 사람들을 지나쳐 그들의 발굽에 거의 부딪힐 듯하면서 곧장 현지사 부인이 딸과 앉아 있는 곳으로 갔다. 그러나 그는 아주 수줍게 다가가고, 민첩하게 댄디식으로 잰걸음을 하지도 않고, 심지어 말을 우물거리기까지 했다. 한마디로 그의 모든 거동에는 뭔가 어색한 것이 있었다.

아마 우리 주인공 안에 정확히 사랑의 감정이 일어났다고 말하기는 어려울 것이다. 그런 부류의 신사들, 즉 그렇게 뚱뚱하지도,

하지만 그렇게 홀쭉하지도 않은 사람이 사랑을 할 수 있을지 의심스럽다. 하지만 여기에는 모든 것에 뭔가 이상한 것, 그 자신도 설명할 수 없는 뭔가가 있었으니, 그에게는, 그 자신이 나중에 고백했듯이, 무도회 전체가 그 소동과 소음과 함께 몇 분간 어디 멀리 사라져 버린 것 같았다. 바이올린 소리와 관악기 소리가 산 너머 어딘가에서 뭔가를 다지는 소리를 내고, 모든 것이 그림에 대충 칠해진 들판과 비슷한 안개에 뒤덮여 버렸다. 안개가 자욱하고 대충 그려진 이 들판에서 매력적인 금발 소녀의 섬세한 윤곽만이, 즉 그녀의 둥글고 작은 계란형 얼굴과 졸업한 지 몇 달 안 되는 여학생에게서 종종 보이는 여리고도 여린 몸, 어떤 깨끗한 선으로 윤곽이 그려진 다소 어리고 늘씬한 사지를 모든 부분에서 가볍고 재치 있게 감싸 안은 그녀의 하얗고 소박한 드레스만이 선명하고 확실하게 두드러져 보였다. 그녀 전체가 코끼리 상아를 정교하게 갈아 만든 어떤 인형 같았고, 그녀 홀로 혼탁하고 불투명한 군중 속에서 흰빛으로 투명하고 밝게 빛나는 것 같았다.

아마도 세상에 그런 일은 비일비재해서, 치치코프 같은 사람들도 살면서 몇 분간은 시인으로 변하나 보다. 그러나 '시인'이란 단어는 너무 지나친 감이 있다. 적어도 그는 자신을 완전히 청년 같은 존재, 거의 창기병처럼 느꼈다. 그녀들 곁에 빈 의자가 있는 것을 보고 그는 즉시 그 자리를 차지했다. 처음엔 대화가 잘 풀리지 않았으나, 이윽고 얘기가 잘 풀렸으며, 그는 기교까지 부리기 시작했다. 그러나…… 여기서 대단히 애통하게도 주목하지 않을 수 없는 것은, 점잖고 중요한 직책을 차지하는 사람들이 귀부인과의 대화에선 약간 서툴다는 것이다. 이 방면의 명수들은 육군 중위이고, 대위급에서 결코 더 멀리 가지 않는다. 그들이 이걸 어떻게 하는지는 신만이 아신다. 그다지 복잡하지 않은 이야기를 하는

데도, 어린 아가씨는 우스워 죽겠다는 듯이 의자에서 몸을 흔들어 댄다. 반면, 5등 문관이 하는 이야기는 신만이 알아들을 수 있으니, 러시아는 매우 광활한 나라라는 것에 대해 이야기꽃을 피우거나, 날카로운 재치가 없진 않지만 끔찍이도 책 냄새가 나는 찬사를 쏟아붓고, 만일 뭔가 우스운 것을 이야기하면 그의 말을 듣는 여인보다 자기가 비교할 수 없이 먼저 더 크게 웃어 버린다. 여기서 이것을 지적하는 이유는 독자들이 왜 금발 소녀가 우리 주인공이 말하는 중에 하품을 하기 시작했는지 알려 주기 위해서다. 그러나 주인공은 이걸 전혀 눈치채지 못하고, 이미 다양한 장소에서 그와 유사한 경우에 말했던 많은 유쾌한 일들을 이야기했다. 그 내용인즉슨, 심비르스키 주의 소프론 이바노비치 베스페치니* 집에는 그의 딸 아델라이다 소프로노브나와 세 명의 시누이가 있었는데, 바로 마리아 가브릴로브나, 알렉산드라 가브릴로브나, 아델게이다 가브릴로브나이고, 랴잔 현의 표도르 표도로비치에게, 그리고 펜자 현의 프롤 바실리예비치 포베도노스니*와 그의 형 표트르 바실리예비치 집에는 처제 카테리나 미하일로브나와 6촌 자매들인 로자 표도로브나와 에밀리야 표도로브나가 있으며, 뱌트카 현의 표트르 바르소노피예비치 집에는 그의 약혼녀의 언니 펠라게야 예고로브나와 조카 소피야 로스티슬라브나와 두 이복 자매인 소피야 알렉산드로브나와 마클라투라* 알렉산드로브나가 있다는 것이었다.

모든 부인들에게 치치코프의 이런 행동은 전혀 마음에 들지 않았다. 그들 중 한 명은 그에게 이것을 알아차리라는 뜻으로 일부러 그의 곁을 지나갔고, 심지어 자기 드레스의 버팀 살대를 상당히 조심성 없이 한껏 부풀려 금발 소녀를 쓸고 지나가게 하거나, 자신의 어깨 주위를 날아다니는 숄을 그 끝자락이 소녀 얼굴 앞에 날리도록 다시 둘렀다. 동시에 그의 뒤에 있는 한 떼의 귀부인들의 입에서 제비꽃 향내와 함께 다분히 비꼬는 듯하고 독설에 가까운 말들이 튀어나왔다. 그러나 그는 정말 듣지 못했거나, 아니면 전혀 듣지 못한 척하였으니, 어쨌건 정말 좋지 않았다. 왜냐하면 부인들의 의견은 소중히 여겨야 하기 때문이다. 그는 이 점을 후회하기도 했으나, 그때는 일이 지나간 뒤여서 늦어 버렸다.

모든 면에서 정당한 불만들이 모든 이들의 얼굴에 나타났다. 사교계에서 치치코프의 비중이 아무리 대단하더라도, 설사 그가 정말 백만장자이고 그 얼굴에 장엄함과 심지어 군신과 군인의 풍모가 나타난다 해도, 부인들에겐 상대가 누구든 절대로 용서하지 않는 일이 있는 법이고, 그렇게 되면 완전히 수가 틀려 버리는 것이다! 성격 면에서 남성보다 아무리 약하고 무력하다 해도, 여인이 갑자기 남성뿐 아니라 이 세상 그 무엇보다 더 강해지는 경우가 있다. 치치코프가 보인 거의 의도하지 않은 무관심이, 부인들 사이에서 의자를 부정하게 차지하는 사건으로 거의 파국 지경에 이르렀던 유대 관계를 회복시켰다. 그가 뜻밖에 내뱉은 메마르고 평범한 말들에서 그들은 신랄한 암시를 찾아냈다. 여기에 불행이 겹쳐, 어떤 젊은이가 그 자리에서 사교계의 무도회에 대한 풍자시를 지었는데, 익히 잘 알다시피 현지사 무도회에서 그것은 거의 빠지지 않는 법이다. 그런데 이 시들이 즉시 치치코프가 쓴 것으로 알려졌다. 불만이 쌓이자 귀부인들이 여기저기 구석에서 가장 불쾌한 방식으로 그에 대해 말하기 시작했고, 불쌍한 여학생은 완전히 박살이 나고 그녀에게 사망 선고가 내려졌다.

게다가 그런 와중에 우리 주인공에게 그의 인생에서 지극히 불쾌한 충격적인 사건이 기다리고 있었다. 금발 소녀가 하품을 하는 동안 그가 그녀에게 다양한 시기에 일어난 이런저런 이야기들을 늘어놓고 심지어 그리스 철학자 디오게네스*를 막 언급하려는 순간 옆방에서 노즈드료프가 나타난 것이다. 식당에서 끌려 나왔건, 평소의 카드 게임보다 좀 더 크게 게임 판이 벌어진 작은 녹색 응접실에서 자의로 나왔건 떠밀려 나왔건 간에, 그는 쾌활하고 기쁨에 가득 차서 지방 검사의 팔짱을 끼고 나타났다. 아마도 얼마간 지방 검사를 끌고 다닌 것 같았다. 왜냐하면 가련한 지방 검사는 마치 이 다정하고 친밀한 여행에서 벗어날 수단을 생각해 내려는 듯 숱 많은 눈썹을 사방으로 굴리고 있었기 때문이다. 사실 그 여행은 참기 어려운 것이었다. 노즈드료프는 물론 럼주가 없지 않은 차 두 잔을 마시고는 원기를 회복해서 가차 없이 거짓말을 해 댔다. 멀리서 그를 흘끗 본 치치코프는 심지어 희생하기로, 즉 자신이 선망하던 자리를 버리고 되도록 빨리 자리를 뜨기로 결정했다. 이 만남이 그에게 어떤 좋은 걸 가져다줄 거라고는 생각하지 않았기 때문이다. 그러나 불행히도 이때 현지사가 몸을 돌려 파벨 이바노비치를 발견하고 특별히 기뻐하며 그를 멈춰 세우고는, 여인의 사랑이 오래가는지 아닌지에 대해 자신이 두 부인들과 벌이던 논쟁의 재판관이 돼 달라고 요청했다. 그 와중에 노즈드료프가 이미 그를 알아보고 바로 맞은편에서 다가왔다.

"아, 헤르손의 지주, 헤르손의 지주!" 그는 다가와 웃음을 흘리고는 그 때문에 봄날의 장미처럼 싱싱하고 발그레한 뺨을 떨면서 소리쳤다. "뭐? 죽은 농노들을 대거 거래했다고? 각하, 각하는 전혀 모르시죠." 그는 즉시 현지사에게 몸을 돌리고 크게 외쳤다. "저자는 죽은 농노를 거래해요! 아이고 맙소사! 잘 듣게, 치치코프! 정말 넌, 우정에서 한마디 하지. 여기 있는 우리 모두 네 친구니까. 여기 각하도 계시지만, 난 네 목을 매달겠어, 제길, 매달고 말고."

치치코프는 어디에 앉아 있는지도 알 수 없었다.

"저를 믿으세요, 각하." 노즈드료프는 말을 이었다. "그는 제게 '죽은 농노를 팔아'라고 말했어요. 전 웃음을 터뜨렸지요. 여기에 오니 하는 말이 그가 3백만 루블에 해당하는 농노를 이주용으로 구입했다는 거예요. 누굴 이주시킨다는 거예요! 그는 저하고 죽은 농노를 흥정했어요. 치치코프, 잘 들어. 넌 짐승이야, 짐승이고말고. 바로 여기 각하도 계시지만, 그렇지 않습니까, 지방 검사님?"

그러나 지방 검사도, 치치코프도, 그리고 현지사도 너무 당황해서 뭐라고 답변해야 할지 할 말을 찾을 수가 없었고, 그사이 노즈드료프는 적지 않은 주목을 받으며 반쯤 술주정을 하기 시작했다.

"이봐 자네, 이보게, 자네, 자네…… 난 네가 왜 죽은 농노들을 샀는지 알기 전엔 너를 떠나지 않겠어. 잘 들어, 치치코프, 정말 넌 부끄러운 줄 알아야 해. 너 스스로 알 거야, 네게 나보다 좋은 친구는 없다는걸. 바로 여기 각하도 계시네. 그렇잖습니까, 지방 검사님? 각하, 저희가 얼마나 친밀한 친구 사인지 믿지 못하시나요? 제게 말씀만 하신다면, 전 여기 서서, 각하가 '노즈드료프! 양심에 걸고 말해 보게, 자네 아버지와 치치코프 중 누가 더 소중한가?'라고 물어보신다면, 전 '치치코프입니다'라고 말할 거예요. 이런…… 제발, 자네, 한 번 진하게 키스하지.* 각하, 제가 그에게 키스하는 것을 허락해 주세요. 그래, 치치코프, 거부하지 말게나. 눈처럼 하얀 네 볼에 진하게 키스하게 해 줘!"

노즈드료프는 자신의 키스와 함께 튕겨서 거의 바닥 위로 날았고, 모두 그를 피해 뒤로 물러서서는 더 이상 그의 말을 듣지 않았다. 하지만 죽은 농노 구입에 대한 그의 말들이 목청껏 얘기되고 아주 우렁찬 웃음이 곁들여져서 방 안의 가장 먼 곳에 있던 사람들의 주의까지 끌게 되었다. 이 소식은 너무나 이상하게 들려서 다들 모두 무슨 나무토막처럼 멍하니 의혹에 찬 표정을 짓고 서 있었다. 치치코프는 많은 부인들이 서로 악의에 차 빈정거리는 미소를 지으며 눈짓을 교환하고, 어떤 부인의 얼굴 표정에는 그의 당혹스러움을 훨씬 증폭시키는 어떤 이중적인 빛이 나타나는 것을 보았다. 노즈드료프가 고질적인 거짓말쟁이란 것은 모두 아는 바이고, 그에게서 어떤 터무니없는 헛소리를 듣는 것은 전혀 놀라운 일이 아니었다. 그러나 예를 들어 우리 죽을 수밖에 없는 인간이, 정말, 죽을 수밖에 없는 인간이 어떻게 만들어졌는지 이해하기란 정말 어려운 것이, 어떤 소식이 전해지든지 그것이 새로운 소식이기만 하면, 설사 "어떤 거짓말을 내뱉었는지 한 번 보세요!"라고 말하기 위해서라도 즉시 죽을 수밖에 없는 다른 인간에게 그것을 전하기 마련이다. 그러면 다른 죽을 수밖에 없는 인간도 만족스러워하며 다음에 "그래, 이건 전혀 주목할 가치도 없는, 완전히 새빨간 거짓말이에요!"라고 말하기 위해서라도 귀를 기울인다. 그리고 즉시 제3의 죽을 수밖에 없는 인간을 찾아가, 그에게 이것을 전하고 난 후 그와 함께 고상한 분노를 내보이며 "정말 터무니없는 거짓말이야!"라고 소리치고 싶어 한다. 그리고 이 일은 즉시 도시 전체를 에워싸고, 모든 죽을 수밖에 없는 인간들은 그 수가 얼마가 되든 상관없이 그것에 대해 계속해서 물릴 때까지 이야기하고 나서 이것은 주목할 가치도, 말할 가치도 없다고 인정한다.

이 부조리해 보이는 사건은 우리 주인공의 기분을 눈에 띄게 흩뜨려 놓았다. 바보의 말이 아무리 어리석어도 가끔은 현명한 사람을 충분히 당혹스럽게 만들기 마련이다. 그는 어색하고 거북살스러운 기분을 느꼈는데, 이건 윤이 번쩍번쩍 나게 닦은 신발을 신고 냄새가 진동하는 진창에 빠진 것과 같았다. 한마디로 좋지 않았다, 너무 좋지 않았다! 그는 더 이상 이것에 대해 생각지 않으려 하고, 생각을 분산시키고 기분을 전환하려 애쓰고, 휘스트 게임에 끼어들었으나, 모든 게 굽은 바퀴처럼 잘못 돌아갔다. 그는 두 번이나 남의 트럼프 패에 끼어들고, 세 번째에는 자기가 내면 안 된다는 것을 잊고 손을 크게 휘둘러 자기 패를 내고 어리석게도 자기 패를 다시 집었다. 소장은 그렇게 멋지고, 이렇게 말할 수 있다면 섬세하게 게임 판을 읽어 내던 파벨 이바노비치가 어떻게 그런 실수를 할 수 있는지, 그의 표현을 빌리면, 그가 신에게 의지하듯 의지하던 스페이드 왕을 어떻게 치명적인 위험에 빠뜨릴 수 있는지 전혀 이해할 수 없었다. 물론 우체국장과 관청 소장, 심지어 경시총감은 보통 그러듯이 우리 주인공에 대해 그가 사랑에 빠진 거 아니냐, 자신들은 파벨 이바노비치가 마음에 상처를 입은 것을 알고 있으며, 누가 화살을 쏘아 맞혔는지도 안다고 그를 놀려 대며 말했다. 그러나 아무리 웃고 농담을 되받아치려고 애써 보아도 모든 게 치치코프에게는 전혀 위로가 되지 않았다. 저녁 식사 때도 식사 중의 교제도 유쾌하고 노즈드료프는 이미 오래전에 쫓겨났음에도 불구하고, 그는 전혀 편하게 즐길 상태가 아니었다. 왜냐하면 부인들도 결국 그의 행동이 스캔들*에 가까운 것임을 눈치챘기 때문이다. 코티용*을 출 때 그는 바닥에 앉아 춤추는 이들의 치맛단을 붙들었는데, 부인들 표현에 따르면 이런 행동은 아주 괴상망측한 것이었다. 저녁은 매우 즐거웠고 삼단 촛대, 꽃, 사탕, 술병 앞에 어른거리는 얼굴들은 모두 가장 자연스러운 만족감으로 빛났다. 장교들, 부인들, 멋쟁이들 모두 느끼할 정도로 대단히 상냥했다. 남자들은 특별히 재치 있게 귀부인들에게 음식을 권하기 위해 의자에서 벌떡 일어나 하인들에게서 음식을 받아들기 위해 달려갔다. 한 대위는 한 귀부인에게 칼집에서 벗긴 장검 날에 소스가 든 접시를 올려 권했다. 치치코프와 자리를 함께한 나이 지긋한 신사들은 자신들의 적절한 논평에, 인정사정없이 겨자 소스를 듬뿍 친 생선이나 쇠고기를 곁들이면서 큰 소리로 논쟁하였고, 심지어 그가 항상 논쟁에 참여했던 대상들에 대해서도 논쟁했다. 그러나 그는 긴 여행으로 피곤하고 기진맥진해서 머리에 아무것도 안 들어오고 무슨 일에도 관여할 힘이 없는 사람처럼 느껴졌다. 심지어 그는 저녁 식사가 끝나기를 기다리지도 않고, 평소에 자리를 뜰 때보다 훨씬 일찍 집으로 떠났다.

그곳, 찬장으로 차단된 문과 가끔 구석에서 빠끔히 쳐다보는 바퀴벌레들이 있는 독자들이 익히 잘 아는 이 방에서, 그의 사고와 정신 상태는 그가 앉은 안락의자가 불편한 만큼이나 불편했다. 그의 마음은 불쾌하고 우울했으며 거기에 뭔가 괴로운 공허가 있었다. "이따위 무도회란 걸 만들어 낸 녀석들은 전부 지옥에나 가라!" 그는 화가 나서 말했다. "제길, 어처구니없이 기뻐할 게 뭐 있어?" 현에는 흉작이다, 물가 인상이다 난린데, 저들은 무도회나 열고 말이야! 여편네들은 누더기로 성장을 하고, 우스운 일이야! 어떤 부인네는 치장하느라 천 루블이나 쓰고, 볼 만하고만! 그것도 농노들 소작료나 설상가상으로 우리 형제의 양심에서 쥐어짜 낸 거라고. 왜 뇌물을 뜯어내고 영혼을 팔아 버리는지 알 만해. 부인에게 숄이나 주름이 넓은 갖가지 부인복,* 제기랄, 뭐 그런 것들을 사 주기 위해서인 거야. 그건 왜? 매춘부 시도로브나*가 우체국장 부인이 자기보다 더 좋은 드레스를 입고 있더라는 말을 못하게 하려고, 그냥 천 루블을 펑! 하고 날리는 거지. 사람들은 "무도회, 무도회, 얼마나 재밌는데!"라고 외치지만, 무도회는 쓰레기 같은 거야. 그건 러시아 영혼, 러시아 기질하곤 거리가 멀고, 악마나 그게 뭔지 알 거야. 다 큰 성인이 나잇살이나 먹어 가지고 갑자기 악마처럼 온통 검은색에, 수염은 죄다 뜯기고 옷은 꼭 끼게 입고, 콩콩 뛰면서 발로 반죽이나 치대는 게* 말이나 돼? 누구는 춤 파트너와 함께 서서 다른 남자와 중요한 일에 대해 이야기하면서, 동시에 다리로는 숫양처럼 좌우로 폴딱폴딱 춤을 추지…… 전부 원숭이 짓이야, 원숭이 짓!* 프랑스인은 마흔이 돼도 열다섯 살 소년일 때와 똑같다 쳐. 근데 우리까지 그렇게 해야 하다니! 아니야, 정말…… 각종 무도회 뒤엔 무슨 죄를 지은 것 같아서 기억하기도 싫어. 머리는 사교계 인사와 대화를 나눈 뒤처럼 텅 비어 버려. 그는 끝없이 모든 것에 대해 지껄여 대고, 모든 걸 가볍게 건드리고, 책에서 뽑아낸 것들을 전부 현란하고 아름답게 말하지. 하지만 그 모든 것 뒤에 머리에 남는 게 없어. 나중에는 자기 일한 가지만 알지만 철저하게 경험으로 아는 단순한 상인하고 나누는 대화가 그런 요란한 방울 소리보다 훨씬 낫다는 걸 알게 되지. 그러니 거기에서, 이런 무도회에서 짜낼 게 뭐 있겠어? 예를 들어, 어떤 작가가 이 모든 장면을 있는 그대로 쓰려고 한다면? 글쎄, 실제로 그런 것처럼 책에서도 그렇게 부조리할 거야. 대체 이게 뭐야? 도덕적인 거야 비도덕적인 거야? 대체 뭐가 뭔지 도무지 알 수가 없군! 침을 뱉어 버리고, 그다음엔 책도 덮겠지." 그렇게 치치코프는 무도회 전반에 대해 불쾌하게 반응했다.

그러나 여기에는 다른 불만의 이유가 있는 것 같았다. 그의 주된 분노의 대상은 무도회가 아니라 그에게 우연히 터진 일, 그가 갑자기 만인 앞에 신만이 아는 어떤 이상한 모습으로 비친 일, 자신이 어떤 이상하고 이중적인 역할을 맡은 일이었다. 물론 분별 있는 사람의 눈으로 보았을 때, 이건 말도 안 되는 헛소리이고, 그 어리석은 말은 아무 의미도 없으며, 특히 주요 사안이 이미 완벽히 마무리된 지금은 더욱 그렇다는 것을 그는 알고 있었다. 그러나 사람이란 이상한 존재여서, 그는 자신이 존경하지도 않고 그 허황된 삶과 화려한 차림새를 비방하며 거칠게 반응하는 사람들의 반감에 그토록 고통스러워했다. 더욱이 사태를 분명히 검토하고서 그 원인이 부분적으로 자신에게 있음을 깨닫자 그는 더욱 화가 났다. 그러나 그는 자신에게 화를 내지 않았고, 물론 그 점에서 그는 옳았다.

우리는 모두 약간씩 자신에게 관대해지기 쉬운 작은 약점을 갖고 있고, 차라리 화풀이를 할 수 있는 어떤 가까운 사람을 찾아내려고 한다. 그래서 예를 들면, 하인, 마침 제때에 나타난 우리 관할 하에 있는 관리, 아내 혹은 마지막으로 의자에 화풀이를 하고, 그러면 의자는 악마만이 알 수 있는 곳으로 휙 던져져 문을 맞히고, 그 때문에 손잡이와 문짝이 날아간다. 바로 그렇게 해서 분노란 게 뭔지 알게 된다. 그렇게 치치코프도 곧 가까운 이를 찾아내어, 분노가 자신에게 불러일으킨 모든 것을 그의 어깨에 떠넘겼다. 이 가까운 이는 노즈드료프였으니, 말할 것도 없이 치치코프는 오직 어떤 사기꾼 노인이나 마부에게 어떤 숙련되고 노련한 대위가, 그리고 가끔 장군이 처리하는 것처럼 노즈드료프에게 옆구리와 측면 할 것 없이 사방에서 마구 욕을 퍼부어 댔다. 이때 그 장군은 이미 고전이 된 많은 표현들을 넘어서 특별히 자기가 직접 고안한 알려지지 않은 표현들을 많이 첨가하기도 한다. 노즈드료프의 족보 전체가 분해되고, 그의 윗대 가족 중 많은 이들이 심한 욕을 먹었다.

그러나 우리 주인공이 딱딱한 안락의자에 앉아 상념과 불면증으로 고통스러워하면서 노즈드료프와 그의 친척을 온 마음으로 대접하고, 그의 앞에 있던 밀랍 양초가 희미해지고, 그 양초의 등심이 오래전부터 심하게 그을음이 끼어 검은 모자를 둘러쓰고 금세라도 꺼질 듯하며, 이제 곧 다가오는 새벽으로 푸르스름해지는 어둡고 분별력을 잃은 밤이 창문을 통해 그의 눈을 바라보고, 먼 곳에서 수탉들이 "꼬끼오" 하며 울어 대고, 완전히 잠든 도시 어디선가 값싼 모직 외투, 직책도 관등도 알려지지 않고, 겨우 러시아의 방탕한 종족에 의해 닳고 닳은 길 하나만(슬프다!) 알고 있는 불행한 사람이 터벅터벅 걷는 동안, 바로 이때 도시의 반대편 끝에서 우리 주인공의 불쾌함을 배가시킬 만한 사건이 벌어지고 있었다. 바로, 도시의 한적한 거리와 쓸쓸한 골목길에 이상한 마차 하나가 달가닥거리는 소리를 내며 달리고 있었던 것이다. 그건 적합한 이름을 찾기가 매우 난감한 마차였다. 유개 여행마차도, 쌍두 사륜 반포창마차도, 반개 사륜마차도 아니고, 차라리 바퀴 위에 볼이 통통하고 불룩 튀어나온 수박이 얹혀 있는 것에 가까웠다. 이 수박의 볼, 즉 노란색 흔적이 남아 있는 작은 문들은 손잡이와 자물쇠 상태가 나빠 잘 닫히지 않았고 겨우겨우 밧줄로 이어져 있었다. 수박은 담배쌈지, 소파의 쿠션, 단순한 베개 모양의 사라사 베개들로 가득 찼고, 빵, 원호형 흰 빵, 속을 넣고 우유나 버터로 맛을 낸 흰 빵, 누룩 없이 구운 전병, 그리고 끓이고 나서 튀긴 반죽으로 만든 8자형 흰 빵*들이 든 자루들로 꽉꽉 채워져 있었다. 닭고기 파이, 소금물로 버무린 속을 넣은 파이*가 위로 삐져나와 있기까지 했다. 뒤쪽 발판에는 알록달록한 수제 재킷을 입고, 새치가 가볍게 덥힌 턱수염을 깎지 않은 하인 출신의 사람이 자리를 차지하고 있었는데, 그는 '청년'이라는 이름으로 알려져 있었다. 쇠 경첩과 녹슨 나사에서 나는 소음과 삐걱거리는 소리에 도시 다른 쪽 끝의 순경이 잠에서 깨었고, 그는 자신의 미늘창을 집고서 비몽사몽간에 온 힘을 다해 "거기 지나가는 게 누구냐?" 하고 소리치기 시작했다. 그러나 아무도 지나가지 않고 오직 멀리

덜거덕거리는 소리만 들리는 것을 보고, 그는 자기 옷깃에 있는 어떤 짐승을 잡아 가로등에 다가가 자기 손톱으로 그것을 즉결 처단하였다. 그러고 나서 미늘창을 옆에 두고 다시 자신의 기사도 규정에 따라 잠들어 버렸다. 말들은 편자를 박지 않아서 앞무릎을 계속 찧으며 절룩거리고, 게다가 보아하니 도시의 평평한 포석이 말들에겐 그다지 익숙하지 않은 것 같았다. 커서 다루기 힘든 그 마차는 이 거리에서 저 거리로 모퉁이를 몇 번 돌고는 마침내 네 도티치키 가*의 니콜라라는 교구 교회를 지나 어두운 골목으로 꺾어 들어서 사제장의 집 문 앞에 멈춰 섰다. 반개 사륜마차에서 머리에 수건을 두르고 솜을 둔 부인용 재킷을 입은 소녀가 나와 마치 남자처럼 두 주먹으로 세게 문을 두드리기 시작했다(알록달록한 재킷을 입은 청년은 죽은 듯 잠들어서 이후 다리를 잡고 끌어냈다). 개들이 짖기 시작하고, 마침내 문이 입을 벌려 매우 힘겹긴 했으나 이 볼썽사나운 여행용 작품을 집어 삼켰다. 마차가 장작, 닭장, 갖가지 작은 우리들이 나뒹구는 비좁은 마당에 들어서자 마차에서 한 부인이 나왔다. 이 부인은 다름 아닌 여지주이자 죽은 제10등급 문관의 부인인 코로보츠카였다. 이 노파는 우리 주인공이 떠난 후, 혹시 그가 자기를 속였을지도 모른다는 불안감에 사로잡혀 사흘 밤을 한숨도 자지 못하고, 말들에 편자를 박지 않았음에도 불구하고, 도시로 나와 죽은 농노들이 얼마에 거래되는지, 어쩌면 자신이, 신이여 보우하소서, 세 배는 싸게 파는 식으로 속아 넘어간 것은 아닌지 알아보기로 결심했던 것이다. 이 도착이 어떤 결과를 가져올지 독자는 이 두 귀부인들 간에 오간 대화를 통해 알게 될 것이다. 이 대화는…… 하지만 이 대화는 다음 장에서 전하는 게 낫겠다.

제9장

아침녘, N시에서는 아직 남의 집을 방문하기엔 이른 시각에, 다락방과 푸른 주랑이 있는 한 오렌지 빛 목조 주택의 문을 열고 화려한 격자무늬 외투를 입은 부인이, 몇 개의 칼라와 금실 줄이 달린 외투를 입고 반들반들한 둥근 모자를 쓴 하인을 대동하고 새처럼 포르르 튀어나왔다. 부인은 평소와 달리 매우 서두르며 현관 입구에 대 놓은 쌍두 사륜 반포장마차로 접은 계단을 따라 새처럼 포르르 들어갔다. 하인은 즉시 마차 문을 닫고 계단을 접은 뒤 마차 뒤의 가죽 끈을 잡으며 마부에게 "가자!"라고 외쳤다. 부인은 방금 전에 들은 소식을 가능한 한 빨리 전해야 한다는 극복하기 어려운 충동을 느꼈다. 그녀는 계속 창문으로 밖을 내다보면서 아직도 가야 할 길이 절반이나 남은 것에 이루 표현할 수 없을 정도로 화가 났다. 스쳐 지나가는 집 한 채 한 채가 그녀에겐 평소보다 더 길게 보였다. 좁은 창문들이 있는 흰 석조 건물인 양로원은 참을 수 없을 만큼 길게 뻗어서, 그녀는 참지 못하고, "빌어먹을 건물 같으니, 왜 이리 길어!"라고 말했다. 마부는 벌써 두 번이나 "좀 더 빨리 몰아, 좀 더 빨리, 안드류시카! 오늘은 왜 이렇게 오래 가는 거야!"라는 지시를 받았다. 그리고 마침내 목표에 당도했다. 쌍두 사륜 반포장마차는 창문 위로 하얀 양각 장식과 창문 앞에 나무 격자로 된 울타리, 그리고 집 앞에 좁은 정원이 있는 흑회색의 목조 단층집 앞에 섰고, 그 울타리 뒤에 있는 작고 가녀린 묘목들은 결코 자신들에게서 떨어지지 않는 도시 먼지들로 하얗게 변해 있었다. 창문을 통해 꽃 화분, 부리에 반지가 끼워진 채 새장 안을 돌아다니는 앵무새, 햇살을 받으며 자고 있는 개 두 마리가 보였다. 이 집에는 방금 도착한 부인의 절친한 친구가 살고 있었다.

작가는 사실 이 두 사람을 어떻게 불러야 그들이 그에게 과거에 화를 냈던 것처럼 화를 내지 않을지 참으로 난감하다. 가상의 성으로 부르는 것은 위험한 일이다. 왜인고 하니, 어떤 이름을 고안하든지 축복받은 우리나라의 어느 구석엔가엔 그 이름을 가진 누군가가 살고 있기 마련이고, 그는 배가 아플 정도가 아니라 죽느니 사느니 할 정도로 화를 버럭 내면서, 작가가 일부러 비밀리에 모든 것을 탐문하러, 즉 그는 어떤 사람이고, 어떤 양가죽 외투를 입고 다니며, 어떤 아그라페나 이바노브나를 자주 방문하는지, 또 어떤 음식을 좋아하는지 탐문하러 왔었다고 떠들어 대기 시작할 것이기 때문이다. 관등이라도 부를라치면, 신이 보우하시길, 그건 더욱 위험천만한 일이다. 요즈음 우리나라에서는 모든 관등과 신분의 사람들이 너무 예민하고 신경이 곤두서 있어서 인쇄된 책에 있는 것은 무엇이든 모두 특정 개인에 관계된 것으로 보고 있으니, 그게 요즘의 추세인 듯하다. 어느 도시에 어떤 어리석은 사람이 있다고만 해도, 이게 벌써 특정 인물이 되어 버려서, 갑자기 점잖은 외모의 신사가 튀어나와 "정말이지 저 역시 인간입니다. 그래서 저 역시 어리석은 겁니다"라고 외치기 시작할 것이다. 한마디로 그는 한순간 사태의 진상을 알아채는 것이다. 그래서 이런 모든 문제를 피하기 위해, 손님이 찾아간 부인을 그녀가 N시에서 거의 이구동성으로 불리는 그대로, 즉 '모든 면에서 유쾌한 부인'이라고 부르겠다. 그녀는 이 명칭을 정당한 방법으로 얻었으니, 그녀는 상냥함의 최고 수준에 도달하기 위해서라면 그 어떤 것도 아까워하지 않았기 때문이다. 물론 그 상냥함에 여성의 성격이 교활하게 은근슬쩍 스며들긴 했지만! 그리고 때때로 그녀의 다정다감한 말 한 마디 한 마디에 가시가 돋쳐 있긴 했지만! 그녀보다 어떤 식으로건 무슨 일에서건 그녀를 능가하는 여인에 대해 그녀 마음속에서 끓어오른 것으로부터 신이여, 우리를 보호하소서! 그러나 이 모든 것이 지방 현의 주요 도시에서만 볼 수 있는 가장 섬세한 처세술로 둘러져 있었다. 그녀는 모든 행동을 세련된 취향에 따라 취하고, 심지어 시를 사랑하고, 심지어 가끔은 어떻게 공상에 잠긴 듯이 고갯짓을 해야 하는지도 알았기 때문에, 모두들 그녀가 정말 모든 면에서 유쾌한 부인이라는 데 동의했다. 다른 쪽, 즉 방문한 부인은 그런 다면적인 성격은 아니었기 때문에 그녀는 '그저 유쾌한 부인'이라고 부르기로 하겠다. 손님의 방문에 햇빛을 받으며 자고 있던 조그만 개들이 일어났으니, 바로 끊임없이 자기 털에 걸려 비틀거리는 털이 북슬북슬한 아델과 다리가 가느다란 암캐 포푸리였다. 두 마리 다 짖어 대며 꼬리를 동그랗게 말고 손님이 코트를 벗고 있는 현관으로 달려갔다. 그녀는 유행하는 무늬와 색깔의 드레스를 입고 목에 긴 숄을 두르고 있었으며, 재스민 향이 온 방 안에 물씬 풍겼다. 모든 면에서 유쾌한 부인은 그저 유쾌한 부인의 방문에 대해 듣자마자 현관으로 급히 달려 나왔다. 부인들은 마치 같은 기숙사를 다닌 여학생들이 졸업한 지 얼마 안 되어, 그러나 어머니들이 아직 딸들에게 한 학생 아버지가 다른 학생 아버지보다 좀 더 가난하고 관등이 낮다고 말해 주기 전에 우연히 만났을 때처럼, 서로 손을 꼭 맞잡고 키스를 나누며 소리를 질렀다. 키스 소리가 아주 크게 울려서 개들이 다시 짖어 대기 시작했는데, 그에 대해 그들은 손수건으로 매를 맞았다. 두 부인은, 물론 말할 필요도 없이 하늘색에, 소파, 타원형 탁자, 심지어 담쟁이덩굴로 감싸인 작은 접개식 병풍이 있는 응접실로 들어갔고, 그들 뒤를 털이 많은 아델과 키가 크고 다리가 가느다란 포푸리가 그렁거리며 따라갔다. "이리, 이리로요. 바로 이 구석에 앉으세요!"라고 여주인이 손님을 소파 한쪽에 앉히며 말했다. "그렇게! 바로 그렇게요! 자, 여기 쿠션도 있어요!" 이렇게 말하고 그녀는 손님 등에 쿠션을 받쳐 주었다. 그 쿠션엔 기사가, 보통 그들을 캔버스에 수놓을 때와 같은 방식으로, 코는 계단처럼 튀어나오고 입술은 사각형인 형태로 털실로 수놓아져 있었다. "이렇게 와 주어서 얼마나 기쁜지…… 누군가 다가오는 소리를 듣고, 전 누가 찾아오기에는 아직 많이 이르다고 생각했어요. 파라샤가 "부현지사 부인이십니다"라고 하기에, 전 "응, 그 멍청이가 다시 왔으니 따분하겠군"이라고 말했죠. 그래서 집에 없다고 하라고 말하고 싶었는데……."

손님은 얼른 본론으로 들어가 새 소식을 전하고 싶었다. 그러나 그 순간 모든 면에서 유쾌한 부인이 지른 환호성이 갑자기 대화를 다른 방향으로 틀어 버렸다.

"어쩜 작은 프린트 무늬가 참 화사하네요!" 모든 면에서 유쾌한 부인이 그저 유쾌한 부인의 드레스를 보고 외쳤다.

"네, 아주 밝고 화사하죠. 하지만 프라스코비야 표도로브나는 격자무늬가 더 작고, 얼룩무늬들은 갈색이 아니고 하늘색이었으면 더 좋았을 거라고 하더군요. 그녀 여동생에게 옷감을 떠오라고 보냈는데, 그게 어찌나 매력적이던지 말로 표현할 수가 없어요. 한번 생각해 보세요. 인간의 상상력으론 얼마나 가느다란지 상상도 할 수 없는 가늘디가는 줄무늬들, 하늘색 바탕에 줄 사이로 얼룩무늬-잔가지무늬, 얼룩무늬-잔가지무늬, 얼룩무늬-잔가지무늬…… 한마디로 비할 데가 없어요! 세상에 그런 것은 더 이상 없다고 자신 있게 말할 수 있어요."

"하지만 이봐요, 그건 너무 요란하지 않을까요?"

"오 아니요, 요란하지 않아요."

"아이, 요란해요!"

한 가지 지적해 둘 것은, 모든 면에서 유쾌한 부인은 어느 정도 유물론자여서 거부와 의심하는 경향이 강하고, 삶에서 정말 많은 것을 부인하곤 했다는 것이다.

여기에서 그저 유쾌한 부인은 그 옷감은 결코 요란하지 않다고 설명하고서 외쳤다.

"네, 축하드려요. 소매 끝의 층층으로 된 주름 장식은 이제 안 해요."

"안 하다니, 무슨 뜻이에요?"

"그 자리에 이제 작은 꽃줄 장식을 수놓는 게 유행이거든요."

"이런, 작은 꽃줄 장식은 하나도 안 예뻐요!"

"작은 꽃줄 장식, 전부 작은 꽃줄 장식이에요. 작은 꽃줄 장식으로 만든 망토,* 소매에도 작은 꽃줄 장식, 작은 꽃줄 장식으로 만든 견장, 아래에도 작은 꽃줄 장식, 사방이 작은 꽃줄 장식이에요."

"소피야 이바노브나, 모두 작은 꽃줄 장식뿐이라면 그건 안 예쁜 거예요."

"정말 예쁘다니까요, 안나 그리고리예브나, 믿을 수 없을 정도예요. 드레스에 두 개의 솔기를 수놓는 거예요, 넓은 구멍과 위로는…… 하지만 자, 자, 놀라실 거예요. 정말 그렇게 말하게 될 거예요…… 자, 놀랍죠. 그저 상상만 해 보세요. 허리 부분 코르셋이 훨씬 더 길어지면서 앞으로 돌출되고, 그러면 앞에 있는 살대가 더 도드라지죠. 그러면 치마 전체가 옛날식 버팀살*처럼 주위에 모아지고, 심지어 뒤에도 약간 솜을 넣어서 완전히 벨-팜*이되는 거예요."

"글쎄, 그건 너무 단순해요. 솔직히 말하면요!" 모든 면에서 유쾌한 부인이 자긍심을 느끼며 위엄 있게 머리를 움직이며 말했다.

"하지만, 정확히 그렇게 한다고요, 솔직히 말하는 거예요." 그저 유쾌한 부인이 대답했다.

"뭐, 좋아하신다면야. 하지만 전 무슨 일이 있어도 이건 모방하지 않겠어요."

"저도 그렇게…… 정말, 상상해 보세요, 때론 유행이라는 게 어디까지 가는지…… 아무것도 안 닮았다니까요! 제 여동생에게 일부러 재미삼아 패턴을 부탁했는데요, 제 멜라니야가 드레스를 짓기 시작했어요."

"그래서 정말 패턴이 있으세요?" 모든 면에서 유쾌한 부인이 마음의 흥분을 사뭇 감추지 못하고 외쳤다.

"물론요, 제 여동생이 보내 줬어요."

"자기, 모든 성스러운 것을 걸고 제게 빌려 준다고 약속해요."

"어머! 어쩌나, 벌써 프라스코피아 표도로브나에게 약속했는걸요. 그녀 다음에요."

"프라스코비야 표도로브나 다음에 누가 그걸 입겠어요? 당신이자기편보다 다른 편을 더 좋아하다니, 아주 이상한 일이네요."

"그치만, 그녀는 제 사촌이기도 해요."

"그녀가 부인께 어떤 사촌이 된다는 거예요? 부인의 남편 측에는…… 아녜요, 소피야 이바노브나, 전 듣기도 싫어요. 이건 당신이 저를 모욕하려고 하시는 것으로 들려요. 보아하니 이제 제가 지겨워진 거예요. 당신은 저와의 모든 교제를 끊으려고 하는 거예요."

불쌍한 소피야 이바노브나는 전혀 어쩌해야 할지 몰랐다. 그녀는 자기가 어떤 불에 뛰어들었는지 깨달았다. 잘난 척하더니, 요 입방정하고는! 그녀는 주책맞은 혀를 바늘로 찌르고 싶은 심정이었다.

"그런데 우리의 매력남은 어찌 지내시나요?" 그 와중에 모든 면에서 유쾌한 부인이 말했다.

"어머, 맙소사! 여태껏 앉아 뭐 하고 있었대! 아주 좋아요! 아시겠어요, 안나 그리고리예브나, 제가 어떤 소식을 갖고 왔는지?" 여기에서 방문객은 흥분해서 거의 숨이 막히는 것 같았고, 단어들이 매들처럼 서로를 추격하듯이 쏟아져 나오려고 해서 그녀를 저지 하려면 진정한 친구가 그러듯이 아주 매정해져야 했다.

"부인이 아무리 그를 칭찬하고 높이 평가하셔도," 그녀는 평소보다 훨씬 더 활기를 띠며 말했다. "전 솔직히 말씀드려야겠어요, 그리고 전 그에게도 면전에 대고 얘기할 거예요. 그는 쓸모없는 인간이라고요, 쓸모없는, 쓸모없는, 쓸모없는……."

"그치만, 그냥 들어 보시라니까요, 제 말씀을……."

"사람들이 그가 좋은 사람이라는 소문을 퍼뜨렸지만, 그는 결코 좋은 사람이 아니에요. 전혀 좋지 않아요, 그리고 그의 코는…… 가장 불쾌한 코예요."

"하지만 제발요, 제발 당신에게 말하게 해 줘요, 제발…… 안나 그리고리예브나, 말하게 해 줘요! 이건 진짜 희대의 사건이에요. 아시겠어요, 이건 세칭 이야기하는 진짜 사건*이라고요." 손님은 거의 절망적인 표정을 짓고서 완전히 애원하는 목소리로 말했다. 여기서 주목할 필요가 있는 게, 이 두 부인이 나누는 대화에 상당히 많은 외국어가, 가끔은 완전히 장문의 프랑스어 표현이 들어 있었다. 그러나 작가에게, 프랑스어가 러시아에 가져다준 구원의 선물에 대해 공경하는 마음이 크다 해도, 물론 조국에 대한 깊은 사랑에서 하루 왼종일 프랑스어로 의사 표현을 하는 우리 상류 사회의 칭찬할 만한 관습에 대해 공경하는 마음이 아무리 크다 해도, 그러나 여기 이 러시아 서사시에만큼은 그 어떤 외국어 구절도 들여오기가 망설여진다. 그래서 러시아어로 계속하겠다.

"무슨 이야긴데요?"

"아, 제 소중한 안나 그리고리예브나, 당신이 제가 처한 입장을 상상할 수 있다면, 생각해 보세요. 사제 부인이 오늘 저희 집에 왔었어요. 키릴 사제의 부인 말이에요. 뭐라고 생각하세요? 우리의 멋쟁이 신사, 우리의 방문객이 어떤 사람인지, 네?"

"아니, 그가 사제 부인의 비위를 맞추기라도 했나요?"

"오, 안나 그리고리예브나, 만약 그런 거라면, 아무 문제도 아니지요! 사제 부인이 제게 한 말을 잘 들어 보세요. 여지주 코로보치카가 완전히 정신 나간 사람처럼 사색이 돼서 찾아와 이야기했대요. 무슨 얘기를 했냐면, 함 들어 보세요, 이건 완전히 소설이에요. 갑자기 깊은 밤중에 집안 모두 완전히 잠들었을 때, 문 두드리는 소리가 들리더래요, 그것도 생각할 수 있는 한 가장 끔찍하게. 그러더니, 누군가 외치더래요. '문 열어, 문 열라고! 안 열면 부술 테다!' 이제 어떤 것 같으세요? 이러고도 그 남자가 여전히 멋있다고 하시겠어요?"

"그런데 코로보치카는 어떤 여인인가요, 젊고 예쁜가요?"

"아뇨, 전혀요. 늙은 할멈이에요."

"오, 참 매력적이네요! 그래서 그가 늙은 할망구를 꼬신 거군요. 글쎄, 이러고도 우리 부인네들 취향이 훌륭하다고 칭찬이라도 해야겠어요? 누구에게 반하는지 함 보라고요."

"그게 아니에요, 안나 그리고리예브나. 부인이 생각하는 그런 게 절대 아니라니까요. 생각해 봐요, 머리에서 발끝까지 리날도 리날디니*처럼 무장하고 나타나서는 '파세요, 죽은 농노 놈들을 나한테 전부'라고 요구했대요. 여주인 코로보치카는 아주 단호하게 대답했대요. '그들은 죽었기 때문에 팔 수 없어요'라고요. 그러자 그는 '아니, 그들은 안 죽었어. 그들이 죽었는지 아닌지는 내가 결정할 문제야. 그들은 안 죽었어, 안 죽었다고…… 안 죽었다고'라고 외치더라는 거예요. 한마디로 그는 끔찍한 스캔들을 꾸민 거예요. 그래서 온 마을 사람들이 뛰쳐나오고, 아이들은 울고불고, 모두 소리를 질러 대고, 영문도 모르면서요, 완전히 공포, 공포, 공포 그 자체였대요!* 하지만, 당신은 정말 상상도 못할 거예요, 안나 그리고리예브나, 제가 이 얘기를 다 듣고 나서 얼마나 벌벌 떨었는지요. 마시카가 저를 보고, '마님, 거울 좀 보세요, 하얗게 질리셨어요'라고 말하더라고요. '아니, 지금 거울이 문제가 아냐. 당장 안나 그리고리예브나께 이야기하러 가야겠어'라고 말하고, 즉시 마차에 말을 매도록 일렀지요. 마부 안드류시카가 제게 어디로 가느냐고 물어보는데, 전 아무 말도 못하고 바보처럼 멍하니 그의 눈만 쳐다봤어요. 아마 제가 미쳐 버렸다고 생각했을 거라고 생각해요. 아, 안나 그리고리예브나, 제가 얼마나 불안에 떨었는지 모르실 거예요!"

"하지만, 그건 너무 이상해요." 모든 면에서 유쾌한 부인이 말했다. "그 죽은 농노들이 대체 무슨 의미죠? 고백하건대, 전혀 이해를 못하겠어요. 사실 이 죽은 농노에 대해 두 번째로 듣는 거예요. 제 남편은 노즈드료프가 거짓말한 거라고 하는데, 뭔가 있긴 있는 것 같아요."

"하지만 생각해 보세요, 안나 그리고리예브나. 이 말을 들었을 때 제가 어떤 입장이었을지. 코로보치카가 '이제 전 어째야 좋을지 모르겠어요. 저보고 무슨 위조 문서 같은 걸 쓰라고 하더니, 지폐 15루블을 던져 주더라고요. 근데 전 아무 경험도 없고 힘없는 과부라서, 정말 모르겠어요'라고 하더라고요. 바로 일이 그렇게 된 거예요! 제가 얼마나 부들부들 떨었는지 당신은 상상도 못할 거예요."

"그렇지만, 이런 말을 해도 될지 모르겠지만, 제 생각에 이건 농노에 관한 게 아니에요. 여기엔 뭔가 다른 게 숨겨져 있어요."

"저도 고백하자면 사실은……." 그저 유쾌한 부인은 다소 놀라워하며 말하고서, 여기에 바로 무슨 일이 숨겨져 있는지 알고 싶은 강한 충동에 휩싸였다. "그럼 저, 부인은 뭐가 감추어져 있다고 보시는 거예요?"

"어떻게 생각하세요?"

"제가 어떻게 생각하냐고요? 전, 글쎄요, 도무지 종잡을 수가 없는데요."

"하지만 당신이 정말로 이것에 대해 어떤 생각을 갖고 있는지 꼭 알고 싶어요."

그러나 그저 유쾌한 부인은 할 말을 전혀 찾지 못했다. 그녀는 단지 떠는 것만 할 수 있었고, 어떤 영민한 추리를 할 수 있는 능력은 없었으며, 바로 이 때문에 어떤 다른 이보다 더 따뜻한 우정과 조언을 필요로 했다.

"자, 잘 들어 보세요, 이 죽은 농노들이란 게 뭔지." 모든 면에서 유쾌한 부인이 말하자 손님은 귀를 쫑긋 세웠다. 마치 그녀의 귀가 저절로 쑤욱 늘어나는 것 같았고, 그녀는 소파에 앉지도 소파를 붙들지도 않고 몸을 약간 들어 올렸으며, 약간 뚱뚱한 체구인

데도 갑자기 더 가늘어지고 가벼운 깃털처럼 돼서 바람을 타고 공중으로 날아갈 것만 같았다. 마치 러시아 귀족이자 개를 데리고 사냥하는 대담무쌍한 사냥꾼이 몰이꾼에 쫓기는 산토끼가 튀어나온 숲으로 다가갈 때, 눈 깜짝할 사이에 자기 말과 들어 올린 채찍과 함께 언제라도 불붙을 수 있는 화약통으로 변하는 것과 같았다. 그때 그는 흐린 허공에 눈을 고정시키고, 눈보라치는 스텝이 그의 입에, 수염에, 눈썹에, 해리 털모자에 은빛 별들을 아무리 쏟아부어도 가차 없이 짐승을 따라가 끝장을 보고야 마는 것이다.

"죽은 농노라……." 모든 면에서 유쾌한 부인이 말했다.

"뭐예요, 뭐?" 손님은 완전히 흥분하여 말을 낚아챘다.

"죽은 농노라!"

"아, 제발 좀, 말해 줘요."

"그건 단지 뭔가를 은폐하기 위한 방패막이에 불과하고, 진짜 요점은 이거예요. 그는 현지사 딸을 꾀어내고 싶은 거예요."

이 결론은 정말 너무나 예기치 못한 것이었고, 모든 면에서 의외였다. 유쾌한 부인은 이 말에 하얗게 질려서 그 자리에 돌처럼 굳어 버리고 이번에는 정말 장난이 아니게 부들부들 떨었다.

"어머나, 세상에!" 그녀는 손뼉을 치며 소리를 질렀다. "전, 그런 건 상상조차 못했어요."

"난 사실은, 당신이 입을 떼는 그 순간, 이미 문제의 핵심이 뭔지 다 알아챘어요." 모든 면에서 유쾌한 부인이 대답했다.

"하지만 그렇다면, 기숙사식 여학교의 교육이란 게 도대체 무슨 소용이래요, 안나 그리고리예브나! 이게 그들이 말하는 순수라는 거군요!"

"순수는 무슨 얼어 죽을 놈의 순수! 사실 고백하자면, 전 그 아이가 저는 감히 입에 올릴 엄두도 못 내는 말을 하는 것도 들었어요."

"이거 아세요, 안나 그리고리예브나. 세상이 그렇게까지 비도덕적이 된 것을 보니, 정말 마음이 찢어질 듯 아프네요."

"그런데도 남자들은 전부 그 애한테 넋이 나가죠. 사실 솔직히 말하면, 그 애에게선 아무런 매력도 볼 수가 없어요…… 그 애의 가식은 정말 견딜 수가 없어요."

"아이참, 친애하는 안나 그리고리예브나, 그 애는 정말 목석 같아요. 얼굴에 어떤 표정도 없어요."

"아이참, 그 가식 덩어리! 아휴, 그 가식 덩어리! 오, 그 가식 덩어리! 누가 가르쳤는지 모르겠지만, 전 그 애 같은 가식 덩어리는 본 적이 없어요."

"이봐요, 그 애는 목석에 백지장같이 창백해요."

"아이참, 그런 말씀 마세요, 소피야 이바노브나. 그 애는 불경스러울 정도로 붉게 화장한다고요."

"아이참, 무슨 말씀을, 안나 그리고리예브나. 그 애는 분필, 그냥 분필, 정말 허여멀건한 분필이에요."

"이봐요, 전 그 애 곁에 앉아 있었어요. 손가락 두께만큼 연지를 떡칠해 놔서, 그게 회반죽처럼 조각조각 벗겨지더라고요. 그 엄마가 워낙 알아주는 요부니, 어련히 잘 가르쳤겠어요. 딸은 에미를 훨씬 능가할 거예요."

"뭐, 원하신다면, 뭐든지 걸고 맹세를 하셔도 좋아요. 만약 그 애에게 단 한 방울, 단 한 조각, 어떤 연지건 바른 티가 있다면, 전 이 순간 제 아이들과 남편과 영지 전부를 잃어도 좋아요!"

"아이참, 지금 그걸 말이라고 하세요, 소피야 이바노브나!" 모든 면에서 유쾌한 부인이 말하고 손뼉을 쳤다.

"아이참, 당신이 어떻게 그러실 수 있어요. 안나 그리고리예브나! 정말 의외네요!" 그저 유쾌한 부인이 말하면서 역시 손뼉을

쳤다.

두 부인이 거의 동시에 본 것에 대해 서로 의견이 일치하지 않는 것이 독자에게 새삼 이상해 보이지는 않을 것이다. 정말 세상엔 그런 성격의 기기묘묘한 일들이 많아서, 한 부인이 볼 때는 완전히 하얗게 보이고, 다른 부인이 볼 땐 붉게, 월귤나무처럼 붉게 보이는 것이다.

"그 애가 창백하다는 증거는 또 있어요." 그저 유쾌한 부인이 말을 계속했다. "저는 마닐로프와 꽤 가까이 앉았었는데, 그에게 '보세요, 얼마나 창백한 아이인지!' 라고 말한 걸 아주 또렷이 기억해요. 정말 그 애에게 혹하려면 우리 남성들만큼이나 지독히도 어리석어야 할 거예요. 아, 우리 매혹남은…… 내 참, 그가 얼마나 역겨워 보였는지! 당신은 상상도 못하실 거예요, 안나 그리고리예브나, 그가 얼마나 역겨워 보였는지."

"그래요, 하지만 그에게 무관심하지 않은 몇몇 부인들이 있더군요."

"저요, 안나 그리고리예브나? 그게 저라고 절대로 말씀하실 수 없어요. 절대로, 절대로!"

"아니, 당신 얘기하는 게 아니에요. 당신 외에 딴사람은 없겠어요?"

"절대로, 절대로 아니에요, 안나 그리고리예브나! 전 제 자신을 아주 잘 알고 있다고 말씀드리고 싶어요. 도도한 척 연기하던 여느 다른 부인들이라면 그럴지도 모르지만요."

"그게 무슨 말씀이세요, 소피야 이바노브나! 전 결코 그런 스캔들에 말려든 적이 없다는 걸 말씀드리고 싶어요. 다른 누구라면 몰라도, 전 아니에요. 당신에게 이 점을 지적해 주고 싶어요."

"당신이 기분 상할 게 뭐 있어요? 거기엔 다른 부인들도 있었고, 심지어 그 사람 곁에 더 가까이 앉으려고 제일 먼저 문 옆의 의자를 차지한 사람들도 있었지요."

자, 그저 유쾌한 부인이 그런 말까지 하고 났으니 폭풍우가 뒤따라 나오는 게 당연할 터인데, 대단히 놀랍게도 두 부인은 갑자기 조용해지고, 전혀 아무 일도 일어나지 않았다. 모든 면에서 유쾌한 부인은 유행하는 드레스의 패턴이 아직 자기 손에 들어오지 않은 걸 상기했고, 그저 유쾌한 부인은 자신이 아직 진실한 친구가 발견한 진상의 세부 내용을 듣지 못했다는 걸 깨달았기 때문에, 곧 화해가 잇따랐다. 하지만 두 부인이 기질상 남을 불쾌하게 하려는 성향을 갖고 있다고 말하기는 어려웠고, 전반적으로 그들은 성품이 악하지 않았으며, 단지 대화 중에 서로를 은근히 비꼬려는 욕망만 은연중에 일어날 뿐이어서, 그저 한쪽이 그닥 크지 않은 자기도취를 위해 상대방에게 뭔가 가시 돋친 말을 내뱉는 정도였다. "자, 여기 네 것 있어!" "어서, 자, 얼른 받아! 꿀꺽 삼키라고!" 등 말이다. 남성뿐 아니라 여성의 내면에도 정말 다양한 종류의 욕구와 충동이 있는 것이다.

"그런데 전 단 하나 이해 안 되는 게 있어요." 그저 유쾌한 부인이 말했다. "어떻게 치치코프 같은 떠돌이 과객이 그런 과감한 사건*을 결행할 수 있었는지. 그런 일은 다른 공모자 없인 불가능한데 말이에요."

"그럼, 그들이 없다고 생각하세요?"

"하지만 생각해 보세요, 누가 그를 도울 수 있겠어요?"

"글쎄, 노즈드료프라도 있었을 거예요."

"설마 노즈드료프가요?"

"아니, 왜요? 그러면 가능하지요. 당신도 알잖아요, 그는 자기 아버지를 팔아넘기거나, 아니 더 정확히 말하면 카드에 내걸고 싶어 했어요."

"어머나, 맙소사, 부인에게서 정말 흥미로운 소식을 듣네요! 전 노즈드료프까지 이 일에 개입했으리라곤 상상도 못했어요."

"전 언제나 그러리라 생각했어요."

"하긴 이 세상에 일어나지 못할 일이 뭐가 있어요! 치치코프가 우리 도시에 왔을 때, 세상에, 그가 그런 이상한 행동을 할 줄 누가 상상이나 할 수 있었겠어요? 아, 안나 그리고리예브나, 제가 얼마나 겁에 질려 벌벌 떨었는지 당신이 아신다면! 부인의 호의와 우정이 아니었다면⋯⋯. 분명히 거의 벼랑 끝에 선 것처럼⋯⋯ 제가 달리 어디로 가겠어요? 제 마시카가 제가 죽은 사람처럼 창백해지는 걸 보더니, '마님, 시체처럼 하얗게 질리셨어요'라고 말하더라고요. '마시카, 지금 그게 문제가 아니야'라고 전 말했죠. 세상에 그럴 수가! 그렇게 노즈드료프도 연루되고, 당신이 말씀하신 대로라면!"

그저 유쾌한 부인은 사랑의 도피 행각에 대하여 더 상세한 내용을, 즉 정확한 시간과 기타 등을 알고 싶어 했다. 그러나 그녀는 너무 많이 알고 싶어 한 것이다. 모든 면에서 유쾌한 부인은 모른다고 답변했다. 그녀는 거짓말을 할 줄 몰랐고, 뭔가 가설을 제안하는 것은 다른 문제였다. 그 경우에도 가정이 내적인 확신에 기초하는 경우에만 가능했다. 일단 깊은 내적 확신이 느껴지면, 그녀는 자기 입장을 고수할 줄 알았으니, 설득력에서 타의 추종을 불허하는 어떤 유명한 대변호사가 그녀를 설득시키려 해도, 오히려 그가 내적 확신이라는 것이 무엇인지 분명히 알게 될 터였다.

두 부인이 자기들이 처음에 단지 가정한 것에 대해 마침내 결정적인 확신을 갖게 된 데는 달리 뭐 특별할 게 없다. 우리 형제들, 우리 스스로 일컫듯이 우리 똑똑한 민족은 언제나 거의 그런 식으로 행동하니, 우리의 학문적 고찰들이 바로 그 증거이다. 처음에 학자들은 희대의 사기꾼처럼 접근해서, 수줍어하며 신중하게 가장 겸손한 질문으로 시작한다. "거기에서 유래하지 않았습니까?" "바로 그 특정 지역에서 그 나라의 이름이 유래한 게 아닙니까?" 아니면, "이 문서는 다른 혹은 그 이후 시대에 속하지 않습니까?" 아니면, "이 민족에 대해 이야기할 때 사실은 이 다른 민족을 의미하는 게 아닐까요?"라고. 그는 즉각 이런저런 고대 작가들을 인용하고, 일단 어떤 암시를 보거나 암시 비슷한 것만 봐도 고무되고 과감해져서, 고대 작가들과 허물없이 대화하고, 그들에게 질문을 던지고, 심지어 조심스러운 가정으로 시작했다는 것을 완전히 잊고 자기 자신이 그것에 대답해 버린다. 그에게는 이미 모든 게 확실해 보이며, 가설에 대한 토론은 "그게 바로 이거였군요!" "그게 바로 우리가 의미한 이 민족이었군요!" "그래서, 그것을 이런 관점으로 보아야 합니다!"라는 말로 결론지어진다. 그러고 나서, 전학과 모든 이들에게 공표되고, 새로 발견된 진리는 전 세계를 돌면서 자신의 추종자와 숭배자를 모을 것이다.

두 부인이 그토록 얽히고설킨 상황에 대한 해답을 그처럼 성공적으로 날카롭게 내리는 동안, 지방 검사가 어떤 안색의 변화도 없이 짙은 눈썹에 눈을 끔뻑거리며 응접실에 들어왔다. 부인들은 즉시 그에게 모든 사건을 알리기 시작했고, 죽은 농노 구입에 대해, 현지사 딸의 도피 계획에 대해 이야기해서, 그를 완전히 대혼란에 빠뜨리고 말았다. 그래서 그는 아무리 오랫동안 한자리에 서서 왼쪽 눈을 끔뻑거리고 자기 수염을 손수건으로 두드리다가 담배를 떨어뜨렸어도 도무지 이해할 수가 없었다. 그래서 두 부인은 그를 그 자리에 남겨 둔 채 각자 제 갈 길을 가서 도시를 들쑤셨다. 그들은 겨우 30분 만에 이 일을 성공적으로 완수했다. 도시가 완전히 들쑤셔지고 모든 것이 뒤죽박죽되어서, 누구도 뭐가 뭔지 도무지 알 수 없었다. 부인네들이 모든 이들의 눈을 안개로 가려 버려서, 모든 이들, 특히 관료들은 한동안 아연실색해졌다. 그 상황의 첫 순간은 마치 잠에 취한 학생의 코에 좀 더 일찍 잠에서 깬 친구들이 '경기병'이라고 하는, 담배로 채운 종이를 쑤셔 박은 때와 흡사했다. 잠결에 담배 전체를 온 힘을 다해 들이켜는 바람에 그는 정신이 번쩍 들어 펄쩍펄쩍 뛰어다니며 바보처럼 눈을 휘둥그레 뜨고 사방을 둘러보지만, 자신이 어디 있는지, 무슨 일인지 전혀 이해를 하지 못한다. 그러다가 이윽고 비스듬히 기운 햇빛이 반짝이는 벽들, 구석에 숨은 친구들의 웃음, 수천 마리의 새소리가 울려 퍼지고 이제 잠에서 갓 깨어나는 숲과 함께, 아침이 가녀린 갈대숲 사이로 여기저기 사라지면서 굽이굽이 돌아가는 빛나는 강물과 함께 아침이 창문으로 기웃거리며 다가온 것과, 강에서 멱감자고 불러낸 벌거벗은 아이들이 강둑 사방에 흩어져 있는 것을 알아보고서야 마침내 자기 코에 경기병이 꽂혀 있는 것을 알게 되는 것이다. 바로 이것이 도시 주민들과 관료들이 첫 순간에 처한 상황이었다. 저마다 양처럼 입을 멍하니 벌리고 서 있을 뿐이었다. 죽은 농노들, 현지사 딸, 치치코프가 머릿속에서 특별히 이상하게 뒤죽박죽 섞여 버렸고, 그다음 처음의 마비 상태가 지나자, 그들은 그것들을 하나씩 떼어 내어 이것과 저것을 분리시키고 요리 보고 조리 보고 설명을 요구했지만, 아무리 해도 앞뒤가 맞아떨어지지 않자 화를 내기 시작했다. 사실 이게 웬 조화인가, 대체 이 죽은 농노는 무슨 소린가? 죽은 농노에는 어떤 논리도 없다. 어떻게 죽은 농노를 산단 말인가? 그런 걸 사는 바보가 어딨단 말인가? 그는 무슨 눈먼 돈으로 그것을 사려고 하는가? 결국 이 죽은 농노를 어떤 일에 꿰어 맞추려고 하는 건가? 왜 여기에 현지사 딸이 관여하는가? 만일 그가 그녀랑 도망치려 했다면, 왜 이걸 위해 죽은 농노를 사야 하는가? 만일 죽은 농노를 구입한다면, 왜 현지사 딸이랑 도망하려는 건가? 그녀에게 이 죽은 농노들을 선물하려고 하는 건가? 정말이지 무슨 해괴망측한 소리를 도시에 퍼뜨린 건가? 주위를 미처 다 살피기도 전에 그런 이야기를 만들어 내다니, 사태가 어디로 흘러가는 거야? 이야기에 무슨 조리라도 좀 있으면…… 하지만 소문이 돌았으면 뭔가 원인이 있지 않겠는가? 도대체 죽은 농노에 어떤 원인이 있는 걸까? 심지어 원인도 없다. 이건 말하자면 단순하다. 안드론들이 말 타고 다니고, 헛소리에, 바보 같은 난센스에, 구두가 반숙인 것이다!* 악마에게나 가라, 제기랄!

한마디로, 소문에 소문이 돌고, 전 도시가 죽은 혼과 현지사 딸에 대해, 치치코프와 죽은 농노에 대해, 현지사 딸과 치치코프에 대해 이야기하기 시작하고, 이야깃거리가 될 만한 건 전부 들쑤셨다. 잠만 퍼질러 자던 것이 모두 들쑤셔졌다. 마치 소용돌이가 여태껏 잠들어 있는 것 같던 도시를 뒤집어엎어 버린 것 같았다! 몇 년이나 집에서 잠옷만 입고 뒹굴던 온갖 어중이떠중이들이 소굴에서 기어 나와 혹은 구두를 꽉 끼게 만든 구두장이에게, 혹은 재봉사에게, 혹은 술 취한 마부에게 죄를 돌리는 듯했다. 이미 오래도록 온갖 교제를 끊고 소위 말하듯 자발리신과 폴레자예프 지주들과만 알고 지내 온 사람들 전부('눕다'와 '뒹굴다'라는 동사에서 파생된 유명한 용어들로 우리 러시아에서 널리 쓰이며 '소피코프와 흐라포비츠키에게 들리다'*라는 표현과 같은 의미다. 이 표현들은 모두 코골기, 코 킁킁거리기, 기타 부수적인 동작을 수반하면서 옆구리로, 등으로, 기타 갖은 동작으로 자는 죽음 같은 잠을 의미한다) 2아르신* 길이의 철갑상어와 혀에서 사르르 녹는 고기만두가 든 5백 루블짜리 생선수프를 먹으러 오라고 아무리 집요하게 불러 내어도 집에서 꿈쩍도 않던 자들이 소굴 밖으로 모두 나오기 시작했다. 한마디로 도시에 사람들이 차고 넘치며 규모도 상당하다는 것이 드러났다.

들어 본 적도 없는 어떤 스이소이 파프누티에비치와 막도날드 카를로비치가 나타나고, 응접실들에 그렇게 큰 키는 본 적이 없을 만큼 엄청나게 큰 사람이 손에 관통상을 입은 채 얼굴을 내밀었다. 거리에는 온통 덮개를 한 마차, 잘 알려지지 않았던 대형 유개 사륜마차, 덜그럭거리는 마차, 바퀴 소리가 큰 마차 들이 나타나서 북새통을 이뤘다.

여느 때의 여느 상황에서라면 그런 유의 소문은 전혀 주목을 끌지 못했을 테지만, N시에는 이미 오랫동안 어떤 소문도 없었던 것이다. 심지어 지난 석 달간 수도에서 코메라제*라고 부르는 게 전혀 없었으니, 그 사건은 익히 알다시피 먹을 양식이 제때 날라져 온 격이었다. 도시의 세평에는 갑자기 서로 완전히 대립되는 두 의견이 나타나고, 갑자기 서로 대립되는 두 파, 즉 남성파와 여성파가 형성되었다. 남성파는 가장 분별력이 떨어지는 쪽으로 죽은 농노들에게 관심을 기울였다. 여성파는 전적으로 현지사 딸과 사랑의 도피 행각에 주의를 기울였다. 이 파는, 부인네들의 명예를 위해 언급해 두건대, 질서와 용의주도함에서 비할 바 없이 우월했다. 아마도 훌륭한 안주인에 살림꾼이 되어야 한다는 그들의 소명 자체가 그랬던 것 같다. 그들에겐 곧 모든 것이 더 생생하고 명료한 모양새를 띠고, 선명하고 분명한 형식을 띠고, 잘 설명되고 잘 정돈되어서, 한마디로 완성된 그림이 나왔다. 치치코프는 이미 오래전에 사랑에 빠져서 그들은 달빛 아래 정원에서 밀회를 나눠 왔으며 현지사는 치치코프가 유대인처럼 돈이 많기 때문에 그가 버린 그의 아내만 아니었다면 그에게 딸을 주려고까지 했으나(치치코프가 결혼했다는 것을 그들이 어떻게 알았는지는 아무도 모른다), 희망 없는 사랑으로 괴로워하던 그의 아내가 현지사에게 너무나 감동적인 편지를 보내었고, 치치코프는 아버지와 어머니가 절대 동의하지 않을 거라는 걸 알고 딸과 도망치기로 결정한 것으로 밝혀졌다. 다른 집들에서는 이것이 약간 다르게 이야기되었으니, 치치코프에게는 아내가 전혀 없지만, 섬세하고 수완 좋은 그는 딸과의 결혼을 허락받기 위해 먼저 어머니에게 작업을 시작해서 그녀와 내밀한 영혼의 교제를 나누었다. 그러나 어머니는 당혹해하며 종교에서 금하는 죄를 범하지 않기 위해, 그리고 양심의 가책을 느껴 단호하게 거절하였고, 바로 그게 치치코프가 사랑의 도피 행각을 결정하게 된 이유라는 것이다. 이런 소문들이 도시의 가장 먼 구석까지 퍼져 이 모든 것에 많은 설명과 수정이 새로 첨가되었다. 루시에는 하층 계급 사람들이 상류 사회에서 일어나는 스캔들에 대해 말하길 아주 좋아하기 때문에, 심지어 치치코프를 눈으로 본 적도 알지도 못하는 작은 집들에서도 이 모든 전말을 이야기하기 시작했고, 새로운 내용과 더욱 과장된 설명은 늘어만 갔다. 구성은 시시각각 더 흥미로워지고, 매일 더 최종적인 형태를 띠어 마침내 최종 완결판이 현지사 부인의 귀에 들어가게 되었다. 현지사 부인은 한 가정의 어머니로서, 도시의 첫 번째 귀부인으로서, 마지막으로 그런 일은 꿈에도 생각해 보지 않은 숙녀로서 그 이야기들에 완전히 모욕감을 느끼고, 모든 면에서 정당한 분노에 사로잡혔다. 불쌍한 금발 소녀는 열여섯 살 소녀에게 일어날 수 있는 가장 불쾌한 대질* 심문을 당했다. 모든 종류의 심문, 추가 질문, 판결, 위협, 질책, 훈계가 한바탕 쏟아졌다. 소녀는 눈물을 흘리고 펑펑 울면서도 한마디도 이해할 수 없었다. 문지기에게는 언제건 간에, 어떤 식으로도 치치코프를 받아들이지 말라는 엄명이 내려졌다.

현지사 딸에 관한 사건을 마무리 짓자, 부인네들은 남성파를 공격하여 그들을 자기편으로 끌어들이고, 죽은 농노들은 연막전술일 뿐이며 단지 온갖 의혹을 분산시키고 도피 행각을 더 잘 성사시키기 위해 꾸며 낸 것뿐임을 납득시키려고 했다. 남성들 가운데서도 많은 이들이 동료들로부터, 익히 알려져 있듯이 남성에게 매우 모욕적인 이름인 아낙네요 치마바지라는 비난을 듣고 강한 질책을 받았음에도 불구하고, 유혹에 넘어가 그들 편에 섰다.

그러나 남성들이 아무리 무장하고 저항해도, 그들에겐 여성파와 같은 질서가 전혀 없었다. 그들은 모두 거칠고, 세련되지 못하고, 우아하지 못하고, 쓸모없으며, 조화롭지 못하고, 좋지 않고, 머릿속은 뒤범벅되어 혼잡스럽고, 일관성이 없고, 생각에 조리가 없어서, 한마디로 모든 것에서 남성의 텅 빈 기질, 거칠고, 답답하고, 가사에도 내적 확신에도 무능력하고, 확신이 없고, 게으르고, 끝없는 의심과 영원한 두려움에 가득 찬 기질이 드러났다. 그들은 이 모든 게 터무니없는 헛소리이고, 현지사 딸과의 사랑의 도피 행각은 시민보다는 창기병에게 더 어울리는 일이어서 치치코프가 이런 짓을 할 리 만무하며, 아낙네들이 거짓말을 하고 있고, 아낙네는 자루와 같아서 누가 뭘 갖다 놓기만 하면 있는 족족 가져가 버리고, 현재 주목해야 할 주요 대상은 죽은 농노들인데, 다만 그것이 무엇을 의미하는지는 악마만이 알 수 있고, 그렇지만 거기엔 아주 추잡하고 좋지 않은 게 개입해 있다고 말했다. 왜 그 일에 추잡하고 좋지 않은 일이 연루돼 있다고 남성들이 느꼈는지 곧 알게 될 것이다. 즉, 이 현에 새 총독*이 부임해 왔는데, 이건 익히 잘 알려져 있듯이 관료들을 불안에 떨게 만드는 일대 사건이었다. 조사, 강한 책망, 형벌, 그리고 상관이 자기 부하들에게 차려 주는 온갖 직무상의 조처들이 이어질 판이었다. '글쎄, 그가 도시에 이런 말도 안 되는 소문이 나도는 걸 만에 하나 알게 되면, 이것 하나만으로도 평생 죽을 쑤거나 아님 사형을 당할지도 몰라'라고 관료들은 생각했다. 의료국 감독관은 갑자기 창백하게 질렸다. '죽은 농노들'이라는 단어에서 열병이 창궐할 때 이에 적합한 조치를 취하지 않아 진료소와 다른 장소에서 죽어 간 상당수의 환자들이 상기되지 않을까, 혹시 치치코프는 비밀 조사를 위해 총독의 관청에서 파견된 관리가 아닐까라는 말도 안 되는 생각이 떠올랐기 때문이다. 그는 자기 생각을 관청 소장에게 알렸다. 소장은 말도 안 되는 헛소리라고 대답하고는, 스스로에게도 질문을 해 보더니 갑자기 얼굴이 창백해졌다. 만일 치치코프가 산 농노들이 정말 죽은 것들이라면? 그러면 자기는 그 농노 거래 확정서의 작성을 허락한 데다가 직접 플류시킨의 대리인 역까지 했으니, 이게 총독에게 알려지면 그때 난 어떻게 되는 거지? 그는 이런 가능성을 한두 사람에게 나누는 것 외엔 달리 할 수 있는 일이 없었고, 그걸들은 이 사람 저 사람도 금세 창백해졌다. 공포는 페스트보다 더 전염성이 강하고 순식간에 퍼지기 마련이다. 모두들 갑자기 자기에게서 죄를, 심지어 짓지도 않은 죄들까지 뒤졌다. '죽은 농노들'이란 말이 너무 애매모호하게 들려서, 심지어 여기에, 일어난 지 그리 오래되지 않은 두 사건으로 인해 급하게 매장한 시체들에 대한 어떤 암시가 있는 건 아닌지 의심하기 시작했다. 첫 번째 사건은 어떤 도시의 장터에 왔다가 상거래 이후에 자기 친구들인 우스치솔스크 출신의 상인들을 위해 주연, 러시아식 음식에 아르샤다,* 펀치, 향초로 담근 화주 등 독일식 기지를 곁들인 주연을 연솔브이체고드스크 출신의 상인들과 관련이 있었다. 주연은 흔히 그렇듯이 주먹다툼으로 끝났다. 솔브이체고드스크 상인들이 우스치솔스크 사람들을 두들겨 패서 죽여 버렸다. 그들도 죽은 상인들이 엄청나게 큰 주먹을 타고났음을 입증하는 상처를 옆구리, 늑골 아래, 배 밑에 입긴 했지만 말이다. 의기양양해진 사람들 중 한 명은 심지어, 싸움꾼들 표현에 의하면 '코가 떨어져 나가기'까지 했으니, 너무 두들겨 맞아 코가 으깨져 얼굴에서 코의 흔적조차 찾아보기 어려웠다. 사건 조사에서 상인들은 자기 잘못을 인정하고 잠깐 장난친 것뿐이라고 해명했고, 죄를 지은 사람 머릿수대로 네 명의 관료에게 정부 지폐를 뇌물로 주었다는 소문이 파다했다. 그러나 사건이 너무 모호해서, 수정과 심리를 행한 결과 우스치솔스크 젊은이들은 일산화탄소 중독으로 죽은 걸로 판명되고, 그래서 그들을 가스 중독자 매장하는 식으로 매장하였다.

　다른 사건은 얼마 전에 일어난 것으로, 그 경위는 다음과 같다. 브시바야-스페스 관청 농노들이 바롭키, 자디라일로보-토시 마을 사람들과 결탁하여 어떤 드로뱌지킨이라는, 의원이기도 한 지방 경찰을 죽여 버렸다.* 지방 경찰, 즉 드로뱌지킨이라는 의원은 여느 경우라면 역병이 창궐할 때나 적합하게, 너무 자주 마을을 방문하는 습성을 들였다. 그 이유는 지방 경찰이 감정적인 측면에 어떤 약점들이 있어서, 마을 아낙네들과 아가씨들에게 추파를 던지기 위해서였다. 하지만 확실한 내막은 알려지지 않았다. 비록 사건 심리에서 농노들이 솔직히 설명한 바에 따르면, 지방 경찰이 농노들이 보는 자리에서 고양이처럼 색욕을 드러내 그들이 이미 여러 번 그를 막았고, 한번은 그가 몰래 숨어 들어간 농가에서 그를 발가벗은 상태로 쫓아내기까지 했지만 말이다. 물론 지방 경찰은 감정상의 약점들에 대해선 벌을 받을 만했으나, 브시바야-스페스와 자디라일로보-토시의 농부들이 실제로 살해에 가담했다면 그들을 자기방어로 정당화해 줄 수도 없는 노릇이었다. 그러나 사안이 애매했고, 그 지방 경찰이 길가에서 발견되었는데, 그가 입은 군복과 프록코트는 이미 걸레보다 더 너덜너덜해지고, 얼굴도 전혀 알아볼 수 없었다. 사건이 법원에 기소되어 마침내 관청에 넘어갔고, 거기에서 먼저 다음과 같은 방향으로 단독 심의가 행해졌다. 즉, 당시 워낙 많은 농노가 가담했기 때문에 그들 중 정말 누가 가담했는지 불명확하고, 드로뱌지킨은 이미 고인이어서 그가 재판에서 승소한다 해도 이익은 별로 없는 반면, 농노들은 아직 살아 있으므로 그들에게는 자신들에게 유리한 결정이 내려지는 것이 중요하다는 것이다. 그 결과 다음과 같은 판결이 내려졌다. 의원 드로뱌지킨은 브시바야-스페스와 자디라일로보-토시 농노들에게 지나치게 부당한 박해를 가해서 스스로 문제의 원인이 되었고, 그는 썰매로 돌아오던 중 중풍 발작으로 죽은 것으로 판정되었다는 것이다. 이 사건은 완전히 잘 처리된 것 같았다. 그러나 관료들은 무슨 영문인지 이 일이 죽은 농노들과 관련이 있다고 생각하기 시작했다. 그리고 일부러 그런 양 엎친 데 덮친 격으로, 그것 아니어도 관료 나리들이 난감한 처지에 처해 있는 그때, 현지사에게 한 번에 두 통의 공문이 날아왔다. 그중 하나는, 그간 입수한 정황과 보고에 의하면 현재 그들의 현에 다양한 이름으로 위장한 위조지폐범이 있으니 즉시 엄격히 수사하라는 내용이었다. 다른 공문은 법적인 추적을 피해서 도주한 도적에 대한 이웃 현지사의 입장과, 그들 현에 어떤 신원 확인서나 신분증도 제시하지 않는 수상한 사람이 나타나면 즉시 체포하라는 내용이었다. 이두 공문은 모두를 아연실색케 했다. 이전의 결론과 추측은 현실에서 완전히 비껴나 있었던 것이다. 물론 여기에서 어떤 것이건 치치코프와 관련이 있다고 가정하기는 거의 불가능했다. 그러나 각자 자기 입장에서 신중히 생각해 보고는, 치치코프가 실제로 어떤 인물인지 자신들이 아직 잘 모르며, 그도 자신의 삶에 대해 극히 모호하게 대답하면서 정말로 근무 중에 정의를 위해 고난을 겪었다고 말했으나 이 모든 게 극히 불투명하다는 것을 기억했다. 그들은 이 말에서 그가 심지어 자기 목숨을 노리는 적들이 많다고 표현하기까지 한 것을 기억하고, 더 깊은 생각에 잠겼다. 그래서 그의 목숨이 위태롭고, 그래서 그는 추적당하고, 그래서 그가 어떤 짓을 했음에 틀림없다면……. 그럼 도대체 그는 누구인가? 물론 그가 위조지폐를 만들었다고 생각할 수는 없고, 도적일 리는 더욱 만무했다. 그의 외모는 호의로 가득 차 있었기 때문이다. 그러나 이 모든 것을 볼 때, 그는 실제로 도대체 어떤 사람인가? 이제 관료 나리들은 처음에, 즉 우리 서사시의 첫 장에서 자신에게 던졌어야 할 질문을 던지기 시작했다. 여기서 그들은 그가 농노들을 구입한 이들에게 몇 가지 질문을 던져서, 적어도 거래가 어떤 것이었으며, 이 죽은 농노들에서 간파해야 할 것은 무엇이며, 그가 혹은 누군가에게 자신의 의중을 무심코라도 설명하진 않았는지, 그래도 누군가에겐 자신이 누군지 말하지 않았는지 알아보기로 결정했다. 무엇보다 먼저 코로보치카를 불렀으나 많이 캐내지는 못했다. 그는 15루블에 구입했고, 새 깃털도 취급하며, 갖가지 물건을 많이 구입할 것을 약속했고, 국가에 돼지기름을 납품하며, 아마도 사기꾼인 것 같단다. 왜냐하면 이전에 이미 그와 비슷한 사람이 있었는데, 새의 깃털을 사고 국가에 지방을 납품하면서 모두 속이고 사제 부인에게서 1백 루블 이상 뜯어 간 적이 있었기 때문이란다. 그녀가 그 이외 말한 건 모두 거의 같은 말을 반복한 것이어서, 관리들은 코로보치카가 아주 멍청한 노파라는 것을 깨달았을 뿐이다. 마닐로프는 파벨 이바노비치를 위해서라면 언제나 자기 일과 다름없이 보증을 설 준비가 되어 있고, 그가 지닌 장점의 1백 분의 1이라도 얻을 수 있다면 자기 영지를 전부 희생해도 좋다고 대답하고는, 눈을 반쯤 감고 우정에 대한 몇 가지 상념을 덧붙이면서 그에 대해 최대의 찬사를 늘어놓았다. 이 상념들은 물론 그의 마음의 부드러움을 표현하는 덴 만족스러웠으나, 관리들에게 사태의 진상을 설명해 주지는 못했다.

소바케비치는 치치코프가 자신의 견해로는 괜찮은 사람이며, 그는 그에게 엄선해서 모든 면에서 살아 있는 농노를 팔았다고 대답했다. 그러나 그는 앞으로 일어날 일에 대해서는 보증을 서지 않을 것이며, 그들이 힘든 이주 과정에서 죽는다 해도 그건 자기 책임이 아니고, 신이 주관할 문제이며, 열병이나 다른 치명적인 병들은 세상에 적지 않고, 마을 전체가 쑥대밭이 되는 경우도 자주 있다고 대답했다. 관리들은 전혀 고상하지는 않지만 가끔은 보조용으로 사용하는 수단인 다양한 하인들과의 교제를 활용하는 수단에도 의지해서, 치치코프의 하인들을 불러 그들 주인의 이전 생활과 상황에 대해 어떤 세부 사항을 알고 있진 않은지 물어보았으나 역시 많이 듣지는 못했다. 페트루시카에게선 그가 사는 방의 냄새만 맡았고, 셀리판에게서는 치치코프가 국가 기관에서 공무를 수행했고, 그전에는 세무서에서 일한 적이 있다는 답변을 얻었으나, 그 이상은 없었다. 이 계층의 사람들에게는 정말 이상한 습성이 있다. 그들에게 직접 뭔가를 물으면, 그들은 결코 상황을 기억하지 못하고 머릿속으로 추론도 안 하고 심지어 무조건 모른다고 대답할 테지만, 뭔가 다른 것에 대해 물으면 그것을 쭉 이어 붙여서 듣는 쪽에서 알려고 하지 않는 것까지 시시콜콜 세부 사항을 곁들여 이야기할 것이다. 관리들이 수행한 모든 심문은 치치코프가 누군지 그들이 전혀 모르고 있으며, 그러나 치치코프에게는 틀림없이 뭔가가 있다는 것만 밝혀냈다. 그들은 마침내 최종적으로 이 대상에 대해 논의하고, 적어도 무엇을 어떻게 할지, 어떤 조처를 취할지. 그가 정말 누군지, 즉 이편에서 악의의 혐의를 두고 억류하고 체포해야 할 사람인지, 아니면 그편에서 자기들 모두에게 악의의 혐의를 두고 자신들을 억류하고 체포할 사람인지를 결정하기로 하였다. 이 목적을 위하여 독자들에게 이미 도시의 아버지와 자선가로 잘 알려진 경시총감 집에 모두 모이도록 제안되었다.

제10장

독자들에게 이미 도시의 아버지와 자선가로 잘 알려진 경시총감 집에 모인 관리들은 이번 일에 대한 염려와 불안으로 서로 너나 할 것 없이 홀쭉해진 것을 알게 되었다. 사실 새로운 총독의 임명과 그토록 진지한 내용의 공문서들, 신만이 아실 이상한 소문들, 이 모든 것이 그들 얼굴에 눈에 확연히 띄는 흔적을 남겼고, 많은 사람들의 연미복이 눈에 띄게 헐렁해졌다. 모두 초췌해졌으니, 관청 소장도 홀쭉해지고, 자선 시설의 감독관도 홀쭉해지고, 지방 검사도 홀쭉해지고, 결코 성으로 불리지 않고 집게손가락에 낀 반지를 귀부인들에게 보여 주길 좋아하는 어떤 세묜 이바노비치마저 홀쭉해졌다. 물론 어디에나 있듯이 정신을 잃지 않은, 소심하지 않은 사람들이 발견되었으나, 그런 사람은 정말 적었다. 우체국장 혼자만 그랬다. 그 혼자서만 일상적인 평상심을 유지하고, 그런 상황이면 언제나 "총독님들, 우린 여러분을 꿰뚫고 있지요! 여러분은 서너 번 바뀔지 모르지만, 저는 나리, 이미 30년간 한자리에 죽치고 있는걸요"라고 말하는 습관이 있었다. 이에 대해 일상적으로 다른 관리들은 "자넨 좋겠네, 슈프레헨 지 데이치, 이반 안드레이치,* 자넨 우편 업무 담당이라 우편물을 받고 보내기만 하면 되잖나. 자네가 저지르는 잘못이라곤 기껏해야 편지 접수 시간보다 한 시간 먼저 관청 문을 닫고는, 늦게 도착한 상인에게서 규정 시간 외 우편물 접수 명목으로 돈을 받거나, 재발송해선 안 되는 우편물을 다시 발송하는 것 정도지. 그 경우엔 누구나 당연히 성인이 될 거야. 그런데 악마란 놈이 날마다 자네 팔꿈치 밑에 나타나서 자네는 챙기고 싶어 하지 않는데도 자넬 계속 충동질해 봐. 그래도 자넨 그럭저럭 해 나갈 거야. 자네한텐 아들이 하나니까. 그런데 나는, 이봐, 하느님께서 프라스코비야 표도로브나에게 축복을 내리셔서 매년 프라스쿠시카나 페트루샤*가 나오지 뭔가. 자네가 내 입장이라면 말이 달라질 거야." 관리들은 그런 식으로 이야기를 나누었으니, 정말로 악마에 대항하여 버텨 낼 수 있을지, 이것은 작가가 판단할 문제가 아니다. 이번 회동에서는, 평범한 민중들이 '조리'라고 부르는 필수불가결한 조건이 빠져 있는 것이 확연히 드러났다. 대체로 우린 왜 그런지 몰라도 대표 의회라는 것에 맞게 창조되지 않은 것이다. 우리의 모든 회합에는, 농노들의 미르 모임*에서 온갖 학술 위원회들과 기타 다른 위원회들까지, 모두를 지배하는 한 명의 우두머리가 없으면, 지극히 질서 정연한 혼란이 발생한다. 이게 왜 그런지 말하기도 어렵고, 틀림없이 원래 그렇게 생긴 민족이어서, 독일식 클럽이나 독일식 정원처럼* 온통 먹고 마시고 떠들어 대거나 식사를 하기 위한 모임들만 성공하는 것이다. 그럼에도 매 순간 뭐든지 착수할 준비가 되어 있다. 우리는 갑자기 무슨 바람이라도 불었는지, 자선 모임, 이런저런 장려 모임, 그리고 정체 모를 것들을 세운다. 목적은 아름답다. 하지만 나오는 것은 아무것도 없다. 이것은 아마 우리가 처음부터 갑자기 만족해 버리고, 이미 다 잘되었다고 느끼는 데서 기인하는지도 모른다. 예를 들어, 가난한 사람들을 위해 자선 단체를 조직하고 상당한 금액을 기부한 다음, 우리는 즉시 이 칭찬할 만한 덕행을 기념하기 위해 도시의 모든 최고위 관료들에게, 물론 기부금의 약 절반을 들여 만찬을 대접한다. 그 남은 금액으로 위원회를 위해 난방과 경비원이 딸린 장엄한 사무실을 임대하고 나면, 가난한 사람들을 위해서는 5.5루블 정도의 금액밖에 안 남는다. 그나마 이 금액의 분배 시에도 전 회원의 의견이 일치하지 않고, 저마다 자기 대모를 쑤셔 넣는다. 그러나 이번에 소집된 회의는 완전히 성격이 달랐으니, 이건 절박한 필요에 의해 꾸려진 것이다. 사안이 어떤 가난한 사람들이나 제삼자들에 대한 것이 아니라, 관리 개개인에게 저촉되고, 모두를 똑같이 위협하는 불행에 대한 것이어서, 원하고 자시고 선택의 여지없이 모두 일심동체가 되어 긴밀히 공조해야 했던 것이다.

그런 상황이건만 악마만이 아는 이상한 것들이 나왔다. 원래 모든 위원회가 그렇듯이 다양한 의견들이 나오는 것은 그렇다 치고, 모인 이들의 의견에서 어떤 이해하기 어려운 우유부단함이 드러났다. 어떤 이는 치치코프가 위조지폐범이라고 말하고 나서 스스로 "위조지폐범이 아닐 수도 있습니다"라고 덧붙이고, 다른 이는 그가 총독 관청의 관리라고 단언하고서 바로 "하지만 악마만이 그를 알 거요. 이마에 '나 누구요'라고 써 있는 것도 아니니까요"라고 추가 설명을 달았다. 그가 변장한 도둑은 아닐까라는 추측에 대해서는 모두 반박하였으니, 이미 그 자체로 호의적인 외모인 데다가 대화에서도 반란 행위를 하는 사람이라고 할 만한 것은 전혀 발견할 수 없었기 때문이다. 갑자기 몇 분간 어떤 상념에 잠겨 있던 우체국장이 그를 찾아온 갑작스러운 영감 때문인지, 아니면 어떤 다른 이유 때문인지 느닷없이 외쳤다.

"신사 여러분, 그가 누군지 아시겠어요?"

이 말을 할 때 그의 목소리에는 전율을 느끼게 하는 뭔가 있어서, 모두 동시에 "누군데요?"라고 외쳤다.

"이자가, 여러분, 다름 아닌 코페이킨 대위입니다!"

모두들 한목소리로 "코페이킨 대위가 누군데요?"라고 묻자 우체국장은 "여러분은 정말 코페이킨 대위가 누군지 모르단 말씀이세요?"라고 말했다.

모두들 코페이킨 대위가 누군지 전혀 모른다고 대답했다.

"코페이킨 대위는 말이에요," 우체국장은 옆자리에 앉은 자들 중 누군가 자기 담뱃갑에 손가락을 밀어 넣지나 않을까 겁이 나 그것을 절반만 열면서 말했다. 그는 그 손가락들의 청결 상태를 믿지 못해 심지어 평소에 "알다시피, 이봐요, 당신 손가락들이 어디 어떤 곳을 들렀다 왔는지 누가 알겠어요. 그런데 담배는 청결을 요하는 물건이거든요"라고 말하곤 했다. "코페이킨 대위는 말이에요," 우체국장은 이미 담배 냄새를 맡고 말했다. "네, 정말 이건, 하지만, 말하자면요, 어떤 작가에게나 일종의 지극히 매력적인 한 편의 서사시가 나올 겁니다."

그 자리에 모인 사람들 모두가 이 이야기를, 혹은 우체국장의 표현으로 하면 '작가에게 일종의 지극히 매력적인 한 편의 서사시'를 알고 싶다는 갈망을 나타냈고, 그는 다음과 같이 얘기를 시작하였다.

〔코페이킨 대위에 대한 이야기〕*

"1812년 전투* 이후에 말입니다, 나리." 우체국장은 방 안에 한 사람이 아니라 총 여섯 명이 앉아 있는데도 이렇게 말했다. "1812년 전투 이후 부상병들과 함께 코페이킨 대위가 후송되었어요. 크라스니에선지 라이프치히에선지,* 상상이 되시죠. 한쪽 팔과 한쪽

다리를 잃은 거예요. 그리고 당시 부상병들에 대해, 아시겠어요, 아직 아무 조처도 취하지 않았고, 이 상이군인을 위한 기금은, 상상이 되실 거예요, 어떤 면에서 상당히 늦게 도입되었지요. 코페이킨 대위가 보니, 일을 해야겠는데, 이해하시겠지만, 왼팔밖에 없는 겁니다. 집에 계신 아버지께 들렀더니, 아버지께서 이러셨대요. '너를 먹여 살릴 힘이 없구나.' 상상이 되시죠. '나도 겨우 입에 풀칠을 하는 형편이니.' 그래서 코페이킨 대위는 말이죠, 나리, 폐하의 자비를 구하러 페테르부르크로 가기로 결심했대요. '바로 그렇게, 이러저러해서, 일종의, 말하자면, 목숨을 바치고, 피를 흘렸으니……' 자, 거기에서, 아시겠지만, 관가의 마차나 지붕이 딸린 큰 화차를 얻어 타고, 한마디로, 나리, 그럭저럭 어떻게 페테르부르크에 당도했지요. 상상이 되시죠. 어떤, 즉 코페이킨 대위란 작자가 말하자면 세상에 소위 둘도 없는 수도에 갑자기 나타났던 말입니다! 갑자기 그 앞에 세상이, 말하자면 어떤 생명의 낙원, 동화 속 셰헤라자드의 나라가 펼쳐진 겁니다. 갑자기 어떤, 이런, 상상이 가시죠, 넵스키 거리, 혹은 저기엔, 아시겠지만, 고로호바야 거리, 제기랄! 아니면 저긴 리테이나야 거리, 저기엔 공중에 솟아오른 어떤 첨탑, 다리들은 악마가 붙드는 양, 상상해 보세요, 아무 받침대도 없이 매달려 있는 거예요. 한마디로, 나리, 완전히 세미라미스*인 거지요! 이건 의심의 여지가 없어요. 대위는 묵을 곳을 백방으로 찾아봤지만, 그 가격이란 게 끔찍할 만큼 비싸더란 말이에요. 커튼, 블라인드, 악마 같은 물건들, 이해하시겠지요, 양탄자들은 완전히 페르시아제였고요. 말하자면 발로 돈 위를 걸어 다니는 거지요. 즉, 거리를 걸으면 코로 수천 루블의 냄새를 맡는데, 내 대위의 수중에는, 이해하시겠어요, 5루블 지폐 10여 장이 고작인 겁니다. 그래서 그는 하루에 1루블 하는 레벨 지역*의 주막에 거처를 정하고, 식사는 야채수프, 작은 쇠고기 한 조각으로 때웠대요. 보세요, 그는 거기 오래 머물 돈이 없었어요. 그는 어디로 가야 하는지 여기저기 알아봤지요. 들어 보니, 어떤 고위급 위원회, 이해하시겠지만 어떤 육군 총장이 상관으로 있는 위원회가 있다는 거예요. 알아 둬야 될 것은 당시 황제 폐하께서 수도에 안 계셨다는 겁니다. 군대는, 상상하시겠지만, 아직 파리에서 돌아오지 않아서, 모두 외국에 있었던 거예요. 제 코페이킨은 일찍 일어나서 왼손으로 수염을 깎았어요. 이발사에게 돈을 지불하는 것도 일종의 지출이니까. 그리고 군복을 껴입고, 나무다리를 끌며, 이미 아시겠지만, 바로 위원장이라는 그 고위급 인사를 찾아갔지요. 사는 곳을 여기저기 물어서요. 사람들이 "저기 있어요"라면서 그에게 드보르체프 연안 도로*에 면해 있는 집을 가리켰어요. 아시다시피, 농부들의 오두막 같았는데, 창문에는 유리란 게 달려 있고, 그림이 그려지시죠. 1.5사젠* 크기의 거울들, 그래서 꽃병과 방에 있는 온갖 것들이 밖에 있는 것처럼 보였어요. 어떤 면에선 거리에서 손으로 잡을 수도 있을 것 같고요. 벽의 값비싼 대리석들, 온갖 작은 금속 세공품들, 어떤 문손잡이는 먼저 비누 가게로 뛰어 들어가 비누를 조금 사서 그것으로 두세 시간은 손을 문질러야 겨우 잡을 용기가 날 것 같았지요. 한마디로 모든 것에서 광채가 뿜어져 나와 어떤 면에서 머리에 현기증이 날 정도였어요. 수위가 이미 대장군으로 보였죠. 도금한 지팡이, 잘 먹여 기름기가 번들거리는, 털이 길고 체구가 작은 애완견 같은 백작의 풍모, 얇은 마포로 만든 옷깃, 악마의 농간인 게죠!…… 제 코페이킨은 겨우 나무다리를 이끌고 접견실에 들어가, 상상이 가시겠지만, 어떤 아메리카나 인도에서 건너온, 즉 아시겠지만, 도금한 도자기 꽃병을 팔꿈치로 건드리지 않기 위해 구석에 몸을 웅크렸어요. 당연히, 그는 그곳에 상당히 오랫동안 서 있어야 했어요. 상상이 되시겠지만, 그는 장군님이, 어떤 면에서 이제 갓 침대에서 일어나, 시종이 아마도 다양한 곳을 씻으시도록 어떤 은 대야를 갖다 드리는 시간에 도착했기 때문이죠. 제 코페이킨이 네 시간가량 기다리니까 마침내 부관이나, 그곳에 상시 주둔하는 관료가 들어와서 말하는 거예요. "이제 장군님께서 접견실에 나오십니다." 접견실에는 사람들이 접시 위의 콩들처럼 우글우글해요. 모두 제 친구인 하인 급이 아니고 4등급 아니면 5등급, 대령들, 견장 여기저기에 통통한 마카로니가 달린 사람들, 한마디로 장군 급들인 거지요. 갑자기 방에, 이해하시겠죠, 거의 미세한 천상의 공기처럼 약간 부산스러운 움직임이 일어났어요. 여기저기서 쉬, 쉬 소리가 나고, 마침내 공포스러운 정적이 감돌았어요. 명사가 들어오는 거예요. 자…… 상상이 가시죠, 국가적인 인물입니다! 얼굴엔 말하자면…… 자, 호칭에 걸맞게, 이해하시죠…… 고위 관등에 걸맞게…… 그런 표정을, 이해하시죠. 접견실에 있는 사람들 모두 현이 팽팽히 당겨진 것처럼 긴장해서 부들부들 떨고, 일종의 운명의 판결을 기다리는 겁니다. 장관 혹은 명사가 한 명씩 다가가 물어봅니다. "당신은 왜 왔소? 당신은 왜 왔소? 당신에겐 뭐가 필요하오? 당신은 무슨 용무요?" 마침내 나리, 코페이킨에게 다가왔어요. 코페이킨은 숨을 힘껏 몰아쉬고 말했답니다. "전 이런 용무로 왔습니다, 각하, 피를 흘리고 어떤 면에서 팔과 다리를 잃고 보니 일을 할 수가 없어서 감히 폐하의 자비를 청하고자 합니다." 정말 장관이 보니, 그는 나무다리를 하고 있고, 오른쪽 소매는 텅 비어서 군복에 매달려 있는 겁니다. "좋소, 며칠 있다 다시 오시오." 그는 말합니다. 제 코페이킨은 거의 환희에 들뜨고 말아요. 그는 말하자면, 최고위급 명사를 알현하는 영광을 누리고, 이제 마침내 어떤 면에서 연금이 결정된 거예요. 그런 들뜬 마음에, 이해하시 겠지만, 그는 너무 기분이 좋아 대로를 폴짝폴짝 뛰어다녔어요. 그는 팔킨 주막에서 보드카를 한 잔 마시고, 나리, 런던 식당에서 점심을 먹고, 케이퍼 봉오리 식초 절임이 있는 커틀릿을 시키고, 다양한 결들이 음식이 있는 살찐 암탉 요리를 주문하고, 포도주 한 병을 주문하고, 저녁에는 극장에도 갔으니, 한마디로, 이해하 시겠어요, 호화판으로 지낸 거죠. 길에서 어떤 늘씬한 영국 처녀* 가 이런 백조처럼, 상상이 가시죠, 지나가는 것을 보고서, 저의 코 페이킨 안에서, 아시겠죠, 피가 끓어올라 나무다리로 터벅터벅 뒤 쫓아 가려고까지 했어요. 그러다 '아니, 연금을 받은 다음에 하자, 지금은 너무 많이 썼어'라고 단념했어요. 자, 나리, 3~4일이 지 나 제 코페이킨은 다시 장관님 댁에 가서 그분이 나오시길 기다렸 어요. 그는 말하기를 '이런 용무로 왔습니다, 각하. 제 지병과 부 상에 대한 각하의 지시를 듣기 위해 왔습니다……' 그런 유의 말 을, 이해하시겠지요, 관청식 어법으로 했지요. 명사는, 상상이 가 겠지만, 그를 즉시 알아보았어요. '아, 좋소, 이번엔 당신에게 폐 하의 귀국을 기다려야 한다는 말 외엔 할 말이 없소…… 그때는 틀림없이 부상병들을 위한 조처가 마련될 것이오. 하지만 폐하의 선처가 없으니, 말하자면, 나도 아무것도 할 수 없소.' 허리를 굽 혀 인사하고, 이해하시죠, '안녕히 가시오'라고 하는 거예요. 상 상하실 수 있겠죠, 코페이킨은 아주 애매한 상태에 놓인 거예요. 그는 내일이면 '자, 가서 마시고 즐겁게 지내게' 하며 돈을 줄 거 라 생각했는데, 그 대신 기다리라고 명하고, 그것도 기한도 정해 주지 않은 거예요. 그는 그 집에서 부엉이처럼, 거의 요리사한테 물벼락을 맞고 다리 사이로 꼬리를 내리고 귀를 축 늘어뜨린 푸들 처럼 되어 나왔어요, 이해하시죠. 그는 혼자 생각했어요. '글쎄,

아냐, 다시 가서, 마지막 빵 한 조각까지 다 먹어 버려서 도와주시지 않으면 어떤 면에서 굶어 죽을 수밖에 없다고 설명드리자.' 한마디로 그는, 나리, 다시 드보르초프 연안 도로로 갔는데, 사람들이 '안 됩니다, 접견을 안 하십니다, 내일 오십시오' 라고 말하는 거예요. 그다음 날도 마찬가지고, 수위는 아예 그를 쳐다볼 생각도 않는 거예요. 그러는 사이 그의 호주머니엔, 아시죠, 5루블짜리 지폐 달랑 하나 남았어요. 전에는 야채수프와 쇠고기 조각이라도 먹었는데, 이젠 가게에서 어떤 청어나 절인 오이와 4코페이카 빵만 살 수 있어서, 한마디로 거지처럼 굶주리는데, 식욕은 늑대처럼 왕성하단 말이에요. 어떤 식당을 지나갈 때 보면, 그곳 요리사는, 상상이 되겠지만, 외국인이고 활달한 얼굴을 한 프랑스인이에요. 네덜란드식 속옷과 눈처럼 새하얀 앞치마를 두르고 거기서 어떤 피네 제르브와, 트뤼펠을 곁들인 커틀릿, 한마디로 자기 자신까지 먹어 치울 만큼 식욕을 돋우는 라수페-델리카테스를 만드는 거예요.* 밀류틴 가게들*을 지나칠 때면 창문으로 일종의 용철갑상어가 밖을 내다보고, 한 개에 5루블 하는 버찌와 역마차만큼 엄청나게 큰 수박이 창문으로 고개를 내밀고 있어요. 말하자면 1백 루블을 지불할 바보를 찾는 거죠. 한마디로, 한 발 한 발, 발걸음을 뗄 때마다 도처에 유혹이 널려 있고 입안에 침은 가득고이는데, 그는 계속 '내일' 이라는 말만 듣고 있는 거예요. 그러니 그가 어떤 상황인지 상상이 가시죠. 한편에는 말하자면 용철갑상어에 수박이 있고, 다른 한편에는 반대로 매일 똑같이 '내일' 이란 음식만 나오는 거예요. 마침내 그는 일종의 거지가 되어 버려서, 더 이상 참지 못하고 무슨 일이 있어도 돌격해서 고관의 집에 들어가기로 결심했어요. 이해하시죠. 현관문 옆에서 어떤 청원인이든지 지나가기를 기다렸다가, 어떤 장관과 함께, 이해하시죠,

나무다리로 접견실로 살짝 미끄러지듯이 들어갔어요. 고위 인사가 평상시처럼 나와서 '당신은 왜 왔소? 당신은 왜 왔소?' 하다가 코페이킨을 보고서 '어! 이미 당신에게 결정을 기다려야 한다고 말씀드렸잖소' 라고 말했어요. '제발, 각하, 말하자면 빵 조각이 없습니다…….' '어쩌겠소? 당신을 위해 난 아무것도 할 수 없소. 그전에 스스로 자신을 도우려고 하길 바라오. 스스로 살길을 찾아보시오.' '하지만, 각하, 어떤 면에서 직접 판단해 보십시오, 전이미 팔도 없고 다리도 없는데, 어떤 방도를 찾을 수 있겠습니까.' 고관이 말합니다. '하지만, 그렇다고 내 돈으로 당신을 먹여 살릴 순 없지 않소, 동의하시겠지요. 내겐 부상병들이 많고, 그들은 모두 동등한 권리를 갖고 있소……. 인내로 무장하시오. 폐하께서 오시면 폐하의 자비가 당신을 버리지 않을 것이오, 내 분명히 약속하오.' '하지만, 각하, 전 기다릴 수가 없습니다.' 코페이킨이 말합니다. 그리고 이번에는 어떤 면에서 말이 무례하게 나왔어요. 고위 인사는, 이해하시죠, 이미 화가 나기 시작했어요. 사실 사방에서 장군들이 결정과 명령을 기다리고, 말하자면 시급히 이행해야 할 중요하고 국가적인 일들이 있어서, 근무를 등한히 해 버린 그 한 순간 한 순간이 중요한데, 이 악마 같은 자가 성가시게 굴면서 옆에 끈질기게 달라붙는 거예요. '미안하오, 시간이 없소…… 당신 건보다 더 중요한 일들이 기다리고 있으니 말이오.' 그는 말합니다. 그는 일종의 섬세한 방법으로 완곡하게 자신이 이제 가야할 때라는 걸 상기시킵니다. 하지만 제 코페이킨은, 아시겠지만, 배고픔이 그를 충동질하는 거예요. '각하, 어떻게 하시겠습니까, 각하께서 결정을 내리실 때까지 전 한 발짝도 움직이지 않겠습니다' 라는 거예요. 자…… 상상이 되시죠. 그런 식으로 유명 인사에게 대답하다니, 그의 말 한마디에 타라슈카*보다 높이 악마도

제10장 **285**

찾을 수 없는 곳으로 날아갈 판인데…… 우리 친구에게 등급이 하나 낮은 관리가 그런 식으로 말해도 이미 무례한 행동이지요. 그런데 거기서는 그 차이가 육군 총장과 일개 대위 코페이킨이란 말입니다. 이건 90루블과 0루블의 차이인 거예요! 장군은, 이해하시겠지만, 더 이상 아무 말 없이 잠자코 바라보기만 하셨는데, 그 시선이 이글거리는 불화살 같아서 영혼도 발뒤꿈치로 숨어 버릴 지경이었어요. 제 코페이킨은, 상상하실 수 있겠지요, 그 자리에 붙박힌 듯 꿈쩍도 안 했어요. '당신 어떻게 된 거요?' 장군이 그의 어깨를 딱 붙잡고 말했어요. 하지만 사실 말이죠, 그는 대위를 보다 자비롭게 대했어요. 다른 장군 같았으면 본때를 보여서 내쫓았을 거고, 그는 사흘은 속이 뒤집혀서 거리가 거꾸로 뒤집혀 보였을 거예요. 그런데 그는 단지 '좋아요, 당신이 여기서 지내기에 돈이 많이 들고 수도에서 평안히 당신 운명이 내리는 결정을 기다릴 수 없다면, 관청 부담으로 당신을 보내 주겠소. 경비병을 불러라! 그를 거주지로 잘 모셔다 드려!" 그러자 경비병이, 이해하시지요, 즉시 와서 서는 거예요. 키가 3아르신*은 되는 사내인데, 상상하실 수 있겠지만, 손이 마부를 하면 딱 좋게 생겼어요. 한마디로 치과 의사 같더란 말이에요……* 그들은 이 불쌍한 신의 종인 코페이킨을 붙들어 짐마차에 경비병과 함께 태워 보냈어요. 코페이킨은 '뭐, 적어도 여비를 낼 필요는 없으니 이 점에라도 감사해야지'라고 생각했어요. 이윽고, 나리, 그는 경비병과 함께 갔고, 경비병과 함께 가는 동안, 어떤 면에서 말하자면 스스로 생각했지요. '장군이 스스로 자신을 도울 수단을 찾으라고 하셨으니, 좋아 수단을 찾아보자!' 그를 그가 원하는 곳까지 데려다 줬는지, 어디로 데리고 갔는진 알려지는 바 없어요. 그래서 이해하시지요, 코페이킨 대위에 대한 소문도 망각의 강으로, 시인들이 말하는 어떤 레테의 강*으로 가라앉았죠. 그런데 여러분, 바로 여기에서부터, 말하자면 소설의 실마리, 발단이 시작되는 거예요. 그래서 코페이킨이 어디로 갔는지 알려지지 않았지만 상상할 수 있겠지요. 두 달쯤 지난 뒤 숲에 도적들의 무리가 나타났고, 이 도당의 우두머리가, 나리, 다름 아닌……."

"하지만 이봐요, 이반 안드레예비치." 갑자기 그의 말을 경시총감이 끊고 말했다. "코페이킨 대위에겐 당신이 직접 말했듯이 팔과 다리가 없는데, 치치코프에겐……."

여기에서 우체국장은 고함을 지르고 힘껏 자기 손으로 이마를 탁 치더니, 모든 이들 앞에서 공개적으로 자신을 송아지라고 불렀다. 그는 어떻게 이야기 초반에 그 상황이 떠오르지 않았는지 이해할 수 없었고, '러시아인은 일이 다 지나간 다음 지혜롭다' 라는 속담이 아주 타당하다고 인정했다. 그러나 얼마 안 있어 그는 즉시 머리를 써서, 하지만 영국에서는 기술이 완성 단계에 도달해서, 신문에서 보니 어떤 사람이 나무다리를 발명했는데, 그것의 눈에 보이지 않는 용수철을 한 번 건드리면 이후 어디서도 찾아낼 수 없을 만큼 아주 멀리 가 버린다는 말로 교묘히 내빼려고 했다.

그러나 모두 치치코프가 코페이킨 대위인지 매우 의심스러워했고, 우체국장이 너무 멀리 나갔음을 깨달았다. 그러나 그들도 자기편에서 창피를 면하고 지나가진 못했으니, 우체국장의 날카로운 추론에 자극받아 더 멀리 나아간 것이다. 나름대로 예리하다고 하는 추론들 중 하나는 사실 말하기조차 이상해 보였으니, 즉 치치코프가 변장한 나폴레옹이 아닐까 하는 것이었다. 영국인은 오래전부터 러시아가 그토록 위대하고 광활한 것을 시샘해서, 이미 여러 번 러시아인이 영국인과 이야기하는 장면을 묘사한 캐리커처가 나왔다. 영국인이 서 있고 그 뒤에 개목걸이를 한 개가 서 있으며, 그 개는 나폴레옹이라고 암시되고, "자 봐라, 말을 잘 안 들으면, 당장 이 개를 풀어 버릴 테다!"라고 적혀 있었다. 바로 지금 그들은 헬레나 섬*에서 그를 풀어 줬을 것이며, 그는 이제 러시아에 치치코프인 척하며 잠입했지만 사실은 치치코프가 아니라는 것이다.

물론, 관료들이 이 말을 믿었냐 하면 전혀 믿지 않았다. 그러나 깊이 생각에 잠겼고, 각자 나름대로 이 사건을 검토하면서 치치코프가 몸을 옆으로 돌리고 서면 정말 나폴레옹 초상과 닮았다는 걸 깨달았다. 1812년 전쟁에 참전하고 개인적으로 나폴레옹을 본 적이 있는 경시총감도 그의 키가 치치코프보다 더 크지 않으며, 체격에서도 나폴레옹 역시 지나치게 뚱뚱하다고 할 수 없지만 그렇다고 홀쭉하다고도 할 수 없음을 인정하지 않을 수 없었다. 아마도 몇몇 독자들은 이것이 전혀 신빙성이 없다고 말할지도 모른다. 작가 역시 그들 입맛에 맞춰서 이것은 전혀 사실일 것 같지 않다고 말할 의향이 있다. 그러나 불행하게도 모든 것이 이야기되는 대로 정확히 일어났고, 더 놀라운 것은 도시가 먼 오지가 아니라 두 수도에서* 멀지 않은 곳에 있었다는 것이다.

하지만 이 모든 일이 프랑스인들을 영광스럽게 몰아낸 후에 일어났음을 기억해 둘 필요가 있다. 이때 우리 지주들과 관리들, 상인들, 가게 점원들, 그리고 읽고 쓸 줄 아는 사람과 심지어 글을 모르는 사람들도 적어도 8년간은 열렬한 정치인이 되어 있었다. 「모스크바 통보」와 「조국의 아들」이 가차 없이 처음부터 끝까지 읽혀서 마지막 독자의 손에 들어왔을 때는 뭐에도 쓸 수 없는 누더기가 되어 있었다. "이보게, 얼마에 귀리 한 됫박을 팔았는가? 어제 내린 첫눈을 어떻게 활용했나?"라는 질문 대신 "신문에 뭐라고 적혀 있었나, 다시 나폴레옹을 섬에서 풀어 주진 않았나?"라고 말하곤 하였다. 상인들은 이를 끔찍이도 두려워했으니, 그들은 이미 3년간 감옥 생활을 하는 한 예언자의 예언을 완전히 믿고 있었기 때문이다. 이 예언자는 어딘가에서 불쑥 짚신을 신고 구역질 날 만큼 썩은 생선 내가 나는 맨 가죽 외투를 입고 나타나서는, 나폴레옹이 적그리스도*이고 지금은 여섯 개의 벽과 일곱 개의 바다 너머에 돌 사슬에 묶여 감금되어 있으나 나중에는 사슬을 부수고 전 세계를 지배하리라고 선언한 것이다. 이 예언자는 그 예측으로 당연히 감옥에 투옥되었으나, 그럼에도 불구하고 자기 일을 잘 수행한 덕에 상인들을 극도의 불안에 빠뜨렸다. 그 후 이미 오랜 시간이 지난 뒤에도, 심지어 가장 수지맞는 거래를 할 때조차, 상인들은 차를 마시러 주막에 가면서 적그리스도에 대해 이야기하곤 했다. 관리들과 고귀한 귀족들 중 많은 이들도 무의식중에 이에 대해 생각하게 되었고, 익히 잘 알다시피 당시 굉장히 유행한 신비주의의 영향도 받아서, '나폴레옹'이란 단어에 조합된 문자들 각각에서 뭔가 특별한 의미를 발견하고, 많은 이들은 심지어 그 단어에서 종말론의 숫자를 발견하기까지 했다.* 그러니 관리들이 이 부분에서 자기도 모르게 깊은 생각에 잠긴 것은 전혀 놀라운 일이 아니었다. 하지만 그들은 곧 자신들의 상상이 지나치게 앞서 나갔고, 현실은 전혀 그렇지 않다는 것을 깨닫고 그 상념을 그만두었다. 그들은 생각에 생각을 거듭하고 논의에 논의를 거듭한 후, 마침내 노즈드료프를 잘 탐문해 보는 것도 나쁘지 않겠다고 결정했다. 그가 처음으로 죽은 농노에 대한 이야기를 꺼냈고, 소위 말하듯이 치치코프와 어떤 내밀한 관계에 있었기 때문에 틀림없이 그의 삶에 대해 뭔가 아는 게 있을 것이다. 그래서 그들은 노즈드료프가 뭐라고 하는지 들어 보기로 했다.

이 관리 나리들과 그들에 이어 다른 모든 직함이 있는 자들 역시 이상한 사람들인 게, 그들은 노즈드료프가 거짓말쟁이고 그의 말은 단 한 마디도, 가장 사소한 말도 믿어서는 안 된다는 걸 뻔히 알면서도 그에게 달려간 것이다. 인간이란 정말 알다가도 모를 존재다! 신은 믿지 않으면서 양미간이 가려우면 죽는다는 말은 믿고, 대낮처럼 선명하고 조화롭고 소박하여 숭고한 지혜가 넘치는 시인의 작품은 지나치면서, 어떤 대담무쌍한 사람이 자연을 뒤섞고 제멋대로 얽어매고 부수고 뒤집어 놓은 것에는 달려들고 그것을 마음에 들어 하며 "바로 이거야, 이게 마음의 비밀에 대한 진정한 지식이야!"라고 외치기 시작한다. 평생 의사들을 대수롭지 않게 여기고는 결국 주문을 속삭이고 침을 뱉으면서 병자를 고치는 노파에게 도움을 구하거나, 좀 더 나은 경우에는, 이유는 모르겠지만, 자기 병에 잘 듣는 약이라고 생각되는 쓰레기 같은 잡동사니로 무슨 약이든 만들어 낸다. 물론, 신께서 이들 관리들의 정말 어려운 상황을 보시고, 그들을 용서해 주실지도 모른다. 보통 물에 빠진 사람은 지푸라기라도 잡는다고 하는데, 그에겐 이때 지푸라기를 타고 갈 수 있는 것은 파리뿐이라는 것을 생각할 만한 이성이 없는 것이다. 그의 몸무게는 5푸드는 아니어도 거의 4푸드*에 육박하면서도, 그런 순간에 맞닥뜨리면 그런 판단을 할 겨를도 없이 지푸라기를 잡아 버린다. 그렇게 우리 나리들도 마침내 노즈드료프에게까지 매달리게 된 것이다. 경시총감은 즉시 그에게 저녁 만찬에 참석해 달라는 초대장을 쓰고, 관구의 경찰청장은 긴 장화를 신고 뺨에 매력적인 홍조를 하고서 장검을 꼭 쥐고 노즈드료프의 집으로 급히 달려갔다. 노즈드료프는 중요한 일에 몰두해서 정신이 없었으니, 꼬박 4일간 방에서 나오지도 않고, 그 누구도 들여보내지 않고, 식사도 창문으로 받아서, 한마디로 여위고 얼굴이 누렇게 떠 있었다. 그의 일은 아주 대단한 주의를 요하는 것이었으니, 그것은 수십 개의 카드 팩들 중에서 가장 믿을 만한 친구처럼 희망을 걸 수 있는, 표식을 해 놓은 카드 팩 두 개를 가려 내는 일이었다. 일은 아직도 앞으로 2주일은 더 걸릴 것이고, 이 기간 내내 포르피리는 밀라노산 강아지*의 배꼽을 특수 솔로 털고 그것을 하루에 세 번씩 비누로 닦아 줘야 했다. 노즈드료프는 자신의 은둔을 방해한 것에 매우 화를 내고, 무엇보다 먼저 관구 경찰청장을 악마에게 보냈으나, 시장의 초대장을 읽고서 만찬에 어떤 새로운 인물이 오는 것을 보니 뭔가 이익을 챙길 수 있겠다고 생각하게 되자 훨씬 누그러져서, 즉시 방을 열쇠로 잠그고 되는 대로 옷을 걸치고 그들에게 갔다. 노즈드료프의 출두, 증언, 추론은 관리들의 것과 너무나 확연히 대립되어서, 그들의 최종적인 추측들도 완전히 곁길로 빠지고 말았다. 이자에겐 아예 의심이란 게 존재하지 않는 것 같았으니, 그들의 추론에서 불안과 소심함이 눈에 띄는 그만큼, 그의 추론에는 단호함과 확신이 있었다. 그는 모든 의문점들에 대해 아무런 주저 없이 대답했으니, 치치코프가 수천 루블어치의 죽은 농노들을 구입했으며, 자신도 팔지 않을 이유가 없어서 팔았다고 선언했다. 그가 스파이가 아니냐, 뭔가를 알아내려고 하지는 않았느냐는 질문에 노즈드료프는 그는 스파이이고, 그들이 함께 공부했던 학교에서 그는 이미 고자질쟁이로 불렸으며, 이것 때문에 자신을 포함해서 친구들이 그를 심하게 두들겨 패서 그의 관자놀이에만 240마리의 거머리를 붙여야 했다고 대답했다. 사실 노즈드료프는 그저 40마리라고 말할 생각이었으나, 200이라는 말이 혼자 헛나가 버렸다. 혹시 그가 위조지폐범은 아니냐는 질문에, 그는 그가 위조지폐범이라고 대답하고, 이 경우에는 치치코프의 비상한 수완에 대한 일화를 이야기했다. 즉, 그의 집에 2백만 루블의 위조지폐가 있다는 것을 알고 그의 집 주위에 테이프를 두르고 각 문마다 두 명씩 경호를 세웠으나, 치치코프가 하룻밤 사이에 지폐를 전부 바꿔치기해서 다음 날 테이프를 떼어 냈을 때는 전부 진짜 지폐였다는 것이다. 치치코프가 정말로 현지사 딸과 사랑의 도피 행각을 벌일 의도를 갖고 있었는지, 정말로 노즈드료프 자신이 이 일에 가담하여 거들었는지에 대한 질문에, 그는 자신이 도왔으며, 자기가 아니었으면 아무 일도 안 됐을 거라고 대답했다. 여기서 그도 자기가 내내 공연히 거짓말을 하고 있고, 그래 봤자 스스로 재앙을 초래할 뿐임을 알고서 말을 멈추려고 했으나, 어찌 된 일인지 혀를 붙들어 맬 수가 없었다. 그렇기는커녕 도저히 거부할 수 없는 너무나 흥미롭고 상세한 내용들이 펼쳐지는 바람에 그만두기가 어려웠다. 심지어 그는 둘이 결혼하기로 되어 있던 관구 교회가 있는 마을 이름까지 댔으니, 즉 트루흐마춉카* 마을에, 사제는 시도르이고, 결혼 비용으로 75루블을 주기로 되어 있었다는 것이다. 사제가 곡물가게 주인 미하일을 대모와 결혼시키고* 자기 마차까지 대 주고 역참마다 갈아탈 말도 미리 준비해 준 것을 자신이 고발해 버리겠다고 협박하지 않았다면, 사제는 동의하지 않았을 것이라고 그는 말했다. 그 세부 내용은 마부들 이름까지 거명하는 데에 이르렀다. 관리들은 나폴레옹에 대해서도 이야기를 꺼내 볼까 하다가 금방 그런 시도를 한 것을 후회했다. 왜냐하면, 노즈드료프가 진실과 전혀 닮지 않은 것은 물론 그 어떤 것과도 닮지 않은 어리석은 이야기만 해 댔기 때문이다. 그래서 관리들은 한숨을 쉬고 모두 흩어졌고, 오직 한 사람, 경시총감만 적어도 뭔가 더 있을까 싶어 오랫동안 들었으나, 마침내 손을 휘젓고는 "악마나 뭐가 뭔지 알아먹겠어!"라고 말했다. 모두들 어떻게 해도 그에게서 눈곱만큼도 알아낼 수 없다는 데 동의했다. 관리들은 이전보다 더 나쁜 상황에 놓이게 되었고, 일은 결코 치치코프가 누군지 알아낼 수 없는 상황으로 굳어졌다. 인간이란 게 어떤 족속인지 백일하에 드러난 것이다. 즉, 다른 사람들에 대해선 모든 면에서 현명하고 영리하고 재치가 있는 반면, 정작 자신에 대해선 그렇지 않은 것이다. 삶의 힘든 순간에 그는 얼마나 용의주도하고 확신에 찬 조언들을 주는가! "와, 이렇게 머리가 잘 돌아가다니!" 군중은 외친다. "얼마나 강인한 성품인가!" 그러나 이 회전이 빠른 머리에 어떤 불행이라도 닥쳐서 자신이 삶의 힘겨운 순간에 놓이면, 강인한 성품은 어딘가로 사라지고, 꺾이지 않는 남성다움도 완전히 사라지고, 그는 순식간에 처량한 겁쟁이, 볼품없고 허약한 어린아이, 아니면 기껏 노즈드료프가 말하는 것처럼 그저 추잡한 놈이 되는 것이다.

이 모든 추론, 의견, 소문 들은 영문은 알 수 없지만 그 누구보다 불쌍한 지방 검사에게 가장 큰 영향을 미쳤다. 그것들의 영향이 너무나 커서, 그는 집에 와서 생각하고 또 생각하다가 보통 말하듯이 아무 이유도 없이 갑자기 죽어 버렸다. 중풍이 그를 덮쳤는지 아니면 다른 어떤 것이 그를 덮쳤는지, 의자에 앉자마자 뒤로 벌렁 나자빠졌다. 보통 그렇듯이 사람들이 손을 탁 치면서 "아니, 이럴 수가!" 하며 비명을 지르고, 피를 뽑기 위해 의사를 불렀으나, 그들은 지방 검사가 이미 영혼이 없는 몸이 된 걸 깨달았다. 그때 조문을 하면서야 사람들은 고인이 겸손해서 결코 드러내진 않았지만 그에게도 정말 영혼이 있었다는 걸 알게 되었다. 그건 그렇고 죽음의 등장은 위대한 사람에게 끔찍한 만큼 소심한 사람에게도 끔찍한 것이었다. 바로 얼마 전까지만 해도 여기저기 다니고 몸을 움직이고 카드 게임을 하고 다양한 문서들에 서명을 하며, 짙은 눈썹을 하고 눈을 끔벅거리면서 관리들 사이에 자주 모습을 드러내던 사람이 이제 탁자 위에 누워서,* 왼쪽 눈을 껌벅거리지도 않고 한쪽 눈썹만 무슨 미심쩍은 부분이라도 있는 듯 들어 올려져 있는 것이다. 고인이 무엇을 알고 싶어 한 건지, 왜 죽었는지, 혹은 왜 살았는지, 이에 대해서는 오직 신만이 아신다.

그러나 이건 너무 터무니없다! 이것은 너무나 조리가 안 맞는다! 어린아이조차 문제가 뭔지 아는 판에, 관리들 자신이 스스로를 혼돈으로 몰아가고, 그런 헛소리를 해 대고, 그렇게 현실에서 옆으로 비껴갈 수 있다니 이건 불가능하다! 많은 독자들은 그렇게 말하며, 작가가 조리가 없다고 비난하거나 가엾은 관리들을 바보라고 부를 것이다. 왜냐하면 사람들은 '바보'라는 말을 아까워하지 않고 하루에 스무 번은 주위 사람들에게 그 말을 할 준비가 되어 있기 때문이다. 열 가지 중 단 한 가지만 어리석어도, 아홉 가지 좋은 것은 무시되고 바보라고 불리기 십상이다. 독자들은 자신들의 편안한 집에서 그리고 눈앞에 지평선이 펼쳐지는 정상에서, 사람들이 바로 눈앞의 것에만 연연해하는, 저 밑에서 행해지는 것을 모두 쉽게 판단할 것이다. 인류 전체의 연대기를 잘 살펴보면, 불필요하다고 생각되어 폐기 처분되고 사라진 시대들이 부지기수다. 이제 어린아이도 하지 않을 방황이 세상에서는 많이도 행해져 왔다. 인류는 영원한 진리에 도달하려고 노력하면서, 그들 앞에 황제의 궁궐로 예정된 웅장한 건축물로 통하는 길과 비슷한 아주 곧은길이 나 있음에도 불구하고, 오히려 얼마나 일그러지고, 끝이 막히고, 편협하고, 지나갈 수 없고, 옆으로 멀리 새는 길들을 선택해 왔는가! 태양이 내리쬐고 밤새 불빛이 환하게 비치는 그 길은 다른 어떤 길보다 넓고 화려하건만, 사람들은 흐릿한 어둠 속에서 그 길을 지나쳐 흘러갔다. 그리고 얼마나 자주 하늘에서 강림한 생각에 의해 인도되던 이들이 즉시 제 길에서 벗어나 옆길로 새었는가, 백주 대낮에서 다시는 통과할 수 없는 침체된 벽촌으로 빠져 버렸는가, 다시 서로의 눈에 앞을 못 보게 하는 안개를 뿌려 댔는가, 신기루들을 따라 느릿느릿 걷다가 심연에 다다라서야 공포에 질려 출구가 어딘지 길이 어딘지 서로에게 물었는가? 현 세대는, 이제 모든 것을 선명하게 보고, 그 방황에 놀라워하며, 자기 선조들의 어리석음을 비웃으면서, 정작 하늘의 불로 이 연대기가 새겨지고, 그 속의 글자 하나하나가 외치며, 사방에서 비난하는 손가락들이 그를, 바로 그를, 현 세대를 가리키고 있다는 것은 인식하지 못한다. 그러나 현 세대는 비웃기만 할 뿐 자기만족에 빠져 거만하게 새로운 방황들을 시작하고, 그러면 다시 그 후손들이 그것에 대해 같은 식으로 그들을 비웃게 될 것이다.

치치코프는 이 모든 것을 전혀 알지 못했다. 마치 일부러인 듯 그때 마침 가벼운 감기에 걸려 치조에 염증이 생기고 목구멍에 그리 심하지 않은 염증이 생겼으니, 우리 현 도시들의 기후는 감기를 할당하는 데 지극히 너그러웠던 것이다. 어떤 일이 있어도 자손 없이, 신이여 보우하소서, 삶이 끝나지 않도록, 그는 한 3일은 꼼짝 않고 방에만 있기로 결심했다. 이 기간 동안 그는 계속 무화과를 탄 우유로 목을 헹구고, 그다음에 무화과를 먹고, 목에는 노란 양국 꽃과 장뇌로 만든 작은 베개를 두르고 다녔다. 뭐로든 시간을 때울 요량으로 그는 구입한 농노들의 세세한 명단을 얼마간 새로 작성하고, 심지어 가방에서 찾아낸 라발리에르 공작부인의 책*을 다 읽고, 손궤에 담겨 있는 다양한 물건들과 쪽지들도 다 읽고, 그중에 어떤 것은 한 번 더 읽었으니, 이 모든 일이 그는 너무 지루해졌다. 그는 얼마 전까지만 해도 이런저런 일로 현관 앞에 혹 우체국장, 혹 지방 검사, 혹 관청 소장의 마차들이 서 있었던 데 반해, 도시 관리들 가운데 단 한 명도, 단 한 번도 그에게 들러 건강이 어떤지 물어보지 않는 것이 무엇을 의미하는지 이해할 수 없었다. 그는 방을 돌아다니며 그냥 어깨만 으쓱할 뿐이었다. 마침내 그는 몸이 더 좋아진 것을 느끼고, 신선한 공기를 쐬러 나갈 수 있게 된 것에 뛸 듯이 기뻐했다. 지체 없이 그는 즉시 몸단장에 착수하여, 서랍을 열고 컵에 뜨거운 물을 붓고 솔과 비누를 꺼내어 면도 준비를 했다. 그러나 그는 이미 오래전에 면도를 했어야 했다. 턱을 손으로 만져 보고 거울을 들여다보고서 그는 "흠, 무성하게 뻗은 이 숲들 좀 보게!"라고 말했다. 사실 숲은 전혀 아니고, 뺨과 턱 전체에 파종한 곡식들이 상당히 무성하게 자라 있는 정도였다. 말끔히 면도를 하고 나서 그는 아주 날렵하고 잽싸게 옷을 입기 시작했다. 거의 바지 속으로 뛰어드는 식이었다. 마침내 그는 옷을 다 입고 오데콜롱을 뿌리고 좀 더 따뜻하게 몸을 감싸고 미리 신중을 기하기 위해 옷깃을 세우고 거리에 나섰다. 그의 외출은 건강에서 회복된 사람이면 누구나 그렇듯 정말 축제와 같았다. 마주치는 것 모두 웃는 낯을 하고 있었으니, 집들도, 지나가는 상당히 심각한 얼굴의 농부들도 그랬다. 그러나 그들 중 한 명은 막 자기 형제의 귀를 세게 때리고 나온 참이었다. 그는 제일 먼저 현지사 댁을 방문하기로 했다. 가는 도중 온갖 생각이 떠올랐으니, 뇌리에 금발 아가씨가 어른거리고 공상의 나래가 펼쳐지기 시작해서 그는 약간 농담을 하고 자신을 비웃기 시작했다. 그런 들뜬 기분으로 그는 현지사 댁 입구 앞까지 갔다. 현관에서 서둘러 외투를 벗으려는데, 경비원이 전혀 뜻밖의 말로 그를 깜짝 놀라게 했다.

"받아들이지 말라는 명령입니다!"

"뭐야? 자네 나를 못 알아보는 모양이군? 내 얼굴을 잘 보게나!" 치치코프가 그에게 말했다.

"알아보지 못하다니요. 당신을 한 번 본 것도 아닌데요." 경비원이 말했다. "바로 당신을 들여보내지 말라고 명령하셨습니다. 다른 사람은 모두 괜찮습니다."

"아니, 그게 무슨 소리야! 뭣 때문에? 왜?"

"전 그냥 명령을 받았으니 따라야지요." 경비병이 말하고 거기에 "네"라고 덧붙였다. 그다음 그는 이전에 허겁지겁 그의 외투를 벗겨 줄 때 짓던 사랑스러운 표정 버리고, 그 앞에 아주 무관심한 표정으로 버티고 섰다. 아마도, 그를 보며 '흥! 나리들이 문전에서 쫓아내는 걸 보면, 넌 불량배인 게 틀림없어!' 라고 생각하는 것 같았다.

'도대체 이해할 수가 없군!' 치치코프는 혼자 생각하고 즉시 관청 소장 댁으로 향했다. 그러나 관청 소장은 그를 보더니 무척 당혹스러워하고, 말을 두 마디도 못 잇고 허튼소리를 주절대어, 두 사람 모두 수치심을 느끼게 되었다. 그의 집을 나서면서 치치코프는 관청 소장의 의중이 무엇인지, 그의 말들이 무엇을 의미하는지 이해해 보려고 애썼으나, 도무지 알 수가 없었다. 이윽고 다른 사람들, 즉 경시총감 댁, 부현지사 댁, 우체국장 댁에 들러 봤으나 모두 그를 받아들이지 않거나, 아주 이상하게 받아들이거나, 아주 부자연스럽고 이해할 수 없는 방식으로 이야기를 하고 혼란스러워해서, 모든 게 조리 없이 뒤죽박죽이었다. 치치코프로서는 그들 머리가 이상해진 건 아닌지 의심스러울 정도였다. 최소한 이유라도 알아볼 요량으로 한두 군데 더 방문했지만, 아무것도 알아낼 수 없었다. 마치 몽유병 환자처럼 그는 목적 없이 도시를 거닐었으나, 그가 제정신이 아닌 건지, 아니면 관리들의 머리가 다들 이상해진 건지, 이 모두가 꿈인지 아니면 꿈에서보다 더 또렷하게 현실에서 어리석은 일이 일어난 건지 도무지 종잡을 수가 없었다. 상당히 늦게, 거의 땅거미가 질 무렵에야 그는 그토록 즐거운 기

분으로 나섰던 여관방으로 되돌아왔고, 따분해져서 차를 가져오
도록 지시했다. 그가 깊이 생각에 잠겨 자신이 처한 수수께끼 같
은 상황에 대해 조리 없이 생각하면서 차를 따르려는데, 갑자기
그의 방문이 열리고 느닷없이 노즈드료프가 앞에 섰다.

"이런 속담이 있지. '친구에게는 7베르스타도 멀지 않다'라는."
그는 모자를 벗으며 말했다. "지나는 길에 창문으로 불빛이 보여
서 들러야겠다고 생각했지. 안 자는 것 같아서. 아! 마침 차가 차
려졌네, 거 좋지! 기꺼이 차 한 잔 들겠네. 오늘 점심에 온갖 이상
한 음식을 먹었더니 이제 배에서 난리가 나기 시작한 거 같아. 내
게 파이프 하나 채워 주게! 자네 파이프는 어딨지?"

"나는 파이프를 안 피워." 치치코프가 차갑게 말했다.

"쓸데없는 소리, 자네가 끽연가라는 걸 내가 모를 줄 알고! 자
네 시종을 뭐라고 불러야 하지? 어이, 바흐라메이,* 이리 와!"

"그는 바흐라메이가 아니라 페트루시카야."

"그래? 전에는 바흐라메이였는데."

"난 바흐라메이란 놈 둔 적 없어."

"맞아, 데레빈에게 바흐라메이가 있었지. 상상해 봐, 데레빈에
게 어떤 행복이 굴러 들어왔는지. 그의 아주머니는 아들이 농노와
결혼한다고 그와 대판 싸웠는데, 이제 그에게 영지 전부를 물려주
었다네. 미래를 위해 그런 아주머니가 있다면 얼마나 좋을까! 하
는 생각도 곧잘 하지. 이봐, 대체 무슨 일이야? 왜 아무 만찬에도
안 다니고 그렇게 사람들을 멀리하는 거야? 물론, 네가 때로는 학
문상의 연구로 바쁘고, 책 읽는 것을 좋아한다는 건 알지만(어째
서 노즈드료프가 우리의 주인공이 학구적인 일을 하며, 책 읽기를
좋아한다고 결론짓게 됐는지, 고백하건대 우리는 알 도리가 없고,
치치코프도 마찬가지다) 아, 이봐 치치코프, 네가 봤다면…… 정

말, 너의 풍자적인 기지에 좋은 양분이 됐을걸(어째서 치치코프에게 풍자적인 기지가 있는지도 역시 알려져 있지 않다). 상상해봐, 이봐, 상인 리하초프네에서 사람들이 고르카*를 했는데, 엄청나게 재밌더라! 나하고 있던 페레펜데프가 '만일 지금 치치코프가 있다면 그도 정말 그럴 거야!' 하고 했어(그러나 치치코프는 태어나서 어떤 페레펜데프도 만난 적이 없다). 그러나 이제라도 고백해, 이봐, 그때 네가 날 비열하게 속였지, 왜 그때 체스 둔 것 말이야. 기억하지, 정말 내가 이겼는데 말이야…… 정말, 이봐, 넌 나를 속였어. 하지만 이상하게도, 악마나 나란 존재를 알려나, 난 전혀 화를 낼 수가 없어. 얼마 전엔 관청 소장하고…… 아, 그래! 도시 전체가 네게 등을 돌렸다고 말해야지. 그들은 네가 위조지폐를 만들었다고 믿고 내게 귀찮게 물어보더라. 난 자네 보호막이 돼서, 그들에게 너랑 공부도 했고, 네 아버지도 안다고 주절댔어. 할 말이 없어서 허풍을 좀 떨었지."

"내가 위조지폐를 만든다고?" 치치코프가 의자에서 몸을 일으키며 외쳤다.

"근데 왜 그렇게 그들을 놀래켰나?" 노즈드료프는 말을 이었다. "다들 공포에 질려서 제정신이 아닌데. 너를 강도와 첩자로 둔갑시켜선…… 그리고 지방 검사는 너무 질겁해서 죽어 버리고 내일이 장례식이야. 안 가겠나? 사실, 그들은 말이지 새로 총독이 오는데, 너 때문에 뭔가 불똥이 튀지 않을까 겁내고 있어. 하지만 내 생각에 총독이 코를 쳐들고 잘난 체하면, 귀족들한테 전혀 얻을 게 전혀 없을 거야. 귀족들은 정중하고 친절한 태도를 요구하니까, 안 그래? 물론 사람들이 자기 집무실로 숨어 연회를 일절 열지 않을 수도 있어. 하지만 그럼 어떻게 되겠나? 그렇게 해선 전혀 얻을 게 없어. 한데 치치코프, 너 아주 위험천만한 일을 꾸몄어."

"위험천만한 일이라니?" 치치코프가 불안해하며 물었다.

"현지사 딸을 꼬셔서 도망가는 것 말이야. 사실 난 고백하는데, 이 일이 일어나기를 기다렸어. 정말이야, 기다렸다고! 처음 무도회에서 너희 둘이 함께 있는 것을 본 순간 생각했어. 치치코프는 아마 괜히 그러지는…… 하지만 넌 공연히 쓸데없이 그런 선택을 한 거야. 난 도통 그녀가 뭐가 좋은지 모르겠어. 하지만 상대가 비쿠소프의 친척인 그의 누나의 딸이라면, 그녀는 정말 멋진 아가씨야! 정말 옥양목을 입은 기적이야!"

"아니, 대체 무슨 헛소리를 하는 거야? 현지사 딸이랑 도망치다니, 자네 제정신이 아니구만!" 치치코프가 눈을 휘둥그레 뜨며 말했다.

"에이, 됐어. 이봐, 의뭉스럽긴! 사실은 그것 때문에 네게 온 거야. 널 도우려고. 이렇게 하자. 네 머리에 화관을 씌어 주고* 마차와 갈아탈 말을 대 줄게. 단 조건이 있어. 내게 3천 루블을 빌려줘야 해. 돈이 필요해, 이봐, 목이라도 내놓아야 할 판이야!"

노즈드료프가 수다를 떠는 내내 치치코프는 자신이 지금 꿈꾸고 있는 게 아니란 걸 확인하기 위해 몇 번이나 눈을 비벼댔다. 위조지폐범, 현지사 딸 납치, 자신이 원인이 된 지방 검사의 죽음, 총독의 도착, 이 모든 게 그에게 상당한 공포를 안겨 주었다. '만약, 상황이 그렇다면,' 그는 혼자 생각했다. '더 이상 꾸물거릴 필요가 없지. 서둘러 여길 떠야겠어.'

그는 할 수 있는 한 빨리 노즈드료프를 쫓아내고, 즉시 셀리판을 불러 내일 아침 여섯시에 지체 없이 도시를 떠날 수 있도록, 모든 것을 빠짐없이 잘 살피고 마차에 기름칠을 하고 기타 등등의 채비를 새벽까지 해 놓으라고 지시했다. 그러나 셀리판은 "분부대로 해 놓겠습니다, 파벨 이바노비치!"라고 말하고는, 그대로 문 옆에 몇 분간 꿈쩍 않고 서 있었다. 바로 주인은 페트루시카를 불러, 침대 밑에서 먼지가 수북이 쌓인 짐 가방을 꺼내라고 지시하고, 그와 함께 양말, 와이셔츠, 빤 속옷과 안 빤 속옷, 구두 모형, 달력 등을 세심하게 구분하지도 않고 죄다 주워 담기 시작했다. 이렇게 손에 잡히는 대로 다 주워 담았으니, 그는 밤새도록 채비를 끝마쳐서 다음 날 지체 없이 떠나고 싶었던 것이다. 셀리판은 한 2분 정도 문가에 서 있다가 마침내 아주 천천히 방에서 나갔다. 천천히, 상상할 수 있는 최대한 천천히, 그는 자신의 젖은 구두로, 아래로 향하는 낡은 계단에 흔적을 남기면서 밑으로 내려가며, 오랫동안 뒤통수를 손으로 긁적거렸다. 이 긁적거리는 행동이 의미하는 것은 무엇인가? 이 행동은 전반적으로 무엇을 의미하는가? 다음 날 근처 어딘가에 있는 주막에서 띠를 허리에 두른 보기 흉한 외투를 입은 친구와 만날 약속을 지킬 수 없게 된 것에 대한 원망인가, 아니면 이미 새로운 장소에 자신이 흠뻑 빠진 여인이 생겼는데, 저녁 황혼이 도시에 드리워지고, 붉은 셔츠를 입은 장정이 집안 하인들 앞에서 발랄라이카를 켜고 일을 끝마친 잡계급 출신의 사람들이 조용히 속삭이는 그 시간에, 문 옆에 서서 공손히 하얀 손을 쥐는 걸 포기해야 하는 것에 대한 서러움인가? 아니면 단지 하인들의 부엌 난롯가에 자기 털외투를 깔고 이미 따뜻하게 데워 놓은 자리와 도시의 부드러운 고기만두를 넣은 양배추 수프를 버리고 다시 비와 진창과 온갖 거리의 불행들을 견디며 돌아다니기 위해 길을 나서는 것이 안타까워서인가? 신만이 아실 뿐, 우리는 알 수가 없다. 러시아 민족에게 뒤통수를 긁적거리는 것은 정말 많은 것을 의미하는 것이다.

제11장

　그러나 어떤 것도 치치코프가 생각한 대로 일어나지 않았다. 첫째, 그는 생각보다 늦게 일어났으니, 이것이 첫 번째 불쾌한 일이었다. 일어나자마자 그는 즉시 반개 사륜마차에 말이 매어져 있는지, 채비가 다 됐는지 알아보라고 사람을 보냈다. 그러나 마차에 아직 말도 안 매어져 있고, 아무것도 준비되지 않았다는 보고를 들었다. 이것이 두 번째 불쾌한 일이었다. 그는 화가 나서 우리의 오랜 친구 셀리판에게 매질 비슷한 것을 할 태세였고, 그가 제 딴에 어떤 핑계를 대어 자신을 정당화할 건지만 초조하게 기다렸다. 곧 셀리판이 문에 모습을 드러냈고, 만족스럽게도 나리는 빨리 떠나야 할 경우에 보통 하인에게서 듣는 것과 똑같은 말을 들었다.

　"아 네, 파벨 이바노비치, 말에 편자를 박아야 해서요."

　"야, 이 멍텅구리 바보 천치야! 왜 전에 말 안 했어? 시간이 없기라도 했단 말이야?"

　"네, 시간이야 있었지요…… 그리고 바퀴도 그래요. 파벨 이바노비치, 쇠바퀴를 완전히 조여야 해요. 지금은 길에 울퉁불퉁한 곳이 많고, 사방에 팬 구멍들 천지라서…… 그리고 만일 말씀드리는 걸 허락하신다면, 마차 앞부분이 덜덜 흔들려요, 아마 두 역도 못 갈 거예요."

"에라이 사기꾼아!" 치치코프가 고함을 지르며 팔을 치켜들고 그에게 바싹 다가서자 셀리판은 나리로부터 매를 맞지는 않을까 두려워 몇 걸음 뒤로 물러서서 옆으로 몸을 피했다. "날 죽일 작정이야? 날 작살내고 싶은 거야? 대로에서 날 작살내려고 그런 거지, 도둑놈, 망할 돼지새끼, 바다 괴물! 엉? 엉? 3주일이나 눌러앉아 있었잖아, 엉? 말이라도 못하면, 이 돼먹지 않은 놈, 막판이 돼서야 부품을 끼워 맞추려고 하다니! 거의 채비를 마치고 마차를 타고 떠나야 할 판에, 이제 일을 하려는 거야, 엉? 엉? 대체 이걸 전에 알기는 했어? 대답해. 알고 있었어? 엉?"

"알고 있었습죠." 셀리판은 고개를 수그리고 대답했다.

"그럼, 왜 그때 얘기 안 했어, 엉?"

이 질문에 셀리판은 아무 대답도 않고 고개를 수그린 채, 혼자 "제길, 일이 어째 이렇게 됐냐. 정말 알았으면서, 말을 안 했네!" 하고 중얼거렸다.

"당장 가서 대장장이 부르고 두 시간 안에 일 끝내. 알아들었어? 두 시간이야. 그때까지 못하면 널 그냥, 널 그냥…… 뿔처럼 분질러서 매듭처럼 묶어 버릴 테다!" 우리 주인공은 몹시 화가 났다.

셀리판이 문으로 돌아서서 명령을 이행하러 가려다 다시 멈추고 말했다.

"저 그리고 나리, 얼룩말을 팔든지 해야겠어요. 이놈이, 파벨 이바노비치, 완전 사기꾼이에요. 그놈은 쓸모없는 말이라서 방해만 돼요."

"그래! 지금 나보고 가서 시장에 내다 팔란 말이군!"

"사실, 주인님, 그놈이 보기만 멋있지, 실은 아주 간교한 놈이에요. 그런 말은 아무 데도……."

"이 바보야! 내가 팔고 싶을 때 팔 거야. 거기 서서 나하고 논쟁하자는 거지! 이제 볼 거야. 냉큼 대장장이 불러서 두 시간 안에 떠날 준비가 안 되면 절단 날 줄 알아…… 주제 파악도 못하는 주제에! 냉큼 꺼져! 어서!"

셀리판은 나갔다.

치치코프는 완전히 기분이 상해서, 그럴 필요가 있는 사람에게 공포심을 불러일으키기 위해 함께 길을 다녔던 군도를 바닥에 내팽개쳤다. 그는 15분 넘게 대장장이들과 실랑이를 벌이고 나서야 합의를 봤다. 원래 대장장이라는 게 자타가 공인하는 사기꾼이어서 일이 촉각을 다투는 사안이란 걸 알아채고는 원래 가격에서 꼭 여섯 배를 올렸기 때문이다. 그가 아무리 열을 내고 사기꾼, 도둑놈, 행인 갈취자라고 부르고, 심지어 최후의 심판을 들이대도 대장장이들은 꿈쩍하지 않았다. 그들은 자신들의 성격에 완전히 충실했으니, 가격에서 한 치도 물러서지 않았을 뿐 아니라 두 시간이 아니라 다섯 시간 반이 걸려서야 일을 마친 것이다. 그 시간 동안 치치코프는 만족스럽게도 모든 여행자들에게 그토록 익숙한 유쾌한 시간을 맛보았다. 즉, 짐을 가방에 다 챙겨 넣고 방에는 끈, 종이 등 각종 쓰레기만 나뒹굴 때, 사람이 길을 나선 것도 어느 곳에 자리를 잡은 것도 아니고 창문 밖으로 어슬렁어슬렁 걸어가는 사람들이 자기들의 10코페이카에 대해 이야기하고 어떤 어리석은 호기심에 눈을 들다가 우연히 그를 흘깃 보고는 다시 제 갈 길을 가는 사람들을 볼 때, 길을 떠나지 못한 불쌍한 여행자의 구겨진 기분은 더 괴로워지기 마련이다.

주위의 모든 게, 그가 보는 모든 게, 즉 그의 창문 맞은편의 가게도, 맞은편 집에 살면서 짧은 커튼을 들고 창문 쪽으로 다가오는 노파의 머리도 모두 역겨웠지만, 그는 창문을 떠나지 않는다.

그는 거기에 서서 자신을 잊은 채, 자기 앞에서 움직이는 것이건 아니건 가릴 것 없이 모든 것에 약간 무뎌진 상태로 주의를 돌리다가, 마침 윙윙거리며 그의 손가락 아래쪽 유리창 틀을 툭툭 치는 파리를 화가 나서 눌러 죽인다. 그러나 모든 것에는 끝이 있기 마련인 법, 바라던 순간이 왔다. 마침내, 모든 준비가 갖춰지고, 마차 앞부분도 완전히 수리되고, 바퀴는 새 테로 갈아 끼우고, 말들을 물 먹이는 곳에서 끌고 오고, 도둑 대장장이들은 자신들이 받은 은화 루블들을 다시 한 번 세 보고 축복을 빈 다음 떠났다. 마침내 반개 사륜마차에 말도 매고, 갓 사온 두 개의 뜨거운 둥근 흰 빵도 거기에 넣고, 셀리판도 마부 자리 삼각대 옆에 있는 주머니에 자기가 먹을 뭔가를 쑤셔 넣고, 주인공 자신도 마침내 똑같은 두꺼운 면직 코트를 입고 서서 모자를 흔드는 급사의 배웅을 받으며, 낯선 나리가 떠나는 것을 보러 몰려든 주막 하인들, 남의 집 하인들, 마부들이 하품을 하며 지켜보는 가운데 마침내 마차에 앉고, 도시에 너무 오래 서 있어서 아마도 독자들에겐 이미 싫증이 났을, 독신남들이 타고 다니는 반개 사륜마차가 드디어 여관 문을 나섰다. '신에게 영광을!' 치치코프는 속으로 이렇게 외치고 성호를 그었다. 셀리판은 채찍을 휘두르고, 처음부터 한동안 발디딤대에 서 있던 페트루시카가 그의 곁에 와서 앉고, 우리 주인공도 그루지야산 작은 양탄자에 더 편하게 앉고 등 뒤에 가죽 쿠션을 대어 두 개의 흰 빵을 꽉 눌렀으며, 마차는 익히 알려져 있듯이 몸을 들썩거리게 하는 포석 덕분에 다시 약간 춤을 추고 덜컹거리며 나아갔다.

그는 어떤 막연한 감정에 사로잡혀 집, 벽, 나무 담장, 거리 들을 바라보았고, 그것들 역시 자기들 편에서도 마치 말을 타고 튀어 오르듯 천천히 뒤로 사라졌다. 그가 평생 동안 그것들을 언제

다시 볼 수 있을지는 신만이 아신다.

거리의 한 모퉁이를 돌았을 때 마차는 멈춰야 했다. 거리에 끝 없는 장례 행렬이 이어지고 있었기 때문이다. 치치코프는 몸을 밖으로 내밀어 페트루시카에게 누구 장례식인지 알아보라고 지시했고, 이것이 지방 검사의 장례식임을 알게 되었다. 불쾌한 예감에 사로잡혀 그는 즉시 마차 구석에 몸을 숨기고, 가죽으로 몸을 가린 뒤 커튼을 쳤다. 마차가 그런 식으로 멈춰 있을 때, 셀리판과 페트루시카는 경건하게 모자를 벗고 누가, 어떻게, 무엇을 입고, 무엇을 타고 가는지, 걸어가는 사람과 타고 가는 사람이 도합 몇 명인지 수를 셌고, 주인은 그들에게 낯익은 하인들을 봐도 아는 체하거나 인사하지 말라고 지시하고는, 자기도 가죽 커튼이 쳐진 유리창 사이로 조심스럽게 살펴보기 시작했다. 도시의 모든 관리들이 모자를 벗고 관을 따라 걸어가고 있었다. 그는 그들이 그의 마차를 알아보지나 않을까 우려했으나, 그들에게는 그것에 신경 쓸 때가 아니었다. 그들은 심지어 평상시에 고인을 배웅하는 사람들이 나누는 다양한 일상적인 대화도 나누지 않았다. 이들의 모든 상념은 이 순간 자기 자신에게 집중되어 있었으니, 그들은 새로 부임하는 총독이 어떤 사람이며, 그가 일을 어떻게 처리할지, 자신들을 어떻게 받아들일지 등을 생각하고 있었다. 걸어가는 관리들 뒤로 용수철 달린 사륜마차가 따라가고, 상복 모자를 쓴 부인들이 마차 밖으로 내다보고 있었다. 그들의 입술과 손의 움직임으로 보아 그들은 이야기꽃을 피우고 있는 것 같았다. 아마도 그들 역시 새 총독 부임에 대해 이야기하고 그가 개최할 무도회에 대해 추측하며 자신들의 영원한 작은 꽃무늬 장식과 붙이는 귀여운 작은 장식물에 온 마음을 쏟고 있을 터였다.

마지막으로, 그 용수철 달린 사륜마차들 뒤로 몇 대의 텅 빈 경 사륜마차가 일렬로 이어지고, 마침내 아무것도 남지 않게 되었을 때, 우리 주인공은 출발할 수 있었다. 가죽 커튼을 걷고서 그는 한숨을 푹 쉬고 진심으로 말했다. "그렇게 됐군, 지방 검사! 한목숨 살다가 그렇게 죽었군! 신문에는 부하들과 온 인류에게는 애통하게도 존경할 만한 시민이며 보기 드문 아버지이고 모범적인 남편이 생사를 달리했다는 부고가 실리고, 온갖 잡다한 약력이 붙지. 아마도 미망인과 고아들의 눈물 어린 배웅을 받으며 떠났다는 내용이 추가될지도 몰라. 하지만 상황을 정말 잘 따져 보면, 네게 있었던 거라곤 무성한 눈썹뿐이었어." 이제 그는 셀리판에게 가급적 빨리 출발하라고 이르고, 그사이에 혼자 '하지만, 장례 행렬과 마주친 건 잘된 거야. 고인과 마주치면 재수가 좋다고 하잖아' 라고 생각했다.

반개 사륜마차는 그러는 사이에 돌아서 더 한산한 거리에 들어섰고, 곧 도시의 끝을 미리 알리는 긴 나무 울타리가 이어졌다. 곧 포석도 끝나고, 횡목과 도시도 뒤로 사라져 아무것도 안 남고, 다시 길이었다. 그리고 다시 길 양쪽으로 이정표가 세워져 있는 큰길을 따라 새로이 몇 베르스타인지를 나타내는 표지판들, 역참지기, 우물, 수송 마차, 그리고 사모바르, 아낙네, 손에 귀리를 들고 여인숙 마당에서 뛰어가는 민첩하고 수염이 더부룩한 주인 등이 있는 잿빛 마을들, 다 떨어진 짚신을 신고 80베르스타를 터벅터벅 걸어가는 보병, 작은 목조 가게, 밀가루 통, 짚신, 원형의 흰 빵과 다른 잡동사니 들이 있는 아무렇게나 세워진 작은 도시들, 줄무늬 쳐진 횡목들, 수리 중인 다리들, 길 이쪽으로도 저쪽으로도 무한히 펼쳐진 들판, 지주들의 대형 여행 마차, 탄약과 모모 포병대 소속이라는 서명이 있는 녹색 궤짝을 말로 운반하는 병사, 스텝을 따라 눈에 반짝이는 녹색, 노란색, 새로 파낸 검은색 밭이랑들, 멀리 길게 울려 퍼지는 노래, 안개에 휘감긴 소나무 꼭대기, 멀리 울려 퍼지는 종소리, 파리처럼 보이는 까마귀들, 끝이 없는 지평선…… 루시여! 루시여! 나 그대를 바라보네, 내 신비롭고 아름다운 먼 곳에서 그대를 바라보네! 그대 안의 모든 것이 가난하고 뿔뿔이 흩어지고 쉴 곳이 없다. 대담한 예술의 신비들이 왕관으로 덧씌워진 대담한 자연의 신비들, 창문이 많고 높으며 절벽 속에 자라난 높은 궁전들이 있는 도시들, 소음을 내고 영원한 물을 뿌리는 번쩍이는 폭포들을 맞으며 집 안으로 자라난 그림 같은* 나무들과 담쟁이덩굴들이 그대의 시선을 즐겁게 하거나 경탄하게 위로 끝없이 육중하게 뻗어 가는 높은 돌덩어리를 바라보기 위해 고개를 뒤로 젖힐 일도 없다. 포도 덩굴, 담쟁이 덩굴, 수백만 송이의 야생장미들로 뒤얽히고 서로 층층이 쌓인 검은 아치들 사이로 빛나지도, 은빛의 청명한 하늘로 높이 솟아오르며 영원히 빛나는 산줄기들이 그것들 사이로 멀리 빛나지도 않을 것이다. 그대 안의 모든 것이 탁 트여 텅 비고 평평하여, 점들처럼, 반점들처럼 평원 한가운데 높지 않은 도시들이 솟아 있다. 눈길을 사로잡거나 황홀하게 하는 게 없다. 그럼에도 얼마나 이해하기 어려운 수수께끼 같은 힘으로 사람들이 그대에게 이끌리는가? 왜 우수에 잠긴 그대의 노래가 그토록 길고 넓게 바다에서 바다로 나아가며 끊임없이 울려 퍼지는가? 그 안에, 이 노래 안에 무엇이 있는가? 무엇을 부르고 흐느끼며 가슴을 부둥켜안는가? 어떤 소리가 나를 고통스럽게 애무하며 내 영혼에 파고들어 내 심장 주위를 휘감고 도는가? 루시여! 그대는 내게 무엇을 원하는가? 어떤 이해할 수 없는 연관성이 우리 사이에 숨어 있는가? 그대는 무엇을 그토록 바라보며, 왜 그대 안의 모든 것이 기대에 가득 찬 시선을 내게 돌리는가? ……내가 미혹에 사로잡혀 꿈쩍도 하지 않고 서 있는 동안 곧 쏟아져 내릴 비로 무거워진 소나기구름이 머리 위에 드리워지고, 탁 트인 그대를 마주하며 내 상념은 할 말을 잃는다. 이 한없는 공간은 무엇을 예언하는가? 바로 여기 그대에게서 그대가 끝이 없듯이 무한한 생각이 태어나지 않겠는가? 여기, 기지개를 켜고 뻗어 나갈 공간이 있는데 고대의 영웅 전사가 없겠는가? 무엇이든 할 수 있는 공간이 나를 위협적으로 에워싸며 내 영혼 깊은 곳에 무서운 힘으로 반영되고, 천상의 권세가 내 눈에 번쩍인다. 오! 얼마나 빛나고 신비로우며 지상에 낯선 먼 곳인가! 루시여!

"잡아, 꽉 잡으란 말이야, 이 멍청아!" 치치코프가 셀리판에게 고함을 질렀다.

"칼 맛 좀 봐야겠고만!" 맞은편에서 온, 수염이 1아르신은 될 것 같은 부관이 소리쳤다. "안 보여, 정신을 얻다 빼놓고 다니는 거야, 이건 공무용 마차야!" 삼두마차가 이렇게 말하고서 마치 유령처럼 종소리를 내며 먼지와 함께 사라졌다.

길이란 단어에는 얼마나 이상하고 매혹적이며 영혼을 고양시키고 신비로운 것이 담겨 있는지! 그 자체가 얼마나 신비로운가, 이 길은 청명한 낮, 가을 잎새, 차가운 공기…… 여행용 외투를 더 단단히 여미고, 모자를 귀에 푹 눌러쓰고, 마차 구석에 더 찰싹 편안하게 몸을 붙여라! 마지막으로 전율이 온몸에 흐르고, 이미 기분 좋은 온기가 이를 대신했다. 말들이 힘껏 내달리고…… 슬금슬금 기어들어 온 졸음은 우리 눈꺼풀이 스르르 감기도록 얼마나 강하게 유혹하는지! 이미 「눈은 하얗지 않네」라는 곡조도, 말들의 거친 숨소리도, 시끄러운 바퀴 소리도 꿈결에 들리고, 이미 옆사람에게 몸을 기대고 코를 골기 시작한다. 잠이 깼다. 역 다섯 개가 뒤로 사라지고 달, 미지의 도시, 오래된 목조의 원형 지붕들과 거무스름해진 첨탑이 있는 교회들, 검은 통나무집들과 흰 석조 건물들이 보인다. 흰 마포 손수건들이 벽, 포석 도로, 거리마다 펼쳐져 나풀거리는 듯 달빛이 여기저기 빛나고, 칠흑같이 검은 그림자들이 문설주처럼 그것들을 가로지르며, 밝은 빛을 받은 나무 지붕들이 빛나는 금속처럼 비스듬히 빛을 내고, 사람은 어디에도 보이지 않는다. 모두 잠든 것이다. 홀로 외로이 작은 등불 하나가 어딘가 작은 창문가에 아른거린다. 도시 상인이 자기 신발을 꿰매고 있는 걸까? 빵 굽는 사람이 작은 난로에 불을 때고 있는 걸까? 하지만 지금이 그들에게 눈 돌릴 때인가? 아, 밤이여! 천상의 영들이여! 얼마나 아름다운 밤이 저 높이 펼쳐지고 있는가! 그리고 대기는, 그리고 멀리 높은 하늘은 저기, 닿을 수 없는 깊은 곳에 저토록 가없이, 낭랑하고 선명하게 누워 있구나! 하지만 차가운 밤공기가 바로 눈앞에서 신선한 숨을 내쉬며 그대에게 자장가를 불러 주자, 그대는 이미 잠들어 정신없이 코를 골고, 구석에 짓눌린 가난한 이웃은 자기 몸이 무거워지는 것을 느끼고 화가 난 듯 몸을 뒤척인다. 잠에서 깨자, 이미 다시 그대 앞에 들판과 초원이 펼쳐지고, 어디에고 아무것도 없다. 사방이 텅 빈 들판에 모든 게 틔어 있다. 숫자가 적힌 베르스타 표지판이 그대의 눈앞을 지나가고, 아침이 찾아오며, 하얗게 변해 가는 차가운 지평선에 창백한 금줄 무늬가 펼쳐지고, 바람은 더 신선해지고 더 강해진다. 따뜻한 외투로 몸을 더 꼭 여며라! ……얼마나 영광스러운 추위인가! 얼마나 신비로운 잠이 그대를 다시 에워싸는가! 충격 때문에 다시 잠에서 깼다. 해가 중천에 떠 있다. "힘 빼고! 힘 빼고!"라는 목소리가 들리고, 마차가 낭떠러지에서 밑으로 내려간다. 밑에는 넓은 제방과 태양 앞에 구리 바닥처럼 반짝이는 넓고 맑은 연못이 있고, 마을과 농가들이 구릉에 흩어져 있으며, 한편에는 마을 교회의 십자가가 별처럼 반짝이고, 농부들의 수다 소리가 들리고 뱃속에선 참을 수 없는 허기가…… 오 세상에! 멀고도 먼 길이여, 그대는 때로 얼마나 멋진가! 내가 죽어 가고 신음하며 그대를 꼭 붙들 때, 그대는 매번 나를 넓은 아량으로 참아 주고 구해 주었지! 그대 안에서 얼마나 많은 아름다운 구상과 시적 공상이 탄생하고, 얼마나 놀라운 인상들이 들어왔는지! 하지만 우리 친구 치치코프도 이 순간 산문적인 공상만 한 것은 아니었다. 그가 무엇을 느꼈는지 보도록 하자.

그는 처음엔 아무것도 느끼지 못하고, 도시에서 확실히 빠져나왔는지 확인하기 위해서만 뒤를 돌아보았다. 하지만 도시는 이미 오래전에 사라지고, 대장간도 방앗간도 도시 주변에 있는 그 어떤 것도 보이지 않고, 석조 교회의 하얀 꼭대기마저 땅속으로 사라진 지 오래되자, 그는 길에만 관심을 쏟고 길의 오른편과 왼편만 바라보았다. 도시 N은 마치 그의 기억에 있지도 않은 듯, 마치 오래전 어린 시절에 지나간 듯이 느껴졌다. 마침내 길도 이제 그의 마음을 끌지 못하자, 그는 가볍게 눈을 감고 고개를 베개에 기대었다. 고백하건대, 작가는 이런 식으로 그의 주인공에 대해 말할 기회를 얻어서 매우 기쁘다. 왜냐하면 지금까지 독자도 보았겠지만, 이번엔 노즈드료프, 이번엔 무도회, 이번엔 부인들, 이번엔 도시의 유언비어들, 이번엔 마지막으로 오직 그 순간에만 사소해 보이고 일단 책에 적혀 세상에 알려지면 아주 중요한 일이 되어 버리는 수천 가지 사소한 일들이 계속 그를 방해해 왔기 때문이다. 하지만 이제 모두 옆으로 제쳐 두고, 곧장 본론으로 들어가자.

우리에 의해 선택된 주인공이 독자들 맘에 들었을지 매우 의심스럽다. 그가 부인들 마음에 들지 않았다는 건 확실히 말할 수 있다. 부인들은 주인공이 결정적으로 완전한 존재이기를 요구하기 때문에, 어떤 정신적이거나 신체적인 결함이 보이면 그땐 큰일이다! 작가가 그의 영혼을 아무리 깊게 들여다본다 해도, 그의 모습을 거울보다 더 순수하게 반영한다 해도, 그들은 그에게 어떤 가치도 부여하지 않을 것이다. 치치코프의 뚱뚱한 몸과 중년의 나이자체가 그에게 많은 해가 되고 있으니, 주인공이 뚱뚱한 것은 어떤 경우에도 용서가 안 되고, 정말 많은 귀부인들이 몸을 돌리고 "흥, 정말 역겨워!"라고 말하기 때문이다. 슬프다! 이 모든 걸 작가는 익히 알고 있지만, 그럼에도 그는 고결한 인간을 주인공으로 선택할 수가 없는 것이다. 하지만…… 바로 이 이야기에서 여태껏 선택되지 않은 다른 멜로디들이 느껴질지 모르고, 러시아 정신의 헤아릴 수 없는 풍요로움이 제시되고, 신의 은총을 입은 농부나, 여성의 놀랍도록 아름다운 영혼을 온전히 지니고 숭고한 열정과 자기 헌신에 가득 찬, 세상 어디에서도 찾아볼 수 없는 신비로운 러시아 처녀가 지나갈지 모른다. 그들 앞에서 다른 민족의 선량한 사람들은, 마치 책이 살아 있는 말 앞에서 죽은 것처럼 보이듯, 그렇게 죽은 것처럼 보일 것이다. 러시아적인 충동이 위로 솟구치고…… 다른 민족들의 기질에는 미끄러져 스쳐 가는 것이 슬라브적 본성에는 얼마나 깊이 파고드는지 보게 될 것이다…… 하지만 왜, 무엇 때문에 앞으로 있을 일을 말하겠는가? 이미 오래전에 어른이 되고 엄격한 내적인 생활과, 고독이 가져다주는 활기와 맑은 정신으로 훈련받은 작가가 어린아이처럼 자신을 잊는 것은 예의에 어긋나는 것이다. 모든 것에는 자기 차례와 자기 자리와 자기 때가 있다! 그럼에도 선량한 사람을 주인공으로 삼지는 않을 것이다. 그리고 왜 주인공으로 선택하지 않는지도 말해 줄 수 있다. 그 이유는 불쌍하고 선량한 사람은 마침내 휴식을 취할 때가 되었기 때문이고, '선량한 사람'이라는 단어를 입에 올리는 것조차 무익하기 때문이며, 사람들이 선량한 사람들을 일하는 말로 만들어 버리자 그 말에 마구를 매어 타고 다니며 채찍이든 뭐든 손에 잡히는 대로 휘두르지 않는 작가가 없기 때문이고, 그들은 선량한 사람을 너무 혹사시켜서 이제 그에겐 선량함의 그림자도 없고 몸 대신 갈비뼈와 살가죽만 남았기 때문이며, 선량한 사람이라는 말을 너무 위선적으로 사용하기 때문이고, 선량한 사람을 존경하지 않기 때문이다. 아니, 이제 드디어 비열한 사람도 마구에 매야 할 때다. 그러니 우리는 비열한 사람에게 마구를 씌우도록 하자!

우리 주인공의 출신 배경은 모호하고 초라하다. 부모님은 귀족이긴 했지만, 오래된 가문의 세습 귀족인지 아니면 신흥 귀족인지 알 수가 없다.* 그의 얼굴은 부모님을 전혀 닮지 않아서, 키가 작고 흔히들 말라깽이라고 부르는 짜리몽땅한 한 여자 친척은 그가 태어났을 때 그 갓난아이를 안고 "내 생각하고 생판 다른 이가 나왔네! 외할머니를 닮았다면 더 좋았을걸. 이건 '엄마도 아니고 아빠도 아니고 지나가는 총각을 닮았다'라는 속담처럼 태어났네"라고 외쳤다고 한다. 마치 뿌옇게 성에가 낀 흐린 창문을 통해 보듯이 삶은 처음부터 그를 떨떠름하니 환영하지 않는 듯이 바라보았고, 어린 시절 그에겐 친구도 동무도 없었다. 겨울에도, 여름에도 열리는 법이 없는 조그만 창문들이 난 작은 농가, 어린 양가죽으로 된 긴 재킷을 입고 맨발에 털신을 신고 방 안을 오가며 쉴 새 없이 한숨을 쉬고 구석에 있는 모래 상자에 침을 뱉던 병든 아버지, 늘 책상에 앉아 손에 펜을 들고 손가락과 심지어 입술에까지 잉크를 묻히던 일, 늘 눈앞에 붙어 있던 '거짓말하지 마라, 어른 말씀에 순종하라, 마음에 선한 생각을 품어라'라는 경구, 늘 방 안을 오가는 슬리퍼에서 나던 긁는 소리와 질질 끄는 소리, 어린아이라면 누구나 그렇듯이 단조로운 일에 질려서 문자에 어떤 획이나 꼬리를 달면, 익숙하지만 언제나 엄한 목소리로 "또 바보짓을 했군!"이라는 말이 들리고, 그 말에 이어 뒤에서 쑥 내밀어진 손가락의 손톱으로 그의 귀 한쪽이 아주 아프게 비틀릴 때 느끼던 늘 익숙하지만 언제나 불쾌했던 감정, 바로 이것이 그가 희미하게 기억하고 있는 어린 시절 초창기의 비참한 그림이었다. 그러나 삶에선 모든 게 빠르고 활기차게 변하기 마련이니, 이른 봄 햇살이 따사롭게 내리쬐고 녹은 눈에 개울들이 넘쳐흐르던 어느 날, 아버지는 아들을 데리고 말 상인들 사이에서 '소로카'라 불리는 갈색에 누런 반점이 있는 암말이 모는 짐마차를 타고 길을 나섰다. 마부는 키가 작은 꼽추로 치치코프의 아버지가 소유한 유일한 농노 가족의 시조로서 집안의 거의 모든 허드렛일을 도맡아 하고 있었다. 소로카를 타고 그들은 하루 반나절 이상을 가면서, 길에서 잠을 자고 강을 건너고 차가운 고기만두와 튀긴 양고기를 먹었고, 3일째 아침이 되어서야 도시에 당도했다. 소년 앞에 도시의 거리들이 갑작스럽게 위용을 드러내며 반짝일 때, 그는 몇 분 동안 벌린 입을 다물지 못했다. 그다음 소로카는 마차와 함께 갑자기 좁은 골목길의 입구에 있는 도랑에 빠졌는데, 그 길은 내리막길인 데다가 온통 진창이었다. 말은 온 힘을 다해 오랫동안 다리로 흙을 반죽하며 빠져나오려고 애쓰고, 마부인 꼽추와 주인까지 한참을 들썩거리며 도와서, 마침내 그것을 언덕배기의 크지 않은 마당으로 끌어 올렸다. 오래된 작은 집 앞에는 꽃이 활짝 핀 사과나무 두 그루가 있고, 그 뒤편에는 낮고 작은 뜰이 있었는데, 거기에는 마가목 한 그루와 월귤나무 한 그루가 있었고 멀리 뒤편에 숨어 있는, 얇은 널빤지로 지붕을 이고 좁고 불투명한 창문이 달린 작은 목조 막사가 다였다. 그 농가에는 그들의 친척인, 완전히 기력이 쇠한 꼬부랑 할머니가 살고 있었는데, 그녀는 아직도 아침마다 시장에

갔다 오고 그다음엔 사모바르 옆에 양말을 말렸다. 그녀는 소년의 뺨을 가볍게 두드리고 그의 통통한 체구에 즐거워하였다. 그는 여기에 머물면서 날마다 시내 학교에 수업을 받으러 다녀야 했다. 아버지는 하룻밤을 자고 난 뒤 다음 날 길을 떠났다. 헤어질 때 아버지 눈에서는 눈물이 흐르지 않았고, 소년에게 생필품과 군것질 살 돈으로 구리돈 50코페이카를 주었으며, 훨씬 더 중요한 것은 그의 지혜로운 훈계였다. "이봐, 파블루샤, 공부해. 바보짓 하지 말고 장난치지 마. 무엇보다도 선생님과 상관들의 마음에 들어야 해. 상관 마음에 들면, 학문에서 성공을 못하고 신이 재능을 주지 않으셨어도, 모든 일에 형통하고 모든 사람을 앞서 나갈 수 있어. 친구들과 어울리지 마, 애들한테 배워서 좋을 거 없어. 정 그렇게 해야 하면, 만일의 경우 네게 도움이 될 좀 더 부유한 애들하고 사귀어. 아무도 대접하지 말고 먹을 걸 주지 마. 그보단 사람들이 너를 대접하도록 잘 처신해. 무엇보다 아끼고 한 푼 두 푼 모아야 해. 이 세상에서 가장 믿을 만한 건 돈이야. 친구나 동료들은 널 속이고, 쪼들릴 때 너를 팔아넘길 수도 있지만, 코페이카는 네가 어떤 불행을 당해도 널 팔아넘기지 않거든. 이 세상에서 코페이카면 뭐든 다 할 수 있고 뭐든 극복할 수 있어." 그런 훈계를 마치고 아버지는 아들과 헤어지고 다시 소로카를 타고 집으로 떠났다. 아들은 그 후 다시는 아버지를 만나지 못했으나, 아버지의 말과 지시는 그의 영혼 깊이 새겨졌다.

파블루샤는 그다음 날부터 학교에 다니기 시작했다. 그는 어떤 학문에 대해서도 특별한 재능이 없었고, 근면과 단정함에서 더 두각을 나타냈다. 그러나 대신 그에겐 다른 측면에서, 실용적인 측면에서 대단한 지능이 있었다. 그는 갑자기 상황을 간파하고 이해해서, 학우들이 자기를 대접하는 방식대로 정확히 자기도 그들에게 행동했다. 그는 절대로 다른 이들을 대접하지 않았을 뿐 아니라, 심지어 가끔은 받은 선물이나 사탕 같은 것을 숨겼다가 같은 학우들에게 되팔기까지 했다. 아직 어린아이일 때부터 그는 이미 모든 일에서 자신을 절제할 줄 알았다. 아버지께서 주신 50코페이카에서 그는 단 1코페이카도 쓰지 않았고, 반대로 그해에 이미 그 것을 증식시켜서 거의 비범한 영민함을 드러내었다. 밀랍으로 피리새를 만들어 색칠한 후에 아주 유리한 조건으로 판 것이다. 그 다음엔 얼마간 다른 투자에 착수했다. 시장에서 많은 양의 음식을 사서는 교실에서 보다 부유한 학생들 옆에 앉았다가 친구의 배가 배고픔의 신호로 메슥거리기 시작한다고 느끼면 걸상 아래로 우연인 듯 당밀과자나 흰 빵의 끄트머리를 내밀어서 그의 식욕을 돋우고는 그 식욕에 상응하여 돈을 챙긴 것이다. 두 달간 그는 자기 방에서 작은 나무 우리에 가두어 둔 생쥐를 쉬지 않고 귀찮게 굴어서 마침내 생쥐가 지시에 따라 뒷발로 일어서고 눕고 다시 일어나게 하는 데 이르자, 역시 아주 유리한 조건에 팔았다. 돈이 5루블까지 모이자, 그는 그것을 작은 주머니에 넣어 꿰매고, 다른 주머니에 돈을 모으기 시작했다. 상관과의 관계에서는 훨씬 더 영리하게 처신했다. 걸상에 그 누구도 그렇게 얌전히 앉아 있을 수 없을 정도였다. 지적해 둘 것은, 그의 선생님이 정숙과 방정한 품행을 대단히 좋아해서 영리하고 날카로운 소년들은 못 견뎌 했으니, 선생님은 학생들이 틀림없이 자기를 비웃을 거라고 생각한 것이다. 그래서 누군가 날카로운 재치를 발휘하여 뭔가 지적하기만 해도, 학생이 몸을 약간 움직이거나 어떤 식으로든 무심코 눈썹을 찡그리기만 해도, 갑자기 불같이 화를 냈다. 그는 그 학생을 쫓아내고 가차 없이 벌을 주었다. "이봐, 네놈에게서 오만불손하고 뻣뻣한 태도를 몰아내 주겠어!"라고 그는 말했다. "난 네가 너 자신을 아는 것보다 더 너를 속속들이 잘 알아. 네가 내 앞에 무릎 꿇게 만들겠다! 네가 배를 곯게 해 주겠어!" 그러면 가련한 소년은 영문도 모르고 하루 종일 무릎을 꿇고 배를 곯았다. "재능과 은사? 그런 건 말짱 헛소리야." 그는 말하곤 했다. "난 행동거지만 보겠다. 난 일자무식이어도 행동이 칭찬할 만한 학생에게는 전 과목 5점을 주겠어. 반면 어리석은 정신과 조롱기가 있는 아이에게는 그가 솔론*을 허리에 꿰찰 만큼 똑똑해도 빵점을 줄 테다!" "내게 일한 만큼 먹고 마시게 하라'라고 말한 것 때문에 크릴로프*를 죽도록 싫어했던 선생님은 그렇게 말했다. 선생님은 항상 얼굴과 눈동자에 만족스러운 빛을 띠며, 이전에 가르친 학교가 얼마나 조용했던지 날아다니는 파리 소리까지 들리고, 일 년 내내 어느 학생도 수업 중에 기침을 하고 코를 풀지 않았으며, 종소리가 울릴 때까지 누가 거기 있는지 없는지도 모를 정도였다고 말하곤 했다. 치치코프는 갑자기 상관의 정신과 그가 의미하는 바른 행동거지가 무엇인지 간파했다. 그는 수업 시간 내내 뒤에서 아무리 그를 꼬집어도 눈 한 번, 눈썹 한 번 까딱하지 않았고, 종소리가 울리자마자 쏜살같이 튀어 나가 선생님께 무엇보다 먼저 삼중모(선생님은 삼중모를 쓰고 다녔다)를 드리고, 삼중모를 드린 다음에는 교실에서 제일 먼저 나가서 도중에 그와 세 번 정도 마주치도록 애써 노력하고 그때마다 매번 모자를 벗었다. 일은 대성공이었다. 학교 다니는 내내 그는 최고 성적을 받고, 졸업할 때는 전 과목 우등 증명서, 학위증, 금 글씨로 '근면과 품행이 방정하여 타의 모범이 되므로'라고 쓰인 책을 받았다. 학교를 졸업할 때 그는 이미 턱을 면도할 필요가 있는 상당히 매력적인 외모를 지닌 청년이 되어 있었다. 바로 이때 아버지가 돌아가셨다. 그가 받은 유산은 돌이킬 수 없이 너덜너덜해진 네 벌의 저지 옷, 양가죽으로 안감을 댄

두 벌의 낡은 프록코트, 보잘것없는 액수의 돈이 전부였다. 아마도 아버지는 코페이카를 모으라는 조언에만 정통했지 정작 본인은 별로 모으지 못한 것 같았다. 치치코프는 별 볼 일 없는 농지가 딸린 그 낡은 농가를 천 루블에 팔고, 그의 농노들의 가족을 도시로 이주시키고 자신은 도시에 자리를 잡고 공무를 시작하고자 했다. 이즈음에 정숙과 칭찬할 만한 품행을 좋아하던 불쌍한 선생님은 어리석음과 어떤 다른 잘못으로 학교에서 쫓겨났다. 그는 비탄에 젖어 입에 술을 대기 시작했고, 결국엔 술 마실 돈도 바닥나고 말았다. 몸은 아프고, 먹을 빵 조각과 도움도 없이, 그는 난방도 안 되는 버려진 소굴에서 지내게 되었다. 그에게 뻣뻣함과 오만불손한 행동거지로 끝없이 눈엣가시 같았던 똑똑하고 총명한 그의 옛날 학생들이 그의 가련한 처지를 알고서, 그를 위해 심지어 자신의 많은 필수품까지 팔아 돈을 모았다. 오직 파블루샤 치치코프만 돈이 없다는 이유로 거절하고 단돈 은화 5코페이카를 내밀었고, 친구들은 "에이, 이 나쁜 놈!"이라고 말하며 그걸 도로 그에게 집어 던졌다. 불쌍한 선생님은 옛날 학생들의 행동을 듣고 손으로 얼굴을 가렸고, 침침해진 눈에서 마치 나약한 어린아이에게서처럼 폭포처럼 눈물이 쏟아졌다. 그는 "죽음의 침상에 눕게 되니 신이 울게 하시는구나"라고 힘없는 소리로 말하고는 치치코프에 대해 듣자 무겁게 한숨을 쉬고, "이런, 파블루샤! 사람이 그렇게 변하다니! 얼마나 품행이 방정하고 거칠 것 없이 마음이 비단결 같았는데! 아, 날 속였구나, 날 완전히 속였어"라고 말을 이었다.

하지만 우리 주인공의 기질이 그렇게 잔인하고 거칠며, 그의 감정이 그렇게까지 무뎌져서 전혀 동정이나 연민을 모른다고 말할 수는 없다. 그는 이것저것 둘 다 느꼈고 돕고 싶기까지 했으나, 다만 이 일에 지나치게 많은 액수가 들지 않게 하고, 건드리지 않기로 작정한 돈은 건드리지 않는 선에서 해야 했던 것이다. 한마디로 "아끼고, 코페이카를 모아라"라는 아버지의 명령이 효과를 본 것이다. 그러나 그에게 돈을 위해 돈을 모으는 기질이 있는 것은 아니었고, 수전노 근성과 인색함도 없었다. 그것들이 그를 좌지우지하지는 않았고, 다만 그의 눈앞에 모든 면에서 만족스럽고, 마차와 훌륭히 설비되고 장식된 집과 맛있는 정찬 등 온갖 풍요를 누리는 삶이 어른거렸을 뿐이고, 그런 것이 끊임없이 그의 뇌리를 맴돌았던 것이다. 결국 나중에 때가 될 때 이 모든 기쁨을 맛보기 위해, 바로 그것을 위해 코페이카를 모아야 했고, 그전까지는 자신에게나 다른 사람들에게나 인색하게 굴었다. 날듯이 쾌속 질주하는 아름다운 경 사륜마차나 호화로운 마구를 맨 준마를 탄 부자가 곁을 지나갈 때면 그는 못 박힌 듯 그 자리에 섰고, 이윽고 오랜 잠에서 깨어난 듯 정신을 차리면, "아니, 저 사람은 사무원이었는데, 머리를 그릇처럼 둥글게 깎았네!"*라고 말했다. 부와 만족의 냄새가 풍기는 건 뭐든지 그에게 자신도 이해할 수 없는 강한 인상을 남겼다. 학교를 마치고서 그는 쉬고 싶은 마음이 전혀 없었다. 그만큼 그에겐 일과 직무를 수행하고픈 열망이 강했다. 그러나 그토록 칭찬 일색인 학위증에도 불구하고, 그는 많은 어려움을 겪고 나서야 겨우 재무국 관청에 자리를 하나 얻을 수 있었다. 먼 벽지에서도 후견인은 필요했던 것이다!

그에게는 변변치 않은 자리와 일 년에 30~40루블 정도의 급료가 주어졌다. 그러나 그는 공무에 온 힘을 다해 헌신하고 모든 것을 이기고 극복하리라 다짐했다. 그리고 세상에서 들어 본 적이 없는 강한 자기 부인, 인내, 욕망의 절제를 보여 주었다. 이른 아침부터 늦은 저녁까지 정신적인 힘에서건 육체적인 힘에서건 지치지 않고 그는 관청 서류에 파묻혀 글을 쓰고, 집에도 가지 않고,

관청 사무실의 탁자에서 잠을 자고, 이따금씩 경비원과 식사를 하고, 그 와중에도 단정함을 유지하고, 옷을 제법 잘 차려입으며, 얼굴에 유쾌한 표정을 짓고 몸가짐에 뭔가 고결한 느낌을 주기까지 했다. 여기서 이야기해 둘 것이 있으니, 재무국 내의 다른 관리들은 특히 볼품없고 칠칠맞은 것으로 유명했다는 것이다. 그들의 얼굴은 어설프게 구운 빵 같아서, 한쪽 뺨은 한쪽으로 붓고, 턱은 다른 쪽으로 기울고, 윗입술엔 물집이 생긴 데다 터서 갈라지기까지 해, 한마디로 아름답지 않았다. 그들은 아주 거칠게, 누군가를 쥐어 팰 듯한 목소리로 말하고, 자주 주신 바쿠스에게 제물을 드리면서 그런 식으로 슬라브 기질에는 아직도 이교의 흔적이 많이 남아 있음을 보여 주고, 심지어 때로는 소위 고주망태로 취한 채 관청에 출근하고, 그 때문에 집무실 공기가 좋지 않고 전혀 향기롭지 않았다. 그런 관리들 사이에서 치치코프는 모든 면에서, 얼굴의 아름다움으로든 목소리의 상냥함으로든 어떤 독한 음료도 전혀 입에 대지 않는 것으로든 완전히 대조적이어서, 눈에 띄고 두각을 나타내지 않을 수 없었다. 그러나 이 모든 점에도 불구하고 그의 길은 험난했다. 그는 상당히 늙은 서기를 상관으로 모시게 되었는데, 그 상관은 돌 같은 냉담함과 강경함의 화신이어서, 늘 똑같고, 다가가기 어렵고, 살면서 얼굴에 미소 한 번 지어 본 적이 없으며, 누구에게도 건강에 관한 안부 인사 한 번 건넨 적이 없었다. 어느 누구도 그 상관이 단 한 번이라도 거리에서든, 자기 집에서든 언제나의 모습과 다른 모습을 보이는 걸 본 적이 없었다. 그는 단 한 번도 어떤 일에든 관심을 보인 적이 없고, 단 한 번도 술에 취해서 취중에 맘껏 웃어 본 적이 없으며, 심지어 도적이 술에 취했을 때 빠지는 거친 유쾌함에 빠진 일도 없고, 그의 얼굴에 그런 것 비슷한 어떤 기색도 보인 적이 없었다. 그에겐 정말 아무것도, 악한 것도 선한 것도 없었으니, 모든 게 없다는 것 자체에 가장 끔찍한 뭔가가 있었다. 어떤 날카로운 부조화도 없는, 그의 무뚝뚝한 대리석 같은 얼굴은 어느 누구와도 닮았다는 느낌을 주지 않았고, 그의 얼굴선은 자기들끼리 엄격하게 균형 잡혀 있었다. 단지 간간이 보이는 곰보 자국들과 그것들을 때려 박아 생긴 듯 오목하게 팬 부분들 때문에 그의 얼굴은, 사람들 표현으로 '악마가 밤마다 콩을 탈곡하며 지나간 얼굴' 들에 속했다. 사람의 힘으로는 그런 사람의 환심을 사고 호의를 얻어 낼 수 있을 것 같지 않았지만, 치치코프는 시도해 보기로 했다. 처음에는 눈에 안 띄는 갖가지 사소한 것들로 그의 비위를 맞추려고 했다. 그가 쓰는 깃털 깎는 도구를 주의 깊게 살펴본 뒤 똑같은 식으로 그것을 몇 개 제작해서 항상 그의 손이 닿는 곳에 두고, 그의 책상에 쌓인 먼지와 담뱃재를 불어 날리고 깨끗이 닦았으며, 그의 잉크병을 닦는 데 쓸 새 걸레를 만들고, 어디에선가 그의 모자, 세상에서 가장 더러운 모자를 찾아내서는 매번 집무 종료 1분 전에 그의 곁에 놓고, 그가 벽에 기대어 등에 벽의 회반죽이 묻으면 그것을 닦아 주었다. 그러나 이 모든 것은 마치 전혀 있지도 않았고 행해지지도 않았던 양, 그의 어떤 주의도 끌어내지 못했다. 마침내 치치코프는 그의 집과 가정생활의 냄새를 맡고서, 그에게 악마가 밤마다 콩을 탈곡하며 지나간 것 같은 얼굴을 한 과년한 딸이 있음을 알아냈다. 치치코프는 그쪽으로 공격을 개시하기로 마음먹었다. 치치코프는 그녀가 일요일마다 어떤 교회에 가는지 알아내어, 옷을 깨끗이 차려입고 옷깃에 강하게 풀을 먹여 세우고, 매번 그녀 맞은편에 섰다.

일은 성공적이었다. 엄격한 서기의 마음이 흔들려 그는 치치코프를 차 마시는 데 부르기 시작했다! 그리고 관청에서 알아채기

전에 치치코프는 그의 집으로 거처를 옮겨 그 집에 없어서는 안될 필수적인 사람이 되었고, 밀가루든 설탕이든 대량으로 사들이고, 딸을 약혼녀처럼 대하며 서기를 아버지라고 부르고, 그의 손에 키스했다. 관청에서는 모두 2월 말, 사순절 직전에 결혼식을 올릴 것으로 예측했다. 엄격한 서기는 심지어 치치코프를 위해 상관에게 청원을 하기 시작해 얼마 안 되어 치치코프는 한 공석에 서기로 앉게 되었다. 아마도 여기에 치치코프가 늙은 서기와 연줄을 맺은 주된 목적이 있었던 것 같았다. 즉시 치치코프는 비밀리에 자기 짐을 집으로 보내고, 그다음 날로 다른 집을 마련한 것이다. 더 이상 서기를 아버지라고 부르지도 않고 더 이상 그의 손에 키스도 하지 않으며 결혼에 대해서도 아무 일 없었던 것처럼 얼버무렸다. 그러면서도 늙은 서기를 만날 때면 매번 상냥하게 그의 손을 잡고 그를 차에 초대해, 늙은 서기는 자신의 영원한 무기력과 차가운 무관심에도 불구하고 매번 고개를 절레절레 흔들며 혼자 "날 속였어, 감쪽같이 속였어. 악마의 자식이야!"라고 볼멘소리를 하였다.

이것이 치치코프가 넘어야 할 가장 어려운 관문이었다. 이후 일이 보다 수월하게 성공적으로 풀렸다. 그는 주목받는 사람이 되었다. 그에게서 이 세상에 필요한 모든 것이, 즉 유쾌한 어법과 몸가짐도, 민활한 업무 처리 능력도 발견되었다. 그런 수단으로 그는 얼마 지나지 않아 소위 말하는 수지맞는 자리를 얻었고, 그것을 훌륭하게 활용하였다. 여기서 알아 둘 것은 바로 그때 모든 뇌물 수수에 대한 가장 엄격한 심문이 시작되었다는 것이다. 그는 조사에 당황하지 않고 즉시 그것을 자기에게 유리한 식으로 활용하여 억압의 시기에만 나타나는 러시아식 창의성을 보여 주었다. 일은 이런 식으로 진행되었다. 청원인이 와서 주머니에 손을 넣어 루시에 사는 우리끼리 말하듯이, 호반스키 공의 서명을 받기 위해 잘 알려져 있는 추천장을 꺼내려는 순간,* 그는 웃으며 그의 손을 제지하면서 말했다. "아닙니다, 아니에요. 저를 그런 사람으로 생각하시는 모양인데요…… 아니, 아닙니다. 이건 저희의 의무이자 책임이니 어떤 보상도 받지 않고 응당 해 드려야죠! 이쪽 일에 대해서는 안심하십시오. 내일이면 다 될 겁니다. 당신의 주소를 적어 주세요. 당신은 전혀 신경 쓰실 필요 없습니다. 모두 당신 집으로 발송될 테니까요." 기쁨에 겨운 청원인은 거의 감격에 차 집으로 돌아가며 생각한다. "사람은 모름지기 저래야 해. 그런 사람이 더 많아져야 해. 이건 완전히 빛나는 다이아몬드야!" 그러나 청원인이 하루, 이틀을 기다려도 공문은 오지 않고 3일째도 마찬가지다. 관청에 가 보니 일은 아직 시작도 안 되었다. 그는 값진 다이아몬드에게 찾아간다. "아, 죄송합니다!" 치치코프는 매우 정중하게 그의 두 손을 잡으며 말했다. "저희 일이 너무 많아서요. 하지만 내일이면 전부 갖춰질 겁니다. 내일은 틀림없어요. 정말 송구스럽습니다!" 그러고 모든 공손한 행동을 곁들인다. 이때 청원인의 코트 앞자락이 벌어질라치면, 치치코프의 한 손은 즉시 앞자락을 바로잡아 제자리에 있게 해 주려고 한다. 그러나 내일도, 모레도, 세 번째 날에도 공문은 오지 않는다. 청원인은 생각에 잠긴다. 이제 됐어, 뭐가 빠졌나? 그러고는 깨닫는다. 소위 정서가에게 뇌물을 줘야 했던 것이다. "못 줄 게 뭐예요? 전 25코페이카를 한두 개 준비했었는걸요." "아니, 25코페이카가 아니라 25루블짜리 흰 지폐를 쥐여 줘야 합니다." "정서가들에게 25루블이나 주다니요!" 청원인이 고함을 지른다. "왜 그렇게 열을 내세요?" 그에게 대답한다. "일은 이렇게 될 거예요. 정서가에게 25코페이카씩 주고 나머지는 상관에게 가는 거예요." 뒤늦게야 이를 알아차린 청원인은 자기 이마를 탁 치며, 이 세상의 모든 새로운 질서, 뇌물 데 대한 탄압, 관리들의 공손하고 고상한 언행들을 욕한다. 이전에는 적어도 무엇을 해야 하는지 알고 있었다. 관리에게 붉은 10 루블 지폐를 주면 일이 일사천리로 진행됐는데, 이제 흰 25루블 지폐로 내야 하고 상황을 파악하는 데 일주일이나 걸린다. 청렴함이니 관리의 고결함이니, 모두 악마에게나 꺼져라! 궁극적으로 청원인은 옳지만, 한편으로는 이제 뇌물 수수인도 없다. 모든 관리들은 가장 명예롭고 고상한 사람들이며 비서들과 정서가들만 사기꾼들이다.

치치코프에겐 곧 훨씬 더 넓은 무대가 펼쳐졌다. 막대한 자금이 책정된 어떤 관청 건물 건설 위원회가 조직되었던 것이다. 이 위원회에 그도 배속되었고, 그는 가장 수완 좋은 직원 중 한 명임이 드러났다. 위원회는 즉시 일에 착수했다. 건설이 6년 동안 진행됐으나 기후가 방해를 했는지, 아니면 자재에 문제가 있었는지, 관청 건물은 기반만 다져지고 더 이상 올라가지 않았다. 그런데 그 사이에 도시의 반대편 끝에 각 직원 소유의 아름다운 개인 주택이 시민적인 건축 스타일로 한 채씩 생겨났으니, 아마도 그쪽 땅의 지반이 더 좋은 것 같았다. 직원들은 이미 번영을 누리고 가족을 불려 나가기 시작했다. 바로 이때서야 치치코프는 조금씩 가혹한 절제와 불굴의 자기희생의 법에서 자유로워지기 시작했다. 오랜 기간의 금식이 마침내 완화되고, 어느 누구도 완전히 자신을 절제할 수 없는 혈기왕성한 젊은 날에 그가 절제할 수 있었던 다양한 쾌락에 그 자신도 항상 문외한은 아니었다는 게 드러났다. 온갖 사치들이 행해졌으니, 그는 아주 훌륭한 요리사와 섬세한 네덜란드산 와이셔츠를 장만한 것이다. 이미 그는 온 현에서 누구도 못 입어 볼 그런 옷감을 구입하고 이때부터 반점 무늬가 있는 갈색과 붉은색 옷을 더 많이 입고 다니기 시작하고, 멋진 말 두 필을 구입하여 자신이 직접 한 마리의 고삐를 쥐고 타고 다니면서 곁말이 휘청거리게 했으며, 이미 오데콜롱을 섞은 물에 촉촉이 적신 해면으로 몸을 씻는 습관을 들이고, 이미 피부를 매끄럽게 하는 것치고는 싸지 않은 비누를 사고, 이미…….

그러나 갑자기 이전의 게으름뱅이 자리에 새로운 상관이 부임했는데, 그는 뇌물 수수나 불의라고 불리는 모든 것의 적으로서 군인 출신의 아주 엄격한 사람이었다. 그다음 날로 그는 모두를 한 명 한 명 공포에 떨게 만들었다. 계산서를 요구하고, 지출에서 돈이 새 나간 구멍들, 매 과정에서 부족한 금액들을 발견하고, 그 순간 시민 스타일의 아름다운 집들에 주목하고는 선별 작업을 했다. 관리들이 자리에서 해임되고, 시민 건축 양식에 따라 지어진 집들은 국고에 귀속되어 다양한 자선 단체와 병사 자녀들을 위한 학교들로 할당되었다. 모든 것이 깃털처럼 공중으로 흩어지고, 치치코프는 남들보다 더 심하게 된통 당했다. 그의 얼굴에 감도는 유쾌함에도 불구하고, 영문을 알 수는 없으나, 그는 상관의 마음에 들지 않았다. 가끔 이런 일에 아무런 이유가 없기도 한 법이다. 그는 치치코프를 죽도록 증오했다. 그리고 이 가차 없이 단호한 관리는 모든 이들에게도 매우 위협적이었다. 그러나 결국 그는 군인 출신으로서 시민들의 섬세한 책략을 다 알지는 못했기 때문에, 시간이 흐르자 다른 관리들은 정직한 듯한 외모와 모든 것에 아첨하는 능력을 수단으로 그의 자비로운 품 안에 들어갔고, 곧 장군도 자신은 전혀 인식하지 못하는 사이에 더 통 큰 사기꾼들의 손아귀에 들어가게 되었다. 그는 마침내 응당 뽑아야 할 사람들을 뽑은 것에 만족스러워하고, 그들의 재능을 분별할 수 있는 자신의 섬세한 능력을 진심으로 자랑스러워했다. 관리들은 갑자기 그의 정신과 성격을 파악했다. 그의 감독 하에 있는 사람들은 누구나 공포스러운 불의의 박해자가 되었으니, 도처의 모든 일에서 그들은 마치 어부가 작살로 어떤 살집 좋은 용철갑상어를 추격하듯이 불의를 억압하였고, 그들의 억압으로 금세 각 관리에게 수천 루블의 자본이 생길 정도로 그들은 대성공을 거두었다. 이때 이전의 관리들 중 많은 이들이 진리의 길로 돌아서고 다시 관직에 복귀했다. 그러나 치치코프는 갖은 애를 다 써 봐도, 심지어 장군의 코를 지배하기에 이른 장군의 제1서기가 '호반스키 공의 편지들'에 매료되어 그를 그토록 변호했음에도 불구하고, 어떤 식으로도 비집고 들어갈 수 없었다. 장군은 자신의 코를 남이 조종할 수 있게 하는(그러나 그가 모르게) 그런 부류의 사람이었으나, 대신 그의 머리에 어떤 생각이 들어오면 그것이 쇠못처럼 박혀서 아무리 해도 빼낼 수가 없었다. 영리한 서기가 할 수 있는 거라곤 고작 치치코프의 지저분해진 근무 경력을 말소시키는 것이었다. 그나마 그걸 이룰 수 있었던 것도 그가 생생한 색채로, 다행히도 치치코프에게 있지도 않은 그의 불행한 가족의 감동적인 운명을 묘사하여 상관의 마음을 연민의 감정으로 낚았기 때문이다.

"어쩌겠어!" 치치코프는 말했다. "걸려 넘어진걸. 질질 끌다가 줄이 끊어져 버린걸. 생각도 하지 말자. 운다고 고통이 덜어지는 것도 아니고, 일을 해야 해." 그리고 그는 다시 입신양명의 길을 걷고, 새로 인내로 무장하고, 이전에 아무리 자유롭고 멋지게 활개를 치고 다녔어도 이제는 다시 모든 일에 절제하기로 마음먹었다. 다른 도시로 이사해 그곳에서 다시 자신을 알릴 필요가 있었다. 왠지 모든 게 제대로 안 됐다. 두세 번 아주 짧은 기간에 직장을 바꿔야 했다. 그 일들은 모두 더럽고 굴욕적이었다. 우리가 꼭 알아 둬야 할 점은 치치코프가 이 세상에 결코 존재한 적 없는 가장 품위 있는 사람 중 하나였다는 것이다. 비록 처음에는 더러운 사회를 헤치고 나가야 했지만, 영혼으로는 항상 순수함을 지켰고, 그의 관청 탁자들에 윤이 반들반들 나고 모든 것이 고상하기를 간절히 바랐다. 그는 자기 말에 품위 없는 단어가 들어오는 걸 결코 용납하지 않았고, 다른 사람들의 말에 직위나 직함에 대해 응당 보여야 할 존경심이 없다고 느낄 때면 항상 수치심을 느꼈다. 그리고 이건 아마 독자들이 알면 재미있어할 거라고 생각하는데, 그는 이틀마다 속옷을 갈아입고, 여름날 한창 더울 땐 매일 갈아입었으니, 불쾌한 냄새는 그게 어떤 것이건 그의 심기를 상하게 했다. 이런 까닭에 그는 페트루시카가 그의 옷을 벗기고 구두를 벗기러 다가올 때마다 코를 집게로 막았고, 많은 경우 그의 신경은 아가씨의 신경만큼 예민했다. 그래서 온통 독한 술 냄새나 예의에 어긋나는 몸가짐이 판치는 곳에 다시 있게 되는 게 그에겐 고역이었다. 그가 아무리 정신적으로 강해지려고 노력해도, 그런 고난의 시간 동안 그는 더 수척해지고 더 샛노래졌다. 이미 그는 통통해지고, 독자들이 그와 인사를 나누던 시기에 발견한 동글동글하고 예의범절에 부합하는 형태가 막 되기 시작하는 참이었다. 이미 여러 번 거울을 보면서 그는 많은 유쾌한 것에 대해, 즉 팔팔한 젊은 여인에 대해, 아기 방에 대해 생각했으며, 그런 생각을 한 이후에는 반드시 미소가 따라왔다. 그러나 이제 우연히 거울 속의 자기 모습을 들여다보았을 때, 그는 소리를 지르지 않을 수 없었다. "이런 맙소사! 몰골이 왜 이 모양이래!" 이후 그는 오랫동안 자기 얼굴 보기를 꺼렸다.

그러나 우리 주인공은 참고, 강하게 참고, 인내하고 참아서, 마침내 세무서로 이직했다. 여기서 말해 둬야 할 것은 이 직장은 진작부터 그의 비밀스러운 염원의 대상이었다는 점이다. 그는 세관원 관리들이 얼마나 사치스러운 외제품들을 갖고 다니는지, 어떤 사기그릇과 반투명 옷감들이 사방으로 그의 대모, 아주머니, 자매들에게 보내지는지 알고 있었다. 오래전부터 그는 여러 번 한숨을 쉬며 말했었다. "저런 곳으로 자리를 옮겨야 하는데! 국경도 가깝고, 계몽된 사람들도 보고, 또 그 세련된 네덜란드제 와이셔츠도 장만해야 하는데!" 이때 그는 피부를 특별히 하얗게 하고 뺨에 생기를 불어넣는 특수한 종류의 프랑스제 비누를 염두에 두고 있었다는 걸 덧붙일 필요가 있으며, 그 이름은 도무지 알 수 없지만 그의 추측으로 외국 이름임에 틀림없었다. 그렇게 그는 오래전부터 세관원으로 가기를 희망하였으나, 당시 맡고 있던 건설 위원회에서 들어오는 잡다한 수익이 그를 억제하였으니, 그는 세관원은 아직 하늘에 있는 두루미라면 위원회는 이미 손에 든 박새라고 온당하게 판단했던 것이다. 그런데 이제 그는 무슨 수를 써서라도 세관에 기어들어 가기로 작정했고, 드디어 들어갔다. 그는 이 근무를 특별히 열정을 가지고 시작했다. 마치 운명이 그를 세관원 관리로 예정해 놓은 것 같았다. 그토록 탁월한 민첩함, 명민함, 통찰력은 본 적이 없을뿐더러 들은 적도 없었다. 3~4주일 만에 그는 세무서 일에 통달해서 완전히 속속들이 알게 되었다. 심지어 무게도 안 달고 측정도 안 하고 그저 장부만으로 양복지나 다른 옷감이 몇 아르신 있는지 알아냈고, 손에 꾸러미를 들어 보고 곧바로 그것이 몇 푼트*인지 말할 수 있었다. 수색으로 말하면, 여기 동료들이 표현하듯이 그에겐 동물적인 감각이 있었고, 그가 단추 하나하나를 일일이 만져 볼 정도로 엄청난 인내심을 갖고 있는 것과 이 모든 것이 믿을 수 없으리만치 정중하고, 살인적인 냉정한 태도로 이루어지는 것을 보고 놀라지 않을 수 없었다.

수색당하는 사람들이 광포해지고 화를 벌컥 내고 그의 유쾌한 용모를 쥐어 패고픈 악한 충동을 느낄 때, 그는 얼굴 표정 하나, 정중한 행동 하나 변함없이 "잠시 일어서시는 것이 어떨지요?"라거나, "마님, 다른 방으로 오시는 것이 어떨지요? 그곳에서 우리 관리 중 한 분의 부인이 당신과 잠깐 이야기를 나누겠습니다"라고 말할 뿐이었다. 혹은 "칼로 당신 외투 안감의 솔기를 약간 뜯는 것을 허락해 주십시오"라고 말하고 그곳에서 스카프, 손수건을 자기 서랍에서 꺼내듯 냉정하게 꺼냈다. 심지어 상관조차 이놈은 악마지 사람이 아니라고 설명했으니, 그는 수레바퀴, 쌍두마차의 두 말 사이의 수레채, 말의 귀, 그리고 어떤 작가도 들어갈 생각조차 못한 곳, 세관원 관리들만 들어가는 것이 허락되는 곳을 수색한 것이다. 그래서 국경을 넘는 불쌍한 여행객은 몇 분간 정신을 차리지 못하고, 온몸에 송골송골 식은땀을 흘리며 성호를 긋고 "글쎄요, 글쎄요!"라고 말할 뿐이었다. 그의 상황은 마치 감독관이 자신을 훈계하겠다고 상담실로 불렀다가 대신 전혀 뜻밖에도 매질을 하자 그 방에서 뛰쳐나가는 학생의 상황과 같았다. 금세 그는 밀수꾼에게 근심 걱정을 안겨다 주었고, 폴란드 유대인에게는 위협과 절망의 근원이 되었다. 그의 정직과 청렴결백은 굽힘이 없었고 거의 부자연스러웠다. 그는 심지어 몰수한 다양한 상품들에서도, 쓸데없는 문서의 중복을 피하여 국가 재산으로 넘기지 않는 압수한 작은 물건들 가운데서도 약간의 돈조차 챙기지 않았다.

그토록 열성적이고 사심 없는 근무 태도는 모든 이들에게 경이의 대상이 되었고, 마침내 상관에게 보고되지 않을 수 없었다. 그는 훈장을 타고 승진을 하고, 그에 이어 모든 밀수꾼들을 타진하는 프로젝트를 제시하고 그것을 수행할 수 있는 자본만 요구했다. 그에게 즉시 전담 팀과 모든 수색에 대한 전권이 부여되었다. 그는 이것만을 원했다. 당시 교묘하게 합법적인 방식으로 막강한 밀

수 조직이 형성되었고, 그들의 대담한 사업 계획은 수백만 루블의 수익을 약속하였다. 그는 이미 오래전에 정보를 입수했고, 그는 심지어 그를 매수하러 밀파된 자들에게 냉담하게 "아직 때가 아니오"라고 말하며 거절했다. 그러나 모든 것이 자기 재량에 맡겨지자, 그는 즉시 그 조직에 "이제 때가 됐소"라고 전갈을 보냈다. 그의 계산은 지극히 믿을 만했다. 그는 일 년 사이에 20년간 아주 열정적으로 뼈 빠지게 근무해도 벌 수 없을 만큼의 재산을 벌 수 있었다. 이전에는 그들과 어떤 거래 관계도 트지 않으려 했는데, 그건 장기의 졸처럼 변변찮은 수익밖에 거두지 못할 것이기 때문이었다. 그러나 이젠…… 이제는 상황이 완전히 달라졌으니, 그는 어떤 조건이라도 자기에게 유리하게 제시할 수 있었다. 일을 순조롭게 하기 위해 그는 자기 동료인 다른 관리도 끌어들였고, 그 친구는 머리가 희끗희끗했음에도 불구하고 그 유혹에 저항하지 않았다. 조건이 합의되고, 조직도 행동에 돌입했다. 사업이 눈부시게 착수되었다.

독자는 틀림없이 이중 털을 두르고 국경을 통과하면서 털 아래로 수백만 루블어치의 브라반트 레이스*를 나른 스페인 양들의 재치 있는 여행에 대한 이야기를 아주 자주 들었을 것이다. 그 사건이 바로 치치코프가 세관원에 근무할 때 일어난 것이다. 그가 이 사업에 참여하지 않았더라면, 이 세상 그 어떤 유대인도 그 일을 성사시키지 못했을 것이다. 양들이 서너 번 국경을 통과한 뒤 두 관리에게 40만 루블씩 자본이 생겼다. 치치코프에게는 그가 좀 더 약삭빨랐기 때문에 심지어 50만 루블 이상이 들어왔을 거라고 한다. 만일 어떤 사악한 악마가 모든 걸 방해하지 않았다면, 이 엄청난 액수가 얼마만 한 천문학적 숫자로 불어났을지 아무도 모른다. 악마가 두 관리의 정신을 혼미하게 해서, 그들은 간략히 말하자면 아무것도 아닌 일로 서로 화를 내고 말다툼을 했다. 약간 열을 내며 이야기하다가, 아마도 약간 술에 취해서 치치코프가 다른 관리를 사제의 아들이라고 부르고, 상대방은 실제로 사제의 아들이었음에도 불구하고 무슨 이유에선지 심한 모욕감을 느끼고, 마찬가지로 강하고 유례없이 격하게 바로 이렇게 대꾸했다. "아니, 거짓말 마. 나는 5등 문관이지 사제 아들이 아니야, 네가 사제 아들이야!" 이윽고 다시 그의 부아를 돋우려고, "그래, 그게 바로 너란 놈이야!"라고 말하며 비수를 꽂았다. 그는 치치코프에게 다른 호칭을 덧붙여서 그의 체면을 깎아내렸음에도 불구하고, "그게 너란 놈이야!"라는 표현 자체가 심한 말이었음에도 불구하고, 그는 이에 만족하지 않고 치치코프를 밀고했다. 그러나 일설에 의하면 그것 말고도 그들 사이에는 어떤 생기 넘치고, 세무원 관리들 표현에 의하면 굵은 순무처럼 튼튼한 한 여인을 둘러싼 다툼이 있었고, 다른 관리는 우리 주인공을 저녁나절 어두운 교차로에서 구타하기 위해 사람들을 고용하기도 했다고 한다. 그러나 두 관리는 졸지에 바보가 되었고, 샴샤례프라는 어떤 2등 대위가 여인을 이용했다고 한다.

실제 진상이 어땠는지는 신만이 아실 것이다. 다만 호기심 강한 독자라면, 스스로 이야기를 만들어 내는 편이 더 나을 것이다. 중요한 것은 밀수꾼과의 비밀 거래가 들통 났다는 것이다. 5등 문관이 자신도 관여했으면서 자기 동료를 비난해서 관리들이 법정에 소환되고, 재산이 몰수되고, 그들에게 있는 것은 뭐든지 기록되었다. 이 모든 일이 마른하늘에 날벼락 치듯 순식간에 일어났다. 한 차례 난리가 휩쓸고 지나간 후에야 그들은 정신을 차리고 자신들이 무슨 짓을 했는지 보며 공포에 떨었다. 5등 문관은 러시아식 관례대로 고통을 못 이겨 술독에 빠졌으나, 6등관은 견뎌 냈다.

그는 수사하러 온 상관의 후각이 제아무리 날카로워도 돈의 일부를 숨길 수 있었다. 그는 유쾌한 비유가 통하는 곳, 감동적인 언변이 통하는 곳, 어떤 상황에서도 일을 그르치지 않는 아부를 해야 할 곳, 돈을 들이밀어야 할 곳에서 그는 이미 지나치게 노련하고 지나치게 사람을 잘 파악하는 자신의 섬세한 이성을 모두 활용했다. 한마디로 어떤 불행이 닥쳐도 최소한 동료처럼 면직되지 않고 형사 재판에서 벗어날 수 있게 일을 잘 처리하였다. 그러나 그에겐 이미 자본도, 다양한 외국 물건들도, 아무것도 남지 않았고, 모든 게 다른 야심가들에게 넘어갔다. 그의 수중엔 만일의 사태에 대비해 감추어 놓은 수천 루블과 두 다스의 네덜란드제 와이셔츠, 그리고 독신남들이 타고 다니는 크지 않은 반개 사륜마차, 그리고 마부 셀리판과 하인 페트루시카라는 두 농노가 남았고, 세관원 관리들이 선량한 마음에 그에게 목의 청결 유지를 위해 비누 조각을 대여섯 개 남겨 주었다. 그게 전부다. 그게 바로 우리 주인공이 다시 놓이게 된 상황이다! 바로 이것이 그의 머리에 떨어진 엄청난 불행이다! 이것이 그가 "근무 중에 정의를 위해 고통 받았다"라고 설명한 것이다.

이제 그런 폭풍우와 시련과 운명의 격변과 삶의 고통을 거친 후에 그는 남아 있는, 피와 같은 1만 루블을 가지고 어떤 군 도시의 평화로운 벽지에 들어가, 영원히 기력을 잃어 가면서 작은 집 창가에 무명 날염 실내복을 입고 일요일마다 창문 아래서 벌어지는 농민들의 싸움을 중재해 주거나 원기 회복을 위해 닭장 속에 들어가 수프에 넣을 암탉을 직접 잡고, 그런 식으로 소란스럽지 않은, 그러나 나름 무익하지 않은 시간을 보낼 것이라고 결론지을지도 모른다. 그러나 그렇게 되지 않았다. 그의 성격인 불굴의 의지를 정당히 평가해 주어야 할 것이다. 사람을 죽일 정도는 아니라도 그를 영원히 차갑게 하고 온유하게 만들기에 충분한 그 모든 것을 겪고 난 후에도, 그의 내면에서는 이해할 수 없는 욕망이 사그라들지 않았다. 그는 고통스러워하고 분노하고 온 세상을 향해 불평하고 운명의 부당함에 화를 내고 사람들의 부당함에 격분했으나, 그래도 새로운 시도를 거부할 수는 없었다. 한마디로 그는 느리고 완만하게 순환하는 핏속에 배어 있는 독일인의 나무처럼 단단한 인내심도 그 앞에서는 아무것도 아닌 그런 인내심을 보여 주었다. 그와 반대로 치치코프의 피는 강렬히 약동해서, 자유롭게 분출하고 즐기고 싶어 하는 모든 것에 재갈을 물리는 데 지혜로운 의지가 많이 필요했다. 그는 곰곰이 생각해 보았고, 그의 생각에는 어떤 정당한 측면이 있었다. "왜 나야? 왜 하필이면 내게 불행이 닥친 거지? 직무만 수행하고 멍하니 하품만 하고 있을 놈이 누가 있겠어. 모두 뭔가를 뜯어내고 있잖아? 난 아무도 불행하게 하지 않았어. 난 과부를 강탈하지도, 누구를 집 밖으로 몰아내지도 않았어. 남는 잉여 자금을 활용했을 뿐이고, 모두 거두는 데서 거둔 것뿐이야. 난 이용하면 안 되고, 다른 사람들은 이용해도 된다는 거야 뭐야. 왜 다른 이들은 번영하는데, 나는 구더기처럼 지내야 해? 이제 난 뭐야? 난 뭐에 쓸모가 있는 거냐고? 이제 무슨 면목으로 가정에서 존경받는 모든 아버지들의 눈을 바라볼 수 있겠어? 괜스레 땅에 짐만 되고 나중에 내 자식들이 "저게 우리 아버지래, 망할 자식, 우리에겐 한 푼도 안 남기고!"라고 말할 것을 알면서 어떻게 양심의 가책을 느끼지 않겠어!"

치치코프가 후손에 대해 상당히 염려하는 것은 익히 잘 알려진 사실이다. 그토록 민감한 사안이 있을까! 다른 이도, 왠지 이유는 몰라도 "자식들이 뭐라고 할까?"라는 질문이 스스로 나오지 않으면, 그렇게 깊이 신경 쓰지 않을 것이다. 용의주도한 고양이가 주인이 어디에서 보고 있진 않은지 한눈으로 흘끗 옆을 쳐다보고는 자기 곁에 있는 건 뭐든지, 그게 비누건, 양초건, 돼지기름이건, 카나리아건 앞발에 걸리는 거면 뭐든지 잽싸게 낚아채는 것처럼, 바로 미래의 시조는 한마디로 어느 것 하나 놓치지 않았다. 그렇게 우리 주인공은 불평하고 눈물을 흘렸으나, 그 사이에도 그의 머릿속의 활동은 어떻든 죽지 않았으니, 그 안의 모든 것이 뭔가 세워지기를 갈망하고 계획을 기다리고 있었다. 다시 그는 몸을 웅크리고, 다시 힘든 삶을 꾸려 가기 시작하고, 다시 자신을 모든 면에서 억제하고, 다시 청결하고 예의범절에 충실한 상태에서 불결하고 낮은 생활로 내려갔다. 그리고 그는 더 나은 것을 기다리며 대리인의 직책, 아직 우리나라에서는 시민권을 얻지 못하고 사방에서 압력에 시달리며, 관청의 하급 관리와 심지어 위탁인에게조차 존경받지 못하고, 대기실에서의 아첨과 무례한 행위 등으로 비난받는 직책을 수행해야 했으나, 삶의 필요에 따라 그 모든 것을 결연하게 수행해 나갔다. 그러는 사이에 여러 위탁 건들 중 한 건이 그에게 맡겨졌는데, 그것은 수백 명 농노들의 저당을 위해 보호 감독 위원회*에 부지런히 뛰어다니는 일이었다.

영지는 극도로 황폐해져 있었다. 그것은 가축 전염병, 사기꾼 관리인들, 흉작, 가장 훌륭한 일군들을 앗아 간 전염병, 마지막으로 모스크바에 최신식으로 집을 짓고 그 집의 장식품을 위해 전 재산을, 거둘 수 있는 것이면 뭐든지 마지막 한 푼도 안 남기고 다 탕진한 지주 자신의 어리석음으로 인해 영락한 것이었다. 바로 이런 이유로 마침내 마지막 남은 영지를 저당 잡혀야 했다. 국고에 저당 잡히는 것은 당시 아직 새로운 일이어서, 그것을 결정하는 데 두려움이 없지 않았다. 치치코프는 피위탁인으로서 무엇보다 모든 사람들이 자신에게 호의적이 되도록 물밑 작업을 하고(알려진 바대로 사전에 물밑 작업을 하지 않고는 간단한 조사와 변경도 할 수 없어서, 마데이라 포도주 한 병씩이라도 각 사람의 목구멍에 들어가게 해야 했다), 그렇게 필요한 모든 사람을 자기에게 호의적으로 만들고 나서 상황을 설명했다. 농민들 절반은 죽었고, 나중에 어떤 어설픈 질문들이 나오지 않게 하기 위해서…….

"가만있자, 그들이 농노 등록 명부에 등록되어 있는 거지?" 서기가 말했다.

"기입되어 있습니다." 치치코프가 대답하였다.

"그럼, 자넨 뭘 그리 겁내나?" 서기가 말했다. "한 명 죽으면 다른 사람이 태어나고, 모든 게 잘되겠구만."

서기는 마치 시를 읊고 있는 것 같았다. 그러나 바로 그사이 우리 주인공의 머리에 여태껏 사람의 뇌리에 떠오른 생각 중 가장 영감이 넘치는 생각이 떠올랐다. '이런, 바보 같으니.' 그는 혼자 생각했다. '소매를 한참 찾고 보니, 둘 다 허리 뒤춤에 있는 격이네! 이 죽은 농노들을 새 등록 농노 명부를 제출하기 전에 사서 천 명쯤 모으면, 보호 감독 위원회가 한 명당 2백 루블씩 주겠지. 그러면 그것만 해도 벌써 20만 루블의 자본이 생기겠네! 지금이 때야. 최근에 전염병이 돌아서 적잖이 죽었으니. 신께 영광을. 지주들은 카드에서 지고 방탕해지고 모두 빚더미에 앉아 있어. 모두 직책을 얻으러 페테르부르크로 기어들어서 영지는 버려지고, 관리는 제멋대로고, 매년 연공을 내기 어려워지고 있으니까, 모두 기꺼이 그들을 양도할 거야. 그들의 인두세를 내지 않기 위해서라도 말이야. 어떤 경우엔 그들에게 호의를 베푸는 것에 대해 한두 코페이카 뜯어낼 수 있을지도 몰라. 물론 이 일로 어떤 잡음이 생기거나 불쾌한 일이 발생하지 않게 하기는 어렵고, 신경도 많이 쓰이고, 위험하기도 할 거야. 그래. 하지만 사람에게 이성이 괜히 주어진 게 아니잖아. 그런데 가장 중요한 건 이 대상이 너무 불가능한 일처럼 보여서 아무도 믿으려 하지 않을 거라는 거야. 가만있자, 정말 땅이 없으면 살 수도, 저당 잡힐 수도 없잖아. 그러면 이주용, 이주용으로 사면 되겠네. 타브리라 현과 헤르손 현*에서는 거기에 정착만 하면 토지들을 무상으로 불하해 주지. 거기로 그들을 전부 이주시키는 거야! 그들을 헤르손으로! 거기에 살게 하는 거야! 그럼 이주는 법원을 통해 합법적인 방식으로 실행할 수 있지. 만일 농노 거래 확정을 원하면, 그렇게 하라고 해. 난 그것도 반대 안 해. 대체 못할 이유가 뭐야? 난 군 경찰서장의 자필 서명이 담긴 확증서도 제출하겠어. 마을 이름은 치치코프 마을이나 세례 때 받은 이름을 따라 파블롭스크 촌으로 하면 되겠네.' 바로 그런 식으로 우리 주인공의 머릿속에 이 이상한 이야기가 그려졌고, 그에 대해 독자들이 그에게 감사할지 어떨지 모르지만, 작가로선 얼마나 감사한지 이루 말로 다 표현할 수가 없다. 왜냐하면 누가 뭐래도 치치코프 머릿속에 이 상념이 들어오지 않았다면, 이 서사시도 세상에 나오지 못했을 테니 말이다.

러시아 관례대로 성호를 긋고서 그는 일에 착수했다. 살 거주지를 물색할 명목으로, 다른 구실을 붙여 그는 우리 제국의 구석구석을 들여다보기 시작했고, 주로 다른 곳보다 불행한 사건들, 흉작, 사망률 등의 이유로 더 고통을 당한 지역들을 돌아다녔다. 한마디로 보다 편리하고 저렴하게 필요한 농노들을 구입할 수 있는 곳을 찾아다녔다. 그는 되는대로 아무 지주에게나 다가가지 않고, 먼저 인사를 나누고 가능하면 구입보다는 우정의 선물로 농노들을 얻는 방향으로 상황을 유도하려고 애쓰면서, 자신의 취향에 맞는 사람들 혹은 수고를 덜 기울이고 그런 거래를 할 수 있는 사람들을 선별했다. 그러니, 독자들은 지금까지 등장한 인물들이 자신의 취향에 맞지 않았다 해도 작가에게 화를 내서는 안 될 것이다. 그것은 치치코프의 잘못이다. 여기에서는 그가 완전한 주인이며, 그가 생각하는 곳으로 우리는 따라가야 하기 때문이다. 우리 입장에서는, 만일 정말 인물들과 성격들의 창백함과 모호함에 대해 비난이 쏟아진다면, 그저 처음부터 일의 전체 흐름과 일의 규모가 보이지 않을 때도 있다고만 말하겠다. 들어가는 도시가 어떤 거든 그게 설사 수도라고 해도 언제나 어떤 식으로든 창백하기 마련이어서, 처음엔 모든 것이 회색이고 단조롭다. 먼지로 뒤덮인 끝없는 공장과 제분소들과 공장들이 이어지다가 그다음에야 6층 집들의 모퉁이들, 상점들, 간판들, 엄청나게 넓은 대로들이 보이고 종루, 기둥, 조각상, 탑에 있는 모든 것이 도시의 광채, 소음, 굉음, 인간의 손과 사고가 신비롭게 만들어 낸 모든 것과 함께 보이기 시작한다. 첫 거래들이 어떻게 이루어졌는지 독자는 이미 보았으니, 앞으로 일이 어떻게 진행될지, 주인공에게 어떤 성공과 실패가 있을지, 그가 보다 어려운 장애물들을 어떻게 해결하고 헤쳐나갈지, 거인 같은 형상들이 어떻게 나타날지, 이 방대한 이야기의 내밀한 지렛대가 어떻게 움직이고 그 지평선이 얼마나 더 멀리 퍼지고 이야기 전체가 어떻게 숭고한 서정적 흐름을 띠게 될지, 나중에 모두 보게 될 것이다. 중년의 신사, 독신자들이 타고 다니는 반개 사륜마차, 하인 페트루시카, 마부 셀리판, 이미 대리인에서 갈색 사기꾼까지 그런 이름으로 알려진 세 마리 말들로 구성된 마차 여행 팀은 아직 오랜 여정을 앞두고 있다. 그래서 우리 주인공도 있는 모습 그대로 얼굴을 전면에 드러내는 것이다! 그러나 그가 어떤 존재인지 한 가지 특징을 들어, 즉 도덕적인 자질에서 그가 어떤 사람인가에 관해 결론을 내려 달라고 요구할지 모른다. 그가 완전하고 아주 선량한 주인공이 아니라는 건 분명하다. 그럼 도대체 그는 누군가, 분명히 비열한이겠지? 그러나 왜 비열한이어야 하는가? 다른 이들에게 왜 그리 엄격하게 굴어야 한단 말인가? 이제 우리에게 비열한은 없고 호의적이고 유쾌한 사람들만 있고, 전반적인 수치를 감수하고 자기 얼굴을 대중의 따귀 아래 내밀 사람은 기껏 두세 명 정도 찾을 수 있으며, 그들도 이제는 선량함에 대해 이야기한다. 그를 부르기에 보다 적합한 용어는 주인, 매입자일 것이다. 바로 소유욕이 그 모든 것의 죄이니, 그 때문에 세상에 '그다지 깨끗하지 않은'이라는 호칭이 붙는 일들이 벌어진 것이다. 물론, 그런 성격에는 뭔가 반감을 느끼게 하는 게 있어서, 자기 인생길에서 그런 사람과 친해져서 그와 빵과 소금을 나누고 유쾌하게 시간을 보내는 독자라도 그 사람이 드라마나 서사시의 주인공이라는 게 드러나면 그를 삐딱하니 의심스러운 눈초리로 바라보게 될 것이다. 그러나 어떤 성격도 경멸하지 않고 경험 많은 시선으로 그 성격을 꿰뚫고 들어가 그의 제1원인들까지 파악하는 자는 현명하다. 사람들 속에 있는 것은 모두 빠르게 바뀌기 마련이어서, 전체를 살필 틈도 없이 이미 내부에서 스스로 생명의 수액을 모두 빨아 먹는 끔찍한 거머리가 자라난다. 그리고 광대한 열정뿐 아니라 뭔가 사소한 것에 대한 저열한 욕망도, 더 나은 공훈을 위해 태어난 자에게서 자라나, 그로 하여금 고귀하고 성스러운 의무를 망각한 채 무가치한 작은 일들에서 숭고하고 거룩한 것을 보게 만든다. 바닷 속 모래알처럼 인간의 욕망도 무수히 많으나, 모두 저마다 각기 다르며, 낮은 것이든 아름다운 것이든, 처음엔 인간에게 복종하다가 나중엔 이미 인간의 끔찍한 지배자가 되어 버린다. 모든 욕망 중에 가장 아름다운 욕망을 선택한 이는 행복하다. 매 시간, 매 순간 헤아리기 어려운 큰 축복이 불어나 열 배의 열매를 거두고, 그는 자신의 영혼의 무한한 낙원으로 더 깊이깊이 들어간다. 그러나 인간이 선택하지 않은 욕망들도 있다. 그것들은 인간이 이 세상에 태어나는 순간 함께 태어나고, 그에겐 그것들을 거부할 힘이 주어지지 않는다. 그것들은 보다 높은 섭리에 의해 이끌리고, 그것들 안에는 평생 잠잠해지지 않고 영원히 자신을 부르는 뭔가가 있다. 그것들에는 지상의 위대한 과업을 완수할 운명이 깃들어 있어서, 우울한 형상으로건 세상에 기쁨을 가져다주는 섬광처럼 빛나는 형상으로건 똑같이 인간에게 알려지지 않은 축복을 이루어 갈 것을 요구한다. 아마 치치코프 자신에게도 그를 이끄는, 그러나 그의 내면에서 나오는 것과는 다른 욕망이 있을 테고, 아마 그의 차가운 존재 내면에도 인간이 천상의 지혜 앞에 무릎 꿇고 먼지로 변하게 하는 것이 있을 것이다. 왜 이런 형상이 지금 세상에 모습을 드러내고 있는 서사시에 들어오게 되었는지는 아직 신비의 베일에 가려져 있다.

그러나 독자들이 주인공에 불만스러워할 거라는 점은 견딜 만하다. 그에 반해 견디기 어려운 것은 작가의 마음속에 독자들이 바로 그런 주인공, 바로 치치코프 같은 주인공에 만족해 할 거라는 거부할 수 없는 확신이 있다는 것이다. 작가가 주인공의 의중을 꿰뚫어보지 못했다면, 마음 깊은 곳에 흘러가며 세상으로부터 미끄러지고 감춰지는 것을 건드리지 않았다면, 사람이 다른 어느 누구에게도 털어놓지 않는 가장 비밀스러운 생각들을 드러내지 않았다면, 그를 단지 도시 전체 그리고 마닐로프와 다른 사람들에게 그가 비쳐진 모습 그대로 보여 줬다면, 모두 몹시 기뻐하며 그를 흥미로운 사람으로 받아들였을 것이다. 그의 얼굴이든 그의 용모든 눈앞에 살아 있는 그대로 제시될 필요는 없고, 그러면 책을 다 읽고 나서도 영혼이 전혀 불안에 떨지 않고, 다시 전 러시아에 크나큰 위안거리인 카드 테이블로 돌아갈 수 있는 것이다. 그렇다. 나의 친애하는 독자들이여, 여러분은 인간의 적나라한 초라한 진실을 보고 싶어 하지 않을 것이다. 여러분은 "그게 왜 필요한 거지?"라고 물을 것이다. 아니 삶에는 경멸할 만하고 어리석은 게 많다는 것을 우리 스스로는 모른단 말이야? 그것 말고도 위로가 안 되는 것들을 얼마나 자주 보는데. 우리에게 아름답고 매력적인 것을 재현해 주는 게 훨씬 나아. 우리가 현실을 잊고 무아지경에 빠지게 하는 편이 훨씬 낫다고! "자넨 왜 내게 농사일이 엉망이라고 말하는 거야?" 지주는 관리인에게 말한다. "나는, 이봐, 자네 아니어도 알고 있어. 자네 다른 말은 할 줄 모르는 거야 뭐야? 자넨 내가 이것을 잊게 해 줘야 해, 이걸 모르게 하라고. 그럼 난 행복할 거야." 바로 그래서 어떤 일이든 바로잡는 데 쓰일 돈들이 망각에 빠지게 하는 다양한 수단을 얻는 데 쓰이는 것이다. 갑자기 샘물과 같은 위대한 방안들의 근원을 발견할 수 있는 지성도 잠들어 버리고, 반면 영지는 경매에서 헐값에 팔리고, 지주는 극단적인 상황에 처해서 이전에는 기겁을 했던 낮은 지위로 내려갈 준비를 하고 세상의 방식대로 모든 걸 잊으려고 한다.

자기 집구석에 홀로 편안히 앉아 자잘한 소일거리들을 하며 다른 사람의 돈에 들러붙어 남의 돈으로 자기 운명을 평안히 즐기며 자본을 축적하는 소위 애국자들도 작가에게 비난을 퍼부을 것이다. 그러나 조국에 뭔가, 그들의 견해에 따르면 모욕적인 일이 일어나자마자, 부분 부분 쓰라린 진리가 말해지는 어떤 책이 나오자마자, 그들은 마치 거미줄에 파리가 엉겨 있는 것을 본 거미들마냥 구석구석에서 튀어나와 갑자기 괴성을 지를 것이다. "이것을 세상에 드러내고 이것을 공표하는 것이 옳은 일입니까? 여기에 쓰인 것이 무엇이든 그게 전부 우리 현실이라면, 이게 좋은 일입니까? 외국인들이 뭐라고 할까요? 정말 자신에 대해 나쁜 의견을 듣는 게 즐겁습니까? 이것이 진정 고통스럽지 않다고 생각하세요? 정말 우리가 애국자가 아니란 말인가요?" 그런 지혜로운 지적들에 대해, 특히 외국인들의 의견에 대해, 고백하건대 답변할 말이 전혀 없다. 정말 이런 일이 있었다. 러시아의 한 먼 벽지 촌구석에 두 주민이 살았다. 한 명은 가장이었고, 이름은 키파 모키예비치이며, 나태하게 살아가는 유순한 성품의 사람이었다. 그는 가정을 돌보지 않았고, 그라는 존재는 온통 사변적인 측면에 관심이 쏠려 있었으며, 자기 말에 의하면 다음과 같은 철학적인 문제에 골몰해 있었다. "자, 예를 들어 짐승이 한 마리 있다고 치자." 그는 방을 거닐며 말했다. "짐승은 알몸으로 태어나지. 왜 다른 식이 아니고 알몸으로 태어나는 거지? 왜 새처럼 태어나지 않는 거지? 왜 알을 깨고 나오지 않는 거지? 정말 그런 거라면, 자연이란 말이야 더 깊이 파고들면 들수록 더 이해할 수 없는 거야!" 그렇게 키파 모키예비치라는 주민은 생각했다. 하지만 이건 아직 본론이 아니다. 다른 주민으로 모키 키포비치라는 그의 아들이 있다. 그는 루시에서 소위 말하는 영웅*이었고, 아버지가 짐승의 출생에 골몰하는 동안, 스물다섯 살의 어깨가 떡 벌어진 그의 기질은 밖으로 용솟음치고 활개를 치고 있었다. 그는 어떤 것이든 가볍게 다룰 줄 몰랐으니, 누군가는 손목이 으스러지고, 누군가는 맞아서 코가 부어올랐다. 집에서든 이웃에서든, 마당의 하녀에서 마당개에 이르기까지 모두 그를 보기만 하면 멀리 달아났다. 심지어 침실의 자기 침대까지 조각조각 잘게 부숴 버렸다. 모키 키포비치는 그런 사람이었으나, 그의 영혼은 선량했다. 그러나 이것도 아직 본론은 아니다. 정말 중요한 본론은 여기에 있다. "죄송합니다만, 주인 나리, 키파 모키예비치." 자기 하인들도 다른 집 하인들도 그의 아버지에게 말했다 "당신의 모키 키포비치는 어떻게 될 겁니까? 그 때문에 아무도 평안할 수가 없으니, 천하에 그런 망나니가 없습니다." 이 말에 아버지는 보통 "그래, 장난이 좀 심하지, 장난이 심해"라고 말했다. "하지만 어쩌겠나. 이제 그를 때리기도 너무 늦어서 모두 나를 잔인하다고 비난할 테니. 그도 자존심이 있는 인간이니 제삼자가 있는 데서 꾸짖으면 누그러지겠지만, 그의 실체가 공표되는 거니 그것도 불행한 일 아닌가! 도시가 이를 알게 되면 그를 완전히 개라고 부르겠지. 정말 사람들은 내가 괴로워하지 않는다고 생각하나? 그럼 내가 그의 아버지가 아닌가? 아니 전혀, 나는 그의 아버지야! 아버지, 악마에게나 꺼져 버릴 아버지라고! 모키 키포비치는 여기, 내 가슴속에 살아 있어!" 그러면서 키파 모키예비치는 주먹으로 자기 가슴을 세게 치며 완전히 격분했다. "그가 개로 지낸다 해도, 사람들이 그걸 나를 통해 알지만 않으면 돼. 내가 그를 팔아넘길 수는 없잖은가." 그런 부성애를 보인 후, 그는 모키 키포비치가 영웅적인 공훈을 계속 쌓도록 내버려 두고, 자기는 다시 자기가 사랑하는 대상에게 눈을 돌려 갑자기 다음과 같은 질문을 던졌다. "만일 코끼리가 알에서 태어난다면, 그 껍데기가 너무 두꺼워서 대포로도 깰 수 없을 테니, 어떤 새로운 화염 무기를 고안해야겠네." 그렇게 평화로운 벽지에서 잘 지내던 두 주민이 느닷없이, 창문 밖으로 튀어나오듯 우리 서사시의 끝부분에 고개를 내민 것이다. 그때까지 평화롭게 어떤 철학에 몰두하거나 그들의 부드러운 사랑을 받는 조국의 재산을 대가로 자신들의 이윤 증식에 몰두하며, 어리석은 일을 하지 않는 방안이 아니라 그들이 어리석은 일을 한다는 걸 사람들이 말하지 않게 하는 방안을 생각하던 몇몇 열성적인 애국자들의 비난에 겸허하게 반응하기 위해서 말이다. 그러나 아니다. 애국심도 순수한 감정도 비난의 핵심 원인은 아니고, 뭔가 다른 게 그 뒤에 숨어 있다. 말을 아낄 이유가 무엇인가? 작가가 아니면 누가 성스러운 진리를 말하겠는가? 여러분은 깊이 응시하는 시선을 두려워한다. 여러분 자신도 뭔가를 깊게 응시하기를 두려워한다. 여러분은 모든 것을 생각 없이 멍한 시선으로 스쳐 가기를 좋아한다. 여러분은 심지어 치치코프에 대해 마음으론 조롱하면서, "하지만 그는 어떻든 뭔가를 정확히 간파했어, 기질이 유쾌한 사람임에 틀림없어!"라며 작가를 칭찬할지도 모른다. 그렇게 말하고서 두 배로 강해진 자긍심을 가지고 자신을 바라보면 당신 얼굴에 만족스러운 미소가 번지고, 당신은 이렇게 덧붙일 것이다. "그런데 정말 어떤 지방에는 지극히 이상하고, 지극히 우스꽝스러운 사람들이 더러 있고, 정말 사기꾼도 적지 않다는 데 동의하지 않을 수 없어!" 그러나 여러분 중에 누군가는 기독교적인 겸손한 태도로 소리 없이 조용히 혼자서 자신과 홀로 대화를 나눌 때, 자기 영혼의 깊은 곳에서 "그런데 내 안에도 치치코프의 어떤 면이 있지 않을까?"라는 무거운 질문을 던질 것이다. 아니, 그럴 리 없다! 그러나 바로 이 순간 관등이 그다지 대단하지도, 그다지 초라하지도 않으며 자기와 면식이 있는 어떤 사람이 그의 곁을 지나가면, 그는 자기 이웃의 손을 툭 치고 거의 깔깔대고 웃으며 "저기 봐, 저기, 저 사람이 치치코프야. 저기 치치코프가 지나가네!"라고 말할 것이다. 그리고 이윽고 어린아이처럼 지식과 연령에 맞는 예의범절을 다 잊은 채, 그의 뒤를 쫓아가면서 뒤에서 그를 조롱하며 "치치코프다! 치치코프! 치치코프야!"라고 말할 것이다.

그러나 우리는 자기 이야기를 하는 내내 자고 있던 우리 주인공이 이미 잠에서 깨어나 그토록 자주 반복되는 자기 성을 쉽게 엿들을 수 있다는 사실을 잊고서 너무 크게 말해 버렸다. 그는 쉽게 모욕을 느끼는 사람이어서 자기에 대해 존경심을 품지 않고 이야기하면 불만스러워할 것이다. 독자야 치치코프가 자신에게 화를 내건 안 내건 상관없지만, 작가 입장에서는 어떤 경우에도 자기 주인공과 싸우지 말아야 한다. 그들은 아직 적지 않은 길을 둘이 손잡고 걸어가야 하기 때문이다. 두 권의 큰 책이 앞에 남아 있는데, 이건 사소한 일이 아니다.

"에헤! 이게 뭐야?" 치치코프가 셀리판에게 말했다.

"뭐가요?" 셀리판은 느린 목소리로 말했다.

"뭐라니? 바보 멍청아! 마차를 대체 어떻게 모는 거야? 잘 몰아 봐!"

정말로 셀리판은 이미 오래전부터 역시 잠에 취한 말들의 옆구리를 아주 가끔씩 고삐를 흔들어 때리면서 눈을 가늘게 뜨고 마차를 몰고 있었다. 페트루시카의 모자도 이미 오래전에 어느 곳에선가 날아가 버리고, 그 자신도 몸을 뒤로 젖히고 고개를 치치코프의 무릎에 파묻어서 치치코프는 그 머리에 꿀밤을 먹여야 했다. 셀리판은 다시 기력을 회복하고 적갈색 말 등에 채찍을 몇 번 휘둘러 그 말이 보다 빨리 달리게 했고, 모든 말들 위로 채찍을 크게 휘둘러 때리면서 여린 목소리로 노래하듯이 "겁낼 것 없어!"라고 덧붙였다. 말들은 활기를 띠면서 반개 사륜마차를 깃털처럼 가볍게 끌었다. 셀리판은 채찍을 휘두르며 "헤이! 헤이! 헤이!" 고함을 쳤다. 삼두마차가 구릉을 따라 미끄러지듯 날아오르자 그도 마부석에서 미끄러지듯이 튀어 오르고, 이제 눈에 거의 띄지 않게 밑으로 경사를 이루며 펼쳐지고 이정표가 점점이 박혀 있는 구릉길을 단숨에 내달렸다. 치치코프는 자기 가죽 베개에 가볍게 부딪힐 때마다 미소를 짓기만 했다. 그는 빨리 달리는 것을 좋아했기 때문이다. 어느 러시아인이 빨리 달리는 것을 싫어하랴? 머리가 핑핑 돌도록 진탕 먹고 마시고 이따금 "악마에게 꺼져 버려!"라고 말하고 싶어 하는 그의 영혼이 그걸 좋아하지 않겠는가? 뭔가 의기양양하고 신비로운 것이 그 안에서 들릴 때, 영혼이 좋아하지 않겠는가? 마치 악마가 널 자기 날개에 태워 날아가니, 너도 날고 모두 날아간다. 수십 베르스타가 날아가고, 맞은편에서 여행용 포장마차의 마부석에 앉은 상인들이 날아오고, 어두운 전나무와 소나무 군집들에 도끼 소리와 까마귀 울음소리가 나는 숲이 양편에서 날아가고, 길 전체가 어딘지 모를 먼 곳으로 날아가다가 사라진다. 대상을 분별하기도 전에 빠르게 지나가며 어른거리고 흔적마저 사라지는 것에는 뭔가 공포스러운 것이 있다. 머리 위의 하늘, 가벼운 먹구름, 앞을 헤치고 나아가는 달 들만 움직이지 않는 것 같다.

헤이, 트로이카여! 새와 같은 트로이카여, 누가 널 생각해 낸 거냐? 넌 농담을 좋아하지 않는 땅의 활달한 사람들에게서만 태어날 수 있었을 거야. 허나 넌 고르고 매끄럽게 세상의 반을 차지하는 땅 위에 자기 몸을 던져 눈길이 닿는 한, 베르스타들을 세며 나가려고 하는구나. 너는 아마 영리한 여행 장비는 아닐 거야, 쇠 나사로 조인 것도 아니고, 야로슬라블*의 솜씨 좋은 농군이 도끼와 송곳으로 되는대로 조합해서 만들었겠지. 마부도 무릎까지 오는 독일제 장화를 신지도 않고, 턱수염과 장갑을 끼고, 오직 악마만이 아는 자리에 앉았다가, 몸을 일으켜 채찍을 휘두르고 노래를 길게 읊조리기 시작했지. 말들이 회오리바람처럼 내달리고, 바퀴살은 하나의 둥근 원으로 뒤섞이고, 길은 전율하고, 놀라서 걸음을 멈춘 행인이 고함을 질렀지! 그리고 트로이카는 저 멀리 쏜살같이 날아올랐어, 날아올랐어, 날아올랐어! 그리고 저 멀리, 뭔가가 먼지를 일으키고 공중에 회오리가 이는 게 보인다.

그대, 루시여, 너는 민첩하고 아무도 따라올 수 없는 트로이카처럼 질주하고 있지 않은가? 그대 앞길에 먼지가 일고, 다리들은 쿵쾅거리며 모두 뒤처져 뒤에 남는다. 신의 기적에 놀란 방관자는 걸음을 멈추고, "이건 하늘에서 던져진 번개가 아닐까? 공포를 불러일으키는 이 움직임은 무엇을 의미하는가? 그리고 세상에 알려지지 않은 이 말들 속에 어떤 알려지지 않은 힘이 깃들어 있는가? 헤이, 말이여, 말이여, 너흰 어떤 말들인가! 너희의 갈기에 회오리바람이 앉은 거냐? 예민한 귀가 네 모든 힘줄에서 불타오르고 있는 거냐? 천상에서 내려오는 그 익숙한 노래를 듣기 시작하자마자, 다정하게 한 번에 세 가슴을 동여맨 구리줄을 조이고, 거의 발굽을 땅에 대지도 않고 허공을 가르며 하나의 긴 대열을 이루어 날아가고 신에 의해 영감을 받아 앞으로 돌진하는구나! 루시여, 넌 대체 어디로 질주하는 거냐? 대답하라! 답이 없다. 종은 신비로운 종소리를 내고, 조각조각 부서진 대기는 천둥소리를 내며 옆으로 비켜서 루시에게 바람으로 변한다. 땅에 있는 모든 것이 스치며 날아가자, 곁눈질을 하며 옆으로 비켜서 루시에게 다른 민족들과 국가들이 길을 내준다.

제2권

제1장

벽촌에서, 조국의 외진 시골에서 사람들을 끌어내어 우리의 빈곤하고 불완전한 삶을 적나라하게 드러내는 것은 무엇 때문인가? 만일 작가의 천성이 그렇고, 작가 자신의 부족함 때문에 병이 들어 벽촌에서, 조국의 외진 시골에서 사람들을 끄집어내 우리의 가난하고 불완전한 삶을 묘사하는 것 외엔 다른 어떤 것도 묘사할 수 없게 된 거라면 뭘 어쩌겠는가! 바로 그 이유로 우린 다시 벽촌으로 들어가 다시 먼 시골 마을과 얼굴을 마주 대하는 것이다.

그 대신 그 벽촌은 어떻고 시골 마을은 또 어떤가!

산 구릉들이 마치 구석의 탑들과 포문들이 나 있는, 어떤 끝없이 긴 성의 거대한 성벽처럼 1천 베르스타 정도 굽이굽이 뻗어 있었다. 그것들은 무한한 평원 위로, 물에 침식되어 생긴 구멍들과 수레바퀴 자국들로 파헤쳐지고, 가파른 석회질 점토벽처럼 생긴 단층들 위로, 벌목한 나무들에서 자라난 어린 관목들로 뒤덮여 어린 양의 가죽처럼 보기 좋게 완만해진 초록색 덤불들 위로, 종내는 기적적으로 도끼질을 면한 검은 수풀 위로 웅장하게 솟아 있었다.

강물은 강둑들에 신실하게 그들과 함께 뻗으면서 꺾이고 구부러지기도 하고, 멀리 초원으로 사라졌다가 몇 번을 굽이굽이 돌며 태양 앞의 불처럼 반짝거리기도 하고, 자작나무·사시나무·오리나무 덤불에 숨기도 하고, 거기에서 다리·풍차·제방 들의 호위를 받으며 의기양양하게 달려 나오기도 했다. 그것들은 강줄기가 꺾일 때마다 강을 쫓아가는 것 같았다.

한곳에서 구릉의 가파른 경사면은 더 무성하게 녹색 나무들의 고수머리로 치장하고 있었다. 인간이 심고 가꾼 식물의 왕국의 북쪽과 남쪽이 산골짜기의 매끄럽지 않은 경사 덕분에 이리로 모여들었다. 참나무, 전나무, 돌배나무, 단풍, 벚나무, 가시나무, 담초, 홉*에 휘감긴 마가목나무가 서로 생장을 돕거나 서로를 억압하며, 온 산을 밑에서 위로 기어오르고 있었다. 위로 산 정상 부근에는 지주 저택의 빨간 지붕들, 뒤에 가려진 농가 지붕의 끝 장식과 볏 장식, 무늬가 세공된 발코니와 큰 반원형 창문이 난 주인 저택의 증축된 상층 부분이 푸른 나무들의 정수리와 한데 섞여 있었다. 한데 어울린 나무 정수리와 지붕들 위로 고풍스러운 목조 교회가 금도금된 다섯 개의 지붕이 장난치는 모양새로 더 높이 솟아올라 있었다.

그 지붕들에는 모두 금세공 십자가들이 역시 세공된 금사슬로 고정되어 있어서, 멀리서 보면 마치 불타는 금화처럼 빛나는 금이 무엇에도 의지하지 않고 공중에 매달려 있는 것 같았다. 이 나무 정수리들, 지붕들, 십자가들은 모두 위아래가 뒤집힌 모양으로 아래로 흐르는 강에 부드럽게 비쳤다. 강에는 속에 구멍이 난 볼품없는 버드나무들이 어떤 것은 홀로 강변에 서서, 다른 것은 완전히 물에 잠겨서, 가지도 잎사귀도 그리로 늘어뜨리고서 거기 비치는 신비로운 정경을 음미하고 있는 것 같았다. 그 수면 위의 정경에서만 버드나무들은 물에 떠 있는 노란 수련의 선명한 초록빛이 어우러진 끈적끈적한 담수 해면이 버드나무를 방해하지 않았다.

이 풍경은 아주 좋았으나, 위에서 밑으로, 집의 증축한 상층에서 먼 곳으로 펼쳐진 경관이 훨씬 더 좋았다. 어떤 손님이나 방문객이나 발코니에 서면 무심하게 있을 수가 없었다. 그의 가슴은 경이에 가득 차, "오 하느님, 여긴 정말 광활한데요!"라고 외칠 수밖에 없었다. 끝없고 가없이 드넓은 공간이 펼쳐져 있었다. 수풀과 물방앗간이 흩뿌려진 초원 너머로 숲들이 몇 개의 녹색 허리띠를 이루며 푸르게 펼쳐지고, 숲 너머로는 이미 안개가 자욱해지기 시작한 대기 사이로 모래들이 노란 빛을 띠고 있었다.

그리고 다시 숲들이 바다나 멀리 사방으로 뻗어 나가는 안개처럼 푸르게 펼쳐지고, 다시 모래들이 보다 창백하게, 그러나 여전히 노란빛을 띠며 펼쳐졌다. 아득히 먼 지평선에는 마치 영원한 태양이 비추는 듯, 흐린 날씨에도 불구하고 분필처럼 하얗게 빛나는 산들이 모여 구릉을 이루며 누워 있었다.

눈이 부시는 흰 산들을 따라 산기슭에서 마치 안개구름이 피어오르듯 청회색 점들이 군데군데 어른거렸다. 이것은 멀리 떨어져 있는 마을들이었으나, 이미 인간의 눈으로는 알아볼 수가 없었다. 단지, 햇빛을 받아 불꽃처럼 뜨겁게 타오르는 금빛 교회의 둥근 지붕을 통해 이게 사람이 북적대는 큰 마을임을 알 수 있었다.

이 모든 것이 흔들리지 않는 정적에 둘러싸여 있었고, 그 정적은 너른 공간 속으로 사라져 귓전에 겨우 들리는 종달새 노랫소리의 메아리로는 깨울 수가 없었다. 발코니에 선 손님은 두 시간쯤 그걸 관조하고 나서도 그저, "오 하느님, 여긴 정말로 광활하군요!"라는 말 이외에는 아무 말도 할 수 없었다.

난공불락의 요새처럼 이편으로는 다가갈 수 없고 다른 쪽으로만 다가갈 수 있는 이 마을의 주민이자 소유주는 대체 누구였는가? 그 다른 편에서는 흩어진 참나무들이, 마치 친구가 포옹하듯 사방으로 뻗친 가지들을 넓게 벌리고 손님을 기쁘게 맞이하여 집의 정문까지 안내했다. 우리가 뒤편에서 그 꼭대기를 보았던 그 집이 이제 얼굴을 마주하고 정면에 서 있었다. 그 집의 한쪽에는 처마 장식과 세공 볏 장식을 드러낸 농가들이, 다른 쪽엔 십자가들의 금과 공중에 걸려 있는 사슬들의 금세공 무늬들이 반짝이는 교회가 있었다. 이 인적 없는 촌구석은 어떤 행운아의 것이었나? 바로 젊은 3세의 행운아이자 아직 미혼이기까지 한 트레말라한스크 군의 지주 안드레이 이바노비치 텐테트니코프의 것이었다.

그는 대체 누구이며, 뭐 하는 사람인가? 어떤 자질과 어떤 특성을 지닌 사람인가? 이웃에게, 여성 독자들이여, 이웃에게 물어보는 게 상책일 것이다. 날렵하나 이제 완전히 사라진, 화선(火船)* 처럼 다혈질인 은퇴한 참모 장교 군에 속하는 한 이웃은 그에 대해 "둘도 없는 순수 가축!"이라고 설명하곤 했다.

10베르스타 떨어진 곳에 사는 장군은 "젊은이가 어리석진 않아. 하지만 머리에 이것저것 너무 집어넣었어. 내가 도움을 줄 수 있을 텐데 말이야. 난 페테르부르크에도 연줄이 없지 않고, 게다가……." 장군은 말을 끝맺지 않곤 했다. 군 경찰서장은 전혀 다른 방향에서 대답했다. "내일은 그에게 체납금을 받으러 가야지!"

텐테트니코프의 마을 농민들은 자신들의 주인 나리가 어떤 사람이냐는 질문에 아무 대답도 하지 않았다. 그에 대한 세평은 비우호적인 것 같았다.

사심 없이 말해서, 그는 어리석은 사람은 아니었고, 다만 무위도식하는 사람이었다. 이미 이 세상에 무위도식하는 사람들이 적지 않으니, 텐테트니코프라고 무위도식하지 말라는 법이 어디 있으랴? 하지만 그의 삶에서 다른 여느 날과 완전히 비슷한 하루를 예로 들어 보겠다. 이를 통해 독자 스스로 그의 성격이 어떤지, 그의 삶이 그 주위의 아름다움들에 어떻게 상응하는지 판단할 수 있을 것이다.

아침에 그는 아주 늦게 잠에서 일어나고, 몸을 일으켜서도 오랫동안 눈을 비비며 자기 침대에 앉아 있곤 했다. 그의 눈은 불행히도 아주 작았기 때문에 눈 비비는 일은 보통 이상으로 오래 걸렸고, 그동안 내내 문가에는 미하일로라는 사람이 세숫대야와 수건을 들고 서 있었다. 이 불쌍한 미하일로는 한 시간, 두 시간 서 있다가 이윽고 부엌으로 갔다가 다시 돌아왔으나, 주인 나리는 여전히 눈을 비비며 침대에 앉아 있었다. 마침내 그는 침대에서 일어나 몸을 씻고 실내복을 입고 차, 커피, 카카오, 심지어 신선하게 데운 우유를 마시기 위해 객실로 가서는, 전부 몇 모금 마시고, 빵 부스러기를 사정없이 떨어뜨리고 사방에 담뱃재를 양심도 없이 잔뜩 떨어뜨렸다. 그렇게 그는 두 시간가량 차를 마시며 앉아 있곤 했다. 이게 다가 아니었다. 그는 또한 차가운 찻잔을 들고 마당으로 난 창문에 다가갔다. 창문 옆에서는 매일 다음과 같은 장면이 펼쳐졌다.

무엇보다 식사 담당 하인인 그리고리가 창고 담당 하녀인 페르필리예브나에게 거의 다음과 같은 표현을 써 가며 으르렁거렸다.

"넌 성가신 촌닭에 인간 말종이야! 추잡한 년아, 입 닥쳐!"

"그럼 넌 이거나 먹지 그래?" 인간 말종 혹은 페르필리예브나는 엄지손가락을 다음 두 손가락 사이에 끼워 내밀며 소리를 꽥 지르곤 했다. 아낙네는 건포도와 당과,* 그녀의 자물쇠 아래 있는 온갖 단것들에는 사족을 못 썼으나 행동은 거칠었다.

"다음엔 관리인하고도 한판 붙겠구나, 이 헛간 쓰레기야!" 그리고리가 으르렁거렸다.

"그럼, 관리인도 너랑 똑같은 도둑놈이니까! 주인님이 네들 짓거릴 모른다고 생각해? 천만에, 그는 여기 서서 다 듣고 있어."

"주인 나리가 어딨어?"

"저기 창문가에 있잖아, 그가 다 보고 있다고."

정말로 주인 나리는 창문가에 앉아 모두 보고 있었다.

이 소동을 완성시키려는 의도인 듯한 하인의 어린아이가 엄마에게 한 대 맞고 목청껏 소리를 질러 대고, 보르조이종 수캐는 땅에 엉덩이를 대고 앉아 요리사가 부엌에서 내다보고 자기에게 끼얹은 뜨거운 물에 대해 으르렁거리고 있었다. 한마디로 전부 참을 수 없을 만큼 악다구니를 부리고 소리를 질러 대고 있었다. 주인 나리는 모두 보고 들었다. 그리고 이것이 참을 수 없을 만큼 심해져서 어떤 일에도 집중하지 못하게 되면 그는 사람을 보내 좀 덜 떠들라고 말했다.

점심 전 두 시간 동안 안드레이 이바노비치는 모든 관점에서, 즉 시민적·정치적·종교적·철학적 측면에서 전 러시아를 포괄해야 하는 창작에 진지하게 임하기 위해, 시대적으로 러시아에 던져진 풀기 어려운 임무와 문제들을 해결하고 러시아의 위대한 미래를 선명하게 결정하기 위해 자기 서재에 들어갔다. 한마디로 모든 질문들이 현대인이 자신에게 부과하기 좋아하는 방식으로 그렇게 제기되었다.

그러나 웅대한 기획은 외려 구상에 그치곤 했다. 펜은 깨물어 못 쓰게 되고, 종이에는 그림들이 그려지며, 그다음엔 전부 한쪽으로 치워지고, 그 대신 손에 책이 들려져 점심때까지 손에서 떠나지 않았다. 이 책은 수프, 소스, 뜨거운 주요리, 심지어 파이를 먹으면서도 읽히고, 그래서 어떤 음식들은 식고, 다른 것들은 전혀 건드려지지도 않았다. 그다음에 담배와 커피, 혼자 두는 장기가 이어지고, 저녁 직전까지 무슨 일이 행해지는지는 정말 말하기도 어렵다. 그냥 아무 일도 안 하는 것 같았다.

이렇게 온 〔세상〕*에서 홀로 은둔하며 지내는 고독한 남자요, 서른세 살의 젊은이는 실내복에 넥타이도 하지 않고 죽치고 앉아 시간을 보냈다. 그는 놀지도 않고, 돌아다니지도 않고, 위층에 올라가 볼 마음도 없고, 심지어 신선한 공기를 들이마시기 위해 방의 창문을 열고 싶어 하지도 않았으며, 어떤 방문객도 무심하게 즐길 수 없을 만큼 아름다운 마을 경치도 정작 주인 자신에게는 존재하지 않는 거나 다름없었다.

이것으로 독자는 안드레이 이바노비치 텐테트니코프가 아직 루시에서 다 사라지지 않은, 예전에 게으름뱅이·굼벵이·얼간이라 불리고 이제는 뭐라 불러야 할지 정말 알 수 없는 사람들의 범주에 속한다는 걸 알 수 있을 것이다. 그런 성격들은 타고나는 것인가 아니면 인간을 혹독하게 에워싸는 슬픈 환경들의 산물로 형성되는 것인가? 이에 대한 대답 대신 그의 교육과 어린 시절의 역사를 이야기하는 게 나을 것이다.

모든 정황으로 보건대, 그는 뭔가 분별 있는 사람이 될 수 있었다. 날카로운 기지와 다소 사색을 좋아하는 성품에 다소 병약한 열두 살 소년이었을 때, 그는 당시 비범한 사람이 감독관으로 있는 교육 기관에 들어갔다. 소년들의 우상이요 교사들에게는 경이의 대상으로서 비할 데가 없던 알렉산드르 페트로비치는 인간의 본성을 파악하는 지각력이 타고난 사람이었다. 그는 러시아인의 성품을 얼마나 잘 알았던가! 어린아이들을 얼마나 잘 알았던가! 그들에게 얼마나 큰 영감을 불어넣을 줄 알았던가!

장난을 치고 난 후 스스로 그에게 다가가서 모든 걸 고백하지 않는 장난꾸러기는 하나도 없었다. 이건 아무것도 아니었다. 그는 엄격한 〔처벌을〕 받았으나 기분이 상하기보다는 자긍심을 느끼며 그를 떠났다. 그리고 이 사람에게는 그들을 격려해 주고, "앞으로 나가라! 한 번 쓰러져도 두 발 딛고 일어나라"라고 말하는 뭔가가 있었다. 그는 그들에게 단정한 행실에 대해서는 입도 벙긋하지 않았다.

그는 일상적으로 "난 여러분이 이성을 사용하기를 바랄 뿐, 다른 어떤 것도 원하지 않아요. 지혜로워지기 위해 사고하는 사람은 못된 장난을 칠 겨를이 없으므로 못된 장난은 저절로 사라질 거예요"라고 말하곤 했다. 그리고 실제로 못된 장난이 저절로 사라졌다. [더 나아지려고] 노력하지 않는 아이들은 친구들의 경멸을 받았다. 다 큰 당나귀들과 바보들은 아주 어린 아이들부터 가장 수치스러운 별명을 얻어도 참아야 했고, 그들에게 손을 댈 수 없었다. "이건 너무 지나친데요!" 많은 사람들이 말했다. "똑똑한 놈들은 거만해질 거예요."

"아니요, 지나치지 않습니다." 그는 말했다. "전 능력이 없는 아이들은 오래 붙잡아 놓지 않아요. 그들에겐 한 강좌면 충분한걸요. 반면 똑똑한 아이들에겐 다른 강좌를 마련해 주지요." 정말 모든 똑똑한 아이들은 그에게서 다른 수업을 받았다. 그는 그들의 많은 못된 장난에서 영혼의 특징들이 발전할 수 있는 단초를 보고, 마치 습진이 의사에게 필요하듯 인간 내면에 있는 것을 정확히 파악하기 위해 자신에게는 그것들이 필요하다며 이를 저지하지 않았다.

소년들이 그를 얼마나 사랑했는지! 아니다, 아이들은 자기 부모들에게도 그런 애정은 결코 보이지 않는다. 아니, 어리석은 환영에 미친 듯이 매료된 시절의 사그라지지 않는 욕망도 [그에 대한] 사랑만큼 강하지는 않다. 무덤까지, 그들 생의 마지막 순간까지 그에게 감사하는 학생들은 이미 오래전부터 무덤에 누워 있는 자신들의 경이로운 훈육자의 생일이 오면 잔을 들고 눈을 감은 채 한참을 서서 그를 생각하며 눈물을 흘렸다. 그의 가장 작은 격려도 학생들을 전율과 기쁨과 흥분의 도가니로 몰아넣었고, 그들에게 모든 것을 뛰어넘겠다는 강한 명예심을 유발시켰다. 그는 능력이 적은 아이들은 오래 붙들지 않고, 그들을 위해서는 단기 강좌를 마련했다. 하지만 능력 있는 아이들은 그에게서 두 배의 교육을 받아야 했다.

그가 선별한 학생들을 위한 최종 강의는 다른 기관에서 행하는 수업들과 전혀 닮지 않았다. 여기서 그가 학생들로부터 요구한 것은 다른 교사들이 아이들에게 〔요구하는〕 것이 현명하지 못하다고 생각하는 것, 즉 온갖 조롱을 비웃지 않고 인내하며, 바보를 용서하고 격분하지 않고 자제력을 잃지 않으며, 어떤 〔경우에도〕 복수하지 않고 흔들리지 않는 영혼의 고고한 평안을 지킬 수 있는 높은 이성이었다. 그리고 인간을 굳건한 사나이로 만드는 데 활용될 수 있는 것이면 뭐든지 실제로 활용되고, 자신도 그들과 함께 끝없이 실험했다. 오, 그는 삶의 학문을 얼마나 잘 알고 있었던가!

그에게 동료 교사들은 많지 않았다. 대부분의 과목을 자신이 가르쳤다. 현학적인 용어나 거만한 시각이나 관점들 없이 그는 학문의 본질 자체를 전달할 수 있었고, 그래서 어린 학생도 그것이 자신에게 왜 필요한지 명료히 알 수 있었다. 학문들 가운데서는 인간을 이 땅의 시민으로 육성하는 데 필요한 것들만 선택되었다. 강의의 대부분은 앞으로 소년들을 기다리고 있는 것에 대한 이야기들로 채워졌다. 그는 그들의 미래의 활동 무대를 〔그토록 훌륭하게〕 그려 주어, 그들은 아직 걸상에 앉아 있지만 생각과 영혼으로는 이미 그곳, 직장에서 살고 있을 정도였다.

그는 아무것두 숨기지 않으니, 인간의 인생길에 등장하는 오갖 제약과 장애들, 그리고 그 앞에 있는 모든 유혹과 미혹들을 아무것도 감추지 않고 완전히 적나라하게 그들 앞에 펼쳐 보였다. 그에겐 자신이 모든 직위와 자리를 다 경험한 것처럼 모든 게 익숙했다. 이미 명예심이 강하게 발달했기 때문이건, 아니면 비범한 스승의 눈에서 소년들에게 "앞으로!"라고 말하는, 즉 러시아인에게 익숙하고 그들의 섬세한 본성에 놀라운 기적을 일으키는 이 단어를 말해 주는 뭔가가 있었기 때문이건 간에, 소년들은 첫 시작부터 어렵고 힘든 곳, 더 많은 장애물이 있는 곳, 더 큰 영혼의 힘을 보여야 하는 곳에서만 활동하기를 열망하며 난관이 있는 곳들을 찾아다녔다. 이 수업을 마친 사람은 몇 명 안 되었으나, 대신 그들은 화약 냄새가 날 만큼 단련되어 있었다. 직장에서 그들은 자기보다 똑똑한 많은 이들이 사소하고 개인적인 불쾌한 일들을 견디지 못해 모든 걸 포기하거나, 멍청해지고 게을러지고 분별을 잃고 해이해져서 뇌물 수수자들과 사기꾼들의 손아귀에 넘어갈 때도, 가장 위태로운 자리에서 굳건히 자신을 지켰다. 그러나 그들은 흔들리지 않았고, 삶도 인간도 잘 알고 지혜로워져서 어리석은 이들에게도 강렬한 영향을 미쳤다.

명예를 사랑하는 어린 소년의 뜨거운 가슴은 자신도 마침내 이 반에 들어가게 되리라는 생각만으로도 오랫동안 고동쳤다. 우리 텐테트니코프에게 이 양육자보다 더 좋은 게 뭐가 있었으랴! 그러나 그가 그토록 강렬하게 열망한 것처럼 선택된 학생들을 위한 반에 들어가자마자, 이 비범한 선생님이 갑자기 〔죽어 버렸다.〕 아, 그에게 이건 얼마나 큰 타격이었는가, 얼마나 끔찍한 인생 최대의 손실이었는가! 알렉산드르 페트로비치의 자리에 표도르 이바노비치라는 사람이 오면서 그에겐 학교생활의 모든 게 변했다. 표도르 이바노비치는 즉시 어떤 외부의 질서를 도입해, 오직 어른에게만 요구할 수 있는 것을 아이들에게 요구하기 시작했다. 그들의 자유로운 장난에서 그는 제어되지 않는 뭔가를 감지했다. 그는 자기 전임자에 대한 적의 때문인 듯, 부임 첫날부터 자기에게는 이성과 성공은 아무 의미가 없으며, 착한 〔행실만〕 눈여겨보겠다고 공표했다. 그러나 이상하게도 표도르 이바노비치 자신이 착한 행실에 도달하지 못했다. 심한 장난이 남모르게 판을 쳤다. 낮에는 모두 반듯하게 자세를 똑바로 하고 둘씩 질서 있게 다녔으나, 밤만 되면 난장판이 벌어졌다.

학문에서도 마찬가지로 뭔가 이상한 일이 벌어졌다. 새 견해와 새 접근법과 관점들을 가진 새 교사들이 고용되었다. 학생들에게 수많은 새로운 용어와 단어들을 퍼붓고, 추론을 통해 논리적인 연관성도, 열정의 불꽃도 보여 주었으나, 슬프다! 학문 자체에 생명이 없었다. 그들의 입에서 나오는 죽은 학문은 죽은 동물의 시체처럼 들렸다. 한마디로, 모든 게 뒤집혀 버렸다. 상관과 권력에 대한 존경심이 사라졌다. 감독관들에 대해서도, 교사들에 대해서도 조롱하기 시작했다. 감독관들을 페지카,* 불카, 그리고 다양한 다른 이름들로 부르기 시작했다. 이미 어린아이의 도를 넘어서는 방탕이 성행했다. 많은 학생들을 제적시키고 퇴학시켜야 할 일들이 벌어졌다. 2년 만에 학교는 알아볼 수 없게 변해 버렸다.

안드레이 이바노비치는 조용한 성품이었다. 교장 집의 바로 창문 앞에서 동료들이 벌이는 아가씨를 동반한 술판도, 그다지 똑똑하지 않은 사제가 왔다는 이유만으로 그들이 행하는 신성 모독도 그를 사로잡지 못했다. 아니, 그의 영혼은 꿈속에서도 자신의 신성한 기원을 듣고 있었다. 그런 것들이 그를 유혹할 수는 없었다. 그러나 그는 의기소침해졌다. 이미 자극을 받아 명예심은 촉발되었는데, 그에겐 현실과 활동 무대가 없었다. 차라리 그걸 자극하지 않았더라면 더 좋았을 것을! 그는 학과에서 열에 들뜬 교수들의 얘기를 들으면서, 열에 들뜨지 않으면서 잘 이해할 수 있게 말할 줄 알았던 이전의 스승을 기억했다. 그가 듣지 않은 과목과 강좌가 무엇인가? 그는 의학, 화학, 철학, 심지어 법학도 들었고, 인류 보편사도 교수가 도입부와 어떤 독일 도시 공동체들의 발전 부분만 3년간 읽을 정도로 광범위하게 들었다. 그가 듣지 않은 게 뭔지는 신만이 아실 것이다! 하지만 이 모든 게 그의 뇌리에 어떤 지식의 파편으로만 남았다. 타고난 두뇌 덕분에 그는 그렇게 가르쳐선 안 된다는 걸 느꼈지만, 어떻게 해야 하는지는 알지 못했다. 그는 자주 알렉산드르 페트로비치를 기억했고, 그럴 때면 너무 우울해져서 그 우수에서 어디로 도망쳐야 할지 알 수 없었다.

그러나 젊음은 미래가 있기에 행복하다. 졸업할 때가 다가와 그의 가슴은 고동쳤다. 그는 스스로 "이건 아직 삶이 아니야, 이건 삶의 준비일 뿐이야. 진정한 삶은 공무 수행에 있어. 거기에선 성공할 거야"라고 말했다. 그리고 그는 어떤 손님이나 방문자든지 그토록 경탄해 마지않는 아름다운 마을을 돌아보지도 않고, 부모님의 유골에 절도 하지 않고, 명예심이 강한 모든 사람들의 관례대로 서둘러 페테르부르크에 갔다. 익히 알다시피 러시아 전역에서 우리의 피 끓는 젊은이들은 직장에서 근무하거나, 눈부시게 빛나거나, 승진하거나, 아니면 단지 창백하고 얼음처럼 냉담하고 사회적으로 기만적인 교육을 수박 겉핥기 식으로 받기 위해 페테르부르크에 몰려든다.

그러나 안드레이 이바노비치의 명예에 대한 갈망은 그의 삼촌이자 4등 문관인 오누프리 이바노비치에 의해 첫 출발부터 차갑게 식어 버렸다. 삼촌은 가장 중요한 것은 훌륭한 필체이며, 무엇보다 정서에서부터 시작할 필요가 있다고 단언했다. 온갖 노력 끝에 그리고 삼촌의 후원을 받아 그는 마침내 어떤 부서에 발령을 받았다. 세공 마루와 윤이 번들번들 나는 사무용 책상들이 있는, 마치 국가 최고의 명사들이 여기에서 회의를 갖고 전 국가의 운명을 논할 것만 같은 장엄하고 밝게 조명된 홀로 안내되고, 깃털 펜 쓰는 소리를 내고 고개를 비스듬히 기울이며 아름답게 정서하는 무수히 많은 신사들을 보았을 때, 그리고 일부러인 듯 자신에게 사소한 내용의 어떤 문서를 정서하라고 지시하며 자신을 책상 앞에 앉혔을 때, 즉 정서에 6개월이 걸리고 보수가 3루블인 일을 맡았을 때, 평소에 느끼지 못한 이상한 감정이 풋내기 소년에게 파고들었으니, 마치 그의 옳지 못한 행실로 고학년에서 저학년으로 내려보내진 느낌이었다.

자기 주변에 앉은 신사들이 그에게는 학생처럼 보였다! 그 닮은 꼴을 추가로 완성하기 위해서인 듯 그들 중 일부는 어리석은 번역소설을 심의 중인 사건에 관한 2절판 문서들에 끼우고 일하는 척하면서 읽다가 상관이 나타날 때마다 부르르 떨었다. 이 모든 것이 그에게 너무나 이상하게 보여서, 차라리 이전 수업들이 지금 일들보다 더 의미 있고, 근무를 위한 준비가 근무 자체보다 더 나은 것 같았다! 그는 학창 시절을 그리워하기 시작했다. 갑자기 알렉산드르 페트로비치가 살아 있는 것처럼 그 앞에 나타나서 그는 하마터면 거의 울 뻔했다. 방이 빙글빙글 돌기 시작하고 관리들과 책상들이 뒤엉켰으며, 한순간 눈앞이 캄캄해졌으나 그는 겨우 몸을 가누었다. 그는 정신을 차리고 생각했다. '아니, 처음엔 아무리 사소해 보여도, 일에 몰두해 보자!' 그는 영혼과 마음을 다잡고 다른 이들에게 모범적으로 근무하기로 결심했다.

어디엔들 쾌락이 없으랴? 그것은 페테르부르크의 엄격하고 음울한 외양에도 불구하고 거기에도 자리를 잡는다. 거기에선 거리마다 섭씨 영하 30도의 추위가 화난 듯이 쩍쩍 갈라지고, 북방의 자손이자 마녀 할멈 같은 눈보라가 보도를 뒤덮고 눈도 못 뜨게 하며, 모피 외투 깃과 사람들 콧수염과 털이 복슬복슬한 가축들의 면상에 눈을 흩뿌리면서 고함을 지르고 으르렁거린다. 하지만 위로, 어디에서건 4층 창문이 사방에서 휘몰아치는 함박눈 사이로 인사하듯이 반짝인다. 안락한 방 안에는 초라한 스테아린 촛불*을 받으며 사모바르 소리 아래 가슴과 영혼을 따뜻하게 하는 이야기가 오가고, 신이 자신의 러시아에 상으로 준, 영감에 가득 찬 러시아 시인의 빛나는 페이지가 낭송되고, 대낮의 하늘 아래선 드물게 어린 소년의 가슴이 뜨겁게 고양되어 전율한다

곧 텐테트니코프는 근무에 익숙해졌으나, 그가 처음 생각한 것처럼 일이 그의 우선순위와 목적이 되지 않고 뭔가 부차적인 일이 되었다. 근무는 그가 시간 분배를 잘하여 남는 시간을 더 귀하게 쓰는 데 도움이 되었다. 4등 문관인 삼촌이 조카에게서 어떤 득을 볼 것으로 기대하기 시작하던 때에 갑자기 조카가 일을 엉망으로 만들었다. 안드레이 이바노비치의 상당히 많은 친구들 가운데 소위 원한에 사무친 사람들이라 할 만한 두 사람이 있었다. 이들은 부당한 일뿐 아니라 그들 눈에 부당해 보이는 일이면 뭐든지 못 참는 불안하고 이상한 성격의 소유자들이었다.

본바탕은 선량하지만 실무에선 훈련이 안 되고, 자신들에 대해선 면죄부를 요구하면서 동시에 타인에 대한 아량은 조금도 없는 그들은 그에게 격정적인 말과 사회에 대한 고귀한 분노의 형태로 강한 영향을 미쳤다. 그들은 그의 신경과 흥분하기 쉬운 기질을 자극하고 그가 이전엔 주의를 돌릴 생각도 안 했던 모든 자잘한 일들에 주의를 돌리게 했다. 장엄한 홀에 자리 잡은 부서들 중 한 부서의 장인 표도르 표도로비치 레니친*이 갑자기 그의 마음에 들

지 않았다. 그는 레니친에게서 무수히 많은 흠을 찾아내기 시작했다. 그에겐 레니친이 상관들과 대화할 때는 설탕을 친 것처럼 아첨하는 태도로 변하고, 부하가 그를 대할 때는 떨떠름한 식초가 된다고 느꼈다. 그리고 모든 소인들의 예 그대로 레니친이 자기 축일에 축하하러 오지 않은 사람들을 파악해서 그들 이름을 수위의 방문 명단에서 삭제하는 식으로 복수한다고 느꼈다. 그 결과, 그는 레니친에게 신경질적인 반감을 느끼게 되었다. 어떤 악한 영이 그로 하여금 표도르 표도로비치에게 뭔가 불쾌한 행동을 하도록 부추겼다. 그는 어떤 특별한 만족감을 느끼며 건수를 찾았고, 그 일에 성공했다. 한번 그는 레니친과 대판 싸워서 급기야 상부로부터 그가 용서를 구하거나 아니면 사직하라는 명령이 내려졌다. 그는 사직했다.

4등 문관인 삼촌이 매우 황당해하며 그를 찾아와 애원했다. "오, 제발! 안드레이 이바노비치, 자네 이게 뭐 하는 짓인가! 그렇게 유리하게 시작한 경력을 상관이 자기 타입이 아니라고 그만두다니! 제발 그러지 말게! 어떻게 된 건가? 자네 어떻게 된 거야? 어떻게 된 거냐고? 이런 일에 신경 쓰면 직장에 누가 남아나겠어. 잘 생각해 봐, 자존심이나 자기애 따윈 집어치우고 가서 사과해!"

"삼촌, 문제는 그게 아니에요." 조카가 말했다. "그에게 용서를 구하는 건 어렵지 않아요. 제가 잘못했는걸요. 그는 상관이고, 그와 그렇게 말해선 안 되는 거였어요. 하지만 문제는 다른 데 있어요. 제겐 다른 직무가 있어요. 제겐 3백 명의 농노, 영락해 가는 영지, 바보 멍청이 같은 관리인이 있어요. 저 대신 다른 사람이 관청에 나와 문서를 정서한다면 그건 국가에 큰 손실이 아니지만, 3백명이 세금을 안 내면 큰 손실이지요. 삼촌이 어떻게 생각하시건 저는 지주예요. 이 직책에도 마찬가지로 일이 없지 않아요. 만일 내게 맡겨진 사람들을 보존하고 보호하고 향상시키기 위해 노력하고 국가에 3백 명의 가장 양심적이고 착실하며 근면한 백성을 바치면, 어디 제 공무가 레니친 부장의 근무보다 못하겠어요?"

4등 문관은 당황해서 벌어진 입을 다물지 못하고 멍하니 있었다. 이야기가 그렇게 흘러갈 줄은 전혀 기대하지 않았던 것이다. 잠시 생각해 보고서 그는 다음과 같이 말을 꺼냈다. "하지만 그래도 말이야…… 하지만 자네가 어떻게 그렇게 할 수 있겠나? 시골에 처박혀 어떻게 지내겠어? 농민들 사이에 무슨 사교 모임이 있을 수 있겠나? 여기선 어쩌니 저쩌니 해도 거리에서 장군과 공작과 마주칠 수라도 있지. 지나다가 누구라도 스치게 되니 말이야……. 거기서는…… 봐 봐, 여긴 가스 조명에 계몽된 유럽이 있는데, 거기서는 마주치는 게 죄다 농민이나 아낙네뿐이야. 대체 왜 평생 자신을 무지에 가두려고 하는 거야?"

하지만 삼촌의 확신에 찬 설명이 조카에게 영향을 미치지는 못했다. 그에게는 마을이 어떤 자유로운 안식처, 사색과 명상의 양육자, 유일하게 유익한 활동 무대로 비치기 시작한 것이다. 그는 이미 농업 부문에 대한 최근 신간 서적도 샅샅이 뒤적여 보았다. 이 대화가 있고 2주일쯤 지났을 때, 그는 이미 자신이 어린 시절을 보낸 곳 근처에, 어떤 손님이건 방문객이건 아무리 봐도 물리지 않을 그 아름다운 마을 근처에 와 있었다.

새로운 감정이 그의 내면에서 끓어오르기 시작했다. 그의 영혼에 오랫동안 밖으로 드러나지 않았던 이전의 인상들이 깨어나기 시작했다. 그는 이미 많은 장소를 완전히 잊어버려서, 마치 처음 보는 사람처럼 그 아름다운 광경을 호기심을 갖고 바라보았다. 그때 이유는 알 수 없지만 그의 심장이 갑자기 고동치기 시작했다.

길이 좁은 골짜기를 따라 거대하고 무성하게 자란 숲으로 나아가면서 위 아래로, 자기 위와 자기 밑으로 세 사람은 있어야 다 안을 3백 년 된 참나무들이 전나무, 느릅나무, 그리고 포플러 꼭대기보다 높이 자란 백양나무와 뒤섞여 있는 걸 보았을 때, "이건 누구 숲인가요?"라는 질문에 "텐테트니코프 님의 숲이에요"라는 말을 들었을 때, 숲에서 뛰쳐나온 길이 수풀 목초지를 통과하여 멀리 뻗은 높은 구릉 모양으로 사시나무 숲, 젊고 늙은 버드나무와 실버들을 지나 내달리고, 같은 강을 여러 곳에서 다리 두 개로 건너고 강이 자기 오른편과 왼편에 남겨졌을 때, "이 목초지와 경작지는 누구 건가요?"라는 질문에 "텐테트니코프 님 겁니다"라는 말을 들었을 때, 그리고 길이 산으로 올랐다가 평평한 구릉을 따라 한편으로는 아직 거두지 않은 곡물·밀·호밀·보리를 지나고 다른 한편으로는 갑자기 거리가 축소된 듯이 보이는, 이전에 지나친 곳들을 지나쳤을 때, 길이 조금씩 거무스레해지면서 초록색 양탄자를 따라 곧장 마을까지 산산이 흩어져 있는 나무들의 그늘 아래 들어서고, 길을 따라 들어가자 농부들의 세공된 농가들과 지주의 석조 건축물들의 붉은 지붕들, 큰 집, 고풍스러운 교회가 어른거리기 시작하고 금빛 지붕들이 빛났을 때, 격렬히 고동치는 심장이 물어볼 것도 없이 자신이 어디에 왔는지 알았을 때, 계속적으로 축적된 감각들이 마침내 다음과 같이 힘찬 소리로 터져 나왔다. "이런, 여태 바보 아니었나? 운명이 나를 지상 낙원의 주인으로 점지해 줬는데, 난 스스로를 구속하고 죽은 문서의 엉터리 작가 노릇을 했구나. 배우고 교육받고 계몽된 부하들 사이의 재산 분배를 위해, 현 전체의 개선을 위해, 동시에 재판관도 관리자도 질서의 수호자도 되는 지주의 다방면의 의무 수행을 위해 필요한 지식들을 축적했으면서, 여기를 무식한 관리인에게 위임하고, 나는 본 적도 없고 그 성격이나 가치도 전혀 모르는 사람들의 결석 업무를 더 좋아하다니. 실질적인 관리보다 내가 발로 밟아 본 적도 없고 부조리하고 어리석은 일들만 하고 있는, 수천 베르스타나 떨어진 지방들에 대한 환상적인 서류상의 관리를 더 좋아하다니!"

그러나 그사이 다른 광경이 그를 기다리고 있었다. 주인 나리의 도착을 알고서 농민들이 현관 계단에 모여들었다. 아름다운 주민의 알록달록한 스카프들, 작은 옷감 조각들, 농사꾼 아낙네의 머릿수건들, 옛날 부인 모자들, 거친 나사 천으로 만든 농부의 겉옷들, 농민들의 그림같이 무성한 수염들이 그를 에워쌌다. "우리를 먹이시는 분! 우리를 기억해 주시고……!"라는 말이 울려 퍼지고 그의 할아버지와 증조할아버지를 기억하는 노인들과 노파들이 자기도 모르게 울기 시작했을 때, 그 자신도 눈물을 참을 수 없었다. 그는 혼자 생각했다. '얼마나 큰 사랑인가! 뭐에 대해서지? 난 저들을 전혀 본 적도 없고 전혀 보살펴 준 적도 없는데!' 그는 〔그들과〕 노동과 업무를 공유하겠다고 스스로 맹세했다.

그리고 텐테트니코프는 주인 역할을 하고 관리를 하기 시작했다. 그는 부역 노동을 축소하고, 지주를 위한 노동 일수를 줄여서 농부에게 그들 스스로를 돌볼 시간을 늘려 주었다. 멍청이 관리인은 쫓아냈다. 자기가 직접 모든 일에 관여해 들판에, 곡물 창고에, 타작 전 곡물의 화력 건조장에, 방앗간에, 제방 옆에, 짐배와 평저선에 짐을 싣고 내리는 부둣가에 모습을 드러내기 시작했고, 게으른 농부들은 뒤통수를 긁적거리기 시작했다. 하지만 이것은 그리 오래가지 않았다. 농부들은 눈치가 빨라서 곧 주인 나리가 비록 민첩하고 많은 일에 열의를 갖고 착수하려 하나, 어떻게 어떤 식으로 착수해야 할지 아직 생각하지 않았고, 책을 읽듯이 기계적으로 외워서 말하고 있다는 것을 알아차렸다.

주인 나리와 농부가 어쩐지 서로 전혀 이해하지 못하고, 같은 곡조를 노래하지 않고 같은 음을 낼 능력이 없음이 드러났다. 텐테트니코프는 지주 토지에서의 소출이 농부 토지에서보다 나쁜 걸 알게 되었다. 더 먼저 뿌리고 더 늦게 나왔다. 하지만 그들은 일을 잘하는 것 같았다. 자신이 현장에 나갔을 때 그들이 성심성의껏 일하여 보드카를 한 잔씩 돌리라고까지 지시했다. 농부들 밭에서는 이미 오래전에 호밀이 싹을 내고 귀리가 떨어지고 수수도 무성하게 자랐지만, 그의 밭에서는 이제 겨우 곡물 줄기가 나오기 시작하고 볏단은 아직 매지도 않았다. 한마디로, 주인 나리는 농부들이 그 모든 특권에도 불구하고 그저 자기를 기만하고 있음을 깨달았다.

질책하려고도 해 봤으나 "주인님, 저희가 어떻게 주인님 수익을 생각하지 않겠습니까? 땅을 갈고 씨를 뿌릴 때 저희가 얼마나 열심히 하는지 직접 보시고 보드카도 한 잔씩 돌리셨잖아요?"라는 대답만 들을 뿐이었다. 여기다 대고 뭐라고 반박하겠는가? "그럼 왜 이렇게 소출이 나쁜 거야?" 주인 나리가 추궁했다. "누가 알겠습니까? 벌레가 밑 부분을 파먹었나 보죠. 여름에 어땠는지 아시죠, 비가 전혀 안 왔잖아요." 하지만 주인 나리는 농부들 밭에서는 벌레가 밑 부분을 파먹지도 않고, 비도 이상하게 어떻게든 때때로 내린 것을 보았다. 농부들 밭에는 호의를 베풀고 주인의 밭이랑에는 비를 한 방울도 안 내린 것이다.

아낙네들하고 잘 지내는 건 그에게 훨씬 더 어려운 일이었다. 그들은 부역 노동이 과중하다고 불평하면서 일을 덜어 줄 것을 요구했다. 이상한 일이다. 그는 마포, 딸기, 버섯, 호두 등 온갖 공납 의무를 전면 폐지하고 다른 일들도 절반으로 줄여 주었다. 아낙네들이 그 시간을 집안일에 쓰면서 옷감을 짜서 남편을 입히고 채소밭을 넓혀 나갈 거라고 생각했기 때문이다. 그런데 그게 아니었다! 농땡이, 주먹다짐, 유언비어, 온갖 싸움이 인류의 아름다운 쪽인 여성 사이에 그토록 판을 쳐서, 농부들이 그에게 다가와 "나리, 저 마녀 같은 여편네 좀 어떻게 해 주세요! 악마가 따로 없어요! 여편네 때문에 바람 잘 날이 없어요!"라고 말할 정도였다.

그는 마음을 단단히 먹고 엄하게 대하려고 해 보았다. 하지만 어떻게 엄격해진단 말인가? 이 아낙네는 발을 절고 병들고, 어디서 구했는지도 알 수 없는 역겹고 더러운 넝마 조각들을 자기 몸에 휘감은 그런 아낙네였던 것이다. "알아서 해, 알아서. 내 눈에 띄지만 마라! 신이 함께 하시기를!" 불쌍한 텐테트니코프는 이렇게 말했고, 여태껏 아프다던 여자가 문을 나서자마자 이웃집 여인하고 어떤 순무를 놓고 다투기 시작해서 건장한 남자도 하기 어려울 텐데 그녀의 옆구리를 부러뜨리는 것을 보았다.

그는 그들을 위해서 어떤 학교를 세우려고도 해 보았지만, 완전히 어리석은 이상한 결과가 나와서 그는 목이라도 매고 싶었다. 아예 생각도 않는 게 더 나았을 것을! 그게 어디 학굔가! 아무도 학교 갈 시간이 없었다. 소년들은 열 살 때부터 이미 온갖 일터의 조수가 되어 거기에서 교육을 받았다.

재판과 심리에 관한 일에서 그의 철학 교수들이 그에게 심어 준 이 모든 법적인 상세한 지식들은 아무 쓸모도 없음이 드러났다. 한쪽은 거짓말을 하고, 다른 쪽도 거짓말을 해서, 악마만이 이해할 수 있었다! 그는 법률 서적과 철학 서적의 상세한 지식들보다 인간에 대한 단순한 인식이 더 필요함을 알게 되었다. 그는 그 지식에서 뭔가 부족한 것을 보았으나, 그게 무엇인지는 신만이 아신다. 농부도 나리를 이해 못하고, 나리도 농부를 이해 못하는 그런 상황이 자주 발생했다. 농부도 어리석은 치가 되고, 나리도 어리석은 치가 되었고, 지주의 열정도 식어 버렸다. 농부들이 일할 때 그는 그 자리에 서 있었으나 이미 무심해져 버렸다. 목초지에서 큰 낫이 조용히 쉭쉭거리며 풀을 베거나, 낟가리가 쌓이거나, 볏가리가 묶이거나, 더 가까운 곳에서 농사일이 잘되면, 그의 눈은 더 먼 곳을 바라보았다. 멀리에서 일들을 하고 있을 때면 그 시선은 더 가까이에 있는 대상들을 훑거나 옆의 어떤 굽이치는 강줄기를 바라보았고, 그 강변을 따라 부리가 아름답고 다리가 아름다운 갈매기가 걸어 다니고 있었다. 아마도 새지 사람은 아닌 것 같았다. 그의 눈길은 이 갈매기가 강변에서 물고기를 잡은 다음 이것을 삼킬까 말까 고민하는 듯 부리에 가로로 물고 있는 것을 흥미롭게 지켜보았다. 동시에 그 눈길은 강을 따라 멀리, 아직 물고기를 잡지 못한 다른 갈매기가 하얗게 어른거리면서 이미 물고기를 잡은 갈매기를 뚫어지게 쳐다보는 것을 뚫어지게 바라보았다. 아니면 완전히 실눈을 하고 광활한 하늘을 향해 고개를 위로 쳐들고 후각으로는 들판의 내음을 맡고, 귀로는 공중의 노래하는 새들 소리에 감탄하곤 했다. 그 새들은 사방에서, 하늘에서, 그리고 땅에서 서로 충돌하지 않고 하나의 화음으로 어우러져 합창을 하는 것이다. 호밀밭에서는 메추라기가 부리로 쪼아 대고, 풀에서는 흰 눈썹 뜸부기가 삑삑거리고, 〔그〕 위로 사방을 활개 치며 날아다니는 홍작새들이 꼬록꼬록 소리를 내며 지저귀고, 하늘로 날아오른 도요새가 울고, 종달새가 빛 속으로 사라지면서 목청을 떨며 울고, 삼각형의 열을 지어 하늘 높이 날아가는 학들의 낮게 흥얼거리는 소리가 나팔 소리처럼 울려 퍼진다. 주변의 모든 것이 소리로 변하여 반향한다. 조물주여! 비열한 대로와 도시들에서 멀리 떨어진 벽지와 작은 마을에 펼쳐진 이 세상은 얼마나 아름다운가요! 하지만 이것에도 그는 싫증나기 시작했다. 곧 그는 들판으로 향했던 발길을 뚝 끊고, 방에 틀어박히고, 관리인 보고를 듣는 것조차 거부했다.

예전에는 이웃들 중에 퇴역한 창기병 중위, 파이프 담배 연기에 찌든 끽연가, 혹은 학업을 다 마치지 않고 동시대 책자와 신문에서 지혜를 끌어 모으는 급진적인 성향의 학생이 그를 찾아오곤 했다. 하지만 이것에도 그는 넌더리가 났다. 그들의 대화가 왠지 피상적이라는 느낌이 들기 시작했고, 무릎을 살짝 때리는 유럽식의 개방적인 태도와 마찬가지로 허리를 굽히는 인사와 자유분방함 역시 지나치게 직접적이고 개방적인 것으로 보이기 시작했다.

그는 이들과 완전히 절교하기로 결정하고 이를 심지어 상당히 과격하게 실행했다. 즉, 모든 것에 대한 모든 피상적인 대화에 있어서 가장 유쾌한 대화자이자 최근에 은퇴한 다혈질 대위들의 대변자이자 동시에 선진적인 새로운 사유 방식의 대변자인 바르바르 니콜라이예비치 비시네포크로모프가 마침 정치, 철학, 문학, 도덕, 심지어 영국의 재정 상태까지 건드리면서 원 없이 이야기보따리를 풀기 위해 그를 찾아왔을 때, 그는 집에 없다고 전하라 명하고는 동시에 부주의하게도 바로 창문 앞에 모습을 드러냈다. 손님과 주인의 시선이 마주쳤다. 말할 것도 없이 전자는 "돼지 같은 놈!"이라며 이를 부드득 갈았고, 후자도 화가 나서 그에게 돼지 비슷한 뭔가를 보냈다. 그런 식으로 교제도 끝났다. 그때부터는 어느 누구도 그를 찾아오지 않았다. 그는 이를 기뻐하면서 러시아에 대한 방대한 저술의 구상에 몰입했다. 독자는 이 저술이 어떻게 구상되고 있는지 이미 보았다. 이상하고 질서 아닌 질서가 자리 잡았다. 하지만 그가 꿈에서 깨어난 듯한 순간이 없었다고 말하긴 어렵다. 우편으로 신문과 잡지들이 배달되고, 그가 잘 아는 예전의 동료 이름이 주목할 만한 공무 분야에서 대단한 성공을 거두거나 학문과 전 세계적인 사안에 자신의 능력에 합당한 기여를 한 사람으로 거기에 인쇄된 것을 보았을 때, 남모르는 잔잔한 우수가 그의 가슴 밑으로 파고들고, 자신의 무위도식에 대한 애처롭고 말없이 우울하고 소리 없는 불평이 자기도 모르게 터져 나오곤 했다. 그럴 때 그에겐 자신의 삶이 부정적이고 역겨워 보였다. 그 앞에 특별히 강하게 지난 학창 시절이 떠오르고, 갑자기 알렉산드르 페트로비치가 생전의 모습 그대로 나타났다……. 그의 눈에서 굵은 눈물방울이 걷잡을 수 없이 흘러내리고 그 흐느낌은 거의 하루 내내 계속되었다.

이 흐느낌은 무엇을 의미하는가? 그것으로 병든 영혼이 자기 병의 애처로운 비밀을 드러내는 것인가? 즉, 그가 교육을 받지 못해 자기 내면에서 형성되기 시작한 숭고한 속사람을 단련시키지 못한 것을 의미하는가, 어릴 적부터 불행과 싸워 본 경험이 없어서 장애물과 장벽을 뛰어넘고 강인해지는 높은 단계에 도달하지 못한 것을 의미하는가, 풍부하게 축적된 숭고한 감각들이 달궈진 금속처럼 열에 녹았지만 마지막 담금질이 되지 않은 것을 의미하는가, 그로서는 비범한 스승이 너무 일찍 죽은 것을 의미하는가, 이제 이 세상에서 영원히 동요하며 뒤흔들리는 힘들과 탄력을 잃은 무기력한 의지를 고양시켜 줄 사람, 즉 영혼을 뒤흔드는 목소리로 "앞으로!"라고 크게 외쳐 원기를 북돋워 줄 이가 이 세상에 없음을 의미하는가? 그것이 모든 계층, 직위, 직업의 러시아인이 도처에서 그가 어느 단계에 있든지 열망하는 말인데 말이다.

우리에게 우리 러시아의 영혼을 낳은 모국어로 이 "앞으로!"라는 전능한 말을 할 수 있는 사람은 어디에 있는가? 우리 본성의 모든 힘과 특성과 깊은 심연을 알고 단 한 번의 마법의 손길로 러시아인을 숭고한 삶으로 이끌 수 있는 사람은 어디 있는가? 그에게 감사하는 러시아인은 어떤 눈물과 어떤 사랑으로 그에게 보답

할까! 하지만 세월은 흘러가는데 모두 미숙한 소년의 수치스러운 게으름과 어리석은 행동으로 에워싸여서[……] 아직 그 말을 할 수 있는 사람은 신에 의해 보내지지 않았다!

한 번 텐테트니코프를 잠에서 깨워 그의 성격에 전면적인 개혁이 일어날 뻔한 적이 있었다. 사랑 비슷한 뭔가가 생긴 것이다. 하지만 이것 역시 흐지부지되고 말았다. 그의 영지에서 10베르스타 떨어진 이웃 마을에 우리가 이미 보았다시피 텐테트니코프에게 완전히 호의적이지는 않은 한 장군이 살고 있었다. 그 장군은 장군답게 살고, 손님 접대에 후하고, 이웃들이 자신에게 존경을 표하러 오는 것을 좋아했으나, 자기는 답례 방문을 하지 않고, 쉰 목소리로 말했으며, 책을 읽기도 했는데, 그에겐 여태껏 본 적 없는 이상한 존재인 딸이 있었다. 그 존재는 생명 그 자체로서 생기가 넘쳤다.

그녀 이름은 울린카였다. 그녀는 약간 이상하게 양육되었다. 그녀를 양육한 사람은 러시아어를 한마디도 모르는 영국인 가정 교사였다. 그녀는 아직 어렸을 때 어머니를 여의었다. 아버지에겐 그녀를 돌볼 시간이 없었다. 그러나 그는 딸을 미친 듯이 사랑했으므로 그녀를 돌봤다면 그녀를 응석받이로 만들고 말았을 것이다. 자유롭게 자란 어린애가 그렇듯이 그녀도 완전히 자기 멋대로였다. 만일 누군가 갑작스러운 분노로 그녀의 아름다운 이마에 엄격한 주름살이 생기는 것과 그녀가 격앙되어 자기 아버지와 다투는 것을 본다면, 그녀를 가장 변덕스러운 피조물로 생각할 것이다. 그러나 그녀의 분노는 어떤 성격의 것이건 온갖 불의에 대해, 어느 누구건 그에 대한 악한 행동에 대해 들을 때만 타올랐다. 하지만 그녀는 자기 자신을 위해서는 결코 분노하지 않았고, 자기 자신을 위해서는 결코 싸우지 않았으며, 자신을 정당화하지 않았다. 이 분노는 그녀 자신이 분노를 터뜨린 사람이 불행에 빠진 것을 보는 순간 곧 사라질 것이다. 누구든지 적선을 요구하기만 하면, 그녀는 즉시 아무 생각과 계산도 하지 않고 그 안에 뭐가 들어 있건 간에 지갑을 통째로 줄 의사가 있었다. 그녀에겐 뭔가 열정적인 데가 있었다.

그녀가 말을 할 때면, 그녀의 모든 것, 즉 얼굴 표정, 대화의 표현, 손놀림 모두 그녀의 생각을 열정적으로 따라가는 것 같았다. 옷의 주름들조차 그 방향으로 열정을 다해 나가는 듯했고, 그녀 자신이 자기 말을 따라서 멀리 날아가 버릴 것만 같았다. 그녀에겐 숨기는 게 전혀 없었다. 그녀는 누구 앞에서건 자기 생각을 표현하기를 두려워하지 않았고, 일단 그녀가 말을 하고자 할 때면 어떤 힘도 그녀를 침묵하게 할 수 없었다. 그녀의 매력적이고 그녀만의 독특한 걸음걸이는 너무 무사태평하고 자유로워서 모두 자기도 모르게 그녀에게 길을 내줄 것이다. 그녀가 있으면 선량하지 않은 사람은 왠지 당혹스러워하며 할 말을 잃고, 말에 거리낌이 없고 재치가 있는 사람도 그녀와 할 말을 찾지 못해 어쩔 줄 몰라 하는 반면, 수줍음이 많은 사람은 자기 일생에서 누구와도 나눈 적이 없을 정도로 자연스럽게 그녀와 이야기할 수 있고, 대화의 첫 순간부터 언제 어디선가 그녀를 알았고, 그녀의 형상 자체도 어디선가 이미 본 듯하며, 그 일은 어느 먼 옛날 유년 시절, 고향 집에서 유쾌한 저녁나절 어린아이들과 즐겁게 뛰어놀 때 있었던 듯했으며, 이 만남 이후 아주 오랫동안 인간의 분별 있는 나이가 그에게는 따분해질 것이다. 정확히 그런 일이 그녀와 텐테트니코프에게도 일어났다. 말로 표현할 수 없는 새로운 감정이 그의 영혼에 들어왔다. 그의 지루했던 삶이 한순간 환해졌다. 처음부터 장군은 그를 상당히 환대했으나, 그들은 서로 잘 어울리지 못했다. 그들의 대화는 항상 언쟁이 되고 양편 모두 불쾌한 느낌을 갖는 것으로 끝났다. 왜냐하면 장군은 대립과 반박을 좋아하지 않았고 텐테트니코프도 나름대로 까다로운 사람이었기 때문이다.

물론 당연한 일이지만 딸을 위하여 아버지의 많은 것이 용서되었고, 그들은 장군의 여자 친척 손님인 볼드이레바 백작 부인과 유자키나 공작이 찾아오기 전까지 평화를 유지했다. 이들은 옛 궁정의 쇠락한 귀족 부인들이었지만,* 여전히 어떤 연줄을 쥐고 있었고, 그래서 장군은 그들 앞에서 약간 아첨을 했다

그들이 도착한 순간부터, 테트니코프에게는 장군이 그를 더 차갑게 대하고 그를 의식하지도 않거나 만만한 사람 대하듯 하는 것 같았다. 장군은 그에게 약간 경멸하는 말투로 "이봐", "들어 보게", "이보게", 심지어 "너"라는 말까지 했다. 그는 이 말에 폭발하고 말았다. 그러나 그는 마음을 단단히 먹고 이를 악물고 자제하면서 특별히 정중하고 부드러운 목소리로 말했다. 그 와중에도 그의 얼굴엔 반점이 돋고, 속에선 부아가 치밀었다.

"장군님, 당신의 태도에 감사드립니다. 한마디로 친밀한 우정을 위하여 저를 '너'라고 표현하시니 저도 당신을 '너'라고 불러야 마땅하겠지만, 나이 차이가 저희 사이에 그런 친밀한 교제를 가로막는군요."

장군은 당황했다. 말과 생각을 모으면서 그는 약간 두서없긴 했으나 '너'라는 말은 다른 경우에 노인이 젊은이에게 '너'라고 말할 수 있다는 의미에서 말한 것이 아니라고 말해 주었다(자기 직위에 대해서 그는 한마디도 언급하지 않았다). 물론 당연히 이때부터 그들의 왕래는 끊기고, 그들의 사랑도 시작되자마자 끝나 버렸다. 한순간 빛날 뻔했던 빛이 꺼지자, 그 뒤에 찾아온 어둠은 훨씬 더 어두운 것이었다. 모든 것이 독자가 이 장의 첫머리에서 보

았던 삶으로, 즉 침대에 누워 무위도식하는 삶으로 돌아가 버렸다. 집은 추잡해지고 무질서해졌다. 마루용 솔이 하루 내내 방 한가운데 쓰레기와 함께 그대로 있었다. 바지가 응접실에서 뒹굴기도 했다. 소파 앞의 번쩍이는 화려한 탁자에는 마치 손님 접대용으로 내놓은 음식인 듯 기름에 전 멜빵이 놓여 있었다. 하인들은 더 이상 그를 존경하지 않았을 뿐 아니라 암탉들마저 그를 쪼아댈 정도로 그의 삶은 초라해지고 멍해졌다. 그는 펜을 쥐고 아무 생각 없이 몇 시간이고 뿔 비슷한 형체, 작은 집, 오두막, 짐마차, 삼두마차 들을 그렸다. 하지만 가끔 펜이 모든 걸 잊고 스스로 움직여 주인 모르게 섬세한 윤곽과, 눈썰미 있고 속을 꿰뚫어보는 시선과 위로 머리채를 올린 작은 얼굴을 그렸고, 주인은 놀라워하며 그 어떤 [유명한] 화가도 그린 적이 없는 여인의 초상화가 나오는 것을 보았다. 그리고 그는 더더욱 우울해졌고, 세상에 행복은 없다고 믿으며 이후엔 훨씬 더 따분하고 반응 없이 지냈다.

안드레이 이바노비치 텐테트니코프의 영혼은 바로 그런 상태에 있었다. 그러던 어느 날 평소처럼 일상의 질서대로, 평소의 습관대로 밖에서 무슨 일이 벌어지는지 보려고 창가에 다가갔다가 그리고리의 것도 아니고, 페르필리예브나의 것도 아닌 소리를 듣고 그는 깜짝 놀랐다. 맞은편 마당에서 뭔가가 동요하고 부산스러운 소리를 듣게 되었다. 부엌에서 일하는 어린아이와 마루 닦는 청소부가 문을 열려고 뛰어나왔다. 말들이 개선문에 새겨지거나 그려진 모습 그대로 나타났으니, 오른편에 면상 하나, 왼편에 면상 하나, 가운데에 면상 하나가 그것이었다. 그들 위의 마부석에는 마부와 넓은 재킷을 입고 코 닦는 수건으로 허리를 둘러맨 하인이 앉아 있었다. 그들 뒤로 테 없는 모자에 외투를 입고 무지개색의 삼각 손수건을 맨 주인이 보였다. 마차가 현관 앞에서 몸을 돌릴 때, 그것이 다름 아닌 용수철 달린 가벼운 반개 사륜마차임이 드러났다. 보기 드물게 유쾌한 용모의 주인이 거의 군인처럼 재빠르고 민첩하게 현관 계단에 뛰어내렸다.

안드레이 이바노비치는 두려움을 느꼈다. 이바노비치는 그를 정부에서 파견한 관리로 생각했다. 여기서 말해 둘 것이 있으니, 젊은 날 그는 한 번 현명하지 못한 일에 말려들 뻔한 적이 있었다. 갖가지 책자를 만들기 시작한 두 철학적인 창기병들과 학업을 마치지 않은 한 예술지상주의 미학자, 그리고 파산한 노름꾼이 모여서 프리메이슨 단원이자 카드 노름꾼이며 아주 달변인 늙은 사기꾼의 명령 하에 어떤 박애주의적인 협회의 결성을 모의하였다. 이 협회는 템스 강에서 캄차카까지 전 인류를 오래도록 행복하게 해 주자는 포괄적인 목적으로 결성되었다. 엄청나게 많은 자본이 요구되었고, 믿기 어려울 정도로 많은 기부금이 영혼이 아름다운 회원들로부터 모였다. 이것이 전부 어디로 갔는지는 최고위 관리자만이 안다. 이 협회에 억압당하는 계층에 속하는 그의 두 친구가 관여하고 있었는데, 그들은 선한 사람들이긴 하지만 학문, 계몽, 인류의 미래의 만족이라는 이름으로 너무 자주 건배를 해서 이윽고 공식적인 알코올 중독자가 되어 버렸다. 텐테트니코프는 곧 제정신을 차리고 이 무리에서 빠져나왔다. 그러나 협회는 이미 귀족에게 전혀 어울리지 않는 여러 활동들에 연루되어, 나중에는 경찰과 얽히기 시작했다……. 그 결과 당연하게도, 거기에서 나와 그들과 온갖 관계를 끊었음에도 불구하고 텐테트니코프는 여전히 평화롭게 지낼 수 없었다. 그의 양심은 완전히 편안하지 않았다. 그는 지금도 활짝 열린 대문을 보며 일말의 공포를 느끼지 않을 수 없었다.

그러나 그의 공포는 손님이 믿기지 않을 만큼 민첩하게, 머리를 옆으로 약간 존경의 표시를 유지하며 인사했을 때 갑자기 사라졌다. 손님은 짧지만 예리한 말로 이미 오래전부터 어떤 필요와 호기심에 이끌려 러시아 전역을 돌아다니고 있으며, 우리나라에는 풍부한 물자, 다양한 토질은 말할 것도 없고 온갖 놀라운 물건들이 풍부하고, 그의 마을의 그림 같은 풍경에 매료되었으며, 그러나 그 빼어난 지형에도 불구하고 봄의 범람과 좋지 않은 길 때문에 그의 반개 사륜마차 어딘가가 갑자기 파손되지 않았다면 감히 자신의 적절하지 않은 방문으로 그에게 폐를 끼치려 하지는 않았을 것이며, 이 모든 것으로 볼 때 마차에 아무 일이 없었더라도 자신은 그에게 개인적으로 경의를 표하는 만족을 거부할 수 없었을 거라고 말했다.

말을 마친 후 손님은 진주 모패 단추로 채운 세련된 새끼 염소 가죽 반장화를 신은 발을 매혹적으로 가볍고 유쾌하게 비볐고, 통통한 체구에도 불구하고 고무공처럼 가볍게 약간 뒤로 튀어 나갔다. 안심이 된 안드레이 이바노비치는 이 사람은 호기심이 대단히 많은 학자이자 교수일 것이며, 어떤 식물이나 화석을 수집하기 위해 러시아를 돌아다니는 것이 틀림없다고 결론지었다. 즉시 그는 손님에게 모든 면에서 지원할 의향이 있다고 단언하고 자신의 기술자, 바퀴 수리공, 대장장이 들을 제공하였다. 또한 자기 집에서처럼 편하게 지내시라고 당부하고는, 그를 커다란 볼테르식〔안락의자〕*에 앉히고 자연 과학 분야에 대한 그의 이야기를 들을 태세를 취했다

그러나 손님은 내면세계의 사건들에 대해 더 많이 언급했다. 그는 자신의 삶을 사방에서 자신의 신념을 깨부수기 위해 휘몰아치는 바람에 쫓기는, 바다 한가운데 떠 있는 조각배에 비유하였다. 그는 자신이 많은 직장을 전전했고, 진리를 위해 많은 것을 감내

했으며, 심지어 자기 목숨이 적들 때문에 위태로웠던 적이 한두 번이 아니라고 상기하였다. 그 외에도 그는 자신이 보다 실무적인 사람임을 드러내는 말을 많이 했다. 말을 맺으면서 그는 흰 반투명 마포 손수건으로 안드레이 이바노비치가 여태껏 들어 본 적이 없을 만큼 우렁차게 코를 풀었다. 이따금 오케스트라에 교활한 나팔수가 들어와서, 그의 나팔 소리가 오케스트라에서가 아니라 바로 자기 귀 옆에서 삑삑댄다고 느껴질 때가 있다. 정확히 바로 그런 소리가 잠들었던 집 안에 울려 퍼져서 방들이 잠에서 깨어 일어났고, 바로 그를 뒤이어 반투명 마포 손수건으로 민첩하게 코를 풀면서 일어난 오데콜롱 향기가 보이지 않는 가운데 퍼져 나갔다.

독자는 아마 이 손님이 다름 아닌 우리가 오랫동안 버려 둔 우리의 존경하는 파벨 이바노비치 치치코프라는 걸 눈치챘을 것이다. 그는 약간 늙었다. 아마도 그동안 폭풍우와 불안이 없지 않았던 것 같았다. 연미복도 약간 해진 것 같았고, 반개 사륜마차도 마부도 하인도 말들도 마구도 마모되고 닳은 것 같았다. 아마도 재정 상태 역시 부러워할 정도는 아닌 것 같았다. 하지만 얼굴 표정, 예의범절, 몸가짐은 여전히 그대로였다. 심지어 그의 행동과 말솜씨는 더 유쾌해지고, 안락의자에 앉을 때는 한쪽 발을 다른 발 아래로 더 민첩하게 밀어 넣으며, 말할 때는 더 부드러워지고, 단어와 표현은 더 주의 깊게 온건해졌으며, 자신을 더 자제할 줄 알고 모든 면에서 더욱 재치 있어진 것 같았다. 그의 옷깃과 와이셔츠의 가슴 부분은 눈보다 하얗고 깨끗했으며, 막 길에서 들어왔음에도 불구하고 그의 연미복에는 솜털 하나 얹혀 있지 않아서, 지금막 명명일 파티에 초대해도 될 정도였다. 뺨과 턱도 아주 말끔히 면도해서 시각 장애인이 아니라면 누구라도 둥그런 곡선의 유쾌한 통통함을 즐길 수 있을 정도였다.

순식간에 집에 변화가 일어났다. 그때까지 창문 덧문에 못을 박아 앞을 못 보던 집의 절반이 갑자기 앞을 보고 빛나게 되었다. 모두 새로 불이 밝혀진 방들에 배치되기 시작해 곧 다음과 같은 모양을 띠게 되었고, 침실로 예정된 방에는 자기 전 밤 화장에 필요한 물건들을 들였고, 서재로 예정된 방에는…….

하지만 그전에 알아 둘 것이 있으니 이 방에는 탁자가 세 개 있었다는 것이다. 하나는 책상으로 소파 앞에, 다른 것은 카드용 탁자로 거울 앞 창문들 사이에, 세 번째는 모서리용 책상으로 침실로 통하는 문과 못 쓰는 가구를 들여놓은 아무도 살지 않는 현관 방으로 난 문 사이의 구석에 있었다. 그 사랑방에는 최근 1년 사이 아무도 들어가지 않았다. 이 모서리용 책상에 트렁크에서 꺼낸 의복이 놓였다. 바로 연미복용 바지, 새 바지, 회색빛이 도는 바지, 비로드 조끼 두 벌, 공단 조끼 두 벌, 프록코트였다. 이 모든 게 피라미드처럼 차곡차곡 쌓이자, 그 위로 코 푸는 비단 손수건이 덮였다. 다른 구석의 문과 창문 사이에는 구두들이 일렬로 정렬되었는데, 곧 완전히 새것은 아닌 구두, 완전한 새 구두, 윤이 반들반들 나는 반장화, 침실용 슬리퍼였다. 그것들 역시 부끄러워하며 거기에 전혀 없는 것처럼 코 푸는 공단 손수건으로 덮였다. 책상에는 아주 질서 정연하게 서류 가방, 오데콜롱 병, 달력, 모두 두 권짜리인 소설 두 권이 자리를 잡았다. 깨끗한 속옷은 이미 침실에 있던 장롱에 넣었고, 세탁부에게 가야 할 속옷은 매듭으로 묶어서 침대 밑에 밀어 넣었다.

트렁크 가방 역시 내용물을 뺀 뒤 침대 밑에 밀어 넣었다. 강도들에게 공포심을 일으키기 위해 여행 중에 들고 다니는 긴 칼도 침실 안, 침대에서 멀지 않은 곳의 못에 걸어 두었다. 모두 특별하게 청결하고 산뜻해 보였다. 어느 곳에도 종이, 깃털, 쓰레기가 없었다. 공기 자체가 어쩐지 고상해진 것 같았고, 속옷을 오래 입지 않으며 일요일마다 욕탕에 가서 젖은 스펀지로 몸을 씻는 건강하고 풋풋한 남자의 유쾌한 향기가 배어들었다. 현관 대기실에 잠시 하인 페트루시카의 냄새가 자리를 잡으려고 시도했다. 그러나 페트루시카는 곧 당연히 부엌으로 옮겨졌다.

처음 며칠 동안, 안드레이 이바노비치는 자신의 독립을 염려하여 어떻게든지 손님이 그에게 달라붙지 않고, 생활 방식에 어떤 변화를 강요하여 자신을 억압하지 않으며, 그토록 성공적으로 짜인 자기의 하루 일과를 허물어뜨리지 않게 하려고 애썼다. 그러나 그건 괜한 걱정이었다. 우리의 파벨 이바노비치는 모든 것에 적응할 수 있는 보기 드문 순발력을 보여 주었다. 그는 주인의 철학적인 느긋함을, 바로 그것이 백 살까지 살 수 있도록 보장한다고 말하며 인정하였다. 은둔에 대해서는, 그것이 인간에게 위대한 사상을 키워 준다며 정말로 유쾌하게 반응하였다. 도서관을 잠깐 들여다보고 책들에 대해 전반적으로 칭찬하고서, 그것들이 인간을 무료에서 구해 준다고 촌평하였다. 그는 몇 마디 하지 않았지만, 그 말들엔 무게가 있었다.

행동 면에서도 그는 훨씬 더 적절하게 반응하였다. 그는 적시에 나타나서 적시에 나갔고, 주인이 말이 없을 때 질문을 퍼부어 그를 귀찮게 하지 않았다. 그는 기꺼이 그와 장기를 두었고, 기꺼이 침묵을 지켰다. 한쪽이 파이프 담배 연기를 곱슬머리 모양으로 내뿜을 때면, 다른 쪽은 파이프를 피우지 않으면서 그에 상응하는 일을 생각해 냈다. 예를 들어, 호주머니에서 검은 자기*가 박힌 은제 담뱃갑을 꺼내어 왼손 두 손가락 사이에 받치고 오른쪽 손가락 하나로 마치 지구가 축 주위를 자전하듯 그것을 빠르게 돌리거나, 휘파람을 불면서 담뱃갑을 손가락으로 톡톡거리며 장단을 맞추거나 했다. 한마디로 주인을 방해하지 않았다.

'처음으로 같이 살 수 있는 사람을 만났군.' 텐테트니코프는 혼자 생각했다. '우리나라에 이런 기술을 가진 사람은 아주 드문데 말이야. 우리 안에는 똑똑한 사람도, 교육을 잘 받은 사람도, 선량한 사람도 많이 있지만, 항상 일관된 성품을 가진 사람들, 즉 오랜 시간 싸우지 않고 잘 지낼 수 있는 사람은 흔치 않거든. 지금 처음으로 그런 사람을 만난 거야.' 텐테트니코프는 자기 손님을 그렇게 평가했다.

치치코프 편에서는 그렇게 평화롭고 온순한 주인댁에 잠시 머물게 된 것이 여간 기쁘지 않았다. 그는 집시 생활에 넌더리가 났다. 단 한 달이라도 아름다운 시골 마을에서 들판과 갓 시작되는 봄을 바라보며 휴식을 취하는 것은 치질을 위해서 좋은 일이었다. 휴식을 취하기에 이보다 더 좋은 시골 마을을 찾기란 어려웠다. 오랫동안 추위로 지체되었던 봄이 갑자기 자신의 미를 한껏 뽐내기 시작하고, 사방에 생명의 기운이 약동하기 시작했다. 이미 숲 속의 좁고 긴 공터가 푸른빛을 내고, 신선한 에메랄드빛의 첫 새순에서 민들레가 노랗게 변하고, 연보랏빛 아네모네도 부드럽게 고개를 수그렸다. 등에 무리와 곤충 떼가 늪에 모습을 드러내고, 그들을 쫓아 물거미가 달려가고, 온갖 새들이 그들을 쫓아 사방에서 메마른 오솔길에 모여들었다. 그리고 모든 것이 서로서로를 [보기] 위해 더 가까이 모여들었다.

갑자기 대지에 사람들이 많아지고, 숲과 목초지가 잠에서 깨어났다. 마을에서는 원무가 시작되었다. 너른 공터에서 사람들이 흥겹게 먹고 마시며 즐겼다. 어쩜 초록빛이 그렇게 선명하게 빛나는지! 공기는 얼마나 신선한가! 정원에서 들리는 새 울음소리는 어떠한가! 사방에 천국, 기쁨, 환호성이 넘친다! 마을이 결혼식 때처럼 웅성거리고 노래를 불렀다.

치치코프는 많이 걸어 다녔다. 사방에 산보하고 즐길 곳 천지였다. 그는 때론 구릉의 편평한 산등성이 쪽으로 산책을 하면서 아래에 펼쳐진 계곡들을 보았는데, 그 계곡에는 사방으로 물이 범람해서 생긴 큰 호수들이 아직 남아 있고, 이파리 없는 숲들이 호수의 섬들처럼 검은빛을 띠고 있었다. 아니면, 그는 무성한 수풀 속으로, 까마귀들의 새 둥지들로 뻐근해진 나무들이 빽빽하게 모여 있는 골짜기 숲으로 들어가서, 까마귀들이 하늘을 시커멓게 뒤덮으며 까악까악 울면서 십자 모양으로 날아다니는 것을 보았다. 그는 침수된 땅을 따라 선착장으로 갔다. 거기에서는 강낭콩, 보리, 밀을 싣고 첫 배들이 출항하고, 그사이 동시에 갓 일하기 시작한 방앗간의 바퀴에서는 귀청이 떨어져라 굉음을 내며 물이 떨어지고 있었다.

〔그는〕 봄의 첫 작업을 보러 들판에 나가곤 했는데, 새로 간 밭이랑이 검은 줄을 이루며 땅을 따라 나아가는 것과 씨 뿌리는 농부가 손으로 그의 가슴에 걸려 있는 체를 두드리며 씨앗을 한 톨도 흘리지 않고 한 줌씩 고르게 뿌리는 것을 보았다. 치치코프는 사방을 두루 돌아다녔다. 그는 관리인과도 농부와도 방앗간 주인과도 의견을 나누고, 많은 이야기를 주고받았다. 그는 모든 것을, 모든 것에 대해 무엇을 어떻게 하는지, 그래서 농사가 어떻게 진행되는지 알고서, 속으로 생각했다. '하지만 텐테트니코프는 진짜 짐승 같은 놈이네! 그렇게 좋은 영지를 이렇게 방치하다니. 연수익으로 5만 루블은 벌 수 있겠고만!'

그렇게 산보 중에 여러 번, 언젠가는 자기가, 즉 물론 지금은 아니고 나중에, 중요한 일이 마무리되어 돈을 손에 쥔 후에는, 자기가 그런 영지의 온화한 주인이 되어야겠다는 생각이 그의 뇌리를 스치고 지나갔다. 이때 물론 그에게 상인이나 다른 부유한 계층 출신의 젊고 생기 있고 하얀 얼굴의, 심지어 음악도 아는 여인의 모습이 떠올랐다. 또한 치치코프 가문을 영원히 계승할 젊은 세대도 떠올랐으니, 그가 정말로 살았었고 존재했고, 어떤 그림자나 환영으로 대지를 스쳐 지나간 것이 아님을 모든 이에게 알려 줄, 장난꾸러기 소년과 아름다운 딸, 아니면 두 소년과 두 소녀, 아니 심지어 세 딸들이 그려졌고, 그럼으로써 조국 앞에서도 부끄럽지 않게 되리라 생각했다. 그때 그에겐 심지어 자기 직함에 뭔가를 덧붙이는 것도 나쁘지 않으리라 생각되었다. 예를 들어 5등관 같은 명예롭고 존경할 만한 직위가……. 산책 중에는 인간의 뇌리에 온갖 밑도 끝도 없는 생각이 들어오기 마련이고, 그런 생각은 자주 사람을 지루한 현재에서 벗어나게 하고, 상상력을 일으키고 자극하고 흥분시키고, 이런 일은 절대로 일어나지 않을 거라고 스스로 확신할 때조차 기분 좋게 한다.

파벨 이바노비치의 식솔들도 마을을 마음에 들어 했다. 그와 마찬가지로 그들도 그곳에 안착했다. 페트루시카는 아주 빨리 식당 주인인 그리고리와 친해졌다. 처음엔 둘 다 젠 체하고 서로 참지 못하고 면전에서 성을 냈지만 말이다. 페트루시카가 자기는 여러 군데를 다녀 봤다고 그리고리를 속이자, 그리고리는 즉시 페트루시카가 안 가 본 페테르부르크로 그를 눌렀다. 후자는 다시 일어나 그가 가 본 곳들만큼 멀리 나가려고 했지만, 그리고리는 그가 어떤 지도에서도 못 찾을 장소를 불러서, 3만 베르스타 이상의 거리를 나아갔다. 그러자 파벨 이바노비치의 하인은 완전히 멍해져서 입을 딱 벌렸고, 온 하인들의 웃음거리가 되었다. 그러나 그 결과 그들 사이에 아주 친밀한 우정이 맺어지게 되었다. 마을 끝에 모든 농부들의 아저씨인 리시* 피멘이 '아쿨카'라는 이름의 주막을 운영하고 있었다. 이 집에서 그들을 하루 온종일 볼 수 있었다. 거기서 그들은 친구 혹은 시골 사람들 용어로 주막 단골손님이 된 것이다.

셀리판에게는 다른 종류의 유혹이 있었다. 마을에서는 저녁이면 노래를 부르고 봄날의 원무를 추면서 엉겼다가 풀어졌다. 이미 큰 마을에서는 찾아보기 어려운 건강하고 날씬한 아가씨들 때문에 그는 몇 시간 동안 까마귀처럼 서 있곤 했다. 어느 아가씨가 더 좋다고 말하기는 어려웠으니, 모두 하얀 가슴에, 하얀 목에, 눈은 순무 같았고, 무언가를 말하려는 듯 애타는 눈길에, 걸음걸이는 공작 같고, 머리채는 허리까지 내려왔다. 그가 두 손으로 하얀 손을 잡고 천천히 그들과 함께 원무를 돌 때, 혹은 다른 청년들과 나란히 벽 모양으로 열을 지어서 그녀들에게 다가갈 때, 목청 좋은 아가씨들이 마찬가지로 그들을 향해 벽 모양으로 다가가면서 "귀족 나리, 남편을 보여 주세요!"라고 웃으며 힘껏 노래를 부를 때, 주위가 소리 없이 어두워지고, 강 너머 멀리 울려 퍼진 노래의 메아리 소리가 구슬프게 되돌아올 때 자신도 자기에게 무슨 일이 일어나고 있는지 알지 못했다. 이후 꿈에서나 깨어 있을 때나, 아침에나 땅거미가 질 때나, 두 손에 하얀 손을 붙잡고 원무를 돌던 순간이 계속 그의 눈앞에 어른거렸다.

치치코프의 말들도 새 거처를 마음에 들어 했다. 중간 말도, '의원' 나리도, 얼룩이 있는 말조차 텐테트니코프 집에 머무는 것이 전혀 무료하지 않으며, 귀리도 훌륭하고, 마구간 상태도 유례없이 편하다고 생각했다. 칸막이로 나뉘어 있긴 해도 각 말마다 자신만의 공간을 갖고 있었고, 칸막이 너머로 다른 말들도 볼 수 있었다. 그래서 그들 중 어느 쪽이든, 가장 멀리 있는 말이라도 갑자기 변덕이 발동하면, 그에게 즉시 같은 식으로 되갚아 줄 수 있었다.

한마디로 모두 자기 집처럼 편안히 지냈다. 파벨 이바노비치가 광활한 러시아를 편력하는 그 동기, 즉 농노로 말하자면, 그는 완전히 바보 멍텅구리와 일을 해야 할 때에도 농노라는 대상에 대해 매우 조심스럽고 신중하게 처신했다. 그러나 텐테트니코프는 어떻든 간에 책을 읽고 철학적으로 생각하고 스스로에게 모든 것의 온갖 이유들을, 무슨 이유로, 왜 그런지 설명하려고 노력하는 사람이다. '아냐, 다른 쪽 끝에서부터 해 보는 게 낫겠어.' 그렇게 치치코프는 생각했다. 그는 그사이에 때때로 하인들과 맘껏 지껄이다가, 주인이 이전엔 전혀 심심치 않게 이웃에 사는 장군 댁을 다녔다는 것, 장군에게는 딸인 영애가 있고, 주인 나리는 그 영애에게, 공작 영애는 그에게 관심이 있었다는 것……. 그러다 이윽고 갑자기 무슨 이유에선지 사이가 틀어져 헤어졌다는 것을 알게 되었다. 그 자신도 안드레이 이바노비치가 연필과 펜으로 계속 서로 비슷한 얼굴들을 그리는 것을 발견했다. 한 번 그는 점심 식사 후에 평소처럼 손가락으로 은제 담뱃갑을 축을 따라 돌리다가 다음과 같이 말했다

"당신은 다 갖고 있는데, 안드레이 이바노비치, 단 하나 부족해요."

"뭐죠?" 그는 곱슬머리 같은 연기를 내뿜으며 물었다.

"인생의 동반자요." 치치코프는 말했다.

안드레이 이바노비치는 아무 말도 하지 않았다. 그것으로 대화도 끝이 났다.

치치코프는 당황하지 않고 다른 때를, 저녁 전 시간을 골라 이런저런 얘기를 나누다가 갑자기 말했다. "근데 정말, 안드레이 이바노비치, 당신은 정말 결혼하는 게 좋겠어요."

이에 대해 텐테트니코프는 한마디 대꾸도 하지 않는 것이, 이것

에 대해 말하는 것 자체를 불쾌해하는 것 같았다.

치치코프는 당황하지 않았다. 세 번째로 그는 이미 저녁 이후 시간을 골라 다음과 같이 말했다. "그렇지만 말이에요. 아무리 요리조리 당신 상황을 뒤집어 봐도, 당신은 결혼할 필요가 있다고 봐요. 그렇지 않으면 우수에 빠지고 말 겁니다."

이번에는 치치코프의 말이 아주 설득력이 있었는지, 아니면 이날 안드레이 이바노비치의 기분이 특별히 개방적이 되었는지 몰라도, 그는 푹 한숨을 내쉬고서 담배 연기를 내뿜으며 "사람은 모든 면에서 행운아로 태어나야 해요, 파벨 이바노비치"라고 말하고는, 있었던 모든 일을, 장군과의 교제와 절교에 대해 모두 이야기했다.

치치코프는 상황 전체를 한 마디 한 마디 주의 깊게 듣고는, '너'라는 말 한마디 때문에 그런 일이 벌어진 걸 알고 멍해졌다. 그는 텐테트니코프에 대해 어떻게 판단해야 할지, 완전히 바보천치인지 아니면 다소 어수룩한 건지 판단이 안 돼서 몇 분간 눈을 뚫어지게 쳐다보고는, 마침내 텐테트니코프의 두 손을 잡고 말했다. "안드레이 이바노비치, 이 보세요! 그게 무슨 모욕입니까? '너'라는 말에 무슨 모욕적인 게 있어요?"

"단어 자체에는 모욕적인 게 없지요." 텐테트니코프가 말했다. "그 말의 뜻이 아니라 그 말을 할 때의 목소리에 모욕이 들어 있던 거예요. '너!'라는 말은 이런 의미예요. '너는 시시껄렁한 놈이란 걸 기억해. 난 더 나은 사람이 없어서 너를 받아들이는 것뿐이야. 그런데 공작부인 유자키나가 오셨으니, 넌 네 주제를 알아야 해, 문가에나 서 있으라고.' 바로 그런 의미라고요."

이렇게 말할 때 유순하고 온화한 안드레이 이바노비치의 눈은 빛을 내뿜기 시작했고, 그의 목소리에서 모욕당한 감정의 분노가 느껴졌다.

"그가 그런 뜻으로 말했다 쳐요. 그게 뭐 어떻다는 건가요?" 치치코프가 말했다.

"뭐라고요? [제가] 그런 무례를 당했는데도 계속 그를 방문하길 원하시다니!"

"이게 무슨 무렙니까? 이건 무례도 아니에요!" 치치코프가 차갑게 말했다.

"어떻게 무례가 아니라는 거죠?" 황당해하며 텐테트니코프가 물었다.

"이건 무례가 아니고, 장군의 습관이에요. 그들은 모든 사람에게 '너'라고 말해요. 그러니, 왜 이것을 공훈이 있는 명예로운 사람에게 쓰지 않겠어요?"

"이건 다른 문제예요." 텐테트니코프는 말했다. "만일 그가 노인에 걸인이고 자존심이 세지 않고 잘난 체하지 않고 장군이 아니라면, 그땐 그가 제게 '너'라고 말해도 허용하고 심지어 공손하게 받아들일 거예요."

'이거 완전히 바보군.' 치치코프는 생각했다. '부랑자에겐 허용하고 장군에겐 허용하지 않겠다니!' "좋습니다!" 그는 소리 내어 말했다. "그가 당신을 모욕했다 쳐요. 대신 당신은 그에게 앙갚음했어요. 당신은 답례를 했어요, 그는 당신에게, 당신은 그에게. 개인적인 관계를 대가로 다투는 건…… 그건 뭐냐 하면, 제가 이런 말씀을 드려도 된다면…… 어떤 목적을 일단 정하면, 돌진해 나갈 필요가 있어요. 멸시 좀 당하기로서니 그게 뭐 대숩니까! 인간은 언제나 멸시를 받게 마련이에요. 인간은 그렇게 태어난 겁니다. 이 세상에서 멸시 안 당해 본 사람은 찾지 못할 거예요."

'이 치치코프는 참 이상한 사람이네!' 텐테트니코프는 그 말에 어안이 벙벙해져서 갈피를 못 잡고 생각했다.

'근데 이 텐테트니코프는 진짜 괴짜야!' 치치코프도 그사이 생각했다. "안드레이 이바노비치! 형제 대 형제로서 당신에게 말씀드리겠습니다. 당신은 경험이 없어요. 제가 〔이 일을〕 잘 마무리하도록 맡겨 주세요. 제가 그 각하에게 가서 당신의 생각이 짧아서, 아직 젊고 세상 물정을 잘 몰라서 이렇게 된 거라고 설명하겠어요."

"그 앞에서 아양 떨 생각 없습니다!" 텐테트니코프는 모욕을 느끼며 말했다. "당신에게 이 일을 맡기지도 않겠어요."

"전 아양 떨 줄 모릅니다." 이번에는 치치코프가 모욕감을 느끼며 말했다. "다른 무례한 행동은 인간적으로 용서할 수 있어도 비열함은 용서할 수 없어요. 절대로……. 죄송합니다. 안드레이 이바노비치, 제 선한 바람에 대해, 당신이 〔제〕 말을 그런 모욕적인 의미로 받아들이실 줄 몰랐습니다." 그는 자긍심을 가지고 말했다.

"제가 잘못했습니다, 용서하세요." 깊이 감동받은 텐테트니코프가 황급히 그의 두 손을 잡고서 말했다. "당신을 모욕할 뜻은 전혀 없었어요. 맹세컨대 당신의 선량한 마음씨는 제게 소중해요. 하지만 이 대화는 그만두기로 하죠. 다시는 이것에 대해 말하지 맙시다."

"그런 경우라면 저는 장군에게 가 보겠어요." 치치코프는 말했다.

"왜요?" 텐테트니코프가 영문을 몰라 그의 눈을 바라보며 물었다.

"경의를 표하기 위해서지요." 치치코프가 말했다.

'이 치치코프는 참 이상한 사람이네!' 텐테트니코프는 생각했다.

'이 텐테트니코프는 참 이상한 사람이야!' 치치코프는 생각했다.

"내일 가겠어요, 안드레이 이바노비치. 아침 열시경에 그에게

가 보겠어요. 제 소견으로는 사람에게 일찍 경의를 표하면 표할수록 더 좋아요. 제 사륜마차가 아직 적당한 〔상태가〕 아니니, 당신의 반포장마차를 타고 가도 되겠습니까? 내일 아침 열시쯤에 가서 그분을 뵈어야겠어요."

"그럼요, 그게 무슨 부탁이라고요. 당신은 여기 주인이시니까, 마차든 뭐든 당신 맘대로 사용하세요."

그 대화 후에 그들은 작별 인사를 하고 서로의 이상함에 대해 생각하면서 잠자러 각자 방으로 갔다.

하지만 놀라운 일이었다. 다음 날 치치코프에게 말이 내어지고, 그가 새 연미복, 흰 넥타이, 조끼를 입고 거의 군인처럼 가볍게 반포장마차에 올라타고 장군에게 경의를 표하기 위해 말을 몰기 시작했을 때, 텐테트니코프는 오랫동안 느껴 보지 못한 정신적인 흥분 상태에 빠졌다. 그의 녹슬고 잠들었던 생각의 흐름이 몹시 활동적이고 불안한 상태로 변했다. 흥분한 신경이 그때까지 무사태평한 게으름에 푹 빠져 있던 굼벵이를 갑자기 온갖 감정들로 휘감았다. 그는 소파에 앉아 보기도 하고, 창문에 다가가기도 하고, 책을 읽어 보기도 하고, 뭔가 생각을 해 보려고도 했다. 그러나 헛수고였다! 아무 생각도 머리에 들어오지 않았다. 이제는 뭔가를 생각하지 않으려고 애써 보았으나 헛수고였다! 아무리 애써도 생각 비슷한 것의 파편들이, 생각의 끝부분과 꼬리들이 기어 나와 사방에서 그의 머리를 사정없이 쪼아 댔다. 그는 "이상한 일이군!"이라고 말하고서 참나무 숲을 가로질러 난 길을 바라보기 위해 창가로 갔다. 그 참나무 숲 끝에 아직 채 가라앉지 않은 먼지 구름이 보였다. 하지만 이제 텐테트니코프는 놔두고 치치코프를 따라가 보자.

제2장

착한 말들이 반시간 조금 넘게 달려 치치코프를 10베르스타의 공간 너머로 인도했으니, 그들은 처음엔 참나무 숲을, 그다음엔 새로 간 이랑 속에서 초록빛을 띠기 시작한 곡물 밭을, 그다음엔 매 순간 먼 곳의 풍경이 펼쳐지는 산자락을, 그다음엔 이제 막 뻗어 나가기 시작한 보리수들의 너른 가로수 길을 지나 그를 장군 영지의 한가운데로 안내했다. 여기서 보리수 가로수 길은 오른쪽으로 꺾여 각 밑동이 담쟁이 상자들로 에워싸인 계란 모양의 포플러 가로수 길로 바뀌고, 안이 비치는 선철 세공 문까지 나 있었다. 그 문 사이로 여덟 개의 코린트 양식의 주랑에 기대어 있는, 레이스 모양으로 정교하게 세공된 장군의 저택이 정면으로 보였다. 사방에서 모든 것을 새롭게 하고 어떤 것도 늙지 않게 하는 페인트 냄새가 풍겼다. 마당은 그 깨끗함이 세공 마루와 다름없었다. 치치코프는 정중하게 마차에서 뛰어내려 자신의 방문을 장군에게 전하도록 지시하였고 곧 그의 서재로 안내되었다.

그는 장군의 장엄한 외모에 깜짝 놀랐다. 그는 솜을 넣어 누비질한 장엄한 진홍빛의 공단 실내복을 입고 있었다. 거침없는 시선, 남자다운 얼굴, 콧수염과 희끗희끗 흰 수염이 섞인 넓은 볼수염, 뒤통수 쪽을 짧게 깎은 머리, 뒤에 가로로 홈이 파인 소위 3층 혹은 3단 주름이 난 굵은 목, 한마디로 그 유명한 1812년에 그토록 많았던 그림 같은 장군들 중 한 명이었다. 베트리셰프* 장군은 우리 중 많은 이들과 마찬가지로 무척 많은 장점과 무척 많은 단점을 지니고 있었다. 러시아인에게 흔히 그렇듯이, 장점과 단점이 그에게 그림에서처럼 무질서하게 뒤섞여 있었다. 결정적인 순간에 숭엄함, 용기, 무한한 자비, 모든 것에 대한 지혜, 그리고 여기에 변덕, 명예심, 자존심, 러시아인이면 누구나 하는 일 없이 지낼 때 예외 없이 드러내는 사소한 개인적 특징들이 뒤섞여 있었다. 그는 공직에서 자기보다 멀리 앞서 나간 이들을 모두 좋아하지 않아서 그들에 대해 빈정거리며 신랄한 경구로 표현하였다. 예전의 한 동료가 누구보다도 더욱 그의 표적이 되었다. 그 동료는 그가 이성과 재능 면에서 자기보다 낮다고 여겼는데도 그를 앞질러 이미 두 개의 현, 즉 일부러인 듯 자기 영지가 있는 현들의 총독이 되어, 그가 그 동료에게 의지하는 상황이 되어 버렸다. 복수하기 위해 장군은 사사건건 그 동료에 대해 험담하고 온갖 명령의 약점을 지적해서 비난하고 동료의 모든 정책과 행동에서 우둔함의 극치를 찾아냈다.

그의 모든 것이 자신을 그 수호자이자 열성파로 자처하는 계몽부터 시작해서 왠지 이상했으니, 그는 빛나는 걸 좋아하고 마찬가지로 남들이 모르는 것을 아는 것을 좋아하고, 자기가 모르는 게 무엇이건 그걸 아는 사람들은 좋아하지 않았다. 한마디로 그는 약간 자신의 이성을 자랑하는 것을 좋아했다. 그는 교육의 절반은 외국식으로 받았음에도 불구하고, 동시에 러시아 귀족 역할을 하고 싶어 했다. 그런 성격상의 불균형과 굵직하고 선명한 모순들 때문에, 그는 공무 중에 많은 불쾌한 일들에 부닥치지 않을 수 없었고, 그 결과 모든 것에 적대적인 진영을 비난하고, 어떤 것에 대해서도 자기 자신을 비난하는 도량은 쌓지 못하고 은퇴하게 되었다. 은퇴해서도 그는 역시 그림 같은 엄숙한 거동을 유지하였다. 프록코트를 입건, 연미복을 입건, 실내복을 입건 그는 늘 같은 모습이었다. 그의 목소리에서 가장 작은 몸놀림에 이르기까지 모든 것이 지배적이고 명령식이었으며, 낮은 직급의 사람들에게 존경심은 아니라도 소심증은 불러일으켰다.

치치코프는 이것도 저것도, 즉 존경심도 소심증도 둘 다 느꼈다. 그는 공경하는 태도로 고개를 옆으로 숙이고, 팔을 뻗어서 마치 찻잔이 놓인 쟁반을 떠받치듯 들어 올리고 경이로울 정도로 민첩하게 온몸을 숙여 인사하며 말했다. "저는 각하를 찾아뵙는 것을 의무라고 생각했습니다. 치열한 전장에서 조국을 구한 남성들의 용기를 존경하게 되면서 개인적으로 각하를 찾아뵙는 것을 의무로 여겼습니다." 보아하니 장군에게 이 돌격이 마음에 들지 않은 것 같지는 않았다. 그는 진심으로 고개를 숙여 호의를 표하며 말했다. "당신을 알게 되어 정말 기쁘오. 부디 앉아 주길 바라오. 당신은 어디에서 근무했소?"

"제 근무 경력은," 치치코프는 소파 한가운데가 아니라 비스듬히 앉아 소파 손잡이를 잡으며 말했다. "세무 감독국에서 시작됐습니다, 각하. 그 이후 여러 곳을 다니며 근무했습니다. 즉, 현의 고등 법원, 건설 위원회, 세관원에도 있었습니다. 제 삶은 마치 파도 위를 떠다니는 배와 같다고 할 수 있습니다, 각하. 인내로 단련되고, 이렇게 말할 수 있다면 인내로 에워싸였고, 말하자면 인내의 화신이 되었습니다. 제 생명까지 노리는 적들에게서 어떤 고통을 당해야 했는지 말로든 물감으로든, 말하자면 붓으로든 도저히 전할 수가 없을 정도입니다. 그래서 삶의 내리막길에 있는 지금 저는 그저 여생을 보낼 작은 보금자리를 찾는 중입니다. 저는 지금 각하의 가까운 이웃집에 잠시 기거하고 있습니다⋯⋯."

"그게 누구 집이오?"

"텐테트니코프 집입니다, 각하."

장군은 눈살을 찌푸렸다.

"각하, 그는 응당 드렸어야 할 존경을 표하지 못한 것을 진심으로 참회하고 있습니다."

"무엇에 대해?"

"각하의 공훈에 대해서입니다. 그는 할 말을 찾지 못하고 있습니다. 그는 '내가 표현할 수만 있다면⋯⋯ 왜냐하면 저는 정말로 조국을 구한 남성들을 높이 평가하니까 말이에요'라고 말하고 있습니다."

"이런, 그는 대체 어떻게 된 거요? 난 정말 화나지 않았소!" 온화해진 장군이 말했다. "난 마음 깊이 진정으로 그를 사랑했고, 때가 되면 그가 지극히 유익한 사람이 될 것으로 확신하고 있소."

"각하, 정말 지당하게 표현해 주셨습니다. 그는 진실로 지극히 유익한 사람입니다. 그는 언변에서 타의 추종을 불허하고 뛰어난 문장력을 가지고 있습니다."

"하지만 듣기에 시시껄렁한 것, 어떤 시 나부랭이를 끄적거린다던데?"

"아닙니다, 각하. 시시껄렁한 것이 아니고⋯⋯ 그는 실무적인 것을⋯⋯ 역사를 쓰고 있습니다, 각하."

"역사라고? 어떤 역사를 말이오?"

"역사를⋯⋯." 여기서 치치코프는 잠깐 멈추고, 자기 앞에 장군이 앉아 있어서인지 아니면 그냥 화제에 무게를 더하기 위해서인지 말을 덧붙였다. "장군들에 대한 역사입니다, 각하."

"장군들에 대해서라니! 어떤 장군들을 말이오?"

"일반적으로 장군들에 대해서입니다, 각하, 보편적으로요. 즉, 제 식으로 말하면 조국의 장군들에 대해서입니다." 치치코프는 당황해서 할 말을 잃고, 스스로 침을 뱉을 뻔했다. 그는 속으로 '맙소사, 무슨 헛소리를 한 거야!' 라고 생각했다.

"죄송합니다, 이해가 잘 안 가오. 그게 어떻게 되는 거요? 어떤 시대의 역사요, 아니면 개인적인 전기요? 그리고 모든 장군들에 대한 거요, 아니면 1812년 전쟁에 참전한 장군들만 다루는 거요?"

"정확히 그렇습니다, 각하. 1812년 전쟁에 참가한 장군들을 다루는 겁니다!" 이렇게 말하고 그는 속으로 '될 대로 되라, 나도 모르겠다' 라고 생각했다.

"그렇다면 왜 나를 찾아오지 않는 거요? 정말 많은 흥미로운 자료들을 모아 줄 수 있을 텐데."

"주저하고 있는 겁니다, 각하."

"무슨 헛소리! 아무것도 아닌 말 한 마디 가지고. 우리 사이에 무슨 일이 있었단 말이오? 나는 절대 그런 사람이 아니오. 정 그렇다면 직접 그를 찾아갈 용의도 있소."

"그는 일이 그렇게 되도록 허락하지 않을 겁니다, 그가 직접 올 겁니다." 치치코프는 말했다. 그러고는 제정신을 되찾고 완전히 고무되어 혼자 생각했다. '이를 어째, 제때 장군들이 나오긴 했는데, 혀가 방정맞게 잘도 지껄여 댔네.'

서재에서 갑자기 바스락거리는 소리가 들렸다. 세공된 찬장의 호두나무 문이 저절로 열리고, 그 반대편으로 반절쯤 열린 문에 살아 있는 조그마한 형체가 청동 자물쇠 손잡이를 손에 쥐면서 나타났다. 컴컴한 방 안에 갑자기 뒤에서 강한 램프 불빛을 받으며 투명한 그림이 번쩍거린다 해도, 그 그림조차 방을 환하게 비추기 위해 나타난 듯한 이 조그마한 형체만큼 갑작스러운 등장으로 사람을 놀라게 하지는 못했을 것이다. 그녀와 함께 햇빛이 들어오면서 잔뜩 흐렸던 장군 서재가 웃음을 터뜨리는 것 같았다. 치치코프는 첫 순간 바로 그 앞에 서 있는 게 무언지 정확히 분간할 수가 없었다. 그녀가 어느 고장 태생인지 가늠하기가 어려웠다. 그토록 깨끗하고 고상한 얼굴 윤곽은 고대의 카메오* 작품들 이외에서는 찾아볼 수 없었다. 화살처럼 곧고 가벼운 그녀는 모든 이들 위로 올라선 듯 키가 컸다. 그러나 이건 환영이었다. 그녀는 전혀 큰 키가 아니었다. 이것은 몸의 모든 부분들이 특별히 조화롭게 어우러진 결과였다. 그녀의 드레스는 최고의 재봉사들이 그녀를 어떻게 하면 더 멋지게 입힐지 자기들끼리 의논해서 그녀에게 입혀 놓은 것 같았다. 하지만 이것 역시 환영이었다. 그녀는 스스로 혼자 옷을 입었으니, 두세 군데 바늘로 단색의 옷감 조각을 꿰매어 붙인 것이다. 그것이 그녀 주위로 모여들어 너무나 자연스럽게 큰 주름과 잔주름으로 자리를 잡아서, 만일 그것들을 그녀와 함께 그림에 옮기면, 유행을 따라 치장한 모든 귀족 아가씨들조차 그녀 앞에선 포목시장의 가공품인 요란스러운 페트루시카*들처럼 보일 것이다. 만일 그녀를 매혹적인 드레스의 모든 주름들과 함께 대리석으로 바꾸어 버린다면, 그것을 천재 조각가의 원본의 복사본이라 불러도 될 정도였다.

"당신에게 내 응석받이 딸을 소개하오." 장군은 치치코프에게 몸을 돌리며 말했다.

"그런데 난 아직 당신 성, 이름, 그리고 부칭을 모르오."

"뛰어난 용기로 존재를 인정받지 못한 사람의 이름과 부칭이 알려질 필요가 있겠습니까?" 치치코프가 고개를 옆으로 수그리며 겸손하게 말했다.

"하지만, 그래도 알 필요는 있지요……."

"파벨 이바노비치입니다, 각하." 치치코프는 거의 군인처럼 민첩하게 수그렸다가 고무공처럼 가볍게 뒤로 튀어 몸을 세우며 말했다.

"울린카!" 장군이 딸에게 몸을 돌리며 말했다. "파벨 이바노비치 씨가 방금 대단히 흥미로운 소식을 전해 주었다. 우리 이웃인 텐테트니코프는 우리가 생각한 것 같은 그런 바보는 전혀 아니더구나. 그는 상당히 중요한 일, 즉 1812년 장군들*의 역사를 연구하고 있다는구나."

"누가 그를 우둔한 사람이라고 생각이라도 했나요?" 그녀가 재빨리 말했다. "아버지가 신뢰해 마지않는 비시네포크로모프만 그랬어요. 그는 속이 텅 비고 저열한 인간이에요!"

"그가 왜 저열하니? 속이 빈 건 사실이지만 말이야." 장군이 말했다.

"그는 속이 비었을 뿐 아니라 비열하고 추악하기조차 해요. 자기 형제들을 그렇게 모욕하고 집에서 친누이를 쫓아내는 사람은 추악해요."

"이건 그냥들 하는 얘기야."

"사람들이 그런 말을 할 땐 괜히 하는 게 아니에요. 아버지처럼 가장 선량한 영혼과 그렇게 보기 드문 마음을 가지신 분이 어떻게 하늘과 땅만큼 자기와 다른 사람을, 그가 어리석은 줄 스스로 잘 아시면서 받아들일 수 있는지 이해가 안 돼요."

"보다시피 바로 이런 식이오." 장군은 웃으면서 치치코프에게 말했다. "이렇게 우린 늘 싸우오." 그러고서 싸우는 상대방에게 몸을 돌리고 말을 이었다.

"얘야! 내가 그를 쫓아낼 수는 없는 노릇이잖니?" 장군이 말했다.

"왜 쫓아내요? 그런데 왜 그에게 그토록 관심을 보이세요, 왜 그를 사랑하기까지 하시냐고요?"

여기에서 치치코프는 자기편에서도 한두 마디 하는 게 의무라고 생각했다. "아가씨, 누구나 자기에 대한 사랑을 필요로 하는 법입니다." 치치코프가 말했다. "어쩌겠습니까. 가축도 자기를 쓰다듬어 주면 좋아하는걸요. 그래서 쓰다듬어 달라고 우리 틈 사이로 면상을 내미는 겁니다. '자, 쓰다듬어 줘'라는 뜻으로 말이에요."

장군이 웃음을 터뜨렸다. "맞소, 면상을 쑥 내밀고 '날 쓰다듬어 줘, 쓰다듬어 달라고'라고 말하는 거요. 하하하! 그놈은 낯짝뿐 아니라 온몸이 숯 검댕으로 뒤덮여 있으면서도 소위 말하듯이 격려해 달라고 하거든…… 하하하!" 장군의 몸도 웃음으로 뒤흔들리기 시작했다. 언젠가 잔뜩 견장을 달았던 어깨가 지금도 잔뜩 견장을 달고 있는 듯 들썩거렸다.

치치코프 역시 마음껏 웃음을 터뜨리고 싶었지만, 장군에 대한 존경심 때문에 웃음소리에 '에'를 붙여서 낮은 목소리로 "헤헤헤헤!" 하고 웃었다. 그리고 그의 몸 역시 웃음으로 물결치기 시작했다. 어깨에 견장이 잔뜩 붙어 있지 않아 어깨가 들썩거리지는 않았지만 말이다.

"공금을 잔뜩 갈취하고 도적질하고, 그러고도 이 악당 놈이 상까지 요구하는 거야. 그놈 말이 '격려 없이는 안 됩니다, 근무를 열심히 했는걸요'라는 거야…… 하하하하!"

아가씨의 고상하고 부드러운 얼굴에 병적으로 고통스러운 감정이 나타났다. "아이, 아빠, 어떻게 웃으실 수 있는지 이해가 안 돼요. 이런 파렴치한 행동에 전 슬픔 외엔 아무것도 느낄 수 없어요. 만인이 보는 데서 사기를 치고도, 이런 작자들이 만인의 경멸을 받고 벌을 받지 않는 걸 보면, 전 정말 어떻게 해야 할지 모르겠어요. 전 그럴 때 악해지고 어리석게 굴곤 하죠. 제 생각에, 제 생각엔……." 그녀는 거의 울음을 터뜨릴 것 같았다.

"제발, 우리에게 화내지 마라." 장군이 말했다. "우리는 하나도 죄지은 것 없다. 그렇지 않소?" 장군은 치치코프에게 몸을 돌리고 말했다. "내게 키스하고 네 방으로 가거라. 난 이제 점심 식사를 위해 옷을 입을 거요. 저 자넨," 그는 치치코프의 눈을 쳐다보고서 말했다. "바라건대 내 집에서 식사하는 거지?"

"만일 각하께서……."

"격식 차리지 말게나. 그게 뭐 대수야? 감사하게도, 난 아직 손님 접대를 할 만해. 우린 양배추 수프를 먹을 거야."

치치코프가 민첩하게 두 손을 날듯이 올리고서 감사의 뜻으로 공손하게 고개를 아래로 수그리자, 순간 방 안의 모든 물건들이 그의 시야에서 사라지고 단지 자신이 신고 있는 반장화 속의 양말만 보였다. 한참 그런 공경의 자세로 있다가 다시 머리를 위로 들어 올렸을 때, 그는 이미 울린카를 볼 수 없었다. 그녀는 사라졌다. 그녀 대신에 짙은 콧수염과 볼수염을 한 거인 같은 시종이 은대야와 세면기를 손에 들고 서 있었다.

"자네 있는 데서 옷을 갈아입어도 되겠나?"

"옷만 입으실 게 아니라, 저 있는 곳에서 각하께서 필요로 하는 건 뭐든지 하실 수 있습니다."

장군은 한 손으로 실내복을 벗고 와이셔츠 소매를 영웅 전사 같은 팔에 걷어붙이고, 오리처럼 사방으로 물을 튀기고 콧김을 내뿜으며 씻기 시작했다. 물방울이 비누와 함께 사방으로 튀어 날았다.

"사랑해, 사랑해, 모두들 격려받는 걸 사랑해." 그는 사방으로 자기 목을 문지르며 말했다. "날 쓰다듬어 줘, 쓰다듬어 줘! 정말 격려 없이는 도둑질도 할 수 없는 거야, 하하하."

치치코프는 말로 표현할 수 없이 기분이 좋았다. 갑자기 그에게 영감이 찾아왔다. '장군은 쾌남아에 호인이니, 한번 시도해 볼까?' 잠시 생각하고는 시종이 대야를 들고 나간 것을 보고 크게 외쳤다.

"각하! 이미 그토록 모든 것에 선량하시고 신중하시니, 각하께 긴한 부탁을 하나 드릴까 합니다."

"무슨?"

치치코프는 주위를 둘러보았다.

"각하, 저에겐 늙어 빠진 삼촌이 있습니다. 그에겐 3백 명의 농노와 2000……. 그리고 저 외엔 아무 상속인도 없습니다. 자기는 늙어서 영지를 관리할 수 없는데, 제게 넘겨주지도 않습니다. 그러면서, 정말 희한한 이유를 갖다 대고 있습니다. 그는 말하기를, '난 조카를 잘 몰라. 어쩌면 놈팡이일지도 몰라. 그가 먼저 자신이 믿을 만한 사람이라는 걸 증명하게 해야지. 스스로 먼저 3백 명의 농노를 구하라고 해 보자. 그러면 내 3백 명도 넘겨주겠어'라는 겁니다."

"뭐 그런 놈이 다 있어, 완전 바보 아냐?"〔장군이〕물었다.

"그가 바보여도 상관없습니다, 그건 그의 소관이니까요. 하지만 각하, 제 입장을 생각해 보십시오. 노친네에겐 어떤 하녀장이 있고, 하녀장에겐 아이들이 있습니다. 신경 쓰지 않으면, 전부 그들에게 넘어갈 거예요."

"멍청한 노친네가 너무 오래 살아서 노망이 들었어, 그게 다야." 장군이 말했다. "다만 내가 여기서 뭘 어떻게 도와야 하는지 모르겠군." 그는 당혹스럽게 치치코프를 바라보며 말했다.

"전 이렇게 생각해 보았습니다. 만일 각하께서 각하 영지의 죽은 농노들을, 마치 그들이 살아 있는 것처럼 농노 거래 확정서와 함께 제게 넘겨주시면, 전 그때 이 문서를 노인에게 보이고, 그러면 그는 제게 재산을 상속해 줄 것 같습니다."

이 말에 장군은 여태 어느 누구도 웃어 본 일이 없을 만큼 큰 소리로 웃음을 터뜨렸다. 그는 심지어 소파에 벌렁 자빠지기까지 했다. 그는 머리를 뒤로 젖히고 거의 숨이 막힐 정도로 웃어 댔다. 온 집안이 화들짝 놀랐다. 시종이 나타났다. 딸이 놀라서 달려왔다.

"아버지, 무슨 일이에요?" 그녀는 공포에 사로잡혀서, 영문을 몰라 그의 눈을 바라보며 말했다.

하지만 장군은 오랫동안 아무 소리도 낼 수 없었다.

"아무것도 아니다, 애야. 아무것도 아냐. 네 방으로 가거라, 우린 이제 식사하러 가겠다. 마음 놓거라, 하하하!"

그리고 몇 번 숨을 고르며 잠잠해진 뒤, 장군의 웃음은 다시 새 힘을 얻어 폭발해서 현관에서 마지막 방까지 울려 퍼졌다.

치치코프는 불안해지기 시작했다.

"당신 삼촌이란 작자, 참 그게 삼촌이야! 노친네를 완전히 바보로 만들겠구먼. 하하하! 산 농노 대신에 죽은 놈들을 받을 테니! 하하!"

'또 시작이네!' 치치코프는 생각했다. '제기랄, 왜 저리 웃어 대는 거야.'

"하하!" 장군은 말을 이었다. "에끼, 당나귀 같은 놈. 그런 요구를 할 생각을 하다니. '먼저 스스로 무일푼에서 3백 명을 장만해 보라고 해. 그러면 내 3백 명을 줄 테니까'라고 하다니. 정말 바보 천치군."

"정말 당나귀입니다, 각하."

"그런데 노인에게 죽은 농노들을 접대하겠다는 자네 생각은 또 어떻고. 하하하! 자네가 그놈들 거래 확정서를 그에게 내미는 걸 보기 위해서라면 내 〔뭐든 내놓고 싶네.〕 그래, 그는 어떤 작자가? 그는 정신이 얼마나 나갔나? 아주 늙었나?"

"여든 살쯤 됩니다."

"거동은 잘하고 활력이 있는가? 그는 튼튼한 게 틀림없어, 하녀 장이 같이 사는 걸 보면?"

"건장하기는요! 운명의 모래가 다 빠져나가고 있습니다, 각하!"

"이런 바보 천치 같으니! 정말 그는 바보지?"

"바보입니다, 각하. 정신이 완전히 나갔습니다."

"하지만 밖에도 다니고, 사교계에도 나가고 두 발로 잘 다니긴 하겠지?"

"몸을 가누긴 합니다, 힘든 게 문제지요."

"이런 바보 천치 같으니! 하지만 아직 꽤 건장하겠지? 아직 이빨도 있나?"

"전부 두 개 있습니다, 각하."

"이런 바보 천치! 이봐, 자네 화내지 말게…… 그가 아무리 삼촌이래도, 그는 영락없는 바보 천치니까."

"바보 천치입니다, 각하. 제 친척이기 때문에 이걸 인정하는 게 힘들지만, 뭐 어쩌겠습니까?"

치치코프는 거짓말을 했으니, 인정하는 게 전혀 힘들지 않았고, 게다가 그에겐 어떤 삼촌도 없었다.

"그러니, 각하, 혹시 선처를 베풀어 주실 수 있다면……."

"자네에게 죽은 농노를 양도해 주는 것 말이지? 그럼, 그런 술수를 위해서라면 그들을 땅과 집까지 쳐서 주겠네! 묘지를 다 받게나! 하하하하! 노친네야, 노친네! 하하하하! 삼촌을 완전히 바보로 만들겠구먼! 하하하!"

장군의 웃음이 다시 장군의 방들을 따라 퍼지기 시작했다.*

제3장

'코시카료프* 대령이 미친 게 사실이라면, 나쁘지 않아.' 치치코프는 모든 게 사라지고 창공과, 한쪽에 두 조각 구름만 남았을 때, 자신이 다시 탁 트인 들판과 너른 공간들 속에 있는 것을 느끼며 말했다.

"셀리판, 코시카료프 대령 집으로 가는 길은 잘 알아 놓았지?"

"파벨 이바노비치 님, 보시다시피 전 마차 일로 분주해서 그럴 시간이 없었어요. 하지만 페트루시카가 마부에게 물어봤어요."

"이런 바보! 페트루시카에게 기대하지 말라고 했잖아. 페트루시카는 멍청이인 데다가 어리석어. 그리고 페트루시카는 지금도 술에 취해 있잖아."

"네, 그건 정말 현명한 게 아니에요." 페트루시카는 몸을 반쯤 돌리고 곁눈질하면서 말했다. "그 외에도 산에서 내려가 목초지를 지나면 더 이상 아무것도 없어요."

"근데 너, 술* 빼곤 아무것도 입에 안 댔지? 좋아, 아주 좋았어! 네 아름다운 외모로 유럽을 놀래킬 수도 있다는 거지!" 이렇게 말하고 치치코프는 자기 턱을 쓰다듬으며 생각했다. '하지만 계몽된 시민과 조잡한 하인 얼굴이 무슨 차인가!' 그러는 사이 마차가 아래로 내달리기 시작했다. 다시 사시나무 수풀이 흩어져 있는 목초지와 공터가 펼쳐졌다. 안락한 마차는 이따금 튼튼한 용수철 위에서 가볍게 덜덜거리며 눈에 잘 안 띄는 산등성이를 조심스럽게 계속 내달리고, 마침내 초원을 지나고 방앗간을 거쳐 다리들을 가벼운 굉음을 내며 지나고 약간 흔들리면서 저지대의 울퉁불퉁한 보드라운 땅을 지나갔다. 거기에선 작은 언덕도, 흙덩이도 전혀 여행자를 좌우로 흔들리게 하지 않았다! 이건 쌍두 사륜 반포장 마차가 〔아니라〕 위안거리 그 자체였다. 멀리 모래가 빛나고 있었다. 모래를 지나 버드나무, 가녀린 오리나무, 은빛 포플러 숲이 빠르게 내달리는 중에 나뭇가지들이 마부석에 앉아 있는 셀리판과 페트루시카의 머리를 때리곤 했다. 그때마다 나뭇가지들이 페트루시카의 모자를 떨어뜨렸다. 뾰로통해진 하인은 마부석에서 내려와 모자를 주우며 어리석은 나무와 그것을 심은 주인을 욕했으나, 매번 그것이 마지막이기를 바랄 뿐 모자 끈을 매거나 손으로 붙잡을 생각은 하지 않았다. 곧 자작나무와 전나무가 나무들에 뒤섞였다. 그 밑동에는 풀과 푸른 창포와 노란 야생 튤립이 무성하게 자라 있었다. 숲이 어둑해지는 게 곧 밤으로 변할 태세였다. 그러나 갑자기 무슨 섬광이, 빛나는 거울처럼 사방에서 번쩍거렸다. 나무들이 듬성듬성해지고, 빛이 더 밝아지더니, 그들 앞에 호수가 나타났다. 편평한 수면은 지름이 4베르스타 정도였다.

호수 위 맞은편에는 마을의 회색 통나무집들이 흩어져 있었다. 고함 소리가 물에서 울려 퍼졌다. 스무 명가량의 사람들이 허리나 어깨, 혹은 목까지 물에 잠겨서 반대편 기슭으로 어망을 끌고 있었다. 그런데 사건이 벌어졌다. 굵기와 길이가 똑같아서, 수박이나 나무통처럼 몸이 동그란 사람이 물고기와 함께 그물에 엉킨 것이다. 그는 절망적인 상태가 되어 목청껏 소리쳤다. "텔레펜* 데니스, 코지마에게 넘겨! 코지마, 데니스에게서 끝을받아 잡아! 포마 볼쇼이, 그렇게 밀지 마. 포마 멘쇼이가 있는 곳으로 가. 악마놈들아, 그물이 찢어지잖아!" 수박은 자기에 대해선 아랑곳하지않는 것 같았다. 그럴 것이 워낙 뚱뚱해서 물에 가라앉지 않고, 아무리 잠수하려고 몸을 굴려 보아도 물은 그를 위로 띄워 올릴 것이기 때문이다. 그의 등에 두 사람이 더 앉는다 해도 그는 터지지않는 기포처럼 그들과 함께 물에 떠서는, 그들 밑에서 가볍게 신음하며 코로 물거품을 뿜어낼 것 같았다. 대신에 그는 어망이 끊어지거나 물고기가 빠져나가지 않을까 끔찍이도 걱정해서, 결국강변에 서 있는 몇 명이 그에게 밧줄을 걸어서 물고기와 함께 끌어 올렸다.

"주인님, 대령 코시카료프임에 틀림없습니다." 셀리판이 말했다.

"왜지?"

"보시다시피 그의 몸이 다른 사람들 몸보다 하얗고, 여느 주인나리들처럼 존경할 만한 거구니까요."

그러는 사이 주인은 그물에 엉킨 채 이미 강가로 상당히 끌려나왔다. 이제 두 발로 설 수 있으리라 생각한 그는 두 발로 섰고, 이때 그는 둑에서 내려온 쌍두 사륜 반포장마차와 거기에 앉아 있는 치치코프를 발견했다.

"식사하셨습니까?" 주인은 잡힌 물고기를 갖고 강둑에 다가가면서, 여름날 망사 장갑을 낀 귀부인의 손처럼 그물로 에워싸인채, 목욕을 하고 나온 메디치가의 비너스*마냥 한 손은 차양처럼해를 가리기 위해 눈 위에 대고 다른 손은 더 낮게 내리며 외쳤다.

"안 했습니다." 치치코프는 마차 안에서 모자를 들어 올리고, 계속 허리를 굽히며 말했다.

"그럼 함께 신께 감사드립시다. 포마 멘쇼이, 용철갑상어를 보여 드려. 멍청이* 트리시카, 그물은 놔둬." 〔주인은〕 큰 소리로 외쳤다. "그리고 대야에서 용철갑상어 들어 〔올리는〕 걸 거들어. 텔레펜 코지마, 와서 어서 거들어!"

두 명의 어부가 어떤 괴물의 머리를 대야에서 들어 올렸다. "와, 완전히 대공감이지요! 강에서 헤엄쳐 온 겁니다." 동그란 주인이 소리쳤다.

"제 집으로 먼저 출발하세요. 여보게, 마부, 아랫길을 따라 채소밭을 지나가! 뛰어가, 멍청이 포마 발쇼이, 장애물을 치워라. 그가 길을 안내할 겁니다. 저도 곧 가지요."

다리가 길고 맨발인 포마 발쇼이는 늘 그랬듯이 셔츠만 걸치고 반개 사륜마차 앞을 달리면서 마을 전체를 가로질러 지나갔다. 그 마을의 각 농가에는 저인망, 예인망, 어살 들이 매달려 있었다. 주민들이 모두 어부였던 것이다. 이윽고 그는 어떤 채소밭에 있던 장애물을 치웠고, 반개 사륜마차는 채소밭을 지나 목조 교회 근처의 광장으로 나섰다. 교회 뒤로 더 멀리 지주 저택의 지붕이 보였다.

'코시카료프는 좀 괴짠걸.' 그는 혼자 생각했다.

"아, 저 여기 있습니다!" 옆에서 목소리가 들렸다. 치치코프는 뒤를 돌아보았다. 주인 나리가 이미 옷을 입고 그와 나란히 달리고 있었다. 풀 색깔의 무명 프록코트, 노란 바지, 넥타이 없는 목이 꼭 큐피드 같았다. 그는 경 사륜마차를 다 차지하면서 마차에 비스듬히 기대어 앉아 있었다. 치치코프는 그에게 뭔가를 말하고 싶었으나, 뚱보는 이미 온 데 간 데 없었다. 경 사륜마차는 다시 물고기를 끌어 올리던 그 〔장소에〕 가 있었다. 다시 목소리가 들렸다. "포마 발쇼이와 포마 멘쇼이, 쿠지마와 데니스." 그가 집 현관 계단에 당도했을 때, 대단히 놀랍게도 뚱뚱한 주인 나리는 이미 현관 층계에 서서 그를 반기며 껴안았다. 어떻게 그리 빨리 달릴 수 있었는지 이해할 수가 없었다. 그들은 옛 러시아 풍습대로 서로 세 번 키스했다. 주인 나리는 구식을 좋아했기 때문이다.

"전 각하의 안부를 전하기 위해 왔습니다." 치치코프가 말했다.

"어떤 각하요?"

"당신의 친척인, 알렉산드르 드미트리예비치 장군님으로부터입니다."

"알렉산드르 드미트리예비치가 누군데요?"

"베트리셰프 장군입니다." 치치코프는 약간 당혹스러워하며 대답했다.

"모르는 사람인데요?" [주인이] 당혹해하며 말했다.

치치코프는 다시 더 크게 당황했다.

"이게 어떻게 된 건가요? 전 적어도 코시카료프 대령과 이야기하는 기쁨을 누리고 있기를 바랍니다."

"아니요, 그렇게 바라지 마세요. 당신은 그에게가 아니라, 제게 오셨어요. 전 표트르 페트로비치 페투흐*입니다. 페투흐 표트르 페트로비치라고요!" 주인은 말을 가로챘다.

치치코프는 망연자실했다. "어떻게 된 거야?" [그는] 셀리판과 페트루시카에게 몸을 돌렸고, 그들 역시 둘 다, 한 명은 마부석에 앉아 있고 다른 쪽은 마차 문 옆에 선 채 입을 딱 벌렸고 눈이 휘둥그레졌다. "야 바보 천치들아, 어떻게 된 거야? 내 말했잖아. 코시카료프 대령 댁이라고……. 이분은 표트르 페트로비치 페투흐라잖아……."

"하인들은 아주 잘한 겁니다! 부엌으로 가게나. 거기서 자네들에게 보드카를 한 잔씩 줄 거야." 표트르 페트로비치 페투흐가 말했다. "말을 풀어 놓고 곧장 하인들 방에 가게."

"부끄럽습니다. 이런 생각도 못한 실수를……." 치치코프가 말했다.

"전혀 실수하신 게 아닙니다. 당신은 먼저 점심이 어떤지 맛보시고 나서, 이게 실수인지 아닌지 말씀하세요. 따라오세요."〔페투흐는〕치치코프의 팔을 잡고 그를 안쪽 방들로 인도하며 말했다. 방에서 그들을 향해 여름용 프록코트를 입은 두 소년이 나왔는데, 버드나무가지 끝처럼 삐삐 말랐다. 그들은 아버지보다 1아르신은 좋이 키가 더 컸다.

"제 아들들이에요. 김나지움에 다니는데 방학이라서 왔어요. 니콜라샤, 너는 손님이랑 같이 있고, 알렉사샤, 넌 날 따라와."

이렇게 말하고서, 주인은 사라졌다.

치치코프는 니콜라샤와 시간을 보냈다. 니콜라샤는 장차 건달이 될 소질이 보였다. 그는 치치코프에게 처음부터 말하기를, 현에 있는 김나지움엔 다녀 봤자 별 볼 일 없고, 지방에선 살 가치가 없기 때문에 그와 동생은 페테르부르크로 가고 싶어 한다고…….

'이해해.' 치치코프는 생각했다. '어떻게 끝날지 뻔해. 제과점과 가로수 길들에서 삶을 종치겠지…….' "저, 그런데 말이야." 그는 소리 내어 물었다. "자네 부친의 영지는 어떤 상태인가?"

"저당 잡혔습니다." 그새 다시 응접실에 나타난 주인이 직접 대답했다. "저당 잡혔어요!"

'안 좋은걸.' 치치코프는 생각했다. '이런 식으로 가다간 영지가 하나도 안 남겠어. 서둘러야겠어.' "하지만, 유감스럽게도 괜히 서두르셨군요." 그는 동정의 표정을 지으며 말했다.

"아니요, 괜찮습니다." 페투흐는 말했다. "그게 유리하다고들 하더군요. 모두들 저당 잡히는데, 다른 이들에게 뒤쳐져서야 되겠어요? 게다가 전 내내 여기서 살았기 때문에 한번 모스크바에서 지내 보려고 합니다. 또 아들 녀석들이 그렇게 설득하더군요, 계몽된 수도 생활을 하고 싶다고요."

'바보야, 생 바보!' 치치코프는 생각했다. '전부 탕진하고, 아이들도 사기꾼으로 만들고 말걸. 영지는 멀쩡한데. 보아하니 농부들도 잘살고 나쁘지 않던데. 거기 식당이나 극장에서 계몽되자마자, 전부 날릴 거야. 이 만두 같은 놈아, 시골에서 그냥 살아.'

"아, 전 당신이 무슨 생각을 하는지 알아요." 페투흐가 말했다.

"뭐라고요?" 치치코프는 당혹스러워하며 물었다.

"당신은 '이 페투흐는 바보야, 바보! 식사하자고 사람을 불러놓고선, 아직도 밥을 안 내놓네' 라고 생각했지요? 하지만 곧 준비될 겁니다. 머리 짧은 계집아이가 머리 땋는 것보다 더 빨리 될 거예요."

"아버지! 플라톤 미하일로비치가 와요!" 알렉사샤가 창문을 보며 말했다.

"밤색 말을 타고 와요." 니콜라샤가 창문에 기대면서 말을 받았다.

"어디, 어디?" 페투흐가 다가가며 소리쳤다.

"이 플라톤 [미하일로비치는] 누구니?" 치치코프가 알렉사샤에게 물었다.

"플라톤 미하일로비치 플라토노프는 저희 이웃인데, 아주 잘생기고 멋진 사람이에요." [페투흐]가 직접 대답했다.

그러는 사이 플라토노프가 방으로 직접 들어왔다. 그는 미남자로, 키가 훤칠하고 밝은 아마 빛 고수머리를 하고 있었다. 얼굴이 험상궂고 공포심을 일으키는, 야르브라는 이름의 개가 구리 목걸이를 철렁거리며 그를 따라 들어왔다.

"식사하셨습니까?" 주인이 물었다.

"했습니다." 손님이 말했다.

"아니, 그럼 절 놀리려고 오셨어요? 식사 후에 당신 볼 일이 달리 뭐 있다고요?"

손님은 조용히 웃은 후 말했다. "아무것도 안 먹는 것으로 당신을 위로할 수 있지요, 전혀 식욕이 없어서 말입니다."

"제가 뭘 잡았는지 보셨어야 해요. 얼마나 멋진 용철갑상어를 잡았는지. 얼마나 기가 막힌 붕어들을 잡았다고요!."

"듣기만 해도 부럽습니다. 어떻게 그리 늘 유쾌할 수 있지요?"

"아니 이봐요, [뭣] 때문에 지루해 하겠어요!" 주인이 말했다.

"뭣 때문에 지루해 하냐니요? 지루하니까 지루한 거지요." 손님이 대답했다.

"너무 적게 드셔서 그런 거예요, 그게 다예요. 멋지게 식사를 해 보세요. 지루하다는 생각조차 안 날 테니. 예전엔 아무도 지루해 하지 않았어요."

"자랑이 너무 지나치시네요! 설마 한 번도 지루해 한 적이 없으시다는 건가요?"

"전혀요! 알지도 못하고, 지루해 할 겨를도 없어요. 아침에 일어나면 즉시 요리사가 대령하고, 점심을 주문해야 해요. 그리고 차를 마시고 관리인을 만나고, 그다음엔 물고기를 잡으러 가지요, 그다음엔 점심이고요. 점심 이후엔 코를 골 새도 없이 다시 요리사가 오고 저녁을 주문해요. 또 다음 날 점심도 생각해 놔야 하고…… 지루할 새가 어딨어요?"

대화 내내 치치코프는 손님을 살펴보면서 그 비범한 아름다움에, 훤칠하고 그림 같은 키에, 소진되지 않은 신선한 젊음에, 뽀루지로 더럽혀지지 않고 처녀처럼 깨끗한 얼굴에 경이를 느꼈다. 열정도, 슬픔도, 심지어 흥분과 불안 비슷한 어떤 것도 감히 그의 처녀 같은 얼굴을 건드려 주름살을 만들지 못했으나, 그와 함께 얼굴에 활기를 불어넣지도 못했다. 때때로 활기를 느끼게 하는 아이러니컬한 조소에도 불구하고, 얼굴엔 계속 졸린 기색이 있었다.

"제 생각을 말씀드리면," 치치코프가 말했다. "저도 어떻게 당신 같은 용모를 가지고 지루해 할 수 있는지 이해가 안 갑니다. 물론 돈이 부족하든가, 종종 그렇듯이 목숨까지 노리는 사람들이 있다면 몰라도……."

"믿어 주세요." 미남자인 손님이 끼어들었다. "다양한 체험을 위해 가끔은 그런 불안을 맛보고 싶을 정돕니다. 누가 절 화나게만 해 줘도 좋을 텐데, 그런 사람도 없네요. 그러니 지루해 할밖에요."

"아마도 영지가 충분히 많지 않고, 농노 수도 적겠지요?" 치치코프가 말했다.

"전혀요. 저와 제 형은 1만 데샤치나*의 토지와 거기에 천 명이 넘는 농노를 갖고 있는걸요."

"이상하군요, 이해가 안 됩니다. 그렇다면, 아마 흉작에 돌림병이 있었나 보죠? 남자들이 떼거지로 죽었겠죠?"

"그 반대예요, 전부 더 이상 좋을 수는 없는 상태예요. 제 형은 가장 탁월한 주인장인걸요."

"그런데도 지루하다니요! 이해가 안 되는군요!" 치치코프가 어깨를 추켜세우며 말했다.

"그럼, 이제 우리가 권태를 몰아내 드리지요." 주인이 말했다. "알렉사샤, 부엌으로 잽싸게 뛰어가서 요리사한테 속이 보이는 만두를 냉큼 가져오라고 해. 얼뜨기 에밀리얀과 도둑놈* 안토시카는 어디 있어? 전채 요리는 왜 안 내놓는 거야?"

ㄱ때 문이 열렸다 로토제이 에멜리얀과 도둑놈 안토시카가 냅

킨을 들고 나타나서 식탁을 차리고, 형형색색의 과실주 유리병 여섯 개가 있는 쟁반을 놓았다. 곧 쟁반들과 유리병들 주위를 온갖 입맛 돋우는 전채 요리가 담긴 접시들이 목걸이처럼 에워쌌다. 하인들이 민첩하게 들락날락하면서 뚜껑으로 덮은 접시들을 끊임없이 날랐고, 그 틈새로 녹은 버터가 지글거리는 소리가 들렸다. 얼뜨기 에밀리얀과 도둑 안토시카는 일을 훌륭히 처리하고 있었다. 이 호칭은 주인이 순전히 격려하기 위해 붙인 것이었다. 주인은 전혀 욕하는 데 취미가 없는 선량한 사람이었다. 하지만 러시아인은 위에 소화가 잘되라고 마시는 보드카 한 잔만큼 얼얼한 말을 좋아한다. 기질이 그런 걸 어쩌겠는가, 심심한 걸 영 안 좋아하니 말이다.

전채 요리에 이어 점심이 나왔다. 여기에서 관대한 주인은 자기 뜻을 강요하는 완전 날강도가 되었다. 누구 접시에든지 한 조각만 있으면 보는 즉시 그에게 다른 조각을 갖다 놓으며 "짝 없는 사람도 새도 이 세상을 살아갈 수 없지요"라고 말했다. 누군가에게 두 조각이 있는 걸 보면 그에게 세 번째 조각을 얹으며 "둘이라는 숫자로 뭘 하겠어요? 신은 삼위일체를 사랑하세요"라고 말했다. 손님에게 세 개가 있으면 그는 그에게 "달구지 바퀴가 세 개인 거 봤어요? 누가 농가에 모서리를 세 개 만든대요?" 네 개째에도 다시 속담이 붙고, 다섯 개째에도 마찬가지였다. 치치코프는 뭔가를 거의 열두 조각 먹고 나서 생각했다. '후, 이제 주인도 더는 못 얹겠지.' 그런데 웬걸! 그게 아니었다. 주인은 한마디도 안 하고 그의 접시에 구이 꼬챙이에 끼워서 구운 송아지 등뼈 부위를 내장과 함께 갖다 놨는데, 그 송아지는 또 얼마나 큰지!

"2년간 우유로 키웠지요." 주인이 말했다. "아들 돌보듯 애지중지 키운 거예요."

"못 먹겠습니다." 치치코프가 말했다.

"한번 드셔 보시고 나서, '안 돼요' 라고 하세요!"

"들어가질 않아요. 자리가 없어요."

"교회에도 정말 자리가 없었지요. 근데 시장이 들어가니까 자리가 생겼어요. 엄청 북새통이어서 사과 하나 떨어질 틈이 없었는데도요. 한번 해 보세요, 이 조각이 바로 그 시장님 격이에요."

치치코프는 시도해 보았고, 정말 그 조각에는 시장님과 같은 뭔가가 있었다. 그걸 위한 자리가 생긴 것이다. 하지만 이제 그 이상은 들어갈 자리가 없는 것 같았다.

'그러니 이런 사람이 어떻게 페테르부르크나 모스크바로 가겠어? 거기서 이렇게 손님 접대하며 지내면, 3년이면 쪽박 찰 거야.' 즉, 치치코프는 이런 과정이 이제 완성되어서, 이젠 손님 접대를 하지 않아도 3년이 아니라 세 달이면 거덜 날 수 있다는 걸 몰랐다.

그는 술도 이런저런 연유를 대 가며 붓고 또 부었다. 손님들이 다 못 마신 것은 알렉사샤와 니콜라샤가 마저 마시게 했고 그 애들은 술잔을 연이어 단숨에 들이켰다. 그들이 수도에 가서 어떤 부분의 인간 활동에 관심을 쏟을지 훤히 보였다. 손님들은 그렇지 않았다. 그들은 힘들게, 힘들게 발코니까지 몸을 끌고 가서, 힘들게 소파에 자리를 잡았다. 주인은 4인용 소파에 앉자마자 잠들었다. 그의 거대한 체구는 쇠를 불리는 풀무로 바뀌어, 벌린 입과 콧구멍 사이로 어느 신진 작곡가도 거의 생각해 내지 못할 그런 소리들을 내기 시작했다. 거기엔 북도, 플루트도, 개 짖는 소리처럼 어떤 째지는 굉음도 있었다.

"이크! 휘파람을 불어 대시네!" 플라토노프가 말했다.

치치코프는 웃음을 터뜨렸다.

"당연히, 이런 식으로 식사를 하면, 어떻게 권태를 느끼겠어요. 졸음이 오지. 그렇지 않습니까?"

"네. 하지만, 죄송합니다만, 어떻게 지루할 수 있는지 이해가 안 되는군요. 지루함을 막을 방도는 아주 많은데 말이에요." 치치코프가 말했다.

"어떤 것들이요?"

"젊은이에게 그런 게 없겠어요? 춤추고, 악기를 연주하고, 아니면 결혼하지요."

"누구하고요? 말씀해 보세요."

"주위에 훌륭하고 부유한 약혼녀가 없단 말입니까?"

"네, 없어요."

"그럼, 다른 곳에 가서 찾으면 되지요." 그리고 갑자기 창조적인 생각이 치치코프의 뇌리에 떠올랐다. "맞아요, 그거 아주 멋진 생각이에요!" 그는 플라토노프의 눈을 바라보며 말했다.

"어떤 게요?"

"여행이요."

"어디로요?"

"만일 당신이 여유가 있다면 저와 같이 가시지요." 치치코프는 말하고서 플라토노프를 바라보며 혼자 생각했다. '그러면 정말 좋겠는걸. 그럼 지출도 반으로 줄이고, 마차 수리비도 그에게 완전히 떠넘길 수 있고 말이야.'

"당신은 어디로 가시는데요?"

"아직까지는 제 필요라기보다는 다른 사람의 필요에 의해 다니고 있습니다. 베트리셰프 장군께서, 말하자면 가까운 친구이자 선을 베풀기 좋아하시는 분이 제게 친척들을 방문해 달라고 부탁하셨거든요…… 물론 친척도 친척 나름이지만요. 하지만 부분적으론, 저 자신을 위해 다닌다고도 할 수 있습니다. 왜냐하면 세상과 사람들 사는 모습을 보니까요. 누가 뭐라든 이건 살아 있는 책이고 제2의 학문이라고 할 수 있지요." 말하는 동안 치치코프는 내심 이렇게 생각했다. '정말, 좋을 거야! 그가 경비 전체를 댈지도 몰라. 심지어 그의 말로 출발하면, 내 말은 그의 마을에서 꼴을 먹으며 쉴 수 있을 거야.'

'돌아다니지 못할 이유가 뭔가?' 그사이에 플라토노프는 생각했다. '집에서 할 일도 없지. 농사는 안 그래도 형이 다 관리하니까, 엉망이 될 리는 없어. 정말 돌아다니지 못할 이유가 뭐야?' 그는 소리 내어 말했다. "그럼 제 형 집에 이틀 정도만 머무는 데 동의하십니까? 그렇지 않으면 절 안 보내 줄 거예요."

"기꺼이 그러지요! 사흘도 괜찮습니다."

"좋아요, 그럼 동의하신 겁니다! 가시죠!" 플라토노프가 활력을 느끼며 말했다.

그들은 손을 마주쳤다. "갑시다!"

"가다뇨! 어디를요?" 주인이 잠에서 깨어 눈을 휘둥그레 뜨고 그들을 바라보며 말했다. "안 돼요 나리들, 반포장마차에서 바퀴도 빼놓으라고 일렀어요. 당신 종마도, 플라톤 미하일로비치, 여기서 15베르스타 떨어진 곳에서 풀을 뜯고 있어요. 안 돼요. 오늘은 여기서 주무시고, 내일 이른 식사를 들고 가세요."

페투흐하고 무슨 말을 하겠는가? 머무르는 수밖에 없었다. 대신에 그 대가로, 그들은 놀라운 봄날 저녁을 상으로 받았다. 주인은 강에 야유회를 마련했다. 열두 명의 사공이 스물네 개의 노를 젓고 노래를 부르며 그들을 거울 같은 호수의 미끄러운 수면을 따라 인도했다. 그들은 호수에서부터 양쪽 강변이 약간 경사진 광활한 강으로 나아갔고, 물고기를 잡기 위해 강을 가로질러 매 놓은 굵은 밧줄 아래로 계속 다가갔다. 물은 시냇물처럼 물결을 이루며 흔들리지도 않고, 경치가 소리 없이 그들 앞에 하나 둘씩 나타나고, 수풀도 연이어 다양한 나무들의 배합으로 그들 눈을 즐겁게 했다. 사공들은 갑자기 스물네 개의 노를 동시에 들어 올렸고, 작은 배는 스스로 작은 새처럼 미동도 하지 않는 거울 같은 수면을 따라 흘러내려 갔다.

노래를 인도하는 어깨가 딱 벌어진 청년은 배에서 서열상 세 번째였다. 그가 마치 꾀꼬리 목에서 나오는 듯 깨끗하고 낭랑한 목소리로 노래의 앞 소절을 부르기 시작해, 다섯 명이 노래를 이어받고, 다른 여섯 명이 이를 이어 가면서, 노래가 루시처럼 가없이 울려 퍼졌다. 페투흐도 몸을 부르르 떨고는 합창대의 힘이 달리는 부분에서 목청껏 힘을 보탰고, 치치코프도 자신이 러시아인임을 느꼈다. 플라토노프만 다르게 생각했다. '이 구슬픈 노래에 뭐 좋은 게 있을까? 그 때문에 영혼이 더 우수에 잠기는데.'

그들이 돌아왔을 때는 이미 땅거미가 내려앉아 있었다. 어둠 속에서 노들이 이미 하늘을 비추지 않는 물을 때리고 있었다. 어두워졌을 때 그들은 몇 개의 모닥불들이 피워져 있는 강가에 당도했다. 어부들은 그 위에 삼각대를 놓고 파닥거리는 농어로 생선 수프를 끓이고 있었다. 다른 것들은 모두 이미 집에 가 있었다. 마을의 가축과 새들은 이미 오래전에 우리에 가두었고, 그들이 일으킨 먼지도 이미 오래전에 가라앉았으며, 그들을 안에 가둔 목동들도 우유 항아리와 생선 죽 먹으라는 소리만 기다리며 문가에 서 있었다. 어둠 속에서 사람들이 조용히 웅성거리는 소리와 어딘가 다른 마을들에서 개 짖는 소리가 들렸다. 달이 뜨고, 컴컴해진 사위가 빛나기 시작하고, 모든 게 빛을 냈다. 멋진 정경이었다. 하지만 그것을 즐기는 사람은 아무도 없었다. 니콜랴샤와 알렉사샤는 두 마리의 기세등등한 종마를 타고 그들 앞을 서로 앞서거니 뒤서거니 쫓으면서 지나가는 대신, 모스크바에 대해, 과자점에 대해, 수도에서 온 유년 학교 생도가 전해 준 극장에 대해 생각하고 있었다. 그들 아버지는 어떻게 자신의 손님들을 먹일 건지 궁리하고 있었다. 플라토노프는 하품을 했다. 치치코프는 누구보다 생기가 돌았다. '아, 정말 언젠가는 조그만 영지를 마련해야지!' 그러자 미래의 아내와 어린 치치코프들이 다시 뇌리에 떠오르기 시작했다.

그리고 저녁으로 그들은 다시 포식했다. 파벨 이바노비치는 취침을 위해 마련된 방에 들어가 침대에 누워 자기 배를 만져 보고는 "완전 북이고만! 어떤 시장도 못 들어가겠어!"라고 말했다. 상황이 그렇게 될 필요가 있었던 건지. 주인의 서재가 그 벽 너머에 있었다. 벽이 얇아서 말하는 소리가 다 들렸다. 주인은 요리사에게 다음 날 이른 아침 식사로 완전한 만찬을 주문하고 있었다. 어떻게 주문을 했는지! 죽은 사람마저 식욕을 느낄 정도였다.

"그리고 가늘고 긴 사각 대형 파이를 만들어." 그는 숨을 들이마시고 정신을 가다듬으며 말했다. "한쪽 구석에는 용철갑상어의 볼따구랑 등뼈 말린 걸 넣고, 다른 쪽엔 메밀 수프, 그리고 작은 버섯과 양파, 달콤한 우유, 뇌수, 그 외에 네가 아는 건 뭐든지 이것저것 다 넣어. 한쪽 면은, 이해하겠어? 바싹 구워서 갈색이 돌게 하고, 다른 쪽은 좀 더 가볍게 구워. 밑에서부터 파이 전체에 고루 스며들게 구워야 돼, 파이 전체가, 알았지. 이렇게 되게 해, 부스러지지 않게 하고, 입에서 눈처럼 사르르 녹으면서 씹는 소리가 들리지 않게 하라고." 이렇게 말하면서 페투흐는 입맛을 다시고 입술을 핥았다.

'악마한테 뒈져 버렸으면, 잠자게 놔두질 않는군.' 치치코프는 생각하고, 아무 소리도 듣지 않기 위해 머리에 이불을 뒤집어썼다. 하지만 이불 사이로도 들렸다. "용철갑상어에는 별 모양의 사탕무, 빙어, 식용버섯, 또 거기에 알지, 순무, 당근, 콩, 네가 아는 건 뭐든지 곁들여. 그래서 곁가지 음식이 풍성하게 해. 또 돼지 순대엔 얼음 조각을 넣어서 잘 부풀어 오르게 해." 그 외에도 페투흐는 많은 음식을 주문했다. "또 바싹 볶아, 또 바싹 구워, 땀이 줄줄 나게 해"라는 소리만 울렸다. 치치코프는 칠면조 대목에 이르러서야 겨우 잠이 들었다.

그다음 날 손님들은 너무 포식을 해서 플라토노프는 말을 타고 갈 수가 없었다. 종마는 페투흐의 마부와 함께 출발했다. 그들은 쌍두 사륜 반포장마차에 앉았다. 면상이 험상궂은 개가 느릿느릿 마차를 쫓아왔다. 그 역시 포식했다.

"이건 너무하는데." 그들이 영지에서 나왔을 때 치치코프가 말했다. '그는 지루해 하지 않아, 그게 미칠 노릇인 거야.' 플라토노프는 [생각했다.]

'내게 자네 것 같은 영지만 있으면 연간 7만 루블의 수익을 거둘 텐데.' 치치코프는 생각했다. '그럼 난 지루함 같은 건 절대 [허락하지 않을 텐데.] 여기 전매 독점 취급자, 무라조프가 있지. 천만 루블이라니 말이 쉽지…… 정말 엄청난 돈이야.'

"저, 도중에 잠깐 어디 좀 들러도 괜찮을까요? 누나와 매형에게 작별 인사를 하고 싶은데요."

"기꺼이 그렇게 하지요." 치치코프가 말했다.

"당신이 만일 농사에 관심이 있으시다면," 플라토노프가 말했다. "그와 인사를 나누는 게 좋으실 거예요. 그보다 더 훌륭한 지주는 찾지 못할 테니까요. 그는 10년 사이에 3만 루블 대신 20만 루블을 거둘 정도로 영지를 번성시켰거든요."

"와, 정말이지 존경받을 만한 사람이네요! 그런 분과 교제하는 건, 너무나 흥미로울 일일 거예요. 어디 계신가요? 에, 그러니까, 그는 말하자면…… 그런데 성이 어떻게 되시나요?"

"코스탄조글로입니다."

"이름과 부칭을 알 수 있을까요?"

"콘스탄틴 표도로비치입니다."

"콘스탄틴 표도로비치 코스탄조글로! 정말 기꺼이 인사를 나누고 싶습니다. 그런 분을 만나면 많이 배우겠지요."

플라토노프는 셀리판에게 지시하기 시작했다. 그가 가까스로 마부석에 앉아 있었기 때문에 이건 정말 적절한 조처였다. 페트루시카는 두 번이나 마차에서 굴러떨어져, 결국 그를 밧줄로 마부석에 묶어 두는 수밖에 없었다. "이런 짐승 같은 놈!" 치치코프는 계속 이렇게 되뇌었다.

"저기 보세요, 그의 영지가 시작되고 있어요." 플라토노프가 말했다. "완전히 풍경이 다르지요."

그리고 정말로 들판을 가로질러 조성된 숲의 나무들은 화살처럼 키가 비슷하고 곧았다. 그것들 뒤로 좀 더 높게 역시 젊은 숲이, 그 뒤로는 늙은 숲이 펼쳐졌는데, 모두 이번 숲이 저번 숲보다 더 컸다. 이윽고 다시 무성한 〔숲으로〕 덮인 들판이 나오고, 다시 같은 식으로 젊은 숲, 그리고 다시 늙은 숲이 나타났다. 그렇게 세 번, 마치 벽의 문을 통과하듯 숲을 지나갔다. "이 나무들 전부 그에게서 8년에서 10년 정도 자랐어요. 다른 지주에게선 20년이 돼도 그만큼 〔못 자랄 거예요.〕

"그는 이걸 도대체 어떻게 한 거죠?"

"그에게 하나하나 물어보세요. 이 사람은 땅에 관한 한 도사여서, 그의 것은 무엇 하나 거기 그냥 있지 않아요. 그는 토양을 잘 알 뿐 아니라, 어떤 것 옆에 무엇이 필요한지, 어떤 곡물을 따라서 어떤 나무를 심어야 하는지도 알고 있어요. 그의 것은 뭐든 한 번에 서너 가지 역할을 해요. 그의 숲은 숲을 위해 존재하는 것 외에, 들판의 어느 곳에 얼마만큼의 습도를 높여 주는 데, 낙엽으로 얼마만큼 거름이 되어 주고 얼마만큼 그림자를 드리우는 데 필요해요. 그래서 갑자기 가뭄이 들 때도 그에겐 가뭄이 없고, 주위가 흉작일 때도 그에겐 흉작이 없어요. 제가 이런 걸 잘 몰라서 잘 전달하지 못하는 게 유감이에요. 하지만 그는 모든 걸 꿰고 있어요. 모두 그를 마법사라고들 합니다.”

'정말 놀라운 남자군.' 치치코프는 생각했다. '이 젊은이가 그런 걸 피상적으로만 알고, 이야기를 잘 못해 주는 건 정말 수치스러운 일이야.'

마침내 마을이 모습을 드러냈다. 마치 도시인 것처럼 마을엔 세 개의 구릉에 많은 농가들이 흩어져 있었고, 그 구릉들은 세 개의 교회로 장식되어 있었으며, 마을엔 사방으로 거대한 낟가리와 볏가리가 담을 이루고 있었다. '맞아.' 치치코프는 생각했다. '여기 주인은 대단한 실력가인 게 분명해.' 모든 농가는 튼튼하고, 길들은 넓고, 짐마차는 어디에 서 있는 것이건 튼튼하고 최신식이었다. 마주치는 농부조차 얼굴에 똑똑한 표정을 하고 있었다. 뿔이 난 소들은 엄선된 품종이었다. 심지어 농부의 돼지조차 귀족처럼 보였다. 여기엔 정말 노래에 나오듯이 삽으로 은을 긁어모으는 농민들이 사는 것 같았다. 여기엔 온갖 정교한 디자인으로 장식된 영국식 정원과 잔디밭이 없었다. 대신 옛날식대로 곡물 창고와 일꾼들의 농가들로 이루어진 대로가 주인 저택까지 뻗어 있어서, 주인은 자기 주위에서 일어나는 일을 전부 볼 수 있었다. 집 꼭대기에 낸 창문 탑이 15베르스타 반경 이내의 주위를 두루 살피고 있었다. 현관 계단에서 그들을 맞이한 하인들은 비록 연미복이 아니라 손으로 짠 푸른 나사 양복지로 된 카자크 상의를 입고 있기는 했지만, 아주 민첩해서 술주정뱅이 페트루시카와 전혀 닮지 않았다.

집의 안주인이 직접 현관 계단으로 달려 나왔다. 그녀는 우윳빛 피부에 핏빛이 돌면서 생기가 넘쳤다. 아주 보기 좋았고 붕어빵처럼 플라토노프와 닮았는데, 그처럼 축 처져 있지 않고 말이 많고 명랑한 점은 달랐다.

"안녕, 동생! 그래, 네가 와서 정말 기쁘다. 콘스탄틴은 집에 없지만, 곧 돌아올 거야."

"매형은 어디 갔는데요?"

"마을의 어떤 상인들하고 일이 있어." 그녀는 손님들을 방으로 안내하며 말했다.

치치코프는 호기심을 가지고 수입이 20만 루블인 이 범상치 않은 사람의 거처를 살펴보았다. 그는 남은 조가비를 보고 한때 거기에 틀어 앉아 흔적을 남긴 굴이나 달팽이의 특성을 파악하듯이, 거처를 보고 주인의 성품을 탐색하려는 심산이었다. 하지만 어떤 결론도 끌어낼 수 없었다. 모든 방들은 평이하고, 텅텅 비어 있었으니, 벽화도, 그림도, 청동 세공품도, 꽃도, 도자기가 있는 장도, 심지어 책도 없었다. 한마디로 모든 것이, 여기 기거하는 존재의 생활이 주로 방의 네 벽 안에서가 아니라 들판에서 이루어지며, 생각도 벽난로 앞, 불가에 있는 편안한 소파에서 유약하고 나태한 방식으로 미리 궁리한 것이 아니라 밭에서 머리에 떠오른 것이며, 거기, 생각이 머리에 떠오른 그곳에서 현실로 변하고 있음을 보여 주었다. 방들에서 치치코프는 여인이 살림하는 흔적만 볼 수 있었다. 탁자와 의자에는 깨끗한 보리수 판자와 그 위에 말리기 위해 준비해 둔 어떤 꽃잎들이 깔려 있었다

"누나, 이게 뭐예요, 무슨 이런 쓰레기 같은 걸 벌여 놨어요?"
플라토노프가 말했다.

"쓰레기는 무슨." 여주인이 말했다. "이건 열병에 좋은 특효약
이야. 작년에 농부들을 전부 그것으로 치료했어. 그리고 이건 과
실주에 향을 첨가할 때 쓸 거고, 이건 잼 만들 때 쓸 거야. 너는 항
상 잼이건 소금에 절인 음식이건 비웃기만 하지만, 나중에 먹어
보면 너도 칭찬할 거야."

플라토노프는 그랜드 피아노에 다가가서 악보를 고르기 시작
했다.

"아이고, 이거 완전 고물이네!" 그가 말했다. "아니, 누나, 부끄
럽지도 않아?"

"아니, 미안해, 오랫동안 연주할 시간이 없었지 뭐니. 여덟 살짜
리 딸이 있으니, 내가 가르쳐야 해서. 나 연주할 시간 얻겠다고 애
를 남의 나라 가정 교사 손에 맡긴다는 게, 아냐, 난 그렇게 하지
않을 거야."

"정말 누나 엄청 따분해졌네." 동생은 말하더니 창문으로 다가
갔다.

"아! 저기 있다! 오고 있어요, 오고 있어!" 플라토노프가 말했
다. 치치코프 역시 창문으로 다가갔다. 마흔 살가량의 활기차고
거무스름한 용모에 낙타 가죽 프록코트를 입은 남자가 현관 계단
으로 다가오고 있었다. 그는 복장에 신경을 쓰지 않았다. 그는 우
단 비슷한 모직물 모자를 쓰고 있었다. 그의 양쪽에는 두 명의 하
층민이 모자를 벗고, 그와 뭔가에 대해 평을 하며 걷고 있었다. 한
명은 평범한 농부이고, 다른 쪽은 푸른빛의 러시아식 짧은 외투를
입은 어떤 부농인 방문객으로 교활해 보이는 사람이었다. 그들 모
두 현관 계단 근처에 서 있었기 때문에 방에서도 그들의 대화가

들렸다.

"자넨 이렇게 하는 게 나아. 자네 주인에게 몸값을 치르고 자유인이 되게. 내가 돈을 빌려 줄 테니, 나중에 일해서 갚게."

"아니요, 콘스탄틴 표도로비치 나리, 제가 뭣 하러 자유를 얻겠어요? 저희를 받아 주십쇼. 나리와 함께 있으면 온갖 지혜를 배우는걸요. 온 세상천지를 다 뒤져도 나리처럼 슬기로운 분은 찾기 어려울걸요. 이젠 사람들이 전혀 자신을 돌보지 않는 게 문제예요. 술집 주인들이 이제 한 잔만 마셔도 물을 양동이째 들이켜야 할 만큼 위가 뒤집어지는 술들을 만들어요. 정신을 차릴 새도 없이 갖고 있던 돈이 다 빠져나가죠. 사방에 유혹이 득실거려요. 아마도 사탄이 세상을 지배하는 것 같습니다요, 오 하느님! 모든 게 농부들이 옆길로 새도록 꽉 짜여 있는 판국이에요. 담배에, 온갖 그런 〔……〕 콘스탄틴 표도로비치 나리, 뭘 어쩌겠어요? 인간이란 게 절제할 줄을 모르니 말이에요."

"잘 듣게. 이렇게 하자고. 자넨 내게도 어차피 농노야. 물론 처음부터 전부 다, 암소도, 말도 받게 될 거야. 그러나 문제는 난 농부들에게서 다른 누구보다 더 많은 걸 원한다는 거야. 내게 오면 무엇보다 먼저 일해야 해. 난 나도 그렇고 다른 어느 누구도 그저 뒹굴고 지내게 내버려 두지 않아. 나 스스로 황소처럼 일하고, 내 농부들도 그래. 왜냐하면 내 경험으로 봐서, 온갖 쓰잘 데 없는 생각은 다 일을 안 하는 데서 나오기 때문이야. 그러니 자넨 찬찬히 잘 생각해 보고 스스로 잘 따져 보게."

"네, 저흰 이미 이 점에 대해 따져 봤습니다요, 콘스탄틴 표도로비치 나리. 노인들도 그렇게 말해요. 부인할 수가 없잖아요. 당신 농부는 하나같이 다 부자고, 거기엔 이유가 있는 거예요. 그리고 당신의 성직자들조차 매우 자비로워요. 하지만 우리 마을에선 그들조차 우리를 버리고 떠나서 이제 죽어도 묻어 줄 사람이 없습니다요."

"그렇더라도 가서 다시 논의해 보게."

"알겠습니다요."

"자, 이제 콘스탄틴 표도로비치, 제발 은혜를 베푸셔서…… 값을 좀 낮춰 주세요." 다른 쪽에서 걷고 있던 푸른색 짧은 외투를 입은 부농 방문객이 말했다.

"이미 말했잖나. 난 거래를 별로 안 좋아한다고. 난 자네가, 저당 잡힌 것의 지불 기한이 다 찼을 때 접근하는 다른 지주하고는 달라. 난 자네들 속을 잘 알아. 자네에겐 누가 언제 돈을 갚아야 하는지에 대한 명단이 다 있어. 그 꿍꿍이속이 뭔가? 그는 어쩔 수 없는 상황이 돼서 자네에게 반값으로라도 내놓겠지. 하지만 내게 자네 돈이 무슨 소용인가? 내겐 3년을 쓰고도 남을 물건들이 있는데. 저당 잡혀서 갚아야 할 것도 없고 말이야."

"실제로 그렇습니다, 콘스탄틴 표도로비치. 네, 전 그저 다만 미리 당신과 거래를 터 놓고 싶어서요. 어떤 사심이 있어서가 아닙니다. 약조금으로 3천 루블을 받으십시오." 부농은 품에서 기름때로 더러워진 현금 다발을 꺼냈다. 코스탄조글로는 지극히 냉정하게 그것을 받고서, 세지도 않고 코트 뒷주머니에 넣었다.

'흠,' 치치코프는 생각했다. '돈을 마치 코 푸는 손수건 다루듯 하네!'

코스탄조글로가 응접실 문가에 나타났다. 그는 어두운 혈색의 얼굴, 군데군데 일찍 희끗희끗해지는 빳빳한 검은 머리칼, 눈의 생기 있는 표정, 열정적인 남방 출신의 어떤 황색기로 치치코프를 더욱더 놀라게 했다. 그는 전혀 러시아인이 아니었다. 그 자신도 그의 선조들이 어디에서 왔는지 몰랐다. 그는 이것이 아무 의미가 없으며 농사일에 전혀 무관한 것을 알고는 자기 혈통에 아무런 신경도 쓰지 않았다. 그러나 그는 자신이 러시아인이라고 완전히 확신하였고, 러시아어 외에 다른 언어는 알지도 못했다.

플라토노프는 치치코프를 소개했다. 그들은 서로 키스하며 인사를 나눴다.

"전 다른 현들을 두루 다니기로 결정했어요." 플라토노프가 말했다. "우울증을 잊기 위해서요."

"아주 좋아서." 코스탄조글로가 말했다. "어느 곳으로," 그는 상냥하게 치치코프에게 몸을 돌리며 물었다. "이제 길을 나설 생각이신가요?"

"사실을 말씀드리자면," 치치코프는 상냥하게 고개를 옆으로 기울이고 동시에 손으로 소파 손잡이를 쓰다듬으며 말했다. "저는 잠시 제 필요보다는 다른 사람의 필요에 따라 다니는 중입니다. 가까운 친구이자 말하자면 자선가인 베트리셰프 장군이 친척들을 방문해 달라고 요청해서요. 물론 친척도 친척 나름이지만요, 하지만 다른 면에서는 저 자신을 위해서 다닌다고 할 수도 있습니다. 치질 면에서의 유익은 말할 것도 없고 세상 물정과 사람들 살아가는 모습을 알 수 있는 유익도 있고요…… 말하자면 살아 있는 책이요, 살아 있는 학문인 것입니다."

"네, 다른 시골 구석구석을 들여다보는 건 좋은 일입니다."

"아주 훌륭하게 지적해 주셨습니다. 진정으로, 진실로 좋은 일입니다. 보기 어려운 것들을 보고, 만날 수 없는 사람들을 만날 수 있지요. 그들과의 대화는 예를 들면 지금의 경우처럼 천 냥의 가치를 가지지요…… 지극히 존경스러운 콘스탄틴 표도로비치, 당신께 부탁드립니다, 한 수 가르쳐 주세요, 가르쳐 주십시오. 현명한 진리루 제 갈망에 물을 대 주십시오. 당신의 달콤한 말씀을 만

나처럼 기다리고 있습니다."

"하지만 뭐를요? 뭘 가르쳐 드려야 하나요?" 코스탄조글로가
당황스러워하며 말했다. "저 자신도 돈이 없어서 제대로 된 교육
을 받지 못했는데요."

"지혜를 가르쳐 주세요, 지극히 존경할 만한 분이시니! 지혜를.
농지 경영과 같은 힘든 일을 처리할 수 있는 지혜, 믿을 만한 수입
을 거두고 공상 속의 재산이 아니라 실질적인 재산을 획득하면서,
그것으로 시민의 의무를 이행하고 동족의 존경을 얻을 수 있는 지
혜를요."

"이거 아세요?" 생각에 잠겨 그를 바라보며 코스탄조글로가 말
했다. "저희 집에 하루 정도 묵으십시오. 관리법을 모두 보여 드
리고 전부 말씀드리겠습니다. 보시다시피 여기엔 어떤 지혜도 없
습니다."

"정말이에요, 묵었다 가세요." 여주인은 말하고 나서, 동생에
게 몸을 돌려 덧붙였다. "얘, 너도 묵었다 가지 그래, 서두를 거
없잖니?"

"전 아무래도 상관없어요. 파벨 이바노비치는 어떠세요?"

"저도 좋습니다, 아주 기꺼이…… 한데 일이 하나 있습니다, 베
트리셰프 장군의 친척인 어떤 코시카료프 대령이……."

"저, 그런데 그는…… 미쳤어요."

"저도 그가 미쳤다고 들었습니다. 저라면 그에게 가지 않겠지
만, 가까운 친구이자 자선가이신 베트리셰프 장군께서……."

"그런 경우라면 이렇게 하면 어떠실지요?" [코스탄조글로가]
말했다. "그에게 즉시 다녀오십시오. 거기까지 10베르스타도 안
됩니다. 제2인승 무개 사륜마차가 준비되어 있습니다. 지금 그에
게 다녀오세요. 차 마실 때까지는 돌아올 수 있을 겁니다."

"아주 멋진 생각입니다!" 치치코프는 외치고 모자를 집어 들었다.

2인승 무개 사륜마차가 그에게 내어져서, 그는 30분 만에 대령 집에 도착했다. 마을 전체가 어수선했으니, 건설이다 재건축이다 해서 거리마다 석회, 벽돌, 통나무 천지였다. 어떤 관청 유의 이런 저런 건물들이 지어져 있었다. 어떤 건물엔 금색 글씨로 '토지 경작 기구 창고', 다른 건물에는 '주요 회계 정찰대', 그다음엔 '농업 위원회', '정상적인 주민 계몽을 위한 학교' 등이 적혀 있었다. 한마디로 없는 게 없었다.

그는 대령이 사무용 책상의 독서대 앞에 펜을 이빨 사이에 물고 앉아 있는 것을 보았다. 대령은 치치코프를 매우 친근하게 맞이했다. 지극히 선량하고 지극히 사교적으로 보이는 그는 치치코프에게 영지를 현재의 훌륭한 상태로 끌어올리기 위해 얼마나 많은 수고를 했는지 말하기 시작했다. 또 동정의 빛을 띠며 계몽의 화려함, 예술, 미술이 인간에게 가져다주는 고상한 욕망이 무엇인지 농민에게 이해시키기가 얼마나 어려운지 불평하기 시작했다. 또 그는 아직까지 아낙네들이 자기가 1814년 연대와 함께 있었던 독일에서처럼 코르셋을 입게 할 수 없었던 반면, 그때 독일에서는 방앗간 집 딸도 그랜드 피아노를 연주할 줄 알았다고 했다. 그들이 무지해 순종하지 않고 있지만, 그는 자기 마을 농부들이 쟁기를 갈면서 동시에 프랭클린의 피뢰침에 대한 책이나 베르길리우스의 『게오르기카』나 『토양의 화학적 특징 연구』*를 읽는 단계에 반드시 도달하게 될 것이라고 말했다.

'그래, 그런 날이 오겠지!' 치치코프는 생각했다. '근데 난 여태껏 『공작부인 라발리에르』도 다 못 읽었으니.* 시간이 없어서 말이야.'

ㄱ 외에두 대령은 사람들을 어떻게 행복하게 할 수 있는지에 대

해 이야기했다. 파리식 복장이 그에겐 큰 의미를 지녔다. 그는 만일 러시아 농민의 절반에게 독일 바지를 입히기만 하면, 학문이 고양되고 상거래가 활발해지며 러시아에 황금시대가 도래할 것이라고 자기 머리를 걸고 장담했다.

치치코프는 그를 뚫어지게 바라보고 생각했다. '이 사람하곤 격식을 차릴 필요가 없겠어.' 그는 곧 어떤 농노들을 완전히 공식 절차를 밟아 거래하려 한다고 그에게 설명했다.

"당신 말로 판단할 수 있는 한," 대령은 적잖이 당혹스러워하며 말했다. "이건 청원이네요, 그렇지 않나요?"

"정확히 그렇습니다."

"그런 경우에 그걸 서면으로 제출해 주십시오. 그 청원은 보고 및 청원 위원회에 상신될 겁니다. 위원회는 표식을 달아 그것을 제게 보내고, 저는 그것을 농업 위원회에 넘기고, 거기에서 수정을 거쳐 관리자에게 넘길 겁니다. 관리자는 서기와 함께……."

"제발 부탁드립니다!" 치치코프는 외쳤다. "그러면 일이 엄청 지연될 겁니다. 그리고 이것에 대해 어떻게 서면으로 주석을 단다는 말씀인가요? 이건 특별한 종류의 일이고…… 농노들이 어떤 면에서…… 이미 죽은걸요."

"아주 좋습니다. 당신은 그렇게 농노들이 어떤 면에서 죽은 상태라고 적으십시오."

"하지만 어떻게 죽었다고 쓰겠어요? 그렇게 쓰는 건 도저히 불가능합니다. 그들이 설사 죽었더라도 살아 있는 것처럼 할 필요가 있습니다."

"좋습니다. 그렇게 쓰시면 되겠네요. '그러나 살아 있는 것처럼 보이게 할 필요가 있다, 혹은 요구된다, 바란다, 아니면 요망된다' 라고요. 문서 작성 없이는 일이 진행되질 않습니다. 영국과 나폴레옹 자신이 그 좋은 예입니다. 당신을 모든 필요한 장소로 인도할 안내자를 딸려 보내지요." 그가 종을 치자 어떤 사람이 나타났다.

"서기! 내게 안내원을 보내." 안내원이 나타났는데, 그는 농부도 아니고 관리도 아니었다. "그가 당신을 필요한 장소들로 안내할 겁니다."

치치코프는 호기심에서 안내원과 함께 가서 가장 중요한 모든 장소들을 보기로 결정했다. 보고 상신 위원회는 간판 상으로만 존재하고, 문도 잠겨 있었다. 그의 담당자인 흐룰레프는 다시 구성된 농촌 건설 분과위원회로 전근되었다. 그의 자리를 시종 베레쥽스키가 대신했으나, 그 역시 건설 위원회에 의해 어디론가 파견된 상태였다. 그들은 농업 분과의 문을 두드렸으나 거긴 개조 중이었으며, 어떤 술 취한 사람을 흔들어 깨웠으나 그에게선 어떤 조리 있는 말도 듣지 못했다.

"저희에겐 부조리가 판을 칩니다." 마침내 치치코프에게 안내원이 말했다. "모두 주인 나라를 속이고 있어요. 건설 위원회가 우리 일을 전부 관장하는데, 모두를 일에서 분리시켜 자기들이 보내고 싶은 곳 어디로든 보내고 있어요. 여기선 건설 위원회에 관련된 일만 득을 보고 있습니다." 그는 건설 위원회에 불만인 것 같았다. 그리고 사실 치치코프도 온통 건설뿐인 걸 보아서 더 이상은 보고 싶지도 않았다. 그러나 돌아와서 대령에게 일이 이러저러하고, 그의 영지엔 일이 전부 뒤죽박죽이고 어떤 분별도 없으며, 보고 상신 위원회는 전혀 존재하지도 않는다고 말했다.

대령은 고상한 불만으로 열이 올랐고 감사의 표시로 치치코프의 손을 굳게 쥐었다. 그는 종이와 펜을 집어 들고, 여덟 개의 아주 엄격한 심문 조항을 작성했다. 즉, 어떤 근거로 건설 위원회는 자의적으로 자기 관할이 아닌 관리들과 일을 처리했는가? 최고 관리자는 어떻게 위원이 자기 업무를 이양하지 않고 심리를 위해 떠나는 것을 허용했는가? 농업 위원회는 보고청원상신위원회가 존재하지도 않는 것을 어떻게 무심하게 넘길 수 있었는가?

'뭐 이래, 뒤죽박죽이구만.' 치치코프는 이런 생각에 떠나려고 했다.

"아닙니다, 당신을 보내지 않겠습니다. 이미 제 일신상의 명예가 실추되었습니다. 유기적이고 올바른 농업 구조가 무엇을 의미하는지 보여 드리겠습니다. 당신 일을 일당백의 역할을 하는 사람한테 맡기겠어요. 그는 대학 교육을 마쳤거든요. 제 농민들은 바로 그런 사람들입니다. 소중한 시간을 낭비하지 않기 위해 제 도서관에 잠시 앉아 계시기를 삼가 [요청하는] 바입니다." 대령은 옆문을 열면서 말했다.

"여기 책, 종이, 깃털 펜, 연필이 전부 있습니다. 사용하세요, 맘껏 사용하십시오, 당신이 주인입니다. 계몽은 모든 이에게 개방되어야 하니까요." 코시카료프는 그를 도서 보관소에 안내하면서 그렇게 말했다. 이것은 거대한 홀로, 밑에서 위로 책들이 진열되어 있었다. 거기엔 심지어 동물들의 박제도 있었다. 모든 분야의 책들이 있었으니, 임업 축산업 양돈업 조경 분야의 책들, 그리고 구독 신청을 해야만 배달되는, 하지만 아무도 읽지 않는 모든 분야의 학술 잡지들이 있었다. 이 책들은 유쾌하게 [시간을] 보낼 수 있는 종류가 아닌 것을 보고, 그는 다른 책장으로 향했다.

여기는 프라이팬에서 불 속으로 뛰어든 격이었다. 전부 철학 책들이었다. 한 질로 된 여섯 권의 책들이 그의 눈에 들어왔는데, 제목은 '사유 분야에의 예비 입문: 사회적 생산성의 유기적 원칙 해석에의 적용 대상으로서 보편성, 부합성, 본질에 대한 이론'이었다. 치치코프가 책을 뒤적이자 페이지마다 발현, 발전, 추상, 폐쇄성, 부합성, 그리고 온갖 귀신 씻나락 까먹는 소리들이 적혀 있었다.

"이건 내 취향이 아냐." 치치코프는 그렇게 말하고 예술 분야 저서들이 있는 세 번째 책장으로 향했다. 여기에서 그는 버젓하지 않은 신화 그림들이 있는 어떤 큰 책을 꺼내어 살펴보기 시작했다. 중년 독신 남성들과 가끔은 발레와 기타 자극적인 것들로 자신을 세련되게 연마한 노인들도 그런 유의 그림들을 좋아한다. 이 책을 다 살펴본 뒤 치치코프가 같은 유의 다른 책을 꺼내 보려는 순간, 코시카료프 대령이 밝은 얼굴로 종이를 들고 나타났다

"다 됐습니다, 그것도 훌륭하게 됐습니다. 제가 말씀드린 사람은 정말 천재예요. 이에 대해 저는 〔그를〕 모든 이들보다 더 높은 직책에 임명하고 그만을 위한 부서 하나를 만들려고 합니다. 그가 얼마나 영민한지, 몇 분 사이에 모든 걸 어떻게 결정했는지 보세요."

'그래, 신이여, 영광 받으소서!' 치치코프는 생각하고 들을 태세를 갖췄다. 대령이 읽기 시작했다.

"각하께서 제게 위임하신 사안을 고찰하고서 그에 대해 삼가 다음과 같이 보고하고자 합니다. 제1항, 6등관이자 훈장 수여자인 파벨 이바노비치 치치코프의 요청에는 논리상의 결함이 있으니, 즉 경솔하게도 등록 농노들이 '죽은 자들'로 명기되어 있는 것입니다. 이것은 죽은 사람들이 아니라 죽음에 임박한 사람들을 의미하는 것으로 보입니다. 그리고 그 명칭 자체가 치치코프의 교육 정도가 교구 소속 초등학교의 보다 경험적인 학습 체험에 국한되어 있음을 입증합니다. 영혼은 불멸이기 때문입니다."

"사기꾼!" 코시카료프는 스스로 만족스러워하면서 읽기를 멈추

고 말했다. "여기서 그는 당신을 약간 비아냥거렸군요. 하지만 얼마나 재치 있는 문장인지 인정하시겠지요. 제2항, 이 영지에는 죽음에 임박한 자들은 물론 기타 등등의 사람들까지 저당 잡히지 않은 농노들이 없습니다. 모두 하나같이 저당 잡혀 있을 뿐 아니라, 지주 프레디셰프와의 소송 때문에 논쟁의 대상이 되고 있는 크지 않은 구르마일롭카 마을을 제외하고는 모두 추가로 농노당 1루블 반씩 재저당 잡혀 있기 때문입니다. 그 결과 그 마을은 「모스크바 통보」 제42권에 공표된 대로 압류 상태에 있습니다."

"그럼 왜 이걸 미리 말씀해 주지 않았습니까? 왜 어리석은 일들로 저를 붙잡으셨냐고요?" 치치코프가 화를 내며 말했다.

"네. 이 모든 걸 〔당신이〕 작성된 문서 형식을 통해 알 필요가 있었습니다. 이렇게 해야 일이 진지하게 다루어지니까요. 무의식적으론 바보라도 일을 이해할 수 있습니다. 하지만 의식적으로 이해할 필요가 있는 겁니다."

화가 잔뜩 난 치치코프는 모자를 집어 들고 온갖 예의범절도 무시한 채 집에서 문밖으로 뛰쳐나왔다. 그는 화가 났다. 마부는 말들을 풀 필요가 없다는 걸 알고서 2륜 무개마차를 대기시키고 서 있었다. 왜냐하면 사료에 대해 서면 요청을 하면, 말들에게 귀리를 지급하라는 결정은 이튿날에야 나올 것이기 때문이었다. 그러나 대령이 정중하고 세련된 태도로 뛰어나와서 그의 손을 힘껏 잡아 자기 가슴에 대고는, 그가 자신에게 작업 체계의 실상을 볼 수 있게 해 준 것에 대해 감사를 표시했다. 그는 또한, 이번 일을 계기로 그의 관리들을 한층 더 엄격하게 다스릴 필요가 있으며, 그렇게 하지 않고는 모두 잠들어 버려서 행정의 용수철이 녹슬고 약해질 것이라고 말했다. 그래서 이 사건을 계기로 '건설 위원회에 대한 감독 위원회'라고 부를 만한 새로운 위원회를 설립해서 이제 아무도 감히 도둑질을 못하게 하자는 멋진 생각이 떠올랐다는 말을 덧붙였다.

치치코프가 화가 나서 불만스럽게 코스탄조글로 집에 도착한 것은 이미 촛불을 켠 지 한참이 지난 늦은 시각이었다. "아니 왜 이렇게 늦으셨어요?" 그가 문에 모습을 드러내자 〔코스탄조글로가〕 말했다.

"무슨 이야길 그리 오랫동안 하셨어요?" 플라토노프가 말했다.

"내 이런 바보는 평생 보다보다 처음입니다." 〔치치코프가〕 말했다.

"그건 아직 약과예요." 〔코스탄조글로가〕 말했다. "코시카료프는 위로가 되는 존재예요. 그에게선 우리 모든 똑똑한 치들의 어리석음이 희화되어 더 선명하게 반영되기 때문에, 우리에겐 그가 필요해요. 먼저 자기 것을 알지도 못하면서 남의 어리석은 것들을 잔뜩 끌어모으는 이 모든 영리한 사람들 말입니다. 지주들이 지금 한 짓이 뭔지 보세요. 사무소다. 공장이다. 학교다. 위원회다. 또 악마나 알 만한 것들을 잔뜩 세워 놨어요. 이 영리한 사람들이란 게 바로 그런 상태에 있어요. 1812년 프랑스인 이후로* 바로잡을 수도 있었는데, 이제 다시 모두 뒤죽박죽되고 있어요. 정말 프랑스인보다 더 심하게 망가뜨리고 있으니, 그에 비하면 표트르 페트로비치 페투흐 같은 사람은 차라리 훌륭한 지주지요."

"네, 근데 그도 이제 영지를 담보로 저당 잡혔더군요." 치치코프가 말했다.

"아, 네, 전부 저당 잡혔지요. 전부 저당 잡혔어요." 이렇게 말하고서 코스탄조글로는 약간 화를 내기 시작했다. "뭐 다들 모자 공장에 양초 공장을 짓고, 런던에서 양초 기술자를 데려오고, 무역업자가 되었어요. 지주라는 이 존경할 만한 직함이 제조공장주,

공장주로 바뀌었어요. 방적 기계들…… 그 모슬린들을 도시의 행실 나쁜 여자들이나 시골 아가씨들한테 팔고 있어요."

"하지만, 매부에게도 공장들이 있잖아요?" 플라토노프가 지적했다.

"하지만 그것들을 누가 세웠니? 그건 저절로 들어선 거야. 양모가 쌓이고 아무 데도 둘 데가 없어서 나사, 두껍고 평범한 나사를 짜기 시작했고, 싼 가격에 우리 시장에 내다 판 거야. 그건 농부에게, 내 농부에게 필요한 물건이에요. 물고기 비늘도 사업가들이 내 강가에 6년간 버렸어요. 자, 그걸 어떻게 할까, 그래서 그것을 끓여 풀을 만들기 시작했고, 4만 루블을 벌었어요. 제겐 모든 게 그런 식입니다."

'이건 정말 악마네.' 치치코프는 그의 두 눈을 바라보며 생각했다. '다 갈퀴처럼 긁어모으잖아.'

"그래, 제가 이 모든 일을 시작한 이유는 흉년이 들어서 거기다 파종 시기를 놓친 공장주들 덕분에 많은 일손들이 일없이 길거리에 나앉게 되었기 때문이에요. 굶주림으로 죽어 가는 많은 노동자들이 모여들어서 일을 시작한 거예요. 결국 전 그런 식으로 많은 공장들이 생길 겁니다. 매년 남아 있는 것과 버려진 것들이 모이면, 그것에 따라서 새로운 공장이 들어설 거예요. 농사일을 더 주의 깊게 살펴보세요. 온갖 쓰레기들에서 수익을 거두게 될 테니까요. 그런데도 멀리 내다 버리면서 '필요 없어'라고 말하지요. 그래서 이걸 위해서 주랑과 박공이 있는 궁궐 같은 건물을 짓지 않는 겁니다."

"경이롭습니다. 무엇보다도 경이로운 건 온갖 쓰레기에서 수익을 거둔다는 거예요!" 치치코프가 말했다.

"하지만 잠깐만요! 일을 있는 그대로 단순하게 받아들이면 되는 거예요. 그걸 괜히 온갖 기계공에 온갖 사람들이 무슨 기구로 상자를 열려고 하고, 그걸 위해 일부러 영국에 갔다 오려고 하는 게 문제예요. 멍청한 짓이에요!" 코스탄조글로는 이렇게 말하고는 침을 뱉었다. "외국에서 돌아올 때 백 배는 더 어리석어질 거예요."

"어머, 콘스탄틴! 당신, 다시 화나셨네요." 아내가 불안해하며 말했다. "당신에게 해롭다는 걸 알면서 그러세요."

"어떻게 화가 안 나겠어요? 남의 일이면 몰라도 이건 나 자신과 아주 밀접한 일이라고요. 러시아식 성품이 망가지는 게 너무 화납니다. 이제 정말 러시아식 성품에 예전엔 없던 돈키호테 성향이 나타났어요. 계몽이 러시아인의 뇌리에 들어오면 계몽의 돈키호테가 되어서, 바보들조차 생각하지 않는 학교들을 지어 댈 겁니다. 학교에서 마을에도 도시에도 아무 데도 쓸모없는 그런 사람이 나올 거예요. 술주정뱅이일 뿐이면서 자존심은 엄청날 거예요. 그는 박애주의에 빠질 거고, 박애주의를 신봉하는 돈키호테가 되어서, 어리석기 이를 데 없는 병원과 주랑이 있는 시설물에 수백만 루블을 써 버리고, 급기야는 파산해서 환자들을 전부 바깥으로 내보낼 겁니다. 그게 당신네 박애주의라고요."

치치코프는 계몽에는 관심이 없었다. 그는 온갖 쓰레기에서 어떻게 수익을 거두는지에 대해 조목조목 물어보고 싶었으나, 코스탄조글로는 그에게 말할 기회를 주지 않았다. 격한 말들이 코스탄조글로의 입에서 쏟아졌고, 그는 이미 그것들을 제어할 수가 없었다.

"농부를 계몽시켜야 한다고들 하는데, 그러려면 먼저 그를 부유하고 훌륭한 주인으로 만드세요. 그러면 스스로 다 배울 겁니다. 지금 이 세상이 얼마나 정신 나갔는지! 아마 못 믿을 거요! 말만 현란한 이런 작자들이 뭐라고 써 대는지 보세요! 요즘은 그런 말도 안 되는 낙서들을 책으로 출판하고 모두들 그것을 읽는다니까! 지금 그 책에서들 하는 소리라곤, '농노들은 너무 단순한 삶을 살고 있으니, 그들에게 사치스러운 물건들을 알게 해 주고 그들의 수입 이상의 욕망을 자극할 필요가 있다'라는 거예요. 그런데 이놈의 사치 덕분에 그들은 이제 인간이 아니라 그들 자신이 넝마 조각이 되고, 악마나 알 것 같은 온갖 병들에 걸리고, 겨우 열여덟 살밖에 안 된 소년인데도 온갖 것을 경험하지 않은 애가 없을 정도예요. 그래서 그 애 이빨이 없어지고, 거품처럼 대머리가 되고, 이제 다른 이들도 감염시키고 싶어 하죠. 정말 이런 기상천외한 공상들을 모르는 건강한 계층이 아직 남아 있는 것에 신께 감사드려요. 이것에 대해 우린 그저 신에게 감사해야 해요. 네, 저의 밭 가는 농부들이 그 누구보다 더 존경스러워요. 왜 그를 건드리겠어요? 오 신이여, 모두 밭 가는 농부들처럼 되게 하소서."

"그럼 당신은 곡물 재배를 하는 것이 더 유리하다고 생각하시나요?" 치치코프가 물었다.

"더 적합한 거지, 더 유리한 것은 아니에요. 땀방울을 흘리며 땅을 갈아라, 다들 이렇게 말하지요. 이건 전혀 복잡한 게 아니에요. 오랜 경험으로, 땅을 가는 소명을 이룰 때에야 비로소 인간은 더 도덕적이 되고, 더 깨끗해지며, 더 고상해지고, 더 숭고해진다는 건 이미 입증된 바 있어요. 다른 일에 종사하지 말라는 얘기가 아니라, 곡물 재배를 기반으로 삼으라는 겁니다. 그러면 공장은 스스로 세워지고, 오늘날 사람들을 약하게 만든 온갖 물품들을 생산하는 공장들이 아니라, 이곳 사람들에게 필요하고 이들이 쉽게 접근할 수 있는 적합한 공장들이 세워질 겁니다. 이 공장들은 나중에 유지를 위해, 판매를 위해 온갖 추악한 조처들을 사용해서 불행한 민중을 타락시키고, 부패시키는 공장들이 아닙니다. 당신이 아무리 저에게 이롭다고 말해도, 담배든 설탕이든 높은 소비 욕구를 불러일으키는 온갖 상품들을 만드는 공장들은, 설사 수백만 루블을 손해 보는 한이 있더라도 저는 만들지 않을 겁니다. 만약 세상이 타락한다 해도, 제 손을 통해서는 아니어야 해요. 저는 신 앞에 바로 설 겁니다…… 전 20년간 민중과 함께 그렇게 살아왔고, 이것에서 어떤 결과가 나올지 잘 알고 있습니다."

"제게 무엇보다 놀라운 건 분별 있는 경영으로, 남은 것들이나 부스러기들에서 이익을 얻고, 온갖 쓰레기에서 수익을 거둔다는 거예요."

"흠! 정치적인 경제인요!" 코스탄조글로는 그의 말을 제대로 듣지도 않고, 열 받쳐서 비아냥거리는 표정을 지으며 말했다. "정치적인 경제인들은 훌륭해요. 바보 위에 바보가 앉아서 다른 바보를 쫓아가고 있으니까요. 한 치 앞을 내다보지 못해요. 바보이면서 부서에 기어들어 와 안경을 쓰고…… 어리석은 짓이에요!" 그리고 그는 화를 내며 침을 뱉었다.

"전부, 정말 다 그렇고, 모두 맞는 말씀이에요. 다만 제발 화는 내지 말아요." 그의 아내가 말했다. "화를 내지 않고는 이것에 대해 말을 할 수 없다는 식이니 말이에요."

"당신 말을 들으면, 지극히 존경스러운 콘스탄틴 표도로비치, 말하자면 삶의 의미를 깊이 규명하고 사물의 본질 자체를 파악하게 됩니다. 하지만 인간의 보편적인 것은 접어 두고, 사적인 것에 주의를 돌리고자 합니다. 만일 제가 가령 지주가 된다면, 말하자면 제가 시민의 본질적인 의무를 수행하기 위해 짧은 〔시간〕 내에 부유해지고 싶다면 어떤 식으로 행동해야 할까요?"

"부유해지기 위해서 어떻게 하냐고요?" 코스탄조글로가 말을 받았다. "그건 이렇게……"

"식사하러 가지요!" 안주인이 말했다. 그녀는 소파에서 일어나 가볍게 부르르 떠는 자신의 젊은 어깨를 숄로 감싸면서 방 한가운데로 나섰다.

치치코프는 의자에서 거의 군인처럼 민첩하게 일어나 손을 받치도록 그녀에게 팔을 내밀고, 의기양양하게 두 개의 방을 거쳐 그녀를 식당으로 안내했다. 식당에는 식탁에 이미 수프 그릇이 놓이고, 수프 그릇의 뚜껑이 열려 있어서 신선한 봄 채소와 봄의 첫 뿌리들로 끓인 향긋한 수프 냄새가 풍겼다. 모두 식탁에 앉았다. 하인들이 민첩하게 식탁에 뚜껑을 닫은 그릇들과 필요한 모든 것을 놓고는 즉시 나갔다. 코스탄조글로는 하인들이 주인들의 〔대화를〕 듣는 것이나, 특히 그가 〔먹는〕 동안 그의 입을 쳐다보는 것을 더더욱 좋아하지 않았다. 수프를 다 먹고 어떤 헝가리산 비슷한 훌륭한 술을 한 잔 마신 후, 치치코프는 주인에게 이렇게 말했다. "지극히 존경하는 주인, 다시 지극히 아름다운 화제로 관심을 돌려도 될런지요. 전 어떻게 될지, 어떻게 해야 할지, 어떻게 착수하는 게 가장 좋을지 여쭤 보았습니다만……."*

"그 영지에 대해 그가 4만 루블을 요구한다 해도 전 그에게 그 액수를 줄 겁니다."

'흠!' 치치코프는 생각에 잠겼다. 그는 약간 소심하게 말했다. "그런데 왜 정작 당신은 그것을 사지 않나요?"

"결국 한계를 알 필요가 있습니다. 제겐 그거 아니어도, 제 영지에 관한 일들이 많이 있습니다. 게다가 그러잖아도 우리 귀족들이, 제가 그들의 극단적인 상황과 영락한 처지를 이용하여 토지를 헐값에 매입하는 것처럼 저에 대해 아우성들입니다. 정말이지, 결국 전 넌더리가 났습니다. 악마나 데려가 버렸으면."

"정말 사람들이란 얼마나 악담을 잘하는지요!" 치치코프가 말했다.

"하지만 우리 현에서처럼은…… 당신은 상상도 못할 거예요! 그들은 저를 첫째가는 구두쇠요 노랑이라고밖에 부르지 않아요. 자기에 대해서는 모든 부분에서 너그러이 용서하면서 말이에요. 그들 말로 하면 '저는 물론 영락했어요. 하지만 삶의 가장 고상한 욕망들을 추구하며 살았고, 산업가와 사기꾼들을 육성했지요. 에, 그러니까 한마디로 말하면〔……〕만약 제가 그렇게 살지 않았더라면, 그저 돼지 같은 삶을 살았겠지요, 코스탄조글로처럼요' 라는 거지요!"

"전 차라리 그런 돼지가 되기를 바랍니다!" 치치코프가 말했다.

"근데 이게 전부 거짓말에 헛소리예요. 고상한 욕망들이란 게 뭐예요? 누구를 속이려고요? 그들은 책은 잔뜩 사 모으면서, 정작 읽지는 않아요. 그건 카드와 술주정으로 끝날 거예요. 이게 전부 제가 만찬을 베풀지 않고 그들에게 돈을 빌려 주지 않기 때문이에요. 제가 만찬을 베풀지 않는 건 그것이 지나치게 번거롭기 때문에, 제가 이것에 익숙하지 않기 때문이에요. 그러나 누구라도 제게 오는 분은, 제가 먹는 것을 드시라고 정중히 부탁할 겁니다. 언제나 대환영이고요. 제가 돈을 빌려 주지 않는다는 건 헛소리예요. 정말 돈이 궁해서 절 찾아오는 분은 제 돈을 어떻게 쓰실 건지 상황만 설명하시면 돼요. 그의 말에서 그가 돈을 현명하게 사용하고, 그 돈이 분명히 이익을 가져다줄 거라는 확신이 들기만 하면, 전 거절하지 않을 거고 이자도 받지 않을 거예요."

'이건 꼭 유념해서 기억해야겠네.' 치치코프는 생각했다.

"절대로 거절하지 않을 겁니다." 코스탄조글로는 말을 계속 이었다. "하지만 돈을 바람에 날리는 일은 하지 않을 겁니다. 뭐 이

점에 대해 날 비난하려면 하라지요! 악마나 데려가 버렸으면! 연인에게 베풀 만찬을 구상하거나, 미치광이처럼 가구들로 집을 장식하거나, 아니면 가장무도회에 난봉꾼과 가거나, 자신이 〔이 세상에〕 헛되이 살았던 것을 기념하기 위해 기념 파티를 열려고 하는 이에게 돈을 빌려 주라는 건가요……."

여기에서 코스탄조글로는 침을 뱉고, 부인 앞에서 약간 불쾌한 험담을 겨우 참았다. 어두운 심기증의 짙은 그림자가 그의 안색을 어둡게 했다. 이마를 가로질러 주름살이 생기고, 그것으로 그가 분노로 흥분하여 황달기가 도는 것을 알 수 있었다.

"친애하는 주인 나리, 다시 지극히 아름다운 화제로 넘어가는 걸 허락해 주십시오." 치치코프는 정말로 훌륭한 딸기주를 또 한 잔 마시며 말했다. "만일 가령 제가 당신이 언급한 그 영지를 구입한다면, 얼마 만에, 얼마나 빨리 그 정도로 부유해질지……."

"만일 당신이," 코스탄조글로는 마음이 심란해져서 엄격하게 탁탁 끊으면서 말을 받았다. "만약 당신이 빨리 부유해지고자 한다면, 결코 부유해지지 않을 겁니다. 그러나 만일 시간에 구애받지 않고 부유해지고자 한다면, 곧 부유해질 것입니다."

"바로 그런 거군요!" 치치코프가 말했다.

"네." 코스탄조글로는 마치 치치코프 자신에게 화가 나는 듯이 문장을 탁탁 끊으며 말했다. "노동을 사랑할 필요가 있습니다. 이것 없이는 아무것도 할 수가 없어요. 농사일을 사랑해야 합니다, 네. 그리고 이건 절대 따분하지 않다는 걸 믿으세요. 사람들은 시골에선 우울하다고 생각하지만, 도시에서 하루라도 그들이 어리석은 클럽, 주막, 극장에서 지내는 식으로 살면, 전 죽고 싶을 겁니다. 바보 천치들! 어리석고 당나귀 같은 세대예요! 주인에겐 따분해 할 새가 없어요. 그의 삶은 한 치도 텅 빈 곳 없이, 전부 꽉

차 있어요. 그 다양한 활동들만 봐도 그래요, 어떤 활동들인가요! 진실로 정신을 고양시키는 활동이지요.

당신이 뭐라 하든, 여기선 사람들이 자연과, 한 해의 흐름과 손에 손을 잡고 나란히 걸어가요. 그는 피조물에서 이루어지는 모든 것의 공동 참여자이자 대화자이지요. 자, 일 년 동안 일이 어떻게 돌아가는지 한 번 봅시다. 아직 봄이 다가오기 전에는 모든 게 긴장하고 봄을 기다리지요. 종자들을 미리 준비하고, 곡물 창고들을 다시 조사하고 다시 말리고, 조세와 부역을 부과할 새 경작지를 확정하지요. 미리 한 [해를] 살펴보고 처음에 전부 셈을 해 보는 겁니다.

그리고 얼음이 갈라지고, 강물이 흐르고, 전부 마르고, 땅이 갈아엎어지기 시작하면 바로 채소밭과 정원에서는 삽이, 들판에선 러시아식 쟁기와 써레가 일하고, 심고 뿌리고 하는 겁니다. 이게 뭔지 이해하시겠어요? 무료하기는요! 미래의 수확을 뿌리는 건데요. 온 땅에 축복을 뿌리는 거고요. 수백만을 먹여 살릴 걸 뿌리는 거예요. 그러다 여름이 찾아오고…… 여기선 풀베기에 풀베기가 이어지지요. 그리고 갑자기 수확의 시기가 오면, 호밀에 호밀이, 그리고 저기선 밀이, 저기선 보리와 귀리가 나오죠. 모든 게 끓기 시작하고 달아올라서, 한순간도 지나칠 수가 없어요. 몸이 열 개라도 모자랄 정도예요. 그리고 모두 축제를 즐기고 곡물 창고로 내려가서 볏단을 쌓고, 겨울용 밭갈이를 하고, 겨울을 위해 곡물 창고와 곡물 건조용 곡물 창고, 축사를 수리하고, 동시에 아낙네들 [일이] 쌓이죠. 모두 소출을 운반하고 그간의 결실을 확인하는 거예요. 그건 정말…… 그리고 겨울이 오죠! 곡물 창고마다 탈곡하고, 탈곡한 곡식을 건조용 곡물 창고에서 저장용 곡물 창고로 옮기지요. 방앗간에도 가고, 공장에도 가고, 작업장에도 가고, 농부들에게도 가서 그들 일이 어떻게 되고 있는지 살펴봐요. 그리고 저로 말할 것 같으면, 목수가 도끼 제작의 명수이면 전 두 시간 동안 그 앞에 서 있을 용의가 있어요. 그 일이 재밌으니까요. 그리고 또 이 모든 일이 어떤 목적에 따라 이루어지고, [자기] 주위의 모든 것이 번성하고 번성해서, 결실과 수익을 가져오는 것을 보게 되지요. 그때 당신 안에서 무슨 일이 벌어지는지 전 말로 표현할 수 없어요. 이건 돈이 불어나서가 아니에요. 돈은 돈일 뿐이에요. 그게 아니라, 이 모든 게 당신 손에서 나오기 때문이지요. 당신이 이 모든 것의 원인이고, 당신이 모든 것의 창조자인 것을 보기 때문이에요. 마법사라도 된 것처럼 당신에게서 이 풍요로움과 선이 쏟아져 나오는 것을 보기 때문이에요. 자, 당신은 어디서 제게 그만한 기쁨을 찾아주시겠어요?" 코스탄조글로가 말하는 동안, 그의 얼굴이 위로 들어 올려지면서 주름살이 사라졌다. 그는 장엄한 대관식 날의 황제처럼 온몸이 빛나서, 마치 그의 얼굴에서 광채가 흘러나오는 것만 같았다.* "네, 세상 어디에서도 당신은 그런 만족을 찾지 못할 겁니다! 바로 여기서 인간은 신을 모방하지요. 신은 창조의 사역을 가장 큰 만족을 주는 일로 정하셨고, 인간에게도 자기 주위에 그와 같은 행복을 창조하기를 요구하세요. 이것을 따분한 일이라고 하다니요!"

낙원에 사는 새의 노래처럼 치치코프는 주인의 달콤한 말들을 귀 기울여 들었다. 그의 입이 침을 꿀꺽 삼켰다. 심지어 그는 더 듣고 싶은 마음에, 눈까지 촉촉하게 물기를 머금으며, 달콤한 빛을 띠었다.

"콘스탄틴! 일어날 시간이에요." 안주인이 식탁에서 일어서며 말했다. 모두 일어났다. 치치코프는 자기에게 기대라고 팔을 내밀어서, 안주인을 거실 바깥쪽으로 안내했다. 하지만 그의 행동에는 세련미가 부족했다. 왜냐하면 그의 생각은 진정 실질적인 것들로 가득 차 있었기 때문이다.

"하지만 당신이 뭐라 하든, 전부 따분할 뿐이에요." 그들 뒤를 따라가며 플라토노프가 말했다.

"이 손님은 멍청한 사람이 아니야.' 주인은 생각했다[⋯⋯]. '그는 말에 조리가 있고, 엉터리 문사가 아니야.' 그렇게 잠시 생각하고서 그는 자신의 대화에 스스로 열이 오른 듯, 그리고 지혜로운 조언을 들을 수 있는 사람을 발견한 것에 기쁜 듯 훨씬 더 명랑해졌다.

이윽고 그들 모두는 발코니와 정원으로 난 유리문 맞은편에 있는, 촛불을 밝힌 작고 아늑한 방에 자리를 잡았고, 잠든 정원 꼭대기를 밝게 비추는 별들이 멀리서 그들을 내려다보았다. 이때 치치코프는 오랫동안 느끼지 못했던 아늑함을 느꼈다. 정말 오랜 유랑 생활 이후에 돌아온 고향 집이 그를 따뜻하게 맞이해 주고, 게다가 모든 것을 마치고 이미 갈망하던 것을 다 얻고서 "이제 충분해!"라며 여행용 지팡이를 내던질 때의 느낌이었다.

그런 황홀한 상태를 그의 영혼에 가져다준 것은 주인의 지혜로운 말이었다. 사람들에게는 저마다 다른 말들보다 자신에게 더 가깝고 마음에 와 닿는 말들이 있기 마련이다. 그리고 자주 뜻하지 않게 황량하고 사람들에 의해 잊힌 시골에서, 인간의 발길이 뜸한 곳에서, 마음을 따뜻하게 하는 대화로 자신도 잊고, 길의 길 없음도, 숙소의 불편함도, 오늘날의 이런 말도 안 되는 소음도, 인간을 기만하는 기만의 거짓됨도 다 잊게 하는 사람을 만나곤 한다. 그런 식으로 보낸 저녁은 생생하게 오래도록 영원히 기억에 남고, 충실한 기억에 의해 유지된다. 즉 누가 동석했고, 누가 어느 자리에 앉아 있었고, 그의 손에 무엇이 있었고, 벽, 구석 등 온갖 사소한 것들도 모두 기억되기 마련이다.

치치코프에게도 그날 저녁엔 모든 것이 그렇게 느껴졌다. 이 친근하고 어수선하지 않게 장식된 방도, 지혜로운 주인의 얼굴에 각인된 관대한 표정도, 심지어 방 벽지의 그림도, 플라토노프에게 건네진 호박 물 뿌리가 달린 파이프 담배도, 그가 야르브의 낯짝에 내뿜기 시작한 연기도, 야르브의 거센 콧김 소리도, "됐어요, 그만 괴롭혀요"라는 말로 끊기던 상냥한 안주인의 웃음도, 명랑한 촛불도, 구석의 귀뚜라미도, 유리문도, 그리고 숲의 나무들 꼭대기에 기대어 그들을 바라보고 별들이 뿌려지고 녹색 이파리가 무성한 수풀에서 크게 휘파람을 불며 노래하는 꾀꼬리 소리에 귀가 먹먹해지던 봄밤도.

"존경하는 콘스탄틴 표도로비치, 당신 말은 정말 감미롭습니다." 치치코프가 말했다. "전 러시아에서 당신과 같은 지혜를 가진 사람을 본 적이 없어요."

그는 미소를 지었다. 그 자신은 이 말이 옳지 못하다고 느꼈다. "아니에요, 파벨 이바노비치. 정말로 지혜로운 사람을 알고 싶다면, 우리나라에 정말 한 명 있어요. 그는 정말 '지혜로운 사람' 이라서, 전 그 발끝에도 못 미치지요."

"누가 그럴 수 있나요?" 치치코프가 깜짝 놀라며 물었다.

"그는 우리 독점 전매 취급인 무라조프입니다."

"그에 대해 벌써 두 번째 듣습니다!" 치치코프가 외쳤다.

"이 사람은 지주의 영지 정도가 아니라 전 국가를 다스릴 만한 분이에요. 제게 나라가 있다면, 당장이라도 그를 재정부 장관으로 삼겠어요."

"상상을 뛰어넘는 대단한 사람으로 천만 루블쯤 모았다고 하던데요."

"천만은 무슨! 4천만이 넘습니다. 곧 러시아의 절반이 그의 수 중에 들어올걸요."

"그런, 설마요!" 치치코프는 눈이 휘둥그레지고 입이 딱 벌어지면서, 크게 외쳤다.

"반드시 그렇게 될 겁니다. 틀림없어요. 수십만 루블이 있는 사람은 천천히 부유해지지만, 수백만이 있는 사람의 반경은 엄청납니다. 무엇을 취하든 곧 있던 것에서 두 배, 세 배 불어나니까요. 들판 전체가, 극히 광활한 활동 무대가 펼쳐지는 거예요. 여기엔 경쟁자도 없어요. 누구도 그와는 경쟁이 안 돼요. 그가 부르는 게 곧 가격이 되니까요. 그 어느 누구도 가로챌 수 없지요."

"와우, 신이여, 대단해요." 치치코프는 말하고 성호를 그었다. 치치코프는 코스탄조글로의 눈을 쳐다보았고, 그의 가슴에서는 숨이 턱 막혔다.

"이성으론 이해가 안 됩니다! 공포로 머리가 멍해지는 것 같아요. 작은 곤충을 관찰할 때면 신의 지혜에 놀라고들 하는데, 제겐 죽을 운명인 인간에게 그렇게 엄청난 돈이 들어올 수 있다는 게 더욱 놀랍습니다! 한 가지 상황에 대해 질문을 드리고자 하는데요. 물론 이것도 처음엔 죄 없이 모아진 것은 아니겠죠?"

"가장 흠 없는 방법과 가장 정당한 수단으로요." 코스탄조글로가 대답했다.

"믿을 수 없어요. 너무 놀라워요, 천 정도면 몰라도 백만이면……"

"그 반대지요. 천이면 죄 안 짓곤 힘들겠지만, 백만으론 쉽게 법니다. 백만장자는 뒷거래를 할 일이 없어요. 곧은길로도 그만큼 가서, 자기 앞에 있는 걸 모두 거두기만 하면 돼요. 다른 이는 나서지도 못합니다. 누구도 힘이 그만큼 안 되니까 경쟁 상대가 없어요. 그는 반경이 넓어서, 뭐를 하든 〔원래 있는 것에서〕 두세 배를 거두어요. 천으로 뭘 벌겠어요? 고작 10~20퍼센트지요."

"그리고 무엇보다 이해가 안 가는 건 이것이 코페이카 한두 푼에서 시작되었다는 겁니다."

"네, 다른 식으로는 절대 불가능해요. 이게 만물의 법칙입니다."〔코스탄조글로가〕 말했다. "수천 루블을 갖고 태어나서, 수천 루블을 들여 양육된 사람은 잘 못 모아요. 온갖 변덕이 들끓기 때문이죠. 중간에서가 아니라 처음부터, 루블이 아니라 코페이카에서부터, 위에서가 아니라 아래에서부터 시작해야 해요. 그것이 일반 농민과 그들의 삶을 알 수 있는 유일한 길입니다. 그래야만 당신이 나중에 그 사이에서 뒹굴게 될 사람들과 세상 물정을 잘 알수 있어요. 자기 몸으로 이러저런 일을 겪어 보고, 단돈 1코페이카도 구두쇠처럼 아껴야 한다는 걸 깨닫고, 모든 역경을 이겨 내면 당신은 지혜로워지고 어떤 사업에서도 실패하지 않고 중단하지 않는 법을 배우게 될 거예요. 이게 진리라는 걸 믿으세요. 중간부터가 아니라 처음부터 시작하세요. '10만 루블을 주세요, 당장부유해질 테니'라고 말하는 사람을 전 믿지 않아요. 그는 확실하게 하지 않고 되는대로 일에 덤벼들 겁니다. 푼돈에서부터 시작해야 합니다."

"그런 경우라면 전 부유해지겠군요." 치치코프는 은연중에 죽은 농노들을 생각하고서 말했다. "정말로 무일푼에서 시작했으니까요."

"콘스탄틴, 이제 파벨 이바노비치도 쉬고 잠자리에 드시게 해야 할 때예요." 안주인이 말했다. "근데도 당신은 자꾸 말씀하시네요."

"네, 틀림없이 부유해지실 겁니다." 코스탄조글로는 여주인 말은 듣지도 않고 말했다. "당신에게 [금이] 강물처럼, 강물처럼 흘러들 겁니다. 수입을 어떻게 처리해야 할지도 모르게 될 거예요."

마법에 홀린 듯 파벨 이바노비치는 앉아 있었다. 그의 상념은 황금빛 몽상과 환상 속을 맴돌고 있었다. 왕성해진 상상력이 미래의 수익이라는 황금 양탄자 위에 황금빛 무늬를 수놓았고, 그의 귓가에는 "금이 강물처럼, 강물처럼 흘러간다"라는 말이 메아리쳤다.

"정말, 콘스탄틴, 파벨 이바노비치가 주무실 시간이에요."

"그게 당신이랑 무슨 상관이야? 뭐, 정 원하면 당신 먼저 가." 주인은 말하고 나서 잠잠해졌다. 왜냐하면 온 방에 갑자기 플라토노프의 코 고는 소리가 울려 퍼지고, 이어서 야르브가 더 크게 코를 골았기 때문이다. 정말 잠자리에 들 시간인 것을 깨닫고, 주인은 플라토노프를 깨우며 "코 고는 건 이제 됐어"라고 말했고, 치치코프에게는 잘 자라는 밤 인사를 했다. 모두 흩어져서 곧 자기 침대에서 잠이 들었다.

치치코프 혼자만 잠을 이루지 못했다. 그의 상념은 고무되었다. 그는 어떻게 하면 상상 속에서가 아니라, 실제 지주가 될 수 있을까 궁리했다. 주인과의 대화 이후 모든 게 그토록 선명해졌다. 부유해질 가능성이 그토록 명확해 보였다. 힘든 농사일이 이제는 쉽고 이해할 수 있게 되었고, 자기 성격에 적합해 보였다! 이 죽은 농노들을 저당 잡혀 팔기만 하면, 이젠 더 이상 [환상의 영지]의 문제가 아닐 것이다.

그는 이미 자신이 코스탄조글로가 가르친 대로 활동하고 관리하는 모습을 보았다. 재빠르고, 주의 깊게, 옛것을 완전히 알지 않고는 절대 새것을 도입하지 않으며, 모든 걸 자기 눈으로 확인하고, 모든 농부들을 파악하고, 자기에게서 모든 무절제를 제거하고, 노동과 농사에만 헌신하는 모습을 말이다. 그는 이미 정연하게 질서가 잡히고 농사 기계의 용수철들이 서로를 자극하며 활발히 움직일 때, 자신이 느끼게 될 만족감을 맛보았다. 노동이 한껏 달아오르고, 마치 바쁘게 돌아가는 방앗간에서 재빠르게 곡물을 빻아 밀가루가 나오는 것처럼, 온갖 쓰레기와 잡동사니를 빻으면 현금이 쏟아져 나올 것이다. 경이로운 주인인 코스탄조글로가 매 순간 그 앞에 어른거렸다. 이 사람은 그가 전 러시아에서 개인적인 존경심을 갖게 된 최초의 인물이었다. 여태껏 그는 훌륭한 관직에 대해서나, 대단한 수익에 대해서는 사람을 존경한 적이 있었다. 그러나 순수하게 지혜에 대해서는 아직 누구도 존경해 본 적이 없었다. 코스탄조글로가 처음이었다. 그는 이 사람과는 어떤 농담도 할 게 없다는 걸 이해했다. 다른 프로젝트가 그를 사로잡았으니, 바로 흘로부예프의 영지를 구입하는 것이었다. 그에게는 1만 루블이 있었고, 1만 5천 루블을 코스탄조글로에게 빌려 달라고 부탁해 보기로 했다. 왜냐하면 그 스스로 이미 부유해지고 싶은 사람은 누구나 도와줄 용의가 있다고 선언했기 때문이다. 나머지 금액은 어떻게든지, 저당을 잡혀서 구하거나 그냥 흘로부예프가 기다리도록 하거나 해서 해결할 수 있을 것이다. 이것 역시 가능할 것이다. 정말로 돈을 받기를 원하면 그는 법원에 가서 재판을 걸어야 하는데, 그는 그럴 사람이 아니었기 때문이다. 오랫동안 그는 이 문제를 곰곰이 생각했다. 마침내 흔히 말하듯이 네 시간 내내 온 집안을 꺼안고 있던 잠이 치치코프도 감싸 안았다. 그는 깊이 잠들었다.

제4장

　다음 날 모든 일이 더 바랄 나위 없이 잘되었다. 〔코스탄조글로는〕 기쁘게 이자나 보증 없이 영수증만으로 1만 루블을 주었다. 그렇게 그는 부를 축적하는 길에 나선 사람이면 누구나 돕고자 했다. 그는 치치코프에게 자신의 농장 일을 모두 보여 주었다. 모든 것이 단순하고 그토록 지혜로웠다. 모두 너무나 잘 갖춰져서 스스로 잘 굴러갔다. 단 1분도 헛되이 낭비하지 않았고, 주민에게는 어떤 게으름의 기미도 없었다. 지주는 마치 혜안을 지닌 사람처럼 갑자기 그가 벌떡 일어나게 만들었다. 어디에도 게으름뱅이가 없었다. 농민이…… 이랑을 만들고 씨를 뿌리고 땅을 갈 때 얼마나 지혜로운 만족의 빛을 띠고 있었는지〔…….〕

　이 사람이 전 인류의 복지 증진에 대한 프로젝트와 논문을 쓰지 않고도 얼마나 조용히, 아무 소리 없이 얼마나 많은 일을 하고 있는지, 그리고 수도의 주민, 사교계의 세공 마루가 닳도록 뻔질나게 드나드는 사람, 응접실의 단골손님, 혹은 조국의 깊은 벽지에 있는 자신의 은밀한 공간에서 명령서를 작성하는 꿈꾸는 프로그램 기획자의 삶이 어떻게 아무 소득 없이 영락하는지를 보면서 치치코프는 놀라지 않을 수 없었다. 치치코프는 완전히 탄복했고,

지주가 되겠다는 생각이 뇌리에 더 깊이깊이 각인되었다. 코스탄조글로는 그에게 모두 보여 준 것으로 끝내지 않고, 그와 함께 흘로부예프의 영지를 둘러보려고 그를 흘로부예프에게 직접 안내하기로 하였다. 치치코프는 기분이 좋았다. 아침을 배불리 먹고 세 사람은 치치코프의 쌍두 사륜 반포장마차를 타고 길을 나섰다. 주인의 2인승 무개 사륜마차가 텅 빈 채로 그들을 따라왔다. 야르브가 길에서 벗어나 새들을 좇으며 앞서 달렸다. 15베르스타를 달리는 내내 좌우로 코스탄조글로 영지의 숲과 경작지가 펼쳐졌다. 내내 숲이 목초지와 교대로 그들을 인도해 주었다. 여기선 풀포기 하나 그냥 존재하지 않고, 모두 천상에 있는 것처럼 정원으로 보였다.

하지만…… 흘로부예프의 영지가 시작되자, 자동적으로 모두 사라졌다. 즉, 숲이 있어야 할 자리에 가축이 따먹은 관목들과, 이제 갓 줄기를 뻗고 잡초에 질식된 호밀이 앙상하게 자라 있었다. 마침내 울타리를 둘러치지 않은 낡은 오두막과 그 사이에 되는대로 세워지고 아무도 살지 않는 석조 주택이 보였다. 지붕을 만들 돈이 부족했던 듯싶었다. 그래서 집은 위에 볏단을 얹은 채 검게 변색되어 있었다. 주인은 다른 1층 집에 살았다. 그는 다 해진 낡은 프록코트에 머리는 헝클어지고 구멍 난 구두에 잠도 덜 깨고 더러운 상태로 그들을 맞으러 뛰어나왔으나, 얼굴엔 뭔가 선량한 기색이 엿보였다. 그는 신이 계시해 주기나 한 것처럼 손님들을 보고 매우 기뻐했다. 정말 그는 오랫동안 떨어져 있던 형제들을 본 것처럼 그들을 대했다.

"콘스탄틴 표도로비치! 플라톤 미하일로비치! 방문해 주시니 감사합니다. 이게 꿈입니까 생십니까! 정말 저를 아무도 찾아오지 않을 거라고 생각했습니다. 하나같이 저를 페스트 피하듯이 피하더라고요. 제가 돈 빌려 달라고 할까 봐 그러는 거지요. 아, 힘듭니다, 힘들어. 콘스탄틴 표도로비치! 모든 게 제 탓인 걸 알아요. 어쩌겠습니까? 천상 돼지여서 돼지처럼 살기 시작한걸요. 여러분 죄송합니다. 여러분을 이런 옷차림으로 맞이해서요. 보다시피 구두에 구멍이 송송 뚫렸지요. 드실 걸로 뭘 준비하라고 할까요?"

"격식 차리지 마십시오. 저흰 일 때문에 찾아온 겁니다. 여기는 매입자, 파벨 이바노비치 치치코프입니다." 코스탄조글로가 말했다.

"알게 되어 진심으로 기쁩니다. 당신 손을 잡게 해 주십시오."

치치코프는 그에게 두 손을 내밀었다.

"지극히 존경하는 파벨 이바노비치, 당신께 주목할 가치가 있는 제 영지를 보여 드리고 싶네요. 그런데 여러분, 점심은 드셨는지 여쭤 봐도 될런지요?"

"식사했어요, 했습니다."〔코스탄조글로가〕그에게서 벗어나기를 바라며 말했다. "꾸물거리지 말고 지금 곧 가지요."

"그럼 가시지요." 홀로부예프가 손에 모자를 집어 들었다. "무질서와 저의 방탕을 둘러보러 가시지요." 손님들은 머리에 모자를 쓰고, 모두 마을길을 따라나섰다. 각반으로 쑤셔 박은 아주 작은〔창문들이〕있는 눈먼 누추한 오두막들이 양편으로 보였다.

"무질서와 저의 방탕을 둘러보러 가시지요." 홀로부예프가 말했다. "물론, 식사를 하신 것은 잘하신 겁니다. 콘스탄틴 표도로비치, 집에 암탉 한 마리 없다면 믿으시겠어요? 그 정도로 다 써 버렸어요." 그는 한숨을 쉬고, 마치 콘스탄틴 표도로비치 쪽은 공감하지 않을 거라고 느낀 듯이, 플라토노프의 팔을 잡고 그것을 자기 가슴에 꼭 붙이고 그와 함께 앞서 걸어가기 시작했다.〔코스탄조글로와] 치치코프는 팔짱을 끼고 멀찍이 뒤처져서 그들을 따라 갔다.

"힘들어요, 플라톤 미하일로비치, 힘들어요!" 흘로부예프가 플라토노프에게 말했다. "얼마나 힘든지 상상도 못하실 거예요! 돈도 없고 빵도 없고 구두도 없어요! 당신에겐 제 말이 전혀 이해가 안 되겠지요. 제가 젊고 혼자라면 별문제 없어요. 하지만 이런 불행이 노년에 닥치고, 옆에 아내와 다섯 아이가 딸려 있으니 우울해집니다, 어쩔 수 없이 우울해집니다."

"뭐, 마을을 팔면, 형편이 펴지겠지요?" 플라토노프가 물었다.

"펴지기는요!" 흘로부예프는 손을 내두르며 말했다. "빚을 갚고 나면, 1천도 안 남을걸요."

"그러면 뭘 하시겠어요?"

"그야 신이 아시겠지요."

"어떻게 그런 상황에서 벗어날 방도를 전혀 취하지 않으시나요?"

"무슨 방도를 취할 수 있는데요?"

"뭐, 아무 일자리라도 찾아봐야지 않겠어요?"

"전 현의 서기입니다. 제게 어떤 자리를 줄 수 있겠어요? 변변치 않은 자리나 주겠죠. 제가 어떻게 월급 5백 루블로 먹고 살겠어요? 아내와 다섯 아이들이 있는데 말이에요."

"관리인이 되시지요."

"누가 제게 영지를 맡기겠어요! 자기 것을 말아먹은 판에."

"글쎄요, 배고프고 이제 죽게 된 판에 뭐라도 수를 써야죠. 형한테 도시의 누군가에게 어떤 자리든 알아봐 달라고 제가 부탁해 볼게요."

"그러지 마세요, 플라톤 미하일로비치." 흘로부예프는 한숨을 내쉬고 그의 손을 꼭 쥐고 말했다. "전 이제 아무짝에도 쓸모가 없어요. 전 늙기 전에 힘이 다 빠지고, 과거의 죄들로 허리가 아파요. 어깨엔 류머티즘도 있고요. 제가 무슨 쓸모가 있겠어요? 뭣 때문에 국고를 탕진합니까? 그러잖아도 유리한 자리를 노리는 관리들이 부지기순데. 제발, 제게 봉급 주느라 빈민층에 세금을 더 매기는 일은 신이 막아 주시길."

'방탕한 생활의 결실이란 게 저런 거군.' [플라토노프는] 생각했다. '이건 내 무기력보다 나쁜걸.'

두 사람이 그렇게 이야기를 나누는 사이, 코스탄조글로는 그들 뒤를 치치코프와 걸으면서 분개했다.

"저기 보세요." 코스탄조글로는 손가락으로 가리키며 말했다. "농부가 저 정도로 가난해지게 만들었어요. 짐마차도, 말도 하나 없고요. 역병이 발생했을 때는 자기 재산을 돌아봐선 안 되는 법인데. 이럴 땐 자기 걸 다 팔아서라도 농부에게 가축을 공급해서 단 하루도 일할 수단이 없지 않게 해야 해요. 한번 그렇게 되면 몇 년이 걸려도 못 고쳐요. 농부도 이미 게을러지고 놀 생각만 하고, 술주정꾼이 돼 버려요. 일 년만 농부를 일없이 빈둥거리게 하면, 그를 평생 망치는 거예요. 그는 이미 누더기와 유랑에 길들여져 버려요. 근데 이게 어떤 땅인가요? 땅을 한번 둘러보세요." 그는 곧 농가 뒤로 나타난 목초지들을 가리키며 말했다.

"전부 해빙기에 물에 잠기는 지역이에요. 저라면 마를 심어서, 마 하나에서만 5천 루블을 거둘 거예요. 순무를 뿌리면 순무에서 4천 루블 정도 거둘 거예요. 그리고 저기 보세요, 산 구릉을 따라 호밀이 났지요. 이건 전부 저절로 자란 거예요. 그는 올해 곡식을 심지 않았어요. 제가 알아요. 저기 골짜기 있죠, 저라면 여기 숲을 가꿔서 까마귀들이 꼭대기 너머로 날아가지 못하게 하겠어요. 이런 금싸라기 땅을 내버려 두다니. 땅을 갈 게 없으면 삽으로 채소밭이라도 가꿔야죠. 채소밭으로 시작해도 돼요. 자기 손에 삽 들고 아내, 아이들, 하인도 그렇게 하게 해야죠. 할 게 없다니요! 그는 가축처럼 죽도록 일해야 했어요. 적어도 자기 의무는 다하면서 죽어야지, 안 그러면 밥 먹을 때 돼지같이 처먹게만 되죠." 이렇게 말하고 〔코스탄조글로는〕 침을 퉤 뱉었고, 황달기가 먹구름처럼 그의 이마를 뒤덮었다.

그들이 더 가까이 다가가 노란 아카시아로 뒤덮인 협곡 위에 서서 멀리 반짝이는 강굽이와 검은 절벽을 보았을 때, 멀리 펼쳐진 파노라마에서 좀 더 가까운 곳에 수풀에 가려진 베트리셰프 장군 집의 일부가 모습을 드러냈다. 그리고 그 너머로 숲으로 에워싼 곱슬곱슬한 산이 멀리 푸른 먼지에 뒤덮여 있는 게 보였다. 그 산을 보면서 치치코프는 갑자기 이게 틀림없이 텐테트니코프의 영지라는 걸 깨닫고 〔말했다.〕 "여기에 숲을 가꾸면 마을 경관이 더 한층 아름다울 텐데……."

"당신은 좋은 경관에 신경을 많이 씁니까?" 코스탄조글로가 갑자기 그를 엄격하게 바라보며 물었다. "잘 보세요, 그렇게 경관을 추구했다가는 곡식도 없고 경치도 없을 거예요. 미관이 아니라 이득을 추구하세요. 아름다움은 저절로 따라올 겁니다. 도시를 예로 들어 보죠. 스스로 지어지고 자신의 필요와 취향에 따라 지어진 도시보다 더 좋고 더 아름다운 것은 없어요. 공식에 따라 지어진 도시들엔 볼품없이 건물에 건물이 이어질 뿐이에요. 〔미는〕 옆으로 치우고 필요를 보세요."

"오래 기다려야 한다니 안타깝습니다. 한 번이라도 원하는 모습을 전부 볼 수 있다면 얼마나 좋을까요."

"당신이 스물다섯 살 청년인 줄 아세요? 놈팡이 같은 페테르부르크의 관리인인 줄 아세요? 놀랍군요! 인내하세요. 한 6년은 계속 일하세요. 앉아서 뿌리고 땅 갈고 잠시도 쉬지 마세요. 힘들지요, 힘들지요. 하지만 대신 땅을 잘 뒤집어 갈고 나면, 그다음엔 그게 스스로 당신을 도울 겁니다. 그러면 이건 백만 정도가 아닐 거예요. 아니고말고요, 당신에게서 70여 명의 일꾼들 외에 보이지 않는 7백 명이 일할 거예요. 전부 10배가 될 거예요. 전 지금 손가락 하나 까딱할 필요 없어요, 전부 스스로 잘돼 가거든요. 네, 자연은 인내를 사랑하고, 이건 신이 인내하는 자들을 축복하셔서 직접 내려 주신 법이에요."

"당신 말씀을 들으면 힘이 솟는 걸 느껴요. 정신이 고양되고요."

"저기 땅을 어떻게 갈았는지 보세요!" 코스탄조글로가 모멸감에 구릉을 가리키며 고함쳤다. "전 여기 더 이상 못 있겠어요. 이런 무질서와 황폐화된 상황을 보니 아주 죽겠어요. 당신은 이제 저 없이도 일을 마칠 수 있을 겁니다. 이 바보에게서 어서 보물을 빼앗으세요. 그는 신의 선물을 더럽히고 있을 뿐이에요." 이렇게 말한 코스탄조글로의 얼굴은 분노로 황달기가 돌아 어두워졌다. 그는 치치코프와 작별하고 주인을 따라잡아 역시 작별 인사를 했다.

"아니, 콘스탄틴 표도로비치." 놀란 주인이 말했다. "이제 막 오셔 놓고 다시 가신다니요?"

"있을 수가 없습니다. 집에 급한 볼일이 있어서요." [코스탄조글로가] 말했다. 그는 작별 인사를 하고, 자신의 2인승 무개 사륜마차에 타고 떠났다.

흘로부예프는 그가 떠난 이유를 이해한 것 같았다.

"콘스탄틴 표도로비치는 참지 못한 겁니다." 그가 말했다. "그와 같은 주인이 이런 말도 안 되는 영지를 쳐다보는 게 즐거울 리가 없지요. 믿어 주십시오. 파벨 이바노비치. 올해는 곡물조차 뿌리지 않았어요. 명예를 걸고 말씀드리는 거예요. 땅을 갈 도구가 없는 건 물론이고 종자도 없었어요. 저를 보기가 역겨웠던 거예요. 제."*

"플라톤 미하일로비치, 당신 매부는 훌륭한 주인이라고들 해요. 콘스탄틴 표도로비치를 뭐라 하면 좋을까요. 일종의 나폴레옹이에요. 전 종종 이렇게 생각해요. '왜 그렇게 많은 지혜를 한 사람 머리에만 주신 걸까? 그의 지혜의 한 방울이라도 내 어리석은 머리에 떨어졌다면!' 여기는 여러분, 다리를 건널 때 웅덩이에 빠지지 않도록 잘 살피세요. 지난 봄에 판자를 대어 고치도록 지시했는데 말이에요. 무엇보다 이 가난한 농민들이 불쌍합니다. 그들에겐 모델이 필요한데, 제가 그들에게 무슨 모델이 되겠어요? 무슨 명령을 내리겠어요? 파벨 이바노비치, 그들을 잘 관리해 주세요. 저 자신이 무질서하게 사는데, 어떻게 그들에게 질서를 가르칠 수 있겠어요? 전 그들을 오래전에 해방시키려고 했는데, 이건 아무 의미 없는 일이에요. 무엇보다 그들이 살아갈 능력을 키우도록 도와줄 필요가 있어요. 그들과 오래도록 같이 지내면서 지칠 줄 모르는 활동으로 스스로 모범이 될 엄격하고 공정한 사람이 있어야 해요. 제가 보기에 러시아인은 독촉하는 사람이 없으면 일을 못해요…… 그냥 잠들고, 그냥 녹슬어 버려요."

"이상해요." 플라토노프가 말했다. "어째서 러시아인은 그렇게 잠에 취하고 그렇게 녹슬어 버리는지, 왜 평범한 사람은 지켜보지 않으면 술주정뱅이에 게으름뱅이가 돼 버리는지."

"계몽이 부족한 탓이지요." 치치코프가 지적했다.

"신만이 그 이유를 알지요. 우린 계몽되고, 대학에 다녔지만 그걸로 이득 본 게 뭔가요? 그래, 제가 배운 게 어떤 거죠? 질서 있게 사는 법을 못 배운 건 물론이고, 온갖 세련되고 새로운 것들에 돈을 더 많이 쓰는 기예만 익히고 돈이 필요한 대상들과 더 친해진 거예요. 모든 편리를 위해 돈 쓰는 법만 익힌 거예요. 제가 아무 생각 없이 배워서 그런가요? 아니요, 다른 친구들도 다 그랬는걸요. 두세 명은 진짜 이득을 거뒀어요. 하지만 그건 그들이 똑똑했기 때문인지도 몰라요. 반면 다른 애들은 건강을 망치고 홀려서 돈 쓰게 만드는 것을 익히는 데 애쓰더라고요. 맙소사. 전 가끔 생각해요, 러시아인은 타락한 인간이 아닌가 하고요. 뭐든 하고 싶어 하지만 아무것도 못해요. 전부 '내일부터 새 삶을 시작해야지'라고 생각해요. 내일부터는 식습관을 바꿔야지. 그러고는 전혀 안 해요. 그날 저녁 잔뜩 먹어 대서 눈만 끔뻑거리고 혀도 잘 돌아가지 않아요. 올빼미처럼 앉아서 전부 쳐다보기만 해요. 뭐든 그런 식이에요."

"네." 치치코프가 미소를 짓고 말했다. "그런 일이 어디에나 있지요."

"우린 전혀 분별력 있게 태어나지 않았어요. 전 우리 중 누구건 분별력이 있다고 생각하지 않아요. 누군가 질서 정연하게 살고 돈을 모아 저축하는 걸 본다 해도, 전 못 믿겠어요. 늙으면 그도 악마에 홀려서 곧 전부 갑자기 날릴 거예요. 전부 그래요, 정말이에요, 계몽된 사람 계몽되지 않은 사람 너나 할 것 없어요. 아니, 뭔가 다른 게 부족한데, 그게 뭔지는 저도 모르겠어요."

그들은 말 그대로 농가들 주위를 다 돌고 이윽고 마차로 목초지를 둘러보았다. 벌채만 하지 않았다면 훌륭했을 것이다. 너른 경관이 펼쳐졌다. 한쪽에 얼마 전까지만 해도 치치코프가 있었던 구릉의 기슭이 푸르름을 더해 가기 시작했다. 하지만 텐테트니코프의 영지도, 베트리셰프의 영지도 보이지 않았다. 그것들은 산에 가려져 있었다. 아래로는 목초지가 펼쳐졌는데, 거기엔 버드나무 숲과 키 작은 포플러 숲만 있고, 큰 나무들은 벌채되어 남아 있지 않았다.

그들은 상태가 나쁜 물방앗간에 들르고 강을 바라보았는데, 그걸 따라 떠내려 보낼 것만 있으면 밑으로 잘 떠내려갈 것 같았다. 가끔 여기저기 삐쩍 마른 가축이 풀을 뜯고 있었다. 다 둘러본 후, 마차에서 내리지 않고, 곧장 마을로 되돌아왔다. 그들은 거리에서 손으로 자기 〔등〕 밑을 긁으면서 늙은 칠면조들이 경악할 만큼 크게 하품을 하는 한 농부와 마주쳤다. 온 건물들이 하품을 하는 것 같았으니, 지붕들도 하품을 했다. 플라토노프도 그것들을 바라보며 하품을 했다. 사방에 덧댄 것들 천지였다. 한 오두막에는 지붕 대신 대문이 통째로 얹혀 있었다. 살림에서 팔꿈치에 헝겊을 덧대기 위해 소맷부리 접는 곳과 소맷자락을 잘라 내는 트리시킨의 카프탄 시스템*이 이루어지고 있었다.

"제 영지는 그와 같습니다요." 흘로부예프가 말했다. "이제 집을 둘러보시죠." 그리고 그들을 집의 주거용 방들로 안내했다. 치치코프는 거기에서 낡은 옷가지들과 하품 나오게 하는 물건들을 볼 것으로 생각했으나, 놀랍게도 주거용 방들은 잘 정돈되어 있었다. 방에 들어가자 그들은 가난과 번쩍거리는 사치스러운 최신 인테리어 소품들이 뒤섞여 있는 것을 보고 어안이 벙벙해졌다. 어떤 셰익스피어가 잉크 대에 놓여 있고, 탁자에는 혼자서 등을 긁기 위한 번쩍거리는 상아 손잡이가 놓여 있었다. 최신 유행에 따라 취향 있게 옷을 입은 안주인이 그들을 맞이했다. 네 명의 자녀들도 모두 옷을 잘 입었고, 그들에겐 심지어 가정 교사까지 있었다. 그들은 모두 사랑스러워 보였으나, 집에서 짠 치마에 평범한 셔츠를 입고 마당을 뛰어다니며 여느 농민 애들과 전혀 구별되지 않는 편이 더 나았을 것이다. 여주인에게 곧 어떤 허풍쟁이에 수다쟁이인 여자 손님이 왔다. 부인들은 자기 처소로 가고 아이들이 그들 뒤를 이어 달려 나가 남자들만 남았다.

"그래 당신 가격은 얼마인가요?" 치치코프가 말했다. "고백하건대, 당신이 생각한 최하 가격을 불러 주셨으면 합니다. 영지가 생각보다 나쁜 상태에 있으니까요."

"정말 추악한 상태지요, 파벨 이바노비치." 흘로부예프가 말했다. "그리고 이것도 전부가 아니에요. 숨기지 않겠어요. 인구 조사 때 등록된 1백 명의 농노 중 50명만 살아 있어요. 저희 마을에 콜레라가 창궐했거든요. 일부는 여행권도 없이 떠났어요. 그러니 그들은 죽은 것으로 치십시오. 그들을 재판으로 요구하신다면 영지 전체가 법원 수중에 들게 될 겁니다. 그래서 전부 다 해서 당신에게 3만 [5천] 루블만 받으려고 합니다.

치치코프는 물론 흥정하기 시작했다.

"아니, 무슨 3만 5천요. 이런 것에 3만 5천이라니요. 자, 2만 5천 받으시지요."

플라토노프는 수치스러워졌다. "그냥 사세요, 파벨 이바노비치." 그가 말했다. "이 영지에 항상 그 [가격은] 줘야 해요. 만일 3만 [5천] 루블을 주지 않겠다면 제가 형과 돈을 갹출해서 사겠어요."

"아주 좋습니다, 동의합니다." 치치코프가 놀라서 말했다. "좋아요, 단 절반은 1년 후에 드리는 조건으로요."

"안 돼요, 파벨 이바노비치, 절대 그건 안 돼요. 지금 적어도 절반은 주시고, 나머지는 15일 후에 주십시오. 저당 업자도 제게 그만한 돈은 줄 겁니다. 그만큼은 돼야 피 빨아먹는 자들을 먹일 거예요."

"정말 어떻게 하죠? 어떻게 해야 할지. 지금 제겐 몽땅 다 해서

1만 루블만 있는데요." 치치코프가 말했다. 그는 거짓말을 한 것이다. 그에겐 코스탄조글로에게서 빌린 돈을 합해 전부 2만 루블이 있었으나, 한 번에 그렇게 많이 주기가 아까웠던 것이다.

"안 됩니다, 파벨 이바노비치. 분명히 말씀드리는데, 반드시 1만 5천 루블이 있어야 해요."

"제가 5천을 빌려 드리지요."〔플라토노프가〕 말을 받았다.

"그럼, 그렇게 하지요." 치치코프는 이렇게 말하고 혼자 생각했다. '하지만 그가 빌려 주는 건 잘된 거야.' 반개 사륜마차에서 가방을 가져와 즉시 1만 루블을 홀로부예프에게 건넸다. 남은 5천 루블은 내일 가져다주기로 약속했다. 즉 약속했으니, 내일은 3천, 나머지는 나중에 2~3일 지나 가져올 것으로 예상되며, 가능하다면 거기서 며칠 더 연기될 것이다. 파벨 이바노비치는 어찌 된 일인지 특히 손에서 돈 내놓는 걸 싫어했다. 도저히 피할 수 없는 막판까지 가서도. 그에겐 돈을 오늘이 아니라 내일 주는 게 더 좋아 보였다. 즉, 그는 우리 모두와 똑같이 행동한 것이다. 우리에겐 부탁하는 사람을 끌고 다니는 게 유쾌하다. 그가 현관에서 등 좀 비비게 하지 뭐! 그가 도저히 기다릴 수 없게 하자. 그에겐 이 매 순간이 소중하고 그 때문에 그의 일이 힘들어진다 해도 그게 우리와 무슨 상관인가? "이보게, 내일 오게, 오늘은 내가 영 경황이 없네"라고 하지 뭐.

"이 다음에는 어디에서 사실 건가요?" 플라토노프가 홀로부예프에게 물었다. "다른 마을이 있습니까?"

"도시로 이주하려고 합니다. 거기에 작은 집이 있거든요. 이건 제 아이들을 위한 겁니다, 애들에겐 선생님들이 필요하거든요. 사실 여기서 하느님의 법을 가르치는 선생님은 구할 수 있어도, 아무리 돈을 줘도 음악과 무용 선생님은 구할 수 없거든요."

'빵 조각은 없는데, 애들 춤은 가르치네.' 치치코프는 생각했다.

'이상하네!' 플라토노프는 잠시 생각했다.

"하지만, 계약을 축하하는 의미에서 뭐든 마셔야지요." 흘로부예프가 말했다. "에이, 키류시카, 여기, 샴페인 한 병 가져와."

'빵 조각은 없는데, 샴페인은 있군.' 치치코프는 잠시 생각했다.

플라토노프는 어떻게 생각해야 할지 몰랐다.

〔흘로부예프는〕 필수품으로 샴페인을 비축해 두고 있었다. 그는 도시로 사람까지 보냈으니 어쩌겠는가? 가게에서는 돈이 없으면 크바스를 외상으로 주지 않는다. 근데 마시고는 싶다. 최근에 페테르부르크에서 포도주를 갖고 온 프랑스인이 모든 이들에게 외상을 주었다. 어쩔 도리가 없다. 샴페인 한 병을 사야 했다.

샴페인이 준비되었다. 그들은 세 잔씩 마시고 흥거워졌다. 흘로부예프는 긴장이 풀리면서, 부드러워지고 똑똑해졌으며, 재치 있는 언변과 일화들을 쏟아 냈다. 그의 말에서 사람들과 세상 물정에 대한 풍부한 지식이 드러났다! 그는 많은 것들을 그토록 훌륭하고 바르게 보았다! 그는 몇 마디 말로 이웃 지주들을 그토록 정확하고 재치 있게 그려 냈으며, 모든 이들의 결점과 실수들을 선명하게 보았다. 영락한 귀족들의 이야기도 너무나 잘 알고 있었다. 어째서, 어떻게, 왜 그들이 영락했는지 말이다. 그는 독창적이고 재밌게 그들의 가장 사소한 습관을 전해 두 사람 다 그의 말에 완전히 사로잡히고, 그를 기꺼이 가장 똑똑한 사람으로 인정했다.

"정말 놀랍군요." 치치코프가 말했다. "어떻게 당신은 그만한 머리를 갖고 살 방도와 길을 못 찾으시는 거죠?"

"방도는 있어요." 흘로부예프는 말하고서, 자신의 계획을 모두 털어놓았다. 그것들이 하나같이 어리석고 그토록 이상하고 그토록 사람과 세상 물정에 대한 지식이 적어서, 그저 어깨를 흠칫거리며 "맙소사, 세상 물정에 대한 지식과 이것을 이용할 수 있는 능력 사이에 이렇게 넘기 어려운 간극이 있다니!"라고 말할 수밖에 없었다. 그의 계획은 모두는 어딘가에서 갑자기 10만이나 20만 루블을 얻어야 한다는 조건에서 멈췄다. 그에겐 그러면 모든 것이 제대로 풀리고, 경제 사정도 좋아지고, 모든 실수가 만회되고, 수입은 네 배로 늘고, 빚도 전부 갚을 수 있을 것으로 여겨졌다. 그리고 그는 "하지만 제게 뭘 하라고 하시겠어요? 아니요, 제게 20만이나 적어도 10만 루블을 빌려 줄 그런 자선가는 전혀 없어요. 신이 허락하시지 않는 것 같습니다"라고 말을 끝맺었다.

'설마 이런 바보한테 신이 20만 루블을 주시려고.' 치치코프는 생각했다.

"사실 제겐 3백만 루블이 있는 아주머니가 한 분 있어요." 홀로부예프가 말했다. "이 할머닌 매우 독실해서 교회와 수도원에는 갖다 바쳐도, 가까운 친척은 돕지 않아요. 구시대에 속하는 이모이긴 하지만, 볼 만한 가치는 있습니다. 그녀에겐 카나리아만 4백 마리 정도 있어요. 지금은 어디서도 찾아볼 수 없는 불도그, 식객, 하인 들이 있고요. 하인 중 가장 어린 사람이 예순 살 정도인데 그를 '이보게, 청년!'이라고 부르시죠. 손님이 자기 눈에 거슬리는 행동을 하면, 식사 중에 그에겐 음식을 나르지 말라고 명령해요. 그러면 하인들은 안 날라요. 바로 그런 분이에요."

플라토노프가 웃었다.

"그녀의 성이 뭔가요, 어디 사시죠?" 치치코프가 물었다.

"저희 도시에서 살아요. 알렉산드라 이바노브나 하나사로바*라고 합니다."

"왜 그녀에게 도움을 구하지 않으세요?" 플라토노프가 연민의 정을 갖고 말했다. "그녀가 당신 가족의 입장이라면 그녀는 거절하지 않을 것 같은데요."

"글쎄요, 아뇨, 거절할걸요. 아주머니는 성품이 엄격해요. 돌로 만든 것처럼 단단한 노파예요, 플라톤 미하일로비치! 게다가 저 아니어도 그분 주위를 맴돌며 빌붙으려는 사람들이 있어요. 한 명은 현지사가 되려고 노리는데, 자기가 그녀 친척이래요. 아, 제게 호의를 베풀어 주세요." 그가 갑자기 [플라토노프에게] 몸을 돌리며 말했다. "다음 주에 전 도시의 모든 유명 인사들에게 연회를 베풀 건데요……."

플라토노프의 눈이 휘둥그레졌다. 그는 루시에, 도시와 수도에, 그토록 말로 설명하기 어려운 완전히 수수께끼 같은 삶을 사는 현인들이 부지기수인 걸 아직 모르고 있었다. 완전히 빚더미 위에 앉아 있고 어디서도 방도가 나오지 않는데, 만찬을 베푸는 것이다. 그리고 만찬에 참여한 사람들 모두 이게 주인의 마지막 연회이고, 내일이면 그는 감옥에 끌려 갈 것이라고들 한다. 이후 10년이 지나면 현인은 다시 세상에 자리를 잡고 이전보다 더 큰 빚을 뒤집어쓰고, 역시 만찬을 베풀고, 그 만찬을 드는 사람들은 그것이 주인의 마지막 연회라 생각하고, 내일이면 그가 감옥에 끌려 갈 거라고 확신한다.

도시에 있는 [흘로부예프의] 집은 흔치 않은 모습이었다. 오늘은 승복을 입은 사제가 거기서 짧은 기도회를 베풀고, 내일은 프랑스 배우들이 공연을 했다. 그러나 그다음 날엔 빵 한 조각도 찾아 볼 수 없고, 그다음 날엔 모든 배우들, 예술가들을 맞아들이고 모두에게 풍성히 대접했다. 때로는 다른 사람이 그의 입장이라면 오래전에 목을 매거나 총으로 자살할 만큼 힘겨운 시간도 있었다. 하지만 그의 부조리한 삶과 이상한 형태로 결합된 종교적인 기질이 그를 구해 주었다. 이 고통스러운 순간 [그는] 자신의 영혼을 불행보다 더 높은 곳에 두는 훈련을 받은 순교자와 고행자들의 성자전을 읽었다. 이때 그의 영혼은 완전히 겸손해지고, 정신은 유순해지며, 그의 눈에는 눈물이 가득 고였다.

그는 기도했고, 이상한 일도 다 있지! 거의 언제나 어딘가로부터 예기치 않은 도움이 왔다. 옛 친구 중 누군가가 그를 기억해서 그에게 돈을 보내거나, 아니면 어떤 지나가던 이름 모를 여인이 우연히 그의 이야기를 듣고, 여성의 열정적인 관대한 마음으로 그에게 많은 금액을 희사하거나, 아니면 어디선가 그가 전혀 듣지도 못한 일이 그에게 유리한 방향으로 잘 풀리거나 했다. 그는 그럴 때면 경건하게 신의 헤아릴 수 없는 자비를 인정하고, 감사 기도회를 열고, 다시 무질서한 생활을 시작했다.

"그가 참 불쌍해요, 정말 불쌍해." 그와 작별 인사를 하고 그의 집에서 나올 때 플라토노프가 치치코프에게 말했다.

"영락없는 탕자예요!" 치치코프가 말했다. "그런 사람은 동정할 것도 없어요."

그리고 곧 두 사람은 그에 대해 더 이상 생각하지 않았다. 플라토노프는 세상 모든 것을 바라볼 때와 마찬가지로 사람들의 상황을 나태하게 반쯤 잠에 취해 바라보았기 때문이다. 그는 다른 이의 고통을 보면 같이 아파하고 가슴이 미어졌으나 그 인상은 어쩐 일인지 그의 영혼에 깊이 각인되지 않았다. 몇 분 지나자 그는 흘로부예프에 대해 생각하지 않았다. 그가 흘로부예프에 대해 생각하지 않은 것은 자기 자신에 대해서도 생각하지 않았기 때문이다. 치치코프가 흘로부예프에 대해 생각하지 않은 것은, 정말로 그의 모든 생각이 그가 실제 매입한 것으로 가득 차 있었기 때문이다. 어떻든지 〔간에〕 갑자기 자기가 환상 속의 지주에서 환상이 아닌 실제의 지주가 된 것을 깨닫고 그는 생각에 잠겼고, 그의 추정과 생각은 더 견실해졌으며, 자기도 모르게 얼굴에 의미심장한 표정을 지었다.

"인내! 노동! 이건 어렵지 않아. 난 소위 기저귀 찰 때부터 이것들과 익숙했어. 내게 그건 새로운 게 아니야. 하지만 지금, 이 시기에 젊었던 때만큼 인내할 수 있을까? 어떻든 간에 그는 어떻게 씨 뿌리기가 이어지는지, 어떻게 모든 어리석은 계획들을 버릴 건지, 어떻게 아침마다 일찍 일어날 건지, 어떻게 해 뜨기 전에 일을 처리할 것인지, 영지의 성장과 번창을 바라보는 게 얼마나 즐거울지, 그다음 자기 아이들을 보는 것도 얼마나 즐거울지에 대해 생각했다. '그래, 이게 진짜 삶이야. 코스탄조글로가 맞아.' 치치코프의 얼굴이 이 생각으로 더 멋있어졌다. 그렇게 합법적인 것에 대한 생각만으로도 인간은 고상해지는 법이다. 그러나 인간이 언제나 그렇듯 그런 생각 뒤에 갑자기 정반대의 생각이 뒤따랐다.

'하지만 이런 식으로도 처리할 수 있지.'〔치치코프가〕생각했다. '먼저 가장 좋은 땅은 부분적으로 나누어 팔고, 그다음엔 영지를 죽은 농노들과 함께 저당 잡히는 거야. 코스탄조글로에게도 돈을 갚지 않고 슬쩍 도망칠 수도 있지.' 이상한 생각이다. 〔이건〕치치코프가 구상해 낸 것이 아니고, 갑자기 저 혼자 앞에 나타나 그를 놀리고 웃음을 지으며 그를 향해 실눈을 뜨는 것이다. 얼마나 쓸데기 없는 생각인가! 얼마나 어처구니 없는 생각인가! 이렇게 갑자기 급습하는 생각의 창조자는 누구인가? 한마디로 이 거래는 모든 면에서 〔유리했다.〕 그는 만족감을, 이제 지주가, 환상 속의 지주가 아니라 이미 땅도 설비도 사람들도 있는 실제의 지주가 된 데서 만족감을 느꼈다. 이자들은 꿈속에, 상상 속에 존재하는 것이 아니라 실제 존재한다. 그리고 조금씩 그는 펄쩍펄쩍 뛰기도 하고, 두 손을 비비기도 하고 자신에게 눈을 찡긋하기도 했다.

"멈춰!" 갑자기 그의 동료가 마부에게 소리쳤다. 이 말에 그는 정신이 들어 주위를 둘러보니, 그들은 이미 오래전부터 아름다운 숲을 지나가고 있었고, 사랑스러운 자작나무 울타리가 그들의 좌우로 뻗쳐 있었다. 자작나무와 사시나무 숲의 하얀 〔줄기들이〕 눈 덮인 울타리처럼 빛나면서, 얼마 전에 돋아난 이파리들의 부드러운 녹음을 배경으로 정연하고 가볍게 솟아 있었다. 꾀꼬리들이 숲에서 앞 다투어 큰 소리로 지저귀고 있었다. 야생 튤립들이 풀 사이로 노란빛을 띠었다. 조금 전까지 탁 트인 들판이 있었는데, 어느새 이렇게 아름다운 곳에 오게 됐는지 그는 이해할 수 없었다. 나무들 사이로 하얀 석조 교회가 어른거리고, 그 반대편으로 숲에서 철책이 모습을 드러냈다. 길 끝에 한 신사가 모자를 쓰고 손에 나무 지팡이를 들고 그들을 향해 걸어오는 게 보였다. 영국산 개가 가늘고 긴 다리로 그를 앞질러 달려왔다.

"이분이 제 형입니다." 플라토노프가 말했다. "마부, 멈춰." 그가 마차에서 내리고, 치치코프도 내렸다. 개들은 이미 서로 키스를 주고받기 시작했다. 다리가 가늘고 잽싼 아조르*가 날랜 혀로 야르브의 면상을 핥고, 플라토노프의 손을 핥았으며, 그다음에 치치코프에게 달려들어 그의 귀를 핥았다.

형제는 서로 포옹했다.

"이봐, 플라톤, 너 도대체 어떻게 된 거야?" 바실리라는 이름의 형이 동작을 멈추고는 말했다.

"뭐가 어때서요?" 플라톤이 무심하게 대답했다.

"그래 뭐가 어떻게 됐냐면 말이다. 사흘 간 연락도 없고 넌 코빼기도 안 비쳤잖아. 페투흐의 마구간지기가 네 종마를 끌고 왔는데, '어떤 나리하고 떠났어요'라는 거야. 그래, 말 좀 해 봐. 어디에, 왜, 얼마 동안 가 있었던 거야? 이봐, 정말, 어떻게 그렇게 처신할 수가 있지? 사흘 동안 별의별 생각이 다 들었어."

"글쎄, 뭘 어쩌겠어요? 잊어버렸어요." 플라토노프가 말했다. "저흰 콘스탄틴 표도로비치네에 들렀어요. 그가 안부 전해 달라고 했고 누나도 그랬어요. 파벨 이바노비치를 소개하죠, 제 형 바실리예요. 형, 이분은 파벨 이바노비치 치치코프예요."

서로 인사하도록 소개받은 두 사람은 서로 손을 잡고 모자를 벗고 키스했다.

'이 치치코프는 어떤 사람일까?' 형 바실리는 생각했다. '동생 플라톤은 교제할 때 사람을 못 가리는데.' 그는 예의범절이 허용하는 한도에서 치치코프를 살펴보고는, 외모로 보건대 아주 좋은 의도를 가진 사람이란 걸 알았다.

치치코프 역시 예의범절이 허용하는 한, 형 바실리를 살펴보고는, 형이 플라톤보다 키가 작고, 머리카락이 그의 것보다 더 검으며, 얼굴은 전혀 아름답지 않지만, 훨씬 생기와 활력이 넘치고, 마음이 더 선량한 사람임을 깨달았다. 그러나 파벨 이바노비치는 이 점에 별로 주의를 기울이지 않았다. 형은 잠을 덜 자는 게 틀림없었다.*

"난, 바샤, 파벨 이바노비치와 성스러운 루시 땅을 돌아다니기로 결심했어. 어쩌면 이걸로 내 우울증도 사라질지 몰라."

"왜 그렇게 갑작스레 결정했어?" 형 바실리는 당혹스러워하며 말하고는, "처음 보는 데다가 쓰레기일지도 모르는 수상쩍은 사람하고 다니질 않나"라는 말이 튀어나오려는 걸 간신히 참았다. 그는 의혹에 가득 차서 치치코프를 흘깃 살펴보고는 놀라울 정도로 예의범절이 바른 것을 깨달았다.

그들은 오른쪽 문으로 꺾어 들었다. 마당이 옛날식이었고, 집도 높은 지붕 아래 처마가 달려 있는 옛날식이었다. 지금은 그런 식으로 짓지 않는다. 마당 한가운데 자란 두 그루의 커다란 보리수 나무의 그림자가 마당의 거의 절반을 그림자로 뒤덮고 그 아래에 나무 벤치들이 많이 놓여 있었다. 한창 만발한 라일락과 벚꽃들이 그 꽃과 이파리들 밑에 완전히 가려진 울타리와 함께 구슬 목걸이처럼 마당을 에워싸고 있었다. 주인 저택은 완전히 가려지고, 문과 창문들만이 상냥하게 그 나뭇가지 사이로 바라보고 있었다. 화살처럼 곧게 뻗은 통나무들 사이로 부엌, 창고, 광 들이 하얗게 언뜻언뜻 비쳤다. 모두 수풀 안에 덮여 있었다. 꾀꼬리들이 큰 소리로 지저귀면서 수풀의 귀가 먹먹하게 했다. 자기도 모르게 어떤 평온하고 유쾌한 감정이 영혼 속으로 밀려들었다. 마찬가지로 모두 선량하게 살고 모든 게 단순하고 복잡하지 않았던 그 걱정 없던 시절과 같은 인상을 주었다. 형 바실리는 치치코프에게 앉기를 권했다. 그들은 보리수나무 아래 벤치에 앉았다.

열일곱 살쯤 되는 한 소년이 줄무늬가 있는 장밋빛 목면 천으로 된 아름다운 셔츠를 입고서, 그들 앞에 다채로운 빛깔의 온갖 종류의 과일 크바스가 담긴 유리병들을 갖다 놓았다. 크바스는 어떤 것은 버터처럼 진하고, 어떤 것은 탄산 레몬수처럼 쉬쉬 거품을 내고 있었다. 소년은 유리병들을 놓고서 나무에 기대 놓은 삽을 들고 정원으로 나갔다. 플라톤 형제에게는 매부인 코스탄조글로네와 마찬가지로 집안일만 하는 하인들이 없었다. 그들은 모두 정원지기거나, 더 정확히 말하면 하인들이었으나, 마당일 하는 하인들이 모두 순서대로 이 일을 맡았다.

형 바실리는 하인은 직업이 아니라는 신조를 지키고 있었다. 누구나 무엇이든 식탁에 내올 수 있고, 이걸 위해 특정한 사람을 고용할 필요는 없다는 것이다. 그리고 러시아인은 러시아식 셔츠나 거친 나사 천 외투를 입고 다니는 한 선량하고 기민하며 게으름뱅이가 되지 않을 것이다. 그러나 독일식 프록코트 속으로 기어들어 가자마자, 갑자기 볼품없어지고 둔해지고 게으름뱅이가 되며 셔츠도 갈아입지 않고 목욕탕 다니는 것도 완전히 그만두고 프록코트를 입고 자고 독일식 프록코트 밑으로 빈대들과 셀 수 없이 많은 벼룩들이 들끓게 될 것이다. 이 점에서 그는 옳은 것 같았다. 그들 마을 사람들은 특별히 화려하게 옷을 입었다. 여인들의 나들이용 두건에는 모두 금박이 박히고, 셔츠의 소매는 정말 터키 숄의 가장자리 같았다.

"이 크바스는 옛날부터 저희 집 명물이지요." 형 바실리가 말했다.

치치코프는 첫 번째 유리병에서 한 컵 따랐는데, 정말 그가 언젠가 폴란드에서 먹었던 보리수 꿀물* 맛이었다. 샴페인처럼 거품이 나고 가스가 쉬쉬 소리를 내면서 유쾌하게 입에서 코로 전해졌다. "진짜 주스네요!" 그가 말했다. 다른 병에서도 한 잔 따라 마셨는데, 훨씬 더 좋았다.

"음료 중의 음료군요!" 치치코프가 말했다. "지극히 존경할 만한 당신 매부 콘스탄틴 표도로비치 집에서 최상급 음료를 마셨다면, 당신 집에서는 최상급 크바스를 마시는군요."

"네, 그 음료도 사실 저희 집에서 난 거예요. 이것도 누이가 만들었거든요. 어머니가 소아시아의 폴타바* 출신이에요. 지금은 모두 스스로 집안 살림하는 걸 잊어버렸어요. 어느 방면으로, 어떤 곳으로 가실 생각이신가요?" 형 바실리가 물었다.

"전 제 필요에 따르기보다는 다른 사람의 필요에 따라 다니고 있습니다." 치치코프가 소파에서 몸을 약간 흔들고, 손으로 무릎을 쓰다듬으면서 말했다. "제 가까운 친구이자 자선가라고 할 수 있는 베트리셰프 장군께서 친척들을 방문해 달라고 요청하셨어요. 물론 친척두 친척 나름이지만요. 하지만 부분적으로는 저 자신을 위해서라고도 할 수 있습니다. 치질 면에서의 효과는 말할 것도 없고 세상과 사람들 살아가는 모습을 보는 것 자체가 말하자면 살아 있는 책이요, 제2의 학문이라고 할 수 있지요."

형 바실리는 생각에 잠겼다. '이 사람은 말을 약간 화려하게 하긴 하지만, 그의 말에는 진실이 있군.' [그는] 생각했다. 그는 잠시 침묵을 지키다가 플라톤에게 몸을 돌리며 말했다. "플라톤, 여행이 정말로 너를 뒤흔들 거라는 생각이 드는구나. 넌 다른 무엇보다 영혼이 잠들어 있는 게 문제니까. 넌 그저 잠들어 있는 거야. 포만이나 피곤 때문이 아니라 생생한 인상과 감각이 부족해서 잠든 거야. 난 완전히 그 반대고. 난 어떤 일이 벌어지건 그리 생생하게 느끼지 않고, 그렇게 마음으로 받아들이지 않기를 바라는데."

"형은 자기가 좋아서 모든 걸 마음으로 깊게 받아들이는 거지." 플라톤이 말했다. "형은 불안을 쫓아다니며 사서 걱정거리를 만들잖아."

"그것 아니어도 걸음을 뗄 때마다 불쾌한 일 일색인데 뭐 하러 [만들겠니?]"* 바실리가 말했다. "네가 없을 때 레니친이 우리를 어떻게 속였는지 들었니? 황무지를 차지했어. 첫째, 난 이 황무지를 아무리 돈을 많이 줘도,* 여기서 내 농노들은 봄마다 봄 축제*를 즐겨. 거기엔 마을의 기억들이 얽혀 있어. 그리고 내게 풍속은 성스러운 거여서 그걸 위해서라면 모든 걸 희생할 수 있어."

"그는 모르는 거야, 그래서 차지한 거라고." 플라톤이 말했다. "그는 새로운 인물에, 이제 갓 페테르부르크에서 왔으니, 그에게 설명을 해 주고 상의해야겠는걸."

"그는 알아, 잘 알고 있어. 내가 그에게 이야기하자고 사람을 보냈는데, 대답이 무례하더라고."

"그럼 직접 방문해서 상의해야겠네. 그하고 직접 이야기해 봐."

"글쎄, 아니야. 그는 지나치게 잘난 체해. 난 안 가겠어. 원한다면 네가 직접 가 봐."

"내가 가면 좋겠지만, 난 개입 안 할래. 내게 술수를 써서 날 속일지도 몰라."

"만일 괜찮으시다면 제가 가 보도록 하지요." 치치코프가 말했다. "상황을 말씀해 주세요."

바실리는 그를 뚫어지게 쳐다보고 생각했다. '이자는 가고 싶어 하네.'

"그가 어떤 부류의 사람인지, 그리고 문제가 뭔지 제가 이해할 수 있게만 해 주시죠." 치치코프가 말했다.

"당신에게 그런 불쾌한 임무를 맡기는 게 부끄럽습니다. 그는 제가 보기에 쓰레기 같은 놈이에요. 우리 현의 평범한 소지주 귀족 출신으로 관청에서 근무했지요. 어떤 사생아와 결혼했는데 자신이 대단한 사람인 척해요. 지배하려고 들고요. 우리 민족은 어리석게 살지 않아요. 유행이 우리 삶의 지침이 될 수 없고, 페테르부르크는 교회가 아니에요."

"물론이죠." 치치코프가 말했다. "근데 무슨 일이지요?"

"자, 보세요. 그에겐 정말 땅이 〔필요해요.〕 만일 그가 그렇게 행동하지 않았다면 전 기꺼이 다른 곳에 있는 땅을 공짜로 떼 주었을 겁니다, 그 황무지 말고요. 근데 이제…… 이 거만한 놈이 생각하기를……"

"제 생각으로는 이야기를 나누는 게 더 좋겠어요. 아마도 문제는〔……〕 제게 일을 맡긴 사람들은 누구도 후회하지 않았습니다. 베트리셰프 장군님만 해도……"

"하지만 제겐 당신이 그런 사람과 이야기해야 한다는 게 수치스럽습니다."*

"[……]* 일이 비밀리에 진행되도록 주의하세요……." 치치코프가 말했다. "범죄가 아니라 스캔들이 더 해가 되는 법이니까요."

"네, 그건 그렇지요. 정말 그렇습니다." 레니친이 고개를 한쪽으로 완전히 수그리고서 말했다.

"생각이 같은 분을 만나게 되어 대단히 유쾌하군요!" 치치코프가 말했다. "제게도 일이, 합법적인 것과 불법인 것이 같이 있어요. 겉보기에 불법인 것이 본질적으로는 합법적이에요. 담보물이 필요한 경우, 살아 있는 농노에 대해 2루블씩 지불하는 위험에 누구도 끌어들이고 싶지 않습니다. 글쎄, 일이 터지면 전 파산할 겁니다. 신이여, 그로부터 저를 보호하소서. 정말 소유자에겐 불쾌할 거고, 전 아직 납세자 명단에서 삭제되지 않은 도망간 농노들과 죽은 농노들을 이용하기로 결정했지요. 한 번에 기독교적인 일도 하고 가난한 지주에게서 그들 세금을 납부하는 부담을 덜어 주기도 하고요. 저희끼리만 살아 있는 농노들인 양 농노 거래 문서를 공식적으로 작성하는 거예요."

'하지만 이건 왠지 정말 이상해.' 레니친은 생각하고 의자를 약간 뒤로 밀쳤다. "하지만 일이 좀 그런 종류여서요……." 그가 말을 시작했다.

"하지만 스캔들은 없을 겁니다. 비밀이니까요." 치치코프가 대답했다. "게다가 선한 의도를 갖고 있는 사람들 간의 일이니까요."

"네, 하지만, 그래도 일이 좀……."

"이건 누구한테도 스캔들이 안 돼요." 치치코프가 매우 단도직입적으로 솔직하게 대답했다. "일은 지금 논의한 것과 같은 종류의 일로서, 사리 분별할 줄 아는 나이에 선한 의도에 따라 아마도 좋은 관직에 있는 사람들 간의 일이고, 게다가 비밀로 하는 일이기도 하고요." 이렇게 말하고서 치치코프는 그의 눈을 정면으로 점잖게 쳐다보았다.

아무리 수완 좋은 레니친도, 아무리 온갖 거래에 정통해 있어도, 어쩐지 완전히 어안이 벙벙해졌다. 게다가 어떤 이상한 방식으로 그는 자기가 쳐 놓은 그물에 걸린 것 같았다. 그는 완전히 부정한 일을 할 능력은 없었고, 비밀로라도 어떤 부정한 일도 하고 싶지 않았다. '이런 놀라운 경우가 있나.' 그는 혼자 생각했다. '훌륭한 사람들과도 깊은 우정을 쌓게 해 달라고 부탁한 게 다인데! 일이 완전히 꼬인 거야!'

하지만 운명과 상황이 마치 일부러인 듯, 치치코프에게 유리하게 돌아갔다. 마치 이 어려운 일을 도와주기나 하려는 듯 레니친의 아내인 젊은 안주인이 들어왔다. 그녀는 창백하고 마르고 키가 작았으나, 페테르부르크식으로 옷을 입고 '버젓한(comme il faut)' 사람이라면 사족을 못 썼다. 그녀 뒤로 첫아들이자 얼마 전 결혼한 부부의 부드러운 사랑의 결실인 갓난아기가 유모 팔에 안겨 들어왔다. 치치코프는 몸을 깡충 뛰어 고개를 옆으로 수그리면서 민첩하게 다가가, 페테르부르크 부인의 비위를 완전히 맞추고, 다음엔 갓난애의 비위도 맞췄다. 처음에 아기는 그에게 으르렁거리는 듯했으나, 치치코프는 "아우, 아우, 예쁜 아가"라고 어르며 손가락을 튕기고 시계에 달린 아름다운 회색 얼굴이 박힌 작은 스탬프를 이용해서 그를 자기 품으로 끌어냈다. 그다음에는 아기를 천장까지 들어 올리기 시작했고, 갓난애에게서 유쾌한 웃음이 터져 나와 부모를 기쁘게 했다. 하지만 갑작스러운 만족감인지 뭔가 다른 것 때문인지 갓난애가 갑자기 행동을 잘 못했다.

"아휴, 이를 어째!" 레니친의 아내가 소리쳤다. "당신 프록코트를 다 더럽혔네요!"

치치코프는 옷을 확인해 보았다. 새 프록코트의 소매가 완전히 더러워져 있었다. '이 망할 놈의 자식, 악마 같으니!' 치치코프가 화를 내며 생각했다.

주인과 여주인, 유모 모두 오데콜론을 가지러 뛰어갔고, 사방에서 그의 옷을 닦아 주기 시작했다.

"괜찮아요, 괜찮습니다. 정말 괜찮습니다." 치치코프는 자기 얼굴에 가능한 한 명랑한 표정을 지으려고 애쓰며 말했다. "갓난애야 이런 인생의 황금기에 뭐 더럽힐 수도 있는 거죠!" 그는 반복했고, 동시에 "제기랄, 악마 같은 놈, 늑대가 잡아먹어 버렸으면, 제대로 물 먹였군, 저주받을 놈!"

아마도 이 사소한 상황이 주인의 마음을 치치코프의 일에 유리한 쪽으로 기울게 한 것 같았다. 갓난아기를 그토록 천진난만하게 쓰다듬고, 자기 프록코트에 실례한 것까지 그토록 관대하게 봐 준 손님을 어찌 거절하겠는가! 어리석은 선례를 남기지 않기 위해 그들은 비밀리에 일을 결정하기로 했다. 왜냐하면 일 자체라기보다는 유혹이 해를 입히기 때문이었다.

"제게도 당신의 봉사에 대한 답례로, 당신에게 마찬가지의 봉사를 할 수 있게 해 주십시오." 치치코프가 말했다. "플라톤 형제와의 일에 중개인이 되고 싶습니다. 당신에겐 땅이 필요하시죠, 그렇지 않습니까?"

(이 장의 나머지 부분은 초고에서 사라졌다.)

결론 장*

세상 사람은 모두 자기 일을 교묘하게 처리한다. 사람은 자기 등을 긁어 주는 사람의 등을 긁어 주기 마련이라는 속담이 있다. 가방을 찾아 나선 여행은 성공적이었다. 이 탐사에서 뭔가가 자기 상자에 들어왔기 때문이다. 한마디로 일이 신중하게 처리되었다. 치치코프는 도둑질하려는 것이 아니라 이용하려는 것이다. 우리 도 누구나 무엇이건 이용한다. 어떤 이는 국유림을, 어떤 이는 공 공 기금을 이용하고, 어떤 이는 객원 여배우를 위해 자기 아이들 것을 훔치고, 어떤 이는 감브스 가구*나 마차를 위해 농노들 것을 훔친다. 세상에 정신을 미혹하는 온갖 것들이 가득 차게 되었다면 뭘 어쩌겠는가? 정신 나간 가격들이 매겨진 값비싼 식당들도, 가 면무도회도, 야유회도, 집시들과의 춤도 번창했다.

사방에서 모두 똑같이 행동하고 게다가 유행이 지배적이면, 절 제하기가 정말 어렵다. 절제하도록 하라. 정말 항상 절제하는 건 불가능하다. 인간은 신이 아니다. 치치코프도 수가 불어나고 있 는, 온갖 안락을 사랑하는 사람들처럼 상황을 자신에게 유리한 쪽 으로 돌렸다. 물론 이미 도시에서 멀리 떠나야 했으나, 길이 엉망 진창이었다. 그 와중에 도시에는 다른 시장, 특히 귀족을 위한 시장이 시작될 판이었다.

이전 장은 보다 말 시장에 가까워서 가축, 원료, 그리고 도매 상인들과 부농들이 도매로 매점한 다양한 농민 제품들이 거래되었다. 이제 니즈니노브고로드 시장에서 귀족 물건들을 취급하는 중간 상인들이 구입한 물건들이 전부 여기 실려 왔다. 러시아 지갑의 소비자들, 포마드 기름을 바른 프랑스 남자들과 모자를 쓴 프랑스 여자들, 피땀 흘려 번 돈의 소비자들이 대거 몰려들었고, 이건 코스탄조글로의 표현에 따르면 '이집트의 메뚜기 떼'*와 같았다. 이 무리는 전부 싹 쓸어버리는 것으로도 부족하여 자기들 뒤에 알을 남기고 그것들을 땅속 깊이 묻어 놓는다. 오직 흉작과 사실 [……] 불행한 일만이 많은 영지 지주들을 절제하게 할 수 있었다. 대신 흉작을 견디지 못하는 관료들이 늘어났고, 불행히도 그 아내들 역시 마찬가지였다. 그들은 최근에 인류에게 온갖 새로운 필요들을 일깨워 줄 목적으로 출간된 다양한 책들을 탐독하고서, 온갖 새로운 쾌락들을 맛보고자 하는 특이한 욕망을 갖게 되었다. 어떤 프랑스인이 새로운 시설을, 그 현에 여태껏 들어 본 일이 없는 어떤 유흥장을 열고서 이례적으로 싼 가격에 절반은 외상으로 저녁 [식사를] 팔았다. 이것으로 계장뿐 [아니라] 심지어 모든 사무원들까지 청원인들에게서 뇌물을 뜯어내야겠다는 희망을 품는 데 충분했다. 서로서로 앞에서 마차와 마부들을 자랑하고픈 욕망이 일어났다. 이 오락거리를 위한 계층 간의 경쟁이 치열했다!

열악한 날씨와 진창길에도 불구하고 화려한 마차들이 앞서거니 뒤서거니 날아들었다. 그것들이 어디서 왔는지는 신만이 아실 테지만, 페테르부르크에 내놓아도 뒤지지 않았을 것이다. 상인들도, 점원들도 재치 있게 모자를 들어 올려 인사를 하고 엄청난 가격을 불러 댔다. 털이 북실북실한 모피 모자를 쓰고 수염이 덥수룩한 사람들은 거의 보이지 않았다. 모두 턱을 매끈하게 면도한 유럽식 복장이었고, 모두 병약하고, 이가 썩어 있었다.

"오세요. 오세요. 한 번 가게에 들어오기만 하세요. 나리, 나리!" 어디선가 소년들이 부르고 있었다. 하지만 유럽을 잘 아는 중개인들은 그들을 경멸의 눈초리로 바라보고, 가끔 자긍심을 가지고 '슈타케트' 혹은 '여기 은빛, 밝은 색', * 검은색 옷감 있습니다'라고 말할 뿐이었다.

"월귤색에 물방울무늬가 있는 옷감 있습니까?" 치치코프가 물었다.

"최상품들입니다." 상인이 한 손으로 모자를 들어 올리고 다른 손으로 가게를 가리키며 말했다. 치치코프는 가게로 들어갔다. 상인은 민첩하게 책상 판자를 들어 올리고 그 반대편으로 가서, 아래에서 천장까지 한 필 한 필 쌓인 물건들에 등을 돌리고 얼굴을 치치코프에게 향했다. 그는 민첩하게 두 팔을 괴고 팔에 기대어 가볍게 온몸을 흔들면서 말했다. "어떤 옷감을 찾으세요?"

"반점 무늬가 있고, 월귤색에 가까운 올리브나 술병 색의 옷감 있나요?" 치치코프가 말했다.

"최상품이 있습지요. 그보다 좋은 제품은 계몽된 수도에서만 찾을 수 있을 겁니다. 이봐, 거기 위에서 34번 옷감 내려. 아니, 그거 말고. 넌 왜 항상 자기 영역보다 위로 올라가냐, 프롤레타리아처럼? 그거 이리 던져. 여기 옷감 있습니다." 그리고 상인은 다른 끝에서 그것을 펼치고 바로 치치코프의 코에 옷감을 갖다 대서, 그는 손으로 비단처럼 광택이 나는 감을 쓰다듬을 뿐 아니라 심지어 냄새까지 맡을 수 있었다.

"좋군요, 하지만 딱 제가 찾는 건 아니네요." 치치코프가 말했다. "전 세관원에서 일한 적이 있어서, 여기 있는 최상품으로 좀 더 반점 무늬가 있고 술병이 아니라 월귤색에 가까운 것이 필요한데요."

"알겠습니다, 손님은 진짜로 페테르부르크에서 최신 유행하는 색을 원하시는 거군요. 그런 최고급 옷감이 있지요. 미리 말씀드리면 고가이긴 하지만 아주 고급입니다."

유럽인이 기어 올라갔다. 물건이 떨어졌다. 그는 이미 자기가 신세대에 속한다는 걸 잊고서 이전 시대의 기술을 발휘하여 그것을 펼치고, 심지어 가게에서 나와 햇빛에 옷감을 비추어서 그에게 보여 주었고, 햇빛에 눈살을 찌푸리며 말했다. "훌륭한 색이죠. 나바리노의 연기와 불꽃*으로 된 옷감이지요."

치치코프는 옷감이 마음에 들었다. 상인의 주장대로 '정찰제' 였으나, 그들은 가격을 협상했다. 그리고 옷감은 두 손으로 솜씨 있게 둘둘 말렸다. 그건 종이에 러시아식으로, 믿을 수 없을 만큼 잽싸게 둘둘 말렸다. 그 꾸러미를 가벼운 끈으로 묶고 살살 떨리게 매듭을 지었다. 가위로 끈을 자르고, 모두 마차에 실었다. 상인이 모자를 들어 올렸다. 그가 모자를 들어 올린 건 이유가 있어서였고, 치치코프는 호주머니에서 돈을 꺼냈다.

"검은 천을 보여 주세요." 어떤 목소리가 들렸다.

"이런, 제기랄, 흘로부예프군." 치치코프는 혼잣말을 하고, 그를 보지 않기 위해 몸을 돌렸다. 그는 자기[편에서] 그와 유산에 대해 뭔가 설명을 하는 게 분별없는 짓이라고 생각한 것이다. 하지만 [그는] 이미 그를 알아보았다.

"정말 이게 뭡니까, 파벨 이바노비치, 일부러 저를 피하시는 건 아니죠? 어디서도 당신을 찾을 수가 없었어요. 진지하게 얘기를 나눠야 할 일이 있는데 말입니다."

"지극히 존경하고, 지극히 존경하는 분." 치치코프가 그의 손을 쥐고 말했다. "저도 당신과 대화하고 싶어 한다는 걸 믿어 주세요. 하지만 시간이 전혀 없네요." 그리고 스스로 생각했다. '악마나 데려가 버렸으면.' 그때 그는 갑자기 무라조프가 들어오는 걸 보았다. "아, 하느님, 아파나시 바실리예비치. 건강은 어떠신가요?

"당신은 어떻소?" 무라조프가 모자를 벗으며 말했다. 상인과 흘로부예프도 모자를 벗었다.

"네, 요통이 있어서, 잠을 영 못 자고 있습니다. 운동 부족 때문이 아닌가 싶어요."

그러나 무라조프는 치치코프의 요통의 원인을 〔깊이 알아보는〕 대신 흘로부예프에게 몸을 돌렸다. "세묜 세묘노비치, 당신이 가게에 들어가는 걸 보고 따라 들어왔어요. 저 이야기 나눌 게 있는데, 제 집에 들르지 않겠어요?"

"네, 그러지요, 그러고말고요." 흘로부예프가 황급히 말하고 그와 함께 나갔다.

'저들은 무엇에 대해 대화하려는 걸까?' 〔치치코프는〕 생각했다.

"아파나시 바실리예비치는 존경스럽고 현명한 분이에요." 상인이 말했다. "그는 자기 일은 잘 알지만, 계몽되질 않았어요. 상인은 협상가이고, 그렇지 않으면 상인이 아니지요. 여기서 예산도, 반동도 그것에 연관되어 있고요, 그렇지 않으면 빈곤이 발생할 겁니다."* 치치코프는 팔을 내저었다.

"파벨 이바노비치, 백방으로 당신을 찾아다녔습니다." 뒤에서 레니친의 목소리가 울렸다. 상인이 존경의 뜻으로 모자를 벗었다.

"아, 표도르 표도르이치."

"부디 제발 저희 집으로 와 주세요. 상의할 게 있어요."〔그가〕 말했다. 치치코프는 그의 안색이 좋지 않은 것을 보았다. 상인에게 값을 치른 후 그는 가게에서 나왔다.

"기다리고 있었어요, [세묜 세묘노비치.]" 무라조프는 흘로부예
프가 들어오는 것을 보고 말했다. "어서 제 방으로 들어오세요."
그리고 그는 흘로부예프를 독자에게 이미 익숙한 방으로 안내했
다. 그보다 장식이 없는 방은 연봉 7백 루블을 받는 관리에게서도
찾아볼 수 없을 것이다.

"말씀해 보세요. 이제 당신 상황이 더 나아졌다고 생각하는데
요? 아주머니 돌아가시고 그래도 뭔가 당신에게 들어왔을 테니
말이에요."

"그걸 어떻게 말씀드려야 좋을지, 아파나시 바실리예비치. 제
상황이 더 좋아졌는지 잘 모르겠어요. 전 전부 50명의 농노와 3만
루블을 얻었는데, 그걸로 빚의 일부를 치르고 나니 아무것도 남은
게 없어요. 그리고 중요한 건 이 유언에 뭔가 깨끗하지 못한 게 있
다는 거예요. 여기서 아파나시 바실리예비치, 사기 행각이 벌어진
거예요. 지금 말씀드리겠습니다, 일이 어떻게 된 건지 아시면 놀
라실 거예요. 이 치치코프는……."

"이봐요, [세묜 세묘노비치], 이 치치코프에 대해 말하기 전에
개인적으로 당신 자신에 대해 이야기해 보세요. 당신이 생각하기
에 이 상황에서 완전히 벗어나려면 얼마면 만족스럽고 충분할지
말씀해 보세요."

"제 상황은 좋지 않습니다." 흘로부예프가 말했다. "이 상황에
서 벗어나 완전히 빚을 갚고 가장 적절한 방식으로 살려면, 적어
도 그 이상은 안 된다 해도 10만은 필요합니다. 한마디로 이건 불
가능해요."

"만일 이것이 당신에게 있다면 그땐 자기 삶을 어떻게 꾸리시겠

어요?"

"뭐, 그땐 조그만 아파트를 하나 세내 애들을 교육시킬 겁니다. 이제 저에 대해선 생각할 게 없어요. 제 인생은 끝났습니다. 전 이제 아무 데도 쓸모가 없어요."

"그럼에도 삶이 무료할 테고, 무료하게 되면 자기 일에 몰두하는 사람은 생각도 못하는 유혹들이 따라오는 법이에요."

"전 못합니다. 아무 데도 쓸모가 없어요. 멍해졌고, 허리도 아픈걸요."

"일하지 않고 어떻게 살겠소? 어떻게 이 세상에 의무도 없이, 자리도 없이 살겠소? 그러지 말고, 신의 온갖 피조물을 들여다보세요. 저마다 무엇에건 봉사하고, 자기 길을 가고 있지요. 심지어 돌도 일에 쓰이기 위해 있는 겁니다. 그런데 가장 똑똑한 존재인 인간이 아무 쓸모 없이 지내다니요. 이게 있을 수 있는 일인가요?"

"글쎄요, 저도 일이 없지는 않습니다. 아이들을 교육시킬 수 있으니까요."

"아니요, 세묜 세묘노비치, 아니요, 이게 어떤 것보다 더 힘들어요. 자기 자신을 교육시키지 못한 사람이 어떻게 자녀들을 교육시킬 수 있겠어요? 자녀들은 자기 삶이 모범이 될 때만 교육시킬 수 있는 거예요. 그런데 당신 삶이 그들에게 모범이 되고 있습니까? 정말 무료하게 시간 때우고 카드놀이하는 걸 배우게 하시겠어요? 아니, 세묜 세묘노비치, 아이들은 제게 맡기세요. 당신은 그들을 망쳐 버릴 거예요. 진지하게 생각해 보세요. 무료하고 나태한 삶이 당신을 망쳤습니다. 당신은 거기에서 벗어나야 해요. 아무것에도 단련되지 못한 사람이 이 세상에서 어떻게 살겠어요? 어떤 의무라도 행해야 합니다. 품팔이 일꾼도 봉사를 해요. 그는 빵 한 조각을 먹을지언정, 스스로 벌어서 먹고 자기 일에 흥미를 갖고 있어요."

"오 맙소사, 해 봤어요. 아파나시 바실리예비치, 저도 극복하려
고 해 봤어요. 근데 어쩌겠습니까, 이미 늙고 무능력해져 버렸는
데요. 자, 제가 어떻게 하겠어요? 정말 제가 일을 해야 한단 말이
에요? 그래, 마흔다섯 살인 내가 이제 갓 근무를 시작한 사무원들
과 같은 책상에 앉아야 한단 말입니까? 게다가 전 뇌물을 받을 줄
도 모르고, 방해만 되고, 타인에게 피해만 줄 뿐이에요. 거기엔 그
들만의 계층이 형성되어 있어요. 아니요, 아파나시 바실리예비치,
저도 생각해 보고, 시도해 보고 여러 자리를 전전해 봤지만, 어디
서건 해 낼 능력이 없어요. 정말 양로원에나……"

"양로원은 열심히 일한 사람들이 갈 곳입니다. 젊은 날 내내 놀
기만 한 사람들에겐 개미가 베짱이에게 '가서 춤이나 추지'라고
한 것과 똑같이 대답해요. 양로원에서도 앉아서 노동하고 일하지
휘스트 게임 하고 있지는 않아요. 세몬 세묘노비치."〔무라조프가〕
그의 얼굴을 뚫어지게 쳐다보며 말했다. "당신은 지금 자기 자신
도, 저도 속이는 거예요." 무라조프는 계속해서 그의 얼굴을 뚫어
져라 응시했으나, 불쌍한 흘로부예프는 아무 대답도 할 수 없었다.
무라조프는 그가 가엾어졌다.

"잘 들어요. 〔세묜 세묘노비치〕, 당신은 기도하고 교회 다니고,
제가 알기로 아침 기도나 저녁 기도도 빼먹지 않고 있지요. 일찍
일어나고 싶지 않을 때도 있지만, 정말 일어나서 가고 있어요. 아
무도 일어나지 않는 아침 네시에 가잖아요."

"이건 다른 문제입니다. 아파나시 바실리예비치. 제가 알기로,
이건 인간을 위해서가 아니라 우리 모두에게 세상에 살라고 명하
신 분을 위해서 하는 거예요. 뭘 어쩌겠어요? 전 그분이 제게 자
비를 베푸셔서, 제가 아무리 추잡하고 역겨워도 절 용서하시고 받

아 주실 수 있음을 믿어요. 사람들이 발로 밀어내고, 친구들 중 가장 훌륭한 녀석조차 절 팔아넘기고, 그러고는 나중에 가서 선한 목적으로 팔았다고 말할 때조차도요."

이렇게 말하는 동안 비통한 심정이 〔흘로부예프의〕 얼굴 표정에 드러났다. 노인 눈에는 눈물이 글썽거렸으나, 아무것도〔……〕

"그토록 자비로우신 분께 봉사하십시오. 그분께서는 우리의 노동도 기도만큼 기쁜 일이에요. 어떤 직업이든 가져 보세요. 단 어떤 직업이든 사람을 위해서가 아니라 그분을 위해서인 듯이 가지십시오. 자, 간단해요. 절구에 물을 부어 빻는 식의 헛수고도 괜찮습니다. 그분을 위해 일한다는 것만 생각하십시오. 이미 어리석은 일을 할 시간이 없다는 것만으로도 도움이 될 겁니다. 카드 게임을 위해, 주연과 포식을 위해, 사교 생활을 위해 쓸 시간이 없을 겁니다. 아, 세몬 세묘노비치! 혹시 이반 포타피치를 압니까?"

"아다마다요. 깊이 존경하고 있습니다."

"정말 훌륭한 상인이었죠. 그는 50만 루블은 갖고 있었어요. 모든 것에서 이윤이 될 만한 것을 찾아내곤 했으니까요. 그러다 방탕해져서 자기 〔……〕를 탕진해 버렸죠. 아들은 프랑스식으로 가르치기 시작하고, 딸은 장군에게 시집보냈어요. 그리고 가게에서든 시장 거리에서든 친구를 만나기만 하면, 차 마시러 주막으로 끌고 가곤 했어요. 몇 날 며칠이고 차를 마시다가 파산해 버린 거예요. 게다가 그 아들에게 신이 어떤 불행을 내렸나요? 그는 이제 제 집의 집사로 일하고 있어요. 다시 시작하는 거예요. 그는 형편이 이제 많이 나아졌어요. 다시 장사를 한다면 50만 루블은 벌 수 있을 거예요. 하지만 '전 집사였으니, 집사로 죽고 싶습니다'라고 말하더군요. '이제 전 건강해지고 소생했습니다. 그땐 배가 잔뜩 불러 있었고, 헛배가 차 있었죠. 아니에요'라고 하더라고요.

그는 이제 차를 입에 대지도 않아요. 양배추 수프와 죽만 먹고 그 이상은 안 먹어요. 그는 우리 가운데 누구도 기도하지 못하는 식으로 기도하고 있어요. 그는 우리 중 누구도 돕지 못하는 식으로 가난한 사람들을 돕고 있어요. 다른 이 같으면 남 돕는 걸 좋아하다가 자기 돈을 탕진해 버릴 거예요."

불쌍한 흘로부예프는 생각에 잠겼다.

노인이 그의 두 손을 잡았다. "세묜 세묘노비치! 당신이 얼마나 가련해 보이는지 당신이 아신다면. 전 줄곧 당신에 대해 생각했어요. 자, 들어 봐요. 수도원에 아무도 만나지 않는 수도승이 있는 걸 당신도 아시죠. 이분은 큰 지혜를, 저는 상상도 못할 지혜를 가졌어요. 그가 조언을 하면…… 그에게 제게 한 친구가 있다고 이야기하고, 이름은 밝히지 않았어요. 친구가 그것으로 힘들어할지 모르니까요…… 그런데 이야기 도중 그가 갑자기 제 말을 끊고 이렇게 말하는 거예요. '자기 일보다 하느님의 일을 먼저 생각해야 해. 교회 짓는 데 돈이 없으면 교회를 위해 돈을 모아야 해.' 그러고는 문을 쾅 닫고 나가 버리는 거예요. 전 그게 무슨 의민지 아리송했어요. 아마도 조언해 주기 싫어하는 것 같았어요. 그다음에 수도원장을 찾아갔는데, 제가 문지방을 넘자마자 그가 한 첫 마디가 '교회 건축 헌금을 맡길 수 있고, 귀족이나 상인이며, 다른 사람보다 교육을 더 많이 받고, 자신의 구원을 위해서인 것만큼 교회를 위해서 건축 헌금을 관리할 사람을 모르세요?' 라는 거예요. 전 순간 멈칫했어요. '아, 하느님, 이 수도승은 이 일을 세묜 세묘노비치에게 맡기려는 거였군요. 여행은 그의 병에도 좋을 거예요. 책을 들고 돌아다니면서 지주에게서 농민으로, 농민에게서 지주에게로 다니며, 누가 어떻게 사는지, 누가 무엇을 필요로 하는지 알게 될 거예요. 그렇게 몇몇 현을 거쳐서 돌아오면, 도시에 거주하는 누구보다 이 지역과 지방에 대해 더 잘 알게 될 거예요……
그렇습니다, 지금은 이런 사람들이 필요해요……' 공작이 저에
게 말씀하신 게 바로, 일을 서류상으로가 아니라 지금 현실이 어
떤지를 아는 관리를 구할 수만 있다면 얼마든지 돈을 줄 수 있다
고 말씀하신 게 바로 이런 의미였던 거예요. 왜냐하면 서류로는
아무것도 알아볼 수가 없고, 전부 뒤죽박죽되기 때문이지요."

"절 완전히 혼란스럽게 하시네요, 아파나시 바실리예비치." 흘
로부예프가 〔그를 보며〕 놀라서 말했다. "당신이 다름 아닌 제게
이런 말씀을 하시다니 믿을 수가 없습니다. 이 일엔 절대 지치지
않고 실무에 밝은 사람이 필요합니다. 게다가 입에 풀칠할 게 하
나도 없는 아내와 아이들을 제가 어떻게 버리겠어요?"

"아내와 아이들 걱정은 하지 마세요. 제가 그들의 후견인이 되
고, 아이들의 선생이 되겠습니다. 여행용 배낭을 들고 다니면서
자신을 위해 자비를 구하기보단, 신을 위해 구하는 것이 훨씬 고
결하고 훨씬 훌륭한 일입니다. 제가 〔여행용 포장마차를〕 대 드리
겠어요. 마차에서 흔들리는 건 염려 마세요. 그건 당신 건강에도
좋을 겁니다. 여행 도중 다른 사람보다 더 가난한 사람들에게 자
비를 베풀 수 있도록 당신에게 여비를 드리겠어요. 당신은 여기에
서 많은 선행을 하게 될 거예요. 당신은 실수하지 않을 것이고, 당
신이 자비를 베푼 사람이면 누구나 그걸 받을 만한 가치가 있을
거예요. 이런 식으로 다니면서, 당신은 모든 사람을, 누가 어떻게
사는지 정확히 알게 될 거예요. 이건 사람들이 두려워서 〔몸을 피
하는〕 관리하고는 달라요. 사람들은 당신이 교회를 위해 도움을
부탁한다는 걸 알면 당신과 기꺼이 이야기를 나눌 겁니다."

"이게 훌륭한 생각이란 건 압니다, 전 정말 그 일부라도 하고 〔싶
어요.〕 하지만 이거 정말 제 힘에 벅찬 일인 것 같습니다."

"우리 힘으로 할 수 있는 게 뭐가 있나요?" 무라조프가 말했다. "우리 힘으로 할 수 있는 건 정말 아무것도 없습니다. 전부 우리 힘에 벅찬걸요. 위에서 도우시지 않으면 아무 일도 할 수 없어요. 하지만 기도로 힘을 모을 수 있습니다. 인간은 성호를 그으며 '하느님, 자비를 베푸소서'라고 말하고 노를 저어 강가에 도착하는 겁니다. 이건 오래 생각하고 말 것도 없어요. 이걸 신의 명령으로 받아들이기만 하면 되는 겁니다. 지금 여행용 마차가 당신을 위해 준비될 겁니다. 그동안 당신은 수도원장에게 가서 책과 축복을 구하고 길을 나서세요."

"당신에게 순종하고, 이걸 바로 신의 명령으로 받아들이겠습니다." 흘로부예프가 말했다. "하느님, 저를 축복하소서." 그는 속으로 이렇게 말했고, 즉시 자기 영혼에서 원기와 힘이 샘솟기 시작하는 걸 느꼈다. 그의 이성 또한 자신의 슬프고 출구 없는 상황에서 벗어날 수 있다는 희망으로 살아 움직이기 시작하는 것 같았다. 멀리서 빛이 반짝이기 시작했다…….

이제 흘로부예프는 접어 두고, 우리의 치치코프에게 돌아가 보자.

그사이에 사실상 재판소마다 청원이 꼬리를 물고 이어졌다. 누구도 들어 본 적이 없는 친척들이 나타났다. 마치 새들이 죽은 시체에 몰려들듯, 모두 노파가 남긴 셀 수 없는 막대한 유산에 몰려들었다. 치치코프에 대한, 마지막 유언의 조작에 대한 밀고와 첫 번째 유언에 대해서도 조작에 대한 밀고들이 줄을 잇고 절도와 은닉의 증거들이 쇄도했다. 심지어 치치코프의 죽은 농노 매입에 대한 증거와 그가 세관원에 근무했을 때의 밀수품 반입에 대한 증거들까지 나타났다. 전부 파헤쳐지고, 그의 과거 전적이 모조리 드러났다. 어디에서 이 모든 것의 냄새를 맡고 알아냈는지는 아무도 모른다. 다만, 치치코프가 자신과 네 벽을 빼고는 아무도 모르리라 생각한 일들에 대해서도 증거들이 나타났다.

한동안은 이 모든 게 재판 기밀로 다루어져서 그의 귀에 들어가지 않았다. 얼마 전에 법률 고문이 보낸 믿을 만한 통첩으로 사단이 나고 있다는 걸 조금 알아채기는 했지만 말이다. 그 통지 내용은 짧았다. '소란스러운 일이 벌어질 것임을 급히 알려 드립니다. 하지만 절대로 불안해하지 마십시오. 제일 중요한 게 평안입니다. 제가 전부 잘 처리해 놓겠습니다.' 이 통첩이 그를 완전히 안심시켰다. "이 사람은 정말 천재야"라고 치치코프는 말했다. 때마침 그를 더욱 만족시키기 위해서인 듯 재봉사가 양복을 가져왔다. 치치코프는 나바리노의 연기와 불꽃이 있는 새 옷을 입은 자기 모습을 보고 싶다는 강한 열망을 느꼈다. 바지를 입어 보니, 바지가 마치 그린 것처럼 사방에서 그를 신비롭게 휘감았다. 넓적다리와 장딴지에 아주 멋지게 꼭 맞았고, 옷감이 몸의 미묘한 부분들을 감싸면서 탄력을 더해 주었다. 그가 뒤쪽으로 끈을 당기자, 배가 북 모양이 되었다. 그는 솔로 배를 톡톡 두드리면서 "이런 바보 같으니, 완전히 한 편의 그림이네!"라고 덧붙였다.

연미복은 바지보다 훨씬 더 잘 지어진 것 같았다. 주름 하나 없이 옆이 탄탄하게 죄이고, 허리를 구부리면 몸의 굴곡이 모두 드러났다. 오른쪽 겨드랑이 밑이 조금 끼인다는 치치코프의 지적에도 재봉사는 미소만 지을 뿐이었다. 그래야 허리선을 따라 훨씬 더 잘 달라붙는다는 것이었다. "안심하세요, 일에 있어선 절대 안심하세요." 그는 승리감을 감추지 못하며 되뇌었다. "페테르부르크 빼고는 어디서도 이렇게 못 지을 겁니다." 재봉사는 페테르부르크 출신이면서, 간판에 '런던과 파리 출신의 외국인'이라고 적어 놓았다. 그는 농담을 좋아해서가 아니라, 두 도시를 들어서 다른 모든 재봉사들의 입을 일시에 틀어막아 앞으로는 누구도 그 도시들을 거들먹거리며 나타나지 못하게 하고 싶었고, 그저 어떤 카를세루나 코펜하르 출신*이라고 쓰게 하고 싶었던 것이다.

치치코프는 재봉사에게 후하게 값을 지불하고 혼자 남자, 미적인 감수성과 '사랑에 빠진(con amore)'* 배우처럼 거울에 비친 자기 모습을 여유롭게 바라보기 시작했다. 모든 게 전보다 훨씬 좋다는 게 드러났다. 뺨은 더 흥미로워지고, 턱은 더 매혹적이 되고, 흰 옷깃은 뺨에 기품을 더해 주고, 푸른 공단 넥타이는 옷깃에 기품을 더해 주었다. 새로 유행하는 와이셔츠 가슴 부분의 주름들은 넥타이에 기품을 더해 주고, 화려한 벨벳 조끼는 와이셔츠 가슴 부분에 기품을 더해 주고, 나바리노의 연기와 불꽃이 있는 연미복은 비단처럼 빛나면서 모든 것에 기품을 더해 주었다. 오른쪽으로 돌아섰다. 좋아! 왼쪽으로 몸을 돌렸다. 훨씬 더 좋아! 그 몸의 굴곡이, 프랑스식으로 몸을 굵고 화를 낼 때도 러시아어로 욕하지 않고 프랑스 방언으로 비난하는 시종이나 신사들에게서 볼 수 있는 것과 똑같았다. 어쩜 그리 세련됐는지! 그는 머리를 약간 옆으로 기울여 마치 최신식으로 계몽된 중년의 귀부인에게 말을 하는 듯한 자세를 취해 보았다. 완전히 한 편의 그림이었다. 화가여, 붓을 들고 그려 보시라. 그는 만족감에 앙트라샤를 하듯 가볍게 뛰어올랐다. 찬장이 흔들리고 땅에 오데콜론이 담긴 작은 유리병이 툭 떨어졌으나, 치치코프는 전혀 개의치 않았다. 그는 어리석은 유리병을 아주 적절하게 바보라고 부르고 나서 생각했다. '자, 이제 누구에게 제일 먼저 나타난다? 제일 좋은 사람이……' 그때 갑자기 현관에 구둣발 비슷한 소리가 나더니 장검을 차고 완전 무장한 헌병이 나타나 마치 전 부대가 출동한 〔듯한〕 얼굴로 말했다. "지금 즉시 총독에게 출두하라는 명령이오."

머리에 말꼬리를 달고 어깨를 가로질러 검대를 차고 다른 어깨에도 검대를 차고 어마어마하게 큰 칼이 옆구리에 매달린 괴물이 얼굴을 내민 것이다. 다른 옆구리에는 총과, 악마만이 정체를 알 수 있는 뭔가가 매달려 있는 것 같았다. 부대 전체가 이 한 사람 안에 있는 것 같았다. 그가 반박하려고 하자 괴물 같은 존재가 퉁명스럽게 말했다. "즉시 출두하라는 명령이오." 현관문 사이로 그는 거기에도 다른 괴물이 얼씬거리는 것을 보았다. 창문으로 보니 마차도 있었다. 뭘 어쩌겠는가?

그는 나바리노의 연기와 불꽃이 있는 연미복을 입은 채 마차에 오를 수밖에 없었다. 온몸을 떨면서 총독에게 출발하였고, 헌병이 그 옆에 앉았다. 현관에서는 정신을 차릴 여유도 주지 않았다. 당직 관리가 "들어가십시오. 공작님이 기다리고 계십니다"라고 말했다. 그 앞에 마치 안개 속에서인 듯 현관과 짐을 들어 올리는 시종들이 어른거리고, 이윽고 홀이 나타났다. 그 홀을 지나갈 때 그는 '이렇게 잡아서 재판도 안 하고, 아무것도 없이 곧장 시베리아로 보낼 거야'라고만 생각했다. 그의 심장은 질투에 치를 떠는 연인의 심장보다 더 격렬하게 고동치기 시작했다. 마침내 운명의 문이 열리고, 손가방, 책장, 책들이 가득 찬 서재와 분노의 화신인 듯 노발대발하고 있는 공작이 나타났다.

"파괴자, 파괴자다!" 치치코프가 말했다. '그는 내 영혼을 파멸시킬 거야, 늑대가 양을 죽이듯 나를 갈가리 찢어 버릴 거야.'

"난 당신을 너그러이 용서했소. 당신이 감옥에 갇혀야 할 때 도시에 남아 있게 해 줬소. 그런데 당신은 다시 인간이 스스로를 더럽힐 수 있는 가장 수치스러운 사기 행각으로 자신을 더럽혔소." 공작의 입술이 분노로 덜덜 떨렸다.

"각하, 가장 수치스러운 행동과 사기 행각이라니, 어떤 걸 두고 하시는 말씀이신지요?" 치치코프가 온몸을 떨면서 물었다.

"그 여인." 공작은 좀 더 가까이 다가가 치치코프의 눈을 뚫어지게 쳐다보면서 말했다. "당신의 지시에 따라 유언을 받아 적은 그 여인이 붙잡혔고, 당신과 대질 심문을 하게 될 것이오."

치치코프의 눈빛이 흐려졌다.

"각하, 진상을 모두 말씀드리겠습니다. 제가 잘못했습니다. 정말 잘못했습니다. 하지만 그만큼 죄를 지은 건 아닙니다. 적들이 저를 음해하는 것입니다."

"당신을 음해할 수 있는 자는 아무도 없소. 왜냐면 당신의 추악한 죄들은 가장 악질인 거짓말쟁이가 〔생각해 낼〕 수 있는 것보다 몇 배는 더 추악하니까. 내 생각에 당신은 평생 비열하지 않은 일은 해 본 적이 없소. 당신이 번 돈은 1코페이카 하나까지 가장 비열한 방법으로 번 거요. 도둑질에 가장 저열한 사기뿐이오. 그 대가는 채찍질과 시베리아 유형뿐이오. 아니, 이제 충분하오. 지금 이 순간부터 당신은 감옥행이고, 거기서 가장 흉악한 사기꾼들과 강도들과 나란히 자기 운명의 결정을 〔기다려야〕 할 것이오. 이것도 자비로운 줄 아시오. 〔그대는〕 그들보다 몇 〔배는〕 죄질이 나쁘니까. 그들은 시장에서 가죽 외투를 입고 지냈지만, 그대는……." 그는 나바리노의 연기와 불꽃이 있는 연미복을 살펴보고는 끈을 당겨 종을 울렸다.

"각하!" 치치코프가 고함을 질렀다. "자비를 베풀어 주십시오. 당신은 한 가정의 가장이십니다. 제가 아니라 제 늙은 어머니에게 아량을 베풀어 주십시오."

"거짓말이야." 공작이 격분하여 고함을 질렀다. "당신 그때도 있지도 않은 아이들과 가정을 팔아 내게 간청했었죠. 이젠 어머니 차례군."

"각하, 전 사기꾼이고 천하에 불한당입니다." 치치코프가. 목소리로 말했다. "정말 저는 거짓말을 했습니다, 제겐 아이도, 가정도 없습니다. 하지만 신이 증인이십니다. 전 언제나 아내를 갖고 인간과 시민으로서의 도리를 다해서, 정말로 나중에는 시민들과 관리들의 존경을 받고 싶었습니다. 하지만 상황이 정말 끔찍한 방향으로 흘렀습니다. 각하, 피를 흘려, 피를 흘려 겨우 목숨을 부지해야 했습니다. 매 순간 유혹과 자극이…… 적들, 파괴자들, 약탈자들도 있었습니다. 한평생 거친 회오리바람이나 파도 속에서 바람에 정처 없이 떠밀려 다니는 돛단배처럼 살았습니다. 저는 인간입니다, 각하."

갑자기 눈물이 그의 눈에서 폭포수처럼 쏟아졌다. 그는 예전처럼 공작의 발에 쓰러져 엎드렸다. 나바리노의 연기와 불꽃이 있는 연미복에 벨벳 조끼, 공단 넥타이, 신비롭게 재단된 바지를 입은 채, 정성 들여 빗은 머리에 최고급 오데콜론의 달콤한 향내를 풍기면서 말이다

"저리 치우시오. 병사, 이자를 데려가라고 해." 공작이 들어온 사람들에게 말했다.

"각하!" 〔치치코프는〕 소리치고서 두 팔로 공작의 구두를 끌어안았다.

〔공작의〕 온 혈관을 타고 몸서리가 쳐졌다. "냉큼 치우시오, 명령이오." 그는 소리치며 자기 발을 치치코프의 품에서 빼내려 애썼다.

"각하, 자비를 얻기 전에는 한 발짝도 물러나지 않겠습니다." 〔치치코프는〕 공작의 구두를 가슴에 끌어안고, 나바리노의 연기와 불꽃이 있는 연미복을 입은 채 공작의 발을 따라 마룻바닥에서 끌려가면서 말했다

"냉큼 치우시오, 명령이오." 그는 발로 뭉갤 맘도 안 날 만큼 아주 흉측하고 기다란 곤충을 볼 때 느끼는 것처럼 말로 표현할 수 없는 혐오감을 느끼며 말했다.

그가 발을 세게 흔드는 바람에 치치코프는 코, 입술, 둥그스름한 턱을 구둣발로 힘껏 얻어맞은 것을 느꼈으나, 그는 구두를 놓지 않고 더 힘껏 [그를] 끌어안았다. 두 명의 건장한 헌병이 안간힘을 써서 그를 떼어 낸 뒤, 그의 팔짱을 끼고 온 방들을 지나 끌고 갔다. 그는 창백해지고, 기진맥진해졌으며, 자기 앞에 되돌릴 수 없는 시커먼 죽음, 우리 자연에 대립하는 이 괴물을 볼 때 누구나 빠지게 되는 무감각하고 공포에 질린 상태에 있었다. 계단으로 난 문 맞은편에 무라조프가 나타났다. 갑자기 희망의 빛이 들어왔다. 순간 초자연적인 힘으로 그는 두 헌병의 팔에서 빠져나와 깜짝 놀란 노인의 발에 몸을 던졌다.

"이보시오, 파벨 이바노비치, 무슨 일이신가?

"저를 구해 주세요. 저를 죽이려고 감옥으로 데려가고 있어요." 헌병들이 그를 붙들어서 끌고 가, 더 이상 아무 소리도 들리지 않았다.

경비대 병사들의 구두 냄새와 각반 냄새가 진동하는 탁하고 축축한 헛간, 볼품없는 책상, 두 개의 더러운 의자, 쇠창살이 있는 창문, 틈으로 연기만 날 뿐 온기는 없는 낡아 빠진 난로, 이것이 나바리노의 연기와 불꽃이 있는 얇은 새 연미복을 입고 인생의 달콤함을 맛보고 동족의 관심을 끌려고 하던 우리 [주인공이] 처하게 된 곳이다. 그에게 생필품을 챙기고 아마도 충분한 돈이 들어 있을 여행용 가방을 챙길 여유도 주지 않았다. 문서들과 [죽은 농노들에] 대한 등기 증서는 이제 모두 관료들의 수중에 있었다. 그는 땅을 뒹굴었고, 살을 파먹는 구더기처럼 절망적인 우수가 그의 심장을 휘감았다. 그것은 점점 더 빠른 속도로 그 무엇으로도 보호받지 못하는 심장을 갉아 먹기 시작했다. 만일 그런 날이 그런 비애에 빠진 날이 하루만 더 계속되었다면, 치치코프는 이 세상에서 사라졌을지도 모른다. 하지만 치치코프에게도 모든 것을 구원하는 손길이 없지 않았다. 한 시간쯤 뒤에 감옥 문이 열리고 노인 무라조프가 들어왔다.

만일 타오르는 욕망에 갉아 먹히고, 여행의 재와 먼지에 뒤덮이고, 누덕누덕 기운 옷차림에 기진맥진해진 여행객의 바싹 마른 목에 누군가가 샘물을 부어 줬다 해도, 불쌍한 치치코프가 소생한 것처럼 그렇게, 그렇게 소생하지는 못했을 것이다.

"내 구원자시여!" 치치코프는 자신을 잡아 뜯는 슬픔에 뒹굴어 대던 마루에서 벌떡 일어나, 무라조프의 손에 황급히 키스를 하고 이를 자기 가슴에 대며 말했다. "불행한 저를 방문해 주신 것에 대해 신께서 상을 주시기 바랍니다." 그는 눈물을 흘리기 시작했다.

노인은 슬픔에 젖어 고통스러운 눈길로 그를 바라보고 "아아, 파벨, 파벨 이바노비치, 파벨 이바노비치, 당신은 대체 무슨 짓을 한 거요?"라고 되뇔 뿐이었다.

"뭘 어쩌겠어요! 그 저주받을 년이 절 파멸시킨 거예요! 전 한계를 몰랐어요, 제때 그만두질 못했어요. 저주받을 사탄이 꼬드겨서 인간의 이성과 분별력의 한계를 벗어나게 한 겁니다. 정도를 넘어 버렸어요, 넘어 버렸어요. 하지만 어떻게 이럴 수가 있단 말입니까? 귀족을, 귀족을 말입니다. 재판도, 심의도 안 하고 감옥에 처넣고 말입니다. 귀족을 말이에요, 아파나시 바실리예비치. 어떻게 자기 집에 가서 물건 챙길 여유도 안 줄 수 있나요? 지금 거기에 전부 다 있는데. 보호도 못 받고 있단 말이에요. 여행용 가방 말이에요. 아파나시 바실리예비치, 여행용 가방, 거기에 제 전 재산이 있습니다. 피땀 흘려, 오랜 세월 수고해서 번 건데…… 여행용 가방, 아파나시 바실리예비치. 죄다 훔쳐서 사방으로 날려 버릴 거라고요…… 오, 하나님!"

다시 발작적으로 가슴을 파고드는 비애를 참을 수 없어서, 그는 크게 목청껏 울기 시작했고, 그 소리는 감옥의 두꺼운 벽을 뚫고 먼 곳까지 둔탁하게 울려 퍼졌다. 그는 자기 목에서 공단 넥타이를 잡아 뜯고, 손으로 옷깃 근처를 움켜쥐고 나바리노의 연기와 불꽃으로 된 연미복을 잡아 뜯었다.

"아아, 파벨 이바노비치, 재산이 참으로 당신 눈을 멀게 했군요. 그것 때문에 당신은 자신의 끔찍한 상태를 알지 못했군요."

"은인이시여, 구해 주세요, 구해 주세요." 불쌍한 파벨 이바노비치가 그의 발에 몸을 던지고 절망적으로 소리치기 시작했다. "공작은 당신을 사랑하니까 당신을 위해서라면 뭐든지 할 거예요."

"아니요, 파벨 이바노비치, 아무리 원하고, 아무리 바라도, 전 그럴 수 없어요. 당신이 걸린 건 가차 없는 단호한 법이지, 어느 개인의 권세가 아닙니다."

"저주받을 사탄이 절 유혹하고, 인간을 낙원에서 내쫓은 거예요!"

그는 머리를 벽에 찧고, 손으로 탁자를 힘껏 내리쳐서 주먹이 깨지고 피가 흘렀으나, 고통도, 얼얼한 아픔도 느끼지 못했다.

"파벨 이바노비치, 진정하세요, 인간이 아니라 신과 어떻게 화해할지 생각하세요. 자신의 불쌍한 영혼에 대해 생각해 보세요."

"하지만 정말 무슨 운명이 이렇답니까, 아파나시 바실리예비치. 한 사람에게만 그런 운명이 닥치다니요? 정말, 피눈물 나는 인내로 한 푼 두 푼 모았어요. 남들처럼 누구를 약탈하거나 공금을 횡령한 것이 아니라, 노동으로, 노동으로 말이에요. 푼돈을 왜 모았냐고요? 여생을 만족스럽게 보내기 위해, 아이들에게 뭐든 남겨 주기 위해서였어요. 전 선을 위해, 국가에 봉사하기 위해 자녀를 얻을 생각이었어요. 바로 그걸 위해 재산을 쌓고 싶었던 거예요. 길을 잘못 갔죠, 그걸 부인하지는 않아요, 길을 잘못 갔어요. 뭘 어쩌겠어요? 하지만 곧은길로는 나갈 수 없고 옆길로 더 쭉 나갈 수 있다는 것을 확인했을 때만 옆길로 빠졌어요. 그래도 전 일했 어요, 힘껏 노력했다고요. 얻는다면, 부자들에게서 얻었고요. 반 면 법정에서 공금 수천 루블을 가로채는 이 불한당들은 부자들에 게서 갈취하는 게 아니라, 아무것도 없는 사람들에게서 마지막 한 두 푼을 뜯어 가잖아요. 이 무슨 불행이에요, 말씀해 보세요, 매 번 결실을 얻고, 말하자면 손으로 건드리기만 하면…… 갑자기 폭풍우에 암초에 배가 산산조각 나 버리니. 30만 루블까지 자본이 있었는데. 3층집이 있었고요. 두 번이나 영지를 샀어요. 아, 아파 나시 바실리예비치, 무슨 [운명이] 이래요? 그런 타격을 왜 입어 야 하지요? 그거 아니어도 제 삶이 파도 속의 돛단배 같지 않았나 요? 하늘의 정의는 어디에 있답니까? 인내에 대해서, 유례없는 끈기에 대해서 어디에 보상이 있나요? 그래도 전 세 번이나 다시 시작했어요. 몽땅 잃고 다시 푼돈으로 시작했어요. 다른 사람 같 았으면 진작 절망으로 술 퍼마시고 주막에서 썩어 문드러졌을 거 예요. 정말 얼마나 힘들게 싸우고 얼마나 참아야 했는데! 정말 온 갖 [푼돈을] 흔히 하는 말로 혼신의 힘을 다해 모았는데…… 생 각해 보세요, 다른 사람은 쉽게 버는데, 제게는 한 푼 한 푼이 속 담에서 말하듯이 악착같이 노랑이짓을 해야 모였어요. 악착같이 한 푼 두 푼, 신은 아세요, 강철 같은 집념으로 모았다는 것 을……"

그는 말을 채 못 잇고 참을 수 없는 심장의 고통에 꺼이꺼이 울기 시작했고, 의자에 털썩 주저앉아 너덜너덜 매달려 있던 연미복 안감을 완전히 뜯어 멀리 팽개치고, 예전에는 숱을 유지하려고 애썼던 머리카락에 양손을 넣어 가차 없이 쥐어뜯으며 그 고통을 즐겼다. 그 고통으로 어떻게 해도 가라앉지 않는 마음의 고통을 잠재우고 싶었던 것이다.

무라조프는 그 앞에 한참을 말없이 앉아 이 흔치 않은 〔고통을〕 지켜보았다. 얼마 전만 해도 사교계 인사나 군인처럼 활달하고 민첩하게 주위를 날아다니던 이 불행하고 냉혹해진 사람이, 이제 헝클어지고 형편없는 모양새로, 다 찢어진 연미복에 품 넓은 바지의 단추가 풀리고, 주먹엔 피가 엉겨 붙은 채, 인간의 길을 가로막은 적대적인 힘들에게 모욕을 퍼붓고 있었다.

"아, 파벨 이바노비치, 파벨 〔이바노비치,〕 난 당신이 더 나은 목적을 가지고 힘들여 끈기 있게 선한 일에 매진했다면 어떤 사람이 되었을까 생각해 보우. 오 하나님, 당신은 얼마나 많은 선한 일을 했을지요! 선을 사랑하는 사람들 중 누구라도, 당신이 자기 푼돈 버는 데 쓴 만큼 선한 일에 힘을 쏟아부었다면, 당신이 자기 푼돈 버는 데 한 만큼 그렇게 자신을 아끼지 않고 선을 위해서 자존심도 명예욕도 희생할 수 있었다면, 우리 땅은 얼마나 번성했을까요! 파벨 이바노비치, 파벨 이바노비치! 당신이 다른 이들 앞에 죄를 지은 것이 안타까운 게 아니라, 자기 자신 앞에, 당신의 몫으로 주어진 풍부한 힘과 재능 앞에 죄를 지은 게 안타깝소. 당신의 소명은 위대한 인간이 되는 것이었는데, 당신은 자신을 타락시키고 멸망시킨 거요."

영혼의 비밀이란 것이 있다. 방탕에 빠진 자가 아무리 곧은길에서 멀어져도, 돌이킬 수 없는 죄인이 아무리 감정적으로 잔인해져도, 자신의 미망에 빠진 삶에서 아무리 단단히 굳어져도, 하지만 스스로에 의해 오욕을 당한 자신의 가치들로 꾸짖으면, 그 안의 [모든 것이] 자신도 모르게 요동치고, 그는 통째로 뒤흔들리기 마련이다.

"아파나시 바실리예비치." 불쌍한 치치코프가 말하고 그의 손을 자신의 두 팔로 움켜쥐었다. "오, 만일 제가 자유로워지고 제 재산을 회복할 수 있다면, 당신께 맹세해요. 이제부턴 완전히 다른 삶을 살겠어요. 은인이여, 구해 주세요, 구해 주세요!"

"내가 뭘 할 수 있겠소? 난 법과 싸워야 하오. 설령 내가 감히 이렇게 하기로 결정한다 해도, 공작은 정의로운 분이오. 그는 무슨 일이 있어도 물러나지 않을 거요."

"은인이시여, 당신은 모든 것을 할 수 있습니다. 저를 두렵게 만드는 것은 법이 아니에요, 전 법 앞에서는 수단을 찾아낼 겁니다, 그게 아니라 죄 없이 감옥에 던져지고, 여기에서 개처럼 파멸할 거라는 것, 그리고 내 재산, 서류, 여행용 가방…… 구해 주세요." 그는 노인의 발을 끌어안고 발을 눈물로 적셨다.

"아, 파벨 이바노비치, 파벨 이바노비치." 무라조프 노인이 [고개를] 저으며 말했다. "재산이 당신을 그토록 눈멀게 했구려. 그것 때문에 당신은 자신의 불쌍한 영혼도 듣지 못하고 있구려."

"영혼에 대해서도 생각하겠어요. 하지만, 구해 주세요."

"파벨 이바노비치." 무라조프 노인은 말하고서 멈췄다. "당신을 구하는 건 내 능력 밖이오. 당신도 보잖소. 하지만 당신의 운명을 가볍게 하고 자유롭게 하기 위해 할 수 있는 한 노력하겠소. 할 수 있을지 모르겠지만 노력해 보겠소. 만일 예상과 달리 성공한다면, 파벨 이바노비치, 난 당신에게 내 수고에 대해 상을 요구하겠소. 한몫 잡으려는 모든 유혹을 버리세요. 명예를 걸고 말하건대, 만일 내가 모든 재산을 잃는다 해도, 내 재산이 당신 재산보다 많을 거요, 난 울지 않을 거요. 자, 자, [중요한 것은] 내게서 몰수할 수도 있는 이 재산이 아니라, 아무도 훔치고 빼앗을 수 없는 것에 있소. 당신은 이미 세상에 충분히 살았소. 당신 자신이 자기 삶을 파도 속의 돛단배라고 부르잖소. 당신에겐 이미 여생을 살아갈 수단도 있소. 한적한 벽촌에, 교회와 소박하고 선량한 사람들 곁에 터를 잡으세요. 혹은 자손을 남기고 싶은 강한 욕망에 몸이 떨리면, 절제와 소박한 삶에 익숙한 부유하지 않고 착한 아가씨와 결혼해요. 이 소란한 세상과 온갖 변덕스러운 유혹일랑 다 잊어요. 세상도 당신을 잊게 하고요. 세상에는 평안이 없어요. 당신도 보다시피, 그 안의 모든 게 적, 유혹자, 아니면 배신자예요."

"반드시, 반드시 그렇게 하겠어요. 전 이미 제대로 살기를 원했고, 이미 그럴 생각이었습니다. 전 농사일을 하고 절제하며 살려고 생각했어요. 유혹자인 악마가 헛발을 딛고 길에서 벗어나게 한 겁니다. 사탄, 악마, 괴물……."

지금껏 알지 못한, 자신에게 설명되지 않는 어떤 낯선 감정이 그에게 찾아왔다. 그 안의 무언가가, 무언가 오래전, 어린 시절 엄격하고 죽어 버린 가르침에 의해, 따분하고 음울했던 어린 시절에 의해, 황량했던 고향 집에 의해, 가족 없는 고독에 의해, 가난하고 빈약한 삶의 첫인상들에 의해 억눌렸던 그 무언가가 잠에서 깨어나려는 것만 같았다. 마치 겨울 눈보라로 눈앞이 가려진 어떤 흐린 창문 사이로 그를 따분하게 바라보던 운명의 엄격한 시선에 [억눌렸던] 것이 자유를 찾아 튀어 나오려는 것 같았다. 그의 입에서는 한숨이 나오고, 두 손바닥을 자기 얼굴에 대고 그는 주눅 든 목소리로 말했다. "정말입니다, 정말이에요."

"그리고 사람들에 대한 지식이나 경험도 불법적인 토대에서는 도움이 되지 않았죠…… 만일 이것에 합법적인 기반이 더해진다면…… 에휴, 파벨 이바노비치, 당신은 왜 자신을 파괴한 거요? 깨어나세요. 아직 안 늦었소. 아직 시간이 있어요."

"아니요, 늦었어요, 늦었어요." 그는 무라조프의 가슴이 거의 터질 것만 같은 소리로 신음하기 시작했다.

"전 느끼고 있습니다. 그렇게, 그렇게 제대로 가지 않았고, 곧은 [길에서] 멀리 돌아갔다는 것을 듣고 있어요. 하지만 이제 못해요. 아니, 전 그렇게 교육받질 않았어요. 아버지는 도덕 교육으로 저를 엄하게 기르고 저를 때리고 윤리적인 원칙을 옮겨 적게 하셨지만, 정작 자신은 제 앞에서 이웃들의 숲을 훔치고 제가 그 일을 돕도록 했어요. 제가 보는 데서 옳지 못한 소송을 제기하고, 자신이 후견인으로 있던 고아인 계집아이를 타락시켰어요. 본보기가 규범보다 더 강하지요. 아파나시 바실리예비치, 제가 삶을 제대로 살지 못했다는 건 보고 느끼지만, 죄에 대한 큰 혐오감은 없어요. 본성이 더러워져서, 선에 대한 사랑이 없고, 신에게 도움이 되는 일을 하려는 아름다운 성향이 기질로, 습관으로 형성되지 않았어요. 재산을 얻는 데는 생기는 욕구가 선에 대해서는 생기지 않아요. 진실을 말씀드리는 겁니다. 뭘 어쩌겠어요."

노인도 세차게 한숨을 쉬었다.

"파벨 이바노비치, 당신에겐 그만한 의지와 그만한 인내가 있습니다. 약은 쓰긴 하지만, 환자는 다른 식으로는 낫지 않는다는 걸 알면 그것을 먹는 법이에요. 당신에게 선에 대한 사랑이 없다면, 그에 대한 사랑 없이 힘써서 선을 행하세요. 이게 선에 대한 사랑으로 그걸 행하는 사람에게보다 당신에겐 더 큰 이득이 될 겁니다. 몇 번만 하면, 그다음엔 사랑도 얻게 될 겁니다. 믿으세요, 다 됩니다. 왕국은 침략하는 거라고 해요. 힘써 그걸 향해 나가기만 해요, 힘써 뚫고 들어가 힘써 그걸 붙들어야 해요. 에휴, 파벨 이바노비치, 당신에겐 다른 이에겐 없는 이 힘이 있어요, 이 강철 같은 인내력이 있는데 당신이 극복 못하겠어요? 정말 내게 당신은 고대 영웅같이 보입니다. 지금 사람들은 모두 의지력이 없고 나약해요." 이 말이 치치코프의 영혼 한복판을 뚫고 들어가 그 밑바닥의 어떤 명예심을 건드린 것이 눈에 띄었다. 결단력이 아니래도 그와 유사한 강인한 무엇인가가 그의 눈에서 번쩍거렸다.

"아파나시 바실리예비치." 그가 결연하게 말했다. "만일 당신이 간청해서 제가 석방되고 여기에서 어떤 재산이건 갖고 나갈 수 있는 방법만 주어진다면, 다른 〔삶을〕 살겠노라고 당신에게 약속하지요. 자그마한 영지를 사서 주인 역할을 잘하고 자신이 아니라 다른 이들을 돕기 위해 돈을 모으고, 힘닿는 한 선을 행하겠습니다. 저 자신도, 도시의 온갖 산해진미와 주연도 잊고, 소박하고 건실한 삶을 살겠어요."

"신께서 당신의 결심을 굳건하게 해 주시길 바랍니다." 기쁨에 넘친 노인이 말했다. "공작에게 간청해서 당신을 석방시키도록 온 힘을 써보겠소. 성공할지 못할지는 신만이 〔알지요.〕 어떤 경우건 당신의 운명은 더 온화해질 것 같군요. 오, 하나님! 자, 안아주시오. 당신을 안게 해 줘요. 당신이 얼마나 나를 기쁘게 했는지! 자, 하나님이 함께하시길. 당장 공작에게 가겠어요."

치치코프는 〔혼자〕 남았다.

그의 본성 전체가 뒤흔들리고 부드러워졌다. 금속 중에 가장 강하고 어떤 것보다 더 오래 불에 견디는 백금도 결국엔 녹기 마련이다. 용광로의 불이 강해지고 풀무를 불어서 참기 어려운 열기가 솟아오를 때, 단단한 금속은 희어지고 마찬가지로 액체로 변하게 된다. 가장 강인한 남성도 불행의 용광로에서는, 불행이 심해지면서 참을 수 없는 불로 단단해진 기질을 태울 때, 굴복하기 마련이다.

"난 아무것도 못하고 느끼지도 못하지만, 온 힘을 [다해서] 다른 이는 느낄 수 있게 해 줘야지. 난 어리석고 아무것도 할 수 없지만 온 힘을 다해서 다른 이는 바르게 서도록 해 주겠어. 난 어리석은 기독교인이지만, 온 힘을 다해서 유혹에 빠지지 말아야지. 열심히 일해야지. 시골에서 얼굴에 땀방울을 흘리며 일하고, 떳떳하게 일해서 다른 이들에게도 좋은 영향을 미칠 거야. 뭐야, 사실아직 완전히 쓸모없는 건 아닌 것 같아. 농사를 지을 능력이 있어. 난 절약, 민첩성, 사리분별, 심지어 꾸준함을 장점으로 갖고 있으니까. 결정만 하면 되는 거야." 치치코프는 그렇게 생각하고 반쯤 깨어난 영혼의 힘으로 뭔가를 인식한 것으로 보였다. 그의 기질은 어두운 감각으로 인간에겐 이 땅에서 수행해야 하는, 사방에서 어떤 벽촌에서건, 인간 주위를 맴도는 어떤 상황, 분규, 움직임들에도 불구하고 이행해야 할 어떤 의무가 있음을 듣기 시작한 것 같았다. 그리고 도시의 소음과 인간이 노동을 잊고 무료해서 생각해낸 유혹들로부터 멀어진, 노동을 사랑하는 삶이 그토록 강렬하게 그 앞에 그려지기 시작해서, 그는 이미 자신의 불쾌한 처지를 거의 다 잊고, 심지어 만일 그를 풀어 주고 일부라도 돌려준다면 이 힘든 [교훈에] 대해 신에게 감사를 드리고픈 마음이었다……. 하지만…… 그의 더러운 광의 한쪽 문이 열리고 한 관리가 들어왔다. 그는 사모스비스토프로 쾌락주의자에 아무 일에건 앞뒤 안 가리고 덤벼드는 작자였다. 어깨가 1아르신쯤 떡 벌어지고, 다리는 튼튼하고, 탁월한 친구이며, 도락가에, 친구들이 직접 표현하였듯이 어찌해 볼 도리 없는 무뢰한이었다. 전쟁 중에 이런 인간은 기적을 일으킬지도 모른다. 그를 뚫기 어려운 위험한 지역을 뚫고 들어가 바로 적의 바로 코앞에서 대포를 훔쳐오게끔 어디로 건 보낼 수 있으니, 그것이 그의 임무가 될 것이다. 그러나 그를 명예로운 사람으로 만들 수도 있을 전장이 없는 탓에, 그는 온 힘을 다해 더러운 일에 손을 댔다. 도저히 이해가 안 되는 일이다! 그는 이상한 확신과 원칙을 갖고 있었다. 곧 친구들과 잘 지내고 누구도 배신하지 않으며 한번 한 약속은 지킨다는 것이었다. 그러나 그는 자기보다 직급이 높은 상관은 적의 중대처럼 여겨서, 온갖 약한 부분, 구멍이나 누락된 곳을 이용하여 그것을 뚫고 잠입하려고 했다.

"당신 처지에 대해 다 알고 있습니다. 전부 들었어요." 그는 자기 뒤의 문이 확실히 닫혔는지 확인하고서 말했다. "괜찮아요, 괜찮습니다. 겁먹지 마세요. 모두 잘 풀릴 겁니다. 저희 모두 당신을 위해 일하고, 당신의 종이 되겠어요. 전부 다해 3만 루블이면 됩니다, 더는 필요 없어요."

"정말요?" 치치코프가 소리쳤다. "그럼 완전히 무죄가 되는 건가요?"

"다 됩니다! 거기에 손해에 대한 배상금까지 받을 겁니다."

"그 수고에 대해……."

"3만 루블. 전부 통틀어서요, 우리와 총독 부하들과 비서까지 해서요."

"하지만, 이보세요, 제가 어떻게 하겠어요? 내 물건 전부랑, 여행용 가방, 이게 다 지금 봉인돼서 감독을 받고 있는데요."

"한 시간 후면 모두 받게 될 겁니다. 거래하는 거죠, 네?"

치치코프는 손을 내밀었다. 그의 심장이 고동치기 시작했다. 이것이 될지 그는 믿을 수가 없었다.

"잠시 헤어집시다. 우리 모두의 친구인 분이 〔전하라고〕 했어요. 가장 중요한 것은 평정과 정신을 똑바로 차리는 거라고 말이에요."

'흠,' 치치코프는 생각했다. '알았다, 법률 고문이야!'

사모스비스토프가 몸을 감췄다……. 치치코프는 혼자 남자, 그 말이 더욱더 믿기지 않았다. 그러나 이 대화를 나누고 한 시간도 안 되어 여행용 가방, 서류, 돈이 들어왔다. 그것도 가장 훌륭한 방식으로. 사모스비스토프가 관리자의 자격으로 치치코프의 숙소에 나타나 초소병들을 태만하게 감시한 것을 꾸짖고, 감독의 강화를 위해 더 많은 병사들을 요구하고, 여행용 가방을 챙겼을 뿐 아니라 치치코프의 평판을 어떤 식으로건 해칠 수 있는 문서들까지 전부 몰수했다. 그는 이걸 모두 한데 묶어 봉하고, 병사에게 즉시 꼭 필요한 취침 용품이니 치치코프에게 갖다 주라고 명령했다. 그렇게 치치코프는 서류들과 함께 그의 약한 몸을 덮는 데 필요한 따뜻한 물품들까지 받았다. 이 신속한 회수에 그는 말로 다할 수 없는 기쁨을 느꼈다. 그는 강한 희망을 다시 얻었고, 그 앞에는 이미 다시 어떤 환영들이 어른거리기 시작했다. 저녁 극장, 자기가 꽁무니를 쫓아다니는 무희가 떠올랐다. 시골 마을과 고요함은 더 창백해지고, 도시와 소음은 다시 더 반짝거리고 더 선명해지기 시작했다…… 오, 인생이여!

그러는 사이 법원과 관청에서는 일이 걷잡을 수 없이 커지고 있었다. 서기들의 펜이 움직이고, 법원 관리들은 담배 냄새를 맡으며 예술가들처럼 갈고리와 같이 휘는 곡선에 흥미를 느끼며 일했다. 법률 고문은 숨은 마법사처럼 보이지 않게 모든 메커니즘을 뒤집어 놓았다. 누군가 상황을 파악하기 전에 모든 것을 완전히 뒤섞어 놓았다. 혼돈이 만연해졌다. 사모스비스토프는 용기와 유례없는 대담함으로 자신의 역량을 뛰어넘었다. 그는 붙잡힌 여인이 어디에서 감시를 받고 있는지 알아내서 곧장 거기에 나타나 젊은 상관인 듯이 들어갔다. 초소병은 그에게 경례를 하고 몸을 쭉 폈다. "여기 오래 서 있었나?" "아침부터입니다, 각하." "교대 시간까지 오래 남았나?" "세 시간 남았습니다, 각하." "내겐 자네가 필요할 거야. 장교에게 자네 자리에 다른 이를 보내도록 이르겠네." "알겠습니다, 각하." 그리고 집으로 가서 아무도 연루시키지 않고 모든 일의 내막이 드러나지 않도록 직접 헌병 복장을 하고 콧수염과 볼수염을 붙이고 나타났다. 악마도 알아볼 수 없을 정도였다. 그는 치치코프가 있는 집에 나타나 처음 마주친 아낙네를 붙들어 역시 이 방면의 대가인 두 젊은 관리들에게 넘기고, 자신이 직접 그럴듯하게 콧수염을 하고 소총을 들고 초소병에게 나타나 말했다. "가게!* 지휘관이 나를 자네들 대신 서 있으라고 보냈어. 교대하세." 교대를 하고 직접 소총을 들고 섰다. 여기까지만 하면 됐다. 그 사이에 이전의 아낙네 대신 아무것도 모르고, 전혀 이해도 못하는 다른 아낙네가 나타났다. 이전의 아낙네를 어딘가로 숨겼고, 이후 그녀가 어디 갔는지는 아무도 몰랐다. 사모스비스토프가 군인 복장을 하고 큰 활약을 하는 동안, 법률 고문은 관청에서 기적을 일으켰다. 그는 현지사에게 넌지시 검사가 그에 대해 밀고를 쓰고 있다고 알리고, 헌병 담당 관리에게는 비밀리에 잠복근무하는 관리가 그에 대해 밀고를 쓰고 있다고 알렸다. 비밀리에 잠복근무를 하는 관리에게는 더 비밀리에 그를 감시하는 관리가 있다고 믿게 해서, 모두를 그에게 조언을 구하러 오는 상황으로 몰아넣었다. 그런 대혼란이 벌어졌다. 밀고에 밀고가 줄을 잇고, 태양도 본 적이 없는 일들과 심지어 있지도 않았던 일들까지 드러나기 시작했다. 모든 게 일감에 스캔들이 되었다. 누구는 사생아이고 어떤 가문과 직위에 있으며, 누구에게는 정부가 있고, 또 누구의 아내는 누구 꽁무니를 쫓아다닌다는 내용이었다. 스캔들과 유혹, 그 모든 것이 그토록 뒤섞이고 치치코프 이야기와 죽은 농노들과 뒤얽혀서, 이 중 무엇이 가장 중요한 헛소리인지 도무지 종잡을 수 없었고, 양쪽 다 같은 비중을 갖는 걸로 보였다. 마침내 문서들이 총독에게 전달되었을 때, 불쌍한 공작은 아무것도 이해할 수 없었다. 개요를 작성하는 임무를 맡은 매우 똑똑하고 민활한 관료는 거의 미칠 지경이었다.

어떤 식으로도 일의 실마리를 찾을 수가 없었다. 공작은 이때 다른 많은 일들에 마음을 쓰고 있었는데, 새 일이 들어오는 족족 이전 일보다 더 불쾌했다. 현의 한 지역에 기아가 발생했다. 그러나 빵을 분배하도록 파견된 관료들이 일을 제대로 처리하지 않았다. 현의 다른 지역에서는 분리파 교도들이 봉기하기 시작했다. 그들 중 누군가가 적그리스도가 태어나서 죽은 이들에게도 평안을 주지 않고, 어떤 죽은 영혼들을 매입하고 있다는 소문을 퍼뜨렸다. 사람들은 회개하고, 죄를 짓고, 적그리스도를 붙잡는다는 명목으로 적그리스도가 아닌 이들을 죽여 댔다. 다른 곳에서는 농민들이 지주들과 군 경찰서장에 대항해 봉기했다. 어떤 방랑객들이 자기들 사이에, 농부들이 지주가 되어 연미복을 차려입는 반면, 지주들은 농민용 외투를 입고 농부가 될 시대가 오고 있다는 소문을 퍼뜨려서, 너무 많은 지주들과 군 경찰서장들이 나타날 것은 생각도 안 하고 부락 전체가 온갖 인두세 내기를 거부하였다. 그래서 강압적인 방법에 의지해야 했다. 불쌍한 공작은 완전히 정신이 돌아 버릴 지경이었다. 이때 독점 전매 상인이 왔다고 보고되었다. "들어오시게 해." 공작이 말했다. 노인이 들어왔다.

"여기 당신의 치치코프를 보세요. 당신은 그편에 서서 그를 보호했지요. 지금 그는 가장 악랄한 도둑도 감히 하지 않을 일에 빠졌습니다."

"각하, 전 이 일을 잘 이해하지 못하고 있다고 말씀드려야 할 것 같습니다."

"유언 조작, 그리고 또…… 이 일에는 공개 태형이 마땅할 것이오."

"각하, 전 치치코프를 변호하기 위해 말씀드리는 것이 아닙니다. 하지만 이 일은 아직 증명되지 못했습니다. 심의도 아직 행해지지 않았고요."

"증거요. 죽은 여인으로 분장한 여인이 잡혔소. 난 일부러 당신이 있을 때 그녀를 심문하려고 하오." 공작은 종을 울려 그 여인을 데려오도록 명령했다.

무라조프는 입을 다물었다.

"가장 수치스러운 일이오. 그리고 수치스럽게도 도시의 최고 관리들이, 현지사까지 연루되었소. 그는 도둑들과 불량배들이 있는 곳에 있지 않았어야 했소." 공작이 열을 내며 말했다.

"사실 현지사는 상속인이어서 자기 몫을 주장할 권리가 있습니다. 그런데 사방에서 다른 이들이 몰려든 겁니다. 각하, 이런 게 인간사입니다. 부유한 여인이 죽었고, 그녀는 지혜롭고 공정하게 처리하지 않았어요. 사방에서 이득을 보려는 사람들이 몰려들었고, 이게 인간사인 거지요."

"하지만 추악한 짓들은 왜 하는 거요? 비열한 놈들!" 공작이 분개하며 말했다. "내겐 단 한 명도 선한 관리가 없소. 모두 비열한 들뿐이오."

"각하, 우리 중에 대체 누가 충분히 선할 수 있겠습니까? 우리 도시의 모든 관리들은 인간입니다. 장점들이 있고 많은 이들이 일에 매우 능통하지만, 저마다 죄에 가까이 있지요."

"이봐요, 아파나시 바실리예비치, 말씀해 보세요. 당신은 제가 아는 단 한 명의 정직한 사람인데, 어째서 당신은 그렇게 온갖 비열한들을 변호하는 데 열정을 쏟는 거요?"

"각하!" 무라조프가 말했다. "각하께서 비열한이라고 부르는 사람이 누구든 간에 그 역시 인간입니다. 그가 뿌린 재의 절반은 난폭함과 무지 때문인 걸 아는데, 어떻게 인간을 변호하지 않겠습니까? 우린 매 걸음 어리석은 의도가 없어도 불의를 행하고 매 순간 다른 이의 불행의 원인이 됩니다. 사실, 각하께서도 역시 큰 불의를 저지른 바 있지요."

"뭐라고요!" 공작은 갑작스러운 화제의 전환에 완전히 놀라 당황해서 외쳤다.

무라조프는 말을 멈추고 뭔가 생각을 정리하는 듯이 입을 다물고 있다가, 마침내 말했다. "네, 데르펜니코프*의 일만 해도 그렇습니다."

"아파나시 바실리예비치, 그의 경우는 근본적인 국가 법률에 대한 위반으로서, 자기 땅에 대한 배반이나 다름없었습니다."

"저는 그를 정당화하자는 게 아닙니다. 하지만 자신의 미숙함 때문에 다른 이들에 의해 선동되어 꾐에 넘어간 소년을, 주동자들 중 한 명에게 하듯이 재판하는 것이 정당한 일입니까? 사실 데르펜니코프나 어떤 바로이 드란노이*에게나 동일한 운명이 주어졌는데, 사실 그들의 범죄는 같지 않았습니다."

"오 하나님!" 공작은 눈에 띄게 흥분해서 말했다. "당신 이것에 대해 뭐든 알고 있소? 말해 보오! 난 얼마 전에 직접 페테르부르크로 그의 형량을 감해 달라는 청원서를 보냈소."

"아닙니다, 각하. 각하께서 모르시는 것을 알고 있어서 이런 말씀을 드리는 것이 아닙니다. 사실 그에게 유리한 정황이 있다 해도, 이것으로 다른 사람이 고통을 겪게 된다면, 그 자신이 동의하지 않을 겁니다. 전 다만 각하께서 그때 지나치게 성급하셨던 것은 아닌가 생각할 뿐입니다. 죄송합니다, 각하. 제 미약한 이성에 따라 판단한 것입니다. 당신은 몇 번 제게 솔직하게 말하라고 명령하셨지요. 제가 아직 감독관이었을 때, 제겐 온갖 일꾼들이, 어리석은 사람도, 좋은 사람도 많았습니다. 인간의 예전의 삶도 고려해야 하는 겁니다. 왜냐하면 모든 것을 냉정하게 살피지 않고 처음부터 고함을 지르기 시작하면, 그를 혼돈스럽게만 하고 진실한 자백은 얻지 못할 것이기 때문입니다. 반면에, 형제가 형제를 대하듯 연민을 갖고 그를 심문한다면, 스스로 모두 털어놓고 심지어 자신의 형량 감면이나 다른 이에 대한 가혹한 처벌도 요구하지 않게 될 것입니다. 왜냐하면 제가 아니라 법이 그를 징벌하는 것을 분명히 알게 될 테니까요."

공작은 깊은 생각에 잠겼다. 이때 젊은 관리가 들어와서 공손하게 손가방을 들고 그들 앞에 섰다. 그의 젊고 아직 생기 넘치는 얼굴에는 수고와 노동의 기색이 역력했다. 그가 공연히 특수 임무를 맡고 있는 게 아닌 듯 보였다. 그는 애정을 가지고 자기 직무에 몰입하는 소수의 사람들 가운데 하나였다. 그는 공명심에도 이윤에 대한 욕망에도 타인에 대한 모방 욕구에도 들뜨지 않고, 오직 자신은 다른 곳이 아니라 여기에 있어야 하고, 그에겐 이를 위해 삶이 주어진 것임을 확신하기 때문에 일했다. 일을 부분별로 추적하고 분석하면서 실타래처럼 얽힌 일의 모든 실마리들을 파악하여 전모를 밝히는 것, 이것이 그의 일이었다. 그리고 노동과 수고, 불면의 밤들은, 마침내 일이 자기 앞에 해명되고 감추어진 원인들이 드러나기 시작해서, 그 전모를 몇 마디로 명확하고 선명하게 전달해서 누구에게나 명확하게 이해될 거라고 느끼게 되면, 그것으로 충분히 보상되었다. 어느 한 학생이 자기 앞에 어떤 가장 난해한 구절이 펼쳐지고 위대한 사상가의 사유의 진정한 의미가 드러날 때 느끼는 기쁨도, 자기 앞에서 아주 복잡하게 얽힌 일의 실마리가 풀려 나갈 때 그가 느끼는 기쁨만큼 크지는 않았다고 말할 수 있다.

그 대신*

"기근이 있는 곳에는 빵을 […….] 저는 이 지역을 어느 관리보다 더 잘 압니다. 누구에게 무엇이 필요한지, 제 눈으로 파악하겠습니다. 만일 각하께서 허락하신다면, 제가 분리파 교도들과도 대화하겠습니다. 그들은 우리 형제와, 특히 소박한 사람과 더 기꺼이 이야기를 나누니까요. 신이 원하시면 그들과 화평을 이루며 잘 지내는 데 제가 도움이 될지도 모르지요. 반면에 관료들은 일을 잘 해결하지 못할 겁니다. 게다가 이에 대한 보고가 쌓이면 그들은 문서에 얽매이고, [문서 때문에] 현실을 잘 보지 못합니다. 그리고 전 당신에게서 돈을 받지 않겠어요. 사람들이 기근으로 죽어 가는 때 자기 이익을 생각하는 것은 수치스러운 일이기 때문입니다. 제겐 저장된 곡식이 있어서, 지금 또 시베리아로 보냈고, 내년에도 다시 보낼 겁니다."

"당신의 그런 근무에 대해 신만이 보상하실 수 있을 거요. 아파나시 바실리예비치. 난 당신에게 한마디도 하지 않겠소, 당신 스스로 느끼겠지만 말이란 모두 무력하니까요…… 하지만 그 부탁에 대해 한 가지 말하고 싶소. 솔직히 말해 보시오. 내게 이 일을 그냥 방치할 권리가 있습니까? 내 편에서 불한당들을 용서하는 것이 정의로운가, 명예로운가 말이오?"

"각하, 부디 더 이상은 그렇게 부르지 말아 주십시오. 왜냐하면 [그들에게도] 많은 장점들이 있으니까요. 인간사란 건 어려운 일입니다, 각하, 아주, 아주 어렵습니다. 인간이 완전히 죄를 지은 것처럼 보이지만, 그 내막을 살펴보면 그의 죄가 아닐 때도 있습니다."

"하지만 내가 방치한다면 그들 스스로 뭐라고 하겠소? 이후에 더 콧대를 세우고 자기들이 저를 속였다고까지 말할 작자들이 있을 것이오. 그들이 먼저 존경하지 않게 될 거요."

"각하, 제 의견을 말씀드리는 걸 허락해 주십시오. 그들을 전부 불러서 각하께서 모든 걸 알고 계신다는 걸 알리십시오. 그리고 그들에게 자신의 입장을 지금 제 앞에서 설명한 그대로 설명하십시오. 그리고 그들에게 그들 각자가 각하 입장이라면 어떻게 하겠는지 조언을 구해 보십시오."

"당신은 그들이 가장 고결한 행동들에 대해 간계를 꾸며서 득을 보려는 대신 그것을 납득하리라고 생각하시오? 난 그들이 날 비웃을 거라고 장담하오."

"각하, 전 그렇게 생각하지 않습니다. [러시아]인에겐, 심지어 다른 이들보다 더 나쁜 사람에게도 정의감이 있습니다. 사실 유대인은 어떻든 간에 러시아인은 그렇지 않습니다. 아닙니다, 각하, 당신에겐 숨길 게 없습니다. [제] 앞에서 설명하신 그대로 말씀하십시오. 사실 그들은 각하를 명예욕이 강하고 교만하며 아무것도 들으려 하지 않고 자기주장만 강한 사람이라고 욕할 겁니다. 그러니 그들이 각하를 있는 그대로 보게 하십시오. 각하께 그게 뭐가 어떻습니까? 각하의 일은 공정한걸요. 그들 앞이 아니라 바로 신 앞에서 자기 고백을 하는 것처럼 그들에게 말씀하십시오."

"아파나시 바실리예비치." 공작이 생각에 잠겨 말했다. "이에 대해 좀 더 생각해 보겠소. 하지만 당신의 조언에 매우 감사하오."

"그러면 치치코프를, 각하, 풀어 주라고 하십시오."

"치치코프에게 가능한 한 빨리 여기서 나가라고 하시오. 멀리

가면 갈수록 좋소. 난 그를 결코 용서하지 않을 거요."

무라조프는 허리를 숙여 절하고 공작에게서 곧장 치치코프에게 갔다. 그는 치치코프가 이미 기분이 좋고, 아주 편안하게 상당히 풍성한 점심 식사를 즐긴 것을 보았다. 그 식사는 어떤 버젓한 식당에서 도기 그릇에 담겨 날라져 온 것이었다. 그와의 대화 첫 마디에서 무라조프는 곧 치치코프가 이미 법원 관리 중 누군가와의 내통에 성공했음을 깨달았다. 그는 심지어 여기에 어떤 유명한 법률 고문이 보이지 않게 관여하고 있다는 것까지 이해했다.

"잘 들어요, 파벨 아비노비치." 그가 말했다. "난 당신이 당장 도시에서 사라지는 조건으로 풀어 주러 왔습니다. 한순간도 지체하지 말고 가재도구를 다 챙기시오. 왜냐하면 상황이 더 나빠졌으니까요. 난 어떤 한 사람이 당신을 부추긴다는 걸 알아요. 당신에게 몰래 말하자면, 또 다른 일이 드러나고 있고, 이건 어떤 세력도 막지 못할 거요. 그는 물론 단지 지루하지 않기 위해 다른 이들을 파멸시키는 걸 즐기죠. 하지만 일의 전말이 밝혀지는 중이오. 내가 당신을 떠났을 때 당신은 지금보다 좋은, 더 좋은 상황에 있었소. 당신에게 진심으로 충고하오. 문제는 이 재산이 아니오. 그것 때문에 사람들이 싸우고 서로 물고 뜯고 있지만. 다들 다른 삶은 생각도 않고, 이 삶에서 번영할 수 있으리라고 생각하지요. 믿으시오, 파벨 이바노비치. 이 땅에서 서로 할퀴고 서로 아귀다툼하게 하는 걸 다 버리고 영적인 재산을 쌓을 생각을 하지 않으면, 이 땅에서의 재산도 쌓이지 않을 거요. 모든 민족에게뿐 아니라, 각 민족에게도 기근과 궁핍의 시기가 올 것이오……. 이건 자명하오. 누가 뭐라 해도 몸은 영혼에 달려 있소. 아무리 일이 제대로 굴러가길 바라도 소용없소. 죽은 농노들에 대해서가 아니라 자신의 살아 있는 영혼에 대해 생각하시오. 그러면 신과 함께 다른 길을 가게 될 거요. 나도 내일 떠나오. 서두르시오! 그렇지 않으면 내가 없을 때 불행이 닥칠 거요."

이렇게 말하고 노인은 나갔다. 치치코프는 생각에 잠겼다. 삶의 의미가 다시 한 번 상당히 중요하게 여겨졌다. "무라조프가 맞아!" 그는 말했다. "다른 길로 갈 때야." 이렇게 말하고 그는 감옥에서 나갔다. 한 초소병이 그를 위해 여행용 가방을, 다른 초소병은 요와 속옷을 꺼냈다. 셀리판과 페트루시카는 어떻게 된 건지 몰라도 여하간 주인의 석방에 기뻐했다. "자, 여보게나," 치치코프가 친절하게 말했다. "짐을 꾸려서 떠나야 해."

"우린 잘 굴러갈 겁니다, 파벨 이바노비치." 셀리판이 말했다. "길도 틀림없이 잘 닦였을 거예요, 눈이 솔찬히 왔거든요. 정말 도시에서 벗어날 때입니다요. 도시에 물려서 이제 쳐다보기도 싫어요."

"수레바퀴 기술자에게 가서 마차에 미끄럼 나무를 대라고 해." 치치코프는 말하고서, 직접 도시로 갔으나, 누구도 작별 인사를 하러 방문하고 싶지는 않았다. 이 모든 사건이 있은 후라 거북했다. 게다가 도시엔 그에 대해 가장 불쾌한 이야기들이 오가고 있었다. 그는 모든 〔만남을〕 피하고, 조용히 나바리노의 연기와 불꽃이 있는 옷감을 산 적이 있는 상인만 찾아가 다시 연미복과 바지용 옷감 4아르신을 사고서 직접 같은 재봉사에게 갔다. 두 배의 〔가격에〕 장인은 온 힘을 쏟기로 결정하고, 밤새 촛불을 밝히면서 바늘, 다리미, 이빨로 재봉일을 해서, 다음 날 약간 늦긴 했지만 연미복이 마련됐다. 모든 말에 마구가 채워졌다. 치치코프는 하지만 연미복을 입어 보았다. 그것은 이전 것과 똑같이 훌륭했다. 그러나 슬펐다. 그는 머리에 뭔가 평평한 것이 하얗게 비치는 것을 깨닫고 우울하게 중얼거렸다. "왜 그렇게 심하게 절망에 빠졌던 것일까? 더구나 머리칼을 그렇게 쥐어뜯지 말았어야 하는 건데."

재봉사와 셈을 치르고서 그는 마침내 어떤 이상야릇한 상태에서 도시를 떠났다. 이건 예전의 치치코프가 아니었다. 이건 예전의 치치코프의 어떤 잔해였다. 그의 내적인 영혼의 상태는 새 건물을 만들기 위해 분해되어 버린 분해된 건물에 비유할 수 있었다. 건축가에게서 최종 도면이 오지 않아 새 건물이 아직 착수되지 않고, 일꾼들은 뭘 해야 좋을지 모르는 상태에 있는 것과 같았다. 그보다 한 시간쯤 전에 무라조프 노인이 포타피치와 함께 거적이 깔린 여행용 포장마차를 타고 출발하였고, 치치코프가 출발하고 한 시간쯤 뒤에는 공작이 페테르부르크로 출발하기에 앞서 모든 관료들을 한 사람도 빠짐없이 보고자 한다는 명령이 내려졌다.

총독 저택의 큰 홀에 도시의 전 관리들이 현지사부터 9등 문관까지 모였다. 관청소장들, 문관들, 등 문관들, 키슬로예도프, 크라스노노소프, 사모스비스토프, 뇌물을 받지 않은 자들과 받은 자들, 영혼이 비뚤어진 자들과 반쯤 비뚤어진 자들과 전혀 비뚤어지지 않은 자들 모두 약간의 흥분과 불안을 느끼며 총독이 나오기를 기다렸다. 공작은 음울하지도 밝지도 않은 상태로 나왔다. 그의 시선은 그의 발걸음처럼 결연했다. 모인 전 관리들이 몸을 숙여 인사하고, 많은 이들이 허리를 깊게 숙였다. 공작은 가벼운 목례로 답하고 말을 시작했다.

"페테르부르크로 떠나면서, 여러분 모두를 보고 그 이유를 부분적으로 밝히는 게 예의라고 생각했소. 우리에게 아주 미혹에 빠지게 하는 일이 벌어졌소. 이 자리에 계신 많은 분이 내가 무슨 일을 염두에 두고 하는 말인지 아실 거라 생각하오. 이 일로 해서 그 못지않게 수치스러운 다른 일들까지 드러났고, 거기엔 제가 여태껏 정직하다고 생각한 분들도 연루되어 있었소. 공식적인 절차로는 일을 해결하는 게 불가능하도록 하기 위해서 모든 걸 뒤죽박죽으로 만들려는 은밀한 의도도 이미 알고 있소. 아무리 교묘하게 자신이 관여한 걸 감추려고 해도, 누가 중심축이고 어떤 은밀한 방식으로 했는지도 알고 있소. 하지만 문제는 내가 이것을 서류에 따라 공식 절차대로 하지 않고, 전시(戰時)처럼 빠른 군사 재판으로 심의할 작정이라는 거요. 그리고 황제 폐하께 이 모든 일을 보고드릴 때 폐하께서 제게 이 권한을 부여해 주시길 바라고 있소. 사안을 시민적인 방식으로 처리할 가능성이 없을 때, 책장이 서류들로 가득 차고, 마침내 넘쳐나는 부차적인 거짓 증거들과 거짓 밀고들로 그러잖아도 상당히 어두운 일을 더 어둡게 만들려고 할 경우, 전 군사 재판이 유일한 수단이라 생각하고, 여러분의 견해를 알고자 하오!"

공작은 마치 답변을 기다리듯이 말을 멈췄다. 모두들 눈을 땅에 내리깔고 서 있었다. 많은 이들의 얼굴이 창백했다.

"저는 마찬가지로 다른 일도 알고 있소. 그 주모자들은 그것이 누구에게도 알려질 리 없다고 철석같이 믿고 있을 테지만. 그 일은 서류를 통해 조사되지 않을 거요. 내가 바로 고소인이자 탄원자가 되어 직접 명백한 증거들을 제시할 테니 말이오."

관료들 가운데 누군가 몸을 떨었고, 가장 겁이 많은 사람들 중 몇 명도 당혹스러워했다.

"당연히 주동자들에겐 관직과 재산 박탈이, 단순 가담자들에겐 면직 조처가 내려질 것이오. 그들 중에 많은 청렴결백한 관리들도 고통 당할 게 분명하오. 뭘 어쩌겠소? 사안이 너무나 수치스러워 정의로운 재판을 갈구하고 있으니 말이오. 비록 쫓겨난 이들 자리에 다른 이들이 앉고, 여태껏 정직했던 사람들이 부정직해지고, 신뢰를 얻을 만한 사람들이 기만하고 배반할 것이기 때문에 이것이 다른 이들에게 교훈이 안 될 거라는 걸 안다 해도, 그 모든 것에도 불구하고, 정의로운 재판이 부르짖고 있기 때문에 저는 엄하게 행동해야 하고 나를 엄격하고 잔인하다고 비난하리라는 걸 알고 있소. 하지만 그들이 더 많은 비난을 받으리라는 것도 알고 있소.* 나는 그런 [식으로] 냉정한 정의의 재판이라는 무기에만, [죄인들의] 머리에 떨어져야 하는 도끼에만 의지해야 하오."

무의식중에 모든 사람들의 얼굴에 전율이 일었다.

공작은 침착했다. 그 어떤 분노도, 영혼의 불안한 기색도 그의 얼굴에는 없었다.

"지금 많은 이들의 운명을 자기 손에 쥐고 있고, 어떤 청원으로도 그 마음을 움직일 수 없는 바로 그, 바로 그 사람이 지금 그대들 발에 몸을 던지고 모두에게 부탁하는 것이오. 모두 잊고, 말끔히 지우고, 용서해 주겠소. 단, 그대들이 내 요구를 이행하면, 나도 모두의 청원인이 되어 주겠소. 이게 내 요구요. 어떤 수단으로도, 어떤 공포나 어떤 처벌로도 불의를 뿌리 뽑을 수 없다는 걸 알고 있소. 이미 너무 깊게 뿌리박혀 버렸기 때문이오. 뇌물을 받는 수치스러운 일이, 수치스러운 존재가 되도록 태어나지 않은 이들에게까지 필수불가결한 요구 조건이 되어 버렸소.

많은 이들에게 보편적인 흐름을 거슬러 가는 게 이미 거의 불가능해진 걸 나도 알고 있소. 하지만 조국을 구해야 하고, 각 시민이 전부 싸 들고 와서 전부 희생하는 절체절명의 신성한 순간처럼, 난 아직 가슴에 러시아의 정신이 남아 있고 '고상함'이라는 단어가 어느 정도라도 이해되는 사람들에게 호소해야 하오. 우리 중에 누가 더 죄가 많은지 말하려는 게 아니오! 어쩌면 내가 모든 이들보다 더 죄가 많을 것이오. 어쩌면 내가 처음에 그대들을 지나치게 엄격하게 대했는지도 모르오. 어쩌면 지나친 의심으로 그대들 중 나를 진정 돕고자 했던 분들마저 내쳤는지도 모르겠소. 물론 내 편에서도 그렇게 할 여지가 있었는지도 모르지만 말이오. 만일 그들이 실제로 자기 땅의 공정과 선을 사랑했다면, 내 오만불손한 행동에도 모욕을 느끼지 않고, 자신의 명예욕을 억누르고 자신의 개성을 희생해야 했을 것이기 때문이오.

내가 그들의 자기희생과 선에 대한 숭고한 사랑을 알아차리지 못하고, 결국 그들로부터 유익하고 지혜로운 조언을 받아들이지 않았을 리 만무하오. 그럼에도 불구하고, 상관이 부하의 기질에 적응하기보단 부하가 상관의 기질에 적응해야 하오. 이것이 적어도 더 합법적이고 더 쉽소. 부하들에게는 상관이 한 명이지만, 상관에게는 부하가 수백 명이기 때문이오. 하지만 지금은 누가 누구보다 죄가 더 많은지는 접어 두기로 합시다. 문제는 우리는 우리 땅을 구해야 하고, 우리 땅이 다른 언어를 쓰는 스무 민족들의 공격 때문이 아니라 우리 자신으로 인해 죽어 가고, 이미 법에 따른 통치를 벗어나 어떤 합법적인 통치보다 훨씬 더 강한 다른 통치 세력이 형성되었다는 데 있소.

자기 조건이 결정되고 모든 게 다 평가되고, 가격도 이미 보편적으로 널리 알려진 상태에 있소. 그리고 어떤 통치자보다, 모든 입법자들과 통치자들보다 아무리 더 지혜로워도 악을 바로잡을 힘은 없소. 그가 아무리 어리석은 관리들의 행동에 다른 관리들을 감독관으로 붙여서 제약을 가해도 말이오. 민중 봉기의 시기에 민중들이 적에 대항하여 무장했듯이 우리가 저마다 그렇게 무장해서 불의에 저항해야 한다고 느끼기 전에는 모두 실패할 것이오. 러시아인으로서, 그대들과 같은 혈통과 같은 피로 연결된 자로서 이제 그대들에게 말하오. 난 그대들 가운데 고상한 생각이 뭔지 어떤 식으로든 이해하고 있는 분들에게 말하오. 각 자리의 사람에게 주어진 의무를 기억하기를 요청하오. 그대들이 자신의 의무와 자신의 이 땅에서의 사명을 더 가까이 살펴보기를 간청하오. 왜냐하면 이것이 이미 우리 모두에게 흐릿해지고 있고 우리는 거의……*

9 **반개 사륜마차** 접는 식의 가죽 덮개가 있는 반개 경 사륜마차.

2등 뒤위 보병, 포병, 기술 요원 부대의 장교직으로 육군 중위보다는 높고 대위보다는 낮은 직급.

농노 제정 러시아 시대에 농노는 '영혼'을 의미하는 'dusha'라는 단어로 지칭되었음. 따라서 본문 제목은 자연스럽게 동시대 러시아 사회에서 '죽은 농노'라는 사회적인 의미와 '죽은 혼'이라는 정신적인 의미로 동시에 읽혔음.

10 **카니파스** 보통 줄무늬가 뚜렷한 얇고 질 좋은 아마 천.

프록코트 옷자락이 길고 두 줄 단추가 달린 가벼운 남성용 재킷.

11 **사모바르** 러시아에서 안에 숯불을 넣어 찻물을 끓이던 일종의 찻주전자로 신선로와 유사함.

카렐리아 핀란드에 가까운 러시아 북동 지방으로, 자작나무 숲으로 유명함.

블린 일종의 러시아식 팬케이크로 사육제의 주요 음식.

12 **들르기 때문이다** 주막에서 차는 두 개의 도자기 찻주전자에 내왔음. 큰 주전자는 뜨거운 물을 담기 위한 것이고, 작은 것은 찻물을 우려내기 위한 것이었음.

14 **6등관** 1722년 표트르 1세가 제정한 14등급 관료제에 따르면 6등급 관직은 무관 직급으로는 대령에 해당함.

치치코프 치치코프는 '기침하다'라는 뜻의 러시아어 'Chikaht'를 연상시킴.

반 층 이탈리아어인 '다락방(mezzanine)'은 프랑스어로 'entresol'이라고도 하며, 주택 중앙에 크지 않은 규모로 증축된 반 층을 지칭함. 더러 발코니가 달린 경우도 있었으며 19세기 러시아 건축에 널리 보급되었음.

15 **바실리 표도로프** 바실리 표도로프는 순수 러시아식 이름이기 때문에 그의 외국 국적과 상식적으로 맞지 않음.

앙트라샤 발레 용어로, 공중으로 점프하는 순간 다리를 마름모꼴로 만들어 발뒤꿈치를 합치는 동작.

바뀌어 있었다 제정 러시아에서 1827년까지 포도주 판매는 국가 독점 대상이었고, 국가에 의해 포도주 판매 권한을 부여받은 가게는 간판에 쌍두독수리 문양을 넣었음. 1827년에 주류 판매가 자유로워지면서 모두 '술집(Piteinyi dom)'으로 불리게 됨.

16 **코체부 씨** 코체부 아우구스트(1761~1819)라는 독일의 극작가.

크바스 보리와 호밀 엿기름, 밀가루로 만든 거품이 나는 청량음료.

성 안나 훈장 양복의 접은 것에 다는 십자가 모양의 훈장.

별 성 스타니슬라프 1등급 훈장을 의미하며, 이건 국가에 특별한 예외적인 공무를 수행한 사람에게만 주어지는 것으로, 어깨에 리본을 두르게 되어 있었음.

17 **각하** 각하라는 호칭은 공식적으로 3, 4등급 관리에게만 허용됨.

보스턴 게임 도박성의 카드 게임으로 관료들 사이에 유행함.

20 **휘스트 게임** 운에 맡기는 4인 카드 게임의 일종으로 사회적 지위가 확고한 사람들 사이에 인기가 있었음. 휘스트 게임용 테이블에는 일반적으로 녹색 모직 테이블보를 씌우고, 그 위에 점수를 백묵으로 기록하기도 하였음.

22 **피켄치야** "체르비, 체르보토치나! 피켄치야(chervi, chervotochina, pikentsiia)!"에서 앞의 두 단어는 하트를 의미하는 '체르본나야(chervonnaia)'에 대한 청각적인 유사어들로 각각 구더기, 벌레 먹

은 구멍의 뜻을 지님. '피켄치야' 도 스페이드를 의미하는 '피코바야 (pikovaia)'의 청각적인 유사어임. 청각적인 유사음의 반복과 원래의 문자적 의미와 문맥상의 의미 간의 간극에서 아이러니와 유희의 효과가 발생함.

피추크라고만 불렀다 네 단어 모두 스페이드에 해당하는 '피코바야' 를 변형시킨 청각적인 유사어임.

23 **베르스타** 약 50킬로미터 거리. 베르스타는 미터법 시행 이전 러시아의 거리 단위로 1베르스타는 1.067킬로미터.

루시 키예프 공국을 중심으로 한 고대 러시아를 가리키는 명칭이었으나 15세기에 러시아라는 이름이 모스크바 중심의 유럽부 러시아를 지칭하는 용어로 사용되면서 공식적으로는 폐기됨. 그러나 러시아 정교와 근대 민족주의 문화에서 루시는 러시아 정신, 영혼의 온상이라는 종교-신화적인 의미로 사용됨.

24 **세무 감독국** 1775년 러시아 주에 설립된 납세, 국유 재산, 포도주 전매 등을 관할하는 주의 재정 담당 기관. 주요 업무는 과세와 위반자 처벌이었으나 실제로는 더 많은 권한을 부여받았음.

25 **사건** 'Passage'라는 단어가 러시아어로 그대로 음역되어 표기되어 있음.

26 **마닐로프** '유혹하다'라는 의미의 러시아어 어근 'man-'이 들어가 있는 이름으로, 마닐로프의 감상주의적으로 감미롭고 달콤하며 유쾌한 성격과 삶의 방식을 연상시킴.

소바케비치 개에 해당하는 'Sobaka'를 연상시키는 이름.

29 **모자를 벗었고** 민간 신앙에서 사제와 우연히 마주치는 것은 불길한 징조임.

횡목 도시의 경계를 표시하며 통행인이 지나갈 때 위로 들어 올리게 되어 있음.

야생 히스 고골의 기록에 따르면, 늘 녹색이고 억센 반관목 혹은 아관목(관목과 초본과의 중간생 식물).

30 **자마닐롭카가 아니고** 마닐롭카는 마닐로프의 영지라는 뜻이고, 자마

닐롭카는 거기에 '아주 멀리, ‒ 너머'의 의미를 지니는 'za‒'라는 접두사가 첨가된 형태.

31 영국식 정원 18세기 후반에 전 유럽에서 유행하였고 19세기 전반기에 러시아에서도 영국 애호주의가 유행하면서 도입된 영국식 정원 스타일로, 프랑스의 신고전주의적 정원 양식의 원칙인 엄격한 대칭성, 조화, 질서를 거부하고 자연과 인공의 어울림을 통한 '부조화 속의 조화'를 추구함.

나무 막대기 'klacha'라는 이 단어는 고골의 기록에 따르면 그물을 묶어 어망을 끄는 막대기를 의미.

샬론 샬론은 옛날 구식의 모직 천으로, 그 주요 산지인 프랑스 샬론 시의 이름에서 유래.

33 베르쇼크 베르쇼크는 미터법 시행 전 러시아의 길이 단위, 1베르쇼크는 4.445센티미터.

시종무관 황제의 수행원이었던 장교들에게 붙이는 명예직.

귀퉁이를 접고 '귀퉁이를 접다'는 카드 용어로서, 판돈을 맡은 딜러에 맞서서 다른 노름꾼들이 돌리는 카드에는 끝을 접는 규칙이 있었음.

34 연공 농노들에게서 징수하는 연공, 소작료. 농노들은 때로 마을을 떠나 도시에서 일하고 자신들이 받는 임금의 일부를 지주들에게 상납할 수 있었음. 이 농노들은 면역 지대의 체제에 따라 일정 금액의 돈이나 그에 상응하는 재화 혹은 용역을 지주에게 제공하고, 약간의 자유를 즐길 수 있었음. 인두세는 모든 남자 농노에게 부과되고, 1820년대 그 금액은 매년 일인당 3루블이었으나, 지주의 토지에서 일주일에 며칠 일하는 부역 체제가 일반적이었음.

세 여신 고대 그리스 신화에 미, 상냥함, 우정의 알레고리로 나오는 세 여신들로 예술 작품의 주요 소재였음.

37 명명일 명명일은 1917년 소비에트 혁명 이전의 러시아 정교에 따른 관례로서, 갓 태어난 아기에게 러시아 정교회가 인정하는 성인들 중 한 성인의 이름을 붙여 주고, 공식적으로 지정된 그 성인의 날을 그의 '명명일'로 삼았다. 명명일은 그 성인의 이름을 받은 사람의 실질

적인 생일로 간주되어 그날에 그의 생일 축하 파티 선물을 주었음.

39   조국의 아들 1812~1852년 페테르부르크에서 불가린, 그레츠, 센콥스키 등이 관여하여 발행하기 시작한 역사, 정치, 문학, 신간 서적 서평을 핵심 내용으로 하는 종합 잡지. 알렉산드르 세르게예비치 푸슈킨(1799~1837)과 이반 안드리예비치 크릴로프(1769~1844)도 간행인으로 참여한 바 있음. 1820년대에는 농노제 폐지와 자유주의 헌법 제정을 주장한 젊은 자유주의 귀족들인 데카브리스트들의 영향을 강하게 받았으나, 이들이 주동한 1825년 12월의 제카브리스트들의 난 이후 잡지는 보수적인 성향을 띠게 되었음. 마닐로프는 '자유주의' 시기에 이 잡지를 구독한 것임.

41   테미스토클레스 테미스토클레스(기원전 524~459)는 페르시아군에 대항하여 벌인 살라미스 해전(기원전 480)에서의 승리로 유명한 아테네의 군대 지휘자. 18세기 후반에서 19세기 초에 러시아 사회에 일었던 그리스 애호주의를 반영하는 이름. 알키데스는 그리스 영웅인 헤라클레스의 여러 이름 중 하나.

45   등록 농노 명부 18세기에서 19세기 전반 제정 러시아에서는 인두세 부과를 목적으로 '등록 농노' 수를 파악하기 위해 인구 조사를 7~10년 단위로 시행하였음. 따라서 새로 인구 조사가 시행되기 전까지 등록 농노들이 모두 생존해 있는 것으로 간주하여 실제와 상관없이 그 수대로 세금을 징수하였음.

48   악마만이 알 수 있었다 보통 관용적으로 '도무지 알 수 없었다'라고 해석. 러시아 문화에는 인간의 경험이나 논리로 이해할 수 없는 상황을 신이나 악마, 운명, 혹은 어떤 초월적인 힘의 작용으로 해석하는 경향이 강하고 이런 인식이 관용어구에 잘 반영되어 있음. 고골은 기독교 교리에 대한 신앙, 기호와 현실의 일치에 대한 신비주의적인 믿음, 운명론적인 세계관 등에 따라 신, 악마 등이 들어간 관용 어구들이 단지 기호가 아니라 그 기표들의 속성을 실제로 지닌다는 신화적 언어관을 갖고 있었음. 고골의 의도를 살리기 위하여 의미 전달에 큰 문제가 없는 한 관용 어구들을 직역하기로 함.

신과 함께 직역이 필요 없는 관용 어구로, 새로운 거래, 계획 등에 착수할 때 신이 함께하시기를 바란다는 축복의 의미에서 시작되었을 것으로 추정되지만, 이제 대부분의 경우 원래의 의미에 대한 의식이나 의도 없이 습관적으로 사용되고 있음.

거래 확정 수속 거래에 대한 법원에서의 합의 확정.

53 **망루** '벨베데레'는 이탈리아어로 원래 '아름다운 경관'을 의미하나, 건축 분야에서 주위를 둘러볼 수 있는 건물 위의 구조물이나 공중에 높이 세운 정자의 의미로 사용됨.

55 **큰길** 베르스타 거리가 적힌 숫자판이 있는 큰길.

얼룩무늬 곁말 밝은 털에 검은 반점이 있는 말.

의원 지방 재판소 업무 수행을 위해 선출된 각 계층의 대표 의원.

56 **보나파르트** 프랑스의 군 사령관이자 황제였던 보나파르트 나폴레옹 (1769~1821)을 지칭함. 1812년 나폴레옹이 러시아를 침공하여 벌인 '조국 전쟁' 이후 러시아인들 사이에 험담으로 사용됨.

61 **종소리** 보통 우편마차를 모는 세 마리 말의 멍에에 매단 종.

62 **기름과자** 고골의 기록에 따르면 고기와 양파를 넣은 작은 파이로 수프나 고기국물을 곁들여 냄.

유언에 따라 제정 러시아에서 유언장은 관용적으로 '교회 유언장'으로 표기될 정도로 삶의 주요 단계들에서 치르는 의식들은 통상 정교식을 따랐음.

63 **플레샤코프** 보브로프는 *bobyor*(해리), 스비닌은 *svinya*(돼지), 카나파테프는 *konopatyi*(주근깨투성이의, 마마 자국의), 하르파킨은 *kharpets*(코 골다, khrapet의 방언), 트레파킨은 *trepak*(러시아 민속 춤), 플레샤코프는 *pleshak*(플레샤크, 대머리인 사람)에서 기원함.

65 **쿠투조프** 미하일 일라리오노비치 쿠투조프(1745~1813)는 1811년 터키전과 1812년 나폴레옹에 대항하여 벌인 조국 전쟁에서 승전을 거둔 러시아 육군 원수. 특히 1812년 조국 전쟁을 역사적 배경으로 하는 레프 톨스토이의 『전쟁과 평화』에서 우직하면서도 통찰력과 과단성, 러시아 조국과 민족에 대한 깊은 애정을 지니고, 러시아식 지

혜가 풍부한 장군으로 묘사됨.

파벨 페트로비치 파벨 페트로비치는 파벨 1세(1796~1801)로서 예카테리나 2세의 아들이며, 어머니에 대한 반감으로 어머니의 정책을 무조건 폐지하려고 함. 그러나 쿠데타로 폐위되고 살해되었으며, 여기에 그의 아들이자 그에 이어 차르가 된 알렉산드르 1세가 관여하였다는 설이 있음.

68   **프로메테우스** 프로메테우스는 고대 그리스 신화에 나오는 반신반인의 영웅으로 인간을 위해 제우스의 불을 훔쳐 전한 것 때문에 영원히 고통스럽고 무의미한 일을 반복하는 형벌을 받게 됨. 고대에 뛰어난 장인으로서 널리 숭배되었고, 낭만주의에서 인간을 위해 신의 질서에 저항하여 인간에게 혜택을 주고 자신은 영원한 형벌을 받은 숭고한 영웅으로 인식되어 낭만주의적 천재-예술가의 신화적 자아상으로 추앙받음.

오비디우스 오비디우스(기원전 43~기원후 17)는 고대 그리스 로마 신화를 담은 작품 『변신(Metamorphoses)』으로 유명한 로마 시인.

69   **코로보치카** 코로보치카는 러시아어로 '작은 상자'라는 의미.

76   **건초더미 위의 개** 자기에게 쓸모없는 물건도 남이 쓰는 꼴을 못 보는 개의 이야기에서 나온 관용적인 표현.

77   **모래병** 잉크로 쓴 것이 빨리 마르도록 그 위에 뿌리는 마른 모래를 담는 작은 병.

78   **종이들** 청원서 제출 혹은 거래 확정을 위해 사용되는 국가 문장이 찍힌 흰 종이.

니우바자이-코리토 '니우바자이-코리토'라는 이름은 '통을 존경하지 마라'라는 뜻.

코로비 키르비치 암소를 의미하는 'koroba'와 벽돌을 의미하는 'kirpich'와 유사한 발음으로, '암소의 벽돌' 정도로 해석될 수 있음.

콜레소 이반 콜레소 이반은 '수레바퀴 이반'이라는 뜻임.

79   **누룩을 안 넣은 빵** 누룩을 넣지 않아 빨리 요리되는 블린이나 둥근 흰 빵, 혹은 빵과 소시지를 넣어 튀긴 달걀 프라이.

80 **크리스마스 주간** 러시아 정교의 축일 체계와 달력에 따르면 크리스마스 주간은 크리스마스에서 12일 뒤인 1월 6일 주현절(예수 세례일)까지의 축제 기간.

빌립의 금식 기간 크리스마스 전의 정진 기간에 대한 민중적 표현. 예수 그리스도의 열두 제자 중 한 명인 빌립의 날은 11월 14일에 시작되었음.

나무통 고골의 기록에 따르면, 입구가 좁은 공 모양의 목재 그릇으로 꿀, 잼을 보관하는 데 사용함.

85 **카를스바트나 캅카스** 카를스바트는 1800년대 전반기에는 오스트리아, 현재는 체코 공화국에 속해 있고 광천수로 유명한 요양 도시이며 현재 명칭은 카를로비바리임. 고골은 1845년 7월 여기에서 치료를 받았음. 캅카스는 광천수와 쾌적한 자연 환경은 물론 이국적인 자연 경관으로 러시아 귀족들에게 크게 인기 있었던 요양지이자 여행지. 본문에서는 수도의 사교계 인사들이 과식으로 병이 나서 요양하러 두 요양지로 떠나곤 했음을 암시.

모캐 대구과의 민물고기.

86 **코니스** Cornices. 벽 윗부분에 장식으로 두른 돌출부.

88 **헝가리풍의 짧은 윗도리** 헝가리풍의 늑골 장식이 있는 기마병의 짧은 윗도리.

89 **평범한 말** 역관에서가 아니라 길가의 주민으로부터 차례로 바꾸어 타는 말.

90 **베르스타** 1베르스타는 1.067킬로미터.

포첼루예프 키스에 해당하는 러시아어 단어인 '포첼리(potselyi)'를 연상시키는 이름.

보르도 프랑스 보르도산 도수가 낮은 포도주.

쿠브신니코프 단지, 항아리에 해당하는 러시아어 단어 '쿠브신'에서 유래된 이름.

91 **크바스** 곡류, 주로 나맥과 엿기름으로 만드는 러시아인 상용의 청량음료.

클리코-마트라두라 Clicquot는 샴페인의 상표, clicquot-matradura 는 같은 상표의 보다 고급 제품.

92 **갈빅이든 반치시카든** 갈빅, 반치시카 둘 다 운명에 맡기는 카드 게임.

돼지 인정 없고 불쾌한 사람에 대한 농담 식의 애칭.

앙 그로스 '대량으로, 도매로'라는 의미의 프랑스식 표현.

뽑기 판에서 룰렛과 같은 일종의 도박.

트로시도 있고 루시(rooches)는 드레스의 깃·소맷부리 등에 플리 츠나 개더식으로 모아진 주름 장식, 트로시(troches)는 그것을 조롱 하기 위해 노즈드료프가 즉흥적으로 씀.

오포젤도크 이바노비치 오포젤도크는 류머티즘이나 관절통에 바르 는 연고로 1541년경 파라셀수스가 알코올에 비누와 장뇌, 마요라나 기름, 로즈마리를 섞어 만든 용해물을 지칭. 여기에 러시아의 가장 흔한 이름인 '이반'의 부칭을 붙여 정식 이름을 만듦. 치치코프가 잘 미끄러지고 기름이 번들번들한 연고의 특징과 유사한 성격을 갖고 있음을 암시함.

93 **포노마레프** *Ponomar*(교회 종지기)라는 단어를 연상시키는 이름.

94 **호보스트이료프** 꼬리라는 뜻의 러시아어 단어 'khovst'를 연상시키 는 이름.

아니스 아니스라는 미나리과의 1년초, 혹은 그 열매로 만든 보드카.

페나르디 페나르디는 1820년대 유명한 서커스 공중곡예사이자 마 술사.

98 **녹색 테이블** 녹색 모직 천을 덮은 휘스트 카드를 위한 테이블.

100 **아마포** 네덜란드제 리넨은 셔츠와 책 제본에 사용된 면과 리넨 천.

도자기 Facience는 유약을 바르고 채색을 한 도기 혹은 자기.

102 **등이었다** 원 이름은 각각 순서대로 스트렐랴이, 오브루가이, 포르하 이, 포자르, 스코스이리, 체르카이, 도페카이, 프리페카이, 세베르가, 카사트카, 나그라다, 포페치첼니차이다.

프라빌로 사냥개의 꼬리를 일컫는 말.

103 **날아다니는 쇠고리** '날아다니는 쇠고리'라고 해석한 '포르흘리차

(porkhlitsa)'는 고골의 기록에 따르면, 방앗간에서 축을 따라 빠르게 날아다니듯이 움직이는 돌이 박힌 철을 의미함. '포르흘리차'는 '여기저기 날아다니는'이라는 뜻인 '포르하유시(porkhaiushchii)', 또 명령형의 개 이름 중 하나인 '날아다녀'라는 뜻의 '포르하이(porkhai)'와 같은 동사 'porkhat'에서 파생함. 세 파생어의 반복으로 청각적으로나 의미상으로 강조와 유희의 효과를 거둠.

104 시비랴코프 터키식 장도에 순수한 러시아식 이름인 사벨리 시비랴코프가 적혀 있는 것이 모순이라는 의미.

105 노래로 프랑스 말부르그의 첫 번째 대공인 말보로 혹은 존 처칠(1650~1722)에 대한 유명한 노래. 그는 영국 왕을 위해 많은 전투에 참전한 직업 군인이었고, 특히 스페인 왕위 계승전(1701~1714)에서의 활약으로 더욱 유명해졌음. 그 노래는 1709년이나 1722년에 작곡되었고 여러 언어들로 번역되어 널리 퍼졌음. 러시아에서는 나폴레옹의 1812년 러시아 침공의 실패 이후 유명해짐.

소테른 소테른(Sauterne)은 프랑스제 백포도주를, 호소테른(Haut Sauterne)은 소테른의 상등품을 의미함.

106 황제의 보드카 '왕의 물(aqua regia)'이라는 원 이름의 뒤틀린 표현. 질산과 염산의 혼합물로 '고상한' 금속인 금과 백금을 용해시키기 때문에 그런 이름이 붙음.

샴페인이 섞인 병 프랑스 지방의 원 이름인 부르고뉴와 샹파뉴를 재치 있게 변화시킨 표현. 팜부르고니온과 샴파니온이라고 운을 맞춰 표현. 두 번째 단어의 원래 표현인 '샴판스코예'를 부르고뉴산 포도주를 가리키는 부르고니온의 어미에 맞춰 변형시킨 언어 유희.

107 추잡한 놈 러시아 사회에서 '피타(Fita)'라고 불리는 'θ'라는 철자는 남성에게 모욕적인 의미를 지니기 때문에 이를 예법에 위배되는, 버젓하지 않은 문자로 간주하였음. 노즈드료프는 거기에 남성 명사형 어미인 '-yuk'를 붙여 색을 밝히는 남자의 의미로 사용함.

110 제주이트 1540년 로욜라의 이냐시오(1491~1556)가 1540년 설립한 예수회 회원. 한때 가장 규모가 큰 가톨릭 단체였으며 선교 활동, 교

육, 학문 연구로 여러 국가에서 지대한 영향력을 행사하였음. 점차 교회 내부에서 강한 비판을 받으면서 1773년 해체됨. 그러나 예카테리나 2세와 프로이센의 프리드리히 대공이 교황의 지시를 어기고 그 단체가 계속 번창하도록 지원함. 1814년 교황청에 의해 공식적으로 재건립되기도 하였으나 대중들의 의식에 제주이트는 궤변의 대명사로 각인됨.

118 **여왕의 열** 서양 장기에서 상대편 진지에 돌입하여 자유롭게 행동할 수 있는 장기 말.

121 **수보로프** 알렉산드르 바실리예비치 수보로프(1729~1800)는 러시아 군의 원수로서 '앞으로 돌진하는 장군'이라는 별명을 갖고 있었음.

체르케스 흑해와 캅카스 산맥 사이의 지역으로 6세기에 기독교화되었으나 17세기에 오토만 제국에 편입되면서 회교로 개종하였다가, 1829년 러시아에 복속됨. 러시아 문학에서 체르케스인은 용맹과 신체적인 아름다움으로 널리 추앙받았음.

127 **카라모라** 고골이 붙인 주석에 따르면, 카라모라는 크고 다리가 길며 힘이 없는 모기로 가끔 방에 들어와 벽에 어디든지 혼자 붙어 있곤 함. 살그머니 다가가 발을 잡으면 그냥 곤두서거나 아니면 강경히 버팀.

132 **미하일 세묘노비치** 러시아 민속에서 곰은 자주 의인화되고 주로 '미하일'이라는 이름으로 불림.

있었다 1821~1829년 그리스 민족 독립 전쟁에서 활약한 그리스 소령들 알렉산드로스 마브로코르다토스, 테오도로스 콜로코트로니스, 안드레아스 미아울리스, 콘스타인틴 카나리스 등의 루복(나무에 새겨서 찍은 민화. 싼 가격에 대량생산되고 색상이 다채로웠음) 초상화를 의미함.

보벨리나 더 정확하게는 보볼리나(Bobolina)로, 그리스 민족 독립 전쟁의 여성 영웅. 그녀는 영웅 전사의 장엄함과 큰 키를 한 여인의 대명사로 사용되었으며, 러시아에서 루복의 인기 있는 소재였고, 유럽에서도 유명해서 독일 소설가 크리스티안 아우구스트는 『보볼리나, 우리 시대의 그리스 여전사』(1822)라는 소설을 창작했음. 이 소설은 러시아에서 1823년에 번역본으로 출간됨.

134 석공회 회원 석공회는 18세기에 러시아에 들어와 예카테리나 2세 때 번성한 비밀 종교 결사 단체로, 그녀에 의해 탄압받다가 후에 금기가 풀렸으나 1822년 다시 금지되었음. 그러나 비밀 지부들이 모스크바와 페테르부르크에 계속 존속했음. 카람진, 푸슈킨, 황실 가족 몇 명 등 당시 러시아의 상당수 유명 인사들이 석공회에 가담했음. 개인적인 도덕적·영적 성장과 박애주의적 활동을 강조하여 자유주의 사상에 속하는 것으로 간주되었고, 그래서 기존 교회와 국가에 도전이 되었음.

135 고그와 마고그 성서 에스겔 38~39장에서 에스겔이 이스라엘을 공격하여 신의 저주를 받을 것이라고 예언한 북방의 왕과 그 지역의 이름. 요한계시록 20장 7~10절에서 사탄이 감옥에서 풀려나 속여넘기려고 하는 온 땅의 만백성들이 고그와 마고그로 지칭됨.

137 프리카세 고기를 잘게 썰어 만든 스튜.

138 아는 것 같군 속담의 간략한 표현으로, 원 표현은 '그의 입술은 바보가 아니고, 혀는 삽이 아니다'이며, 의미는 '그는 무엇이 쓰고 무엇이 달콤한지 안다'임.

플류시킨 털이 긴 비로드 천을 의미하는 '플류시(pliush)'나 담쟁이덩굴을 의미하는 '플류시(pliushch)'에서 나온 이름.

141 불멸의 카셰이 러시아 민담에 나오는 인색하고 부자인 불사의 노인으로, 민담에 따르면 바다에 섬이 하나 있고 거기에 참나무가 있으며 그 안에 상자가 묻혀 있고 그 상자 속에 산토끼가 있고 그 산토끼 안에 오리가 있고 그 안에 알이 있으며 그 안에 카셰이의 주검이 있음.

143 목수 프로브카 코르크 혹은 코르크 마개의 뜻으로, 주로 포도주 병에 사용함. 7장에서 그가 생전에 술을 마시지 않았던 사람으로 언급되면서 삶과 이름이 충돌함.

넘었으니까 3아르신 1베르쇼크는 약 2.18미터, 약 7피트. 1아르신은 71.12센티미터, 16베르쇼크. 1베르쇼크는 4.445센티미터.

소로코플료힌도 있죠 밀류시킨은 '상냥한(milyi)'이라는 단어에서, 텔랴트니코프는 '소 외양간 혹은 소장수(teliatnik)'에서, 소로코플료 힌은 '사십(sorok)'과 '귀싸대기(pliukha)'에서 유래함.

148 **뱌트커** 카잔의 북쪽에 있는 키로프 시의 옛 이름.

트러플 송로버섯 모양의 과자.

155 **달력** 공무의 중요 직책에 있는 인물들, 관청들, 그 기능들에 대한 연 도별 인명록으로 'address calendar'라고 함.

157 **그림 같았다** 픽처레스크 양식의 회화와 같은 장면. 18세기 후반에서 19세기 초에 유럽에서 유행한 픽처레스크 화풍은 목가적인 전원에 고대 신화 속의 인물들, 폐허로 변한 오래된 건물과 자연 풍경의 조 화, 빛과 어둠의 선명한 대조 등을 통하여 멜랑콜리의 정서를 전달하 는 것을 특징으로 했음.

166 **쉬슈** 남을 모욕하기 위해 엄지손가락을 다음 두 손가락 사이에 넣어 보이는 모양.

171 **감사할 일이오** 아이러니컬 의미.

176 **다에자이-네-다에데시** 다에자이-네-다에데시는 '끝까지 가도록 노 력해 봐-하지만 끝까지 못갈 거야'라는 뜻.

182 **두드리고 있었다** 러시아 경비원들은 자신이 근무 중이며 깨어 있다 는 것을 알리기 위해 규칙적으로 철제 물건들을 두드렸음.

183 **놋쇠** 구리와 아연의 합금으로, 금과 유사해서 싼 보석류에 사용됨.

184 **실러** 프리드리히 실러(1759~1805), 독일의 극작가, 서정시인, 철학 가, 저술가로서 러시아에서 낭만주의 예술가로 널리 알려졌음.

센나야 광장 페테르부르크의 광장으로 농부들이 팔 물건, 특히 건초 를 가져왔기 때문에 '건초 광장'이라는 뜻의 '센나야 광장'이라는 이 름을 갖게 됨. 그 이전에 교수형장으로 사용되어 다소 음침한 이미지 를 갖고 있으며, 그런 맥락에서 도스토옙스키의 『죄와 벌』의 실제 배 경으로 설정되어 센나야 광장에 대한 그런 이미지가 더욱 확고해짐.

188 **발라간** 러시아 시골의 광대 놀음.

189 **가죽 장화** 모로코 가죽 장화는 그 부드럽고 보통 화려하게 장식됨.

토르조크 시 트베리 현의 오래된 도시로 모스크바와 페테르부르크의 거의 한가운데 위치하며 가죽 제품으로 유명함.

190 **나우바자이-코리토** '니우바자이-코리토'라는 직역하면 '통을 존경하지 말라'는 뜻.

191 **술을 절제함** 프로브카는 코르크마개라는 뜻으로 포도주를 연상시키기 때문에 술을 마시지 않는 그의 습관과 모순을 일으킴.

텔랴트니코프 텔랴트니크는 소 외양간, 소장수라는 뜻으로 이름과 직업 간에 충돌이 있음.

192 **트로이카** 삼두마차.

안톤 볼로키타 카랴킨은 '갈지자걸음을 걷는 사람', 볼로키타는 '여자 꽁무니를 쫓아다니는 사람'이라는 뜻.

194 **이송하려고 하지** 차레보코크샤이스크와 베시예곤스크는 카잔과 트베리 현 사이에 위치한 도시들. 첫 도시명은 '짜르가 씻어 없앤 나무', 두 번째는 추적, 추격을 의미하는 'gon-'이라는 어간을 내포함.

발굽뼈따기 놀이 소의 말굽 뼈다귀를 사용한 놀이.

이바쿰 피로프 피로프는 '재채기, 킁킁 냄새 맡다, 공기를 코 속으로 세게 들이마시다'라는 뜻의 '피르(fyr)'에서 유래함.

195 **수리 강** 볼가 강 지류인 수리 강은 펜자 현에서 시작해서 530마일을 흘러 니즈니 노브고로드의 볼가 강 동안까지 북쪽으로 흘러감.

197 **테미스** 테미스는 프로메테우스의 어머니로서 계절과 운명의 여신. 이후 그리스 신화에서 정의의 화신이 됨.

200 **말상** 원문의 러시아어 표현을 그대로 해석하면 '국자형 얼굴'임.

201 **단테를 섬겼듯이** 단테(1265~1321)가 쓴 『신곡』에서 로마의 유명한 시인 베르길리우스(기원전 70~19)가 단테를 지옥으로 안내하는 것을 의미함.

삼각거울 삼각형의 끝에 쌍두 독수리가 있고 세 변에 표트르 1세의 지령이 붙어 있는 세공품으로, 제정 러시아 시대 법의 권위, 정의의 상징으로서 19세기 초에 관공서의 탁자에 두었음.

204 **졸로투하** '졸로투하(Zolotukha)'는 연주창, 선병을 의미함.

베구시킨 두 이름은 각각 쓰레기를 의미하는 '트루하(trukha)'와 '달리는 중'이라는 뜻의 '베구시콤(begushkom)'이라는 단어에서 나옴.

207 **헤르손 주** 헤르손 주는 우크라이나의 크림 바로 북쪽에 위치하며 1774~1783년 러시아가 대 터키전에서 승리하여 러시아에 복속됨. 19세기 초기에 그곳에는 아직 인구가 거의 없었음.

208 **흰색 한 장** 25루블짜리 백색 지폐.

209 **생선 머리 파이** 용철갑상어 머리 부위 전체, 연골, 볼살, 내장, 그리고 복부를 넣은 파이.

210 **고르카 게임** 민중이 즐겨 하는 카드 게임.

211 **다시 나가는 격입니다** 따뜻하게 데워 놓은 남의 집 문을 열고 들어와서 실내 온도를 떨어뜨려 놓고는, 다시 실내가 훈훈해지기도 전에 문을 열고 나가는 상황을 의미함. 치치코프가 자신을 따뜻이 환대하고 자신에 대해 호감을 갖고 있는 N시 주민들의 만류에도 불구하고 자기 용무가 끝났다고 바로 도시를 뜨려는 것을 비유적으로 표현함.

212 **헝가리산 포도주** 헝가리산 포도주는 보통 달콤하면서 도수가 높음.

216 **캄차카** 러시아 태평양 연안 북단에 있는 큰 반도로 19세기에 많은 식민주의자들이 그 반도의 풍부한 독식물, 광물 자원에 매료되었으며, 정치범 유형지로 악명이 높았음.

218 **랭커스터식 학교 교육** 조지프 랭커스터(Joseph Lancaster, 1778~1838)의 이름을 따서 1801년에 수립한 하류층 소년들을 위한 초등교육 체계. 러시아에서 이 제도는 12월 당원들의 지지를 받아 급진주의와 결부됨.

219 **안드레이치** 원문에 독일어 문장 '독일어를 하십니까(Sprechen Sie Deych)?'가 러시아어로 음역되어 표기됨. 우체국장 이반 안드레예비치의 부칭 마지막 부분과 운을 맞추기 위해 정확한 표기인 '도이치'를 '데이치'로 바꾸었으며, 그의 별명으로 자주 사용됨.

가족적이었다 친구, 형제, 엄마, 영혼 등의 호칭은 일상적으로 직역되지 않으며 '이보게, 자네' 정도로 해석될 수 있음.

류드밀라 바실리 안드레예비치 주콥스키(1783∼1852)는 시인, 문사, 고골의 가까운 친구이자 지지자였음. 그는 유럽 낭만주의 작품들을 번역하여 러시아 낭만주의 태동에 지대한 영향을 미쳤음. 「류드밀라」(1808)는 독일 시인 고트프리트 아우구스트 뷔르거의 「레노레」를 번안한 작품이다.

220 **자연의 신비에의 열쇠** 에드워드 영(1683∼1765)은 1만여 행으로 된 『삶, 죽음, 그리고 불멸에 대한 불만 혹은 밤의 상념(*The Complaint, or Night Thoughts on Life, Death, and Immortality*)』(1742∼1745)의 저자. 이 작품은 18세기에 전 유럽에서 큰 인기를 얻었고 러시아 번역본 『밤의 상념』은 1780년에 출간되었음. 카를 폰 에카르트하우젠(1752∼1803)은 과학과 종교, 특히 신비주의에 대한 작품을 많이 남긴 독일 저자로서, 그의 거의 모든 저작이 러시아어로 번역되었음. 여기에서 언급된 작품은 『마법에의 열쇠와 신비로운 밤들(*Aufschlüsse zur Magie und mystische Nächte*)』(1788∼1891)로서 1804년에 러시아어로 번역되었음.

카람진 니콜라이 미하일로비치 카람진(1766∼1826)은 러시아 문학어를 정립시킨 러시아 작가로 감상주의 작품들과 열두 권의 『러시아 국가사』로 유명함.

모스크바 통보 「모스크바 통보(Moskovskie Vedomosti)」는 1756년에서 1917년까지 지속적으로 발간된 가장 오래된 러시아 신문으로 법적 공지 사항을 전달하는 역할을 하였음(제2권 제3장에서 언급).

같이 먹거나 빵과 소금은 러시아의 전통적인 손님 접대의 수단으로서, 오늘날 '손님의 환대'라는 의미로 비유적으로 사용됨.

222 **답례 방문** 원문에 프랑스어 단어 Contre-visite를 그대로 러시아어로 음역하여 표기함. 답례용 방문이란 의미.

224 **버팀 살대** 원문에는 프랑스어 단어 Rouleau를 그대로 러시아어로 음역하여 표기. 장식용의 두루마리 리본, 혹은 스커트 단에 꿰매어 붙인 두꺼운 천으로 만든 버팀 살대를 의미함.

몸치장 원문에는 프랑스어 단어 toilet을 러시아어로 음역하여 표기함.

225 **쓰였기 때문이다** 당시의 시대정신은 문화적으로 감상주의와 낭만주의를 주류로 하고 있었음. 익명의 저자가 쓴 이 시는 카람진의 「나는 내 운명에 만족하노라(Dovolen ia sud' boiu)」(1794)의 마지막 연을 마지막 행에서 성만 남성에서 여성으로 바꾸어 거의 그대로 베낀 것임.

추신에는 원문에는 라틴어 단어 'Postscriptum'을 그대로 표기함.

229 **지나갈 뿐이었다** 프랑스어 단어 Chemisette를 러시아어로 그대로 음역하여 표기함.

230 **베레벤돕스키** 페르후놉스키는 '목이 근질근질해서 발작적으로 기침하다(perkhat), 목구멍이 근질거리는 것(pekhota)' 혹은 '머리의 비듬(perkhot)'에서, 베레벤돕스키는 '부조리, 혼돈(beliberda)'에서 유래한 것으로 보임.

축축하고 '축축한(vlazhnyi)'이란 형용사는 유음 이의어인 '행복한(blazhennyi)', '성스러운(blazhnoyi)'이라는 단어를 연상시켜 그 문장 전체의 내용과 드러나지 않게 조응하는 것으로 보임.

사치스러운 프랑스어, 단어인 'gallant'를 러시아어로 음역하고 여기에 러시아 형용사 어미를 덧붙여 만든 새로운 러시아어 형용사.

233 **그료민들** 리딘은 푸슈킨의 희극 시 「눌린 백작(Graf Nulin)」(1825)에, 그료민은 알렉산드르 마를린스키의 이야기 「시험(Ispytanie)」(1830)에 등장하는 인물들. 즈본스키는 「종소리, 수다(Zvon)」에서, 린스키는 아마도 푸슈킨의 『예브게니 오네긴(Evgenii Onegin)』(1823~1831)에 나오는 순진한 청년 시인 렌스키의 이름에서 유래하는 것으로 보임. 모두 1830년대에 크게 유행한, 상류층의 생활과 연애 이야기에 초점을 둔 소위 통속 소설들(svetskit povesti)에 등장하는 전형적인 인물들임.

235 **불편함** 고골은 직접 주를 병기하여 프랑스어 단어 incommodite를 그대로 음역한 러시아어 단어의 의미를 설명함. 그에 따르면 원래는 불편함, 난처한 것이라는 의미지만 여기서는 건강하지 못한 상태라는 함의를 지님.

236 파 발레에서 체중이 이동하는 하나의 동작을 의미. '미끄러지는 파', '뛰어오르는 파', '회전하는 파' 등의 종류가 있음.

238 베스페치니 베스페치니라는 성은 '태평한(bespechny)'에서 유래함.
포베도노스니 포베도노스니라는 성은 '승리를 안겨다 주는, 의기양양한(pobedonosny)'에서 유래함.
미클라투라 마클라투라라는 이름은 러시아어로 '중개인, 브로커(makler)'나 프랑스어로 '잘못 인쇄된 얼룩, 잘못 인쇄된 종이(maculatura)'에서 유래함.

240 디오게네스 그리스 철학자(기원전 412~323)로 단순 소박한 삶의 주창자로서 스스로 이를 삶에 실천하고, 하루 종일 정직한 사람을 찾아 불을 밝힌 등불을 들고 주위를 배회한 것으로 유명함.

241 키스하지 원문에서는 '키스(le baiser)'라는 프랑스어 단어를 러시아어로 그대로 음역하여 표현함.

243 스캔들 원문에 Scandaleux의 러시아어 음역을 그대로 표기함.
코티용 동작이 격렬한 프랑스의 사교춤.

244 부인복 넓은 테 위로 치마 주름이 덮인 드레스.
시도로브나 시도르라는 성에서 나온 부칭으로 누군가를 부칭으로만 부르는 것은 그를 우습게 여기거나 아래에 있는 대상으로 보는 것을 암시함.

245 치대는 게 춤추는 것에 대한 익살스러운 표현.
원숭이짓 서구 유럽, 특히 영국, 프랑스, 독일 문화를 거의 무조건적으로 모방하던 당시 러시아 사회의 경향을 암시함.

247 8자형 흰 빵 원호형 흰 빵, 속을 넣고 우유나 버터로 맛을 낸 흰 빵, 누룩 없이 구운 전병, 8자형의 흰 빵은 원어로 각각 'kalach, kokurka, skorodumka, krendel'임. 누룩 없이 구운 전병에 해당하는 '스코로둠카'에는 빵과 소시지를 넣은 달걀 프라이라는 다른 뜻도 있음. 끓이고 튀긴 반죽은 밀가루에 끓인 물과 기름을 넣어 몇 시간 동안 끓이거나 쪄서 준비함.
파이 고골의 기록에 의하면 암탉, 메밀 죽에 소금물과 잘게 자른 달갈을 섞어서 만든 속을 넣은 파이.

248 **네도티치키 가** 니콜라는 성 니콜라스의 민속적인 표현. 네도티치키는 도시 구역이나 거리 이름인 듯하며, 그 이름은 다루기 어려운 사람이나 물건, 혹은 열이 받치고 화가 난 사람이라는 뜻의 '네도티카'라는 단어에서 유래함.

253 **망토** 프랑스어로 '앞단이 긴 부인용 망토(pelerines)'를 그대로 러시아어로 음역하여 표기함.

254 **버팀살** '파딩게일(farthingale)'이라는 16~17세기에 스커트를 불룩하게 하는 데 썼던 버팀살, 혹은 그 버팀살로 부풀린 스커트를 의미함.

벨-팜 프랑스어 '아름다운 여인(belle-femme)'를 그대로 러시아어로 음역하여 표기함.

255 **진짜 사건** '이야기, 스캔들(ce qu'on appelle histoire)'이라는 프랑스어 구문을 러시아식으로 음역하여 표기함.

257 **리날도 리날디니** 크리스티안 불피우스(1762~1827)의 작품『리날도 리날디니, 산적 두목(*Rinaldo Rinaldini, der Räuberhauptmann*)』(1799~1801)의 주인공으로 프랑스 군대의 코르시카 점령과 가난한 백성의 약탈에 항거하는 영웅적인 산적이었음. 이 작품은 여섯 권의 분량에 두 권의 속편과 연극용 각색본도 있으며 19세기 전반기에 선풍적인 인기를 끈 베스트셀러로 1858년까지 여덟 번 증판되고 30개 이상의 언어로 번역되었으며, 그 이후에도 연극, 영화 대본으로 여러 번 각색되었음.

그 자체였대요 프랑스어 '공포(une horreur)'를 그대로 러시아어로 음역하여 표기.

262 **과감한 사건** 프랑스어로 '사건(passage)'이라는 단어를 러시아어로 음역하여 표기함.

266 **반숙인 것이다** '안드론들이 말 타고 다닌다'라는 표현은 바보 같은 일, 어떻게 될지 모른다라는 뜻. '구두가 반숙'이라는 표현 역시 시시한, 바보 같은 일이라는 뜻임

들리다 소피코프는 '코로 세게 숨을 쉬다(sopet)'라는 동사에서, 흐라포비츠키는 '코를 골다, 쿵쿵 콧소리를 내다, 푹 자다(khrapet)'라는 동사에서 유래함.

아르신 1아르신은 71.12센티미터.

267 **코메라제** 프랑스어 '유언비어(le commeragé)'를 러시아어로 음역하여 표기함.

268 **대질** 프랑스어 '얼굴을 마주 대하고, 비밀리에(tête à tête)'를 원어 그대로 표기함.

269 **총독** 제정 러시아 시대의 최고 정치 및 행정 관료. 한 주 혹은 다수의 주들을 관할하는 행정부의 제1등급 최고위 관료. 장군들 중 가장 신뢰를 얻은 장군들이 황제에 의해 이 직책에 임명됨.

270 **아르샤다** 오렌지와 아몬드로 만든 달콤한 향료.

271 **죽여 버렸다** 브시바야-스페스(vshivaya-Spes)란 '이가 들끓는 거만함'이란 뜻. 바롭키는 '돼지새끼들(borovki)', 자디라일로보는 '갈가리 찢다, 선동하다, 모욕하다(zadirat)'에서, 드로뱌지킨은 '잘게 나누다, 으깨다(drobit)'에서 유래함.

276 **이반 안드레이치** '독일어를 하십니까(Sprechen-Sie-Deych)'라는 우체국장의 필명. 역시 독일어를 그대로 러시아어로 음역하여 표기함.

277 **페트루샤** 각각 프라스코비야와 표트르의 지소형.

미르 모임 마을 공동체의 존속과 발전을 위해 공유지 사용과 납세 등 중요한 책임을 맡은 농민들로 구성되는 회합.

독일식 정원처럼 클럽은 영국식 제도이고, 쾌락의 정원은 1611년부터 공공 정원이 있었던 런던의 템스 강변 남쪽 강변의 Vauxhall에서 유래한 'voksal'이란 단어로 표기됨. 독일식이란 표현에는 보통 맥주와 음악이 제공되는 것이 암시됨.

279 **이야기** 19세기 전반기에 쓰인 산적들에 대한 러시아 민요들의 주인공으로 고골도 그 민요들에 대해 익히 잘 알고 있었음. 당시 유럽 문학과 그 영향을 받은 러시아 문학에도 산적들의 활동이 주 소재가 되는 작품들이 상당수 있었고 대중적인 인기도 많았음. 러시아에서는

푸슈킨이 귀족에서 산적으로 변한 자신의 실제 친구인 표도르 오를 로프를 소재로 『러시아 펠함(A Russian Pelham)』이라는 작품을 구상했었고, 이것이 1830년대 고골에게 영감을 주었을 것으로 추정됨.

1812년 전투 러시아에서 '조국 전쟁'이라고 불리는 1812년 러시아의 대 나폴레옹 전쟁에서의 전투를 의미함.

라이프치히에선지 크라스니는 1812년 스몰렌스크 근교의 전투지로서 러시아 군대가 영웅적으로 프랑스 군대를 격퇴하였음. 라이프치히는 1812년 나폴레옹이 격퇴되어 프랑스로 퇴각한 전투지로 유명함.

280 **세미라이스** 아시리아와 바빌론의 전설적인 여왕으로 공중의 정원을 소유했던 것으로 유명함.

레벨 지역 레벨은 핀란드 만의 항구 도시로서 오늘날에 에스토니아의 수도인 탈린임.

281 **연안 도로** 네바 강변을 따라 나 있는, 페테르부르크에서 가장 우아한 거리 중 하나.

사젠 1사젠은 약 2.134미터.

283 **영국 처녀** 아마 가정 교사였을 것임.

284 **만드는 거예요** '양념용 향초(les fines herbes), 송로(la truffe), 최고의 진미(la supere délicatesses)'의 프랑스어 표현들을 러시아어로 음역하여 표기함.

밀류턴 가게들 넵스키 거리의 쇼핑몰(Gostiny Dvor)에 위치한, 고급 제품만 취급하는 식료품점.

285 **타라슈카** 카스피 해에 사는 작은 물고기.

286 **아르신** 2.13미터 정도임. 1아르신은 71.12미터.

같더란 말이에요 농노의 이빨을 부러뜨리는 잔인한 지주들에 대한 속어적 표현.

287 **레테의 강** 그리스 신화에 나오는 하데스의 강으로 그 물을 마시면 과거를 잊게 됨.

288 **헬레나 섬** 1815년 워털루 전쟁에서 패배한 후 나폴레옹이 귀양 간 남대서양의 작은 섬

두 수도에서 행정 수도인 페테르부르크와 정신적 수도인 모스크바를 지칭. 대관식은 모스크바에서 거행됨.

289 **적그리스도** 적그리스도(Anti-Christ)는 악인이나 악한 세력. 혹은 세상의 마지막 때에 나타날 것으로 예언되어 있는 거짓 그리스도 의미. 구약의 다니엘 11:36~45, 신약의 데살로니카 후서 2:1~12, 요한 1서 2:18~23, 4:1~6, 요한계시록 11~13장 등에 나타나 있다. 그러나 그리스도가 재림할 때 그는 멸망당하는 것으로 되어 있음.

발견하기까지 했다 종말론적인 숫자는 666을 의미하며 그 근거는 요한계시록의 13장 18절, '짐승의 숫자는 사람의 이름이며 666'이라는 구절에 있음. 성경에서 언급하는 짐승은 대체로 고대 로마의 네로 황제를 의미하는 것으로 해석되었으나, 여기에서는 나폴레옹의 이름에서 666이라는 숫자와의 연관성을 찾아냄.

290 **푸드** 푸드는 구 러시아의 중량 단위. 1푸드는 16.38킬로그램.

291 **밀라노산 강아지** 이탈리아 밀라노산 사냥개의 일종으로 털이 짧고 몸집이 큼.

292 **트루흐마촙카** 러시아어로 '썩은 계모(trukh-machekha)'라는 의미로 들림.

결혼시키고 러시아 정교 교회에서 대부 혹은 대모와 그 자녀들의 결혼은 금지되었음.

293 **탁자 위에 누워서** 러시아의 관습에 따르면 죽은 시체는 테이블에 뉘고 매장을 위해 씻기고 옷을 입히게 되어 있음.

295 **공작부인의 책** 라발리에르 공작부인은 루이 16세의 정부였다가 그의 총애를 잃고 나서 카르멜회의 수녀가 되었으며, 경건한 신앙으로 명성을 얻었음. 치치코프는 1804년 출판되고 곧 러시아어로 번역된 그녀에 대한 소설 『라발리에르 공작부인』을 읽고 있는 것으로 보임.

298 **바흐라메이** 예수 그리스도의 열두 제자 중 한 명인 바돌로매(바르톨로메오)가 변형된 이름.

299 **고르카** 리하초프는 '무모한 사람(likhach)'에서 유래. 고르카는 체

스 판에서 12개의 말로 하는 게임.

300 화관을 씌워 주고 러시아 정교 결혼식에서는 신랑과 신부 각자의 머리 위로 왕관이나 화관을 들어 주는 관례가 있었음. 이는 그들의 결혼 전의 육체적 욕망에서의 승리와 다음 세대에 대한 지배의 특권을 상징하였음.

308 그림 같은 157쪽 '그림 같았다' 참조.

313 신흥 귀족인지 알 수가 없다 세습 귀족은 부모 세대에서 돈을 주고 사거나 관등표의 8등급에서부터 국가로부터 부여되고, 개인 귀족은 세습되지 않고 9등급부터 시작되었음.

317 솔론 솔론(기원전 639~559)은 아테네의 입법가요 개혁가로서 지혜로운 사람으로 명망이 높았음.

  크릴로프 러시아 우화 작가로, 인용문은 「음악가들(Muzykanty)」(1810)에 있음. "제 일도 모르는 정신이 말짱한 인간보다는, 일을 똑바로 할 줄 아는 술주정뱅이가 낫다"라는 메시지가 담겨 있음.

319 둥글게 깎았네 우크라이나 서민 남자들의 전통적인 변발을 지칭.

323 꺼내려는 순간 A. F. 호반스키 공(1771~1857)은 중앙은행 총재로서 모든 지폐에 그의 서명이 새겨져 있었음.

328 푼트 러시아의 중량 단위. 0.41킬로그램.

330 브라반트 레이스 벨기에 남부 지방에 있는 브라반트의 레이스로, 그 자체로 유명한 벨기에 레이스 중에서도 최상품이었음. 호메로스의 서사시 「오디세이아」의 9장에서, 오디세우스와 그의 부하들이 폴리페무스라는 외눈박이 거인의 동굴에서 양의 배에 매달려 빠져나간 이야기를 연상시킴.

334 보호감독위원회 보호감독위원회(Opekunskii sovet)는 고아원과 저당에 대한 대출을 감독하기 위해 18세기 후반에 설립되었음.

336 헤르손 현 '등잔 밑이 어둡다!'와 유사한 의미.

341 영웅 『바가티리』라는 고대 영웅 서사시의 주인공으로, 뛰어난 무용을 자랑하는 슬라브 전사.

345 야로슬라블 모스크바에서 북동쪽으로 240킬로미터 이상 떨어진 볼

가 강변에 위치하는 고도. 11세기에 건설되었고 문화, 정치, 산업 중심지로 유명하였음.

350 홉 뽕나무과의 다년생 덩굴식물의 총칭.

352 화선 원래 독일어 단어인 Branmander는 적의 배를 불태우기 위해 폭약을 실어 띄워 보내는 배라는 원 의미와 거기에서 파생된 다혈질이고 성질이 불같은 사람이라는 의미를 지님.

353 당과 둥글고 납작한 모양의 설탕 절임, 당과, 캔디, 봉봉.

355 세상 〔 〕 안의 내용은 고골의 원문에 누락되어 있는 것을 후에 편집자가 보충해 넣은 것임. 독립된 단어들로 선명하게 번역되는 부분들만 〔 〕 표기했음.

359 페지카 표도르의 두 번째 지소형으로 첫 번째 지소형인 페쟈보다 더 작거나 더 친밀한 정도를 표현하며, 아이, 친한 친구, 혹은 자신보다 낮은 사람 들에게만 사용함.

362 스테아린 촛불 자연산 지방의 단단한 부분으로 만든 양초로 보통 비누의 원료로 사용됨.

레니친 레니친은 게으름에 해당하는 러시아 단어 '렌(len')을 연상시키는 이름.

374 귀족 부인들이었지만 볼드이레바는 '혼혈아, 잡종(boldyr)'을 연상시킴. 이전 궁정은 파벨 1세 궁정을 의미함.

377 안락의자 장-앙투안 우동이 제작한 「앉아 있는 볼테르」(1781)의 의자로 세로 홈이 새겨진 다리, 깊은 방석, 의자 등 부분의 뒤틀린 난간 기둥, 거의 좌석과 나란히 이어지는 낮은 등과 손잡이 등을 특징으로 하며 러시아에 널리 보급되었음.

380 검은 자기 흑금 상안(Chern).

383 리시 리시는 러시아어로 '대머리(lytsii)'라는 뜻.

391 베트리셰프 'b' 음과 'v' 음은 상호 호환이 가능해서 장군 이름인 Betrishchev는 '바람주머니(Vetrishchev)'로 발음 가능하며, 프랑스어의 '짐승, 바보(bête)'와도 청각적으로 유사함.

395 카메오 양각으로 아로새긴 보석·조가비 등, 카메오 세공.

페트루시카 러시아 인형극의 인형.

396 **장군들** 원문에는 '12년 장군들'이라고 표기되어 있으며, 이는 1812년 러시아의 대 나폴레옹 전쟁에 참전한 러시아 장군들을 의미함. 이 전쟁에서 나폴레옹군을 격퇴시킨 러시아군의 원수 쿠투조프 장군은 오늘날까지 러시아의 조국 영웅으로 추앙받고 있음. 이 작품에서 베트리셰프 장군도 이 전쟁에 참전하여 공훈을 세운, 자타가 공인하는 조국 영웅으로 그려지고 있음.

402 **시작했다** 이 장의 나머지 부분은 원고에서 소실되었음. 다만 1849년 고골의 이 장 낭송을 들은 L. I. Arnoldi에 따르면, 텐테트니코프는 치치코프로부터 장군과의 대화를 전해 듣고 울린카를 사랑하는 마음에 화해하기로 결정하고, 1812년 전쟁에서 러시아인들의 활약상에 대한 책을 저술하는 것이 어떻겠느냐는 치치코프의 요청도 받아들임. 그는 장군과 화해하고, 울린카 역시 그를 사랑해서 두 사람은 장군의 허락 하에 결혼하기로 함. 여기서 치치코프는 텐테트니코프에게서도 죽은 농노들을 얻음. 이어 치치코프는 한편으로는 장군의 요청에 따라 두 사람의 결혼을 장군의 일가친척들에게 알리기 위해, 다른 한편으로는 죽은 농노들을 얻기 위해 장군이 제공하는 마차를 타고 그의 일가친척을 방문하기 시작함. S. P. 셰비로프(Shevyrov)는 텐테트니코프 이후의 운명에 대해 다음과 같이 전하고 있음. 텐테트니코프는 이후 러시아에 대한 자신의 저술, 학교를 마치지 않은 학생과의 우정, 그의 일반적인 자유주의 경향 때문에 체포되어 시베리아로 유배되고 울린카는 그를 따라가서 거기에서 결혼함.

403 **코시카료프** 마을을 돌아다니며 고양이 모피를 얻기 위해 물물 교환을 하던 행상인을 의미하는 '코시카르(Koshkar)'에서 유래. 고골의 기록에 따르면 고양이 모피는 당시 여자 농부들의 외투감으로 널리 사용되었고, 주로 회색이었으며, 후에 중국차와 물물 거래 품목이 됨.
술 정제가 잘 안 되고, 도수가 약한 곡물 보드카.

404 **텔레펜** '텔레펜(telepen)'은 고골의 설명에 따르면, 종의 추라는 뜻이나 여기서는 서툰 사람, 우둔한 사람이라는 뜻으로 쓰임. 고골은

같은 단어를 코시카료프의 다른 하인인 트리시카와 포마 발쇼이에게 별명으로 붙임.

405 비너스 고대 로마에서 기원전 1세기에 그리스 원본에 대한 복제품으로 만들어진 것으로 추정되는 조각품. 1680년 티볼리의 하드리아누스 황제의 빌라에서 발견되고 메디치가에 의해 구입됨.

406 멍청이 고골은 코시카료프의 다른 하인인 텔레펜(Telepen) 데니스, 텔레펜(Telepen) 코지마의 이름과 동일하게 트리시카와 포마 발쇼이에게 텔레펜(telepen)이라는 별명을 붙여서 청각적인 반복과 유희 효과를 거둠. 번역에서는 고유 명사인 경우에만 텔레펜으로 적고, 별명인 경우에는 멍청이라고 번역하여 표기함.

407 페투흐 수탉이라는 뜻.

411 데샤치나 미터법 이전의 러시아에서의 지적 단위. 1데샤치나는 1.092헥타르.

　　도둑놈 '얼뜨기(rotozei)'와 '도둑놈(bor)'이란 단어가 여기서는 둘 다 소문자로 쓰여 별명이나 성격 묘사의 의미로 사용. 그러나 그다음부터는 '얼뜨기(Rotozei)'가 이름으로 사용되어 원어 그대로 로토제이로 표기함. 앞에서 텔레펜이라는 단어의 용례와 유사함.

427 토양의 화학적 특징 연구 미국의 벤저민 프랭클린(1706~1790)는 전기에 대한 실험으로 유명하며, 그 실험에 대해 『전기에 대한 실험과 관찰(*Experiments and Observations on Electricity*)』(London, 1751)에 묘사되어 있음. 베르길리우스의 『농경가』(기원전 29)는 농사의 다양한 측면들에 대한 시적인 묘사. 『토양의 화학적 연구』라는 작품 속의 저서는 아마도 실제 독일의 뛰어난 화학자이자 농학자인 Justus von Liebig(1803~1873)의 책인 『유기화학과 그것의 농경과 생리학에의 적용』을 가리키는 듯함.

　　다 못 읽었으니 제1권 10장에서 치치코프는 감기로 여인숙에서 1주일가량 지내는 동안 『라발리에르 공작부인』를 다 읽었음(295쪽 각주 참조). 여기에서 치치코프는 책의 제목을 '백작부인 라발리에르'라고 잘못 기억하고 다 읽지도 못했다고 말하고 있음. 고골의 의도적인 설정인지 그가 실수를 한 것인지 명확하지 않음.

433 **1812년 프랑스인 이후로** 1812년 나폴레옹의 러시아 침공을 물리친 이후를 말함.

438 **여쭤 보았습니다만** 초고에서 한 페이지가 누락되어 있음. 문맥상 누락된 페이지에서는 치치코프가 코스탄조글로의 조언과 대부호 홀로부예프의 영지를 구입하는 방안이 논의된 것으로 보임.

442 **흘러나오는 것만 같았다** 러시아 정교 문화에서 주요 종교 · 예술 장르들 가운데 하나인 성상화(icon)에 그려진 성스러운 인물 형상을 암시함.

456 **제** 원문에 더 이상 내용이 없음.

458 **카프탄 시스템** 크릴로프의 우화인 『트리시킨의 농민용 외투』(1815)에 나온 표현으로, 하나를 개선하면 다른 것이 나빠지는 것을 가리킴.

462 **알렉산드라 이바노브나 하나사로바** 아시아식 관료나 폭군을 의미하는 '칸(khan)'을 암시. 또한 '우울증(Khandra)', '위선자(khanzha)' 등 부정적인 의미의 러시아어 단어들도 암시됨.

466 **아조르** 그리스 올림포스 산기슭에 있는 도시 아조루스(Azorus)를 연상시킴.

467 **틀림없었다** 정신적으로 깨어서 미망에 사로잡히지 않고 현실을 분명히 직시하고 있음을 의미함.

469 **보리수 꿀물** 향이 강한 보리수 꿀로 만든 음료.

폴타바 우크라이나 남부의 드네프르 동안에 위치한 지방. 18~19세기 우크라이나 문화 및 민족 운동의 중심지로 유명하며 1709년 표트르 대제가 스웨덴의 카를 12세와 우크라이나 코사크 지휘관인 마제파의 연합군과 전투를 벌여 승리한 폴타바 전투로도 유명함. 지방 이름과 동명인 주도 폴타바는 고골 출생지에서 남동쪽으로 약 80킬로미터 떨어진 곳에 있음.

470 **만들겠니** 원문에 더 이상 내용이 없음.

돈을 많이 줘도 원문에 더 이상 내용이 없음.

봄 축제 민중의 전통적인 표현으로 'Krasnaia gorka'라고 하며, 원래 부활절 이후 첫 주일인 '호마의 주'의 일요일을 의미하지만, 때로는 이 기간 전체를 가리킴. 슬라브 이교 전통에 따른 봄 축제로서 보통 결혼식이 거행되었고, 고골이 1846~1851년에 쓴 메모 노트에 따르면 이때 수수 파종을 묘사하는 원무를 거리에서 추었음.

471 수치스럽습니다 원문에 더 이상 내용이 없음.

472 …… 초고에서 이 단어 앞의 두 페이지가 삭제되어 있음.

475 결론 장 이 장은 고골이 아니라 편집인이 1846년경 초기 판본의 뒷부분을 편의상 '결론'으로 모아 놓은 부분. 제2권의 다른 4장이 1852년에 탈고된 후기 판본이므로, 2권의 1~4장과 결론 사이에는 6년의 시간 차가 있음.

감브스 가구 Ernst Hambs(1805~1849)는 가구 제작자이자 페테르부르크의 유행을 선도한 가구상으로 유명함.

476 이집트의 메뚜기 떼 구약 성경의 출애굽기에서, 신이 모세를 통해 이집트 왕 파라오에게 이스라엘 백성을 해방시키라고 명령하였을 때 파라오가 이를 거역하자 신이 내린 열 가지 재앙 중의 여덟 번째 재앙을 암시함.

477 여기 은빛, 밝은 색 'ziber'는 'silver'의 잘못된 음역, 'kler'는 '선명한 빛깔의'라는 뜻의 'claire'의 음역.

478 나바리노의 연기와 불꽃 나바리노(필로스) 만은 그리스 남서쪽에 있으며 1827년 러시아, 영국, 프랑스 함대의 연합군이 터키와의 지속적인 갈등속에 이집트와 전쟁을 벌여서 승리한 지역. 그 이후 짙은 암갈색인 '나바리노 색'이 유행하게 됨. 고골은 주관적으로 그 단어에 '불길'이라는 의미를 첨가함.

479 발생할 겁니다 상인은 'negotiator, budget, reaction, pauperism'이란 외래어를 그대로 사용함. 이 단어들은 러시아어로 음역하여 표기됨.

488 코펜하르 출신 고골이 자주 들렀던 독일 라인 강변의 한 도시인 카를스루에와 덴마크의 수도 코펜하겐의 잘못된 이름.

사랑에 빠진 '애정을 가지고'라는 이탈리아 단어.

507 데르펜니코프 데르펜니코프는 텐테트니코프의 초판에서의 이름. 제

2권 초판 사용된 이름이 나온 것은 이 결론장이 초판에 포함되어 있었기 때문임.

보로노이 드랸노이 이 이름은 '새까만'과 '무가치한'을 의미하는 두 형용사의 합성어에 해당함.

517 우리는 거의 원문에 더 이상 내용이 없음.

고골의 삶과 작품 세계

이경완(고려대학교 HK연구교수)

1. 고골의 삶

고골은 1809년 구력인 율리우스력으로 3월 19일 우크라이나 폴타바에서 태어났다. 고골의 정확한 출생일에 대해 이견이 있었으나 현재로서는 구력 3월 19일, 신력 4월 1일로 합의된 것으로 보인다.[1] 고골의 가정 환경은 좋았다. 부모의 부부애, 자녀에 대한 부모의 사랑, 부모에 대한 자녀의 사랑을 담은 자료들로 추정해 보건대, 사랑이 깊은 화목한 가정이었던 듯하다.

고골은 1821년 네진의 김나지움에 입학해 당시 우크라이나와 러시아의 문화 예술을 섭렵했다. 학창 시절에는 타고난 언어 구사력, 대상 모방 능력, 예술적 감수성과 상상력을 친구들에게 인정받았고, 학교 선생님들도 그에게서 유럽과 러시아, 우크라이나의

---

[1] 보로파예프에 따르면(2009: pp. 9~13), 고골의 호적상 생일은 구력인 율리우스력으로 3월 20일이었으나 가족과 본인은 3월 19일을 고골의 생일이라고 믿었고 그날을 생일로 기념했으므로 그의 구력상의 실제 생일은 3월 19일로 정정해야 한다. 신력인 그레고리우스력으로는 4월 1일에 해당하며, 이것이 오늘날 고골의 공식적인 생일이다. 그러나 아직 많은 이들이 고골의 구력상의 생일을 3월 20일로 알고 있는데, 이는 구력이 폐지된 소비에트 혁명 이전의 호적상의 생일이 계속 유포되고 있기 때문일 것이다.

문화를 받아들여 학생들에게 전하는 데 열정적이었다. 그러나 고골은 열 살 때 동생, 열다섯 살 때 아버지가 사망함에 따라 깊은 상실의 아픔을 체험하고 이를 종교적으로 승화하고자 했다. 그러나 우크라이나에서 보낸 시기에 그는 자신의 뛰어난 재능과 자신에게 맡겨진 숭고한 사명을 강하게 확신했고, 사회에서 자신의 숭고한 이상이 실현되고 큰 영예를 얻게 될 것으로 믿었다.

1828년 네진의 김나지움을 졸업하자마자 그는 청운의 꿈을 안고 당시 러시아 젊은이들의 동경의 대상이었던 수도 상트페테르부르크로 상경했다. 알로프라는 필명으로 낭만주의 시와 서사시, 이야기를 발표했으나, 시들은 혹평을 받았고 황실 극장의 배우 오디션에서도 떨어졌다. 일상생활에서도 고골은 가난한 하급 관리로서 도시 하층민들의 생활을 체험했고, 동시에 상류 사회 중심의 화려한 대중문화를 접하면서 큰 충격을 받았다.

그사이에 그는 1831~1832년 낭만주의적인 설화, 민담을 담은 문집 『디칸카 근교의 야화』를 발표해 큰 인기를 얻었고, 꿈에 그리던 우상 푸슈킨을 만났다. 그러나 1833년 극심한 우울증을 겪었고, 1834년 페테르부르크 대학 역사학과 조교수 직을 맡아 바라던 대로 역사를 가르치기 시작했으나 상상력을 자극하는 역사 이야기로 일관해 좋은 평가를 얻지는 못했다. 1835년 에세이와 페테르부르크 이야기에 해당하는 작품 세 편이 수록된 문집 『아라베스키』를 발간하고, 이어 미르고로드를 배경으로 하는 문집 『미르고로드』를 발표해 대작가로 인정받았으며, 이 해에 역사 교수직을 사임했다.

그는 1835년 푸슈킨의 조언에 자극을 받아 그가 제공한 모티브를 기반으로 『죽은 혼』 제1권 집필에 착수했고, 1836년 「검찰관」을 초연하여 대중적으로 큰 성공을 거두었다. 그러나 문인들과 일반 대중 모두 이 극을 사회 풍자극이나 소극으로 해석하자 자신의 종교적이고 교훈적인 의도를 이해하지 못하는 것에 환멸을 느껴 유럽으로 떠나 로마에 정착했다. 1836년부터 1848년 러시아에 완전 귀향하기까지 약 12년간 고골은 주로 로마에 머물면서 자신의 주요 작품들을 창작하거나 수정했다.

그의 창작 시기에서 1842년은 최고의 해였다. 새 이이야기인『외투』와 기존 작품『타라스 불리바』, 『초상화』의 수정판이 수록된 작품 선집을 출간했고,『결혼』,『로마』,『노름꾼』, 그리고 그의 최고작인『죽은 혼』제1권을 발표했다.

고골이 1836년 로마로 이주한 이후 본격적으로 창작에 들어가 1842년 세상에 내놓은 야심작『죽은 혼』제1권은 러시아 대중에게 거의 사회적인 대사건에 가까운 거센 반향을 불러일으켰다. 러시아 사회의 비속한 측면을 파헤쳐 아이러니와 풍자를 곁들여 생생하게 드러낸 것에 대하여 슬라브주의와 자유주의의 내부에서 다양한 찬반양론이 나왔다. 일각에서는 이를 러시아에 대한 지독한 비방이라고 비판했고, 다른 쪽에서는 러시아를 신성화했다고 주장했다.

제1권 발표 이후 주위 지인들과 일반 대중은『죽은 혼』제2권이 바로 1, 2년 만에 발표될 것으로 기대했다. 그러나『죽은 혼』제2권의 구체적인 윤곽은 제1권이 완성되기 직전인 1841~1842년경에 형성되어 1845년에 집필을 완료했다. 그러나 고골은 제2권을 출판하지도 않고 바로 불태웠다. 제2권의 첫 번째 판본을 소각한 이후 고골은 1846년부터 1852년 사이 성서와 종교 텍스트를 읽고 예루살렘으로 성지 순례를 다녀오는 등 종교적인 수행에 몰입했다. 더불어 자신의 사회·예술관을 새롭게 재구성하여 1846~1847년『찬미가에 대한 묵상』,『친구와의 서신 교환선』,『작가의 고백』등을 집필했다.

　그런 노력 끝에 그는 1851년 말에서 1852년 초 『죽은 혼』제2권의 두 번째 판을 완성했다. 고골은 이 판본을 자신의 영적 지도자인 정교 수도사에게 주어 평을 부탁했고, 그 수도사는 몇몇 부분이 미약하다고 비판했다. 그러자 1852년 2월 또다시 제2권의 원고를 불태우고, 그로부터 10여 일 뒤에 죽었다.

　그의 사인은 의학적으로 기아, 티푸스 혹은 우울증으로 규정되어 왔다. 종교적인 관점에서는 그가 완전한 절망과 낙담에 빠져 심리적 공황 상태에 이른 것도 사실이지만, 불사조와 같이 자기 비움을 통해 갱생과 부활에 도달하리라는 기대도 없지 않았다고 보인다. 한편 그의 영혼이 유탈 이체한 상태에서 생매장되었다는 주장이 20세기 초에 제기되어 유력한 설로 받아들여지고 있다. 오늘날까지 그의 죽음은 출생보다 더 신비로운 미스터리로, 그의 작품 『코』와 『외투』만큼 환상적인 이야기로 남아 있다.

2. 고골 작품 세계의 시기 구분

　고골의 작품 세계는 지난 150여 년간 서구와 러시아 비평가와 연구자들에 의하여 각자의 시각과 취향에 따라 다양하게 분석되었고, 그 다양한 의견은 그의 문학 세계의 내적 일관성과 단절의 문제를 기점으로 두 진영으로 대립되는 것으로 보인다. 종교적, 문화적, 심리적 접근법은 고골 문학의 내적 일관성을 주장하고, 사회적인 측면을 중시하는 사실주의나 미학의 순수성을 주장하는 모더니즘 접근법은 내적인 단절과 후기의 창작력 쇠퇴를 주장한다.

　고골의 작품 세계는 그 작품의 공간 배경과 주제, 스타일, 세계상 등을 기준으로 세 시기로 구분되어 왔다. 19세기 중반에서 20세기 초까지 러시아 사실주의자 벨린스키나 상징주의자 벨르이 등 대표적인 비평가와 연구자들이 고골의 문학을 세 시기로 구분한 전통을 이어받아 1980년 후반까지 그의 작품을 세 시기로 구분하는 것이 일반화되어 있다. 벨르이는(Belyi 1996: pp. 21~22) 고골 문학의 미학적·주제적 특징과 고골의 환경의 변화가 세 시기별로 내적인 상응 관계에 있다고 주장하며 다음과 같이 세 시기로 구분했다. 제1기, 테제, 페테르부르크 이전 시기로 1829년에서 1831년 사이에 쓴 작품들이 여기에 속한다.『쉬폰카와 그의 이모』,『옛 지주 이야기』는 집필 시기가 알려지지 않는다. 제2기, 안티테제, 페테르부르크 시기로 1833년에서 1836년 사이의 작품들이 여기에 속하고, 제1기의 작품들과 교차된다.『비이』는 1833년,『타라스 불리바』는 1834년에 썼고, 1839~1842년에 수정했다. 이 시기에 이미『죽은 혼』제1권을 시작했다. 제3기, 진테제, 유럽과 모스크바 체류기로『죽은 혼』이 여기에 속하고 고골은 이 작품에 전력했다.

사실주의적인 관점에서는 벨르이와 유사하지만 약간 다른 방식으로 시기를 구분한다. 이 관점에서 제1기는 우크라이나를 무대로 하는『디칸카 근교의 야화』와『미르고로드』시기, 제2기는 페테르부르크를 주요 주제이자 배경으로 하는 페테르부르크 이야기들과『검찰관』, 제3기는 그의 유일한 장편인『죽은 혼』작업 시기다. 이 시기 구분은 자칫 잘못하면 고골 작품의 배경과 주제가 시기별로 거의 일관되게 한 방향으로 변화했다는 인상을 준다. 그러나 실제로 고골은 서로 다른 공간 배경, 장르, 주제, 소재, 언어 스타일의 작품들을 동시에 창작했으므로, 이 시기 구분은 그의 다면적인 문학 세계를 가리는 문제점이 있다

벨르이나 벨린스키나 고골이 1840년경의 종교적 전향 이후 지속적으로 자신의 세계상과 예술관을 재정립했다는 사실은 충분히 고려하지 않는다. 또한 그 시기에 발표한 『죽은 혼』 제2권과 사회 종교적인 글을 그의 문학 세계에서 중요한 의미를 갖는 텍스트로 인정하지 않는 것으로 보인다. 반면 소비에트 해체 이후 고골의 종교적 세계상과 예술관이 러시아와 해외 연구자들에게 주요 관심의 대상이 되면서 고골의 마지막 10년을 종교적인 시각에서 재평가하려는 시도가 있다.

사실 『죽은 혼』 제2권을 실제로 구상하고 창작하기 시작한 시점이 1841~1842년이고, 1845년에 첫 번째 판본이 나왔으며, 그 뒤 고골은 다시 6, 7년에 걸쳐 종교적 수행과 세계관의 재구성을 병행하며 두 번째 판본을 작업했다. 『죽은 혼』 제2권 작업에 고골이 기울인 열정을 높이 평가한다면, 1836년에서 1852년에 이르는 『죽은 혼』 집필 시기를 1842년이나 1845년을 기점으로 한 시기 더 나누는 것이 바람직하다고 판단된다.

3. 고골 작품 세계에서의 반복과 차이

고골의 삶과 문학 세계 전반에서 그의 타고난 이상화와 멜랑콜리의 내적 기질과 외적인 종교, 문화 간에 서로 반응 양식과 정도를 달리하면서 부분적이고 역동적인 상호 작용이 발견된다. 그의 심리적 기질과 깊은 상호 작용을 한 외적인 구조로 고골의 개인적인 삶의 체험, 바로크, 낭만주의, 정교의 문화 예술, 기독교 원리, 그리고 근대 문화, 이렇게 네 가지 현상을 들고자 한다. 그 상호 작용의 양태는 다르지만, 그 기본 내용과 형식은 변하지 않는 것으로 보인다.

1) 타고난 기질과 개인적인 체험의 상호 작용

고골에게는 신비화, 이상화, 이념화 성향과 멜랑콜리가 선천적으로 강하였다. 그것은 어머니의 신비주의 성향과 풍부한 예술적 감수성, 언어적 재능을 물려받았기 때문인 것으로 보인다. 고골의 어머니는 자신의 결혼에 대한 신비스러운 꿈 이야기를 사실이라고 믿었고, 어린 고골에게 최후의 심판에 대해 생생하게 이야기해 주어 그의 마음에 지워지지 않는 시각적인 인상을 남겼다.

그리고 이 기질은 비극적인 사랑의 대상의 상실 경험을 통해 더욱 강화되었다. 그가 열 살 때 한 살 어린 동생 이반이 죽자 그는 거의 날마다 동생의 무덤에 찾아가고 상심에 잠겨 있어서 부모는 경제적으로 힘든 상황에서도 그를 네진의 김나지움으로 서둘러 보냈다. 이어 열다섯 살 때 아버지까지 죽자 고골은 깊은 멜랑콜리를 느꼈으나 이를 종교적으로 승화함으로써 이겨 낼 수 있었다고 나중에 어머니에게 직접 토로했다.

이후에도 1837년 푸슈킨의 죽음과 1839년 가까운 친구인 젊은 비엘고르스키 백작의 죽음은 그의 세계관과 정서에 강한 충격을 주었다. 이들의 죽음에 고골은 "아름다운 것은 죽기 마련이라오, 우리 루시에서 모든 아름다운 것이 죽어 가듯이 말이오"라며 한탄했다. 특히 그는 푸슈킨의 죽음을 러시아의 국민적인 상실일 뿐 아니라 미적이고 형이상학적인 차원에서의 상실로 받아들였다.

한편 고골의 신비화, 이상화, 절대화 경향은 그가 10대 말에 한 미지의 여인을 열렬히 사랑하고 흠모하여 1829년 어머니에게 보낸 편지에서, 자신이 천상의 미를 지닌 여인을 만났고 그로 인해 극도의 환희와 말로 다할 수 없는 엄청난 우수를 겪었다고 고백하는 데서도 확인된다. 그의 지인들 중 아무도 그 대상이 누구인지, 실제 존재한 인물이기는 한 건지, 그 상실을 잊기 위해 뤼베크를 여행하고 왔다는 고골의 말이 사실인지 확인하지 못해 아직까지 모호한 채로 남아 있다.

2) 이원론적인 기독교 문화와 세속 문화와의 상호 작용

고골이 처한 우크라이나와 로마의 바로크, 독일과 러시아의 낭만주의, 우크라이나와 러시아 정교 문화 등의 문화 환경은 그의 멜랑콜리와 신비주의적인 사고 유형과 상호 작용하여 그의 종교-예술적인 문학 세계를 촉발시켰다. 염세적이고 종말론적인 세계 상과 멜랑콜리를 특징으로 하는 우크라이나, 러시아, 유럽의 바로크 문화는 그의 멜랑콜리와 신비주의적인 사고와 유기적인 친연성을 갖는 것으로 보인다. 그의 타고난 기질과 상실의 체험, 그리고 이를 종교적으로 승화하고자 하는 강한 열망은 인간 내면의 음험한(uncanny) 무의식과 삶의 공허, 신의 심판에 대한 종말론적인 위기의식과 정서적 불안이라는 바로크의 문화적 요소들과 유사하다.

샤피로에 따르면 고골은 다음과 같은 세 시기에 걸쳐 서로 다른 양태의 바로크 문화에 노출되어 있었고, 평생 우크라이나·러시아 바로크 종교 문학에 관심을 가졌다. 그 시기는 1) 우크라이나 시기(1809~1828), 2) 러시아 페테르부르크 시기(1829~1836), 3) 유럽, 주로 이탈리아 시기(1836~1848)이다 (Shapiro 1993: pp. 6~16). 바로크 문화에는 일상에서 체험하는 죽음과 부패, 인생의 무상함, 덧없음에 대한 인식과, 기독교의 종말론이 문화적으로 변형된 신화적인 역사관이 상호 작용하고 그 반작용으로 유한한 삶을 즐겁게 살자는 유희와 쾌락 욕망이 강하다. 이런 바로크의 문화적 자양분은 고골의 짐짓 가볍고 유쾌하게만 보이는 희극적인 기질과 언어에 멜랑콜리가 항상 내재하는 데 일정한 문화적 자극제가 되었을 것으로 보인다.

더불어 바로크 문화의 복합적인 측면은 낭만주의의 종교 미학적인 이상에 대한 동경과 그럼에도 이상과 현실의 극복할 수 없는 거리에 대한 슬픔의 정서의 심층 구조로 유럽 문화에서 면면히 이어진다. 고골은 독일과 러시아 낭만주의의 문화권에 동화되어 초기 작품을 창조적 모방의 방식으로 창작했고, 그 내용은 영원한 이상에 대한 강한 동경과 그것의 실현 불가능성에 대한 비극적인 인식에서 나오는 멜랑콜리다. 10, 20대의 문화적 환경은 그의 초기에서 적어도 1830년대 중반까지의 작품들의 직접적인 모태가 되는 것이다.

3) 개인적인 신앙의 대상으로서 기독교 원리와의 상호 작용

고골은 1840년경 정교 신앙을 갖게 되면서 문화적인 기독교가 아니라 기독교의 가르침을 자신의 삶과 예술의 교과서이자 지침서로 새롭게 받아들였다. 그러나 이전의 바로크, 낭만주의, 정교, 근대 문화에서 복잡하게 형성된 문화적 기독교의 세계상이 그의 보다 순수한 기독교 세계상에 근본 원칙, 사유의 패턴, 주요 이념 내용 등에 여전히 영향을 미치는 것을 알 수 있다. 1842년에 발표한 『죽은 혼』 제1권에는 유럽과 러시아, 우크라이나의 문화적 요소들이 근대 문화와 결합되어 저항 없이 강한 영향을 미쳤다.

그러나 고골은 1842년 이후 『죽은 혼』 제2권을 작업하면서 기독교에 대한 시각을 변화시켜 갔다. 그의 마지막 시기의 작품들과 삶의 행보는 성서와 종교 텍스트의 섭렵과 명상을 통해 자신의 삶과 예술 자체를 거룩하게 성화시켜 나가고자 하는 의지로 가득 차 있다. 그 과정에서 그는 개인적인 구원에 만족하지 않고, 사회 정화를 위한 기독교 실천 윤리를 수립하고 이를 대중에게 강하게 요구했다.

그가 개인적인 영적 수양과 종교 예술적인 창작을 통한 구원에 만족하지 않고 자신의 종교 윤리적인 시각을 대중에게 제시하고 이를 따를 것을 강하게 요구한 데에는 그의 타고난 윤리적이고 사회 실천적인 기질이 작용한 것으로 보인다. 더불어 문화적으로 러시아 정교 문화와 유럽 낭만주의에서 시인의 예언자적 위상에 대한 믿음이 동시에 작용했다고 할 수 있을 것이다.

어쨌거나 그의 예언자적 자의식과 그런 강한 요구에 대부분의 동료들과 대중은 강한 반감을 보였고 그를 자기 망상에 빠졌다고 비판했다. 더불어 고골의 문학적 천재성을 사랑하는 사람들은 그의 천재성의 소멸을, 사회적 풍자성을 높이 평가한 사람들은 그의 사회 비판 의식의 사멸을 개탄했다.

그 10년 동안 고골이 재구성한 정교 중심의 기독교관을 성서 중심의 기독교 관점에서 판단해 보면, 새 술은 새 부대에 담는 식의 변화가 성서적 구원의 방식이라면 고골은 전적으로 그 길로 가지는 않았다고 할 수 있다. 그 과정에서 그가 극복하지 못한 비기독교적 요소들이 그의 변화 과정을 더 힘겹게 하지는 않았는지 모르겠다. 그가 죽는 날까지 버리지 않은 비기독교적 요소들을 생각해 보면, 먼저 현실의 비속함을 종교 예술을 통해 변형시킬 수 있다는, 정교와 낭만주의가 결합된 예술 중심적인 구원관이 대표적이다. 그에 이어 외적인 미가 내적인 진리와 미를 반영한다는 신플라톤주의적 사고, 러시아 민족이 선택된 민족으로서 세상 민족들에게 모범이 되어야 한다는 정교 중심의 민족주의, 인간이 자신의 영적인 노력으로 신의 경지에 오를 수 있다는 신비주의적인 구원관, 개인의 종교적 · 도덕적 · 지적인 노력으로 자신을 성장시키고 지상에 신의 나라를 건설할 수 있다는 지상 유토피아주의 등이 있다. 이런 사고를 기독교적인 대안으로 바꾸었다면 기독교로 가는 그의 여정은 보다 수월하고 더 멀리 나아가지 않았을까 싶다.

4) 근대 문화와의 상호 작용

1830년대 초반에서 1852년 사망할 때까지 러시아 사회의 현실에 대한 그의 시선은 낭만주의와 기독교적인 관점을 취하며, 특히 1840년 이후 사회 실천 윤리를 스스로 모색해 나가는 시점에서 더욱 기독교 중심적으로 변화한다. 그의 시점은 거의 일관되게 이원론적인 종교관에 바탕을 두고 있으며, 여기에 근대 낭만주의의 반(反)계몽주의적 시선이 결합되어 있다. 그런 면에서 고골의 세계상은 근본적으로 인간 중심주의적인 근대를 부정한다.

그러나 그와 근대 문화의 관계는 양가적인 면이 있다. 그의 낭만주의적인 역사 인식과 예술관은 그 자체가 근대 문화와 양가성을 가지므로 그런 면에서 고골 개인의 양가성을 이야기할 수도 있다. 그가 『아라베스키』의 에세이들에서 보여 주는 독일 낭만주의적 세계상과 보편사적 역사관에는 유럽 중심주의적인 오리엔탈리즘이라는 근대성이 녹아 있는 것이 그 예다. 이것은 그가 독일 역사가의 에세이를 거의 그대로 모방한 결과이지 깊은 사고를 거쳐서 나온 시각이 아니라고 반박할 수도 있지만 말이다. 또 다른 예로, 고골은 『아라베스키』의 에세이에서 19세기 예술의 조명 효과와 세밀한 재현 능력을 높이 평가하고 19세기에 거인과 같은 천재가 나올 수 있다고 인정했다. 여기에서 고골은 19세기 근대의 문화 예술과 학문의 성과를 완전히 부정하지는 않았다고 판단할 수 있다.

그러나 근대의 사회 구조와 생활 세계에 대해서는 거의 이분법적으로 비판했다. 그는 19세기 파리 중심의 근대 공간을 인간의 욕망 중심주의, 인간의 이성과 사회 개혁을 통한 역사의 진보관, 물질 중심주의, 경제 중심주의, 과학주의, 문화의 대중주의, 세속주의 등과 현실의 이중화, 파편화, 소외, 피상성, 기계화와 탈개성화의 세계로 그렸다. 표트르 대제 주도의 근대화 과정을 거쳐 상트페테르부르크를 중심으로 형성된 19세기 러시아 근대 사회에서는 그 맹목적인 유럽 중심주의로 인하여 유럽 근대성의 문제점이 더 크게 증폭되어 있는 것으로 고골은 진단했다. 그런 시각에서 고골은 1842년의 작품들에서 19세기 근대 문화를 18세기 로마와 우크라이나, 모스크바 중심의 전근대 문화로 구분해 이분법적으로 대립시켰다.

그의 전근대에 대한 이상화와 근대의 악마성에 대한 일면적인 비판에는 내적인 문제가 있지만, 18세기 후반 유럽의 일부 지식인들의 근대 비판과 마찬가지로 근대 사회에 대한 그의 비판 역시 매우 예리하고 통렬하다. 고골은 근대 문화의 구조와 메커니즘을 그에 상응하는 파편적인 언어로 생생하게 묘사한 점에서는 시대를 앞섰다고 할 수 있다. 그런 파편적 표현 방식은 유럽 본토에서도 19세기 후반에서 20세기 초에 보편화되었기 때문이다. 그의 날카로운 현실 감각과 재현 능력은 근대를 비판하는 기제로 사용되고, 그는 19세기 파편화된 러시아의 현실을 서사시라는 장르를 매개로 이상적으로 재현하여 파편화된 현실을 구원하고 싶어 한 것이었다.

4. 『죽은 혼』 창작의 심리적 경위와 발전 과정

고골은 1845년, 3년 만에 힘들게 완성한 『죽은 혼』 대본을 미완성이라며 불태워 버리고 다시 창작했다. 자신의 이전 창작 스타일, 창작 속도와 비교해 너무나 지지부진하고 힘겨운 창작 과정에 대하여 그는 독자들에게 그 이유를 해명할 필요를 느끼고 1846~1847년 『친구와의 서신 교환선』과 『작가의 고백』을 저술했다. 『친구와의 서신 교환선』에 실린 「『죽은 혼』에 대한 네 편의 편지」와 『작가의 고백』을 기준으로 고골이 『죽은 혼』을 창작한 경위와 심리적 동인을 파악해 볼 수 있다.

그에 따르면 고골은 『검찰관』 이후 푸슈킨의 조언대로 완전한 작품을 써야 할 필요를 느꼈다. 또한 그는 푸슈킨이 제공한 『죽은 혼』의 소재가 자신에게 적합함을 발견했다. 그래서 한 주인공과 함께 러시아 전체를 다니면서 가장 다양한 성격들을 묘사할 수 있는 완전한 자유를 누리고 싶은 욕구가 그 안에 생겼다. 처음에는 치치코프가 수행하는 우스운 계획이 다양한 인물과 성격으로 그를 인도하리라. 웃음에 대한 욕망이 스스로 우스운 상황을 창조해 내리라 생각했다. 그러나 고골은 곧 매 순간 '왜? 무엇 때문에? 그런 성격으로 말하려는 것이 무엇인가? 그런 현상으로 무엇을 표현해야 하는가?' 라는 질문에 부딪히게 되었고, 그는 구성과 인물과 언어와 주제 등 모든 면에서 동시대 러시아 현실의 진실한 풍경을 그려야 함을 깨달았다. 그 목적을 실현하기 위해 고골은 인간의 보편적인 영혼을 거쳐 러시아 영혼을 파악하기로 결정했고, 러시아 영혼의 비속함을 생생히 재현하여 『죽은 혼』 제1권을 세상에 내놓았다.

이어 고골은 "모든 이를 아름답고 고상한 것으로 이끌어 줄 방법과 길을 명약관화하게 보여 주기" 위하여 제2권에 전력했다. 그가 첫 번째 판을 태운 것은 "죽어야 살리라"라는 바울의 말처럼 제2권이 더욱 완전한 형태로 부활하기를 바랐기 때문이다. 고골은 신이 자신에게 문학에서뿐 아니라 삶에서도 견실해지기를 바라고 있음을 깨닫고, 시간이 얼마가 걸리더라도 견실하게 행동하고 견실하게 글을 쓰기로 결정했다. 이를 위해 그는 동시대 러시아인의 상황을 알아야 할 필요를 느꼈다. 그는 러시아 독자가 작품 속의 인물이 자신과 같은 몸에서 채택된 살아 있는 몸이라고 느낄 만큼 자기 작품의 성격들과 인물들을 이전보다 더 선명하게 그리기를 원했고, 실제로 제2권의 인물들은 이전 인물들보다 더 선명해졌다.

더불어 고골은 "자신의 수업을 다 마치고 이 땅의 시민으로서의 품성이 형성된 사람들, 작가들 중에서는 열정적으로 러시아를 사랑하면서 있는 그대로의 자연을, 러시아성에 있는 나쁜 것과 좋은 것을 하나도 숨기지 않고, 오직 러시아인의 실제 상황을 모두 묘사하겠다는 일념 하에, 생생하게 묘사할 수 있는 사람"만이 전선에 나서라고 요청했다.

고골의 열망은 제2권의 두 번째 판에서도 완전히 실현되지 않았다. 그래서 그는 두 번째 판도 소각했다. 그러나 그가 러시아 영혼과 사회의 심연에서 뭔가 선명하고 보편적인 진리를 보았고, 그것을 나름 훌륭하게 재현했다고 재평가받을 수 있다고 판단된다.

5. 『죽은 혼』의 줄거리

제1권에서 치치코프는 러시아 지방 도시 N에서 지방 관리들과 다양한 지주들을 만나 죽은 농노를 구입하고 백만장자로 알려지면서 도시의 총아로 떠받들어지다가, 곧 자신도 예측하지 못한 신비로운 감정에 이끌려 실수를 저지르고 죽은 농노 구입도 들통 나서 결국 N시를 도망치는 것으로 끝난다.

그가 이 지방에서 죽은 농노를 선물로 받거나 소액을 주고 구입하는 과정에서 만난 지주들은, 감상주의와 유럽 중심주의에 젖어 현실과 담을 쌓고 살아가지만 다정다감한 마닐로프, 꼬장꼬장하고 위선적이며 이기적인 코로보치카, 뚝심 있게 러시아식으로 부를 축적하되 탐욕스럽기 이를 데 없는 소바케비치, 강박 관념적인 수집벽에 이기심과 의심으로 똘똘 뭉친 플류시킨 등이다. 치치코프는 엄청난 허풍선이이자 노름꾼이며 사고뭉치인 노즈드료프를 제외하고 모든 지주들에게서 성공적으로 농노를 구입한다. 그 과정에서 지방 관료들은 현지사에서 경시총감에 이르기까지 참여한다. 그들은 치치코프의 매력적인 언행과 옷맵시, 화려한 사교계의 언어를 보고 그를 대단한 부자이자 교양인으로 여겨 그를 환대하고, 그가 구입하는 농노가 죽은 농노인 줄 모르고 그의 농노 구입을 도와준다.

치치코프는 농노 구입 이후 현지사가 주최하는 무도회에 초대받는다. 무도회 직전에 그는 그에 대한 연정을 고백하는 감상적인 편지를 받고 그 편지 주인이 누구인지 무도회에서 찾기로 한다. 그러나 N시의 관료들과 그의 환심과 애정을 얻기 위해 최대한 유행에 따라 화려하게 꾸민 귀족 부인들이 그를 에워싸서 그는 정신을 차리지 못한다. 그때 갑자기 소바케비치의 영지로 가던 중 우연히 마주쳤던 열여섯 상의 소녀를 보고 그 소녀에게 완전히 혼이 팔려 사교계 부인들의 애정을 무시해 버린다. 그러자 귀부인들은 질투 어린 시선을 던지고 그와 현지사의 딸인 그 소녀를 맹렬히 공격한다. 마침 노즈드료프가 술에 취해 나타나 치치코프가 산 농노들이 모두 죽은 농노들이라고 폭로한다. 이래저래 곤혹스러워진 치치코프는 기분이 완전히 상하여 무도회에서 숙소로 돌아온다.

이후 코로보치카가 치치코프의 죽은 농노 구입을 폭로하여 처음에는 허황되게 들렸던 죽은 농노 구입이 사실로 밝혀지면서, 귀부인들은 이를 그와 현지사 딸의 비밀스러운 사랑과 도피 행각으로 연결시키고, 관료들은 이를 최근의 불미스러운 범죄 사건들과 연결시킨다. 이렇게 N시 전체에 치치코프의 정체성에 대한 뜬소문과 유언비어, 환상적인 이야기가 걷잡을 수없이 퍼진다. 관료들은 치치코프를 자신들의 감추어진 죄와 혼자 연결시키기도 하고, 위조지폐범, 나폴레옹, 코페이킨 대위, 적그리스도 등에 대한 이야기에 꿰어 맞추어 보지만 끝내 그의 정체를 밝히지 못해, 그냥 그를 받아들이지 않기로 한다. 그중 지방 검사는 그 충격에 못 이겨 심장마비로 사망하지만, 다른 관료들과 귀족 부인들은 다른 사건이 터지지 않는 한 다시 이전의 생활 방식으로 돌아갈 것이다. 이렇게 해서 치치코프는 N시를 조용히 빠져나오고, 작가는 마지막 장에서 그의 어린 시절부터의 삶을 자세히 설명해 주고, 루시의 숭고한 길에 대한 서정적인 이탈로 끝을 맺는다.

제2권은 그로부터 얼마의 세월이 흐른 후 약간 늙었으나 언행이 더 세련된 치치코프가 역시 같은 목적으로 한 지주에게서 죽은 농노를 구입하는 것으로 시작된다. 그가 제2권에서 만나게 되는 지주들은, 자유주의의 이상을 품고 있으나 이를 실현시킬 수 있는 의지력과 효과적인 방안이 없어서 나태하게 살아가는 젊은 지주 텐테트니코프, 1812년 전쟁에 참전한 영웅이지만 거만하고 으스대기 좋아하는 장군 베트리셰프, 음식을 장만해서 먹고 자연을 즐기는 데 삶의 에너지를 다 쏟아붓는 원기 왕성한 지주 페투흐, 러시아의 자연과 사회 제도에 가장 적합한 방식으로 분별 있고 내실 있게 영지를 관리하는 코스탄조글로, 코스탄조글로와 적대 관계에 있는 페테르부르크 지주 레니친, 서구 귀족 문화의 생활 방식을 그대로 모방하다가 영락하여 영지를 파는 지주 흘로부예프, 서구 관료주의와 계몽주의를 맹목적으로 도입하여 영지를 황폐화시키는 코시카료프 대령 등이다.

치치코프는 텐테트니코프, 베트리셰프, 레니친 등에게서 죽은 농노를 구입하는 데 성공하고, 코스탄조글로에게서는 1만 루블을 빌려 흘로부예프의 비옥한 영지를 저렴한 가격으로 매입하고, 흘로부예프의 아주머니 하나사로바의 유언을 조작하여 막대한 유산을 가로챈다. 그 와중에 그는 한때 코스탄조글로의 영지 경영 방식을 들으며 건실한 지주로 아름다운 가정을 일구는 꿈을 꾸기도 하고, 전매 독점상인 무라조프의 종교적 훈계를 들으며 기독교인으로서 시골에서 소박하게 참회하며 살기로 작정하기도 한다. 그러나 바로 주위의 모사꾼들이 치치코프를 유혹하여 그는 다시 죄의 길로 빠져 든다.

반면 흘로부예프는 러시아 지방을 순례하며 교회 건축 헌금을 모금하라는 무라조프의 권고를 받아들이고, 무라조프는 총독인 젊은 공작과 기독교적인 통치 방식을 진지하게 논의한다. 총독은 지방 관료와 법관들을 불러 모으고 그들의 부패와 불의를 군사 재판 식으로 처리하겠다고 으름장을 놓고 그전에 스스로 자신의 의무와 사명에 충실해질 것을 요구한다.

6. 작품의 주제와 형식상의 특징

1) 두 구조의 교차: 비속한 현실 묘사와 서정적 이탈

『죽은 혼』 제1권에서 작가는 작품의 줄거리 전개와 화자의 서정적 이탈이라는 두 서술 층위를 설정하고 서정적 이탈 층위에서 줄거리와 유기적인 연관성을 잃지 않으면서 다양한 주제를 거론한다. 2장에서 6장까지 주인공 치치코프가 만나는 지주들의 유형에 대한 상념, 3장 러시아 언어의 다양한 뉘앙스에 대한 아이러니컬한 찬탄, 7장 러시아의 문단 상황에서 작가의 운명에 대한 진지한 상념, 11장 러시아를 사랑하는 방식의 차이에 대한 아이러니컬한 설명, 루시의 숭고한 정체성과 미래의 위대한 역할에 대한 묘사 등에서 화자의 파토스는 숭고한 서정성에서 아이러니한 풍자성에 이르기까지 다양한 스펙트럼을 보인다. 이 부분에서 동시대 현실에 대한 작가의 통렬한 인식과 이상 실현에 대한 강한 열정을 감지하게 된다.

2) 비속한 인간의 영혼의 죽음

본 작품의 제목 '죽은 혼'은 중의적인 표현으로서, 문자적 의미로는 '죽은 혼'이고, 19세기 러시아 사회에서 관용적으로 통용되는 의미로는 '죽은 농노'라는 뜻이다. 검열 과정에서 이 제목은 문자적인 의미의 종교적인 함의로 인하여 그대로 통과되지 못하고 '치치코프의 편력 혹은 죽은 혼'으로 수정되었다가 나중에 원래의 제목으로 돌아간 것이다.

고골은 종교적 뉘앙스가 담긴 '죽은 혼'이라는 제목으로 동시대인들의 삶의 비속함을 풍자하고자 했다. 기독교에서 악인은 영적으로 잠들어 있거나 눈을 감고 있는 상태로 비유되며, 육신의 죽음 이후에도 영혼은 살아 있으나 최후의 심판에서 결국 악에 대한 형벌로 죽음을 당하는 것으로 이야기한다. 고골은 『죽은 혼』과 『초상화』에서 비속한 사람 혹은 악인을 몸은 살아 있으나 영혼은 죽은 것이나 다름없다는 의미에서 비유적으로 '죽은 혼' 혹은 '산 송장'이라는 말로 표현했다.

그러나 동시에 제정 러시아 시대에 농노를 '영혼'이라는 단어로 불렀고, 작품 내용도 죽은 농노를 매매하는 사기 행각이므로, 이 제목의 일차적인 의미는 '죽은 농노'로 보아야 한다. 제정 러시아 사회에서는 7~10년 간격으로 인구 조사를 시행했는데, 그 사이에 사망한 농노들에 대해서 지주는 부당하게 인두세를 지불해야 했다. 치치코프는 제도와 현실의 간극을 활용하여 자신의 욕망을 충족시키고자 한 것이다.

고골은 인간의 비속한 욕망과 영혼의 죽음이 사회 윤리의 파괴와 사회 체제 유린의 근원적인 원인임을 이 중의적인 제목을 통하여 복합적으로 드러내고자 한 것이다.

3) 비속한 욕망과 비속한 사회

고골은 비속한 외부 환경과 인간의 내적인 비속한 욕망이 상호 작용하여 개인과 사회가 동시에 비속해지는 것으로 동시대를 인식했다. 동시대의 러시아와 유럽 사회에 그러한 비속함이 퍼져 가고 있다고 본 것이다. 『죽은 혼』 제1권의 N시에서 지주들과 지방 관료들, 상류 사회 부인들, 도시의 대중들, 영지의 농노들은 모두 페테르부르크에서 유포되는 서구식 향락 문화와 관료제 문화에 물들어 비속해지고 있다.

그 비속함의 근본적인 원인은 사회 제도 자체가 아니라 인간의 비속한 욕망에 있다. 결국 인간은 사회적 부패와 부조리의 희생자만이 아니라, 자신의 내적인 비속함으로 외적인 비속함을 증폭시키는 파괴자이기도 한 것이다. 고골에게 사회의 비속함을 해결할 방법은 인간 개개인의 영적인 자기 정화와 성장이다.

4) 인간의 양면성과 구원의 가능성

고골은 『죽은 혼』에서 치치코프와 다른 인물들의 변화 과정을 통해 인간은 누구나 선한 면과 비속한 면을 동시에 가지고 있고, 모두 비속한 현실에서 벗어나 변형과 구원을 얻을 수 있음을 제시하고자 했다. 치치코프가 대표적인 인물로, 파벨이라는 그의 이름에서 암시되듯이 그의 비속한 삶은 사도 바울의 뒤집힌 모습에 해당된다. 치치코프에게는 바울에게서처럼 이상에 대한 헌신과 불굴의 의지, 다면적인 재능, 고된 시련을 통해 형성된 강인함과 인내 등이 있다. 그 내용과 동기가 선한 방면으로 변화되기만 하면 치치코프는 언제든지 사도 바울과 같은 진리 전파자로 변화될 수 있는 것이다.

제2권에서 치치코프는 그런 갱생의 가능성에 다가가다가도 주위의 방해와 본인의 의지 부족으로 다시 죄의 길에 빠져 든다. 하지만 그런 과정이 반복되면서 그는 결국 갱생의 길을 걸어가게끔 되어 있었다. 고골은 제2권에서 치치코프가 시베리아 유배를 가서 정화되도록 할 계획이었다고 한다.

제1권에서 욕망에 사로잡힌 N시의 지방 관료들과 지주들 역시 그와 유사한 구원과 갱생의 가능성을 갖는다. 마닐로프, 코로보치카, 노즈드료프, 플류시킨은 모두 치치코프의 죽은 농노에 대한 이야기를 듣는 순간 당혹스러워하는데, 그 공통된 반응은 그들 내면에 공통의 윤리적 원칙과 심리적 반응 양식이 존재함을 암시한다. 유일하게 이기적인 욕망에 따라 음흉하게 반응하는 소바케비치도 그의 뚝심 있고 투박하지만 솔직한 러시아적 사고방식과 생활양식 면에서는 유럽 물을 먹어 자기 정체성을 잃어버린 사람보다 우월한 입지를 얻는다.

제2권에서는 텐테트니코프와 흘로부예프가 자유주의의 길과 기독교의 길을 통해 정화와 구원의 길을 걸어가는 것으로 설정되어 있다. 코스탄조글로와 무라조프, 젊은 공작은 인간적인 약점은 있지만 지속 가능한 경제 성장, 사회 정의 구현, 인간 구원 등을 위하여 헌신하는 긍정적인 인물로서 방황하는 인물들을 선의 길로 인도하는 역할을 맡는다. 그들은 신의 법을 충실히 이행하고 지상을 지옥에서 연옥과 천국으로 변화시키는 데 개인적으로 성공했고, 타인도 성공하도록 돕는 실천적인 인간들이다. 치치코프가 이들을 접하면서 반복적으로 선한 양심을 회복하게 되는 것은 그의 정화와 구원의 전초전인 것이다.

5) 러시아의 미래 청사진

고골은 『죽은 혼』 제1권과 제2권에서 동시대 러시아 사회의 가장 비속한 문화적 현상으로 서구식 근대화를 도마 위에 올렸다. 제정 러시아 시대의 전제정과 농노제 자체는 고골의 비판 대상이 아니다. 서구에서 들어온 관료제 자체도 전제정의 하부 구조로서 인정하는 것으로 보인다. 그러한 제도에서 비롯되는 사회적 문제점은 인간의 비속한 욕망에 의한 운용상의 오류와 왜곡에 있지, 제도 자체에 있는 것이 아니라고 본 듯하다. 반면 근대 자유주의에 입각한 정치, 경제, 사회 체제, 학문, 대중문화 예술은 인간의 비속한 욕망을 인정하고 이를 촉발하는 제도이므로, 이를 러시아에 맹목적으로 받아들이는 것은 러시아인들을 비속하게 만드는 길이라고 보았다. 고골이 근대의 긍정적인 현상을 전혀 인정하지 않는다기보다는, 근대적인 인간 중심주의와 수평적인 사회, 경제, 정치 체제의 원칙을 거부하는 것이라고 할 수 있다. 근대적 세계상이 진리에 부합하지 않고 근대의 사회 체제와 문화가 인간의 비속한 욕망을 자극하는 제도적 악으로 작용한다고 보았던 것이다.

그리하여 고골은 러시아인들의 개인적인 정화와 구원의 길과 병행하여 러시아 사회 제도의 정화와 변형의 길도 제2권에서 제시하고자 했다. 고골은 남방 출신의 러시아 지주 코스탄조글로를 통해 서구 자유주의 경제 체제를 맹목적으로 수용하는 대신에 러시아의 자연 환경과 농업 문화에 기반을 둔 자생적이고 지속 가능한 농업과 제조업 발전을 제시했다. 그리고 무라조프와 젊은 공작을 통해 민주주의와 사회주의 대신에 차르가 신의 대리인으로서 백성을 정의롭고 자비롭게 다스리는 전제정, 지주가 농노를 역시 아버지처럼 대하는 가부장제적인 농업 경제, 청렴결백하고 공정한 관료제를 제시하고자 했다. 그리고 코스탄조글로와 바실리의 긍정적인 예와 흘로부예프의 부정적인 예를 통해 서구 귀족들과 향락적이고 소비적인 살롱 문화와 근대의 대중문화 대신에 러시아 농촌 문화와 기독교 문화에 입각한 문화 예술을 주장하고자 했다. 그 이외 텐테트니코프를 통해 데카브리스트 난으로 대변되는 자유주의, 1812년 조국 전쟁으로 구현되는 러시아 애국주의도 고골은 어느 정도는 인정했던 것으로 보인다.

고골이 주장하는 러시아의 길은 영적이고 윤리적인 차원에서 근대와 전근대, 유럽과 러시아의 긍정적인 면만 추려 내는 작업의 성격을 띤다. 그러나 작가 스스로 제2권의 두 번째 판에서 러시아의 미래에 대한 선명한 청사진을 보여 주지 못했다고 판단했다.

6) 종말론적 역사관과 파국의 반복

고골은 역사를 종교-신화적인 차원에서 낭만주의, 바로크 문화의 영향과 1840년대 이후 개인적으로 형성된 정교 중심의 기독교 신앙을 바탕으로 종말론적이고 유토피아적인 관점에서 바라보았다. 그에게는 바로크의 종말론적인 세계상이 어린 시절 어머니의 이야기를 통해 생생히 각인되어 있었고, 현실 체험과 문화적 여정을 통해 종말론을 더욱 선명히 지향하게 되었다. 1840년대 기독교에 귀의하면서는 요한계시록에 적힌 세상의 종말에 대한 인식이 확고해졌다.

종말론적인 역사 인식은 인간과 사회가 역사적인 종말의 순간을 향해 일직선으로 나아가면서 내적으로 단절과 균열을 반복하는 것으로 보게 한다. 그러한 다중 구조는 고골의 거의 모든 인물들에게서 일상에서 비일상적인 사건의 갑작스러운 발생과 그로 인한 운명의 급전 모티브로 표현된다.

1830년대에 고골은 바로크와 낭만주의의 종말론적이고 과거 지향적인 역사관에 따라 19세기 근대인은 전 근대인들보다 더 악마의 유혹에 쉽게 넘어갈 것이라고 보았다. 그러나 그 시기 고골은 신의 형상을 잔인하고 인간의 고통에 무관심한 음험한 초월적인 힘이나 자신의 정체를 드러내지 않는 숨은 정의의 심판관으로 그렸다. 신보다는 악마가 인간의 운명에 보다 직접적인 영향을 미치고 사회, 문화, 개인과 집단의 의식과 무의식, 감정과 정서에 속속들이 침투하여 인간의 생명을 위협한다. 이 시기에 신의 개입으로 불행에서 행복으로 운명이 바뀌는 인물은 초기 낭만주의 야화의 몇몇 주인공들을 제외하고는 찾아보기 어렵다. 반면 1840년 이후에 발표되는 작품들에서 고골은 개인적인 신앙으로 가공할 만한 악마의 영향을 극복하고, 영혼의 정화에 도달하는 인물들을 묘사하기 시작했다. 일상적인 질서 속에 악마가 아니라 신이 개입하여 인간의 선한 의지를 독려하고 그를 구원의 방향으로 이끄는 사례가 나타난다.

『죽은 혼』에서 고골은 신이 비일상적인 사건들의 형태로 개입해 인간의 잠든 영혼을 일깨우는 과정을 반복적으로 보여 준다. 제1권에서 아직 비속한 N시의 관료들과 지주들은 두려움을 피하고 다시 일상으로 돌아가지만, 지방 검사는 그 충격을 영혼으로 받아들여 죽고 만다. 제2권에서는 인물들이 공통의 종착역인 심판의 단계로 나아가는 과정에서 신의 개입을 충격적인 사건으로 반복해서 체험하게 된다. 텐테트니코프, 치치코프와 흘로부예프 등에게 생기는 갑작스러운 운명의 전환과 그에 대한 그들의 반응 양태에서 고골의 그런 시각을 읽을 수 있다. 이 시기 신의 대리인인 정치 지도자는 따뜻한 사랑과 정의를 동시에 발현하는 권위 있는 지배자의 형상을 띤다. 결론 장에서 총독인 젊은 공작이 그러하다. 그는 『검찰관』에서 관료들에게 출두 명령을 내리는 보이지 않는 검찰관과 같은 신의 대리인으로서, 신의 정의로운 심판을 인간에게 예고하는 것이다.

고골이 지향하는 창조적 번역에 턱없이 모자라는 번역을 내놓게 되어 송구스럽다. 지나치게 기계적이거나, 가독성이 너무 낮거나, 작가의 의도를 왜곡한 번역 등이 있을 것이다. 번역상의 모든 오류는 본 번역자의 책임이며, 기회가 닿는 대로 수정하도록 하겠다.

그리고 번역을 위해 수고해 준 분들께 이 자리를 빌려 감사를 표하고자 한다. 번역 교열을 해 준 경북대 윤영순 교수님, 기계적인 번역에 가까운 글을 꼼꼼히 다듬어 준 박정현 언니, 그리고 난해한 부분을 이해하고 적합한 한국어를 찾는 데 큰 도움을 준 타티야나 박사님께 깊은 감사를 드린다. 더불어『죽은 혼』의 1, 2권

번역을 맡겨 주시고 오랫동안 기다려 주신 을유문화사 분들과 서울대 박종소 교수님께 깊은 감사를 드린다. 마지막으로 수업을 위하여 이 작품을 불완전한 번역본으로나마 읽어 준 학생들, 이 번역에 많은 관심을 갖고 격려해 주신 부모님과 친구들, 그리고 누구보다도 이 모든 과정을 허락해 주시고 이끌어 주신 하느님께 깊은 감사를 드린다.

참고 문헌

니콜라이 고골, 『친구와의 서신 교환선』, 석영중 옮김, 나남, 2007.

블라디미르 알렉세예비치 보로파예프, 「고골의 문학적 유산」, 『고골와 현대성』, 고려대학교출판부, 2009.

Belyi, A., *Masterstvo Gogolia* (M: MALP, 1996).

Shapiro, G., *Nikolai Gogol and the Baroque Cultural Heritage*, The Pennsylvania State University Press, 1993.

판본 소개

『죽은 혼(*Mertvye Dushi*)』제1권은 1842년 5월 21일 모스크바에서『치치코프의 편력 혹은 죽은 혼(*Pokhozhdeniia Chichikova ili Mertvye Dushi*)』이라는 단행본으로 처음 나왔고, 동일본이 1846년 재판되었다. 고골은 원래 '죽은 혼'으로 제목을 달았으나, 영혼은 죽을 수 없다는 이유로 제목이 검열에 걸리자 '치치코프의 편력 혹은 죽은 혼'이라고 제목을 수정하여 발표했다. 이후 다시 원래의 제목으로 돌아왔다.

『죽은 혼』제2권은 고골이 1845년과 1852년 소각하고 남은 두 개의 판본으로 존재하며 둘 다 1855년 처음 출간되었다. 두 판본은 '이른 판본'과 '늦은 판본'으로 불린다. 그러나 실제로 늦은 판본은 1845년 이후에 쓰인 1장에서 4장에 해당하는 네 개의 노트와 이른 판본에서 불타고 남은 결론 장에 해당하는 노트 한 권으로 이루어져 두 판본이 결합된 것이다. 이 다섯 개의 노트에 고골은 3~5번 서로 다른 필기 도구와 다른 색의 잉크로 첨삭과 수정을 반복했다.

본 번역본은 1940~1952년에 출간된 러시아과학아카데미 판본(*Polnoe sobranie sochinenii*) 14권 중 제 6, 7권에 해당한다. 러시아 과학아카데미에서 제2권은 두 판본 중 나중 판본이므로, 본 번역 역시 나중 판본에 해당한다. 원문에서 원고가 소각된 부분은 〔 〕로 표시하고 필요한 경우 각주를 달았다.

고골은 번역을 직역이 아니라 재생, 영감을 불어넣기, 부활로 인식했다. 그는 문자적 번역을 거부하고 번역자와 저자의 인격적이고 전일적인 만남을 통한 창조적 번역을 추구했다. 그러나 번역 과정에서 고골의 사고 구조, 상상력, 기질, 주제 의식을 그대로 전달하기 위해 그의 언어 표현을 가급적 살리는 것이 바람직하다고 판단되어, 번역자는 가독성을 치명적으로 떨어뜨리지 않는 한도 내에서 고골의 화법과 주제 의식을 살리는 방향으로 번역하고자 했다.

번역자는 그 원칙에 따라 다음과 같은 번역의 원칙을 정했다. 첫째, 고골의 종교-신화적인 언어관을 반영하여 신, 악마 등의 초자연적인 대상이 포함되는 관용 어법이 관용적 의미 이외에 축자적인 의미로도 사용되었다고 인식되는 부분에서는 축자적 번역을 했다. 즉 보통 '제기랄, 꺼져' 혹은 '휴, 다행이다'의 의미로 사용되는 관용적 표현 가운데 일부는 문맥을 고려하여 직역했다. 둘째, 작가가 상식적인 범례를 뛰어넘을 정도로 반복 어구를 많이 사용하는 부분에서는 가독성이 약간 떨어지더라도 반복 어구를 되도록 원본 그대로 살리고자 했다. 셋째, 문장이 복문일 때 가독성이 크게 떨어지지 않는 한 복문 구조를 그대로 살리고자 했다. 그러나 지나치게 길고 복잡한 문장은 단문으로 잘랐다.

그 이외 작가가 의도한 언어유희나 다른 미적 효과가 번역본에 전달되기 어려운 경우는 어쩔 수 없이 효과를 살리지 못했고, 그 중 몇몇 경우는 참고 자료를 활용하여 각주 설명을 달았다.

본 번역의 참조 자료로 가장 우선순위에 둔 대조본은 본 번역과

가장 유사한 번역 원칙에 따라 번역된 로버트 머과이어의 2004년
도 펭귄판 영역본인 Nikolay Gogol, *Dead souls*: *A Poem*, trans-
lated with an introduction and notes by Robert A.
Maguire(London; Penguin, 2004)이다. 원문의 난해한 부분의 번
역과 각주, 연보를 위한 정보를 위하여 머과이어의 영역본에 가장
크게 의존했다. 더불어 러시아 과학아카데미 판본의 설명과 주석
에 많이 의존했고, 러시아 검색 엔진을 통해 기타 참조 자료를 얻
었다. 그리고 데이비드 마거의 *Dead souls*, tr. with an introduc-
tion by David Magarshack(Harmondsworth: Penguin Books,
1976) 영역본도 부분적으로 참고했다.

니콜라이 고골 연보

(＊구력인 율리우스력을 기준으로 함.)

1809   3월 19일(신력 4월 1일) 우크라이나 폴타바 현, 미르고로드 군, 소
로친츠이에서 소지주 바실리 아파나시예비치 고골(1777~1825)
과 마리아 이바노브나 고골(1791~1868)의 장남으로 태어남.

1819   남동생 이반 사망.

1821   우크라이나 네진의 김나지움에 입학.

1824   아버지 사망.

1828   네진의 김나지움 졸업, 상트페테르부르크로 상경.

1829   시 「이탈리아」와 낭만주의 서사시 「한스 큐헬가르텐」 발표. 알로
프라는 필명 사용. 「한스 큐헬가르텐」이 혹평을 받자 출판본을 수
거하여 소각. 8, 9월을 독일 뤼베크에서 보냄. 하급 관리 생활.

1830   「비사브륙」(「이반 쿠팔라 전야」)과 「게트만」의 제1장 발표. 황실
극장의 오디션에서 떨어짐. 예술 아카데미에서 회화 수업.

1831   에세이 「여인」, 문집 『디칸카 근교의 야화』 제1부 발표. 푸슈킨
(1799~1837)을 처음으로 만남. 사설 여학교에서 역사를 가르침.

1832   「디칸카 근교의 야화」 제2부 발표.
이 해부터 1835년까지 다수의 이야기, 희곡, 역사, 에세이 집필.
상당수가 미완성으로 남음.

1834	「이반 이바노비치와 이반 니키포로비치가 싸운 이야기」 발표. 상트페테르부르크 대학의 역사학과 조교수로 임명.
1835	1월 문집『아라베스키』발표. 3월 문집『미르고로드』발표.『죽은 혼』제1권 창작 시작. 12월에 조교수직 사임.
1836	4월 19일 희곡「검찰관」초연. 이야기「코」,「마차」발표. 6월 6일 서유럽으로 떠남.
1837	1월 29일 푸슈킨 사망. 3월 26일 로마에 도착.
1838	이 해부터 1841년까지『죽은 혼』제1권 작업. 로마에 거주. 유럽 여행. 러시아로 두 번 여행.
1839	친구 비엘고르스키 백작 사망.
1842	5월 21일『죽은 혼』제1권 발표. 새 이야기「외투」, 수정판「초상화」와「타라스 불리바」를 추가한 선집 발간. 희곡「결혼」,「노름꾼」발표. 이야기「로마」를 미완성 상태로 남김. 6월에 러시아를 방문하고 돌아옴.
1843	1845년까지 유럽 여행.『죽은 혼』제2권 작업.
1845	제2권의 첫 번째 판을 불태움. 1847년까지「찬미가에 대한 묵상」작업. 1857년에 발표.
1846	에세이「검찰관의 대단원」,「검찰관을 올바르게 공연하고자 하는 이들을 위한 제언」,『죽은 혼』제2권의 서언(「작가가 독자에게」) 작업.
1847	1월『친구와의 서신 교환선』발표. 자신의 입장을 해명하기 위한 글(「작가의 고백」) 작업.
1848	이스라엘 성지 순례. 4월 11일 러시아로 완전히 귀향.
1849	1851년까지『죽은 혼』제2권 작업.
1852	2월 11~12일『죽은 혼』제2권 일부 불태움. 2월 21일 모스크바에서 사망.

새롭게 을유세계문학전집을 펴내며

을유문화사는 이미 지난 1959년부터 국내 최초로 세계문학전집을 출간한 바 있습니다. 이번에 을유세계문학전집을 완전히 새롭게 마련하게 된 것은 우리가 직면한 문화적 상황에 적극적으로 대응하기 위해서입니다. 새로운 을유세계문학전집은 세계문학의 역할이 그 어느 때보다 중요해졌다는 인식에서 출발했습니다. 오늘날 세계에서 타자에 대한 이해는 우리의 안전과 행복에 직결되고 있습니다. 세계문학은 지구상의 다양한 문화들이 평등하게 소통하고, 이질적인 구성원들이 평화롭게 공존할 수 있는 문화적인 힘을 길러 줍니다.

을유세계문학전집은 세계문학을 통해 우리가 이런 힘을 길러 나가야 한다는 믿음으로 만들어졌습니다. 지난 5년간 이를 준비하기 위해 많은 노력을 기울였습니다. 세계 각국의 다양한 삶의 방식과 문화적 성취가 살아 있는 작품들, 새로운 번역이 필요한 고전들과 새롭게 소개해야 할 우리 시대의 작품들을 선정했습니다. 우리나라 최고의 역자들이 이들 작품 속 한 문장 한 문장의 숨결을 생생히 전하기 위해 심혈을 기울였습니다. 또한 역자들은 단순히 번역만 한 것이 아니라 다른 작품의 번역을 꼼꼼히 검토해 주었습니다. 을유세계문학전집은 번역된 작품 하나하나가 정본(定本)으로 인정받고 대우받을 수 있도록 최선을 다했습니다. 세계문학이 여러 경계를 넘어 우리 사회 안에서 주어진 소임을 하게 되기를 바라며 을유세계문학전집을 내놓습니다.

을유세계문학전집 편집위원단(가나다 순)
김월회(서울대 중문과 교수)
박종소(서울대 노문과 교수)
손영주(서울대 영문과 교수)
신정환(한국외대 스페인어통번역학과 교수)
정지용(성균관대 프랑스어문학과 교수)
최윤영(서울대 독문과 교수)

을유세계문학전집